FOLIO POLICIER

Didier Daeninckx

Mémoire noire

Les enquêtes de l'inspecteur Cadin

MORT AU PREMIER TOUR — LE GÉANT INACHEVÉ — MEURTRES POUR MÉMOIRE — LE BOURREAU ET SON DOUBLE — LE FACTEUR FATAL

Gallimard

Didier Daeninckx est né en 1949 à Saint-Denis. De 1966 à 1982, il travaille comme imprimeur, animateur culturel, puis journaliste dans plusieurs publications. Depuis *Meurtres pour mémoire*, il a écrit une quarantaine de livres — dont *La mort n'oublie personne, Métropolice, Zapping* ou *Cannibale* — qui sont tous des chefs-d'œuvre.

MORT AU PREMIER TOUR

De la version originelle de *Mort au premier tour,* parue en 1982, Didier Daeninckx n'a conservé que le titre et les trois lignes d'ouverture comme un clin d'œil à l'ami Cadin.

à Nathalie et Adrien Fisch
Kampfa !

1

Les cours de la Kro

Mars 1977. J'habite Strasbourg où je finis tout juste le stage probatoire d'inspecteur de police. La réussite vient couronner mes efforts la semaine qui précède les élections municipales…

L'inspecteur Cadin relut à haute voix les trois premières phrases du journal qu'il s'était promis de tenir et, découragé par la platitude de son style, laissa retomber le stylo-bille sur la table en formica. Il traversa la pièce encombrée de cartons puis demeura longuement debout près de la vitre à observer les rares touristes matinaux qui arpentaient la terrasse des Ponts-Couverts. On lui avait attribué un logement de fonction dans un petit immeuble prussien de la place du Marché habité pour l'essentiel par des cheminots, des douaniers et d'autres policiers avec lesquels il n'entretenait aucune relation autre que celles dictées par la politesse.

Une péniche battant pavillon hollandais se présenta devant les écluses Vauban. Le spectacle du transbordement l'avait toujours fasciné, et chaque passage en renouvelait l'attrait. Comme toujours, la manœuvre se faisait en silence, les hommes ordonnant leurs gestes en jetant de rapides coups d'œil sur le niveau des eaux, la ligne de flottaison, la tension des cordages. Une fois seulement, gamin, il avait assisté à un éclusage de nuit, près de Saint-Omer, aux Fontinettes. Il était accoudé à la portière de la voiture, derrière ses parents, le menton posé sur sa manche de duffel-coat. Les lampes aux vapeurs chimiques trouaient le brouillard épais et répandaient une lueur jaune sur le canal, tandis que les mariniers s'échinaient au treuil et au cabestan. Le fracas des eaux noires qui se déversaient dans la fosse couvrait le rythme métallique des cliquets sautillant sur les rouages. En amont une autre péniche faisait donner sa corne de brume à laquelle répondaient les cloches et les klaxons des quelques bateaux engagés sur le chenal. Il s'en souvenait comme d'un Noël.

Un bruit de papier déchiré l'obligea à sortir de sa rêverie. Le concierge venait de glisser le courrier sous la porte, accrochant comme chaque jour la première page du quotidien à la même écharde. Cette fois l'estafilade détachait le buste du maire de Strasbourg de sa main serrant celle d'un électeur, alors que chacun savait que, dans cet exercice, Pierre Pflimlin n'était pas manchot. L'inspecteur Cadin parcourut rapidement le tract mensuel de l'Association des buveurs de bière qui donnait les cours de la Kronenbourg dans les agglomérations alsaciennes. Le litre passait tout juste la barre des deux francs dans les magasins Gro de Bourtzwiller ou d'Illzach mais grimpait à près de quatre chez Schwobthaler, à Thann. La seule lettre qui lui était personnellement adressée ne portait pas de signature : l'administration mettait fin à deux mois de silence et l'avertissait que le branchement prioritaire de son téléphone au réseau serait effectué à la fin du mois de mai.

Le soleil s'était montré vers dix heures pour effacer le givre nocturne, et Cadin décida de rejoindre à pied le commissariat de la rue de la Nuée-Bleue en traversant le bassin de l'Ill par le tunnel des Ponts-Couverts. Ses pas solitaires résonnaient sur les pavés, se répercutaient dans les dizaines de cavités ménagées tout au long du passage. Une clarté froide réfractée par la surface de l'eau plongeait par les soupiraux obliques, et dessinait des aplats d'ombre et de lumière sur les originaux des statues de la cathédrale entreposés là dans l'attente d'être copiés. Il s'arrêtait souvent face à l'ange à tête de vache dont le regard, globuleux et tendre, lui arrachait immanquablement un sourire. Un collègue, le gardien Haueser, lui avait expliqué que le bovidé de pierre se trouvait à l'origine à gauche du portail, figurant dans la parabole de la pomme : c'était un des animaux qui grouillaient derrière le Diable, dans le troupeau symbolisant le stupre. Haueser, bien que profondément croyant, racontait aussi que, vu d'hélicoptère, le dessin de la cathédrale évoquait une femme nue, allongée, ouvrant généreusement ses cuisses, un genou relevé, et que la rosace suprême en figurait le sexe. Il y croyait dur comme fer, même s'il était assez honnête pour reconnaître qu'il n'avait jamais eu l'occasion de vérifier cette vision apparue à l'un de ses cousins gendarme. Depuis, Cadin ne pouvait lever les yeux sur l'ocre de la façade sans éprouver une sorte de vertige qui n'avait rien à voir avec la foi.

Il ne fit pas vraiment attention au premier militaire en tenue qui grattait les faces d'un candélabre à l'aide d'une raclette, mais quand la scène se répéta sur son chemin une deuxième puis une troisième fois, il ne résista pas à l'envie de comprendre le but de ces étranges manœuvres. Il s'approcha des nettoyeurs qui appartenaient au 3e régiment de hussards cantonné à la caserne Baratier, et parvint à lire l'une des affichettes jaunes qu'ils étaient chargés de détruire :

PORTES OUVERTES MAIS BOUCHES COUSUES

On vous ouvre les portes, mais on vous dissimule ce qu'est en réalité l'armée.

UN JOUR DE FÊTE POUR VOUS,
UN AN DE PRISON POUR NOUS.

Nous dénonçons les brimades imbéciles qui ont pour objectif de faire de nous des ouvriers dociles.

Le libelle émanait d'un obscur Syndicat des appelés strasbourgeois ; il lui revint en mémoire une repartie de l'inspection, ancien îlotier de Bab le-Oued muté à la Nuée-Bleue quinze années plus tôt. Il discutait avec deux ou trois gardiens des mouvements de contestation qui se développaient dans l'armée, et Haueser expliquait qu'il n'était pas totalement opposé à la création de comités de soldats. Zarka avait répliqué qu'il savait à quoi s'en tenir, lui, ajoutant qu'il pouvait leur dire où cela menait un pays quand des troufions défiaient l'encadrement.

— Dans ta petite tête, tu imagines une armée syndiquée, en fait tu te retrouveras fissa avec un syndicat du crime !

Cadin salua le factionnaire et entra dans la salle d'accueil du commissariat. Une femme d'une quarantaine d'années, le visage déformé par les coups, sanglotait sur le banc des divorcés sous le portrait penché du président d'Estaing, tandis que le responsable de son état s'agitait dans la cage. L'inspecteur laissa son regard s'appesantir sur le prisonnier, persuadé de l'avoir déjà vu quelque part. Wicker était installé en bout de table et tapait à la chaîne les procès-verbaux de vols, de coups et blessures sur son indestructible Japy. Il s'était un temps destiné à l'expertise comptable et avait appris à utiliser ses dix doigts pour la frappe dactylographique. À ceux qui s'étonnaient de sa dextérité il racontait que son professeur usait d'une méthode infaillible : elle obligeait ses élèves à cacher les touches à l'aide d'une sorte de bavoir bordé de deux élastiques dont l'un était passé autour du cou et l'autre sous le socle de la machine. Il promettait que le cerveau ainsi que les phalanges mémorisaient les suites azertyuiop et qsdfghjklm dans la semaine. Haueser, pour plaisanter, avait mis sa parole en doute et s'était retrouvé habillé du torchon occulteur que Wicker conservait sur une étagère de son vestiaire, comme une relique.

L'inspecteur Cadin grimpa l'escalier. Il s'installa devant son bureau pour mettre de l'ordre dans quelques dossiers d'affaires en cours. Vers onze heures, il reçut pour la deuxième fois le conducteur du turbotrain de la ligne Paris-Strasbourg dont la sinistre aventure avait fait la une des *Dernières Nouvelles d'Alsace*, la semaine précédente. Le cheminot s'était habillé en dimanche pour l'occasion et ne cessait de tirer sur les pans de sa veste, d'ajuster son nœud de cravate. Cadin le fit asseoir tandis qu'il relisait la déposition en prenant des notes sur son calepin.

— Vous rouliez à quelle allure à ce moment-là ?

— Environ cinquante à l'heure. Je venais de passer le poste 7. Juste après, à Roethig, on tombe sur trois aiguillages d'affilée. J'étais à cinquante, pas plus…

L'inspecteur se reporta au plan joint aux procès-verbaux.

— C'est vous qui conduisez habituellement le Corail n° 109 ?

— Non… On n'est pas comme les taxis, à la S.N.C.F. ; la machine est à tout le monde… Je peux faire la ligne Paris-Strasbourg le lundi, me retrouver sur une gare de Lyon-Valescure le mercredi matin pour finir en début de week-end à Bayonne…

— Ça doit être crevant, non ?

Il se rendit compte de la niaiserie de la formulation en la prononçant, mais l'autre, en face, était trop absorbé par son histoire pour le remarquer.

— Plutôt… Il ne faut pas relâcher l'attention une minute quand on est lancé à cent cinquante avec cinq cents bonshommes accrochés derrière…

Cadin ouvrit son indicateur ville à ville et repéra le tableau Paris-Est-Strasbourg, 504 km.

— Départ 17 h 57, arrivée 21 h 55… Il faisait donc nuit noire au moment de l'accident…

— On ne peut pas dire ça, monsieur l'Inspecteur… En campagne, oui, après l'arrêt à Nancy on ne voit plus qu'à cent mètres et on navigue en se basant sur les signaux, mais dès qu'on entre dans l'agglomération, c'est éclairé… C'est pas aussi précis qu'en plein jour, à cause des ombres, des reflets, des éblouissements, mais on arrive à voir…

— Et là, qu'est-ce que vous avez vu, exactement ?

Le mécanicien plaqua ses deux mains sur ses joues et se frotta les yeux avec l'extrémité des majeurs.

— Comme je vous ai dit, je venais de laisser le poste 7 et j'abordais les aiguillages. D'un seul coup j'ai distingué une silhouette à cent mètres, un type qui marchait sur les rails, dans le même sens que moi… J'ai d'abord cru que c'était un collègue qui bossait sur les voies, et je me suis mis à klaxonner, pour le prévenir… Il n'a pas bougé d'un millimètre… Il restait une cinquantaine de mètres quand j'ai serré à fond, mais à cette vitesse-là il en faut trois fois plus pour s'arrêter en catastrophe…

Cadin consulta une nouvelle fois son plan.

— Vous venez de me dire que le convoi s'engageait sur une zone d'aiguillages…

— Oui… Là, ça se séparait en quatre…

— Il était donc sur l'une de ces quatre voies et savait que c'était celle que vous emprunteriez…

Le conducteur du turbotrain hocha la tête.

— Il faut croire… Surtout qu'au moment où j'arrivais dessus, roues bloquées, il a marqué un temps d'arrêt…

Il a tourné la tête vers moi et a levé la main, comme pour dire adieu... J'ai cette image devant les yeux en permanence, elle ne me quitte plus...

Troublé, Cadin ne savait plus comment poursuivre son interrogatoire. Il se leva et traversa le couloir pour aller tirer deux cafés au distributeur. Au retour, le type semblait avoir repris le dessus. Ils burent en silence et Cadin balança le gobelet en carton dans la corbeille.

— Vous savez si ça arrive souvent, ce genre de suicides ?

Le machiniste gonfla ses poumons et retint l'air longuement avant de souffler bruyamment.

— Deux ou trois par semaine... Sans compter les vrais accidents, les bagnoles coincées dans un passage à niveau, les mômes qui jouent sur le ballast... On n'en parle jamais, pour pas attirer le mauvais œil, mais on a tous la frousse que ce soit notre tour de faucher un volontaire. Moi j'ai eu le baptême quand j'étais encore en apprentissage...

— Parce que ce n'est pas la première fois ?

— Si... J'étais dans la cabine, en stage, je ne conduisais pas... J'accompagnais un mécano sur le Talgo, Austerlitz-Termino... On venait de quitter Toulouse et on montait en régime de croisière quand il y a eu un choc, à l'avant. Dans ce cas-là on doit arrêter le convoi et prévenir la gendarmerie, pour vérifier... Ça peut être une branche, une pierre, un animal ou un bonhomme... Il faisait nuit noire et nos collègues n'ont rien vu d'anormal à la lueur des torches... Avec le mécano on est remontés sur deux ou trois cents mètres derrière le dernier wagon. Même résultat... Une fois à Barcelone je suis allé manger un morceau puis j'ai dormi dans un dortoir de la R.E.N.F.E., la S.N.C.F. espagnole... Mon instructeur est resté pour amener le train à la station de lavage de Termino, et c'est en arrivant là-bas qu'un nettoyeur a trouvé une main humaine coincée dans la calandre de la motrice… Les gendarmes ont repris leurs recherches. Ils ont ramassé le reste du puzzle vingt kilomètres après Toulouse…

L'inspecteur Cadin referma le dossier.

— Le Service des enquêtes et de la sécurité des chemins de fer doit nous communiquer ses conclusions d'ici la fin de semaine… Si j'ai besoin de vous revoir, la convocation transitera par leur canal…

Il croisa Wicker alors qu'il venait de reconduire le cheminot sur le palier.

— Le patron voudrait tous nous voir, dans dix minutes…

— Qu'est-ce qu'il veut ?

— Je n'en sais rien, c'est Haueser qui m'a prévenu entre deux alors que je m'occupais de la femme qui s'est salement fait arranger le portrait par son mari…

— Il s'appelle comment ? J'ai l'impression de l'avoir déjà rencontré…

— Ce ne serait pas étonnant. Drecht, Freddy Drecht… On a longtemps eu affaire à son père… Maintenant qu'il a passé la main, place à la jeunesse… D'autant que le petit-fils est sur les rangs !

Cadin se souvenait maintenant de sa première rencontre avec les époux Drecht. Cela datait de deux ans environ, lors d'un de ces après-midi passés à suivre les audiences du tribunal correctionnel pour, selon les termes de leur professeur de droit, « confronter le squelette blanchi des textes à la chair bouffie de la réalité ». Freddy Drecht était accusé de séquestration, de coups et blessures, d'actes de cruauté, et son fils âgé de dix-neuf ans était également poursuivi pour complicité. La plaignante n'était autre que sa propre femme, celle qui occupait en ce moment le banc des divorcés, au rez-de-chaussée du commissariat. Le président de la troisième chambre se tortillait dans son fauteuil, signe que les habitués des prétoires interprétaient comme annonciateur d'une grande sévérité. Pendant le rappel d'identité des parties par le greffier, il avait chaussé ses lunettes pour relire les notes consignées sur une feuille de papier coincée sous l'élastique du dossier, puis s'était lancé dans une fausse improvisation.

— Freddy Drecht, marié, trois enfants, trente-neuf ans dont six passés derrière les barreaux après la mise en jambes de la maison de correction… Vous habitez au numéro 12 du chemin du Petit-Heyritz. C'est le bidonville qui se trouve face aux jardins de l'hôpital civil, entre le Rhin et les terrains désaffectés de la gare de marchandises de Neudorf, c'est bien ça ?

L'accusé, assis entre ses deux gendarmes comme un exemplaire des *Misérables* entre deux éléphants bleus, s'était contenté de remuer la tête.

— La nouvelle enquête de voisinage effectuée par la police n'a fait que confirmer les conclusions des précédentes… Aucune trace de travail légal n'a pu être décelée, pas plus que l'origine de l'argent qui vous permet d'acheter les quatre à cinq litres de vin et d'alcools divers qui semblent constituer l'essentiel de votre alimentation, ainsi que celle de vos proches… On vous décrit comme un être violent, asocial, volontiers provocateur, affligé en plus d'une jalousie maladive qui, osons le mot, vous conduit à *martyriser* votre femme, Françoise. Ainsi le 23 octobre 1974, il y a donc six mois, l'estomac lesté de trois litres de Préfontaine, dit le rapport, vous avez reproché à votre épouse ici présente une liaison imaginaire avec un employé communal de Souffelweyersheim. Comme elle vous tenait tête, vous avez commencé par la frapper avant de briser une bouteille vide et de vous servir du principal tesson pour lui taillader les bras, les cuisses et la poitrine. Georges, votre fils aîné qui se fait appeler John en l'honneur du président Kennedy, est arrivé sur ces entrefaites. Il vous a aidé à ligoter l'épouse et mère sur le lit conjugal. Et tandis que vous versiez un peu de rhum, Négrita, précise encore le rapport, sur les blessures, Georges-John recousait les plaies à l'aide d'une aiguille de couturière et de fil à repriser ! Françoise Drecht est restée attachée une semaine, couverte d'entailles suppurantes, et a profité d'un moment où vous dormiez tous pour se défaire de ses liens et se réfugier chez un voisin qui fait profession de vendre des pièces automobiles d'occasion…

L'humour supérieur du juge déclenchait immanquablement l'hilarité policée du public. Cadin se rappelait cette amertume née du sentiment d'être seul à penser que la chair bouffie du réel ne se trouvait pas obligatoirement et éternellement du même côté de la barre. Il voyait un salaud et en face quelqu'un qui prospérait, au nom de la bonne conscience, sur cette saloperie. Quand arriva le moment de donner la parole aux divers protagonistes de cette sinistre affaire, la victime prononça une phrase qui relégua tous les coups de théâtre du boulevard à mille années-lumière : « Si c'est encore possible, j'enlève ma plainte. Je ne lui en veux plus, tout ça c'est du passé. »

Cadin les retrouvait, unis, à la station suivante de leur chemin de croix, ni pires ni meilleurs, prêts à servir de support au même discours de correction du président du tribunal.

2

Interdiction des pollutions, sauf nocturnes

Le commissaire Brück était amateur de films et de séries télévisées américaines. Il enviait l'efficacité des flics de fiction et tentait d'introduire dans les locaux vétustes de la Nuée-Bleue un peu des méthodes en vogue dans un New York ou un Chicago revisités par Hollywood. Sa dernière lubie, après l'installation de sirènes à deux tons sur les Renault 4 de service, consistait en l'organisation de briefings. Il avait fait aménager une salle à cet effet, dans les combles. Il se tenait debout derrière son pupitre, la tête entre deux poutres, soulignant à l'aide d'une longue règle les informations inscrites aux feutres de couleur sur un tableau blanc, ce qui donnait aux habituelles réunions de coordination des allures de conférences d'état-major, et dramatisait les enjeux de la tâche la plus prosaïque. L'organisation des roulements de personnels affectés à la sortie des écoles s'apparentait à une opération de quadrillage, la répression du stationnement abusif relevait du largage de commandos au cœur des lignes ennemies… Cette fois-ci le sujet sortait quelque peu de l'ordinaire. Une carte de l'agglomération, couvrant un territoire compris de l'est à l'ouest entre le Rhin et Molsheim, et du nord au sud entre Brodheim et Erstein, était scotchée aux bords supérieurs du tableau. Un trait épais, de couleur rouge, soulignait les limites des communes. Brück attendit que tous ses subalternes soient installés sur les chaises d'écolier récupérées à l'entrepôt du matériel municipal réformé, la petite dizaine d'inspecteurs aux deux premiers rangs, les gardiens en tenue sur les cinq suivants, avant de s'éclaircir la gorge pour capter l'attention.

— Messieurs, je crois que vous n'ignorez pas que, dans un monde livré à l'arbitraire, nous avons l'immense privilège d'habiter un pays libre et démocratique dont nous sommes, nous policiers, les garants. Cette liberté, cette démocratie sont basées sur l'égalité des citoyens, en droits et en devoirs… Et les élections de nos dirigeants, à tous niveaux, permettent l'expression de l'adhésion, tout autant que celle des critiques. Il est donc nécessaire que personne ne puisse mettre en doute la sincérité et la régularité des opérations électorales…

Il ne manqua pas l'occasion de se hausser du col en faisant état de ses relations avec les huiles de la préfecture.

— Comme toujours en pareil cas, chaque gardien sera affecté pour toute la journée de dimanche prochain à l'entrée d'un bureau de vote. Et le dimanche suivant s'il y a besoin d'un deuxième tour… Mais M. le Préfet, avec lequel j'ai déjeuné hier soir me confiait ses craintes de voir ces groupes extrémistes, qui agissent tant en France qu'en Allemagne, tenter un coup d'éclat pour dénoncer ce qu'ils appellent la « mascarade électorale », ou de manière plus imagée, plus directe, le piège à cons… Nous allons donc exceptionnellement renforcer le dispositif en mettant l'encadrement à contribution…

L'inspecteur Cadin se vit attribuer le suivi du secteur de Marcheim, une localité coincée entre Ill et Rhin, à une trentaine de kilomètres de Strasbourg, sur la route de Colmar. Le reste de sa journée fut absorbé par les auditions d'un gang de pilleurs de caves qui sévissait dans les quartiers résidentiels édifiés autour des institutions européennes, et par la mise sous séquestre du butin, un bric-à-brac récupéré dans un entrepôt du quai d'Austerlitz. Il quitta le commissariat de la Nuée-Bleue un peu après sept heures, marcha un moment vers les Ponts-Couverts avant de changer de direction. Il s'accorda une pause au bar de la Schlosserstub où Maurice lui tira une Schutz en prenant soin de bien humidifier le verre. Il dégusta sa bière en croquant quelques salzstengele, le nez plongé dans le numéro des *Dernières Nouvelles d'Alsace* que le concierge avait déchiré, le, matin, en le glissant sous sa porte. Il délaissa les pleines pages de propagande déguisée pour le maire en exercice, Pierre Pflimlin, et se mit à lire les trois colonnes en caractères serrés relatant les faits divers de la veille. Il reconnut plusieurs affaires ordinaires passées entre les mains de collègues avant de tomber, dans la section internationale, sur son miel quotidien :

CINQ TONNES DE PÉNIS
POUR L'EMPIRE DES SENS

> Une entreprise japonaise a passé commande de cinq tonnes de pénis séchés de rennes et d'élans à une société suédoise. « *Lorsque la commande est arrivée par télex, j'ai tout de suite cru à une plaisanterie* », a déclaré Karl Bergstroem, président-directeur général de la société Kéraots. « *Ce qui m'a troublé, c'est que l'ordre était garanti par une importante banque nippone qui m'en a confirmé le sérieux.* » Les Japonais ont également passé commande de quinze tonnes de bois d'élans, parures qui jouissent d'une grande réputation d'aphrodisiaques. Les noms de la société et de la banque nippone n'ont pas été communiqués, de même que ceux de leurs futurs clients.

Le dimanche Cadin fut réveillé à l'aube par les camions et les voix fortes des forains qui installaient leurs étals sur la place du Marché. Il descendit boire un café face aux écluses Vauban en suivant des yeux la trajectoire improbable des derniers clients de la péniche-discothèque. La batterie de la Renault était tout juste assez puissante pour venir à bout de l'humidité qui imprégnait le circuit électrique. Il laissa le moteur chauffer sur place puis longea les quais embrumés jusqu'à l'ancienne douane, avant de rejoindre les quatre voies de la nationale.

Les grandes surfaces grignotaient les espaces libres des banlieues, macadamisaient les champs de la première périphérie pour y tracer des places de parking. Des panneaux criards, immenses loupes rectangulaires plantées au bord de la route, détaillaient les produits en promotion. Puis d'un coup, le dernier échangeur passé, la campagne reprenait ses droits. Villages nichés dans les creux, maisons à colombages, clochers joufflus, rangs de vignes striant les collines. De loin en loin, de petits groupes vêtus de sombre se hâtaient vers les messes matinales. Il bifurqua sur la gauche après les bâtiments en ruine d'une brasserie artisanale, repaire d'une armée de corneilles, pour descendre en pente douce en direction du fleuve frontalier. D'immenses grues orangées, il en compta douze, fragmentaient l'horizon, découpant le ciel en lamelles verticales. Plusieurs enceintes de béton, légèrement coniques, sortaient de terre en épousant la forme des structures métalliques qui culminaient à une cinquantaine de mètres de hauteur. Il distingua des hommes, casqués, harnachés, travaillant sur les poutrelles supérieures. Une signalisation de chantier l'obligea à s'arrêter pour laisser passer un convoi de camions dont les toupies bleu et blanc bavaient du béton frais, fabriqué dans des silos élevés sur la rive alsacienne du Rhin. Quelques péniches, lourdes sur l'eau, attendaient d'être déchargées de leurs cargaisons de sable, de ciment, de gravier. Accroché au grillage qui ceignait le périmètre du chantier, un calicot battu par le vent annonçait l'achèvement de la première phase de travaux de la centrale nucléaire de Marcheim pour le troisième trimestre 1979. La petite ville qui avait donné son nom au mastodonte se cachait derrière une forêt de sapins et de chênes, à plusieurs kilomètres de là.

L'inspecteur Cadin gara sa Renault sur la place de la mairie alors que le carillon sonnait la demie de sept heures. Il vint se planter devant les affiches électorales placardées de part et d'autre de l'entrée de l'hôtel de ville. La première liste, intitulée *Défense des Intérêts locaux*, était conduite par un homme d'une soixantaine d'années, Émile Loos, maire sortant, dont la photo, mâchoire carrée, cheveux rares plaqués, sourire appliqué, donnait une idée du programme : développement dans le respect des valeurs et de la tradition. L'entente des formations de gauche avait opté pour un titre à rallonge, *Programme commun pour l'Avenir de Marcheim*, et mêlait des objectifs purement communaux aux grandes orientations politiques comme la nationalisation des groupes bancaires ou la réduction du temps de travail. Une troisième liste venait troubler le jeu bipolaire en vogue dans tout le pays. Elle figurait sous l'appellation *Verts Demain* et axait sa campagne sur l'arrêt immédiat des travaux de la centrale nucléaire, proposant l'organisation d'un référendum sur la reconversion des gigantesques cheminées de refroidissement en cinémas, patinoires, piscines ou cuves à riesling. Elle réclamait également la mise à disposition de vélos municipaux gratuits pour enrayer la progression des gaz d'échappement, l'interdiction des pollutions, sauf nocturnes, ainsi que l'installation d'interrupteurs sur les réverbères afin de préserver l'intimité des amoureux.

Cadin entra dans la salle des mariages derrière un groupe de citoyens impatients. L'urne était posée au milieu d'une table de cantine, sous une fresque représentant des vendanges moyenâgeuses. Les assesseurs commençaient à étaler les registres pour pointer les électeurs venant effectuer leur devoir, tandis qu'une employée disposait les bulletins de vote dans de petits casiers vernis placés près de deux isoloirs tendus de drap noir fourni par les pompes funèbres. Les délégués de listes promenèrent leur air soupçonneux sur le matériel jusqu'à ce que le tintement de la sonnette de l'urne résonne pour la première fois de la journée, à huit heures, et que retentisse la voix du président du bureau.

— A voté !

La même scène venait de se jouer, à l'identique, dans trente-six mille communes métropolitaines. Une écrasante majorité parmi les trente millions d'électeurs inscrits en France allait glisser son choix dans la boîte à secret. L'inspecteur Cadin s'aperçut seulement à cet instant qu'il était chargé d'accompagner une cérémonie républicaine à laquelle il ne participerait pas. Non par dégoût de la chose publique, mais tout simplement parce qu'il était toujours inscrit sur les listes électorales de sa ville natale, et qu'il ne connaissait plus personne d'assez proche, là-bas, pour lui donner procuration.

Il fit connaissance, accepta un café lavasse et s'abîma les yeux, dix, quinze fois, sur les professions de foi des candidats. Les habitants de Marcheim défilaient régulièrement devant la table, habillés en dimanche, dans un silence rythmé par la sonnette du compteur d'opinions. En fin de matinée, il s'accorda une pause au bar de la brasserie Ensingen. Il commanda une bière qu'on lui servit dans un verre décoré d'une décalcomanie de la statue agenouillée qui contemple la pointe de la cathédrale de Strasbourg depuis la plate-forme où l'on se repose, essoufflé et assoiffé, après avoir grimpé les 365 marches de pierre. Près de lui deux types d'une trentaine d'années discutaient vivement, mêlant le français au dialecte alsacien. Ses quelques souvenirs d'allemand scolaire lui permettaient de deviner le sens des échanges.

— Je trouve que c'est normal que les gens soient de plus en plus attachés à leur culture... Pas de racines, pas de fruits...

— Justement, parlons-en des racines... Ton arbre, si tu le plantes juste sur la limite de deux champs, tout le monde se battra au moment de la récolte. On ne peut pas être des deux côtés à la fois...

— Et les Suisses, et les Allemands, tu y penses toi, aux Suisses et aux Allemands ? Ils rachètent tout dans le pays, les usines, les maisons... Ils ramassent les fruits des deux côtés ! Mes deux frères, eux, il faut qu'ils passent la frontière tous les matins, pour aller travailler... Et là-bas, on les traite pire que des Turcs...

— Parce que tu crois que tu vas régler le problème en chantant du Bob Dylan en alsacien, comme Sido Gall ? Tu parles d'une « bolidik » ! Qu'est-ce que tu en penses, toi, Richard... Ton fils fait bien partie de cette équipe de hippies ?

La question atteignit le patron alors qu'il s'était approché pour refaire le plein des deux bocks. Impossible pour lui de se défiler.

— Il fait ce qu'il veut, il est majeur... L'apprentissage de l'alsacien à l'école, ce n'est pas ce qui me gêne... On n'a jamais parlé que ça, à la maison. Non, c'est tout ce qu'ils racontent contre Émile, à cause de la centrale... Comme si le maire d'un bled de même pas cinq mille habitants pouvait s'opposer au ministre de l'Énergie, aux ingénieurs de l'E.D.F. et à la hausse du prix du pétrole !

— Surtout que les travaux, ça fait marcher le commerce...

Le patron de l'Ensingen haussa les épaules, pour

marquer son dédain, et fila se saisir au passe-plat de la portion de cervelas pommes vinaigrette que Cadin avait commandée. L'inspecteur quitta la brasserie après le générique du journal de treize heures, alors que Roger Gicquel annonçait que la participation s'établissait à près de vingt-cinq pour cent, en forte progression sur le scrutin précédent. La journée s'étira. Seuls deux petits événements vinrent troubler le morne ennui qui pesait sur la salle des mariages : la visite d'Émile Loos, le tenant du titre, puis le malaise, dans l'isoloir, de la doyenne de Marcheim, Madeleine Bopp. Le secouriste qui l'avait vivement ranimée ne s'était pas privé de jeter un coup d'œil au bulletin qu'elle s'apprêtait à glisser dans son enveloppe, et diffusait la nouvelle avec des mines de conspirateur : la presque centenaire votait rouge !

La fièvre qui accompagne les grands événements commença à se faire sentir après les vêpres. Des groupes, une bonne centaine de personnes au total, se formaient au fond de la salle. Les plus courageux aidèrent à disposer les tables et les chaises, pour le dépouillement, sous le regard vigilant du président de bureau qui, à dix-huit heures précises, demanda le silence.

— Mesdames, Messieurs. Conformément à la loi, je déclare que le scrutin pour les élections municipales de Marcheim de mars 1977 est clos.

Il ouvrit l'urne, la renversa, et ses assesseurs plongèrent des deux mains vers le flot d'enveloppes bleues qu'ils répartirent rapidement en une vingtaine de tas de cent. Les paquets furent ensuite distribués sur les tables des volontaires qui les recomptèrent avant de se mettre à en découvrir le secret. Cadin vint se placer derrière un type vêtu d'une chemise western dont les cheveux battaient les épaules. Au bout de ses doigts légèrement fébriles ne naissaient que des bulletins aux couleurs d'Émile Loos. En bout de table, une jeune femme traçait des bâtons dans les colonnes qui divisaient la feuille posée devant elle, et fut bientôt en mesure de comptabiliser le résultat du premier cent. Le maire sortant recueillait la moitié des suffrages, suivi des écologistes avec trente-cinq voix contre treize pour l'Union de la Gauche. Deux électeurs avaient voté nul.

Des exclamations montèrent soudain autour de la deuxième table. Cadin suivit le petit mouvement de foule. Le dépouillement du « cent » initial donnait là cinquante-six voix à la liste verte, moins de trente pour Émile Loos et douze à la coalition socialo-communiste. On pouvait lire les opinions sur les visages penchés au-dessus de la table : à l'euphorie des antinucléaires répondait l'abattement des défenseurs des intérêts locaux. Tout au long de l'heure qui suivit, la balance ne cessa de pencher alternativement d'un côté puis de l'autre. Les observateurs alignaient les chiffres, confrontaient les résultats de leurs additions dans une ambiance de plus en plus électrique. Les sondages nationaux diffusés par la radio indiquaient une forte progression de la gauche unie ainsi que la naissance d'une sensibilité écologiste et régionaliste à Paris, en Bretagne, en Alsace. À un moment Cadin se retrouva au coude à coude avec le patron de la brasserie d'Ensingen.

— C'est drôlement serré, cette fois

— On dirait, oui... Il va y avoir photo, et votre fils risque d'être élu...

— Ne parlez pas de malheur

Le silence s'installa quand le président du bureau grimpa les trois marches de l'estrade au-dessus de laquelle était accroché un tableau noir. Il se saisit d'une craie et se mit en devoir de calligraphier les chiffres qu'il lut sur un morceau de papier quadrillé :

« Élections municipales de Marcheim. Premier tour. Sièges à pourvoir : 13.

Électeurs inscrits : 1 906

Votants : 1 664

Nuls : 30

Exprimés : 1 634

Liste n° 1, *Défense des Intérêts locaux*, conduite par Émile Loos, maire sortant, moyenne de liste 670 voix, 0 élu.

Liste n° 2, *Programme commun pour l'Avenir de Marcheim*, conduite par Gérard Müller, moyenne de liste 220 voix, 0 élu.

Liste n° 3, *Verts Demain*, conduite par Francis Bischop, moyenne de liste 744 voix, 13 élus. »

La tradition voulait que le maire en exercice prenne la parole pour un bref commentaire, mais tétanisé par les chiffres qui mettaient fin à vingt années de pouvoir sur sa ville, Émile Loos venait de tourner les talons pour aller s'enfermer dans son bureau. Ses partisans ne savaient que faire ; ils s'étaient regroupés près de la double porte que venait de franchir leur chef, comme pour en interdire le passage à des successeurs illégitimes. Ceux-ci faisaient penser à ces gagnants du gros lot de la Loterie nationale assommés à l'annonce de leur soudaine fortune. Ils eurent besoin de plusieurs minutes pour accepter la réalité, en tirer les conséquences. Les cris fusèrent, puis les chants. Une ronde folklorique s'improvisa tandis que Francis Bischop, un géant barbu habillé d'un chandail avachi passé sur un pantalon de velours côtelé, prenait place derrière le micro installé pour Loos.

— Dans son numéro du 8 mars dernier, le quotidien *L'Alsace* écrivait que : « Depuis l'ouverture du chantier de la centrale nucléaire de Marcheim, les remous et les prises de position suscités par ce projet se sont apaisés. D'autant que certaines garanties propres à calmer les inquiétudes ont été données et que d'autres sont attendues. » J'espère que le citoyen Hirsinger, qui a signé ce papier mémorable, est ce soir parmi nous… L'E.D.F. a toujours prétendu que les centrales deviennent indispensables parce que les gens consomment de plus en plus d'électricité. C'est leur faute, aux gens : ils veulent toujours plus de brosses à dents électriques, de grille-pain à l'amiante, de coussins chauffants, de vibromasseurs… Nous sommes les seuls à poser cette question : mais qui pousse, par une publicité acharnée, les humains à électrifier tous leurs gestes ?…

Une centaine de voix hurlèrent « E.D.F. », à l'unisson. L'inspecteur Cadin goûta au tokay biologique qu'un des colistiers offrait pour fêter la victoire. Il stationna un instant près du troisième candidat à la magistrature, Gérard Müller, qui soulignait à ses proches la démagogie irresponsable des vainqueurs, puis il se retrouva de nouveau près du patron de la brasserie. Ils trinquèrent.

— Qu'est-ce que vous allez faire, le déshériter ?

Le père Wurtz but une gorgée, apprécia le travail du vigneron et haussa les épaules.

— Pour un vin de Vert, il faut reconnaître qu'il n'est pas mauvais… Le fiston, je ne suis pas plus d'accord avec lui maintenant que tout à l'heure… Mais un Wurtz conseiller municipal, ce n'est pas tous les jours qu'on voit ça ! À la vôtre !

3

Les cotisations des adhérents

Avant de regagner Strasbourg, l'inspecteur Cadin fit un crochet par la zone portuaire, à la recherche d'un souvenir d'hiver. Il était passé là, une nuit de décembre alors que le givre saisissait le paysage. Il revoyait les arbres pétrifiés et les cristaux brillants épousant les losanges du grillage, tout le long du bassin Graff. Et cette fille, près de lui, qui fredonnait un volkslied aussi doux que la première neige.

Près de l'usine à gaz, dans la lumière crue des projecteurs, des ouvriers en cuissardes arrosaient au jet des montagnes d'écorce d'arbres, pour contrarier la fermentation. L'autoradio égrenait les résultats des élections dans les grandes villes. Les commentateurs n'en finissaient pas de s'interroger sur Paris où la division de la droite, entre Chirac et d'Ornano, pouvait permettre une victoire-surprise des partisans du Programme commun. Rien de tel dans la capitale alsacienne qui venait de confirmer son ancrage chrétien-démocrate en réélisant Pierre Pflimlin dès le premier tour. Au lieu de rentrer directement par les quais, il traversa le pont d'Anvers et fila droit sur la place Kléber. Personne n'avait ressenti le besoin de sortir dans la rue pour manifester sa joie, et il se fit la réflexion qu'au même titre que les douleurs, les grands bonheurs sont souvent muets.

Le vent d'ouest avait apporté la pluie pendant la nuit, et Cadin prit la Renault pour se rendre au commissariat de la Nuée-Bleue. Il était à peine entré que l'inspecteur principal Gossen lui fonçait dessus, l'air préoccupé.

— Je vous trouve enfin, Cadin…

— Je fais partie de la deuxième équipe…

Il lui tapota l'épaule.

— Ce n'est pas ce que je voulais dire. On a besoin de vous… J'ai essayé de vous téléphoner mais personne n'a votre numéro…

— C'est normal, il n'est pas encore installé…

— En effet, c'est une bonne raison.

Il redevint grave.

— On a eu un pépin dans le service… Brüner et Zarka se sont payé un tonneau sur l'autoroute en revenant d'Ostwald au petit matin…

— Qu'est-ce qu'ils ont ? C'est sérieux…

— Ils sont à Pasteur. Zarka s'en sort avec une jambe cassée, mais Brüner aligne trois côtes fêlées et un traumatisme crânien. On ne les reverra pas avant un mois, s'il n'y a pas de complications.

Bien que ne nourrissant aucune sympathie particulière pour ses deux collègues, Cadin promit d'aller leur rendre visite.

— Ce n'est pas pour ça que je vous attendais. Le boulot nous arrive dessus par paquets. Un braquage à l'Homme-de-Fer, un incendie avec blessés rue du Jeu-des-Enfants, une bagarre rangée à la Robertsau… Tout le monde est sur le pont. Ça tombe d'autant plus mal que je dois accompagner le commissaire Brück à la préfecture… Et là, à l'instant, on vient de recevoir un coup de fil de Marcheim…

Cadin sursauta.

— Marcheim ?

— Vous connaissez ce bled paumé ?

— Depuis hier… J'ai passé toute la journée là-bas, pour suivre les élections. Qu'est-ce qui s'est passé ?

Gossen s'approcha du guichet et fit tourner vers lui le registre des mains courantes.

— Voilà… C'est un chef d'équipe qui bosse sur le chantier de la centrale nucléaire. Ils ont retrouvé un de leurs ouvriers mort… Il faudrait aller sur place faire les constatations. Il n'a rien dit à ce sujet, mais à tous les coups ce doit être un accident du travail…

— Très bien, j'y vais. Il s'appelle comment le type qui a téléphoné ?

— Gérard Müller…

— Je le connais aussi ! Il se présentait à gauche et il s'est fait étaler…

— Si vous connaissez tout le monde, vous ne devriez pas en avoir pour très longtemps. Bonne chance.

L'inspecteur Cadin reprit la route de la veille, encombrée cette fois par les innombrables camions qui livraient les zones commerciales. À mi-chemin, des gendarmes filtraient le trafic le temps qu'une dépanneuse redresse un véhicule militaire renversé dans le fossé. Il se présenta à l'entrée du chantier de la centrale alors que la pluie redoublait. Il fit glisser la vitre pour agiter sa carte tricolore devant le nez du gardien.

— Inspecteur Cadin. Je viens pour l'accident…

Le type, engoncé dans un ciré jaune luisant, retourna vers la guérite pour téléphoner, puis la grille coulissa sur son rail.

— C'est tout au fond, entre les grues 6 et 7. On vous attend.

La voie de desserte, de massives plaques de ciment bordées de bidons d'huile ou de fuel lestés de béton, filait droit sur les cheminées en construction, au milieu d'un océan de boue envahi par les bulldozers. Deux hommes se tenaient près d'une impressionnante tractopelle dont les pneus à empreintes profondes arrivaient à hauteur des casques orangés. Cadin se gara devant les dents acérées de l'outil. Il reconnut tout de suite le candidat de la liste de gauche, croisé la veille à la mairie, et lui tendit la main.

— Gérard Müller ? C'est bien vous qui nous avez avertis…

Le chef de chantier ne manifesta aucune surprise, visiblement habitué à être reconnu grâce aux affiches à son effigie placardées dans la ville. Il posa une main sur l'épaule de l'ouvrier qui l'accompagnait.

— Oui, le corps est ici… C'est Antonio qui l'a découvert quand il a voulu mettre en marche cet engin pour racler la végétale avant de couler une dalle… C'est de la bonne terre, elle est revendue à un pépiniériste…

Ils contournèrent le Caterpillar en barbotant dans la glaise visqueuse qui aspirait les chaussures légères de Cadin. Le corps gisait sur le ventre, légèrement recroquevillé, le visage planté dans la boue entre les deux énormes roues arrière de la tractopelle. L'ouvrier posa le bout de sa botte sur le marchepied.

— Il faisait encore nuit quand j'ai pris le travail. J'allais grimper dans la cabine… Un peu plus je ne le voyais pas… Je suis redescendu pour voir s'il était blessé… Je l'ai secoué, mais il ne bougeait pas du tout… Après j'ai couru jusqu'à la baraque des chefs, pour prévenir M. Müller…

Cadin s'agenouilla près du cadavre.

— Vous savez qui c'est ?

Le chef d'équipe se pencha pour répondre.

— Non, il est dans la position où Antonio l'a trouvé… On n'a touché à rien…

L'inspecteur posa le doigt sur la veine jugulaire, pour vérifier si le sang circulait encore, puis il saisit le col de la veste d'une main, agrippa de l'autre l'épaule du mort pour le retourner. Il y eut un écœurant bruit de succion. Le visage, pris dans une gangue de glaise, avait des allures de masque indien que l'eau se chargeait de dissiper. Cadin accéléra le travail des éléments à l'aide de Kleenex pelucheux pêchés au fond de ses poches. Soudain Gérard Müller poussa une exclamation.

— C'est pas possible ! On dirait Alain... Qu'est-ce qu'il foutait dans le coin ? Ce n'est pas son secteur, il n'avait rien à faire là...

L'inspecteur enregistra les informations sans réaction apparente, l'essentiel de son attention capté par la large tache d'un brun délavé qui se mêlait à la boue, à hauteur du cœur. Il souleva le pan de veste, repérant le trou dans le tissu, de la grosseur d'un bouton de chemise, et l'autre, au même endroit sur le tee-shirt. Il se remit debout tout en continuant à regarder le visage du mort, un type d'environ vingt-cinq ans.

— Ce n'est pas un accident, on lui a tiré dessus. Il faudrait le recouvrir avec une bâche en attendant l'arrivée de l'Identité judiciaire. Et si possible interdire tout mouvement d'engins dans un périmètre de deux cents mètres. C'est qui exactement, cet Alain ?

Müller eut besoin de quelques instants pour accepter la réalité. Il grappilla plusieurs secondes supplémentaires en demandant à Antonio d'exécuter les ordres de l'inspecteur.

— Alain Dienta... Il bossait à l'autre bout du chantier, dans l'atelier de soudure. On a discuté ensemble pas plus tard qu'hier soir, dans la salle des mariages de la mairie...

— Vous le connaissiez bien, vous étiez copains ?

— Pas vraiment, on est près de six cents sur le site... On se croisait deux ou trois fois la semaine. Surtout en début de mois quand il venait ramasser les cotisations des adhérents de son syndicat...

Cadin fronça les sourcils.

— Il s'occupait de quel syndicat ?

— Pas le même que le mien… Lui c'était la C.F.D.T. On ne se parlait pas trop.

Une bourrasque de vent chargée de fins grêlons leur cingla le visage. Ils coururent se réfugier dans un Algeco posé sur d'épaisses traverses, entre deux montagnes de terre dégoulinante. Dès qu'il fut à l'abri l'inspecteur tenta de réchauffer ses doigts gourds en soufflant dessus ; les jambes trempées de son pantalon collaient à sa peau, l'eau ruisselait sur ses cheveux et passait sous son col relevé. Il essaya de décrotter ses chaussures en les frottant sur le bout de moquette qui servait de paillasson, sans résultat. Il se laissa envahir quelques instants par la sensation de brûlure sur le visage, avant de décrocher le téléphone mural pour composer le numéro de la Nuée-Bleue. Le légiste et les gars de l'Identité judiciaire étaient sur le départ. Gérard Müller lui tendit un gobelet qu'il venait de remplir à une thermos de café.

— Merci. Vous l'avez vu quand pour la première fois ?

— Hier soir, entre dix et onze dans la salle des mariages de la mairie. Après le dépouillement… Je me suis présenté aux élections et lui aussi. Il figurait en quatrième ou cinquième position sur la liste écologiste…

— Celle qui a été élue dès le premier tour ?

Müller, surpris, hocha la tête.

— Oui, en effet. Vous êtes au courant ?

— J'ai passé toute la journée du dimanche à Marcheim. J'étais de permanence. Vous êtes absolument certain qu'il était là ?

— Je suis du bourg et lui de la campagne, mais on se connaît depuis toujours. Je suis allé le féliciter pour son succès… On a trinqué ensemble…

Cadin se moucha discrètement. Il chercha une poubelle des yeux, et finit par glisser le Kleenex imbibé dans sa poche de veste.

— C'est curieux quand on y pense… Un écolo qui bosse sur le chantier d'une centrale nucléaire, non ?

— Il y a bien des antimilitaristes dans les arsenaux, et des végétariens éleveurs de moutons… Les pauvres n'ont pas le choix…

Fournier, le légiste, se montra en fin de matinée, sa mallette à la main.

— Je ne vous attendais plus…

— On ne fait pas ce qu'on veut ! J'ai été obligé de m'arrêter à Graffenstaden…

— Il y a eu un problème ?

— Pas vraiment… Un type qui ne répondait plus à ses voisins depuis trois jours… Quand les pompiers ont défoncé la porte, l'appartement était rempli d'oiseaux. Des tourterelles, des pigeons, des perruches, des fauvettes, des pinsons, un toucan… Une vraie volière ! Le gars était au milieu de la pièce principale, pendu au lustre, et ses épaules servaient de perchoir aux volatiles… On ne sait toujours pas pourquoi il a ouvert les cages avant de se suicider…

Le toubib souleva le linceul de fortune, procéda à une série d'examens de routine puis se redressa devant Cadin qui tenait un parapluie au-dessus du cadavre.

— Le tissu est cramé autour de l'orifice… Une balle à bout touchant dans la région du cœur. Je peux déjà vous dire que le coup a été mortel. Vous m'envoyez le colis dès que le photographe lui aura tiré le portrait…

Il jeta un regard circulaire sur le chantier qui virait au marécage, avant d'ajouter :

— Je ne pense pas que vous trouverez grand-chose dans ce cloaque… La pluie a effacé toutes les traces…

Gérard Müller plaça deux ouvriers de son équipe près

de la pelleteuse, avec pour mission d'attendre les collègues de Cadin, puis il convoya l'inspecteur jusqu'à la grande ferme sauvegardée qui abritait la direction opérationnelle du chantier. Ils longèrent les anciennes écuries transformées en atelier de dessin industriel, et s'engagèrent dans un dédale de couloirs formés par des cloisons mobiles qui contournaient les chais. Müller s'arrêta au pied d'un escalier en chêne massif.

— Les bureaux sont là-haut… Je vous laisse, il faut que je retourne sur place.

4

L'Indien

C'est grâce à ses états de service trentenaires dans l'armée que Gabriel Louboutain avait été choisi par E.D.F. pour diriger l'ensemble des personnels de tous les corps de métier qui s'activaient sur le chantier. Spécialiste de la logistique, il avait, jeune homme, participé à la campagne d'Allemagne avant de s'illustrer en Indochine, en Algérie. La retraite lui était tombée dessus deux ans auparavant, au Tchad, alors que les troupes françaises, dont il assurait le vivre et les munitions, le couvert et l'essence, venaient d'installer le dictateur intérimaire Félix Malloum aux commandes du pays. Louboutain était un petit homme au teint bilieux, sec comme un coup de trique, qui, pour regarder ses interlocuteurs de haut, leur assignait une chaise mollassonne aux pieds écourtés tandis que lui se hissait dans un fauteuil réglé au maximum.

Cadin laissa traîner son regard sur les photos d'opérations héliportées posées devant les tranches des classeurs, sur les étagères, ainsi que sur les souvenirs de casernements : divinités sculptées dans l'ivoire, masques d'ébène, cuivre repoussé. Il sortit son calepin pour relire les notes délavées par la pluie.

— J'aurais besoin de regarder de près le dossier professionnel de ce dénommé Alain Dienta… C'est possible ?

— Il s'agit d'une pièce confidentielle…

— Je sais bien… Un juge d'instruction va être désigné d'ici quelques heures pour diriger cette enquête, et c'est une des premières choses que je lui demanderai… J'aurai une commission rogatoire dans l'après-midi. Mon seul souci, c'est de gagner du temps. Il n'y a rien de plus appréciable quand on piste un meurtrier…

Le chef du personnel écrasa la plus grosse touche de son interphone.

— Apportez-moi le dossier de l'Indien, immédiatement.

Cadin fronça les sourcils à l'énoncé du sobriquet.

— L'Indien ! Vous l'appeliez de cette manière à cause des syllabes centrales de son nom, Alain Dienta ?

— Pour ça et pour autre chose… Comme presque tous les ouvriers présents sur le site, il a été directement embauché par Paris. Ici on n'a traité qu'à partir de l'encadrement intermédiaire. Quand il est arrivé, je l'ai immédiatement repéré… Des cheveux jusqu'au milieu du dos, bracelet de cuir, chemise mauve, enfin vous voyez le genre…

Cadin trouva la force d'un sourire faux cul.

— J'imagine…

Une secrétaire entra et traversa la pièce à la manière d'une souris, sans bruit. Elle posa un dossier sur le bureau puis disparut sans que Louboutain lui adresse le moindre regard, le moindre mot.

— Si on laisse ce genre de chose s'installer, c'est le début de la fin. Nous n'en sommes qu'au gros œuvre, mais nous appliquons déjà les règlements régissant les installations « spéciales ». L'autorité doit être visible et dépourvue d'état d'âme. Je lui ai conseillé, ainsi qu'à quelques autres, de changer de tenue, ce qu'il a fait sans rechigner.

— On m'a dit qu'il s'occupait de questions syndicales…

— Qui est-ce qui vous a raconté ça ? C'est Müller, non ?

— En effet, il m'en a touché un mot…

— Ça ne m'étonne pas, ils font la paire tous les deux. Un contremaître cégétiste et un soudeur cédétiste ! Alain Dienta s'activait pas mal pour son syndicat mais en faisant toujours attention à ne pas franchir les limites légales. Il respectait son nombre d'heures de délégation, demandait les autorisations pour les réunions, les distributions. Je n'ai jamais pu le coincer…

L'inspecteur Cadin releva la tête.

— Le coincer ? Sur quoi, par exemple ?

— Sur n'importe quoi ! Avec Müller et ceux qui le suivent, la règle du jeu est respectée… On avance sur un terrain balisé : augmentations de salaire, embauches supplémentaires, amélioration des conditions de travail. Tandis qu'avec l'Indien, c'était imprévisible. Il ouvrait des pistes et nous obligeait à les suivre ! Il s'est fait élire au comité d'hygiène et de sécurité. C'est une commission qui, normalement, discute de l'attribution des chaussures de sécurité, du remplacement des carreaux cassés et autres conneries de ce genre… Il en a fait un abcès de fixation destiné à développer ses théories fumeuses sur les risques du nucléaire civil. Peu à peu, il a réussi à amener un groupe d'une vingtaine d'ouvriers à remettre en cause le procédé de refroidissement par eau.

Gabriel Louboutain fit glisser son fauteuil en lui imprimant deux ou trois secousses des reins. Il prit une chemise cartonnée posée sur une étagère.

— Tenez, j'ai gardé un exemplaire de chacun des tracts qu'il a fait distribuer. Il raconte n'importe quoi là-dedans, mais ça n'a pas empêché les gars de son groupe d'organiser une dizaine de débrayages ainsi qu'une grève de vingt-quatre heures, il y a trois mois. Si ça vous intéresse…

Cadin feuilleta rapidement les papiers ronéotés. Il vit défiler sous ses yeux les noms de Three Miles Island, Bikini, Mayak, Windscale, Idaho Falls, et ceux plus mystérieux encore de Xénon 133, Iode 131, Césium 137.

— Je lirai tout cela avec attention… Pour en revenir aux grèves, c'est un peu le rôle des syndicalistes…

— Je crois que dans la police c'est un droit que vous n'avez pas, et j'ai la faiblesse de penser que tout irait mieux si c'était le cas partout. J'admets qu'on rechigne, qu'on revendique. Le problème avec l'Indien c'est qu'il remettait en cause la centrale ! Il voulait tout arrêter. Je suis tenu par un planning aussi serré qu'une robe de mariée : tous les contrats sont passés au forfait, et le moindre retard nous coûte une fortune. Son travail de sape portait ses fruits. Huit communes des environs ont voté des arrêtés de défiance envers la centrale, deux d'entre elles ont interdit le passage des camions sur leurs territoires, une autre ne veut pas prendre de dispositions pour libérer les terrains destinés à l'implantation des pylônes électriques… Ils ont gobé cette légende selon laquelle les champs magnétiques seraient responsables de certains cancers… Et hier, l'apothéose ! La ville la plus importante du secteur qui passe entre les mains de ces irresponsables…

— Vous croyez que l'assassinat de Dienta a quelque chose à voir avec l'élection de sa liste à Marcheim ?

Le chef du personnel frotta l'arrière de son crâne sur le cuir du fauteuil.

— Je l'ignore totalement. Nous avions étudié toutes les éventualités pour faire face le plus intelligemment possible. Une municipalité écologiste pouvait retarder les dossiers, introduire des recours, mais en aucun cas elle n'avait assez de surface pour revenir sur des décisions d'intérêt national engageant l'autorité de l'État… D'après nous, son action devait se limiter à une guérilla administrative. Nous n'avions pas d'angoisses particulières… Rassurez-vous, le coupable ne se cache pas dans l'un de ces bureaux, l'E.D.F. respecte les choix démocratiques.

Cadin hochait la tête pour approuver, tout en se disant qu'il en faisait trop.

— J'ai noté, tout à l'heure, que Dienta influençait une bonne dizaine d'ouvriers. Vous savez s'il existait une organisation ?

— Leur liste électorale en est une, bien que tous ceux qui y participent ne soient pas à mettre dans le même sac… À côté des idéologues on trouve des idéalistes, des naïfs, ceux qu'on surnomme les idiots utiles… Sinon Dienta écrivait des articles dans une feuille régionale, *Klapperstei 68*… La rédaction est à Mulhouse, rue de la Sinne.

— Klapperstei ? Qu'est-ce que ça veut dire ?

— Je n'en sais fichtre rien, moi l'alsacien…

L'inspecteur s'extirpa de sa chaise molle. Il s'approcha pour rassembler les documents que Louboutain avait posés sur le bord du bureau.

— Je vous remercie pour tout… Une dernière chose, est-ce que vous avez une idée sur celui ou ceux qui auraient eu intérêt à supprimer l'Indien ?

— C'est très compliqué, il avait pas mal d'ennemis… Mais si j'avais un conseil à vous donner, je vous dirais de fouiller du côté de ses amis politiques… Vous serez surpris.

La pluie avait cessé quand il quitta l'ancienne ferme, laissant derrière elle un ciel d'un gris plombé. Des bourrasques de vent giflaient les murs, les arbres, les visages. Il contourna l'aire de stationnement des engins de terrassement, courbé en deux par la violence des rafales, grelottant. Il trouva les caravanes à l'endroit précis indiqué par la secrétaire de Louboutain, après une plateforme de terre rabotée, à quelques mètres d'un alignement de peupliers miraculés. Les sigles des organisations étaient inscrits au pochoir, à la peinture minium sur les portes blanches. Il se dirigea droit sur le local itinérant de la C.F.D.T.

Paul Bauman passait l'essentiel de son temps à s'occuper des problèmes des autres. Le nombre d'adhérents à la section du chantier lui avait permis de raccrocher le bleu, et, s'il se disait toujours « coffreur », la vérité aurait voulu qu'il affiche sur son curriculum vitae, profession : permanent. Il se tenait engoncé dans un coin de la caravane, derrière une planche sur tréteaux qui lui servait de bureau. Il broya consciencieusement la main que Cadin lui tendit avant d'inviter l'inspecteur à s'asseoir. L'assassinat de Dienta l'avait visiblement affecté. Dans un premier temps il ne parvint pas à répondre aux questions autrement que par oui ou par non. Oui il avait vu son camarade le soir précédent, à la mairie, pour la dernière fois, non il ne lui connaissait pas d'ennemis, non il ne partageait pas toutes ses opinions… Cadin éprouva vite les limites de l'échange.

— Écoutez, on va arrêter de jouer à cache-tampon. Je ne vous demande pas de remplir un questionnaire en cochant des cases : je tente de rassembler le maximum d'informations sur Alain Dienta, et vous êtes censé me fournir toutes celles que vous possédez. C'est clair ?

Paul Bauman plissa les yeux. Les rapports du syndicat et de la police se bornaient aux rencontres obligées avec les inspecteurs des Renseignements généraux quand il fallait mettre au point le parcours d'une manifestation.

Bauman était comptable d'une éducation militante où le contact officieux le plus insignifiant avec un représentant de la place Beauvau pouvait faire naître une réputation de balance, de vendu, dont on ne parvenait plus jamais à se défaire. Là les choses se présentaient de manière différente. Il fallait au contraire collaborer pour ne pas offrir à la police trop d'occasions de mettre son nez dans les affaires des organisations ouvrières.

— Alain Dienta a rejoint notre section syndicale dès son embauche sur le chantier. Un bon gars, mais anar sur les bords… C'était la première fois qu'il s'engageait dans un mouvement, et il a eu du mal à s'intégrer, à comprendre qu'il ne suffit pas d'avoir raison pour que tout le monde suive… Qu'il faut convaincre… Il s'y est fait. C'est même devenu un de nos éléments les plus dynamiques… Il a été élu au comité d'hygiène et de sécurité, mais malheureusement, depuis la création de la liste écologiste, Verts Demain, son action prioritairement antinucléaire nous posait un énorme problème…

— Il était le seul du chantier à s'être présenté ?

— Sur cette liste-là, oui… Gérard Müller, le responsable de la C.G.T., s'est mis sur les rangs pour l'Union de la Gauche…

— Et qu'est-ce qui vous dérangeait ?

Paul Bauman se pinça le nez et expira fortement.

— Nous avons une position de principe réservée sur l'énergie atomique… Principalement sur la question des déchets. Personne ne sait qu'en faire, et aucune des solutions de stockage ou de retraitement n'est fiable… Ce qu'il faut voir, c'est qu'une bonne moitié des gars qui travaillent ici est originaire de la région, et que l'autre moitié se compose aux deux tiers de recyclés de la sidérurgie lorraine et d'un tiers d'immigrés…

— Je ne vois pas le rapport avec l'Indien…

Le responsable du syndicat incurva ses sourcils à l'énoncé du surnom.

— La construction d'une centrale de ce gabarit représente plusieurs années de travail, sans compter la maintenance. En période de récession, c'est pratiquement vécu comme du fonctionnariat ! Lutter bille en tête contre un pareil équipement, c'est s'en prendre à leur avenir…

Un coup de vent fit tanguer la caravane, et l'inspecteur tourna la tête et regarda les peupliers qui se courbaient pour épouser le souffle.

— L'équipe dont il faisait partie a été élue, hier. C'est bien la preuve qu'ils étaient suivis…

— Pas si vite… La grande majorité des ouvriers ne votait pas à Marcheim… Quelques dizaines tout au plus… Ce sont les paysans du secteur qui ont mis un bulletin vert dans l'urne : il y a un an toutes leurs vignes ont été arrachées au bulldozer, les fermes détruites, tandis que les indemnisations tardent à venir… Alain avait de l'influence sur de très jeunes ouvriers et sur un petit groupe de cultivateurs reconvertis dans le bâtiment. Ce sont même eux les plus virulents. Ils ont perdu leur liberté, leur mode de vie traditionnel, et en plus ils doivent obéir à des petits chefs arrogants… Chez eux la révolte suinte de partout…

— Vous vous y preniez comment pour concilier tous ces points de vue ?

— Si vous croyez qu'on a le temps de réfléchir à des stratégies ! On fait comme on peut, au jour le jour… Tout se règle en marchant. On s'aperçoit du problème quand ça clashe. Quand Alain s'est mis à défendre l'idée de stopper la construction de la centrale, j'ai réuni tous les délégués. On s'est engueulés copieusement sans pouvoir prendre d'autre décision que celle de convoquer une assemblée générale des militants. Avec les adhérents de base, ça n'a pas traîné, ils n'enfilent pas une aiguille avec des gants de boxe ! L'Indien a été mis en minorité. Il en a tiré les conclusions et m'a rendu son mandat de délégué. Il voulait déchirer sa carte mais on a réussi à l'en dissuader.

L'inspecteur Cadin quitta la caravane après que Bauman eut reçu un coup de téléphone confirmant que les collègues d'Alain avaient décidé de lui rendre hommage en arrêtant le travail pendant un quart d'heure, en fin de matinée. Ses pas croisèrent ceux de Gérard Müller qui s'apprêtait, casqué, botté, à grimper dans son local sur roues.

— Je viens de passer un moment avec le responsable du syndicat adverse, et je me faisais la réflexion que l'action antinucléaire de l'Indien devait sacrément vous arranger…

— J'ai l'impression que votre analyse est un peu rapide, inspecteur. Sans la liste verte nous avions une chance de partager le pouvoir à Marcheim, et ça aurait modifié la donne sur le chantier…

— Je pensais seulement à ce qui se passe ici…

Müller souleva son casque pour se gratter le crâne.

— Tout est imbriqué… Si vous croyez que je me réjouissais des problèmes rencontrés par Bauman, vous vous trompez lourdement. J'estime qu'il a fait ce qu'il fallait faire vis-à-vis de Dienta. La fraction écolo de son syndicat nous mettait des bâtons dans les roues sur le plan local et régional… J'avais du mal à retenir mes gars, dans les manifs, quand leur bande dépliait des banderoles réclamant le gel des travaux… Comment vous pouvez demander à des pères de famille de supporter des slogans exigeant la suppression de leur gagne-pain !

Le chef d'équipe ouvrit la porte arrondie de la caravane.

— Entrez, on va finir par attraper la crève…

Cadin déclina l'invitation.

— On aura l'occasion de se revoir... Une dernière chose, vous croyez que l'assassinat de l'Indien a quelque chose à voir avec son activité syndicale ?

Gérard Müller se figea sur place et planta son regard dans celui de Cadin.

— Je crois que vous faites fausse route, inspecteur. Chez nous, les conflits, ce n'est pas comme ça qu'on en vient à bout... Et quand des syndicalistes se font tuer dans l'exercice de leurs fonctions, c'est toujours des gens de chez vous qui sont au bout du flingue.

5

Le pavé qui parle

L'inspecteur Cadin quitta le chantier de la centrale en milieu d'après-midi après avoir recueilli les déclarations des proches compagnons de travail d'Alain Dienta, ainsi que les dépositions des membres de l'équipe de surveillance du site. Il avait pu établir que l'Indien s'était rendu sur place en voiture, vraisemblablement entre six et sept heures du matin, et qu'il avait laissé son véhicule sur l'ancien chemin de halage, près de la centrale béton : le conducteur d'un camion-toupie avait aperçu la Simca 1000 lors de sa première rotation. L'Indien était très certainement entré sur la zone au moment du changement d'équipe, mais personne ne pouvait en témoigner. Cadin comptait rencontrer les nuitards lors de leur embauche, vers onze heures du soir.

La Renault, gorgée d'humidité, toussota, s'étouffa. Il parvint à démarrer au dixième coup de clef. Il écrasa l'accélérateur en restant sur place pour chauffer le moteur, le câblage électrique, et ne pas risquer de caler au milieu de l'océan de boue à quoi se réduisaient le morceau de nationale et ses bas-côtés. En arrivant à proximité de l'échangeur, il se retrouva bloqué dans le couloir de gauche qui filait sur Mulhouse. La voie rapide, dépourvue d'échappatoires, le conduisit jusqu'aux faubourgs industriels de la ville au moment de la sortie des mineurs de potasse dont il suivit le cortège de vélos et de mobylettes jusqu'aux cités. Le local de la rue de la Sinne était fermé. Un bombage poétique courait sur la façade :

Sur les rotatives de la nuit
La forêt écartelée gémit
Dans sa pâte métamorphosée
En bande de papier conditionnée.

Une affichette punaisée sur la porte avertissait les visiteurs que l'équipe de *Klapperstei 68* était réunie à la brasserie Stöerkel, rue du Sauvage. Il s'y rendit à pied, par les petites rues du centre-ville. L'établissement, bas de plafond, était composé de deux salles séparées par le bar et l'avancée des cuisines. Le comité de rédaction du journal occupait la deuxième partie dont les murs s'ornaient d'une fresque d'inspiration villageoise, obscurcie par la graisse et les fumées. Cadin s'installa sur une banquette de coin, près d'un dessin de Tomi Ungerer représentant l'image traditionnelle de l'Alsacienne avec son chapeau à larges oreillettes et ses lourdes tresses couleur de blés mûrs. Le seul problème était que le visage se résumait à une tête de mort que légendaient ces simples mots : « Nucléaire non merci ! » L'inspecteur commanda une Schutzlager, s'adossa à la moleskine, les yeux mi-clos, et tout en sirotant sa bière observa la bande d'énergumènes à qui Alain Dienta, selon le chef du personnel Louboutain, fournissait des articles. Il y avait une dizaine de types aux cheveux plus longs les uns que les autres, barbus pour la moitié, et deux femmes dont l'une aurait pu être la mère de l'autre. Un patriarche, le visage entouré d'une broussaille de poils blancs, présidait les travaux et rongeait son frein en alignant des dessous de bocks devant lui. Il finit par se décider à interrompre un gaillard qui traitait le ministre de l'Intérieur de schizophrène et de paranoïaque à cause du énième procès qu'il leur intentait.

— Oui bon, mais alors, c'est bien beau tout ça…

L'accroche ne devait pas être de la première jeunesse car elle fit s'esclaffer toute l'assistance. La jeune femme brune l'encouragea.

— Vas-y, Norbert, ne te laisse pas abattre…

— Tu es gentille, Michèle, j'en ai vu d'autres, fais-moi confiance… Voilà, je voudrais vous mettre au courant d'une histoire que m'a racontée mon facteur… On se connaît depuis vingt ans, on se dit tout, comme un vieux couple… Avant-hier son chef de centre a demandé qu'on lui apporte tous les exemplaires du dernier numéro de *Klapperstei 68*, sous prétexte qu'il y avait un problème d'affranchissement.

Un type au visage d'ange prit la parole.

— C'est moi qui les ai pesés et postés un par un…

— Attends la suite… En fait, le chef a photocopié toutes les bandes d'adresses pour les remettre à son aimable correspondant des Renseignements généraux… Un certain Dalbois qui travaille à Strasbourg…

Cadin sursauta en entendant le nom d'un de ses anciens condisciples de la fac de droit. Il tendit l'oreille pour saisir tout ce que l'ancêtre disait.

— Cela signifie qu'ils possèdent maintenant la liste complète des gens qui nous soutiennent et qu'ils vont pouvoir les coincer sous les prétextes les plus divers.

Michèle se lança ensuite dans un long monologue pour expliquer que leur action était tout sauf clandestine, avant qu'un des jeunes barbus ne prenne la parole et n'oriente la discussion sur le thème normalement prévu, la mise au point du sommaire du prochain numéro de *Klapperstei 68*. Ils se mirent d'accord sur un spécial minorités et décidèrent de faire appel à leurs homologues flamands, occitans, basques, catalans et corses avec lesquels ils entretenaient des rapports depuis les manifestations du Larzac. Personne n'évoqua la mort de l'Indien. Ils se séparèrent sur le coup de huit heures, et Cadin se leva à l'approche de la jeune femme prénommée Michèle.

— Pardon, je cherchais à rencontrer Alain Dienta, et on m'a dit qu'il travaillait souvent avec vous… J'ai lu l'écriteau, au local de la rue de la Sinne…

Elle parut surprise, troublée même, et posa sur lui un regard d'un bleu décoloré.

— Vous voulez voir Alain ? Vous ne le trouverez pas ici… Il n'est jamais venu aux réunions du conseil de rédaction…

— Il écrivait pourtant des articles, non ?

— Comme plein d'autres… On en reçoit chaque mois de quoi faire un journal gros comme un Bottin… En tout cas, il sera question de lui et de ses copains dans le numéro d'avril, après leur élection à Marcheim… Essayez de le joindre là-bas, ou sur le chantier de la centrale… Ils doivent faire la fête…

Le reste de la petite troupe avait déjà franchi la porte du Stöerkel.

— C'est ce que je vais faire. Au fait, ça veut dire quoi, *Klapperstei 68* ?

Le sourire plissa ses yeux emplis d'eau claire.

— Le Klapperstei, c'était un masque de pierre qu'on attachait au cou des menteurs, des personnes médisantes, au Moyen Âge dans la région de Mulhouse… On a rajouté 68… Si on traduisait l'idée, ça donnerait un truc comme « le pavé qui parle » !

Elle rejoignit ses compagnons, et le mouvement de ses hanches flotta devant les yeux de Cadin longtemps après qu'elle eut disparu.

Il rentra à Strasbourg, entre chien et loup, glanant au gré des ralentissements quelques lignes de l'exemplaire de *K68* ouvert sur le siège passager.

> La syntaxe, l'orthographe, la tournure de phrase, tout cela ne doit pas être un frein pour alimenter le journal. On est plus intelligents à plusieurs. Réalisons la communauté du savoir au service de tous et de chacun.

Il pénétra dans la ville par le quartier prussien, contourna la place de la République qui fut un temps celle du Kaiser, pour venir se garer rue Prechter, à l'arrière de l'établissement de bains. Le vent dispersait la fumée blanche des chaudières. Il avait envie de passer au sauna pour se laver de la fatigue et des épreuves de la journée. Le souvenir du froid du chantier le fit frissonner. Il se contenta de couvrir deux longueurs de bassin, à la brasse, en observant les portes blanches des cabines, sur la coursive, qui donnaient à la piscine un air de navire de croisière. On retrouvait le même décor dans toutes les villes des deux provinces annexées. Seule différence, la taille. Les architectes germains avaient décliné un plan identique, modifiant l'échelle en fonction du volume de population concerné.

La femme de ménage finissait de vider les corbeilles quand il pénétra dans le commissariat de la Nuée-Bleue. Il ouvrit la fenêtre de son bureau pour dissiper l'écœurante odeur d'alcool à brûler avant d'avaler la première gorgée du café lavasse tiré au distributeur. Il relut et classa les procès-verbaux établis pendant son absence par les deux stagiaires placés sous ses ordres. Une bagarre dans un café de la rue des Orphelins, un vol de Rover, deux intoxiqués lors d'un début d'incendie suspect rue de l'Écrevisse ainsi qu'une plainte de maçons algériens contre un cafetier de la place Kléber qui avait refusé de les servir en terrasse, pour protéger l'image de marque de son commerce. La routine. Il ne parvint à se plonger dans le dossier de Marcheim que vers dix heures, après que tous les flics du service eurent sacrifié aux cinq minutes quotidiennes de bavardage rituel dans chaque bureau. Cadin écoutait en silence les échanges sur les matches de foot, les feuilletons, la météo, en se disant qu'il ne perdait pas totalement son temps : ces discussions lui permettaient d'économiser le plus gros de la lecture du journal et de se passer des infos télévisées. Haueser, connaissant son penchant pour les faits divers scabreux, lui fit cadeau d'une coupure pêchée dans *Les Dernières Nouvelles d'Alsace* de la veille :

BAS-ROUGES

Une fillette de onze ans a été gravement mordue au bras par Himmler, un chien bas-rouge de deux ans, et a été hospitalisée à l'hôpital de Colmar. Le maître d'Himmler, un garagiste ami du père de la victime, a aussitôt tué son animal à coups de pied-de-biche.

L'assassinat d'Alain Dienta était lui annoncé en première page de l'édition du jour. Le parcours professionnel et politique du jeune militant écologiste était retracé en quelques lignes, suivi d'une brève interview de François Bischop, la tête de liste de Verts Demain, que Cadin lut avec attention.

DNA : Pensez-vous que la mort de votre colistier puisse avoir un rapport avec votre victoire électorale ?

F.B. : J'espère que non. Nous avons toujours situé notre combat dans un contexte démocratique. Et bien que nos adversaires se soient plutôt attachés à faire leurs coups en douce, à manipuler les commissions d'enquête, je n'ose pas croire qu'ils en seraient arrivés à de telles extrémités.

DNA : Quand vous parlez d'adversaires, à qui faites-vous allusion ?

F.B. : Je ne fais allusion à personne. Je désigne clairement l'E.D.F. et ses groupes de pression, ses relais pour manipuler l'opinion. Cela fait des années que nous réclamons une véritable concertation. En vain. Les électeurs de Marcheim ont dit de quel côté ils penchaient. On peut imaginer que des individus n'aient pas accepté le verdict des urnes. Ils ont pu vivre notre installation prochaine à la mairie comme un échec personnel et avoir été tentés de retenir le cours de l'Histoire…

Cadin procéda à une série de sondages dans les archives à partir des différents noms apparaissant autour de Dienta sans rien trouver de significatif. S'il y avait quelque chose à leur coller sur le dos, vu les activités de la petite troupe, cela devait être bien au chaud dans les dossiers des Renseignements généraux. Il s'intéressa par la suite au classeur bourré de doubles en pelures bleues concernant les affaires récentes recensées à Marcheim. Il s'immergea un bon moment dans les relations de scènes de ménage, les querelles de voisinage, les accusations d'adultère, les vols à la tire, les dénonciations pour chaptalisation. La seule information qui retint son attention, traitée et dactylographiée par l'inspecteur Wicker, datait du début d'année.

Opération coup de poing du 17 janvier 1977. Affaire Shelton-Moreux.

Dans le cadre des instructions nationales, la Brigade des stupéfiants du S.R.P.F. de Strasbourg sous la conduite du commissaire principal Roux, en étroite collaboration avec les effectifs du commissariat de la Nuée-Bleue dirigé par le commissaire principal Brück, agissant sur ordre du parquet de Strasbourg, ont, dans la nuit du 17 au 18, procédé à une vaste opération de police et mis fin aux activités d'une filière de fourniture de produits interdits. Les douze individus dont les noms suivent ont été surpris au domicile de Mlle Michèle Shelton, 15, rue Grande à Marcheim, alors qu'ils s'adonnaient à la consommation desdites substances. Cent vingt-cinq grammes de haschisch ont été saisis, principalement sur les personnes, mais les recherches entreprises n'ont pas permis de découvrir d'autres réserves dans le pavillon Shelton. La locataire en titre des lieux et son compagnon, Gérard Moreux, sur lequel a été trouvé un cran d'arrêt, ont fait l'objet d'une garde à vue. Les possesseurs de drogue ont été déférés au parquet.

Cadin compara les noms avec ceux qu'il avait listés depuis le début de son enquête. Deux d'entre eux, qui n'avaient pas été inquiétés, correspondaient à des personnes présentes sur la liste Verts Demain, Pierre Obrieu et François Brumath. Le prérapport du médecin légiste arriva peu après par pneumatique, avec la commission rogatoire du juge Drittenmeyer. Le projectile, une balle de calibre 7,65, avait été tiré à bout touchant. La mort avait été immédiate et l'on pouvait la situer assez précisément entre cinq et sept heures du matin, le lundi. L'inspecteur parvint à coincer le commissaire Brück alors que ce dernier se lavait les mains au sortir des toilettes.

— J'ai vu que vous aviez participé à une opération coup de poing sur Marcheim, il y a deux mois…

— Une opération coup d'épée dans l'eau, plutôt ! Une centaine de flics mobilisés une nuit entière pour cent grammes de shit… Le ministère avait besoin de faire un peu de cinéma, et on a joué les figurants… pourquoi vous me demandez ça ?

— À cause de la mort de cet écolo… Il y a peut-être un rapport.

Brück tira violemment sur l'essuie-mains.

— C'est tous des babas cool, des peace and love, des

partisans de la culture biologique. Des allumés, mais ils ne feraient pas de mal à une carotte ! Je ne les vois pas se flinguer entre eux. À mon avis, ça ne colle pas, vous devriez chercher ailleurs.

À midi, Cadin fit un crochet par la brasserie de la Victoire. Il aimait se retrouver sur les bancs massifs, face au confluent de l'Ill et de l'Aar, attablé devant une truite que le patron pêchait et fumait lui-même, en saison. Proche des universités, l'endroit avait accueilli tout ce qui s'était décidé à bouger au cours des vingt dernières années à Strasbourg. Situationnistes, nexialistes, et tout l'arc-en-ciel des sensibilités gauchistes, du trotskiste lambda au partisan d'Enver Hodja en passant par le castro-guévariste honteux. À chaque passage, Cadin tombait immanquablement sur un groupe montant à l'assaut du ciel, chauffé à blanc à l'edelzwicker ou au riesling. Il les écoutait, comme des échos de sa propre jeunesse.

6

Peau de pêche rouge sang

L'inspecteur Cadin passa au ralenti devant le numéro 15 de la rue Grande en observant la façade normalisée du pavillon. Elle était semblable à toutes les autres maisons de ce coron de l'Est, deux étages gris plantés à trois mètres en retrait de la route, derrière leur barrière de bois peint. La cité appartenait aux mines de potasse d'Alsace et datait probablement de la fin du siècle précédent, quand les Allemands s'étaient lancés dans le développement intensif des ressources des provinces annexées. Les puits situés sur le territoire de Marcheim, la mine Eulalie et la mine Christa, du nom des deux filles du propriétaire, avaient été les premiers à fermer, dix ans plus tôt. Des ouvriers s'étaient retrouvés mutés sur une autre partie du filon, à Staffelfelden ou Wittelheim, abandonnant leurs maisons à des locataires ordinaires.

Il se gara sur une petite place, devant l'école Mélusine, et revint à pied sous les arbres bourgeonnants. Deux noms figuraient sur la boîte aux lettres, Shelton et Moreux, près de la clochette qu'il agita. Personne ne répondant à son appel, il poussa la grille et grimpa les trois marches de ciment pour frapper à la porte qui s'ouvrit enfin sur une femme enveloppée dans un long tissu indien, un foulard multicolore noué sur ses cheveux.

C'est à ses yeux d'eau claire qu'il reconnut la jeune rédactrice de *Klapperstei 68* avec laquelle il avait échangé quelques mots la veille en sortant de chez Stöerkel. Elle demeura interdite un moment, le toisa avant de s'effacer pour le laisser entrer dans le couloir.

— Bonjour… C'est pourquoi ?

Cadin était aussi surpris et troublé qu'elle.

— Je ne m'attendais pas à ce que ce soit vous…

— Comment ça ? C'est moi que vous cherchez… Vous êtes qui, vous êtes quoi ?

— Inspecteur Cadin, de la Police judiciaire… Je n'ai pas eu le temps de vous le dire hier… J'enquête sur la mort d'Alain Dienta.

Elle se laissa aller, le dos contre le mur, la tête inclinée. Il remarqua les cernes sous les yeux, les traits tirés par le manque de sommeil.

— Un flic ! J'aurais dû m'en douter… Entrez, faites votre boulot…

La voix était soudain lasse, le ton celui d'une femme vaincue. Cadin résista à l'envie de poser une main sur son épaule.

— Écoutez, je m'excuse pour hier… Cela s'est fait comme ça… Vous ne saviez pas encore ce qui s'était passé sur le chantier, n'est-ce pas ?

Elle ouvrit une porte décorée de fleurs peintes, lui désigna une des chaises de la cuisine.

— Non, personne n'était au courant sinon on aurait annulé la réunion… Je l'ai appris par François Bischop en rentrant ici, vers onze heures.

Elle lui servit en silence un café aux arômes de cannelle et de girofle.

— Qui vous a dit qu'Alain et moi…

L'inspecteur suspendit son geste, reposa sa tasse.

— Cette fois-ci c'est à moi de dire que je l'ignorais. J'ai simplement lu un procès-verbal dans lequel votre nom et votre adresse étaient mentionnés. Une saisie de hasch, il y a deux mois…

Elle s'assit sur un tabouret et haussa les épaules. Le tissu s'ouvrit légèrement, laissant entrevoir la courbe d'un sein.

— Quelle connerie ! Vous ne croyez pas qu'il y a des choses plus importantes à régler dans la région que d'organiser des battues avec mitraillettes, hélicoptères et chiens policiers pour traquer des brins d'herbe ?

— Vous pensez ce que vous voulez, mais jusqu'à plus ample informé, c'est illégal…

— Ne vous fatiguez pas avec votre morale, inspecteur. Ils ont investi ma maison en cassant tout sur leur passage, comme si j'abritais les membres de la Bande à Baader. Tout ça pour des aromates… Alors qu'à cinq kilomètres à vol d'oiseau, on nous construit une centrale qui risque de bousiller toute vie humaine sur cent kilomètres à la ronde. L'État a le droit de polluer cinq millions d'individus au radium, mais la fumée d'un pauvre joint met le gouvernement en péril ! C'est contre cette hypocrisie qu'il se battait, l'Indien.

— Il habitait ici, avec vous ?

Michèle se releva pour prendre un disque dans une pile en équilibre instable sur le bout de table. Elle posa la galette sur le pick-up. La voix d'Éric Burdon se fraya un chemin entre la basse de Chandler et l'orgue d'Alan Price.

Don't let me be misunderstood…

— Tout ce qui me reste de lui, c'est ce disque, et les souvenirs que ça déclenche… Il a vécu avec moi pendant près d'un an. On s'est quittés bons amis à la fin de l'année dernière… Vous revoulez du café ?

Cadin posa sa main au-dessus de la tasse, pour décliner l'offre.

— Je sais que c'est indiscret, mais je voudrais connaître la raison de votre séparation.

Elle alluma une cigarette mentholée.

— Est-ce qu'il faut obligatoirement qu'il y en ait une ? C'est tout un ensemble de choses. Quand j'ai rencontré Alain, je ne pouvais pas passer une journée sans lui… Je suffoquais, comme si on m'avait plongé la tête sous l'eau. Sa présence m'était aussi nécessaire que l'air, que le soleil… Ça a duré plusieurs mois puis cela s'est dissipé, presque d'un seul coup…

— Qui a mis fin à votre relation, lui ou vous ?

Elle tira longuement sur sa cigarette en ramenant ses jambes sous le tabouret quand des pas firent grincer les marches de l'escalier. Un grand type aux cheveux légèrement roux, le bas du visage entouré de poils bouclés de même couleur, vint s'encadrer dans l'ouverture de la porte. Il avait les pieds et le torse nus et ne portait qu'un jean peau de pêche rouge sang. Le nouveau venu se pencha pour déposer un baiser sur le front de Michèle et se servit un fond de café.

— Le mieux, c'est de lui dire tout de suite comment ça s'est goupillé… Quand les flics commencent à fourrer leur nez quelque part, il faut que tout se recoupe sinon tu es bon pour Alcatraz…

Cadin le toisa, s'arrêtant un instant sur la bosse stomacale marquant l'abus de bière.

— Je présume que je viens de faire la connaissance de Gérard Moreux, non ?

— Exactement, et moi je suis heureux de constater que mes impôts sont bien utilisés : les fiches sont parfaitement tenues à jour…

L'inspecteur intercepta un regard de reproche lancé par Michèle.

— Je serais prêt à vous suivre sur ce terrain si l'affaire qui m'amène n'était pas aussi grave. Quand tout sera terminé, et si vous êtes encore dans ces dispositions, on pourra reprendre la conversation. Alors, cette rupture, ça s'est « goupillé » comment, comme vous dites ?

Michèle Shelton piqua du nez, et Gérard se dévoua.

— Oh c'est tout simple, l'histoire classique… Alain s'était brûlé avec son chalumeau, sur le chantier… Il est rentré au débotté et il nous a trouvés ensemble, dans la chambre…

— Comment il a réagi ?

Moreux voulut répondre mais elle lui coupa la parole.

— Comment voulez-vous qu'il réagisse… Il était malheureux… On était tous malheureux… Tous les trois… Vous ne me croyez pas ?

— Je crois tout le monde, jusqu'à ce que je m'aperçoive qu'on m'a menti… Je m'imaginais que c'était dépassé ces histoires de ménage à trois, l'amant qui se planque dans le placard à balais, les mains autour de l'objet du délit, quand le cocu rentre à l'improviste… Dépassé pour votre génération j'entends… Je me disais que c'était réservé aux beaux quartiers et à Pierre Sabbagh pour « Au théâtre ce soir ». Je suis tombé dans le panneau de tout ce qu'ils racontent à la télé et dans les magazines… La vie communautaire, le refus de la propriété, l'amour libre…

Cadin s'arrêta sur les premiers sanglots de la jeune femme. Moreux la prit dans ses bras, faisant saillir ses muscles.

— Vous ne pensez pas que vous en faites un peu trop ?

Le bras du pick-up se releva sur le solo de John Steele, le batteur des Animals, et l'inspecteur sortit dans un silence pesant. Le moteur de la Renault répondit présent dès la première sollicitation. Il le laissa tourner au ralenti, poussa la manette du chauffage au maximum pour relire confortablement le compte rendu de la perquisition effectuée au domicile de l'Indien par l'équipe de son collègue, l'inspecteur Haueser. Il y avait là toute la bibliothèque de base du parfait routard des paradis artificiels : *Les Portes de la perception* de Huxley et *Connaissance par les gouffres, La Vie dans les plis* de Michaux, l'Anthologie de la poésie beatnik, tout Castaneda, *Sucre de pastèque* d'un certain Brautigan que Cadin ne connaissait pas, et l'intégrale du *Comte de Monte-Cristo* dont il avait découvert, en le lisant entre Noël et jour de l'An, qu'il tenait le coup en s'envoyant une cuillerée de confiture de haschisch par chapitre ! La prose écolo partageait toute une page avec des tracts syndicaux ou électoraux, et des collections de revues comme *Actuel, La Gueule ouverte* ou *Barabajagal*. Il y avait également l'inévitable *Manuel de l'arrêté*, dont Haueser avait recopié le passage le plus significatif à ses yeux :

> Nous n'avons pas voulu, dans ce manuel, donner des astuces à l'usage des débrouillards. La débrouillardise, c'est l'affaire des trafiquants de drogue, escrocs immobiliers et autres qui, de fait, auront toujours avec la justice et la police du pouvoir des accommodements. Mais pour tous ceux (ouvriers, immigrés, jeunes, militants révolutionnaires) qui subissent la répression quotidienne de la bourgeoisie, il serait vain de vouloir s'en tirer par la débrouillardise individuelle. Face à la police, face à la justice, ils doivent se souvenir de cette règle fondamentale : ON EST EN PRÉSENCE D'ENNEMIS ET ON DOIT LES TRAITER COMME TELS.

L'inventaire faisait état de deux shilums péruviens qui avaient récemment servi, de trois seringues hypodermiques, d'un garrot en caoutchouc, d'un paquet de coton et d'une fiole d'alcool à 90°. Dans les poches d'un jean qui semblait appartenir à l'Indien on avait retrouvé des particules de tabac mélangées à des substances interdites, témoignage du probable séjour d'un joint.

À la mairie, on s'activait à remplir des cartons d'archives, de dossiers, de souvenirs, d'effets personnels, toutes choses accumulées au cours de vingt années d'un règne sans partage. Une secrétaire décrochait les fanions, les assiettes décorées offerts par des édiles lors de voyages officiels. L'administration d'Émile Loos s'apprêtait à laisser la place à celle de l'écologiste François Bischop en pratiquant sinon la politique de la terre brûlée, du moins celle des bureaux vides. Le maire défait n'était pas là, on ne savait où le joindre, et l'on précisa à l'inspecteur que l'« usurpateur », pharmacien de son état, tenait boutique en bout de ville, dans un quartier récemment loti appelé le Cimetière-des-Chevaux, réminiscence de la présence d'un équarrisseur, au Moyen Âge.

Cadin traversa le marché installé sous une ancienne halle aux grains dont la charpente savamment ouvragée servait de pigeonnier municipal. Les étals s'espaçaient au gré des concentrations de volatiles afin que la fiente ne corrompe pas la saucisse de foie ou la choucroute en saumure, et se contente d'éclaircir la pierre centenaire que foulaient les ménagères. Il longea un parc humide que réchauffait un soleil timide. Les appels intermittents de la croix verte de l'apothicaire se reflétaient sur le bronze du monument aux morts. Il se rendit compte, pour la première fois depuis le début de son séjour alsacien, que des noms s'étageaient sous les dates 1870-1871 et 1939-1945, qu'il était fait mention de deux soldats tués l'un en Indochine, l'autre en Algérie, mais que rien n'évoquait la Grande Guerre. Il patienta derrière une cliente lancée dans une description assez écœurante de tous les maux qui l'assaillaient, varices, phlébite, œdèmes divers, météorisme, puis la laborantine le fit passer dans l'arrière-boutique où le leader de la liste Verts Demain pesait méticuleusement les ingrédients de ses préparations. Le géant barbu qui avait prononcé le discours de remerciement aux électeurs de Marcheim était habillé de la même manière que dans la salle du dépouillement. Pantalon en velours côtelé, chemise bigarrée, large pull en laine tricoté maison. Il avait juste ajouté à la panoplie une blouse blanche parsemée de souvenirs chimiques. Il saupoudrait du permanganate de potassium sur un morceau de papier sulfurisé dont il pinça les coins. Il releva la tête.

— Oui, c'est pourquoi ?

Cadin déclina son identité, le motif de son intrusion.

— Je vous dérange en plein travail…

— Non, ça peut attendre. Les trois quarts de mes patients sont à l'agonie depuis trente ans au minimum… Pour Alain, vous êtes sur une piste ?

Il se retint de désigner les multiples ennemis qu'Alain Dienta s'était faits à la direction du chantier, au syndicat, dans sa vie sentimentale.

— Sur plusieurs, comme à chaque début d'enquête… Vous le connaissiez depuis longtemps ?

— Depuis toujours. Je suis né ici et lui aussi, à dix ans de distance. Je l'ai vu grandir, faire ses premières conneries, exprimer ses premières révoltes…

— Il était de Marcheim ou des environs ?

— De la ville. Ses parents habitaient dans la cité potassique… Ils sont partis il y a six ou sept ans quand les M.D.P.A. ont fermé la mine Eulalie. Alain n'a pas voulu les suivre. Il a été accueilli par des voisins pendant quelques mois puis il s'est agrégé aux deux ou trois communautés qui se sont constituées dans le secteur…

Il s'est fait embaucher à la centrale, et il est revenu l'année dernière dans la cité, chez une amie. Mais à ce qui se disait, ça n'a pas duré…

Cadin vint s'accouder sur une étagère pleine de bocaux.

— Michèle Shelton, celle qui collabore au journal satirique ?

— Je vois que vous êtes au courant…

— Il faut bien… J'aimerais comprendre comment est née votre association, et pourquoi il s'est retrouvé sur votre liste, en travaillant là-bas…

— Les statuts sont déposés à la préfecture, et les enquêtes d'embauche sur le chantier de la centrale étaient assez conséquentes. Vous devez pouvoir y avoir accès, non ?

L'inspecteur ne répondit pas immédiatement, repassant dans sa mémoire la conversation de la veille, chez Stöerkel, à propos de l'interception de la liste des abonnés par les Renseignements généraux.

— Vous vous méprenez sur mes intentions. Vos opinions et celles de l'Indien ne m'intéressent que dans la mesure où elles peuvent expliquer ce qui s'est passé. C'est une piste, et je l'explore au même titre que toutes les autres.

Le pharmacien repoussa un amoncellement de couches-culottes.

— De toute façon, nos actions ont toujours été transparentes… Je ne pense pas que les gens nous auraient fait aussi largement confiance s'ils avaient eu l'impression qu'on leur cachait quelque chose… Le secret, il est du côté de nos adversaires. Si on veut bien comprendre, il faut remonter à 1973, il y a quatre ans, quand Électricité de France a rendu public son projet d'édifier une centrale sur le territoire de Marcheim, à quelques kilomètres du clocher ! Il n'y avait rien à dire, rien à opposer, ils travaillaient, disaient-ils, pour le bien de tous, pour ne pas entrer à reculons dans le troisième millénaire…

— Il y a bien eu une enquête d'utilité publique…

— Elle a été bâclée… ici tout le monde était dans le brouillard… Personne n'avait les éléments pour réfléchir aux inconvénients de la centrale… En plus, les terrains concernés ne valaient pas bien cher, du pré plutôt que de la vigne. Certains voyaient venir les expropriations d'un bon œil : ils allaient se débarrasser de quelques hectares de mauvaise herbe au double du prix du marché… Si on leur avait annoncé que l'usine allait réchauffer l'eau du Rhin de deux à trois degrés et modifier à terme les conditions climatiques du secteur, ils nous auraient ri au nez… Tous se foutaient des conséquences comme de leur première couche ! Ils ne voyaient que l'argent à en tirer et les emplois que ça allait créer.

Cadin éternua. Le pharmacien lui tendit une pochette de Kleenex mentholés.

— Quelle position adoptiez-vous, Alain Dienta et vous ?

— Nous marchions sur des routes parallèles, sans même le savoir. Je reçois pas mal de revues, d'éléments d'information, de par ma profession… J'ai commencé à douter de certains arguments avancés par E.D.F… Je me suis mis à constituer des dossiers, à envoyer des lettres qui restaient toutes sans réponse… Alain Dienta habitait à l'époque dans une ferme abandonnée, sur des terrains voués à la construction de la centrale. Ils étaient une quinzaine à vivre en communauté, plus tout un tas de routards qui s'arrêtaient une semaine ou deux pour se refaire une santé. Ils passaient tous par la boutique, mais je ne cherchais pas à les fréquenter, surtout leur chef, une sorte de prophète illuminé qui tenait un discours que je jugeais paranoïaque sur les dangers de l'atome… En fait, il n'est pas mort de radiations, mais d'overdose. À sa disparition, le groupe s'est dispersé, pas mal de types ont réintégré la ville. C'est là que nous nous sommes aperçus que les idées de leur gourou avaient germé dans les esprits. Entre-temps, Alain avait donné quelques articles à *Klapperstei 68*. Il a rencontré Michèle Shelton, et il s'est installé chez elle, rue Grande…

Cadin se libéra une nouvelle fois les narines en se pinçant le nez dans le menthol.

— Shelton, c'est un nom anglais ?

— Américain… Ils ont participé à la libération de la région, en 1945. Quelques G.I. sont revenus après-guerre, séduits par la beauté des paysages et celle des paysannes… Les parents de Michèle vivent maintenant aux États-Unis. Ils ont laissé la maison à leur fille, et quand la communauté a éclaté, plusieurs de ses membres ont trouvé refuge chez elle. J'ai vraiment renoué contact avec l'Indien à cette époque, alors qu'il commençait à travailler à la centrale. Je me souviens de notre première vraie discussion… C'était il y a un peu plus d'un an, au moment des élections cantonales. Il était entré pour acheter une bricole, mais ça puait le prétexte à plein nez… Le maire, Émile Loos, n'avait qu'un challenger, le candidat communiste Gérard Müller. Plus de la moitié des électeurs sont restés sous la couette. L'Indien était d'avis que les gens avaient voté avec leurs pieds, qu'ils étaient opposés au projet de centrale, et qu'il fallait saisir l'opportunité des municipales… C'est ce jour-là que nous avons décidé de créer l'association Verts Demain… Nous avons déposé les statuts à la préfecture, dans la semaine. Le mois suivant nous avions récolté plus d'une centaine d'adhésions.

— Qui était-ce ? Je ne vous demande pas de noms…

— Si bizarre que cela puisse paraître, toutes les couches de la population sont représentées dans nos rangs. Il y a bien sûr des agriculteurs craignant pour leurs exploitations, des éleveurs inquiets des risques de contamination du bétail, beaucoup d'anciens, scandalisés par la destruction de l'univers de toute leur vie, des femmes paniquées à l'idée de voir leurs enfants atteints par les radiations… En plus, le scandale de Seveso, ces produits chimiques mortels déversés sur toute une région d'Italie, a hâté la prise de conscience de la nécessité d'obtenir des garanties. Sans compter que les politiciens traditionnels n'ont pas mesuré la nouvelle importance des jeunes : les municipales ont été les premières élections nationales depuis l'instauration du droit de vote à dix-huit ans… Ils se sont pratiquement tous tournés vers nous. Le journal nous a aidés à organiser des soirées où se mêlaient la discussion, la musique, la bouffe… Un coup c'est Roger Siffert qui est venu de Strasbourg, un autre le Suisse Michel Bülher… Les recettes nous ont permis de financer l'impression des tracts, des affiches, des professions de foi, des bulletins de vote. La sincérité d'Alain, son entrain, son acharnement ont énormément contribué à notre succès, dimanche dernier, et je peux vous dire que nous ne nous remettons pas de son absence.

L'inspecteur Cadin avait pris quelques notes. En levant les yeux il remarqua l'humidité qui brouillait le regard du pharmacien à l'évocation des combats menés avec l'Indien.

— Quand il venait ici, est-ce qu'il lui arrivait de vous acheter de l'alcool à 90°, du coton, des seringues ?

François Bischop se rendit compte qu'il s'était laissé aller. Il se redressa devant celui qui était subitement redevenu un flic, et seulement un flic.

— À quoi ça vous sert de salir les gens ! Alain n'avait rien à voir avec ces histoires, et si cela avait été le cas je me serais refusé à être son complice. J'ai l'impression que nous n'avons plus rien à nous dire…

Bien qu'étant d'un avis contraire Cadin ne tenta pas de relancer la conversation. Il suivit l'apothicaire jusqu'à la porte de la boutique et sortit sans serrer la main qu'on ne lui tendait pas.

7

Les Vroutschs

Cadin fut réveillé par le frottement du journal, sous la porte. Il se traîna jusqu'à la fenêtre. Un jour gris se levait avec autant de difficulté que lui sur les berges de l'Ill. Il jeta deux cuillerées de café soluble au fond d'une tasse, fit couler un peu d'eau chaude du robinet dessus, et but le jus sans sucre en lisant les nouvelles. À Bescherwiller, la gendarmerie venait d'arrêter un gamin de sept ans qui avait battu à coups de pied, de poing puis à l'aide d'un bâton, un nourrisson de vingt-quatre mois afin de lui voler son tricycle électrique. Il l'avait laissé pour mort et avait dissimulé le corps derrière une machine à laver, dans le sous-sol de la villa de ses parents.

L'humidité avait eu raison de la batterie de la Renault. L'inspecteur fit un détour par le garage des Ponts-Couverts, remonta à pied la rue du 22-Novembre, traversa la place Kléber pour prendre une minuscule ruelle dissimulée par la façade imposante de la Maison Rouge. Il avait lu quelque part qu'André Breton se promenant dans Paris, au début des années 30, s'était arrêté près d'une enseigne où le mot ROUGE apparaissait en relief. Placé légèrement de côté, les lettres, biseautées, se lisaient POLICE. Il y avait vu, plus tard, une annonce hasardeuse et objective des premiers procès staliniens. À Strasbourg, l'annexe des Renseignements généraux occupait tout un étage au-dessus d'une librairie d'ancien spécialisée dans l'érotique fin de siècle, où l'on trouvait des curiosités comme un *Roman de Renart* rehaussé d'eaux-fortes pornos ou un *Don Quichotte à Gomorrhe*. Cadin avait connu Dalbois à la fac, sept ans plus tôt, alors qu'ils se destinaient tous deux encore à l'enseignement de l'histoire ou de la philosophie. Ils s'étaient en fait retrouvés en droit pour les beaux yeux, et le reste de l'anatomie, d'une fille qui s'était évaporée dès la fin du premier semestre.

Les couloirs qu'il traversa derrière une secrétaire sans grâce sentaient la vieille fiche, l'encre rancie et la rouille des fichiers. Son ancien condisciple occupait un renfoncement, dans les combles. Il avait gonflé. Sa figure couperosée faisait tache devant l'alignement bistre des dossiers. Il portait un gilet de laine épaisse aux coudes renforcés sur un pantalon gris froissé. La cravate taillée dans une sorte de matière synthétique s'irisait en captant la lumière vive du plafonnier. Il tendit rapidement à Cadin une main sèche et fuyante puis dégagea un fauteuil pour qu'il puisse s'asseoir.

— Salut, Cadin ! Je suis content de te revoir… Ça remonte à quand ?

— Pas tout à fait deux ans… On s'est revus pour la dernière fois au concert de Lavilliers, avec Ange en première partie.

— Exact… Tu étais peut-être là pour ton plaisir, mais moi, je peux te le dire maintenant, j'étais en service commandé. À l'époque je constituais un dossier complet sur les freaks qui organisaient toutes ces rencontres, les Vroutschs…

Cadin fronça les sourcils.

— Vroutsch ? Je croyais que c'était un journal…

Dalbois le regarda avec l'air de celui à qui on ne la fait pas.

— Ils commencent tous par un canard. Même les plus cons ne tardent pas à s'apercevoir que ça ne sert pas uniquement à informer mais qu'on drague aussi des idées et des gens… J'ai appris que tu étais sur le meurtre de Marcheim. Tu t'en sors ?

— Je ne m'en sors pas, j'y entre… Tu te doutes bien que c'est un peu pour en parler que je suis venu te voir. Alain Dienta, la victime, donnait justement des articles à un fanzine régional, *Klapperstei 68*, et j'ai appris par hasard que les R.G. s'y intéressaient de près. Vous auriez été jusqu'à relever la liste de tous les abonnés sur les bandes des canards, au centre de tri… C'est vrai ?

Dalbois se leva pour prendre deux cannettes de Schutz qui prenaient le frais dans le lavabo, les décapsula et en posa une devant Cadin en riant.

— Tu es au courant de cet épisode peu glorieux ! À cause de cette connerie, on a grillé un de nos meilleurs hommes. Il a fallu le muter en Franche-Comté. Les gens de *Klapperstei* nous ont pris de court. D'habitude les collectifs babas cool mettent six, huit mois à sortir un projet. Sans compter que les trois quarts se disloquent avant toute expression publique… Là, ça a été le contraire ; ils étaient organisés comme des chefs, et on s'est retrouvés le bec dans l'eau avec personne de chez nous dans le noyau dirigeant.

— Pourquoi ? D'habitude vous avez toujours quelqu'un ?

Dalbois assécha la moitié de sa bouteille.

— Bien sûr : le journalisme nous occupe énormément… J'écris des dizaines d'articles. Rien que dans le département, on compte une cinquantaine de publications, de la feuille ronéotée à parution irrégulière jusqu'au mensuel en quadri, il faut fournir ! On essaie de planquer un gars du service dans chaque comité de rédaction pour contrôler et au besoin retourner le canard à notre service… Avec *Klapperstei* on a rien pu faire, mais tu as déjà entendu parler de *Pingouins*, de *Barabajagal* ou de *Magazine* ?

Cadin se souvenait d'avoir lu le premier journal, de sensibilité écologiste, à Mulhouse, au bar du Moll, une brasserie mulhousienne fréquentée par une clientèle estudiantine.

— Oui, c'était assez nullard. Je ne comprends pas qu'à ton âge tu perdes encore ton temps à infiltrer des groupes de lycéens.

— C'est beaucoup plus sérieux que tu ne l'imagines, Cadin. Je ne vais pas te bourrer le mou : tout comme toi j'ai fait mumuse à la Révolution. Tiens, je vais te confier un secret : j'ai eu ma carte à l'Organisation communiste des travailleurs, en 70… Puis j'ai vu les ficelles, j'ai réalisé que certains les tiraient, et que ça ne valait le coup de continuer que si on n'était pas du côté des marionnettes… Comme j'étais incapable de devenir « dirigeant bien-aimé », j'ai choisi de tirer d'autres ficelles, et le plus drôle, c'est qu'elles sont reliées aux mêmes pantins !

Cadin avait fait son deuil d'un monde meilleur sans pour autant considérer que celui dans lequel il vivait était acceptable. Il le supportait en résistant à chaque instant au cynisme des Dalbois ou des Brück.

— Si tu en revenais au *Pingouin* ?

Il plongea vers un tiroir pour en sortir un exemplaire du fanzine.

— On a eu le pot que le fils d'un de nos correspondants de Mulhouse parle à son père de ce projet. Il en avait eu vent dans un bar, près du ciné Corso. Les types qui animaient ce truc ne savaient pas trop où ils en étaient. Ils passaient des articles autonomistes en alsacien, parlaient des luttes du peuple corse, du peuple flamand sans se rendre compte qu'ils étaient vérolés par des groupes vert-de-gris. Je me suis dévoué et, pour en avoir le cœur net, j'ai écrit quelques textes qui poussaient insensiblement, chaque mois, le bouchon un peu plus loin. Dans un premier temps ça nous a permis d'entrer en contact avec les néo-nazis du secteur puis, grâce à la boîte postale, de recevoir du courrier de tous les adorateurs de croix gammées à cent kilomètres à la ronde. Résultat, on a toujours un coup d'avance sur eux.

— Je ne suis pas assez naïf pour penser que vous ne mettez que ces abrutis sous contrôle… Tu as du matériel sur Alain Dienta et Verts Demain ?

Dalbois fit glisser sur son rail un panneau qui dissimulait plusieurs centaines de dossiers suspendus. Ses doigts coururent sur les réglettes plastique sous lesquelles étaient glissées des étiquettes nominatives. Il feuilleta rapidement le contenu de plusieurs chemises, ponctuant son examen de quelques renvois.

— Je ne possède que de l'officiel, sur la liste écolo de Marcheim. Formulaires de déclaration d'association, dépôt de liste, publications électorales… Ça ne t'avancera à rien…

— Et l'Indien ?

Il se hissa sur la pointe des pieds pour ouvrir un autre dossier.

— Pas grand-chose non plus. Ce n'était sûrement pas un Grand Chef ! Encore que… Attends… Les copains de Mulhouse l'ont coincé il y a deux ans dans une affaire de réseau de soutien à des déserteurs. Il diffusait en loucedé les copies ronéotées d'une lettre d'un de ses copains de Marcheim, Francis Stetter, qui avait faussé compagnie à la deuxième section du 81e régiment d'infanterie de Sète dans lequel il avait été incorporé. Tiens, regarde…

Cadin prit la feuille de mauvais papier et commença à lire le texte surmonté d'un titre tracé au normographe :

POURQUOI J'AI DÉSERTÉ

J'en avais marre de servir dans l'armée du capital, qui embrigade la jeunesse pour mieux la préparer à l'exploitation patronale, qui réprime les peuples dominés par l'impérialisme français (Martinique, Guadeloupe, Réunion, Nouvelle-Calédonie), qui vend des armes aux régimes fascistes de Grèce, d'Espagne, du Brésil, qui vole les terres des paysans prolétaires pour en faire des terrains militaires (Larzac, Lorraine, Fontevrault), qui utilise l'énergie nucléaire à des fins meurtrières…

L'inspecteur survola le reste de la déclaration dans laquelle l'auteur condamnait la tentation pacifiste, préférant transformer l'armée du capital en une armée du prolétariat qui réserverait ses propres balles pour ses propres généraux.

— Qu'est-ce qu'il est devenu ce Francis Stetter ?

— Il devait être sincère car on ne l'a jamais revu, contrairement à d'autres qui tiennent boutique rue des Arcades ou rue des Francs-Bourgeois, après que papa est intervenu pour faire effacer les marques infamantes du livret militaire… On suppose qu'il a passé la frontière et qu'il vit clando en Suisse ou en Italie.

Il n'y avait rien d'autre à en tirer. Cadin quitta la pièce aux petits secrets en glissant dans la pochette de sa veste le morceau de papier sur lequel Dalbois avait noté son adresse, place Saint-Nicolas-aux-Ondes.

— Je ne t'ai pas dit, je suis marié… Téléphone-moi… À ce qu'on dit, la table n'est pas mauvaise !

Tout ce qu'il aimait ! Il demeura plusieurs minutes, le nez collé à la vitrine, à regarder les couvertures chaudes des bouquins anciens du rez-de-chaussée, avant de traverser la place Kléber envahie par les supporters rouge et or d'une équipe de foot qui jouait le soir même contre le F.C. Strasbourg au stade de la Meinau. Le garagiste des Ponts-Couverts avait redonné un peu de jus à la batterie. Le moteur de la Renault toussota pour la forme puis ronfla régulièrement jusqu'au parking de la brasserie Ensingen. L'inspecteur s'installa sur un tabouret, en coin de bar, pour avaler une assiettée de cervelas arrosée, sur le conseil du patron, d'un verre galbé de shoenenbourg grand cru. Il mouilla ses lèvres de riesling.

— Excellent. Votre fils est là ? J'aurais aimé lui parler.

— Il travaille à cette heure-là... Il est instituteur à l'école protestante.

La fondation Herrenschmitt, accolée au temple, accueillait une douzaine de classes, du cours élémentaire à la sixième. Cadin contourna les deux bâtiments à l'architecture austère, presque militaire, qui se faisaient face, de part et d'autre d'une cour plantée de marronniers effeuillés. Il vint s'asseoir sur un banc, se gorgeant du premier plein soleil de printemps. La sonnerie électrique l'arracha à sa torpeur, et il ouvrit les yeux sur les hordes hurlantes de gamins qui faisaient irruption des halls, pour se ruer en récréation. Les enseignants s'étaient regroupés sous l'auvent afin de s'irriguer le sang de nicotine, déléguant à un vieux gardien la surveillance des jeux de balles et des règlements de comptes. Il reconnut le fils du cafetier, lui fit signe d'approcher de la grille.

— Inspecteur Cadin. J'aurais besoin de vous parler au sujet de l'Indien... Vous êtes libre à quel moment ?

Christian Wurtz, un blond dont la douceur du visage était renforcée par des yeux clairs et rêveurs, souleva le trousseau de clefs accroché à son ceinturon, en choisit une. Il ouvrit la petite porte réservée aux livraisons.

— J'ai un quart d'heure devant moi... Si ce n'est pas assez, je peux demander à un collègue de s'occuper de mes élèves...

Cadin le suivit jusqu'à la salle des profs. Ils se partagèrent un fond de café tiédasse devant un mur décoré d'offres de promotion de meubles en rotin, de voyages, de croisières, émanant de coopératives fonctionnaires. L'inspecteur avala son jus en regardant les peintures enfantines punaisées en face, sur un immense panneau en contreplaqué. Les dessins étaient classés de telle manière qu'on pouvait suivre l'évolution de l'enfant et son rapport au monde. Des yeux apparaissaient au cœur des gribouillis, bientôt un humain en forme de pomme de terre, où des jambes filiformes ne tardaient pas à pousser, des bras, des doigts puis, bien plus tard, le ventre naissait directement sous la seule tête hérissée de cheveux multicolores.

— J'ai cru comprendre que vous alliez grimper d'un cran dans la hiérarchie municipale après la disparition d'Alain Dienta…

— Vous en tirez quelle conclusion ? Que je vais continuer à flinguer tous ceux qui sont encore devant moi pour m'emparer de l'écharpe bleu, blanc, rouge ? Je vais vous dire une chose : je n'avais aucune envie de me présenter, principalement à cause de mon père. C'est un ami d'enfance d'Émile Loos, et j'avais la désagréable impression que mon nom, sur les affiches, risquait de compter davantage que mes idées… J'ai fini par me laisser faire en précisant bien que je n'abandonnerais pas mon boulot d'instit et que je laisserais ma place d'adjoint au suivant de la liste à mi-mandat, c'est-à-dire au bout de trois ans. Vous pouvez vérifier auprès de qui bon vous semble…

— C'est noté… Vous savez si quelqu'un en voulait assez à Dienta pour penser à le supprimer ?

— Cela nous est tombé sur le poil sans crier gare. Tout ce qui se dit à ce propos dans le pays, c'est que c'est à cause de la centrale. On n'entend rien d'autre.

Les gens se souviennent qu'Alain est à la source de tout… C'est lui qui nous a ouvert les yeux sur les dangers du nucléaire…

Cadin sortit un paquet de Meccarillos de sa poche et le tendit, ouvert, en direction de Christian Wurtz qui refusa. L'inspecteur tassa le tabac sur le carton rigide en relisant la phrase qui soulignait la marque : « Meccarillos, une distanciation quasi brechtienne de la quotidienneté », et porta le feu vers sa bouche.

— J'ai rencontré le pharmacien… Il m'a raconté la même chose. J'ai pourtant beaucoup de mal à imaginer les responsables du chantier draguant dans les bars louches de la place de la gare à la recherche d'un tueur…

— Tout ce que je sais de ce genre de choses, c'est ce que je lis dans les journaux… Le milliard volé à la poste de Strasbourg, son frère jumeau raflé dans celle de Mulhouse, les trafics de machines à sous des frères Saint-Snéebélé, l'impunité des syndicats jaunes de chez Peugeot, les cartes tricolores des membres du Service d'action civique… Si on cherche un porte-flingue, il faut être aveugle pour ne pas le trouver !

Cadin laissa passer l'orage en tirant sur son cigarillo, sans réagir. L'instituteur changea de registre.

— Nous sommes des naïfs, à Verts Demain… En nous organisant, nous n'avions qu'une idée en tête, convaincre nos concitoyens que nous pouvions, ensemble, imposer un autre type de développement, quelque chose qui serait plus respectueux des hommes et de leurs paysages. Nous nous rendons compte seulement maintenant, avec l'assassinat de l'Indien, de l'énormité des intérêts que nous menaçons avec nos propositions alternatives… L'arrêt de la construction, ça veut dire des centaines d'emplois en moins, des dizaines d'entreprises touchées, des milliards de francs gelés, sans compter les paniques en cascade dans les bureaux d'E.D.F., chez les ingénieurs, dans les ministères… Quelqu'un a pu devenir subitement dingue à un endroit ou un autre de toute cette chaîne, à l'annonce de notre victoire dimanche soir…

Leur discussion fut interrompue par le vieil homme qui s'époumonait sur son sifflet pendant la récréation. On demandait Christian Wurtz en salle de cours. Avant de se diriger vers l'escalier, il tendit à Cadin plusieurs feuilles de papier qu'il était allé prendre dans son casier.

— C'est là-dessus que j'ai suivi l'Indien…

Cadin traversa la cour en lisant l'en-tête du document : Institut Max Von Laue-Paul Langevin de Grenoble. Il marcha lentement jusqu'à sa voiture en prenant connaissance du document dont le nom du rédacteur avait été occulté par un trait de feutre noir. Le 11 juillet 1974, la décision avait été prise de suspendre, pour une année minimum, les visites techniques du réacteur à haut flux neutronique de l'Institut. La veille une vulgaire valve du dispositif de démarrage avait rendu l'âme et une dose sensible d'antimoine fortement radioactif s'était répandue dans la piscine de refroidissement. Les huit cents mètres cubes de liquide avaient été contaminés à hauteur de deux mille cinq cents curies, et la direction avait pris la décision de les évacuer vers un centre de retraitement à l'aide de trois camions-citernes loués à une entreprise locale spécialisée dans les vidanges. Le transvasement s'était déroulé dans de telles conditions d'improvisation qu'un égout départemental avait été, à son tour, pollué. Comble de malchance, l'un des véhicules n'était pas totalement étanche et il avait fallu racler la terre sur dix centimètres d'épaisseur tout le long de son parcours. L'eau avait pu, finalement, être décontaminée. Mais pas les camions pour lesquels n'existait aucun traitement efficace. Ils pourrissaient depuis sur une aire contingentée de l'institut, où seuls les oiseaux continuaient à les fréquenter.

8

Attention, chiens végétariens

L'inspecteur Cadin posa les documents à la place du mort. Il traversa Marcheim en picorant, au gré des arrêts aux carrefours, quelques informations supplémentaires. L'ingénieur grenoblois auteur du rapport s'appuyait sur des incidents similaires survenus à travers le monde au cours des années 70. Il évoquait, par exemple, la grève de l'amour menée par les épouses des employés des centrales nucléaires anglaises, de mars à juin 1975, en raison des risques de contamination des fœtus. Elles y avaient mis un terme après avoir obtenu des visites médicales plus fréquentes et gratuites du personnel et des proches. Plus loin, un haut fonctionnaire allemand déclarait qu'à l'horizon de l'an 2000 les eaux du Rhin, réchauffées et rendues artificiellement subtropicales par la quinzaine de centrales prévues de part et d'autre de ses rives, verraient proliférer des germes de maladies habituellement exotiques telles que la dysenterie, l'amibiase et autres parasitoses.

Il s'engagea dans la rue Grande au moment où Michèle Shelton et Gérard Moreux se séparaient en s'embrassant devant la grille du pavillon. Ce fut elle qui vint vers lui. Elle portait un jean légèrement évasé sur des clarks éculées, un triskaël breton battait, au rythme de ses pas, le large pull qui masquait ses formes. Une interminable écharpe mauve pendait de son cou jusqu'à ses genoux, se balançant à chacun de ses mouvements. Cadin claqua la portière alors qu'elle passait près de lui en se contentant d'un rapide bonjour de la tête. Il accéléra le pas pour la rattraper.

— J'avais deux ou trois choses à vous demander. Ça ne vous gêne pas si je vous accompagne un bout de chemin ?

— Que ça me gêne ou pas, je ne vois pas ce que ça change… Qu'est-ce que vous voulez savoir ? Je vous ai déjà tout dit…

— C'est souvent ce que l'on croit, et après on s'aperçoit que des détails que l'on jugeait insignifiants avaient une importance capitale. Vous vous souvenez de votre rencontre avec Alain ?

Elle bifurqua sur la gauche, sans prévenir.

— À la maternelle… On se connaît depuis toujours…

Cadin la rejoignit en allongeant ses enjambées.

— Si vous voulez jouer à ça, je peux m'y coller moi aussi : vous avez couché ensemble quand, pour la première fois ?

Elle s'arrêta pour le toiser, un sourire amer aux lèvres.

— Vous n'êtes pas encore au point, inspecteur Cadin. Vos collègues ont du vocabulaire, eux. Ils disent « baiser », « se faire mettre »… Allez-y, essayez… On prend très vite le pli quand on est flic.

Il était prêt à tourner les talons, imprimant déjà le mouvement à ses épaules. Les larmes qui gonflèrent les paupières de Michèle le retinrent. Il la prit par le bras quand elles commencèrent à rouler sur ses joues.

— Venez… Ma voiture est à côté.

Elle éclata en sanglots dès qu'elle fut assise. Désemparé, il ne sut que lui tendre les Kleenex mentholés offerts la veille par le pharmacien, puis il se mit à conduire à travers Marcheim, laissant au hasard le soin de rouler en direction de la centrale.

— Je m'excuse pour tout à l'heure… Je ne voulais pas vous faire de mal… Où est-ce que je vous dépose ?

— Je vais à la gare… C'est dans l'autre sens… On s'est mis ensemble avec Alain il y a deux ans, à peu près à l'époque où la communauté de Boris Undermatt a éclaté… Deux ou trois mois avant…

— C'est le groupe qui habitait dans la ferme, sur les terrains de la centrale ?

— Oui… Moi, je n'étais pas avec eux, j'y allais seulement lorsqu'ils faisaient venir des groupes ou qu'ils organisaient des fêtes… Un soir il y a eu un bal folk avec des types de Paris, Coup d'Rouge… Ils passent de temps en temps à la radio ; maintenant ils s'appellent Traces. On a dansé, et ce qui devait arriver est arrivé… Il est venu habiter à la maison le mois suivant…

— Après la disparition d'Undermatt ?

Michèle Shelton demeura silencieuse quelques instants.

— Je ne me souviens pas exactement… Ça devait être juste avant qu'on le retrouve mort… Alain a fait un vrai blocage à ce sujet. Il ne voulait pas qu'on en parle, il m'a même interdit de participer à son enterrement.

Cadin gara l'avant de la Renault dans l'un des emplacements en épi, sur la place de la Gare.

— Il y est allé, lui ?

— Bien sûr que non…

— Il vous a donné une explication ?

— Non. Ils ne s'entendaient plus, c'est tout… Je connais pas mal d'amis qui se sont mis en communauté. Au début, il n'y a que des avantages : on n'a plus les parents sur le dos, on parle des mêmes choses, on écoute la même musique, on se libère des horaires pour les repas ou le sommeil… On passe des nuits entières à se dire ce qu'on a sur le cœur. C'est comme si on choisissait sa famille… Ils s'aperçoivent très vite qu'il faut un minimum d'organisation et de discipline pour que la maison commune ne se transforme pas en écurie… C'est formidable de pouvoir manger à n'importe quelle heure, mais encore faut-il que le frigidaire soit plein et que quelqu'un ait pensé à payer la facture d'électricité… Pareil pour le ménage, la vaisselle, le nettoyage des fringues… Et les trois quarts du temps, ce sont les filles qui doivent se dévouer… Boris avait imposé des règles, de manière assez autoritaire, et je crois que c'est cela qui n'avait pas plu à Alain…

— Ils étaient combien dans la ferme ?

— Entre quinze et vingt… Ça bougeait, ce n'était jamais les mêmes… On peut dire qu'il y avait un noyau stable d'une dizaine de personnes.

— Vous savez ce qu'ils sont devenus, ces dix-là, après la disparition de Boris Undermatt ?

Michèle ramena son écharpe mauve autour de son cou.

— Ils se sont dispersés… La mort de Boris leur a montré qu'il était temps de sortir de l'adolescence… Alain a commencé à travailler, en même temps qu'il organisait le combat contre l'implantation de la centrale. Les seuls à être restés un peu dans ce trip, à vivre ensemble, c'est la bande à Regain…

— La bande à Regain ?

— Oui, c'est comme ça qu'on les appelait… Regain est peintre, et il avait autant d'influence que Boris… Trois mois après l'accident, il a été renversé par une voiture. Il se déplace sur une chaise roulante… Je n'ai jamais eu assez de courage pour aller le voir à l'hôpital…

— Où est-ce que je peux les trouver ?

— Aux dernières nouvelles, ils se seraient installés dans un entrepôt abandonné du port du Rhin, près de la centrale thermique, en face de Kehl. Ils élèvent des animaux… Alain m'a offert un petit tableau de lui la veille de son assassinat. Un portrait…

— Le vôtre ?

— Non, celui d'une gamine. Une petite sauvageonne aux cheveux blonds et aux yeux noirs… Le contraire de moi.

La jeune femme ouvrit la portière et s'extirpa de la Renault en cognant son triskaël contre la vitre. Elle gratifia l'inspecteur d'un sourire avant de courir vers la micheline qui venait de se ranger le long du quai. Cadin remit le cap sur Strasbourg. Il fit une halte au commissariat de la Nuée-Bleue où l'attendait une impressionnante pile de dossiers à vérifier, à compléter : Haueser avait découvert une escroquerie à l'assurance portant sur près d'une centaine de véhicules, et chacun des vols simulés nécessitait un procès-verbal argumenté. Le reste de l'après-midi fut englouti dans ce travail répétitif. Cadin ne sortit de son bureau qu'une fois, en entendant des cris qui montaient du hall d'« accueil ». L'inspecteur Gossen, aidé par trois gardiens en tenue, faisait rentrer à coups de pied, de poing deux mômes d'une quinzaine d'années dans la cage. Les « putains de ta race », les « enculés » volaient aussi bas que les gnons. Derrière les grilles, les gamins aux cheveux ras, délestés de leurs ceinturons, de leurs lacets, de leurs insignes, continuaient à gueuler, à éructer, à dresser un index rageur vers les képis. Ils ne virent pas arriver les seaux d'eau froide qui calmèrent leurs ardeurs. Cadin s'était remis à ses mentions jumelles au bas des formulaires de vol quand Gossen vint lui tendre un café.

— Quels petits cons ! Je ne vais pas les louper sur mon rapport. J'ai des bleus partout. Ce qu'ils portent aux pieds, c'est des pompes de sécurité !

— C'est la bande de la Robertsau ?

— Non, ils ne viennent même pas des cités de Hautepierre. On les a chopés à Oberhausbergen, chez papa-maman. On avait été avertis par un promeneur qu'il se passait des drôles de choses dans le cimetière du chemin des Bornes. En fait, ils l'avaient pris pour une piste de gymkhana : ils se sont amusés à faire de la moto tout terrain dans les allées, sur les tombes… Une quinzaine de stèles sont tombées par terre… Comme le terrain est argileux et qu'il est gorgé d'eau avec les pluies des derniers jours, on les a presque suivis à la trace… On se demande ce qu'ils ont dans le crâne. Ça ne manque pourtant pas les endroits pour faire de la moto…

Cadin fit pivoter son siège pour se trouver face au plan de l'agglomération. Il pointa du doigt le cimetière militaire, le cimetière Saint-Gall, le cimetière central, le cimetière Saint-Urbain, des espaces verts plantés de croix catholiques, avant de repérer le chemin des Bornes. Les croix étaient remplacées par des rectangles décorés de l'étoile de David.

— Tu n'as pas remarqué que c'était le cimetière juif ? Ça explique sûrement pourquoi ils sont venus là…

L'inspecteur Gossen s'approcha à son tour de la carte.

— Je ne crois pas qu'il faille en rajouter, Cadin… Si c'était ce que tu penses, ils auraient laissé des inscriptions, croix gammées et tout le tremblement. Je n'ai rien vu de ça, chemin des Bornes.

Cadin n'insista pas, il avait assez à faire sans venir fourrer son nez dans l'enquête de son collègue. Mais il savait qu'à sa place, il ne serait pas assis là, tranquillement, un gobelet de café fumant sous le nez. Il aurait fichu sens dessus dessous les baraques des deux mômes à la recherche du moindre symbole néo-nazi, médaille, disque, livre, fanion… Il savait qu'on ne profane pas les alignements de tombes sans raison. Et que lorsque l'on traite les cadavres comme des vivants, c'est pour leur signifier qu'on ne croit pas à leur mort. Qu'elle est feinte. Que ces corps appartiennent à un peuple de faussaires, de menteurs, de mystificateurs. Il savait également qu'au terme de leur logique infernale, ces vidangeurs de mémoire proclamaient que si un seul n'était pas mort, c'était bien la preuve évidente que six millions d'autres ne l'étaient pas. Le café automatique l'écœurait. Il attendit le départ de Gossen pour aller le jeter dans le lavabo.

La centrale thermique se trouvait de l'autre côté du grand pont d'Anvers, derrière le port au charbon et ses grues aux poutrelles arrondies par la suie. Le relief rouge de la marque d'anthracite, Starlette, glissait sur le ciel gris, au rythme lent du pont roulant. Dans sa recherche des entrepôts squattés, il se perdit le long des immenses bassins nés du Rhin, échouant à la nuit tombée devant la gare des Ports. Les lumières germaines se noyaient dans le fleuve, de part et d'autre de la frontière tracée au mitan du lit. Un douanier affecté aux anciens chemins de halage lui montra des bâtisses dont les façades crénelées émergeaient d'un alignement de peupliers. Il hasarda le train avant de la Renault sur un parking jonché de matériel téléphonique mis au rebut. Il descendit, progressa au milieu des écouteurs, des cadrans à ressort, des fils, des boîtiers, écrasant la bakélite. Le premier chien commença à hurler quand Cadin se prit les pieds dans la menuiserie d'un standard et chuta de toute sa hauteur, dispersant sur la pente une cargaison de bidons. Le reste de la meute suivit, couvrant les échos métalliques des roulements. L'inspecteur enjamba les rails rouillés d'une voie à petit gabarit qui allait s'égarer dans les herbes folles. Les aboiements des cabots redoublèrent à son approche, il les voyait maintenant qui se jetaient contre un grillage déformé par leurs assauts. Il identifia un berger allemand, un briard, deux bestiaux roux croisés de setters, un labrit, ainsi qu'un danois aux babines pendantes. L'entrée, une lourde porte d'usine, était couverte d'une fresque d'inspiration pop'art, des profils dont les lignes de force donnaient naissance à des lettres psychédéliques. Cadin songea à une vague imitation de Bill Graham et parvint à déchiffrer les mots « Grateful Dead », puis juste au-dessous, dans un phylactère, le nom que lui avait indiqué Michèle : « Regain ». Un battant s'entrebâilla alors qu'il tendait la main vers la ficelle nouée à une cloche. Un type d'une vingtaine d'années pointa son visage en éruption acnéique dans l'interstice. Il toisa l'inspecteur d'un air revêche.

— Vous cherchez quoi ?

Cadin pointa le doigt sur la bulle.

— Je crois que j'ai trouvé… C'est vous Regain ?

— En tout cas j'en suis… Qu'est-ce que vous leur voulez aux Regain, si ce n'est pas indiscret ?

L'inspecteur fit prendre l'air à sa carte tricolore, s'attirant une grimace de dégoût.

— J'enquête sur la mort d'Alain Dienta. Comme vous le connaissiez, du temps de la communauté d'Undermatt, j'aurai quelques questions à vous poser… Je peux entrer.

Il avait joint le geste à la parole. Le boutonneux s'écarta de mauvaise grâce et laissa les chiens se jeter sur le flic, jappant, grognant, léchant, reniflant. Cadin le suivit jusqu'au premier hangar en évitant les charges du danois et les effusions baveuses des deux setters. À un moment le labrit s'accrocha à sa jambe, la prenant pour une femelle. Il traîna le corniaud excité sur plusieurs mètres avant de s'en débarrasser d'un coup de talon bien ajusté. Seul le berger allemand se tenait à l'écart, oreilles relevées, tout à la surveillance et au contrôle de la scène.

Ils pénétrèrent dans un vaste hall de stockage désaffecté encombré de détritus, de gravats, de machines déglinguées. Les squatters se contentaient d'occuper une enfilade de bureaux vitrés de chaque côté, vraisemblablement ceux de la maîtrise, desquels on pouvait observer les ateliers disposés de part et d'autre. Cadin dénombra cinq personnes, trois garçons et deux filles, dispersés dans des piaules qui empestaient le chien humide et la pisse de chat. Il repéra plusieurs spécimens de greffiers, du chartreux snobinard à l'apache de gouttière. Des odeurs de décoction arrivaient par bouffées, au gré des courants d'air. Dans la cuisine une fille habillée d'une robe indienne touillait la mixture qui exhalait le concentré de chou monté et de poireau avancé. Cadin se demanda si ce n'était pas cette tambouille approximative qui expliquait la profusion de cratères sur les joues de son guide. Les chiens se firent nerveux à l'approche de la dernière salle dans laquelle ils entrèrent la queue basse. Un homme aux cheveux prématurément gris se tenait assis dans un fauteuil, face à un chevalet. Le tableau était de la même facture que la fresque du portail. Un cheval ailé en route pour l'éternité. Le pinceau, bien qu'agité de tremblements, laissait derrière lui une trace écarlate absolument rectiligne.

— Salut, Regain… Il y a un flic qui se renseigne sur Alain à l'époque de la ferme d'Undermatt…

Regain fit lentement pivoter son siège pour observer Cadin de manière insistante, détaillée, comme s'il jaugeait un modèle.

— C'est bizarre que vous veniez justement maintenant…

Il ne parlait qu'avec une partie de chacune de ses lèvres. Une moitié de lui-même semblait morte et l'inspecteur, fasciné par la morbidité de la scène, suivait la frontière presque visible qui le coupait en deux. L'homme cligna de son œil valide vers le tableau.

— Je le peins en hommage à l'Indien… Crazy Horse, le cheval fou en voyage vers les Hautes-Plaines… Cela vous plaît ?

— J'aime bien… Ça me fait penser à Bill Graham…

Il eut un sourire amputé.

— Vous n'êtes pas très loin… Je m'inspire davantage de Wes Wilson… J'ignorais qu'il y avait des cours sur l'école de San Francisco, à la préfecture. Vous savez qui a tué Alain ?

— Non, pas encore. Vous étiez proche de lui, si je comprends bien…

— Peut-être. Pour moi, Alain c'est un cheval. L'image que l'on se fait des gens est fluide, presque évanescente. Ce que vous vous représentez de quelqu'un n'est pas forcément sa vérité. Nous vivons tous d'une manière terriblement abstraite. Sans nous en rendre compte… Moi je n'ai plus les moyens de jouer la comédie, de me composer le sourire n° 7 ou sa variante en *7 bis*… J'ai réalisé que tout ce que j'avais l'habitude de faire pour plaire aux autres était inutile. Je ne participe plus aux fausses vérités.

Cadin respira profondément et prit place près du boutonneux sur une banquette qui courait le long du mur, sous la partie vitrée. Les chiens vinrent, au ralenti, s'allonger à ses pieds.

— Le plus simple, c'est peut-être de se limiter à l'image de lui que vous aviez captée… C'est mon boulot de voir si elle correspond à la réalité.

— Ce n'est pas aussi simple que vous le pensez. Les gens n'abandonnent pas leur rôle. Ils ont peur de se connaître, peur d'ouvrir leur armure dérisoire. Ils sont paniqués à l'idée d'exprimer ce qui se dissimule à l'arrière de leur cerveau… Et tout le monde accepte comme un sourire authentique ce que l'on sait n'être qu'une grimace.

L'inspecteur attendit qu'il ait retouché la crinière du cheval fou pour poser une question aussi précise que possible afin d'échapper à la philosophie de bazar du peintre hémiplégique.

— J'ai appris qu'Alain s'opposait fréquemment à Boris Undermatt, qu'il n'acceptait pas sa manière de diriger la communauté. Cela portait sur quoi, exactement ?

Il capta un léger trouble dans le regard cyclope de Regain.

— Ce n'était pas seulement la manière qu'il refusait… Il remettait en cause presque toutes les directives de Boris. Pas pour devenir vizir à la place du grand vizir, non, il n'était pas comme ça : c'était un baba cool platonicien, il se plaçait dans une optique de prise de conscience, pas de prise de pouvoir.

— Ça se traduisait comment, dans la vie de tous les jours ?

— Boris, c'était un planant. Un planant autoritaire. Il trouvait de l'énergie pour faire organiser son plaisir par les autres. Il y avait toujours des consentants. Alain, de son côté, en avait marre de l'incapacité de la communauté à produire du positif. C'est ce qu'il appelait notre face « mystico-merdeuse »… Il se foutait de notre gueule quand on récitait Kerouac, Burroughs, Watts ou Laing… Il n'avait aucune pitié pour les gourous en formica qui croyaient découvrir l'essence de l'homme à travers des manuels de vulgarisation, genre « La sagesse en dix leçons » ou « Vaincre la solitude par la méditation »… Un coup, il s'est pris de bec avec Boris en lui disant qu'il n'était qu'un Bouddha de pacotille avec une shooteuse dans une main et un digest des Évangiles dans l'autre !

— Il lui arrivait aussi de se piquer, à l'Indien ?

Le fresquiste haussa une épaule en levant un œil au ciel.

— Jamais ! Ce n'était pas une question de morale : pour lui, les flics rentraient par la seringue… Il se méfiait de la dope. Ces idées-là lui venaient peut-être de ses parents prolos, des mineurs du bassin potassique… Je crois que, profondément, Alain était le militant d'une cause. Il lui arrivait de boire un coup, de tirer sur un joint, c'est tout. Il appelait ça un « réchauffeur d'atmosphère »… Son truc, dès le départ, c'était la lutte contre les docteurs Folamour du nucléaire civil.

La fille en robe indienne entra dans l'atelier du peintre, précédée d'un chariot sur roulettes qui supportait le chaudron fumant qu'elle touillait quelque temps plus tôt. À son approche, les chiens se mirent à pousser de petits cris plaintifs. Elle emplit trois bols et les tendit à tour de rôle aux occupants de la pièce. Cadin tenta, en vain, de refuser la soupe que Regain et le boutonneux avalèrent bruyamment. La jeune femme se baissa pour ramasser deux grossières jattes en bois égarées au milieu des boîtes de peinture, puis elle se mit en devoir de les garnir à ras bord des légumes qu'elle pêchait au fond de son récipient tout en appelant les animaux par leur nom. Les chiens et deux chats observaient les gamelles à distance. Ils finirent par s'en rapprocher, sans enthousiasme excessif, flairant d'une truffe circonspecte. Cadin aspira un filet de bouillon fade.

— Je crois qu'ils préféreraient manger la viande du pot-au-feu plutôt que les légumes, surtout le berger…

Il comprit, à leur mine catastrophée, qu'il venait de franchir la ligne jaune. La jeune femme jeta un regard en forme de demande au peintre qui l'autorisa à intervenir d'un signe de tête.

— Cela fait trois ans maintenant que nous vivons tous, ici, sans avaler la moindre protéine animale. Viande comme poisson. Je ne me suis jamais aussi bien portée. Les chiens et les chats n'en ont pas plus besoin que nous. D'ailleurs ils n'en réclament pas…

Cadin se crut obligé d'insister pour ne pas perdre la face.

— Je suis certain que si je leur présente un poulet, ils ne diront pas non…

Ce fut le boutonneux qui se chargea de lui répondre.

— C'est normal, on les a habitués à cette alimentation pendant des siècles… En fait ils n'ont pas de notion de viande. Qui peut penser qu'un chat qui bouffe du Ronron sait que c'est à base de viande ? Il avale ce qu'on lui donne. Aucun chat n'a demandé qu'on construise des abattoirs pour avoir sa ration de boulettes… Pourtant les animaux de compagnie français mangent, en une année, autant de viande que tous les Africains réunis !

L'idée que l'explication tenait au fait que tous les Africains s'étaient subitement convertis au végétalisme sectaire traversa l'esprit de Cadin. Il se retint de la formuler, laissant son guide achever sa démonstration.

— Nous étions d'accord avec Alain Dienta dans son combat contre le nucléaire, même s'il n'était pas à nos côtés quand nous expliquions qu'il faut un hectare et demi pour produire la viande nécessaire à la consommation d'un être humain, alors qu'un végétarien ingérant des œufs et du lait n'a besoin que du cinquième d'un hectare, et que des végétaliens comme nous n'en exigent qu'un dixième !

9

Des tableaux sous la choucroute

L'inspecteur Cadin regagna Strasbourg en songeant au fait divers rapporté dans le numéro de *L'Alsace* qui annonçait l'assassinat d'Alain Dienta, l'histoire atroce d'un bas-rouge baptisé Himmler que son maître avait tué à l'aide d'un pied-de-biche après qu'il se fut jeté sur une fillette. Il se demanda si le cabot ne s'était pas vengé des gamelles de soja, de tofu, de carottes et de cardes que lui imposait un propriétaire adepte du végétalisme animal.

Le commissariat de la Nuée-Bleue était pratiquement vide. Le gardien Wicker leva le nez du rapport qu'il tapait sur son antique Japy.

— Le commissaire Brück vous attend aux Trois-Lièvres, rue des Juifs… Il y a une opération en cours mais je n'en sais pas plus.

Le lieu de rendez-vous de tous les routards de passage à Strasbourg se trouvait à cinq minutes du poste, en plein cœur du vieux centre. Cadin entra dans la salle. La rythmique des Doors, poussée à fond, faisait vibrer jusqu'au nuage de fumée qui s'appesantissait au-dessus des tables. Il resta un petit moment à lire les annonces des freaks épinglées sur le tableau, tout autour de la carte. Des obscures comme *Recherche Peace-Man saddhu rencontré la nuit du 12 mars devant l'église Saint-Thomas.*

On a parlé mystique et de cerveau. Pierre Mons Cité U, V3 C 311, 67 Strasbourg, ou des plus classiques comme *La communauté de Frayssnous est menacée d'expulsion par l'État et par ses flics. Venez nous voir, nous soutenir : Rebourbgil, 12, Sainte-Affrique.*

Cadin aperçut le commissaire Brück attablé incognito devant une bière, au milieu d'une dizaine de chevelus, ainsi que plusieurs autres collègues tout aussi habilement dissimulés dans le décor. Il s'accouda au bar, commanda une Schweig et la sirota en essayant de comprendre ce qu'il allait devoir faire. Son attention fut attirée, un quart d'heure plus tard, par le départ d'une vingtaine de consommateurs vers le local situé au premier étage. Il suivit le mouvement quand Brück s'engagea à son tour dans l'escalier. Le restaurant avait été transformé en salle de projection. Une petite foule d'habitués des Trois-Lièvres occupait la centaine de chaises disposées face à l'écran, clope au bec, demi à la main, des couvertures accrochées aux cadres des fenêtres filtraient la lueur des réverbères. Un type aux cheveux longs très bruns, le bas du visage mangé par un foulard noué à la outlaw, les épaules serrées dans un cuir cintré, les parties saillantes sous le jean moulant, vint se placer devant le rectangle blanc, imposant le silence par sa seule présence.

— Je vous remercie tous d'être venus au deuxième Festival sauvage du film sans censure, alors que notre seule publicité reste le bouche à oreille. Nous ne sommes pas du genre à défiler devant les écoles de cinoche, devant les fenêtres des producteurs en braillant : « Je veux faire du cinéma différent. » Le problème, aujourd'hui, ce n'est pas la thune, c'est la volonté. Le cinéma différent, il faut le faire en super-huit. Une caméra pour moins de mille balles, la minute de film couleur à moins de dix francs. Tout le monde peut shooter le monde, et les films que nous allons vous présenter ce soir vont le prouver aux sceptiques !

Le serveur appuya sur les interrupteurs, répondant au signe du projectionniste qui fit ronfler le moteur et les crantages de son Citévox ST 1200D. Les films, dépourvus de visa de censure, ne comportaient pas de générique, seul le titre pouvait permettre d'identifier le réalisateur. La première image, tremblante, qui anima l'écran fut celle d'une plaque connue de tous les Strasbourgeois, « Rue du 22-Novembre », puis un lent travelling filmé depuis une portière de voiture remonta la voie jusqu'à la place Kléber, accompagnant un homme de soixante-dix ans habillé d'un uniforme de cadet de la marine impériale allemande. Une voix off s'interrogeait tout d'abord sur l'étrangeté de la date portée dans le bleu de la plaque émaillée, les villes de France célébrant ordinairement l'Armistice, le 11 du même mois de 1918, puis le vieil homme se tournait vers la caméra pour expliquer que, le 9 novembre, plusieurs milliers de soldats allemands venus de Kehl, des marins mutinés pour la plupart, s'étaient rassemblés sur la place Kléber pour y dégrader des dizaines d'officiers et proclamer la création du Conseil des soviets de Strasbourg ! Une partie de la population et des paysans des campagnes environnantes fraternisent avec ceux qui ont planté des drapeaux rouges jusque sur la flèche de la cathédrale. La même fièvre s'empare de toutes les villes des deux provinces annexées en 1870 : Mulhouse, Haguenau, Sélestat, Sarrebrück, Forbach. À Colmar, on bafoue l'autorité du futur maréchal Rommel qui doit composer avec un soviet de soldats. À Metz, on ne trouve pas de drapeau écarlate, et c'est la communauté turque qui prête son emblème, masquant le croissant à l'aide d'une couche de minium. À Thionville, c'est un acteur qui dirige le conseil, un aumônier à Sarrebourg, un pasteur à Neuf-Brisach. Les mines et les usines comme De Wendel sont occupées, on y instaure des conseils de travailleurs qui décident d'augmentation de salaires, de droits syndicaux, d'autogestion. Le 22 novembre 1918, les régiments bretons font leur entrée dans Strasbourg, libérant la ville non des troupes d'un empire allemand évanoui, mais des éphémères soviets de soldats, d'ouvriers et de paysans. Des documents d'époque, affiches, tracts, photos, venaient s'imprimer sur les traits du vieux soldat révolté, comme les lambeaux d'un rêve au sortir du sommeil. Le film s'achevait au pont de l'Europe, devant le poste frontière. L'insurgé en uniforme de cadet pointait le doigt en direction de Kehl.

— Dans les livres d'histoire, on vous dit que l'Alsace et la Lorraine ont été rattachées à la France dès novembre 18. Il n'y a rien de plus faux. Nous avons vécu sous le joug d'une administration militaire d'exception qui nous a fait payer l'affront fait à la cathédrale de Strasbourg. Il nous a fallu prouver notre appartenance au peuple français, devant des « Commissions de réintégration dans la nationalité française » présidées par des officiers du Deuxième bureau. Plus de cent cinquante mille d'entre nous, les plus remuants, ont été expulsés vers l'Allemagne… Quinze ans plus tard, ils ont été les premiers à peupler les camps de concentration nazis.

Puis, d'une voix frêle et tremblante, il se mit à chanter *L'Internationale* en alsacien, a cappella, sur l'image revenue de la plaque de rue, tandis que s'affichait une déclaration faite par le futur maire de Strasbourg, Jacques Peirotes, au journal *L'Humanité* du 24 avril 1919 :

> Le peuple alsacien, et c'est tout naturel, a cru avec une ardeur mystique que l'arrivée des Français, ce serait l'entrée au Paradis. Il s'en faut. Chacun s'est figuré naïvement que, du jour au lendemain, il aurait son pain

blanc, son bifteck, et surtout la liberté ! Hormis le pain, ce n'est pas cela. Et c'est le reste qui importe.

La lumière se ralluma, au fond de la salle, le temps que l'opérateur change de bobine. L'inspecteur Cadin suspendit ses applaudissements, qui se mêlaient à ceux des autres spectateurs, en croisant le regard du commissaire Brück. Après une nouvelle intervention de l'organisateur clandestin qui proclama, grâce au super-huit, « la fin de l'idéologie par la négation de l'appareil production-distribution qui impose forme et contenu aux films », le programme se poursuivit avec un pastiche de film noir, *Just by accident*, et *Tranche de vie sur bouche de chaleur*, racontant la descente aux enfers d'un clochard parisien.

Cadin comprit ce qu'ils étaient venus faire aux Trois-Lièvres quand furent diffusées les images initiales des *Filles du Lot*, un court-métrage sex-vampire de la plus pure veine expressionniste baignant dans les sons éthérés de Terry Riley. Chacune des bobines permettait maintenant de grimper d'un degré dans l'exhibition de la nudité. Les poils pubiens apparurent au détour d'un plan de *La Blessure* et la première bite, au repos, incrusta son reflet dans une glace du salon de *La Horla*. Il n'y avait pas là de quoi fouetter un chat. Le commissaire Brück était pourtant bien renseigné, même si le titre du film délictueux, *Boxing Match*, semblait anodin. Deux boxeurs aux yeux faits, aux lèvres peintes, short rouge à droite, short bleu à gauche, s'affrontaient sur un ring, dansant en sautillant tout au long du premier round sans réussir à se porter le moindre coup. Ils s'asseyaient chacun dans leur coin, jambes écartées, et les managers plongeaient les mains à leur ceinture, les obligeant à exhiber leur sexe et leurs couilles congestionnées sous les hurlements d'un public qu'on découvrait composé uniquement de travestis. Et c'est au moment où les deux sportifs se mirent à se masturber en cadence sans quitter leurs gants de boxe qu'un coup de sifflet retentit dans la salle, couvrant les halètements des castagneurs. Les lumières des néons affadirent l'image. L'inspecteur principal Gossen s'était plaqué contre la porte d'entrée, interdisant toute retraite vers le bar, tandis que Brück se saisissait du matériel de projection, de toutes les bobines de film.

Quand le début de panique fut maîtrisé, les gardiens commencèrent à filtrer les spectateurs en notant les identités sur un cahier à spirale. La contribution de Cadin à la défense de l'ordre moral se limita à prendre la déposition du patron des Trois-Lièvres qui jurait sur ses grands dieux qu'il ignorait tout de la programmation de films portant atteinte aux bonnes mœurs, et qu'il pensait seulement venir en aide à de jeunes créateurs en butte à l'hostilité et au mépris d'une industrie cinématographique sclérosée. Cadin vérifia pour la forme le travail des gardiens en lisant les mentions portées sur le cahier d'écolier tandis que les gens se dispersaient. Un nom, Pierre Obrieu, attira son attention, sans qu'il se souvienne sur le moment où il l'avait déjà rencontré. Il ouvrit son calepin, le feuilleta sans trop d'espoir et retrouva l'Obrieu en question à deux reprises. Une première fois sur la liste des candidats de Verts Demain, une seconde fois dans celle des personnes présentes chez Michèle Shelton et Gérard Moreux, lors de la soirée fumette interrompue par l'opération coup de poing du 17 janvier précédent. Il rattrapa l'écolo dans la rue des Juifs, devant le fourgon HY où le présentateur et l'opérateur du Festival sauvage du film sans censure se tenaient assis, face à face, entre des policiers en uniforme. Il lui mit une tape sur l'épaule alors qu'il s'éloignait en direction de la place de Broglie.

— J'ai l'impression que nous avons encore quelques petites choses à nous dire.

— Cela m'étonnerait... Je buvais un pot à la brasserie et on m'a dit qu'il y avait du spectacle au premier. Je suis monté, c'est tout... Je ne vois pas où est le mal là-dedans.

— Écoutez, je me fiche pas mal des films pornos dès l'instant où ils sont projetés devant des adultes majeurs et consentants... Ce qui m'intéresse, par contre, c'est de parler avec vous de ce qui s'est passé à Marcheim, et tout particulièrement d'Alain Dienta.

L'homme accusa le coup, bredouilla.

— Je ne sais rien... On ne se fréquentait pas vraiment... On se rencontrait de loin en loin... Je n'ai pas compris, pour ce qui lui est arrivé...

Cadin l'entraîna vers un bar glauque tapi dans l'ombre austère du collège Saint-Étienne. Le patron, qui échangeait la tranquillité des deux piaules situées au premier contre un coup de téléphone hebdomadaire passé à Gossen dans son bureau de la Nuée-Bleue, fit semblant de ne pas reconnaître l'inspecteur. C'était un ancien comédien qui avait eu son heure de gloire vingt ans plus tôt grâce à un rôle dans *Les Casse-pieds*, au côté de Noël-Noël, et qui fermait son établissement chaque année, début mai, pour suivre la programmation du festival de Nancy. Il installa ses deux clients en fond de salle, à l'écart des groupes d'étudiants occupés à lifter le monde. Cadin planta les coudes sur la table, le menton sur ses doigts croisés.

— Je suis prêt à admettre que vous n'avez fait que frôler l'Indien sur les estrades électorales, mais je crois moins à l'efficacité de vos manœuvres d'évitement quand vous participiez à ces soirées très conviviales organisées par Michèle Shelton au 15 de la rue Grande...

Pierre Obrieu marqua le coup en rougissant. L'arrivée

des deux chopes de Schweig lui octroya un répit. Il plongea le nez dans la mousse.

— Ce n'est pas ce que je voulais dire ; je ne suis pas le genre de salaud qui cherche à se démarquer d'Alain, bien au contraire. Disons que, sur toute cette histoire, je me suis contenté de suivre le mouvement. Je me foutais de toutes leurs théories fumeuses sur le refus collectif des contraintes imposées par la société… Je trouvais débile cette idée de communauté rurale financée par l'argent de poche donné par papa et maman, au moment où les paysans sont obligés d'émigrer en masse vers la ville. Je ne me faisais pas à l'idée de voir mon horizon bouché par une montagne de béton radioactif, c'est tout.

— Vous lui connaissiez des ennemis, à l'Indien ?

Obrieu fouilla dans ses poches à la recherche d'un paquet de Celtiques. Cadin refusa la cigarette tendue, préférant allumer un Meccarillos.

— Il en avait, comme tout le monde. Un peu plus, peut-être, à cause de ses engagements politiques ou syndicaux…

— Je m'en doute… Je parlais surtout du groupe dans lequel il évoluait… J'imagine que ça devait faire des étincelles avec quelqu'un comme Moreux…

— Les problèmes de couple montrent rapidement les limites de la vie en collectivité. Il était vraiment accroché à Michèle. Ça ressemblait à un premier amour. Et quand il a découvert qu'elle sortait également avec Gérard, il est devenu fou furieux. Ils se sont battus comme des chiens. Moreux était le plus costaud : il l'a laissé sur le carreau, pour le compte.

Cadin se leva pour aller prendre un œuf dur sur le présentoir du comptoir. Il décolla la coquille en le faisant rouler sous sa paume.

— Je crois qu'ils ont fini par recoller les morceaux, non ?

— Pas vraiment. Alain ne s'est jamais remis avec personne. Mordu comme pas un… Il ne pouvait pas s'empêcher de revenir voir Michèle, mais il n'adressait plus la parole à Moreux. Il lui a même interdit de figurer sur la liste alors que Gérard appartenait à l'association depuis le début.

L'inspecteur reprit une Schweig : le jaune collait à l'œsophage.

— Il n'a pas dû le prendre très bien…

— Pas vraiment : ça faisait un peu mise en quarantaine… Gérard n'est pas du genre à s'extérioriser. Il a mis son mouchoir par-dessus et il s'est occupé de ses affaires.

— Vous connaissiez Boris Undermatt, le gourou mort d'une overdose ?

Pierre Obrieu rassembla les débris de coquille du bout du doigt pour en faire une ligne entre les verres.

— Je ne l'ai rencontré qu'une fois, peu de temps avant qu'on le retrouve les veines explosées… Je travaille aux Domaines, à Mulhouse, et ils étaient venus à une dizaine lors d'une vente aux enchères pour acheter un lot de vieux groupes électrogènes de l'armée…

Ils se séparèrent alors que deux heures sonnaient aux clochers. La nuit sans lune plaquait un ciel noir sur les toits. Cadin n'avait pas sommeil. Il traversa la ville aux façades closes, ne croisant que des touristes attardés. Ses pas le conduisirent devant le plan d'ouverture du premier film du festival avorté, au débouché de la place Kléber. Il leva les yeux sur la plaque émaillée bleue, « Rue du 22-Novembre », recherchant dans sa mémoire les traits du vieux conseilliste déguisé en cadet. Il traversa la place en direction de la vitrine aux arêtes cuivrées emprisonnant les baromètres témoins du rez-de-chaussée de l'Aubette.

Trois mois auparavant, il était intervenu dans l'aile droite de l'ancienne caserne du corps de garde de Strasbourg, à l'appel du directeur des salons Ricard. Le jour de l'inauguration d'une exposition consacrée à l'art local et régional, un énergumène s'était précipité, un marteau à la main, sur un tableau réalisé en marqueterie, représentant l'horloge astronomique de la cathédrale due à Schwilgué. L'œuvre détruite, l'homme s'était attaqué au mur, défonçant la couche d'isolant qui faisait barrage à l'humidité montant des fondations de l'antique bâtiment. Ils n'avaient pas été trop de trois pour le maîtriser. Une fois transféré à la Nuée-Bleue, l'homme s'était révélé être un ancien collaborateur du Musée alsacien qui avait accompagné Hans Arp dans l'Aubette lors de la dernière visite du sculpteur au tout début des années 60. Il ne cessait de répéter à Wicker une histoire de chaise d'où, semblait-il, tout était parti. L'inspecteur se disposait à faire appel aux services d'intervention psychiatrique des hôpitaux civils quand Cadin s'était souvenu d'un article des *Dernières Nouvelles d'Alsace* paru à l'occasion du dixième anniversaire de la mort de Hans Arp. Cadin avait repris l'interrogatoire de zéro.

— Qu'est-ce que c'est que cette histoire de chaise ? Vous n'avez pas défoncé le travail de toute une année d'un artiste en marqueterie pour une chaise !

L'homme au marteau exigea une bière avant de reprendre ses explications. Haueser lui fit cadeau d'une des Jubilator qu'il tenait au frais sur le rebord de la fenêtre des toilettes, bien exposée au nord.

— Vous savez au moins qui est Hans Arp ?

Cadin lui parla des sculptures disséminées sur les pelouses des résidences de la rue Charles-de-Gaulle, lui arrachant un sourire condescendant.

— Oui, oui… Mais il était également poète, peintre et dessinateur, dadaïste tyrolien et surréaliste bilingue…

À partir de 1926 avec sa femme Sophie Taeuber et son ami Van Doesburg, ils ont réalisé dans l'Aubette le plus vaste ensemble d'art abstrait du monde commandé par deux industriels mulhousiens, les frères Horn ! Il y avait un cinéma, un restaurant, un dancing, un salon de thé, une brasserie... Tout était peint, les murs, les plafonds, les escaliers... Ils ont dessiné les meubles, le papier peint, les luminaires, les radiateurs, les cendriers... Un véritable Lascaux de l'art non figuratif !

— Je n'ai rien vu de cela dans les salons Ricard...

— Normal, il n'en reste plus rien... Presque tout a été détruit. Quand j'ai fait visiter l'Aubette à Hans, en 64, nous avons juste retrouvé un de ses tabourets, mais il avait été repeint en gris...

— Qui est-ce qui a fait ça ? Les Allemands ?

— C'est l'explication qui est donnée depuis plus de trente ans... Les nazis auraient définitivement effacé un témoignage de l'art dégénéré en prenant possession de la ville, en 1940. En vérité dans cette affaire ce n'est pas l'idéologie qui a tué l'art, mais le commerce. Un choucroutier a repris l'espèce d'espace, en 1938. Selon lui les couleurs primaires de l'archétype d'environnement total n'étaient pas du goût de sa clientèle d'affamés... Il a tout recouvert au Ripolin...

Cadin était parvenu à négocier une nouvelle Jubilator auprès de Haueser, qu'il avait partagée avec le briseur de marqueterie.

— Vous n'allez pas les faire revenir à coups de massue !

— Je n'ai malheureusement pas d'autre solution... Je pensais vraiment que rien ne subsistait du travail de Hans Arp jusqu'à la semaine dernière quand l'électricien venu poser un compteur bleu chez moi s'est arrêté devant une reproduction accrochée dans le couloir. Il m'a dit avoir vu les mêmes motifs à l'Aubette en faisant tomber une cloison alors qu'il refaisait le circuit électrique… J'ai essayé de me mettre en rapport avec les propriétaires, pour vérifier l'information. Personne n'a rien voulu entendre. J'ai envoyé des lettres recommandées. Pareil. Comme le détail de la fresque se trouvait derrière le tableau en marqueterie, je me suis décidé à entreprendre une action spectaculaire le soir de l'inauguration de l'exposition.

Une bourrasque de vent arracha Cadin à sa rêverie. Il releva le col de sa veste et remonta la rue du 22-Novembre pour rejoindre les papillons de nuit du quartier de la gare.

10

Les merles d'alarme

L'inspecteur Cadin se leva en milieu de matinée, les tempes bourdonnantes. L'épais parfum lilas de la fille qu'il avait ramassée rue Déserte flottait encore dans la pièce. Derrière les vitres embuées, la timide offensive printanière des derniers jours se terminait par un fiasco. Une pluie battante qu'il devinait glacée teintait d'obscur la pierre des Ponts-Couverts. Il ramassa les factures et le journal à la une déchirée que le facteur avait glissés sous la porte, puis se remit au lit. Les nouvelles quotidiennes auraient pu être celles de la veille ou de la semaine suivante sans que personne ne s'en offusque. Seules quelques lignes lui remboursèrent sa fraction d'abonnement : à Guisbourgh, dans le nord de l'Angleterre, des merles gallois, imitateurs fidèles quoique lassants, reproduisaient à l'identique les signaux d'alarme de la banque, obligeant la direction de l'établissement à changer ponctuellement de protection sonore.

Il trouva le courage de s'attaquer à la vaisselle échouée dans l'évier au moment où l'indicatif du journal de treize heures résonnait chez les voisins. Les bruits de l'eau et de l'arcopal heurté parvinrent à couvrir la voix de Mourousi. Profitant d'une accalmie du ciel, Cadin sortit pour récupérer sa Renault à la Nuée-Bleue. Il évita de grimper dans son bureau pour ne pas se faire piéger par le boulot accumulé, et passa quelques appels depuis le téléphone de permanence. Il perdit une demi-heure dans un embouteillage, au milieu d'un paysage noyé, à hauteur d'Erstein. Des mineurs du bassin potassique, casque à lampe sur le crâne, filtraient la circulation de la nationale, guidant les voitures entre les montagnes de sel rose orangé qu'ils avaient déversé sur la chaussée. Ils distribuaient des tracts de même couleur protestant contre la fermeture du puits Rodolphe, situé près de Mulhouse. Cadin se donna bonne conscience en jetant une pièce de cinq francs dans le drapeau tricolore qu'ils promenaient, tendu par les coins, sur la ligne médiane. Il laissa la centrale nucléaire sur sa droite, dépassa les faubourgs de Marcheim, et s'engagea au ralenti sur une petite route récemment asphaltée au bord de laquelle étaient disposées, de loin en loin, de solides et spacieuses demeures.

L'eau ruisselait sur les plaques cuivrées de l'architecte, de l'avocat, de l'huissier que Cadin déchiffrait rapidement en faisant coulisser sa vitre. La voie finissait en impasse. Elle butait sur une colline plantée de sapins au milieu desquels serpentait une allée recouverte de gravier. Il l'emprunta pour venir se garer devant une grosse maison de maître flanquée de deux serres arrondies où s'activaient des jardiniers. Derrière s'étendaient les pépinières. Une femme d'une cinquantaine d'années, le visage triste, était apparue sur le perron à l'approche de la Renault. Cadin la rejoignit, se présenta. Elle s'essuyait les mains, tachées par la peinture, et le conduisit jusqu'au premier étage au travers de pièces à lambris, à moulures, parquets protégés par d'épais tapis, escaliers en volutes, rampe d'ébène, murs couverts de tableaux, meubles chantournés, bibelots, portes à vitraux. Ils dépassèrent un petit atelier d'artiste, façon bohème. Une nature morte maladroite trônait sur un chevalet. Émile

Loos se tenait assis devant une baie vitrée qui donnait, après une terrasse couverte de chèvrefeuille, sur les alignements de pousses et de jeunes arbres. Il tourna lentement la tête quand sa femme toussota pour attirer son attention. Elle s'inclina devant Cadin.

— Je vous abandonne.

L'ancien maire de Marcheim délaissa ses dossiers, comme à regret.

— Je vous souhaite la bienvenue, monsieur l'Inspecteur. Vous n'avez pas eu trop de mal à trouver, avec ce temps ?

— Non, il suffit de suivre le fléchage de la jardinerie… J'ai l'impression que je vous dérange, mais je ne devrais pas vous retenir très longtemps…

— Au contraire, c'est l'occasion de lever un peu le nez de toute cette paperasse. Je croyais en avoir terminé avec la mairie… En fait, la passation des pouvoirs municipaux est aussi compliquée que celle d'un ministère. Au fil des ans on accumule les responsabilités, et je ne m'étais pas rendu compte que je présidais autant de commissions Théodule ou Tartempion !

Cadin reposa son épaule contre la bibliothèque. Il remarqua l'impeccable alignement relié plein cuir : une collection complète des Goncourt dont aucun spécimen n'avait dû être lu.

— Est-ce qu'il vous est arrivé de rencontrer ou d'avoir affaire à Alain Dienta ?

La question, directe, ne le désarçonna pas.

— Cela peut sembler étonnant dans une aussi petite ville, mais je ne me souviens même pas de l'avoir croisé. Nous vivions dans des mondes véritablement parallèles. J'ai lu son nom, pour la première fois, quand le préfet m'a communiqué les listes qui se présentaient contre la mienne.

— Par courrier ?

— Oui, bien sûr… Il est classé à la mairie…

— Vous vous rappelez la date ? À un ou deux jours, près…

Il se pencha sur le bureau pour feuilleter son agenda.

— Je note tout… À mon âge il faut avoir assez d'humilité pour ne plus compter sur sa seule mémoire… Voilà… C'était le 17 février dernier…

Cadin, alerté par la date, jeta un coup d'œil à son propre calepin.

— C'est curieux comme coïncidence…

Émile Loos fronça les sourcils.

— Qu'est-ce qui est curieux, monsieur l'Inspecteur ?

— Rien… Le lendemain une opération coup-de-poing a eu lieu dans un pavillon de Marcheim où se réunissaient quelques-uns de vos adversaires écologistes. Mes collègues ont vérifié les identités, procédé à deux gardes à vue, et saisi plusieurs grammes de haschisch…

— Oui, en effet. Il y a eu un petit article dans le journal. Je ne vois pas ce que vous trouvez de bizarre là-dedans. Ils n'ont fait que leur devoir…

— Ce qui me gêne, monsieur Loos, c'est que cette intervention n'a pas été décidée à la suite d'une enquête ou sur dénonciation. L'opération de descente sur le 15 de la rue Grande s'est faite sur ordre direct du cabinet du préfet…

L'ancien maire prit le parti d'en rire.

— Ah celle-là, c'est la meilleure ! Je dois vous avouer que je ne l'attendais pas. Vous êtes en train de me dire, sans avoir l'air d'y toucher, que j'aurais usé d'une influence supposée sur l'administration préfectorale pour inquiéter mes adversaires, les discréditer même en révélant leurs turpitudes. C'est bien de cela qu'il est question, non ?

Cadin battit en retraite.

— Je me contentais de relever la correspondance des

deux dates. J'ai eu le rapport sous les yeux, et en le lisant on ne comprend pas pourquoi le débarquement a eu lieu dans cette maison plutôt que dans une autre… Vous savez aussi bien que moi que tous les fermiers du secteur distillent de la prune et de la mirabelle à plein alambic… Il ne s'agit pas de dix ou quinze grammes de résine de cannabis, mais d'hectolitres de tord-boyaux… Alors je me pose la question : pourquoi eux ?

Émile Loos se laissa tomber dans son fauteuil et fixa Cadin d'un air ironique.

— Allez donc chercher la réponse auprès du préfet puisque vous êtes si malin. Je peux simplement vous faire remarquer que si j'étais à l'initiative de cette opération, j'en aurais utilisé les résultats lors de la campagne électorale. Et pourtant, rien ! Nous aurions dû nous rencontrer plus tôt, inspecteur… Vous me donnez des regrets. Ce sont des conseils de ce genre qui m'ont fait défaut. En étouffant mes scrupules, je serais très certainement arrivé en tête dimanche dernier !

Cadin comprit qu'il ne pourrait pas tirer de lui davantage. C'est en s'approchant de l'ancien maire, pour lui serrer la main, qu'il aperçut le petit tableau posé contre la plinthe, dans un recoin de la pièce. Couleurs et motif ne lui étaient pas inconnus. Au-dessus d'une terre bleue striée de vert, un ciel rose était traversé par une horde de chevaux. Il s'approcha pour déchiffrer la signature tarabiscotée de Regain. Émile Loos surprit son regard.

— J'ai l'impression qu'elle vous plaît, cette horreur ?

— Peut-être… Elle ne me déplaît pas en tout cas… Votre femme est peintre ; j'ai cru voir son atelier tout à l'heure en passant dans le couloir…

— Elle ne se lance heureusement pas dans ce genre de choses… Elle s'intéresse aux fleurs, aux natures mortes. Le problème c'est qu'elle a transmis le virus à son neveu, et que je suis obligé d'accepter un de ses barbouillages à chacun de mes anniversaires…

Cadin reprit sa voiture. La batterie fut avare de ses volts, et il profita de la pente pour lancer le moteur. La musique giclait à pleins baffles par les fenêtres ouvertes du 15 de la rue Grande. Cadin poussa la grille et se heurta à la porte du pavillon sur laquelle il se mit à tambouriner. L'antique « Neu » de Kraftwerk fut arrêté en plein vol. La tête des mauvais jours de Gérard Moreux s'insinua dans l'entrebâillement.

— Si vous vouliez voir Michèle, il faudra revenir : elle n'est pas là… Elle est partie faire des courses.

L'inspecteur bloqua la porte du pied, à la manière d'un vulgaire démarcheur.

— Désolé, mais cette fois-ci la visite est pour vous. Je peux entrer ?

Moreux s'effaça. Cadin le suivit jusque dans la chambre, au premier, où il s'affala sur l'amoncellement de coussins qui couvrait le sol. Cadin releva son pantalon, à hauteur des genoux, pour s'asseoir en tailleur sous un petit tableau à dominantes rouges représentant le visage d'une adolescente.

— Si vous préférez une chaise, il y en a dans la pièce d'à côté…

— Ça va, je suis encore assez souple… Vous auriez pu me dire, l'autre fois, que vous vous étiez sérieusement battu avec l'Indien, au point de le laisser sur le carreau… J'aurais gagné du temps.

— Excusez-moi, inspecteur, mais je ne suis pas assez calé en voyance pour répondre aux questions qu'on ne me pose pas. Michèle était là, quand c'est arrivé. Vous pourrez comparer nos versions, si ça vous chante…

— Je ne manquerai pas de suivre le conseil. On va

commencer par écouter la vôtre, si ça ne vous dérange pas.

Moreux prit une minuscule cigarette indienne et l'alluma avec un air de défi. L'âcreté de la fumée chatouilla les narines de l'inspecteur qui sortit sa boîte de Meccarillos.

— C'est simple comme bonjour… D'aussi loin que je me souvienne, j'ai toujours eu un faible pour Michèle. Le problème, c'est que je n'étais jamais là au bon moment. Quand elle s'est mise avec Alain, tout le monde pensait que c'était l'amour fou et que ces deux-là ne se quitteraient plus jamais… Je n'étais pas loin de partager cet avis. Jusqu'à ce que l'Indien se mette à travailler à la centrale. On voyait que ça allait moins bien… Il passait davantage de temps avec ses copains du syndicat, puis du groupe antiélectrons qu'auprès de sa blonde…

— Michèle Shelton partageait son combat… Je me suis laissé dire qu'elle participait à la rédaction d'un journal, *Klapperstei 68*…

— Oui, mais de loin en loin, sans être une militante acharnée. Elle a commencé à organiser des petites bouffes sympas avec des copines, des copains pour garder le contact, tandis qu'Alain préférait animer ses réunions… Une amie à elle m'a invité, vers la fin novembre, l'année dernière… À la fin de la soirée, je suis resté pour l'aider à remettre la maison en ordre…

— Et l'Indien vous a surpris alors que vous refaisiez le lit, c'est ça ?

Moreux tira vainement une dernière bouffée sur sa Beedi et l'abandonna dans la paume d'un cendrier en forme de main offerte.

— Ce n'est pas très élégant comme formule, mais on ne demande pas aux flics d'être poètes… C'est vrai que nous nous sommes battus. Pas à mon initiative. Je ne vais pas faire le gamin, cafter l'autre qui n'est plus là pour se défendre en disant « c'est lui qui a commencé »... Le hasard a voulu que je prenne le dessus, et que je lui colle un direct bien appuyé dans l'œil...

Cadin écoutait en relisant les notes prises au cours de l'entretien avec Pierre Obrieu, après l'interruption du Festival sauvage du film sans censure.

— Oui, plusieurs personnes m'ont parlé de cette décoration... Le problème pour vous, c'est qu'il n'a pas tardé à vous rendre la monnaie de la pièce...

— Vous devez vous tromper ou on vous a mal renseigné : on ne s'est battus qu'une fois, il n'y a pas eu de revanche.

— L'intérêt de la vengeance, c'est qu'elle se travestit. Elle est souvent perverse, souterraine, inattendue. Quelquefois la victime ne s'aperçoit même pas qu'elle est consommée...

— Je ne comprends pas où vous essayez d'en venir.

Cadin se mit à genoux pour calmer le début de crampe résultant de la tenue prolongée de la position en tailleur.

— Aujourd'hui, vous bottez discrètement en touche sur le fait que vous militiez aussi contre la centrale. Pourtant, en toute bonne logique, vous auriez dû figurer sur la liste Verts Demain. Sauf qu'en représailles, l'Indien vous a fait rayer des cadres le jour de la distribution.

Il y eut un bruit de porte, des pas dans l'allée. Gérard Moreux se releva en se dirigeant vers la fenêtre. Cadin fit de même.

— La politique, ça n'a jamais été mon truc. Je me suis laissé entraîner, à un moment, je ne peux pas dire le contraire, mais je n'ai pas une seule fois rêvé de couper des rubans tricolores ou de rouler en R16 Tx, le pare-brise agrémenté d'une cocarde !

Ils se penchèrent pour apercevoir la traîne de l'écharpe mauve de Michèle flottant près de l'entrée. Moreux plaça un vinyle des Tangerine Dream sur la platine pour accueillir la jeune femme qui grimpait l'escalier. Elle tendit la main à l'inspecteur.

— C'est moi que vous veniez voir ?

— L'un et l'autre… Je viens d'en finir avec M. Moreux…

Gérard Moreux comprit l'allusion et se dirigea vers le couloir. Cadin ferma la porte.

— Vous parliez de quoi ?

— De vous, et des gens qui ont croisé votre vie… Il vous est arrivé d'inviter Alain aux petites fêtes que vous organisiez, après votre séparation ?

— Bien sûr… Pratiquement toujours ; nous étions restés en bons termes…

— Même après la bagarre…

Un sourire passa furtivement sur ses lèvres à l'évocation du duel des amants.

— Vous êtes au courant ? C'est Gérard qui…

— Peu importe… En additionnant les petites vérités prélevées chez chacun, on finit par se faire une idée. Je n'ai pas vu son nom sur la liste des personnes interpellées ici lors de la descente de police du 18 février. Il n'était pas là ?

Elle releva une mèche de cheveux, plissa les yeux.

— Je ne sais plus… Attendez… Si pourtant… Je lui avais demandé de venir, et il est passé avec plusieurs de ses colistiers… Ils sortaient d'une réunion…

— Ce ne seraient pas Brumath et Obrieu… Leurs noms sont portés sur le procès-verbal.

— Vous avez raison, ce sont eux… Je me rappelle maintenant. Alain n'est pas resté très longtemps… Il a reçu un coup de téléphone. Il est parti aussitôt. Une histoire d'imprimerie qu'il fallait régler sur-le-champ.

Cadin fit un pas vers la jeune femme, à la frontière de son parfum.

— Cette opération coup-de-poing chez vous, justement ce soir-là, vous n'avez pas trouvé cela bizarre ?

Cadin sentit le souffle des mots sur sa peau.

— C'est à vous, la police, qu'il faudrait retourner la question. De mon point de vue, c'est toujours curieux de voir débarquer ce genre d'invités-surprises…

— Je crois que vous n'avez pas compris ce que je veux dire… Le détail qui me dérange, c'est que cette descente intervienne le lendemain du dépôt des candidatures. Sans cet appel de son imprimeur, Alain Dienta se serait trouvé pris dans la nasse…

Michèle lui coupa la parole.

— Allez jusqu'au bout de votre raisonnement ! Vous tournez autour du pot depuis cinq minutes… C'est quoi l'idée que vous avez derrière la tête ? Qu'Alain s'est vengé de moi en me dénonçant, et qu'il s'est arrangé pour ne pas être là à l'arrivée de vos amis ?

— C'est une hypothèse, mais je ne regardais pas dans cette direction.

— Parce qu'il y en a plusieurs ! Dans laquelle, alors ?

Pour toute réponse Cadin se dirigea vers la porte de la chambre et dévala les marches à toute vitesse. Alors qu'il traversait le jardinet, Michèle l'interpella par la fenêtre ouverte.

— Vous pensez à qui, inspecteur ? À moi, à Gérard ?

Il tourna légèrement la tête en franchissant la grille pour murmurer :

— Je pense beaucoup à vous…

À la brasserie Eisingen, quelques anciens refaisaient le monde d'avant, attablés devant des pichets d'edelzwicker. L'inspecteur s'accouda au comptoir pour avaler une tartine au saucisson de foie et une bière, écoutant vaguement la musique que diffusait un transistor posé sur une étagère, derrière des bouteilles d'alcool renversées sur leurs doseurs.

Mousse, mousse, savon, savonnette,
Toi qui laisses la peau douce et lisse
Fais comme toutes ces chansonnettes
Qui dérangent pas la police…

Un flash spécial interrompit le couplet de Gilbert Lafaille annonçant l'exécution de l'ancien vigile Tramoni, par un commando des Noyaux Armés Pour l'Autonomie Populaire, cinq ans après qu'il eut assassiné le militant maoïste Pierre Overney devant l'entrée des usines Renault, à Boulogne-Billancourt. L'inspecteur demanda au patron de brancher le téléphone, et composa le numéro de Dalbois en songeant à leur rencontre récente dans les bureaux miteux des Renseignements généraux, au-dessus de la librairie érotique de la place de la Maison-Rouge. Là-bas, la bakélite vibra sur le plateau vert passé du bureau. Il se débarrassa de deux secrétaires filtrantes pour accéder à son ancien condisciple.

— Salut, c'est Cadin à l'appareil… Je t'appelle de Marcheim. Le terrain est mouvant. J'aurais besoin que tu éclaires les bas-côtés, pour ne pas que je m'embourbe…

— Demande toujours, je verrai si je connais la route…

L'inspecteur se retourna contre le mur, une épaule soulevée en protection, pour contrarier l'oreille aux aguets du patron.

— Je viens de discuter assez longuement avec Gérard Moreux… Tu le connais ?

— Oui. Il faisait partie de la charrette, en février… Qu'est-ce que tu lui veux ?

Cadin baissa la voix.

— Rien, pour le moment… Il m'a fait une drôle d'impression. Il était un peu trop sûr de lui, comme s'il se sentait protégé… Vous ne l'auriez pas en portefeuille, des fois ?

— Il n'émarge pas. Il se contente de nous rendre des petits services, en échange-marchandises…

— Quel genre ?

Dalbois émit un bruit de chambre à air à l'agonie.

— Il nous affranchissait sur toutes les petites magouilles dans lesquelles grenouillaient ses amis écolos, et nous, de notre côté, on fermait les yeux sur ses fréquents aller-retour en Hollande…

— En clair, c'est grâce à lui que vous avez organisé la descente chez Michèle Shelton, en février, et vous étiez persuadés de tomber sur du gros poisson… L'Indien, par exemple…

— Qu'est-ce que tu veux que je dise, si tu fais les questions et les réponses !

11

« Musée des voleurs, entrée 5 francs »

Cadin vint se garer devant la devanture de la pharmacie sans jeter le moindre regard vers la boutique dont le néon repeignait sa Renault en vert, par intermittence. Il avait toujours devant les yeux cette photo d'époque, conservée parmi cent autres à la bibliothèque de la place de la République, sur laquelle le patron bombait le torse en brandissant son fanion à svastika, pendant un défilé des jeunesses hitlériennes.

Il avait l'intention de ne faire qu'une brève apparition au commissariat de la Nuée-Bleue, mais, dès son arrivée, il fut accroché par l'inspecteur Haueser qui venait de découvrir la signification cachée de l'expression « aller à Colmar », laquelle semblait avoir bercé sa jeunesse.

— Vous vous rendez compte ? Il faut que j'atteigne les quarante ans, dont une bonne moitié passée dans la police, pour comprendre pourquoi, à chaque fois qu'un oncle, un cousin ou un voisin disparaissait un jour ou deux, on disait avec un sourire entendu qu'il était parti faire des courses à Colmar…

Cadin s'était engagé dans l'escalier, incapable de prendre la mesure du trouble qui agitait son collègue. Haueser le rejoignit devant la porte de son bureau.

— On ne disait pas ça chez vous, « aller à Colmar » ? Avec des rires en coin…

Un vieux refrain d'enfance, qu'il réprima, traversa l'esprit de l'inspecteur, « Allons à Messine, pêcher la sardine, allons à Lorient, pêcher le hareng ».

— Je ne suis pas d'ici, j'ai juste terminé mes études à Strasbourg… Très sincèrement, je n'ai jamais entendu parler « d'aller à Colmar »… Un prof de droit, un jour, nous a fait un cours sur « aller à Canossa »… En gros, ça veut dire se coucher, baisser la culotte… Je ne sais pas si cela a quelque chose à voir avec Colmar ?

Haueser écarquilla les yeux. La sueur perlait à son front.

— Si, justement, c'est exactement pareil… Coucher, baisser la culotte ! Je suis de Colmar, et toute ma famille vit là-bas depuis des siècles… C'est dur quand ça vous tombe sur la tête !

— Ne vous mettez pas dans des états pareils, Haueser… personne ne jette de pierres aux habitants de Canossa parce qu'un pape, il y a neuf siècles, a obligé l'empereur d'Allemagne à lui présenter des excuses ! C'est ridicule…

— À Colmar, il n'y a pas eu de pape, malheureusement ! C'était une ville de garnison, et d'après ce que je viens de lire, on comptait presque autant de militaires que de Soldatenmädchen…

Cadin leva le nez de la paperasse qu'il paraphait.

— Des soldaten quoi ?

Son collègue s'était laissé tomber sur une chaise, anéanti.

— Des putes ! Aller à Colmar, ça veut dire aller aux putes ! Il y avait près de dix bordels dans le seul quartier de la gare… Im grössten négligé, der Oberkörper fast unbedeckt… Les filles aguichaient les passants en se montrant aux fenêtres, les seins ou les fesses à l'air… Des gamines de treize, quatorze ans !

— Vous n'êtes pas responsable de ce qui s'est passé

avant votre naissance… Je suis allé au moins une dizaine de fois à Colmar, et je n'ai jamais remarqué qu'il y avait davantage de prostituées qu'ailleurs. Parole de célibataire… Le commissaire Brück est dans son bureau ?

Haueser se remit debout d'un seul coup en se plaquant la paume droite sur le front.

— Vous faites bien de me le demander… Il doit accompagner le sous-préfet au journal régional, et il voudrait que vous le rejoigniez là-bas.

— À la télé ? Qu'est-ce qu'il me veut, il vous a dit quelque chose ?

— Rien d'autre. Juste ça, de le rejoindre…

Cadin s'installa au volant de sa Renault alors que l'apothicaire ajustait la manivelle dans la crémaillère pour baisser son rideau sur ses bandages herniaires, ses antitussifs, ses bas antivarices et les publicités vantant la mort rose des poux. Il traversa la ville en songeant aux filles qu'il ramassait au petit matin, dans le quartier ferroviaire, et qui troublaient tant Haueser.

L'administration avait voulu déguiser le gardien modèle O.R.T.F. en vigile, mais l'uniforme physique et mental prenait eau de toute part. Clope au bec, chemise tendue sur protection ventrale, casquette à visière décentrée, col ouvert et cravate relâchée, le cerbère se borna à se gratter l'entrejambe au passage de Cadin. L'hôtesse en rajoutait dans l'autre sens : sourires, parfum, faux cils, ongles faits. Il s'approcha du comptoir comme s'il allait à Colmar. Elle contourna sa banque pour le guider jusqu'aux cabines de maquillage, faisant résonner ses talons. Le sous-préfet, un petit rondouillard au visage poupin qu'il tentait de vieillir au moyen de montures en écaille, se tenait mains crispées sur les accoudoirs d'un fauteuil de coiffeur, une collerette de Kleenex colorés coincée sur l'arête de la chemise. Une fille, qui n'avait aucun besoin des artifices qu'elle dispensait, lui poudrait le front, le creux des seins à hauteur du nez préfectoral. Elle enleva les lunettes de leur perchoir, pour peigner les sourcils, farder les paupières, et le fonctionnaire adressa un pauvre sourire au commissaire Brück, par le truchement du miroir qui lui faisait face. Il découvrit la présence de Cadin, dans le même éclair.

— Vous vouliez me voir ?

Brück se pencha à son oreille.

— Je vous attendais plus tôt. L'émission va commencer dans cinq minutes, on prendra le temps de discuter après…

On les conduisit vers le studio. Une dizaine de techniciens procédaient aux derniers ajustements de lumière, testaient les micros, réglaient le cadrage des caméras. Le réalisateur se chargea, en personne, d'installer son invité au centre du décor de la partie magazine du journal régional. Le dispositif consistait en une photo géante du ballon de Guebwiller, devant laquelle on avait dressé une cloison en trompe l'œil percée d'une fenêtre ouverte. Le soleil d'un projecteur éclairait la table d'une ferme-auberge chargée de victuailles. Cadin se casa dans un coin, entre les éléments épars d'une autre émission, écoutant distraitement les réponses convenues que faisait le sous-préfet aux questions complaisantes du journaliste de service.

— Vous venez de publier, je le pense sincèrement, une étude d'une très grande nouveauté, « Développement régional et directives ministérielles », dans laquelle, avant d'en venir au fond, vous soulignez que 80 % des produits que nous utiliserons dans vingt ans nous sont totalement inconnus…

— Je tiens tout d'abord à préciser que l'innovation n'est pas seulement le produit nouveau, ainsi qu'on pourrait le penser un peu rapidement, mais aussi la méthode nouvelle, pour fabriquer la choucroute par exemple, comme le soulignait l'un des rapports préparatoires au Cinquième Plan…

Cadin ferma les yeux et fit défiler dans sa tête tous les personnages qui gravitaient autour de l'Indien, du peintre Regain au maire Émile Loos, du délégué C.G.T. Gérard Müller à l'instituteur protestant Christian Wurtz, en passant par l'ingénieur Louboutain, le pharmacien Francis Bischop et Michèle Shelton. Les mots « centrale nucléaire » prononcés par le sous-préfet le remirent en contact avec la réalité immédiate.

— … centrales nucléaires, envers et contre tout. C'est un impératif d'indépendance. Souvenons-nous de l'immense espoir soulevé en 1950 par la découverte des gisements de pétrole alsaciens. À l'époque, personne n'a évoqué le moindre souci de respect de l'environnement. La population était prête à transformer le vignoble en émirat, à brader le tonneau de riesling contre le baril de brut ! D'ailleurs, la principale école nationale d'ingénieurs pétroliers se trouve toujours à Strasbourg, alors que le dernier puits a cessé de produire en 1958 ou 1959 ! Et, aujourd'hui, on se ligue contre l'énergie la plus propre de toute l'histoire de l'humanité…

Le directeur d'antenne, qui n'oubliait pas d'en faire bénéficier ceux-là mêmes à qui il devait sa place, avait commandé quelques amuse-gueule au chef du Crocodile. Lamelles d'oie rôtie, terrine de Gur, feuilles de foie gras du Wantzenau. Cadin n'aimait pas jouer des coudes : il faisait partie de ces originaux qui restent assis, en gare, attendant que le couloir central du train se vide des impatients pour récupérer son bagage. Quand il eut calmé une partie de ses angoisses à coups de gastronomie, le sous-préfet vint se planter devant lui, dégageant d'un coup d'ongle un débris entre deux dents. L'échange fut bref.

— Vous avez quelqu'un en vue, dans cette histoire de Marcheim ?

Cadin ne pouvait détacher son regard des lèvres luisantes.

— Non, les choses prennent forme lentement dans ce genre d'enquêtes…

— Parce que vous en avez mené beaucoup ? Je m'étais laissé dire…

— Je faisais allusion aux cas d'école…

Le sous-préfet s'essuya la bouche en se tapotant avec la pointe de son mouchoir, tandis que le commissaire Brück les rejoignait, un plateau chargé de trois coupes de crémant dans les mains.

— Écoutez, inspecteur Cadin, reprit le fonctionnaire, vous n'êtes plus dans un amphithéâtre, avec une mauvaise note comme seul jugement. Vous avez entendu, pour Tramoni ?

— Oui, le commando des NAPAP…

— On a l'impression qu'ils peuvent frapper qui ils veulent, quand ils veulent ! Ce serait bien que les journaux puissent titrer de temps en temps sur un succès de la police. Vous avez bien quelqu'un à vous mettre sous la dent ?

Il tourna les talons avant que Cadin ait eu le temps de répondre.

— Je ne peux pas inventer un coupable uniquement pour améliorer sa revue de presse…

Brück le prit par l'épaule, l'entraîna vers le buffet.

— Ce n'est pas ce qui vous est demandé… Le juge d'instruction ne vous refuserait pas une garde à vue prolongée. Ça a le mérite de calmer les esprits… Sans compter que c'est souvent payant d'en arrêter cinq ou six, et d'en garder un bien au chaud pour le travailler. La tactique du coup de pied dans la fourmilière… Vous en avez bien un dans le collimateur, non ?

— Pas au point de lui passer les menottes. Je n'ai aucune charge contre lui. Seulement un réseau de présomptions. Jalousie, bagarre, cocufiage…

La mastication de la feuille de foie gras que le commissaire avait coincée entre deux lamelles d'oie empâta sa réponse.

— Si vous saviez le nombre de types que j'ai mis à l'ombre pour moins que ça, et qui se sont révélés de bons clients ! Vous pensiez auquel ?

Ce n'est qu'après avoir prononcé le nom de Gérard Moreux que Cadin comprit que le piège venait de se refermer sur lui. Il tenta de revenir en arrière, de reprendre maladroitement ses mots.

— J'ai eu un contact avec les Renseignements généraux. Il leur donnait des informations sur les groupes écolos qui s'agitent autour de la centrale… Il risque de tout balancer, si on l'interpelle…

— Bien au contraire… Vous avez encore du chemin à faire, Cadin ! Ce Moreux n'a aucun intérêt à révéler qu'il travaille pour nous… D'une part, il se couperait de tous ses amis et, d'autre part, il ne nous serait plus d'aucune utilité. En le mettant deux jours dans la cage, nous lui offrons un certificat de martyr en béton armé.

Le lendemain matin, à six heures précises, trois voitures banalisées vinrent se ranger devant les domiciles respectifs de Michèle Shelton, Christian Wurtz et Gérard Müller. Si les policiers se contentèrent d'embarquer le délégué C.G.T. ainsi que le fils du patron de la brasserie d'Ensingen, ils procédèrent à une fouille systématique du pavillon du 15 de la rue Grande avant d'appréhender Gérard Moreux. L'inspecteur arriva à Marcheim alors que les opérations étaient en cours. La jeune femme se tenait dans la cuisine, les cheveux ébouriffés, un épais poncho passé sur sa chemise de nuit. Elle toisait, méprisante, les policiers qui remuaient les meubles, vidaient les tiroirs, sondaient les armoires. Il grimpa au premier étage. Dans une cache dissimulée derrière une plinthe de la chambre aux coussins, un autre limier avait découvert quelques doses de L.S.D., une boîte d'amphétamines hollandaises et cinquante grammes de kif. Lors de son stage de dernière année, Cadin avait fait un voyage de repérage à Amsterdam. Parti de la gare du Nord un vendredi soir, avec les bandes de freaks qui allaient faire leur marché mensuel, il s'était cogné à la cohue du Paradiso, noyé dans les clameurs du Melk Weg ou du Cosmos. Les types négociaient leur came sans se soucier des flics indigènes, essayant d'obtenir une ristourne sur les cours publiés par la presse locale. Des affiches traduites dans les principales langues européennes avertissaient les consommateurs des escroqueries dont ils pouvaient être victimes : poudre coupée au talc, à l'oxhoofd, aux amphètes, haschisch allongé au thé ou au henné. Il avait débarqué du train de nuit, au petit matin du lundi. Aux portillons, les flics et les douaniers filtraient le jean fripé et le cheveu long. Les plus froussards se délestaient de leurs provisions sur le ballast, en espérant les récupérer après la dissolution du barrage. D'autres marchaient droit sur les hommes en uniforme, avec le regard trop fixe de ceux qui ont tout à perdre.

— On les embarque tous les deux, inspecteur ?

La question dissipa sa rêverie. Il eut besoin de quelques secondes pour faire le point sur le gardien Wicker qui émergeait de l'escalier, tandis qu'un autre policier se tenait près de Moreux, sur le palier.

— Je m'intéresse surtout à celui-là. On laisse la fille tranquille, à moins qu'il ne veuille sauver sa peau en nous disant que c'est elle qui nous fait des petites cachotteries dans les plinthes. Alors, ta version ?

Il pivota, releva la tête d'un geste brusque. Ses cheveux giflèrent le flic.

— Michèle n'y est pour rien. C'est moi qui ai tout planqué.

Les trois voitures, lestées de leurs suspects, firent leur jonction devant la mairie puis filèrent en convoi vers Strasbourg. Cadin se maintint dans le sillage sur une dizaine de kilomètres. Il leva le pied à l'approche d'un attroupement contenu par un cordon de C.R.S. dont les cars, d'un gris massif, bloquaient les portes d'une zone de magasins généraux, et s'arrêta à la hauteur d'un gradé.

— Circulez, il n'y a rien à voir

Sous les quolibets de la foule, deux hommes en uniforme, accrochés aux grilles, tentaient d'arracher une banderole annonçant *Musée des Voleurs. Entrée 5 francs.* Le chef de l'escadron se radoucit à la vue du tricolore barrant la carte de l'inspecteur.

— Qu'est-ce qui se passe ? Une grève…

— Non… Ce sont tous les gens de chez Plumf et frères, la filature de Mulhouse qui a fermé l'année dernière. Ils ont découvert que leurs patrons faisaient collection de vieux avions… Il y a près de deux cents coucous dans les entrepôts qui sont derrière. Un musée secret…

— Parce que personne n'était au courant ?

— Non ! J'en ai vu quelques-uns tout à l'heure. Des biplans, des ailes volantes, genre chauve-souris, un hélicoptère à vapeur ! Il paraît même qu'ils ont récupéré un exemplaire de l'avion des frères Wright !

— Pourquoi vous les expulsez si c'est aussi intéressant ?

Le gradé leva les bras au ciel, le regard sur les lambeaux de banderole.

— Cinq francs l'entrée… C'est interdit. Ils n'ont pas le droit de gagner de l'argent sur le dos de leur patron !

La Nuée-Bleue était en effervescence. Le commissaire Brück, secondé par l'inspecteur principal Gossen, s'était chargé de réceptionner les raflés de Marcheim. Haueser commençait tout juste à remplir les procès-verbaux de mise en garde à vue quand Cadin poussa la porte du commissariat pour demander l'assistance du gardien Wiker lors de l'interrogatoire du rival de l'Indien. En milieu d'après-midi, le juge d'instruction Drittenmeyer accepta d'inculper Gérard Moreux pour possession et trafic de substances illicites, mais il fit remarquer à Brück que rien de décisif ne venait étayer les soupçons du commissaire quant à son implication dans le meurtre d'Alain Dienta. Le suspect fut immédiatement transféré à l'ancienne prison des femmes, rue Sainte-Marguerite, dans une cellule donnant sur les berges de l'Ill, de l'autre côté des Ponts-Couverts ; Cadin pouvait l'apercevoir de la fenêtre de son appartement. Comme un regret.

12

Un klaxon gri-gri deux tons

Cadin, installé devant son bureau, déchiffrait les notes éparses griffonnées dans ses calepins quand il fut dérangé par les cris d'une femme et l'écho d'une bousculade venus de la salle de permanence. Il se précipita sur le palier pour voir Wicker, Haueser et Gossen entourer un homme de forte corpulence, et l'empêcher d'entrer dans le bureau où résonnaient les hurlements de la femme. Gossen s'était plaqué contre la porte vitrée, tandis que les deux autres policiers essayaient de ceinturer le colosse. Des renforts arrivèrent alors que Cadin se décidait à descendre leur prêter main-forte. Il se replongea dans la lecture des informations qui lui avaient paru essentielles, reportant ce qui le demeurait dans un grand cahier. Il s'accorda une courte pause, et but son café en tournant distraitement les pages du journal local. Il constata avec amertume que le journaliste s'était coulé dans le même moule que lui : le minable coup de filet de la veille avait les honneurs de la première page, un titre de la grosseur de celui annonçant la mort de l'ancien vigile des usines Renault. Un fait divers lui permit d'échapper provisoirement à ses remords.

SAUVER MA PANHARD !

Les pompiers de Soultz ont été contraints de neutraliser un habitant d'une commune proche à la suite d'un accident de la route. Ce conducteur avait dérapé sur une plaque de verglas, au petit matin, et sa Panhard PL17 était venue s'encastrer dans la façade d'un restaurant. L'automobiliste est devenu subitement fou de rage lorsqu'il a vu les pompiers sortir leur matériel de désincarcération, et commencer à découper l'habitacle pour extraire sa femme coincée dans les tôles. Le chauffard hurlait qu'ils n'avaient pas le droit de détruire son véhicule. Un médecin, appelé d'urgence, s'est vu dans l'obligation d'administrer une piqûre calmante au forcené. La femme a été dégagée. Elle a été conduite à l'hôpital de Soultz dans un état sérieux.

L'inspecteur principal Gossen pointa son nez alors qu'il s'apprêtait à se resservir un café. L'inspecteur refusa la tasse qui lui était offerte.

— On ne va pas avoir le temps… Tout le monde est sur les dents. Je ne sais pas ce qui se passe aujourd'hui, mais il n'y a que des merdes. Ça craque de partout. Il faudrait que tu m'accompagnes au pensionnat d'Altendorf… C'est possible ?

Cadin décrocha son caban.

— Il y en a pour longtemps ?

— Ce qui fait le charme de ce boulot, c'est qu'on connaît l'heure du départ, jamais celle du retour…

Gossen conduisait la Renault 12 du service sans ménagement, comme s'il se vengeait sur le break des soins par trop méticuleux qu'il apportait à sa propre voiture. Les virages en épingle à cheveux, les dérapages contrôlés, les embardées obligeaient Cadin à se cramponner à son siège ; il serrait les fesses à chaque traversée de carrefour, fermait les yeux quand le conducteur grillait les feux rouges en se servant du klaxon deux tons comme d'un talisman. Sur la portion d'autoroute qui contournait les abattoirs et le marché-gare de Cronenbourg, il retrouva assez de sa sérénité pour s'enquérir de leur mission.

— Qu'est-ce qu'on va faire au juste, à Altendorf ?

— Défendre les intérêts d'une cousine du commissaire Brück !

Cadin écrasa une pédale de frein imaginaire alors que la voiture fonçait sur l'arrière d'un camion. Gossen déboîta au dernier moment.

— Quels intérêts ? Je ne comprends pas…

— Cette cousine est pour quelque chose dans la gestion de cet établissement… La Croix du Bon Pasteur… Les sœurs transfèrent un lot de caractérielles vers un autre de leurs centres, et elles craignent que certains éducateurs s'y opposent.

— Des caractérielles ? Je croyais que c'était un pensionnat…

Gossen donna un brusque coup de volant pour s'engager sur la bretelle.

— Un pensionnat de caractérielles ! On a une étagère entière remplie de dossiers sur les anciennes d'Altendorf… Voleuses, tapineuses, alcooliques. Au départ ce sont des mômes jetées par leur famille, et placées là, au chaud, par les assistantes sociales ou par le juge pour enfants… On leur offre une chance de repartir du bon pied… Résultat, elles retombent dans l'ornière dès que les sœurs ont le dos tourné. Le vice leur colle à la peau…

La Renault avait repris son parcours du combattant. Les autres questions de Cadin ne passèrent pas le barrage de ses mâchoires bloquées. Gossen finit par piler devant les grilles d'un petit château auquel menait une allée bordée de tilleuls centenaires. Sur le perron, des religieuses vêtues de lourdes robes grises entouraient un groupe de fillettes âgées de dix à treize ans. Deux hommes faisaient la navette entre le couloir et un autocar dans la soute duquel ils enfournaient des valises et des sacs boursouflés. Une dizaine d'adultes se tenaient à l'écart, attentifs au discours d'un grand type aux cheveux bouclés. Les deux policiers s'approchèrent des pensionnaires qui venaient chacune de recevoir une petite poche de friandises. La parente du commissaire, une femme d'âge mûr vêtue d'un tailleur gris, les cheveux ramenés en chignon, se dirigea droit sur eux quand ils commencèrent à gravir les marches du perron.

— Je suis heureuse que vous ayez trouvé le temps de vous déplacer…

Gossen passa affectueusement la main sur la tête d'une gamine.

— Le déménagement a l'air de se faire dans la joie et la bonne humeur…

Elle lança un bref regard en direction du groupe d'adultes.

— Pour le moment… Ce sont eux, là-bas. Il faut s'en méfier…

Il ne se passa rien au cours de la demi-heure qui suivit. L'incident éclata alors que presque toutes les élèves étaient installées sur les sièges, le visage collé à la vitre. L'une des fillettes refusa de grimper dans le car. Une sœur essaya de la pousser par les épaules, mais elle s'agrippa des deux mains à la poignée chromée de la porte à soufflets. Les deux hommes préposés au chargement des bagages se portèrent au secours de la religieuse. Ils firent lâcher prise à la gamine qui ne trouva comme recours que de se jeter à terre en hurlant. Toutes les personnes dispersées autour de l'entrée du château se précipitèrent vers l'avant de l'autocar où plusieurs religieuses accroupies tentaient de relever l'élève, tout en évitant les coups désordonnés qu'elle donnait des bras et des jambes. La femme au chignon appela les policiers à la rescousse. L'inspecteur principal fit un pas vers elle. Cadin le retint par la manche, l'obligea à lui faire face.

— On n'est pas venus là pour ça... Je ne suis pas d'accord avec ces méthodes. Je ne vois pas ce que l'on a à faire ici...

Gossen hésita une fraction de seconde. Cadin le sentit à la tension du tissu, entre ses doigts, et à cet air de morne soumission dans ses yeux, comme s'il se demandait ce que Brück allait penser de son attitude. Il tourna la tête vers la gamine qui se tortillait sur le sol en pleurant.

— Si au moins on savait pourquoi ils les envoient autre part...

Cadin contourna l'autocar. Une vive discussion opposait la cousine du commissaire à l'homme aux cheveux bouclés peignés à l'afro.

— Tout le travail de pédagogie institutionnelle que nous avions entrepris est détruit... Vous vous comportez comme de vulgaires gardes-chiourme. Et encore, ils ne s'attaquent pas aux enfants !

— Je ne vous permets pas ! Vous me devez le respect, monsieur Brumath.

L'inspecteur sursauta à l'énoncé du patronyme. Ce nom figurait sur la liste de ceux qu'il avait rencontrés depuis le début de son enquête, et appartenait à un des candidats de la liste Verts Demain. De plus, ce François Brumath était présent au 15 de la rue Grande, lors de la rafle commanditée par Gérard Moreux dans la nuit du 17 au 18 février.

— Je me passe de votre permission comme vous vous passez de celle des élèves. Est-ce que vous avez dit à Maryse et à Jacqueline où on les emmenait, qu'on allait les enfermer à l'hôpital psychiatrique ?

La femme tourna les talons. Les sœurs étaient parvenues à faire monter la dernière fillette dans le car, et le chauffeur n'attendait plus qu'un ordre pour contourner la fontaine centrale et longer l'allée de tilleuls. Cadin s'approcha de l'enseignant.

— Vous êtes François Brumath ?

— Non, Régis Brumath. François, c'est mon frère... Vous le connaissez ?

— Pas vraiment, j'ai simplement entendu votre nom quand vous discutiez... J'ai fait le lien avec les élections à Marcheim... Elle n'a pas l'air facile...

Il haussa les épaules.

— La mère Brück ? Oh, ce n'est pas la pire... Elle obéit aux ordres de la congrégation. Vous savez, il y a toujours un prix à payer pour conserver sa place. On a travaillé ensemble pendant près de trois ans, en bonne intelligence. Elle a même soutenu l'équipe éducative quand il a fallu faire admettre aux sœurs que le samedi, à six heures du matin, les élèves étaient mieux dans leur lit qu'à la messe...

Cadin sortit son étui de Meccarillos, en offrit un à son interlocuteur tandis que le car franchissait les grilles du domaine.

— Et pourquoi ils les renvoient ?

— Selon la version officielle, c'est une question d'équilibre budgétaire. Ils vont transformer La Croix du Bon Pasteur en institution pour les sourds et muets. Les subventions sont deux fois plus importantes que pour les mômes en rupture de famille... ou plutôt les familles en rupture de mômes... C'est une chose qu'on peut admettre, encore faut-il que le changement soit négocié... Au lieu de ça, on jette les gamines à la poubelle. Hôpital psy, lits de long séjour... En clair, on médicalise un problème social... La direction se débarrasse d'un fardeau.

— Comment ça ?

— Une fille prise en charge à six ou sept ans, il faut savoir qu'on en entendra parler pendant vingt ou trente ans… Et pas qu'en bien… Parvenus à l'âge adulte, les mômes matraqués dès le berceau reproduisent souvent ce qu'ils ont vécu… Tandis que des sourds-muets…

Gossen, qui traînait depuis un bon moment dans les couloirs, descendit les marches en sautillant et se dirigea vers Cadin. Celui-ci quitta son interlocuteur pour l'intercepter, de peur qu'il ne lui donne de l'« inspecteur » en public.

— On se rejoint à la voiture dans cinq minutes… J'ai encore quelques questions à lui poser…

Régis Brumath avait mis ces quelques instants à profit pour en formuler également de son côté.

— Vous êtes venus ici pour quoi faire, exactement ?

Cadin comprit qu'il fallait relancer la conversation sans lui laisser la possibilité de reprendre l'initiative.

— C'est mon photographe… Nous sommes envoyés par *Les Dernières Nouvelles d'Alsace*. Le correspondant du coin pensait qu'il risquait d'y avoir des incidents. Encore un tuyau crevé. Un peu comme à Marcheim, avec le meurtre du colistier de votre frère…

L'éducateur mordit à l'hameçon, oubliant instantanément ses doutes.

— Alain Dienta ? François ne m'a parlé de rien. Il se disait quoi ?

— Rien de précis ; des bruits insistants sur un rival de l'Indien, Gérard Moreux… Je ne sais pas trop ce qu'il faut en penser… En tout cas la police semble travailler sur l'hypothèse d'un assassinat lié à des raisons sentimentales. Selon la rumeur, Dienta aurait écarté Moreux de la liste écologiste pour le punir de l'avoir doublé dans le lit de sa copine…

Les sœurs et tous ceux qui avaient organisé le départ des fillettes étaient rentrés dans la vaste maison bourgeoise. Cadin et Brumath marchèrent lentement en direction de la Renault.

— Je les connais tous, et je peux vous dire que ça ne tient pas debout. Je suis bien placé pour savoir que la liste était prête depuis plus d'un mois. Moreux n'ignorait pas qu'il avait été débarqué : je ne vois pas pourquoi il aurait attendu le soir des élections…

— Il ne s'était pas encore rendu compte de ce qu'il avait perdu… Personne ne misait un kopeck sur les Verts, surtout au premier tour ! Tout le monde était persuadé qu'Émile Loos remporterait une nouvelle victoire… Je me suis laissé dire que l'implantation de la centrale rapportait, chaque année, plusieurs centaines de millions à la commune. Même quand on se proclame opposé au monstre, on ne pousse pas la rigueur intellectuelle jusqu'à refuser le chèque qu'il vous tend…

Régis Brumath stoppa net pour se tourner vers l'inspecteur, l'air buté.

— Ne croyez pas ça. Je ne peux pas me porter garant de tous, mais des gens comme Francis Bischop, Christian Wurtz, Alain Dienta ou mon frangin ne sont pas du genre à se laisser corrompre… Ils se sont présentés pour défendre leurs idées, pas pour se ménager des situations…

— Pourquoi seraient-ils différents des autres ? Un de mes amis disait souvent que l'argent était la fraternisation des impossibilités, qu'il obligeait à s'embrasser ce qui se contredit…

La citation le dérida.

— Il a raison, c'est la règle… Et comme toute règle, elle est confirmée par l'exception. On ne peut rien comprendre à ce qui se passe à Marcheim si on fait un trait sur les expériences communautaires d'il y a quatre ou cinq ans.

Ils se remirent à marcher lentement vers la voiture.

— Vous parlez de la ferme de Boris Undermatt ?

— Oui, j'en ai fait partie pendant huit mois, en 1974. À l'époque, j'étais programmé pour mener une carrière de comptable avec un poste de sous-directeur d'une agence du Crédit mutuel alsacien, à l'ancienneté, en guise de carotte… La vie en groupe m'a permis d'échapper à l'engrenage qui commençait à me broyer sans que je m'en aperçoive. Je me suis rendu compte que, dans cette société, la vie nous est donnée, mais qu'on la perd à la gagner… Boris nous expliquait que chacun doit trouver son propre chemin pour unir le travail à l'existence…

— C'est plus facile à dire qu'à réaliser…

— Non, il suffit de faire un effort sur soi-même, remettre en cause les certitudes qui nous ont été inculquées. J'ai repris mes études, j'ai participé à des stages pour décrocher un diplôme d'éducateur… Je voulais être utile, agir dans le social, voir les résultats concrets de mon travail… De ce côté-là, je n'ai pas été déçu en arrivant à La Croix du Bon Pasteur !

Gossen, qui commençait à s'impatienter, actionna les phares par deux fois.

— Je dois y aller, on a un autre reportage sur Strasbourg… C'est très intéressant, votre histoire de communauté. On pourrait se revoir, pour en discuter plus précisément… Vous comptez rester ici, avec les sourds-muets ?

Régis Brumath remua la tête de droite à gauche.

— Le seul signe que je connaisse, dans leur langue, c'est le bras d'honneur ! J'ai obtenu un autre poste, à Nancy… On publiait un petit journal ronéoté. J'en ai retrouvé plusieurs collections en faisant mes cartons. Je peux vous en envoyer un jeu complet au journal, si vous voulez…

Cadin nota son adresse sur une feuille du calepin, la déchira.

— C'est plus prudent de recevoir son courrier à la maison… Au bureau, tout est à tout le monde : résultat, on se fait tout piquer.

Cadin avait à peine claqué la portière que l'inspecteur Gossen se mit en devoir de rattraper le temps perdu.

— Je croyais qu'on ne partirait jamais… Vous le connaissiez, ce type ?

La Renault 12 longea l'allée plantée de tilleuls à pleine vitesse, et ralentit à peine pour s'engager sur la départementale. Les doigts de Cadin se refermèrent sur la poignée de maintien.

— Non, je n'arrivais pas à m'en défaire… C'est possible d'aller un peu moins vite ?

Gossen lui lança un regard condescendant.

— Vous n'avez pas confiance, Cadin ? On dirait que vous commencez à vous faire vieux…

— C'est surtout que je voudrais finir d'être jeune.

13

Le béret basque alsacien

À son retour, le commissaire Brück offrit un café-machine à Cadin. Ils parlèrent de choses sans importance, et l'inspecteur voulut y voir la preuve que l'inculpation précipitée de Gérard Moreux semblait avoir calmé la préfecture. Leur tête-à-tête fut interrompu par l'intrusion, dans la salle de permanence, d'un fort en gueule qu'encadraient deux gardiens. Brück reconnut aussitôt le patron du magasin de meubles anciens de la rue des Arcades. Il s'approcha du gardien Wicker, siffla entre ses dents.

— J'espère que vous savez ce que vous faites…

Le policier bredouilla tandis que Brück saluait le commerçant.

— Bonjour, monsieur Kirscher… J'ai l'impression que tout ne va pas pour le mieux, mais je vais m'efforcer d'arranger ça… Qu'est-ce qui vous amène ici ?

Il pointa ses pouces en direction des gardiens.

— Ces deux-là !

Wicker se racla la gorge.

— Depuis quinze jours nous avons enregistré plusieurs plaintes motivées par le fait que les étiquettes placées dans le magasin de M. Kirscher sont exclusivement rédigées en alsacien…

L'antiquaire leva les yeux au ciel avant de donner de la voix.

— Je me tue à leur expliquer que j'ai tout simplement organisé un mois de la décoration alsacienne ! Tout le magasin est agencé autour de ce thème… Ce n'est pas une atteinte à la langue française ni une affirmation identitaire : juste du commerce ! Je n'ai pas accroché un écriteau avec *Elsasischa Hochkultur* inscrit dessus !

— Je ne comprends pas… On vous a traîné ici pour une histoire d'étiquettes en alsacien ? Ce n'est pas sérieux…

Le commerçant s'apprêtait à répondre mais Wicker lui coupa la parole.

— Au début, c'est vrai qu'il n'y avait que cette infraction. Nous étions déjà passés la semaine dernière pour les constatations, suite à une première réclamation. Nous repassions, tout à l'heure, à cause d'une seconde plainte qui émanait d'un professeur de l'université… M. Kirscher nous a accueillis par des sarcasmes, et quand nous nous sommes approchés de lui, il a fait voler nos képis, du revers de la main, en hurlant qu'on ne lui referait pas le coup du béret alsacien !

— Le coup du béret alsacien ? Je ne saisis pas très bien, Wicker…

— Moi non plus, commissaire.

Le commissaire se tourna vers Cadin, l'interrogeant du regard, puis il fit un pas vers l'antiquaire.

— Vous reconnaissez avoir décoiffé mes hommes en prononçant cette phrase incompréhensible ?

— Oui… Je reconnais que je n'aurais pas dû faire valdinguer leurs képis… Je me suis laissé emporter par la colère. Allez dans n'importe quel magasin de vêtements, les trois quarts des indications de taille, de composition, sont en anglais, et personne ne vient leur dresser de procès-verbal ! Moi, j'ai le malheur de faire une exposition à thème régionaliste, et toute l'université strasbourgeoise me tombe dessus ! Ce n'est malheureusement pas la première fois que cela m'arrive, à la seule différence qu'avant, avec le béret, ça fonctionnait dans l'autre sens…

Toutes les personnes présentes à la Nuée-Bleue s'étaient regroupées autour du marchand de meubles.

— C'était il y a trente-six ans, quand les murs de la ville disparaissaient sous les affiches proclamant : *Hinaus mit dem Welschen Plunder*… Sortez le fatras français ! Tout devait être germanisé… Je me souviens de mon père martelant la petite porte de notre boîte aux lettres pour faire disparaître le relief du mot « Courrier »… Après il s'est escrimé à limer les mots « chaud » et « froid » sur les robinets de la salle de bains. On a vidé la bibliothèque des livres de Voltaire, Rousseau, de Chatrian, et tout a été brûlé à l'Orangerie, pour la fête du Solstice… Même le dialecte alsacien a été épuré de ses mots d'origine française. Il était interdit de prononcer « Bouschour », « Orevar », quand on se rencontrait ou que l'on se séparait. J'ai été obligé de me présenter devant l'inspecteur Vogl, le président du Cartel populaire de Strasbourg, pour faire changer mon prénom. Peter au lieu de Pierre ! Beaucoup d'autres devaient également germaniser leur nom… Jean Dupont se transformait en Hans Brück…

Le commissaire piqua du nez, tandis que plusieurs auditeurs approuvaient en hochant la tête, retrouvant dans ce que disait Pierre Kirscher les humiliations que l'histoire avait fait subir aux leurs. L'antiquaire posa la main sur l'épaule de Wicker.

— Quand vous êtes entrés dans ma boutique, tout à l'heure, j'ai soudainement repensé à tout cela… Et surtout à l'une des mesures les plus idiotes qu'ils aient alors prises… L'interdiction du port du béret basque dans les provinces reconquises ! Le Polizeipräsident avait fait une déclaration comme quoi « Le béret basque ne convient pas à notre paysage, pas à nos visages, pas à notre Alsace allemande. Plus de couvre-chefs étrangers » ! Les contrevenants étaient passibles d'une amende de 150 marks, et de la prison en cas de récidive... C'est pour ça que les képis ont volé ! Je tiens à vous présenter mes excuses.

Le commissaire les accepta, conditionnant l'effacement de l'injure faite aux gardiens de l'ordre à un engagement du marchand de meubles anciens de la rue des Arcades à sous-titrer ses étiquettes en français.

Il tombait une sorte d'eau épaissie par le froid quand Cadin sortit de la Nuée-Bleue. La batterie de la Renault 4 fut tout juste assez vaillante pour entraîner les pistons, il laissa peser son pied un bon moment sur l'accélérateur de crainte que le moteur ne s'étouffe. Les nuages noirs faisaient comme une nuit précoce sur la ville, accentuant la pulsation électrique des enseignes. Les projecteurs orangés de la voie rapide s'allumèrent alors qu'il empruntait la bretelle surplombant les chaussées pour se diriger vers Marcheim. La neige fondue hachait les halos. Il essayait de capter une fréquence musicale sur le petit transistor maintenu au moyen d'élastiques derrière le pare-soleil quand la mécanique donna les premiers signes d'essoufflement. Son regard se porta immédiatement sur l'aiguille de la jauge, perdue dans le rouge. Un réflexe idiot lui fit taper sur le cadran, comme si les tressautements de l'indicateur pouvaient avoir pour conséquence de remplir le réservoir. Il finit par se mettre au point mort et vint se ranger, en profitant de l'élan, sur un dégagement ménagé à l'approche d'un croisement. Un panonceau ironique indiquait une station Elf à cinq kilomètres. La froidure humide eut tôt fait d'envahir l'habitacle, d'engourdir les doigts de Cadin qui se résolut à quitter l'abri de sa voiture. Il se posta devant le capot, dans la lueur jaunâtre des phares, pour tenter de faire stopper l'un des véhicules qui passaient à pleine vitesse, dans un chuintement d'air, d'eau et de caoutchouc.

Un quart d'heure plus tard, les cheveux plaqués, de l'eau gelée s'insinuant sous le col de chemise, il commença à injurier les indifférents. Cinq minutes encore, et il était à court d'insultes. Le salut prit la forme d'une Opel. Elle s'arrêta à sa hauteur alors qu'il venait d'éteindre les lumières déclinantes de la Renault et s'apprêtait à se mettre en marche vers une station-service que son désespoir lui annonçait fermée. Un homme d'une quarantaine d'années inclina un visage avenant vers la fenêtre, côté passager, masquant à demi une jeune fille à la courte chevelure rousse.

— Qu'est-ce qui se passe, vous êtes en panne ?

— Oui. Je n'ai pas fait attention : le réservoir est à sec…

— C'est bien le seul, aujourd'hui ! Montez…

Il prit place à l'arrière, derrière le conducteur, et jeta un coup d'œil sur une pile de tracts syndicaux posée sur le siège.

C.G.T./MINE AMÉLIE — LE SYNDICALISTE —
CROQUE TA POMME

Depuis cette semaine la direction des mines de potasse d'Alsace a décidé d'interdire la consommation de casse-croûte et de fruits pendant le temps du service au fond. La C.G.T. a donc décidé de riposter en organisant une journée CROQUE TA POMME. Deux cents kilos de fruits, offerts par les paysans de la région de Soultz, seront distribués aux mineurs, avant la descente, et les trognons seront récoltés par les délégués afin d'être portés en délégation auprès de la direction des M.D.P.A…

— Il ne fait pas très chaud pour une fin mars…

Cadin se pencha vers le chauffeur.

— Pas vraiment…

Il laissa passer quelques secondes.

— Je n'ai pas pu m'empêcher de lire… C'est vrai cette histoire de pommes ?

Ce fut la jeune femme qui répondit. Son sourire adolescent rassembla les taches de rousseur qui parsemaient ses joues, son front.

— Bien sûr que c'est la vérité ! Le Bon Dieu a menacé Adam de le retirer du Paradis s'il croquait la pomme… Jusqu'à aujourd'hui personne ne savait où il se trouvait, ce fichu Paradis. Il faut donc croire que c'est au fond de la mine !

La station Elf brillait de mille feux. Cadin remplit un jerrican de cinq litres sous un haut-parleur qui diffusait une chanson très tendre, une voix féminine accompagnée par quelques accords à la guitare sèche.

Ta vie ne peut que réussir
Si tu n'abandonnes pas le chemin
Si tu luttes pour gravir
La rude pente du destin…

Le syndicaliste poussa l'amabilité jusqu'à le ramener à sa voiture. Dès que les lumières de l'Opel furent avalées par la nuit, Cadin exécuta un demi-tour et rejoignit Strasbourg. Il fit une halte près du quai des Bateliers, dans un ancien hôtel borgne transformé en librairie où il acheta un vieux numéro des *Saisons d'Alsace* consacré aux enrôlés de force, les Malgré-nous. L'inspecteur aligna sa monnaie sur la vitre du flipper qui faisait office de comptoir. Il en ressentit l'envie, mais ne trouva pas la force d'aller rôder autour de la gare. Son estomac se contenta d'un sandwich saucisse-moutarde avalé au volant, entre la place des Moulins et les Ponts-Couverts. Une fois chez lui, il tira les rideaux sur les écluses envahies par la brume, et se coucha pour sombrer dans un sommeil sans souvenirs.

On tapait dans son rêve. Des coups brefs sur du bois sec. Ses paupières s'entrouvrirent, laissant passer ce qu'il fallait de réalité. Le réveil marquait neuf heures, et on s'énervait contre la porte. Il fut tout de suite debout, plongeant dans les jambes de son pantalon, la chemise passée à la diable, pour ouvrir sur la carrure du facteur. Le journal et les deux lettres-circulaires auraient pu prendre le chemin habituel, mais il y avait également une enveloppe, épaisse comme un annuaire départemental. La poche dans laquelle il pensait trouver la pièce du pourboire était vide, et le temps qu'il fasse l'aller-retour de l'entrée au buffet, le préposé avait disparu vers les étages inférieurs.

Il fit couler l'eau, la testa du bout des doigts et, quand elle fut assez chaude, présenta directement sous le jet son bol au fond tapissé de café soluble. Le cachet postal indiquait que le pli avait été envoyé la veille, de la poste principale de Strasbourg. Il déchira l'enveloppe, sur le côté, à l'aide du manche de la cuillère avec laquelle il venait de touiller son café, et en tira plusieurs séries de feuilles agrafées dix par dix, surmontées d'une lettre sur laquelle courait une écriture nerveuse.

Cher monsieur Cadin,

Lors de notre rencontre, ce matin, dans le parc de La Croix du Bon Pasteur, je vous ai promis de vous faire parvenir une collection complète du "journal" de la communauté de Marcheim. Je pensais dire vrai, mais je me suis imprudemment avancé : je ne possède en effet que neuf des onze numéros parus. Je les ai rapidement feuilletés, avant de les mettre à la boîte, et je crois que le journalisme et la littérature ne perdent rien à ces disparitions ! Ce qui subsiste est suffisamment accusateur... Si nous avons écrit cela, à l'époque, c'est certainement que nous le pensions. J'ai aujourd'hui beaucoup de mal à admettre que j'aie pu être le jeune homme que j'étais. J'espère que vous trouverez de quoi nourrir votre article sur les regroupements utopistes de l'après-mai alsacien, et que l'ironie qui naît obligatoirement à la lecture de nos divagations ne sera pas trop mordante.

Une signature illisible se superposait à un nom et un prénom écrits en caractères bâtons : Régis Brumath. L'inspecteur piqua le quignon de pain qui lui restait au bout d'une fourchette, et le grilla au-dessus des flammes de la gazinière avant de l'enduire de confiture à la fraise. Le premier numéro du bulletin ronéoté de la communauté de Marcheim ne comportait que deux feuillets remplis presque exclusivement de la liste des titres proposés au choix des lecteurs, et des thèmes des articles à venir : insoumission, objection, écologie, médecine parallèle, régionalisme, sexualité, poésie, macrobiotique. La deuxième livraison prouvait que le problème de la manchette avait été résolu : des Lettraset ombrés dessinaient le logo de *Ruines du Futur*. Il le parcourut en mâchonnant la tartine croustillante, et lut quelques articles en diagonale. Seul un détournement pacifiste de *L'Internationale* retint son attention :

Debout les antinucléaires
Debout les irradiés de demain
La raison tonne en sa galère
C'est l'excursion de la fin
C'est la lutte finale
Groupons-nous et demain

L'atome infernal
Tuera tous les Humains !

Il feuilleta ensuite tout le lot. Par souci égalitaire, les contributions n'étaient signées que des seuls prénoms, et Cadin se borna, dans un premier temps, à tracer des croix dès qu'il repérait un Alain, un Boris, un Gérard ou une Michèle. Il délaissa les textes fumeux d'un certain docteur Bastien sur la psychanalyse culturelle, dont la méthode ne s'adressait qu'aux malades stressés, d'intelligence normale, âgés de 18 à 35 ans, puis tenta de se souvenir si l'appel du 15 août 1975 avait été suivi d'effet en lisant le communiqué émanant du « Comité Toussapoil » :

> Ce 15 août à midi, où que vous soyez, déshabillez-vous ! Ce simple geste naturel prendra une signification particulière suivant les gens : acte de désobéissance civile, manifestation de masse non violente, contestation écologique, refus des tutelles, protestation contre la morale bourgeoise, affirmation du rapport à soi.

Il se souvenait de deux ou trois groupuscules, à la fac, qui agitaient les mêmes idées, les mêmes fantasmes. Le point d'orgue de leur activité avait pris la forme d'un happening naturiste, déclenché au cours d'une compétition interuniversitaire qui se disputait dans le bassin de la piscine du boulevard de la Victoire. Ils avaient défilé à une trentaine, seins, sexes et poils pubiens exhibés, derrière une banderole qui proclamait : *Baigneur, sous ton maillot tu restes un travailleur !*

Le plus intéressant, dans *Ruines du Futur*, était discrètement placé sur une colonne, en bord de page, et consistait en une suite d'articles brefs relatant la vie de la communauté.

Février 1972. Nous rêvons tous de mises en question globales, totales et radicales. En fait, chacun ne vient chercher qu'une thérapeutique instantanée à son petit problème personnel. Le jardin potager ne donne pas ce qu'il aurait dû donner. Les chiens du voisinage ont décimé le poulailler, et il est impossible de demander réparation. Nous sommes obligés d'accepter des travaux extérieurs. Il faut voir les choses en face : six mois après son démarrage, notre communauté vit surtout d'apport de fric extérieur : on achète trop, nous sommes encore incapables de compter sur nos propres forces. *Boris*.

Septembre 1973. Les rapports se tendent encore un peu plus. Plus rien ne va. Pour trouver une solution, nous essayons tout ce qui a réussi dans d'autres groupes : le travail en commun, l'amour collectif. C'est également l'échec, car le volontarisme ne résout rien. Notre groupe est au bord de l'explosion. Pierre est reparti travailler aux Potasses. Albert, Maria et leur fille Carole font leurs valises pour rejoindre Montpellier et un poste à l'E.D.F., comble d'ironie. De mon côté, la vie de couple ne me convient plus depuis que j'ai découvert le groupe. *François*.

Mars 1974. Des mecs ne cessent de rappliquer à Marcheim depuis qu'on a passé un article dans *Barabajagal*. Des anars pour la plupart. Le problème c'est qu'ils manquent de patience. Ils croient que tout est plus facile à la campagne. Ils arrivent tout feu tout flamme, n'ont que le mot de retour à la nature à la bouche, mais se mettent à chialer dès qu'il fait un peu froid. Eh oui, l'hiver, c'est long, sans confort, sans fric, sans télé... Mais il y a mille choses à faire : arranger les maisons, les dépendances, tisser, tricoter, lire, rêver, prendre le temps de réfléchir, regarder le monde. Rien ne presse. *Agnès*.

Juin 1974. Un employé de la société chargée de vendre la centrale à la population de Marcheim a « perdu » sa sacoche. Dedans, un rapport… On y apprend qu'il faut « dynamiser le sentiment pronucléaire en informant de façon ciblée, en montrant l'impact économique des retombées *(sic)* sur la région », et qu'il faut également « bloquer le recrutement par les employeurs du secteur des opposants au projet, et les discréditer si on ne parvient pas à les compromettre ». Comme quoi la démocratie made in E.D.F. tourne à plein régime ! *Alain.*

Novembre 1974. Ami(e)s pédophiles, bonjour ! Nos contradictions versent souvent dans l'obsession répressive de la sexualité. Si la pédophilie est la plupart du temps misérable, il en est de même de tous les rapports « sexuels » et amoureux. Il n'est pas nécessaire d'être un révolutionnaire pour voir que le supplément de misère de la pédophilie est le fruit de sa répression sociale. Un pédagogue libéral américain n'explique-t-il pas que le principal traumatisme que subit l'enfant « victime » d'un satyre provient de ses parents qui en font tout un plat, alors que l'enfant, s'il n'y a pas eu violence, aurait plutôt tendance à s'en foutre. *Gérard.*

La date du dernier numéro, mars 1975, deux mois avant la mort par overdose de Boris Undermatt, correspondait au départ de l'Indien de la communauté, et à son installation rue Grande, chez Michèle Shelton.

Mars 1975. Et si nous avions atteint nos limites ? La déclaration d'utilité publique pour la construction de la centrale n'a pas rencontré de véritable opposition. Et comme il est impossible de se retrancher totalement du monde, il faut transiger, c'est-à-dire se compromettre. Vivre parallèlement, c'est aussi, dans la plupart des cas, vivre en parasite sur le dos de ce que l'on refuse. Dans son ensemble, l'utopie sociale qu'élabore l'underground côtoie toujours la récupération, y tombe souvent. La rock music, le cinéma souterrain, la presse de contre-culture peuvent devenir des marchandises et finir leur parcours sur les posters et les tee-shirts des lycéens. *Boris.*

Cadin relut plusieurs fois les quelques lignes écrites par Gérard Moreux. Il tenta de résumer sur une feuille de papier les événements perceptibles de la vie de la communauté de Marcheim, puis glissa le tout dans une poche plastique qu'il emporta avec lui.

14
La bouleversion

L'inspecteur Cadin ne fit qu'une apparition à la Nuée-Bleue, le temps d'obtenir l'autorisation du juge Drittenmeyer d'interroger une nouvelle fois Moreux. Il apprit par la même occasion que le suspect venait d'être transféré dans l'ancien fort Moltke, une des positions avancées de la ceinture de protections édifiée par les Prussiens, un siècle plus tôt. Il prit la précaution de faire le plein de la Renault, à la station de la Gare, et fila vers la banlieue.

La maison d'arrêt n'occupait qu'une partie de ce vestige de l'enceinte fortifiée qui comprenait une quinzaine d'implantations. Le fort présentait une forme classique de lunette de cent mètres de longueur sur soixante-dix de largeur, entourée d'un fossé sec. Les ouvrages de défense, principalement les bastions appuyés sur les collines, étaient en cours de réaménagement. La région y installait un vaste abri anti-atomique où mille personnes pourraient échapper aux radiations et bénéficier de salles de décontamination équipées de douches. La maison d'arrêt avait hérité des anciens casernements de la garnison, situés à l'arrière, que l'on atteignait par l'une des galeries souterraines creusées sous l'ensemble de l'édifice.

Cadin franchit tous les sas, toutes les grilles, dans le

claquement métallique des serrures. Il attacha ses pas à ceux d'un gardien taciturne qui fit sortir les deux compagnons de cellule de Moreux avant de faire entrer l'inspecteur. Assis sur la couchette supérieure, pieds ballants, le prisonnier chevelu fumait une de ses minuscules cigarettes indiennes, propulsant la fumée bleutée contre le plafond situé cinq centimètres au-dessus de sa tête. Cadin le salua, sans obtenir de réponse. Il attendit quelques instants que Moreux se décide à descendre de son perchoir puis, voyant qu'il n'en faisait rien, vint s'appuyer contre le mur qui faisait face aux lits gigognes. Il alluma posément un de ses Meccarillos.

— Tu n'as pas l'air très causant, aujourd'hui…

— Les deux connards d'en dessous n'arrêtent pas une minute. Ils parlent même en dormant. Je profite du moindre répit… Vous ne pouvez pas leur demander de me mettre dans une cellule individuelle ?

— Dans l'administration, ils sont toujours en retard… Leurs fiches ne sont pas à jour… Ils t'ont sûrement placé là parce qu'ils croyaient que tu aimais toujours la vie en communauté.

Clope au bec, Gérard Moreux appuya les deux mains sur le rebord de son lit, donna un énergique coup de reins qui le propulsa vers le sol. D'une pichenette, il jeta son mégot dans les tinettes.

— Vous êtes comme tous les flics… Ils prononcent « communauté », mais ils pensent « troupeau »… Vous ne pouvez même pas imaginer qu'il soit possible de s'associer librement, sans hiérarchie, sans maître à penser, sans garde-chiourme… Sur la seule base des affinités…

L'inspecteur fit un pas vers la petite table installée droit sous la lucarne, et glissa les exemplaires de *Ruines du Futur* contenus dans son pochon sur le plateau de formica. Il les classa en silence. Moreux s'approcha.

— Où est-ce que vous avez déniché ces antiquités ?

— Tu le demanderas à ton avocat; logiquement la réponse devrait figurer dans le dossier d'instruction…

Le jeune homme haussa les épaules. Il prit un fanzine imprimé dans des tonalités violettes, le feuilleta en souriant.

— Je ne sais pas ce que vous voulez faire de ces conneries, mais je n'ai jamais rien eu à voir avec ça…

Cadin se saisit du numéro de novembre 1974 et l'ouvrit à la page comportant l'article intitulé « Ami(e)s pédophiles, bonjour ! ». Il le lut à haute voix, appuyant sur la signature de « Gérard ». Le taulard s'assit à califourchon sur l'unique chaise de la cellule, jambes écartées.

— Les conditions de détention doivent certainement peser sur la réflexion, parce que je n'arrive pas à comprendre où vous voulez en venir, inspecteur. Si vous ne me sortez pas d'ici, je vais finir comme mes deux colocataires…

— J'aimerais simplement que tu m'expliques pourquoi tu as écrit ce papier, c'est tout… Je le trouve curieux… Pas toi ?

— C'est surtout débile. Il y a malheureusement un petit problème…

— Lequel ?

— Je ne suis pas dans ce délire. Je n'ai jamais collaboré à ce canard. Ce qui veut dire que votre « Gérard », il faudra aller le chercher autre part qu'entre ces quatre murs.

Cadin accusa le coup. Il comptait sur le trouble de Moreux pour pousser son avantage, et se retrouvait déstabilisé. Il fit semblant de parcourir un article sur la « Bouleversion », une théorie de la Révolution sans violence, mais les mots dansaient devant son regard.

— Tu faisais quand même partie de la communauté de Boris Undermatt ?

— Pas vraiment. Je tournais autour, comme tous les jeunes du secteur. On venait passer un jour ou deux quand ils organisaient une fête, ou lorsque le bruit courait qu'il y avait de nouvelles nanas à la ferme. Personnellement, je n'ai jamais cru à ces histoires de retour aux sources, de communisme primitif. En plus je ne supportais pas leur gourou…

L'inspecteur se hissa sur la pointe des pieds pour lancer son mégot par la lucarne tandis que le maton soulevait le cache de l'œilleton pour vérifier que tout se passait bien.

— L'Indien était du même avis que toi… À cause de la came, je crois bien. Il a refusé d'aller à son enterrement…

Moreux ne mordit pas à l'hameçon. Il resta évasif.

— Oui, je sais…

— Je sais que tu sais… J'ai jeté un œil sur ton dossier, aux R.G., avant de venir te rendre visite… Par simple curiosité. Je me demande quel effet ça ferait, à Marcheim, si on apprenait que tu as commandité la descente de police de février dernier, au domicile que tu partages avec Michèle Shelton ?

Gérard Moreux se leva d'un bond, toisant l'inspecteur.

— Vous racontez n'importe quoi ! Et j'aurais fait ça pour quelle raison ? C'est moi qui me suis retrouvé avec les bracelets. Je suis resté toute la nuit entre les mains de vos collègues… C'est de la folie furieuse !

— Pas tant que ça… La meilleure façon de couvrir un indicateur consiste à le faire passer pour un martyr de la cause. Dans les manifs, ce sont eux qui se portent toujours en première ligne en hurlant le plus fort, pour galvaniser les troupes… Tu n'avais pas digéré que Dienta te débarque de la liste écolo. Normalement, il aurait dû être présent lors de la perquisition, et j'imagine que tu lui avais réservé une petite surprise qui lui aurait valu de t'accompagner au commissariat, histoire de torpiller sa candidature…

Cadin rassembla les fanzines, les taqua sur le formica pour les glisser dans le pochon. Il tapa sur la porte, avec la tranche d'une pièce de cinq francs, pour signifier que l'entretien était terminé, et se retourna vers Moreux tandis que les pas du maton se rapprochaient.

— Je vais aller voir Michèle Shelton pour lui parler de tout cela… J'ai le sentiment qu'elle se fait encore des illusions à ton sujet…

Il y eut un éclair de lumière dans le judas, un claquement de targette, le cliquetis du trousseau de clefs. Moreux fonça sur l'inspecteur.

— Ne le faites pas, je vous en supplie… Il y avait un autre Gérard, dans la ferme d'Undermatt…

— C'est qui ?

Il balança le nom alors que la porte s'ouvrait sur le gardien silencieux.

— Je ne connais pas son véritable nom… Il se faisait toujours appeler Regain…

L'inspecteur reprit sa voiture. Il roula un moment au ralenti, observant les lycéennes de Reichstett qui s'époumonaient sur l'ancien chemin de ronde transformé en « parcours du cœur ». La morgue occupait un pavillon des hôpitaux civils, face aux bidonvilles et aux houseboats délabrés du Heyritz. Il vint se garer contre un fourgon Citroën du commissariat de la Robertsau qu'un flic en tenue nettoyait au jet. La flotte ruisselait sur les sièges, les banquettes en bois, l'intérieur des vitres avant de s'écouler sur le plancher ondulé. Deux autres policiers, livides, prenaient l'air, assis sur un banc près d'un massif d'arbustes en bourgeons. L'inspecteur salua le nettoyeur, avec lequel il avait participé à un stage, l'année précédente.

— On ne pourra pas dire que vous ne prenez pas soin du matériel !

L'homme se retourna, une grimace de dégoût imprimée sur le visage.

— C'est surtout une question de survie… On a repêché un client sur le bord de la station d'épuration. Ça devait faire quinze jours qu'il baignait dans son jus… Tout juste si on a pu le prendre en un seul morceau tellement ça grouillait. La puanteur de l'enfer !

Cadin se dirigea vers l'entrée de l'institut médicolégal. L'odeur fut aspirée par le mouvement de la porte, l'obligeant à reculer, le cœur au bord des lèvres. C'était comme s'il avait ingéré une partie de la mort de l'inconnu. Il se savait incapable de tenter une seconde incursion, et traversa le parc pour s'enfermer dans la cabine de la rue des Glacières, dans l'ombre ventrue du clocher de l'église orthodoxe. Il introduisit un franc dans le monnayeur. La secrétaire lui passa le docteur Fournier.

— Bonjour… Inspecteur Cadin, du commissariat de la Nuée-Bleue. Nous nous sommes rencontrés la semaine dernière sur le chantier de la centrale de Marcheim… Au sujet de l'assassinat d'Alain Dienta…

— Oui, je me souviens… Je vous ai fait parvenir mon rapport… Vous l'avez reçu, j'espère ?

— Tout va bien de ce côté-là, je vous remercie… En travaillant sur notre dossier je suis tombé à plusieurs reprises sur une autre affaire criminelle qui date de plusieurs années, et j'aimerais pouvoir consulter les pièces relatives à l'autopsie…

— Si ce n'est pas trop vieux et que le crime a eu lieu dans le secteur, je peux regarder sur mes étagères et celles des collègues… Vous n'avez qu'à passer dès que vous aurez une minute… On vient de m'amener une charpie, et je ne pourrai pas bouger de la journée.

Cadin tenta une diversion pour échapper aux effluves.

— On peut prendre un verre ensemble… Au Quartier-Blanc, par exemple… J'y suis dans un quart d'heure.

Le docteur Fournier sauta sur l'occasion.

— D'accord, ça m'aérera… Il s'appelle comment, votre client ?

— Boris Undermatt… Il est mort d'une overdose en mai 1975, aux alentours d'une ferme de Marcheim…

Il y eut un silence au bout de la ligne, puis Fournier se racla la gorge.

— J'aurais dû m'en souvenir : c'est mon adjoint qui s'en est occupé, à l'époque, sous mon autorité…

Le Quartier-Blanc était fréquenté moitié par des infirmières, moitié par des étudiants de la faculté de médecine. De temps en temps, les bidasses voisins de la caserne Barbade essayaient de s'implanter pour disputer aux futurs toubibs les regards en biais des soigneuses. Le patron les refoulait sans ménagement, davantage intéressé par la jeunesse friquée que par les demi-soldes des défenseurs de la Patrie.

Cadin s'installa sur la banquette en moleskine rouge, sous le poster d'un groupe de rock alsacien, À Contre-Courant, qui se produisait le soir dans la salle du sous-sol. À la table d'à côté, une fille qui ressemblait à Michèle Shelton fumait une cigarette à l'eucalyptus en regardant frémir les narines des autres consommateurs. L'inspecteur pensait qu'elle se donnait des frissons de junkie à bon compte quand le légiste poussa la porte du troquet. Il fila droit sur Cadin qui perçut, dans le déplacement d'air, une évocation du noyé mêlée aux vapeurs médicinales. Fournier posa un dossier avachi sur le plateau rond et commanda un grog.

— Vous l'avez retrouvé, à ce que je vois…

Il se pencha vers son bol pour ne rien perdre des vapeurs de rhum.

— Oui, on conserve un double des pièces pendant

cinq ans, ensuite c'est versé aux archives de la préfecture... Je ne sais pas exactement ce qu'il y a dedans, je n'ai pas eu le temps de m'y replonger... Vous pensez donc qu'il y a une liaison avec cet écologiste abattu le soir des élections ? Pourtant j'ai cru voir que vous aviez arrêté un type dans cette histoire...

— Il est cité dans l'instruction, mais on l'a appréhendé pour une affaire annexe. Il paraît que ça calme l'opinion... Tous les témoins que j'interroge me ramènent à cette communauté qui s'est installée entre 1972 et 1975 sur les terrains promis à la centrale nucléaire de Marcheim. J'ai potassé la presse de l'époque sans rien trouver sur les activités de ce groupe. Jusqu'à la mort de leur leader qui est traitée sous la forme d'une brève de trois lignes dans *L'Alsace* et dans *Les Dernières Nouvelles*...

Fournier trempa le pouce et l'index dans son grog pour se saisir de la rondelle de citron qu'il suçota consciencieusement en émettant des petits bruits de lèvres et de langue. Il se frotta les mains pour s'assécher les doigts, débrida la lanière passée autour du dossier et se mit à le compulser.

— Là, ce sont tous les formulaires pour les transferts du corps, les déclarations de conservation, les copies de commission rogatoire... Voilà les conclusions... Vous le connaissiez, ce Boris Undermatt ?

Fournier n'attendit même pas que l'inspecteur eût prononcé « non », pour faire glisser vers lui, à la manière d'un serveur de poker, trois photos prises lors de la découverte du cadavre par l'Identité judiciaire. Les deux premières cadraient une partie de la ferme ainsi qu'un chemin creux bordé de fruitiers. Undermatt gisait au milieu d'une ornière envahie d'eau, la tête à demi immergée. Il était vêtu d'un pantalon de velours noir côtelé, d'une chemise « grand-père » blanche, manches retroussées, serrée au niveau de la taille par un large ceinturon de cuir, et de bottes aux talons éculés. Le troisième cliché avait été pris après que l'on eut retourné le corps. Le visage de Boris, barré par des mèches de cheveux poisseuses, les joues et le front maculés de boue, était comme éclairé par ses yeux grands ouverts. Une blessure dessinait un sourire forcé, à la commissure des lèvres.

— Je le croyais plus jeune… Il avait quel âge ?

— Il était de janvier 30… Ce qui fait quarante-cinq ans au moment de sa disparition. Il y a quelques éléments sur son parcours, je vous les lis ?

Cadin but une gorgée de Schutz fraîche.

— Allez-y, on ne sait jamais…

— Il est né à Pulversheim, dans une cité minière. Son père est mort le 23 juillet 1940, au début de l'occupation allemande : un coup de grisou au fond du puits Rodolphe, qu'ils sont en train de fermer… Vingt-cinq victimes. La plus grosse catastrophe de toute l'histoire du bassin potassique… Traditionnellement, les fils de mineurs le deviennent aussi, mais cet accident a fait naître en lui une totale aversion pour ce métier. Il a été régisseur d'une petite troupe, le Théâtre-Bulle…

— C'est marrant, les coïncidences… J'ai vu une de leurs pièces au Rallye-Drouot de Mulhouse, il y a quelques années. Ça s'appelait *J'ai confiance en la justice de mon pays…* Ils n'étaient pas très tendres avec la police !

Les éléments concernant la création, puis la vie de la communauté dans l'ancienne ferme Lützendorf étaient traités sous forme de résumés qui renvoyaient aux pièces du dossier d'instruction et aux notes des Renseignements généraux. Le docteur Fournier les parcourut avant de se saisir des feuilles détaillant le travail du légiste adjoint.

— C'est bien ce que je pensais… Anoxie suraiguë et hypercapnie bulbaire… Brassage hydro-aérique avec formation de spume, et stase de sang veineux dans les cavités droites du cœur. Un véritable cas d'école… À ce stade-là, on pourrait presque se passer de conclusions.

— Anoxie, spume, extase… Je ne comprends que l'un des trois mots, mais je ne sais pas ce qu'il vient faire dans la liste ! Ça veut dire quoi ?

— Tout simplement qu'il est mort noyé. Ses poumons baignaient dans l'eau provenant de la grosse flaque. Il est vraisemblablement tombé de toute sa hauteur, s'est étourdi sous la violence du choc, comme en témoigne la blessure sur le maxillaire inférieur, puis le liquide a pénétré dans les voies respiratoires. Hémotose pulmonaire, anoxie, troubles cardiaques. Puis tout s'y met, l'eau s'immisce dans l'estomac à la faveur des réflexes de déglutition… Dans son cas, l'agonie a été extrêmement rapide. Mon collègue pense qu'il est cliniquement mort dans les trois minutes…

Un frisson de dégoût obligea Cadin à repousser son verre de bière, qu'il avait porté à sa bouche sans même y réfléchir.

— C'est la seule cause ? Il n'a rien décelé d'anormal ?

— L'eau de la mare a été plus rapide que la dose d'hydroxydelta T.H.C. qu'il se trimbalait dans le sang…

— De la came ?

— Oui, et pas de l'eucalyptus avec lequel la gamine d'à côté nous enfume ! Pour être précis, c'est une molécule produite par le foie sous l'effet du cannabis, et qui est véhiculée jusqu'au cerveau par le sang. Au moment de son accident, Boris Undermatt était chargé comme un mulet. Ce qui explique qu'il n'ait pas réagi en tombant dans l'ornière et qu'il se soit noyé dans vingt centimètres d'eau.

L'inspecteur posa les coudes sur la table, le menton sur ses doigts croisés, et avança son visage vers celui de Fournier.

— On ne peut pas imaginer qu'il soit mort avant de barboter ? La noyade est peut-être une simple mise en scène. Qu'est-ce qui s'y oppose ?

Le légiste préleva une feuille dans le dossier.

— Tout. Dans cette hypothèse, le liquide ambiant et toutes les particules en suspension ne passent pas le barrage des petites bronches. Là, nous en avons retrouvé jusque dans la moelle osseuse. Aucun doute n'est possible. La mort est bien due à une submersion avec inondation des voies respiratoires. Après, bien sûr, on peut bâtir toute une série de scénarios, mais ce n'est plus du domaine de la science…

— Lesquels ? Dites toujours…

Fournier racla le fond de son bol avec une cuillère pour rassembler le dépôt de sucre parfumé au rhum.

— Je ne sais pas… Quelqu'un aurait pu profiter de son état pour le pousser et le maintenir la tête immergée… On peut tout supposer, mais au moment des faits on nous a demandé de procéder à une autopsie courante, celle que l'on pratique en cas de mort vaguement suspecte, de suicide. Les enquêteurs n'ont jamais insisté sur la piste criminelle…

— Et ça change quoi lorsqu'on attire votre attention ?

Ils se levèrent. Cadin régla les consommations, sur le zinc. Fournier lui répondit avant de s'éloigner vers le parc des hôpitaux civils.

— On passe davantage de temps sur le client… On s'intéresse aux détails, on le bichonne : ça le rend plus bavard…

Cadin partit en sens inverse, dans la direction des Ponts-Couverts, et c'est en passant devant les Tétramorphes, ces ironiques statues encloses, qu'il se rappela soudain avoir laissé sa voiture sur le parking de la morgue.

15

Camaïeu de sauvageonne

Comme souvent lorsqu'il avait besoin de réfléchir, Cadin roulait sans but, dans des sortes de fins de mondes. La rue du Rhin-Napoléon longeait les papeteries, les fabriques d'Isorel installées sur un no man's land, en bordure du bassin Vauban. De l'autre côté, la plaine basse était couverte de petites baraques, toutes semblables, plantées au cœur du maillage des jardins ouvriers. Une végétation désordonnée envahissait les vestiges de la ligne de défense du fleuve. Le brouillard tombait, en même temps que la nuit, et c'était comme s'il matérialisait l'odeur lourde et sucrée de la fermentation des pâtes à papier. Il poussa jusqu'aux écluses de l'avant-port sud, vint s'appuyer à la rambarde humide pour s'abîmer dans la contemplation des eaux noires, en contrebas. Le linceul des désespérés…

Une péniche allemande chargée de copeaux remontait vers les usines. Il observa le transbordement puis s'assit sur la banquette arrière de la Renault pour relire les notes consignées dans son calepin. Il détacha la double feuille centrale afin d'y reporter tout ce qu'il avait appris à propos de Regain. Dans son souvenir, c'était Michèle Shelton qui lui en avait parlé la première, lorsqu'il l'avait accompagnée en voiture jusqu'à la gare. Par contre, il redécouvrit avec surprise ces mots entourés d'un cercle nerveux qu'il avait totalement oubliés : *Peinture Regain, de Alain à Michèle (petite sauvageonne), veille premier tour.* Il les raccorda à l'autre tableau du fresquiste handicapé entrevu chez l'ancien maire, Émile Loos, avant de relire tout ce qu'il avait retenu de sa visite dans les entrepôts squattés de la gare des Ports. Des montagnes de combinés téléphoniques hors d'usage, jusqu'à la philosophie végétalienne appliquée aux animaux de compagnie.

Une sorte de pluie suspendue recouvrait uniformément le paysage jusqu'à Marcheim. De loin en loin, le faisceau jaune des phares butait sur un mur de brouillard, et il devait alors chercher la trace de la ligne médiane, juste devant le capot, pour rester sur la route. Un rai de lumière filtrait au-dessus des volets fermés du 15 de la rue Grande. Il franchit la grille, cogna au carreau épais de la porte. Il y eut des bruits de claquettes dans les escaliers, et Michèle lui ouvrit tout en finissant de nouer la ceinture de son kimono. Elle s'attendait visiblement à une autre visite car son sourire s'effaça dès qu'elle vit l'inspecteur.

— Qu'est-ce que vous voulez ? Vous venez m'arrêter à mon tour, c'est ça ?

— Laissez-moi entrer… J'ai besoin de vous parler…

— Je ne vois pas ce que nous avons à nous dire de plus…

Elle retenait la porte qu'il poussa de l'épaule, en s'avançant. La jeune femme recula vers la cuisine, pour éviter le contact.

— Vous m'en voulez à cause de l'arrestation de Gérard ?

Elle se planta une cigarette entre les lèvres qu'elle alluma à la flamme du chauffe-eau en se hissant sur la pointe des pieds.

— Vous voulez un café ? Il en reste, j'ai juste à le réchauffer…

— Je vous ai posé une question…

— Moi aussi…

Cadin sourit. Il vint s'asseoir devant la table.

— Oui, je vais prendre un café…

— Moi aussi c'est oui : je vous en veux. Vous savez bien que ce n'est pas lui qui a assassiné Alain !

— Personne ne l'a jamais prétendu… Il est inculpé pour tout autre chose…

Elle se redressa alors qu'elle disposait les tasses, les cuillères et le sucre sur la table.

— Personne ? C'est bien ce que vous avez dit : personne… Dès que je fais un pas dans la rue, les regards pèsent sur moi. Pas besoin de sous-titrage pour comprendre ce qu'ils pensent : mais qu'est-ce qu'elle fiche encore dehors, la complice du tueur ! Vous pouvez en arrêter un autre, demain, et lui faire avouer le crime, Gérard n'en restera pas moins le coupable idéal dans la tête des gens d'ici. La rumeur est installée, pour des années… Et si par malheur vous ne trouviez jamais le véritable meurtrier, il n'aurait plus qu'une seule solution, c'est de quitter la région sans espoir de retour…

Elle se précipita vers la gazinière pour soulever la casserole dont elle jeta vivement le contenu dans l'évier.

— Café bouillu, café foutu ! Je vais en refaire du neuf…

— On ne pouvait pas s'en sortir autrement avec Moreux… Et d'abord, vous ne le connaissez pas aussi bien que ça…

Michèle le fixa droit dans les yeux.

— Ça signifie quoi ? Qu'est-ce que vous insinuez ? Allez-y franchement…

— Si la vie des gens était aussi limpide qu'ils le prétendent, le monde pourrait avantageusement se passer de policiers... Je ne souhaite qu'une seule chose, comprendre pourquoi il a fallu que quelqu'un en arrive à tuer l'Indien. Vous vous souvenez quand nous nous sommes vus pour la première fois ?

— Nous sortions de la brasserie Stöerkel, à Mulhouse, après un conseil de rédaction, et je vous ai expliqué ce que signifiait Klapperstei... Vous étiez encore à votre avantage : j'ignorais votre profession...

— Je mélange tout... Ce n'est pourtant pas si vieux que cela... Je suis ensuite venu vous interroger dans cette pièce... La troisième fois, vous m'avez appris l'existence de Regain...

— Oui, c'est quand vous m'avez accompagnée à la gare dans votre voiture.

— Exact ! Je n'y ai pas prêté attention sur le moment, mais vous aviez également évoqué un tableau qu'Alain vous avait offert la veille de sa mort. C'était dans ses habitudes de vous faire des cadeaux ?

— Beaucoup de choses qui sont ici viennent de lui... Des disques, des livres, le canevas chilien, la petite statuette là-bas sur la cheminée... C'est une reproduction d'une gargouille de la cathédrale de Strasbourg...

Elle prit la cafetière et remplit les deux tasses en se penchant vers l'inspecteur.

— C'est curieux que vous me parliez du tableau de la petite sauvageonne et en même temps de Regain...

— Pourquoi ? Je ne vois pas ce qu'il y a de bizarre.

— Parce qu'il est de lui, justement...

Cadin reposa sa cuillère sur la table.

— Il est ici ? Vous l'avez gardé à la maison ?

— Oui, bien sûr...

— Je voudrais absolument voir à quoi ça ressemble. Vous pouvez aller le chercher...

Michèle Shelton quitta la cuisine. Tout en avalant le café, à petites gorgées, il suivit ses pas dans l'escalier, les craquements du plancher dans la chambre aux coussins. Elle revint en serrant contre elle une plaque de bois du format d'une feuille de papier ordinaire. Un morceau de ficelle était tendu entre deux petits clous recourbés.

— Au début je le trouvais affreux, à cause de la violence des couleurs... Il est resté retourné contre le mur pendant deux ou trois jours... J'ai fini par l'accrocher, et maintenant, ce n'est pas que je l'aime bien, mais je m'y suis habituée...

Cadin se leva tandis que la jeune femme posait la peinture sur la cheminée, en appui contre la statuette strasbourgeoise. Il reconnut immédiatement le camaïeu de rouges agressifs d'où émergeait le visage d'adolescente qui décorait la pièce du premier étage où Gérard Moreux l'avait reçu, quelques jours plus tôt.

— Il faut reconnaître que c'est violent... L'Indien aimait ce genre de peinture ?

— Pas du tout. Les seules fois où il m'a parlé du travail de Regain, c'était pour en dire du mal. Nous sommes allés une fois ensemble à Amsterdam pour visiter une exposition de Brueghel. Il était en admiration devant les peintres flamands.

L'inspecteur but son café et fit quelques pas pour venir se placer devant le portrait écarlate.

— Comment expliquez-vous le fait qu'Alain vous offre le tableau d'un peintre dont il déteste la production ? Ça ne tient pas debout !

— Je n'explique rien : je constate...

— C'est Regain qui le lui a donné ?

— Non. Il l'avait trouvé par hasard chez Shell, le brocanteur qui s'est installé dans la station-service de l'ancienne départementale. Il l'a acheté pour presque rien, trente ou quarante francs... En fait, lorsque j'y repense, Alain ne m'en a pas véritablement fait cadeau...

Il me l'a donné en me demandant d'en prendre soin, de le garder en dépôt…

— Je peux vous l'emprunter, le temps d'en tirer une photo ?

— Prenez-le mais n'oubliez pas de me le rapporter : c'est la dernière chose qui me vient de lui.

Cadin quitta Marcheim en direction de Colmar. Les travaux de la centrale bousculaient le réseau routier. L'encre des cartographes coulait moins vite que le béton, que l'asphalte, et il fallait faire une confiance aveugle à la multitude de panneaux de déviation pour parvenir à destination. L'emblème des pèlerins de Compostelle faisait une tache jaune dans la campagne, auréolant le brouillard, sur la droite. La voie rapide filait au plus pressé, délaissant les sinuosités de la vieille route qui épousaient le cours paresseux de la Thur. Il s'engagea sur le revêtement rapiécé, traversa un petit pont de pierre, un boqueteau de noisetiers, pour venir se garer devant d'antiques pompes Caltex à doseur en verre et niveau visible. Les antiquités lourdes, meubles massifs, manteaux de cheminées, balustres, escaliers, grilles, s'amoncelaient dans l'ancien atelier-garage, tandis que le bibelot, le bijou, la vaisselle remplaçaient l'huile et le loockhed sur les étagères qui garnissaient les murs courbes de l'accueil de la station. Un homme d'une cinquantaine d'années, assis sous un miroir serti dans un encadrement à fleurs en bois doré, feuilletait un large volume en faisant claquer les pages sous ses doigts. L'inspecteur s'approcha de lui en débarrassant le tableau de la double page de journal avec laquelle Michèle Shelton l'avait protégé. Le brocanteur l'observait par-dessus ses demi-lunes.

— Ce n'est pas la peine de déballer : je n'achète pas au détail…

— Ne vous inquiétez pas, je ne suis pas vendeur… Vous vous souvenez de cette peinture ?

— Je ne reprends pas la marchandise…

Cadin sortit sa carte de sa poche. L'homme posa l'atlas sur un guéridon.

— Je vous demande simplement si vous vous en souvenez…

— On peut difficilement oublier une pareille croûte. Je l'avais mis là-bas, avec les nains de jardin et les compositions en écorce, dans ce que j'appelle la galerie des horreurs. Je pensais naïvement que personne n'aurait assez de mauvais goût pour l'acheter ! Vous enquêtez sur quoi ?

L'inspecteur promena son regard sur la trentaine de tableaux accrochés aux murs. Des natures mortes, des paysages, des marines, des nus, et quelques portraits dont aucun ne portait la signature de Regain.

— Pas sur vous, soyez tranquille… Sur le peintre… Cette chose vous est arrivée entre les mains de quelle manière ?

— Elle était dans un lot que j'ai acheté à un démolisseur, il y a près d'un an… Les établissements Belet et Camus de Dornach. Ce sont eux qui ont nettoyé tout le terrain de la centrale nucléaire. Ils ont foutu en l'air une dizaine de fermes, des granges, et même une petite chapelle dont j'ai pu récupérer plusieurs éléments, en accord avec l'évêché… Tout le reste a fini en remblais, pour la quatre-voies.

— Il paraît qu'il se passait de drôles de choses dans l'une de ces fermes…

— Tiens, je n'y avais pas pensé, mais ça ne m'étonnerait pas que ce soit l'un ou l'autre des types de la communauté qui s'amusait à peindre ce genre de choses… Le problème, c'est que la dispersion de leur groupe date de près de deux ans…

— Vous les avez fréquentés ?

Le brocanteur secoua la tête en souriant. Il pointa le doigt sur un chromo, une turquerie représentant une scène de harem.

— J'aurais bien voulu... On racontait dans le coin que les filles se promenaient dans la même tenue que les nymphettes du Bischwiller, là-bas...

Cadin quitta l'ancienne station-service. Le portrait de la sauvageonne, posé sur le siège passager, se reflétait dans le pare-brise, et il eut plusieurs fois l'impression étrange que la gamine le regardait. Le brouillard s'était encore épaissi. Il se plaça dans le sillage d'une fourgonnette qui roulait à petite vitesse et rejoignit Strasbourg, le nez collé à ses feux. L'équipe de nuit venait de prendre possession de la Nuée-Bleue. La majorité des policiers de cette brigade lui étaient inconnus. À vrai dire, il n'avait jamais cherché le contact, allergique à l'ambiance de corps de garde, de fraternité alcoolique, d'amitié virile de fin de match qui soudait les effectifs des nuitards. L'inspecteur grimpa directement au premier, le tableau rouge sous le bras. Il le posait sur la vitre de la photocopieuse installée sur le palier quand un bruit de pas attira son attention. Il se retourna.

— Bonsoir, Haueser... Qu'est-ce que vous faites encore là ? Vous avez vu l'heure ?

— Du travail en retard... J'aime bien que mon bureau soit dégagé. Il a fallu que je mette au clair tout le dossier sur les écologistes qui occupaient le pylône E.D.F. d'Heiteren...

— Il me semble en avoir entendu parler... Ils ne se sont pas fait attaquer au cocktail Molotov ? On a su qui c'était ?

— Pas vraiment... Le bruit court que les assaillants venaient des services de sécurité des usines Peugeot de

Mulhouse… Les gros bras du Service d'action civique… Vous voulez une Jubilator ? Il doit m'en rester deux au frais…

Sur un signe de tête affirmatif de Cadin, il se dirigea vers les toilettes pour prendre les bouteilles posées sur le rebord de la fenêtre. Ils trinquèrent tandis que la première photocopie sortait de la machine. Haueser y jeta un regard. La reproduction en noir et blanc accusait les traits du visage de l'adolescente, soulignait la forme des yeux, celle de la bouche. Il prit la feuille de papier encore tiède pour l'observer de plus près.

— Je peux vous demander où vous avez trouvé cela, Cadin ?

L'inspecteur reprit l'original, sous le cache.

— Je viens de le récupérer à Marcheim chez l'ancienne compagne de l'Indien… Acheté dans une brocante. Vous l'avez déjà vu quelque part ?

— Pas la peinture, je m'en souviendrais… Mais cette tête-là ne m'est pas totalement inconnue… Je l'ai déjà rencontrée, il n'y a pas si longtemps…

— Où ça ?

— Il faut que je regarde… Laissez-moi un peu de temps, que je plonge dans ma galerie des portraits. Je vous donne le résultat demain.

Cadin vadrouilla un petit moment dans le quartier de la gare. Il ralentit par deux fois devant une fille en maraude qu'éclairait le néon d'un hôtel, au coin de la rue d'Obernai. Il refit le tour du pâté de maisons, mais au troisième passage il la vit s'éloigner en compagnie d'un militaire.

16

Sa boule roulait encore…

Cadin orienta le bouton du chauffe-eau vers la position maximum et fit couler l'eau bouillante sur la poudre de café qui recouvrait les deux sucres, au fond du bol. Un entrefilet perdu dans les déchirures de la page ultime des *Dernières Nouvelles d'Alsace* annonçait que Liu Dong, l'un des derniers eunuques de l'ex-empereur de Chine, venait de se suicider après qu'on lui eut dérobé l'écrin dans lequel était conservé « son trésor », les organes génitaux sans lesquels il ne pourrait vivre une éternité d'homme.

Le brouillard de la veille ne s'était pas dissipé. L'extrémité des Ponts-Couverts qui reposait sur la berge extérieure de l'Ill s'effaçait du paysage, de même que la place du marché ou la prison des femmes. Au-delà, les faubourgs n'existaient que par les lueurs sourdes des enseignes. L'inspecteur prit une des photocopies, qu'il rehaussa au moyen d'un crayon de couleur orange, et la plia pour la glisser dans son portefeuille. Le vent du nord le saisit dès qu'il mit le nez dehors. La batterie de la Renault lui fit une frayeur, avant de consentir à entraîner le moteur. Il contourna la ville en longeant le canal qu'il franchit au pont d'Anvers alors qu'en contrebas le pontonnier roulant de Starlette extrayait le charbon des profondeurs d'une péniche allemande. Il fila droit sur la centrale thermique pour se perdre, une nouvelle fois, sur les quais identiques des bassins emprisonnant les eaux du Rhin, et finit par rejoindre la gare des Ports qu'éclairait un néon vibrionnant. Les entrepôts aux toits crénelés dessinaient une masse plus sombre derrière les silhouettes élancées des peupliers. Il se gara dans un coin du parking, à l'écart des carcasses de téléphone et des amoncellements de canettes de bière, puis déchiffra, en marchant, les lettres de « Grateful Dead » cachées dans la fresque pop'art décorant la porte des anciens magasins généraux. Les deux chiens roux, croisés de setters, vinrent le renifler, tandis que le reste de la meute, briard, danois, labrit et berger allemand, restait allongé sous l'auvent chancelant d'un quai de chargement. Vêtue d'une robe gitane, l'une des filles qui confectionnaient la mixture végétarienne, lors de sa première visite, se tenait en retrait et le regardait avancer en tirant sur un joint.

— Regain est dans son atelier ?

Elle se contenta de rejeter un nuage de fumée parfumée dans sa direction. L'inspecteur se détourna pour marcher vers le hall. Une équipe de ferrailleurs aux mains gantées démontaient les machines abandonnées, chargeaient les pièces détachées sur le plateau débâché d'une 404 de chantier. Il les salua au passage. Le couloir vitré sentait le bois humide, la soupe froide et la pisse de chat. Dans la première piaule un couple dormait, paisiblement enlacé, insensible aux réverbérations des coups de marteau sur le métal rouillé. Le rideau qui protégeait l'entrée du dernier bureau était tiré. Il s'arrêta sur le seuil pour observer Regain. Le peintre lui tournait le dos, et Cadin n'apercevait que la partie supérieure du tableau en cours, un soleil écarlate saturant le ciel nuageux de rouge orangé. Il toussa pour signaler sa présence.

Regain fit pivoter son fauteuil roulant et fixa sur l'inspecteur le regard intense de son œil valide.

— Tiens ! Bonjour, commissaire Cadin…

— Je vous remercie pour la promotion, mais je ne suis qu'inspecteur.

— Je voulais dire : commissaire d'exposition… J'ai l'impression que vous vous intéressez beaucoup à l'art. Ce n'est pas si fréquent que ça, dans la police. Je n'ai jamais vu un seul tableau représentant un flic, un panier à salade ou l'intérieur d'un commissariat…

— À la Nuée-Bleue, on se contente des portraits-robots… Vous avez toujours aimé ces couleurs flamboyantes ? Elles sont particulièrement difficiles à maîtriser…

Regain nettoya l'extrémité de son pinceau à l'aide d'un chiffon.

— On nous enferme dans des catégories. Chacun sa boîte et son étiquette. Pour les gens, il n'existe que quelques couleurs, le rouge, le bleu, le jaune, le noir, le blanc… Alors que chacune d'elles comporte des nuances infinies… Pour décrire ce ciel d'orage, un amateur éclairé utilisera tout au plus trois ou quatre d'entre elles… Personne ne parviendra à distinguer l'amarante de l'andrinople, le garance du cramoisi, le safrané du pourpre, ou l'incarnadin du corallin ! Je ne parle même pas de l'alizarine ou du colcotar ! Sans compter les intermédiaires qui naissent des mélanges, des proximités…

Cadin fit quelques pas pour caresser le chat tigré qui dormait au creux d'un canapé, découvrant l'ensemble du tableau en cours. Le visage penché, bouche ouverte sur un cri, d'une jeune fille rousse. Il sortit son calepin de sa poche d'imperméable.

— Si je me souviens bien, vous étiez parmi les tout premiers membres de la communauté de Boris Undermatt, en 1972, et vous êtes parti dans les derniers, trois ans plus tard…

L'inspecteur était passé du côté de la face morte de Regain, et quand il se mit à parler, Cadin eut l'étrange sentiment que la voix naissait des lèvres peintes.

— Vous en êtes encore là, à penser que le meurtre de l'Indien pourrait avoir un rapport avec cette époque ? Vous perdez votre temps, inspecteur… Il faut aller chercher ailleurs.

— Si vous avez une idée d'où se trouve cet « ailleurs », je suis preneur…

— Il est là, dans ce monde suintant de sénescence, peuplé de jeunes vieillards qui cherchent à se réchauffer au soleil d'hiver…

Cadin fronça les sourcils et feuilleta son carnet de notes.

— Désolé, mais j'ai oublié mon manuel de décryptage… J'en aurais également eu besoin pour mieux comprendre ce passage de *Ruines du Futur*, le journal de la communauté… C'est dans le numéro de novembre 74. Vous y collaboriez, non ?

— Ce sont de vieilles histoires. Je ne vois pas où vous voulez en venir…

— Il suffit d'écouter… Le titre, c'est « Ami(e)s pédophiles, bonjour ! »…, et le texte est pour le moins curieux : « Nos contradictions versent souvent dans l'obsession répressive de la sexualité… Le principal traumatisme que subit l'enfant “victime”, le mot victime est entre guillemets, d'un satyre provient de ses parents qui en font tout un plat, alors que l'enfant, s'il n'y a pas eu violence, aurait plutôt tendance à s'en foutre. » C'est signé Gérard, et c'est bien comme cela que vous vous appelez, Gérard Regain ?

Le chat tigré quitta sa couche, lapa un peu de liquide

dans une auge où stagnaient quelques légumes, puis sauta sur les genoux du fresquiste au regard célibataire.

— Oui, mon premier prénom est Gérard… Qu'est-ce que ça prouve ? Il passait des dizaines de personnes chaque mois à la ferme… On ne leur demandait pas leur carte d'identité avant de les accueillir. Pour faire partie de la famille, il suffisait de cogner à la porte et de dire bonjour. On a peut-être hébergé des flics qui s'appelaient Gérard ! Allez savoir… C'est comment votre prénom, inspecteur ? Gérard ?

Cadin fit semblant de ne pas avoir entendu.

— Vous voulez dire que ce n'est pas vous qui avez écrit cet article…

Regain se mit à caresser l'animal de sa main roide.

— Je n'en sais rien… À l'époque, tout était dans tout, et inversement ! On s'essayait à la création collective sans nous apercevoir que nous sombrions dans un ronronnement rupestre et hippisant… C'est seulement après que l'on a compris qu'il fallait confronter les pratiques et les existences différentes… Que ce soit l'âge, les origines, la culture, la formation, les conceptions politiques ou les pratiques sexuelles… On apprend vite que l'expérience ne se nourrit pas d'elle-même… En faisant sauter certains blocages, il arrive même qu'on en révèle d'autres bien plus considérables…

Il fut interrompu par le type au visage bouffé par les éruptions d'acné qui avait ouvert la grille à Cadin, une semaine plus tôt. Traversant la pièce, il ignora l'inspecteur et déposa une corbeille de fruits sur un guéridon avant de repartir sans avoir prononcé un mot. Cadin profita de son passage pour prendre la photocopie dans son portefeuille. Il s'approcha du fauteuil de Regain en la dépliant.

— Je n'ai aucune vocation rentrée de critique d'art, mais je peux tout de même constater que vous avez accompli pas mal de progrès depuis quelques années…

Votre travail ne consiste plus en une simple volonté de représentation, il y a maintenant un véritable style… On est loin de ce portrait laborieux…

L'inspecteur plaqua la feuille de papier sur l'œuvre en cours posée sur le chevalet, sans s'apercevoir que le motif était placé dans l'angle mort de la vision du peintre. Regain fit pivoter son fauteuil roulant de trente degrés pour se replacer dans le champ. Il se figea totalement en découvrant le visage orangé de la sauvageonne, demeurant interdit pendant de longues secondes. Cadin ne se rendit pas immédiatement compte du trouble de son interlocuteur.

— Pas la peine de prétendre que ce portrait n'est pas de vous : ce n'est pas « Gérard » qui est inscrit en bas à gauche, mais « Regain », et la signature, elle, n'a pas du tout changé…

Le peintre parvint à maîtriser les tremblements qui l'agitaient. Il remua ses moitiés de lèvres pour articuler d'une voix blanche :

— Où est-ce que vous avez trouvé ce dessin ?

L'inspecteur rattrapa les mots qui lui brûlaient la langue, à deux doigts de révéler qu'il s'agissait du dernier achat de l'Indien.

— Dans une brocante, près du chantier de la centrale de Marcheim. Ils ont récupéré tout ce qui traînait sur le site, avant le démarrage des travaux… Ça ne va pas ? J'ai l'impression que vous vous sentez mal…

Le temps de réponse de l'inspecteur lui avait suffi pour reprendre le contrôle complet de ses émotions.

— Ouvrez la fenêtre, s'il vous plaît, et donnez-moi un peu d'eau… Cela va passer, j'ai l'habitude c'est juste un petit malaise…

Cadin tira les rideaux, puis il rinça un verre maculé de peinture posé sur le bord du lavabo, avant de le remplir au robinet. Il le lui tendit.

— Vous revoyez votre oncle de temps en temps ?

— Mon oncle ! Lequel ? J'en ai six. La famille n'a jamais fait les choses à moitié, sauf en ce qui me concerne… Certains d'entre eux acceptent encore de me recevoir, si je n'amène pas les bêtes… À vous de me dire celui qui vous intéresse particulièrement…

— Le pépiniériste et ancien maire de Marcheim… Émile Loos…

— Perdu. On ne se parle plus depuis des années. C'est lui qui nous a expulsés de la ferme pour construire sa centrale. Je ne maintiens des relations qu'avec ma tante : elle peint elle aussi, et je lui donne parfois des conseils.

L'inspecteur tendit la main vers le chevalet pour décoller la photocopie, arrachant un éclat de peinture érubescente au tableau en cours.

Cadin fut ébloui, sous la verrière des magasins, par le soleil acétylène des ferrailleurs occupés à découper au chalumeau le bâti d'une presse. La meute dormait sous l'auvent. Seul le danois, truffe sèche, babines baveuses, trouva assez de courage pour le raccompagner jusqu'à la Renault. Il alluma le premier Meccarillos de la journée, fit coulisser la vitre et mit le cap sur la Nuée-Bleue. Le jour s'installait enfin, déchirant la masse compacte du brouillard en nappes, l'effilant en écharpes, en voiles. À l'approche de l'Ill, un vol de canards désorientés frôla le pare-brise. Il dut bousculer la dizaine de personnes qui stationnaient devant la porte pour entrer dans le commissariat. Le gardien Wicker, à quatre pattes au milieu de la pièce, épongeait une large flaque de peinture blanche à l'aide d'une serpillière, diluant le plus pâteux au white spirit. Cadin, amusé, se dirigea droit sur l'inspecteur principal Gossen.

— Ce n'est peut-être pas une bonne idée de faire

repeindre le sol de l'accueil en blanc… Ça risque d'être salissant…

— Wicker n'a que ce qu'il mérite ! C'est lui qui nous a amené le connard qui est dans la cage et la bande de gueulards qui réclament sa libération. Il l'a ramassé derrière la gare en train de barbouiller des inscriptions débiles sur les murs. Il cherchait tous les panneaux officiels INTERDIT D'AFFICHER pour ajouter en dessous SES OPINIONS… Voilà le résultat !

— Vous avez vu Haueser, ce matin ?

— Il est passé très tôt, mais il devait témoigner dans une affaire, au tribunal.

— Il ne vous a pas fait de commission pour moi ?

— Non, rien… On s'est juste dit bonjour.

L'inspecteur grimpa au premier. Une main anonyme avait déposé une décourageante pile de dossiers sur le plateau du bureau, près du téléphone. Il laissa la porte ouverte pour surveiller les allées et venues de ses collègues, et commença à vérifier puis à ventiler les procès-verbaux, les doubles de déclarations, dans les chemises de différentes couleurs, jaune pour la Nuée-Bleue, verte pour la préfecture, bleue pour le juge d'instruction, rouge pour les archives. Vols de voitures, sacs de cave, éthylisme tapageur, différends familiaux… Seuls sortaient de l'ordinaire la chute d'un électricien occupé à réparer l'horloge du lycée de Rudlhof qui s'était gravement blessé en transperçant la marquise, et la crise cardiaque fatale au président du club de pétanque de la Krutenau, pendant un tournoi… Sa boule roulait encore qu'il n'était déjà plus… L'inspecteur Haueser ne se montra qu'en milieu d'après-midi, un pack de six Jubilator sous le bras, alors que Cadin revenait tout juste de l'Ancienne Douane où il avait déjeuné de poussins grillés et de pommes sautées. Haueser plaça la bière au frais, sur le rebord de la fenêtre des toilettes, fit un crochet par son propre bureau pour prendre un classeur, et s'installa sur le tabouret face à Cadin.

— Je savais bien que votre portrait me rappelait quelque chose…

Il lui tendit le tirage agrandi d'un photomaton d'identité en noir et blanc sur lequel étaient visibles les deux rivets et la trace du tampon à sec. Le visage du modèle de la petite sauvageonne était légèrement décadré, sur fond de rideau plissé gris.

— En effet, elle lui ressemble étrangement… Qui est-ce ?

— Marie Rosch. Une pauvre môme d'origine hongroise dont les parents ont échoué dans le bidonville de la rue du Heyritz, face à l'hôpital civil… Tout est détaillé dans leurs dépositions… Ils louaient une caravane au type qui collectionne les vieux camions de pompiers, près de la centrale thermique.

Cadin ne pouvait détacher son regard de celui, noir, de la gamine.

— Elle fait plus jeune que sur le tableau, mais dans le même temps, là, on dirait qu'elle fixe l'objectif avec la dureté d'une adulte blessée… C'est vous qui avez suivi cette affaire ?

— Non, j'ai tout récupéré chez Brüner et Zarka. Ils en ont encore pour plusieurs semaines de convalescence, après leur accident… Brüner m'avait montré le dossier, à l'époque, et je lui ai donné un coup de main pour certaines vérifications annexes… Je ne sais pas après quoi vous courez, Cadin, mais ils ont tout arrêté, pour ne pas avoir d'emmerdes.

— Quel genre ? Vous avez une idée ?

— À mon âge, on ne cherche plus trop à en avoir.

Haueser se dirigea vers les toilettes. Il lui offrit une Jubilator avant de disparaître en lui souhaitant bon courage.

17

Les as font des petits

L'inspecteur Cadin ferma la porte et demeura un bon moment face aux documents disposés sur son bureau sans se décider à en prendre connaissance. Il but une longue gorgée de bière encore tiède, à même la bouteille, tout en relisant les mots portés au feutre noir sur la couverture du classeur : « ROSCH, Marie, création : 12 juin 1974. » Il finit par se saisir de la fiche d'état civil qui précisait que la fillette était née en Hongrie, neuf ans plus tôt, dans la ville d'Hodmezövasarhely, dans l'arrondissement de Szeged à la frontière de la Yougoslavie et de la Roumanie. Une note de synthèse indiquait que le père de Marie avait quitté son pays à la faveur d'un contrat saisonnier sur la côte dalmate, avant de gagner la France et de travailler comme docker sur le port autonome de Strasbourg. Après avoir obtenu un titre de séjour, il était parvenu à faire venir sa femme et sa fille près de lui, en 1972. La procédure d'enquête avait été déclenchée par un « signalement » d'une assistante sociale au juge pour enfants de sa circonscription, après deux fugues de la gamine. Dans un premier temps, elles avaient été mises sur le compte des difficultés d'adaptation de l'enfant à son nouveau milieu. Tout en serait resté là si l'institutrice de Marie Rosch n'avait intercepté plusieurs dessins circulant dans la classe et qui représentaient divers rapports sexuels entre des adultes et des enfants. Scènes de masturbation, de fellation, d'accouplement, de sodomie…

Cadin se força à regarder les esquisses malhabiles qu'une série de recoupements, de vérifications, attribuait sans doute possible à la petite sauvageonne. L'un des croquis, surtout, retint son attention… Il le mit de côté et lut les conclusions de l'examen gynécologique d'un professeur Cannaerts, diplômé de la faculté de médecine : l'hymen, de type annulaire, présentait trois déchirures cicatrisées localisées dans la zone postéro-latérale, signes d'une défloration datant de plusieurs semaines, voire plusieurs mois. Les faits semblaient assez établis pour que l'inspecteur Brüner obtienne du juge d'instruction la mise en garde à vue du père de Marie, György Rosch. La confrontation organisée à la Nuée-Bleue avec la fille et Zsuzsa, la femme du suspect, avait tourné au psychodrame, György n'ayant pas trouvé de plus fervents défenseurs qu'elles. Le juge s'était abstenu de délivrer une prolongation de la détention, et seule Marie avait été dirigée vers un service spécialisé d'aide psychologique. Là on lui avait demandé de refaire des dessins, mais ce qui avait éveillé la curiosité de Cadin, dans la première série, n'y apparaissait plus. Il existait également plusieurs cassettes d'enregistrements de conversations de la gamine avec les médecins, et le dossier renfermait la transcription d'une dizaine d'extraits donnés pour les plus significatifs.

> La première fois, j'étais tombée de vélo, loin de l'endroit où papa pêchait. On était partis à la campagne où on va toujours, au bord de l'eau, pour les fêtes du monsieur et pour les poissons. J'avais sali toutes mes affaires, ma robe, mon corsage, mes socquettes. J'étais pleine de boue partout. Le monsieur m'a emmenée dans la

maison. Je n'ai pas eu peur parce qu'il y avait beaucoup de monde et de la musique. J'ai enlevé mes affaires pour qu'il les lave un peu. J'ai voulu me débarbouiller, moi, mais il a pris du savon dans sa main et il m'a frottée, sur la figure, sur les bras, entre les cuisses. Je suis repartie, on ne voyait plus rien sur mes affaires.

Le monsieur, le même, celui des fêtes, ou des fois c'était un autre, me prenait sur ses genoux, pour jouer « à dada »... Il habitait dans une maison pleine d'arbres et de fleurs. Il soufflait de plus en plus fort, comme s'il était malade. Il a ouvert son pantalon. C'était tout dur, il m'a dit qu'il fallait l'embrasser pour être gentille. Il me tirait la tête, il me repoussait en criant comme si je lui faisais mal. Quand ça a coulé j'ai tout de suite été malade. J'ai vomi partout sur son pantalon, sur le tapis, sur le canapé, mais il ne m'a pas grondée.

Tout ce qui suivait était pire encore. Cadin assécha la canette de Jubilator et demeura un long moment immobile, les yeux fixés sur le rectangle blanc du plafond, un pli amer aux commissures des lèvres. Le piaulement d'une sirène d'ambulance l'arracha à sa rêverie morose. Il décrocha son téléphone pour appeler la secrétaire du commissaire Brück.

— Bonjour, Christine. J'aimerais rendre une visite aux inspecteurs Brüner et Zarka... Je n'ai pas encore eu le temps... Vous pensez que ça ne va pas les embêter...

— Pourquoi donc ! Au contraire, ça ne devrait que leur faire plaisir...

— Je crois qu'ils sont sortis de l'hôpital... Vous pouvez me donner leurs adresses personnelles ?

Il y eut un bruit de feuilles tournées.

— Pour Brüner, c'est simple, il habite au 15 de la rue de Bitche, près de l'École militaire... Avec Zarka cela risque d'être plus problématique ; il est parti se reposer et reprendre des forces dans sa famille, à Pernes-les-Fontaines. Il ne sera pas de retour avant une quinzaine de jours. Je vous communique quand même ses coordonnées dans le Vaucluse ?

— Il a de la chance dans son malheur... Dites toujours, je lui enverrai un petit mot...

Cadin effectua quelques photocopies des principaux éléments du dossier. Il récupéra sa voiture devant la pharmacie Müllener, et fit un crochet par les rues commerçantes. Il fila droit sur la gare avant de longer les boulevards que flanquaient les austères façades sans fin de l'École militaire, derrière lesquelles des as du contre-espionnage faisaient des petits. L'escalier était encombré de plantes vertes, de bouquets de fleurs séchées. La femme de son collègue vint lui ouvrir, un poupon, dont Cadin ignorait l'existence, dans les bras. Elle le conduisit jusqu'à la chambre de l'inspecteur Brüner, qui était allongé sur un matelas posé à même le sol, devant une télévision éteinte. Il tourna lentement la tête, le cou emprisonné dans une minerve en plâtre.

— Tiens, Cadin ! C'est une surprise... Qu'est-ce qui vous amène ?

L'inspecteur glissa discrètement sur le dessus de la table de nuit le paquet renfermant la tarte aux graines de pavot achetée chez un pâtissier de la rue du 22-Novembre.

— Rien de spécial... Je venais prendre des nouvelles... Et aussi discuter de deux ou trois choses. Vous devez trouver le temps long, bloqué là sans bouger...

Il tendit le bras pour saisir un paquet de Disque Bleu.

— Je suis mieux ici qu'à l'hôpital. Je peux en griller une de temps en temps sans me prendre une engueulade ! Prenez-en une...

Cadin se baissa pour lui tendre la flamme de son briquet.

— Merci, mais je suis abonné aux cigarillos...

Ils fumèrent dans un silence troublé par les seuls

battements d'aile des pigeons qui venaient se poser sur le rebord de la fenêtre, et les babils du nourrisson, de l'autre côté de la cloison.

— Vous vouliez me parler de quoi, exactement ?

— Une vieille histoire… Vous vous souvenez de Marie Rosch ?

Brüner tira longuement sur sa clope en fronçant les sourcils.

— Marie Rosch ? J'ai bien peur que non… Ça tournait autour de quoi ?

— Une fillette d'une dizaine d'années, d'origine hongroise… Elle avait été victime de sévices sexuels, en 1974, mais l'enquête n'a malheureusement pas abouti… Là, ce sont quelques pièces du dossier…

Le blessé consulta les documents en remuant imperceptiblement la tête.

— Oui, en effet, ça me revient. On roulait déjà en tandem avec Zarka…

— Je vous ai apporté les résumés effectués par les psychologues d'après les enregistrements des déclarations de la petite… Elle parle d'un endroit, à la campagne, où elle allait assez souvent en compagnie de ses parents. Un coin, près de l'eau… Il semble que ce soit dans ce secteur, et dans ce secteur seulement, qu'elle rencontrait ceux qui abusaient d'elle… Vous avez eu connaissance de ces pièces, à l'époque ?

Brüner lut rapidement les feuilles dactylographiées.

— C'est vraisemblable… Mais qu'est-ce que vous cherchez, exactement ? Le dossier a été rouvert ? Pour quelle raison ?

— Non. Ce serait trop long à vous expliquer… J'enquête sur l'assassinat de cet élu écologiste de Marcheim, Alain Dienta, et le hasard veut que, la veille de sa mort, il ait acheté un tableau chez un brocanteur, et que ce soit le portrait de cette gamine… Je procède aux vérifications d'usage pour savoir si ça signifie quelque chose ou si c'est une pure coïncidence… Il n'entrait pas dans les attributions des toubibs de rechercher le lieu que Marie Rosch décrivait, et je me demande si vous avez pu le faire, de votre côté ?

— On aurait bien voulu… Le problème, je m'en souviens maintenant, c'est que ces rapports nous sont parvenus plus d'un mois après la fin de la garde à vue du père de la petite, et alors qu'elle avait été rendue à sa famille depuis près de quinze jours. On est allés à leur caravane, chemin du Heyritz, mais il n'y avait personne. Partis sans laisser d'adresse… Certains voisins prétendaient qu'ils étaient passés en Suisse, d'autres en Allemagne… Qu'est-ce que vous vouliez qu'on fasse ! Alerter Interpol ? On a bouclé le dossier.

— Vous avez une idée de l'endroit qu'elle évoquait ?

L'inspecteur Brüner fit un effort pour regarder Cadin droit dans les yeux.

— Pas la moindre.

Puis il se saisit d'une tringle à rideau placée le long du matelas. Il en dirigea l'extrémité vers le téléviseur, visa le bouton de mise en marche et appuya en son centre d'un coup sec. Cadin prit congé, avantageusement remplacé auprès du policier convalescent par Zorro, son fidèle Bernardo et le sergent Garcia. *Un cavalier qui surgit hors de la nuit…* Le générique couvrit les premiers pleurs du nourrisson, poursuivit l'inspecteur dans l'escalier fleuri.

Un soleil oblique consentait enfin à faire acte de présence, alors que la journée tirait sur la fin. Des bateaux de croisière vides remontaient en convoi vers leurs mouillages du quai des Alpes et du bassin d'Austerlitz. Le parcours lui semblait maintenant familier. Les montagnes d'écorce du port au bois, le pont roulant du port au charbon, les péniches-citernes du port pétrolier, les entrepôts délabrés de la route du Rhin-Napoléon, les barges abandonnées du bassin Vauban, le clocheton jacobin de l'administration des canaux, le faîte en cascade et la façade rouge sang de l'auberge Au Petit-Rhin, les silos de la malterie, ceux de la rizerie, de la maïserie, le petit passage sous les voies de desserte avec son trottoir à rambarde, surplombant, qui évoquait la rue Watt…

Il dépassa la gare des Ports et parvint à trouver le chemin embusqué qui, en contournant le parking encombré de verre déconsigné et de téléphones réformés, permettait d'arriver droit sur la grille grande ouverte des magasins généraux. Il pénétra dans la cour sans provoquer le moindre jappement de la part de la meute. Sous la verrière chauffée par le soleil, les ferrailleurs s'activaient à nouveau sur des carcasses de fraiseuses, d'ajusteuses, entassant le cuivre, l'acier, la fonte dans la Peugeot. Les chiens et les chats étaient enfermés dans la pièce qui servait de cuisine. Ils se ruèrent sur la porte vitrée à l'approche de Cadin, renversant les écuelles emplies de mixture verdâtre, de décoction, laissant sur les carreaux les empreintes spongieuses de leurs coussinets striées par les ongles. Il courut jusqu'à l'atelier du peintre. Regain s'était envolé. Le tableau en cours gisait par terre, lacéré. L'inspecteur revint sur ses pas. Une femme était allongée sur une couverture marocaine, dans la chambre qui jouxtait le chenil. Il reconnut la robe gitane à volants et s'approcha.

— Regain est parti… Vous savez où je peux le trouver ?

Elle tourna vers lui un visage endormi.

— Fais ce que tu veux, mais, s'il te plaît, sois gentil…

Il la prit par les épaules, la secoua pour l'obliger à ouvrir les yeux.

— Je veux savoir où est Regain, tu comprends ? Il t'a dit où il allait ?

La fille se mit à gémir, à pleurnicher.

— Pourquoi tu n'es pas gentil… C'est pas la peine de me taper…

— Je ne t'ai pas frappée… Je te demande simplement où est Regain.

— Il est parti tout à l'heure, c'est Michaël qui l'a emmené… Tu n'as qu'à les attendre. N'importe comment ils sont obligés de revenir, ils ne peuvent pas me laisser ici toute seule…

Cadin la laissa à son abrutissement haschischique et fit gueuler les bestiaux en repassant devant la porte vitrée du chenil. Il longea le Rhin, pendant des kilomètres, avant de trouver une transversale qui le ramena sur la voie rapide, après les zones commerciales de la périphérie. Quelques plaques de neige subsistaient sur les pentes encaissées des Vosges, vers Guebwiller. Le premier chevalement, avec sa roue mouvante, marquait la frontière du bassin potassique. Il traversa les cités semblables du pays minier, Ensisheim, Wittenheim, Staffelfelden. Les tubulures des échafaudages, les grues dessinaient de la dentelle dans le ciel, du côté de la centrale de Marcheim. Il sillonna le bourg à la recherche de la route qui menait à la pépinière, désorienté par les sens interdits hebdomadaires du marché forain, s'y engagea enfin. Il ralentit à l'approche de la colline plantée d'épicéas pour emprunter l'allée qui serpentait jusqu'à la maison de maître encadrée de ses deux serres arrondies. Plus loin, des jardiniers, courbés, accroupis, sarclaient, bouturaient, dans le jour finissant. Cadin grimpa les marches du perron, poussa la porte. Il attendit, dans l'entrée vide, que quelqu'un se manifeste avant de se décider à s'engager dans l'escalier, ses pas étouffés par le moelleux des tapis. L'épouse de l'ancien maire se tenait debout devant son chevalet, face à un volumineux bouquet de fleurs des champs, lissant un fond sans passion. Elle posa le pinceau sur la palette et leva sur l'inspecteur un morne regard gris.

— Bonsoir, inspecteur. Je savais que vous alliez revenir… Mon mari est parti pour la journée à Karlsruhe. Il doit dîner avec des fournisseurs et ne rentrera pas avant minuit…

— Bonsoir, madame Loos. Je ne suis pas là pour votre mari, mais pour votre neveu, Gérard Regain… J'ai besoin de le rencontrer. Il a quitté un peu rapidement son atelier de Strasbourg, et j'ai toutes les raisons de croire qu'il est passé par ici…

Elle l'invita à s'approcher en désignant une petite table ronde et deux chaises placées devant la fenêtre, et lui servit une tasse de thé bouillant sans même lui demander s'il en voulait.

— Il n'est pour rien dans tout cela. Il n'a jamais eu de chance. Personne ne s'est jamais intéressé à lui, à cause de son état… La peinture est la seule chose qui permet à Gérard de vivre, de supporter son handicap. J'ai installé cet atelier et je me suis mise à peindre pour rester proche de lui… Sans me faire d'illusions sur la qualité et l'originalité de ce que je fixe sur la toile… Un prétexte…

Cadin aspira une gorgée de thé, autant par politesse que pour se donner une contenance.

— Je ne cherche pas à lui nuire, madame, je veux juste que nous discutions ensemble, à propos de la disparition de son ancien ami, Alain Dienta… En qualité de simple témoin… S'il se cache, je me verrai contraint de lancer un avis de recherche contre lui… Vous comprenez ?

Elle désigna un rideau de velours qui masquait une porte.

— Il se trouve dans ma chambre… Je vous fais confiance.

18

Le modèle et son peintre

Le fauteuil roulant, vide, était rangé au coin de l'armoire. Gérard Regain, allongé sur un canapé, regardait par la fenêtre les derniers rayons du soleil couchant qui dansaient entre les troncs des sapins. Il suivit le déplacement de l'inspecteur dans le reflet de la pièce renvoyé par la baie vitrée. Cadin contourna le lit recouvert de satin mauve et poussa une chauffeuse pour venir s'asseoir du côté valide du jeune peintre.

— Vous auriez pu me dire, ce matin, que vous étiez sur le point de partir rejoindre votre tante…

— Si vous souhaitez connaître mon emploi du temps, il faut me le demander, inspecteur… En plus, ça ne vous servirait pas à grand-chose : en homme libre, je suis du genre à tout bousculer d'une minute à l'autre…

— Cette fois-ci, j'ai plutôt le sentiment que ça ressemble à une fuite…

Il tourna la tête et essuya d'un revers de manche la salive qui mouillait la commissure figée de ses lèvres.

— Encore faudrait-il que j'en aie les moyens ! Et même dans ce cas, je ne vois pas ce qui pourrait me pousser à prendre la fuite… Je n'ai rien à me reprocher, inspecteur. Rien.

Cadin reprit la photocopie du portrait de la petite

sauvageonne dans son portefeuille, la posa sur la poitrine de Regain.

— Je n'en suis pas aussi sûr que vous. Elle s'appelle Marie Rosch. Une gamine d'origine hongroise née, il y a treize ou quatorze ans aujourd'hui, dans un bled au nom imprononçable. En juin 1974, un dossier a été ouvert, à Strasbourg, pour violences sexuelles à son encontre…

Regain repoussa la feuille, sans même la déplier.

— À l'époque, vos collègues ont arrêté son père, et ça s'est terminé comme ça… Plus personne n'en a jamais entendu parler.

— Si vous connaissiez aussi bien l'histoire, pour quelle raison ne m'avez-vous rien dit ce matin ?

Il appuya son épaule valide contre le cuir pour pivoter lentement et trouver une position assise.

— Je ne m'en suis pas souvenu, sur le moment. Vous croyez peut-être que je garde en mémoire mes milliers de dessins, d'esquisses, mes centaines de tableaux, mes dizaines de fresques ? J'efface au fur et à mesure. Dans un escalier il n'y a que la dernière marche qui compte. Je ne suis pas comme les flics, le passé ne m'intéresse pas, je regarde toujours vers l'avenir…

— J'ai bien peur que, si vous continuez à vous défendre de cette manière, votre avenir ne soit assez prévisible, et qu'il manque singulièrement de couleur… Je présume que cette fillette n'est pas arrivée dans votre atelier par l'opération du Saint-Esprit ! Je vous écoute…

Regain se recroquevilla contre l'accoudoir, sa paupière morte agitée de tremblements.

— Je ne me souviens plus…

L'inspecteur ouvrit une nouvelle fois son portefeuille pour prélever le dessin malhabile crayonné par Marie Rosch lors de son court séjour dans le service d'aide psychologique, trois ans plus tôt, pendant la garde à vue de son père.

— Jetez un œil à ce croquis... Ce n'est pas du grand art, mais il devrait vous réactiver les neurones...

Le fresquiste tendit la main et approcha la deuxième photocopie de son visage. Trois personnages, dessinés de profil, étaient insérés dans un rectangle surmonté d'un triangle figurant une maison. Des sapins entouraient la bâtisse. Le premier personnage, un homme, se tenait nu, debout, tandis qu'une fillette, bouche ouverte, avalait un sexe démesuré. Sur le côté droit, un autre homme, assis au fond d'un fauteuil roulant, observait la scène près d'un chevalet de peintre. Regain marqua le coup. Il laissa échapper le crayonnage qui tomba à ses pieds. Il tenta une ultime esquive.

— Qu'est-ce que ça prouve ? Il sort d'où ?

Cadin ne savait rien encore, et il lui fallait pousser son avantage, profiter du trouble extrême du peintre pour comprendre comment la mort avait frappé l'Indien après qu'il eut découvert le portrait de la petite sauvageonne. Il risqua son premier mensonge.

— J'ai retrouvé Marie Rosch... J'aimerais bien entendre une autre version que la sienne, pour me faire une opinion...

Il sut qu'il avait gagné quand il vit une larme couler sur sa joue.

— Vous pouvez approcher mon fauteuil ? Je ne me sens pas bien là-dessus...

Cadin l'aida à se hisser sur sa chaise roulante, puis Regain alla se placer au plus près de la baie vitrée. Il tendit le doigt vers une petite dépendance de la maison d'Émile Loos, un pavillon de gardien perdu au milieu d'une sapinière.

— C'est là que ça se passait... Mais je vous jure que je n'ai rien fait... Elle a dû vous le dire... Je ne pouvais que regarder... Et peindre...

— Bien sûr qu'elle me l'a dit… La première fois, c'était quand ?

— Avec Marie, ou avec les autres ?

L'inspecteur ne répondit pas à la question. Il laissa le silence peser, bien au-delà du malaise. Regain renifla avant de se décider à continuer.

— Vous aviez raison ce matin, pour l'article dans *Ruines du Futur*. Ce n'est pas Gérard Moreux qui l'avait écrit, mais bien moi… Tout a commencé il y a cinq ans, juste avant que Boris ne fonde la communauté. Émile Loos, sur l'insistance de ma tante, m'avait prêté l'ancienne maison des gardiens pour y installer un atelier… Il y venait de temps en temps, sous le prétexte de discuter, en fait c'était pour zyeuter les modèles… Il s'intéressait surtout aux plus jeunes… Je lui laissais faire ce qu'il voulait, je passais dans la pièce d'à côté… Marie, je l'aimais bien… Elle n'était pas comme les autres, et je ne voulais pas qu'il l'approche.

La porte s'était ouverte, lentement, sans que Regain l'entende, et la femme d'Émile Loos se tenait droite dans l'entrebâillement, le regard figé sur l'inspecteur Cadin.

— Vous l'avez connue dans quelles circonstances ?

— Mon oncle organisait des fêtes le dimanche, à la belle saison, et il embauchait des employés au noir… Les parents de Marie préparaient les buffets, servaient les invités… Au cours d'une de ces parties, elle est arrivée dans mon atelier couverte de boue à la suite d'une chute de vélo… Je partageais encore mon temps entre la communauté et l'atelier. Il est arrivé alors que je la nettoyais, pour qu'elle ne se fasse pas disputer par ses parents… Il a pris le gant, et je suis resté…

— Vous étiez jaloux, c'est ça ? Ce qu'il faisait avec elle, c'est ce que vous auriez bien voulu qu'elle vous fasse… Oui ou non ?

Le « oui » fusa dans un sanglot. Cadin se pencha.

— Quelqu'un d'autre était au courant ? Votre tante…

— Non. Elle ne s'est jamais doutée de rien… Il faut la laisser en dehors de tout ça… Le soir même j'ai décidé de m'installer définitivement dans la ferme et j'en ai parlé à Boris Undermatt… Seulement à lui…

— Vous avez revu Marie, par la suite ?

— Non. J'ai détruit tous les tableaux qui la représentaient. À part un seul que j'ai donné à Boris…

L'inspecteur prit les transcriptions des déclarations de la fillette.

— Votre oncle ne s'est pas privé de la rencontrer… Je vais vous lire ce qu'elle nous a déclaré à son propos…

Regain agita violemment la tête et plaqua sa main valide sur son oreille.

— Taisez-vous ! Je ne veux rien entendre. Je ne veux pas !

Cadin alluma un Meccarillos.

— Vous étiez présent, en mai 1975, quand Boris est mort ?

— C'est lui qui l'a tué. Et Alain aussi.

La femme de l'ancien maire de Marcheim poussa un cri, puis traversa la chambre. Elle saisit la tubulure du fauteuil roulant pour tourner le regard de son neveu vers elle.

— Tu n'as pas le droit de dire des choses pareilles, Gérard ! Je sais qu'il ne t'aime pas, mais ce n'est pas une raison pour l'accuser de tels crimes…

Il était maintenant parfaitement calme, prêt à affronter les conséquences de ce qu'il avait vécu, comme si l'aveu venait de le libérer de toute angoisse.

— Je ne voulais pas te faire de mal… Pas à toi. Surtout pas à toi… Je dois pourtant dire la vérité… On ne peut plus faire autrement.

Cadin la prit par le bras et l'obligea à s'asseoir sur le canapé.

— Laissez-le parler, madame, pour le moment ce ne sont que des mots…

Regain se replaça devant la baie vitrée.

— Boris est venu rôder plusieurs fois autour du pavillon, les jours de fête. Pour vérifier ce que je lui avais confié. Il s'en est servi au moment de la déclaration d'utilité publique, pour la construction de la centrale.

— Il voulait empêcher l'expulsion de la communauté et la destruction de la ferme que vous squattiez ?

— Pas vraiment, c'était bien trop compliqué… Boris se croyait plus malin que tout le monde. Il a commencé à faire chanter mon oncle, en se servant de moi comme intermédiaire. Son objectif, c'était d'obtenir assez d'argent pour acheter un autre lieu qu'il avait repéré un peu plus bas, dans le Sundgau… Trente millions… Émile s'est laissé faire trois ou quatre fois. Ça le rendait fou. La nuit du dernier rendez-vous, il s'est caché en attendant que Boris sorte de la ferme. Je suis resté sur le seuil. Il l'a assommé avec une grosse branche, avant de le traîner jusqu'à une mare qui se formait après chaque orage, sur le chemin. Il lui a maintenu la tête dans l'eau…

La description des derniers instants de Boris Undermatt correspondait parfaitement à l'hypothèse émise par Fournier, le médecin légiste que Cadin avait rencontré au Quartier-Blanc, le jour où ses collègues du commissariat de la Robertsau nettoyaient leur fourgon Citroën des restes du noyé de la station d'épuration.

— Et pour Alain Dienta, ça s'est passé comment ?

— Je n'ai rien vu, mais je sais que c'est lui. Michaël m'a déposé ici, deux jours avant les élections, pour rendre visite à ma tante. Nous nous sommes croisés, avec l'Indien, au bar de l'Ensingen. J'avais commencé à travailler sur une série de portraits oniriques de tous ceux qui étaient passés par la communauté, et j'étais en train de bâtir le sien… Je voulais le lui donner…

— Je l'ai aperçu à la gare des Ports. Crazy Horse… Le cheval fou en route vers les Hautes-Plaines…

— Exactement… Il m'a offert une Schutz, et en trinquant il m'a dit que ce serait la deuxième pièce de sa collection particulière de Regain. Je ne comprenais pas, et il m'a expliqué, en riant, qu'il venait d'acheter un tableau de moi, le visage d'une gamine, dans les tons orangé-rouge… J'ai prévenu mon oncle, le soir même, alors qu'il revenait de sa dernière réunion électorale. Il m'a répondu qu'il ne fallait pas que je m'inquiète, qu'il allait s'en occuper rapidement. Je suis reparti pour Strasbourg le dimanche matin, très tôt, et j'ai appris, pour l'Indien, en même temps que tout le monde…

Cadin écrasa méticuleusement son cigarillo dans le cendrier que l'épouse d'Émile Loos avait posé devant lui.

— Vous n'avez pas discuté davantage avec l'Indien ?

— Non, pourquoi ?

— Il ne savait peut-être pas sur quoi il était tombé…

La stupeur figea l'œil écarquillé et la demi-bouche ouverte de Regain. Cadin se leva et décrocha le téléphone blanc placé sur la table de chevet. Émile Loos fut appréhendé au poste frontière voisin de Neuf-Brisach. Dans un premier temps, il crut qu'on ne s'intéressait qu'à son taux excessif d'alcoolémie. Au cours des heures qui suivirent, dégrisé, il confirma l'essentiel des déclarations de son neveu.

L'inspecteur Cadin ne revit aucun des protagonistes de sa première enquête. Le mois suivant, en récompense de ses bons services, il fut nommé inspecteur principal à Hazebrouck.

Aubervilliers,
janvier 1997

LE GÉANT INACHEVÉ

Pour M.L.F. et D.F.R.

CHAPITRE PREMIER

« *Il ne suffit pas d'être belle pour qu'un homme s'attache à vous.* »

Où avait-il entendu ces mots pour la première fois, avant que cette femme repose brutalement son verre vide sur le comptoir et ne leur donne le poids de l'irrémédiable.

Elle ne semblait pas très âgée, trente-cinq ans peut-être, et il l'avait déjà remarquée, accoudée à d'autres bars, plus ou moins ivre. Personne ne faisait attention à elle ni n'écoutait ces sortes de sermons qu'elle concluait invariablement du choc de son bock sur le zinc et d'un proverbe, chaque fois différent, lancé à haute voix aux consommateurs. Puis elle payait et regagnait la porte d'un pas incertain, s'arrêtait sur le seuil. Elle se retournait alors et prenait à partie le client situé au plus près.

— *Wat zegt gy nu*[1] ?

Chacun baissait les yeux sur son verre, ses mains, ses chaussures pour fuir la question. Elle disparaissait en riant et, dans la rue, se mettait à chanter en flamand.

C'était l'un des premiers jours de printemps et il avait choisi de s'installer contre la vitre afin de sentir la chaleur des rayons de soleil, sans penser un instant qu'il risquait ainsi d'être interpellé par la clocharde.

1. « Qu'est-ce que vous en dites, hein ? »

Il soutint le regard fixe de la femme et dit doucement.

— Vous avez raison.

Mais à peine eut-il prononcé cette phrase qu'il fut pris de panique à l'idée de la voir s'asseoir à sa table. Il se leva et se dirigea à la hâte vers les toilettes.

Lorsqu'il se décida à en sortir, cinq minutes plus tard, elle avait disparu. Il saisit le ticket de caisse glissé sous la barquette de frites et posa une pièce de cinq francs près du rond en carton imprimé au nom des bières « Motte-Cordonnier ».

Des manèges et des baraques foraines occupaient la grande place rectangulaire et la mairie avait fait disposer toute une série de barrières métalliques pour canaliser la circulation automobile. Il dut longer ce couloir provisoire avant de trouver une chicane lui permettant de traverser. La majeure partie des stands était encore fermée et seuls fonctionnaient un tir à la carabine et une piste d'autos tamponneuses. Une sono essoufflée diffusait un vieux succès de Claude François et les voitures miniatures s'écrasaient les unes contre les autres éclairées par les flashes colorés d'une rampe stroboscopique qui clignotait au rythme de la musique.

Et quand le matin, je vois le soleil, le matin,
Aussitôt j'oublie mes angoisses de la nuit…

Quelques lycéens observaient la scène, appuyés à la rambarde. Un groupe de jeunes filles déboucha de la rue d'Hondeghem et vint se joindre à eux. Les établissements du quartier du « Nouveau Monde » libéraient toujours leurs élèves un quart d'heure après ceux du centre-ville.

Depuis trois jours qu'il traînait à Hazebrouck il était parvenu à comprendre, sans même qu'on le lui dise, les hiérarchies de ce chef-lieu de canton qui voulait se hisser au rang de capitale régionale.

L'hôtel de ville, imposant et ridicule, barrant tout un côté de la place, symbolisait à lui seul les rêves de grandeur des bourgeois des Flandres françaises. On s'attendait à voir un de ces beffrois dentelés, à la brique vieillie et on tombait sur un temple grec blanchi, rescapé de la vague néo-antique du Premier Empire napoléonien.

Et tout autour se serraient les rues du Clocher, de la Chapelle, de l'Église ou le boulevard de l'Abbé-Lemire, parsemés d'institutions aux titres évocateurs comme l'École Ménagère des Jeunes Filles ou l'Institut Médico-Pédagogique des Papillons Blancs.

Au nord de la ville, de l'autre côté de la ligne de chemin de fer Lille-Dunkerque, le « Nouveau Monde » et ses lotissements ouvriers, la Cité des Cheminots ; il ne s'y était aventuré que le jour de son arrivée, le lundi, à la recherche d'un hôtel. Il croisa les yeux du patron du manège et crut y lire une interrogation inquiète. À dix reprises il était passé dans cette allée sans s'arrêter avant de se décider pour un nouveau café. On s'attendait peut-être à le voir aborder une adolescente ou faire Dieu sait quoi !

La campagne électorale pour le renouvellement de la municipalité venait de prendre fin et des affiches collées en nombre sur les panneaux lui revinrent en mémoire. « Français, défendons notre peau. » « Rapatrions les immigrés. »

Le sifflement d'une locomotive couvrit la voix de Claude François. Trois coups aigus, très brefs. Il se sentit soudain mal à l'aise, incapable de supporter le regard des autres et il se mit, instantanément à détester cette ville et tous ceux qui la peuplaient.

Il se dirigea vers les colonnes du temple grec et traversa l'allée piétonne. Il se retrouva bientôt sur une petite place bordée d'immeubles austères et pénétra dans une maison d'angle. Sur le fronton cimenté on avait gravé profond, ainsi qu'il est habituel dans le Nord, le nom de l'établissement. « À Gambrinus. 1899. Hôtel. » Ici on était demeuré fidèle à la raison sociale d'origine mais il avait eu l'occasion de remarquer au cours de ses promenades sans but, une enseigne de boucherie surmontant un commerce de fleurs et une graineterie reconvertie dans le bandage herniaire.

La patronne, une femme d'intérieur assortie harmonieusement au papier peint qui décorait les murs, l'interpella sans quitter le bar.

— Vous gardez la chambre ?

Les clients se retournèrent pour l'observer et il hocha la tête, de haut en bas, puis il grimpa l'escalier sans reprendre son souffle. La chambre numéro dix était située au deuxième étage, un ancien grenier aménagé. Il disposait d'un lavabo, près du lit et d'une armoire en toile plastique tendue sur une armature de fer. Le cabinet de toilette desservant le palier était condamné et il n'osait pas descendre prendre sa douche au premier. Il se contenta de s'asperger le visage à l'eau froide et de se brosser les dents.

Le journal régional était posé sur l'édredon. « *L'Informateur de la Vallée de la Lys* » titrait sur les festivités de la mi-carême : défilés, carnaval, bals. Il s'allongea sur le lit sans prendre le soin d'enlever ses chaussures et se mit à parcourir les articles, un à un, dans le but évident de passer le temps. Le carillon de l'hôtel de ville sonna dix-neuf heures alors que ses yeux relisaient mécaniquement la même annonce imprimée en gras au milieu de la page centrale.

ÉLEVEURS DE PORCS !

Pour la deuxième année consécutive, le groupement SYPRONORD obtient un vif succès au CONCOURS DE CARCASSES DE PARIS. Pour tous renseignements sur la souche COTSWOLD « UCELIA-VIRRIS » :

CONTACTEZ-NOUS !

Il lui était impossible de se concentrer sur autre chose. Le sens des articles semblait lui échapper et il occupa la dernière demi-heure qui le séparait du dîner à détailler les centaines d'annonces rassemblées en fin de journal, particulièrement la rubrique matrimoniale et le carnet. Les textes nécrologiques le fascinaient ; il ne pouvait s'empêcher de calculer le nombre d'années qui lui restaient à vivre, par rapport à la personne dont on annonçait la mort.

« Décès survenu dans sa soixante-dix-huitième année de Madame Yvonne Yden... »

Encore quarante-quatre ans à vivre ! L'éternité ! Immanquablement il tombait sur la « disparition après une cruelle maladie de monsieur Georges Hautmont, trente-neuf ans... » et les cinq ridicules années qui le séparaient de l'issue fatale, quelquefois moins.

Qu'avait-il fait qui vaille la peine de s'en souvenir au cours de ces cinq dernières années ? La réponse tenait en quatre lettres, RIEN. La grisaille, un parcours sans difficulté majeure, sans joies exceptionnelles, une longue agonie.

Seuls ces trois jours d'attente à Hazebrouck promettaient de rendre la vie supportable. En tout cas, la réponse ne tarderait plus maintenant.

Il se leva, remit sa veste et saisit le trousseau de clefs. Les six autres pensionnaires étaient déjà installés à leurs tables respectives : deux hommes aux allures de voyageurs de commerce pareils à tous ceux que l'on rencontre dans les hôtels de deuxième catégorie, économisant sur leurs indemnités de déplacement, un couple silencieux et leur enfant sage. La sixième personne déjeunait et dînait face à lui mais ne louait pas de chambre. Elle s'était présentée le premier soir en lui montrant un petit magasin de mercerie, de l'autre côté de la place.

— Je m'appelle madame Baems, je suis la patronne de la boutique, là-bas. Je viens manger ici tous les jours, je suis seule, vous comprenez… Vous restez longtemps ? Pour affaires ?

Il répondit vaguement.

— Une semaine ; peut-être moins. Quelques jours de vacances.

Malgré le peu d'enthousiasme manifesté par son interlocuteur, elle relança la conversation.

— Vous venez pour le carnaval ?

Il déplia sa serviette et la disposa sur son pantalon avant de répondre.

— Pas spécialement.

Elle n'avait pas insisté et se bornait depuis à le saluer lorsqu'il s'asseyait devant son assiette.

Le défilé de chars devait avoir lieu le dimanche suivant et clore la quinzaine de la mi-carême. Chaque quartier, chaque association était à l'initiative. Les murs de la salle du restaurant annonçaient le « Couscous monstre » des Anciens d'Afrique du Nord, le « Concours de Masques » patronné par le Conseil Municipal, le « Concert gratuit » offert par l'Amicale des Accordéonistes Aveugles.

Il commanda un plat de moules, en entrée, du hachis parmentier et de la bière. Il profita de l'attente pour passer un coup de téléphone. Il n'avait pas eu besoin de noter le numéro : le même nombre répété deux fois dont l'addition donnait le troisième… La ligne était vraisemblablement occupée car il composa l'indicatif à plusieurs reprises avant de joindre son correspondant. Il parlait, la main courbée autour de la bouche quand un groupe de musiciens entra dans le bar.

— Salut la compagnie. On n'a pas l'air de s'amuser ici ! Allez, des sourires, Carnaval n'est pas encore mort… il sera temps d'être triste lundi prochain.

Il avait déjà eu l'occasion de les rencontrer et de les entendre. L'orchestre tournait dans les rues d'Hazebrouck à partir de six heures du soir, s'arrêtant pratiquement entre chaque chanson dans les cafés et les estaminets qui jalonnaient le parcours. Ils buvaient gratuitement en échange de quelques couplets repris en chœur par les habitués. Le chanteur, un gaillard au visage rouge noyé dans la barbe demanda le silence.

— En l'honneur du grand Raoul, je veux parler, bien sûr du grand Raoul de Godewaersvelde, une chanson qui vaut bien toutes les Marseillaises du monde…

L'accordéon égrena les premières notes, accompagné par les clients qui se mirent à fredonner d'instinct. La voix grave et roulante démarra au même instant que la guitare et la trompette.

Quand la mer monte… j'ai honte, j'ai honte,
Quand elle descend, je l'attends.
À marée basse, elle est partie… hélas,
À marée haute avec un au… autre.

Le bruit était tel qu'il raccrocha l'appareil en promettant de rappeler dès que le calme serait revenu. La serveuse apporta son plat et il vida les moules en utilisant les deux faces d'un des coquillages, à la manière d'une pince.

Après « La mer », l'orchestre attaqua la « Danse des canards » ; sa voisine ne put s'empêcher de se trémousser sur sa chaise et de battre des coudes en mesure. Enfin les musiciens se levèrent sous les applaudissements et finirent leurs chopes debout. Cette fois son correspondant répondit au premier appel.

— Nous pouvons parler, ils sont partis. Vous avez son adresse ? C'est bien ça ?

Il se boucha l'oreille gauche avec la paume de sa main pour mieux entendre.

— Attendez quelques instants, je prends de quoi écrire.

Il posa le combiné sur la tablette de bois destinée à recevoir les bottins et griffonna un nom et le numéro d'une rue sur un petit carnet rouge : Laurence Cappel, 3, rue Sans-Nom.

— Vous êtes sûr que ce n'est pas une blague… un nom pareil !

L'autre dut le rassurer car il referma son calepin en hochant la tête.

— D'accord, d'accord, j'y vais à neuf heures tapantes. Non, n'ayez pas peur, il ne peut rien arriver. Vous êtes certain que je ne vous dois rien ?

Une lueur d'inquiétude anima son regard en attendant la réponse, mais elle disparut aussitôt.

— Bon, si vous le dites. Au revoir et merci.

Il regagna sa place et mangea la moitié de sa part de hachis. La pendule marquait vingt heures quinze. À chacun des mouvements de l'aiguille son estomac se serrait un peu plus. Quinze années qu'il espérait ce moment ; presque la moitié de sa vie ! Dans moins d'une heure tout serait dit.

Il prit un café au bar et fut à deux doigts de demander au patron de lui indiquer comment se rendre à la rue Sans-Nom. Il se retint à temps. Personne n'avait à connaître les raisons de sa présence ici, ni le but de ses recherches. Il se souvenait d'un plan indicateur près de l'église Saint-Éloi, sur la route de Béthune. Il sortit. L'hôtel fermait à onze heures, ce qui lui laissait deux bonnes heures de battement… à moins qu'il n'ait pas besoin de revenir y passer la nuit…

Il s'engouffra dans la rue Gambetta pour éviter la

grande place, les manèges et les premiers ivrognes de la soirée.

Une fois dehors on se rendait compte de la proximité de la mer du Nord ; un vent humide et glacé lui frappait le visage, par rafales. Il croisa deux ou trois couples pressés de rejoindre la fête qu'on entendait au loin. Il longea le jardin publie, les palissades de bois disposées tout autour des travaux de rénovation du vieux Centre Ville, avant de voir le panneau et le plan. Il remarqua qu'on avait eu l'intelligence de le placer sous un candélabre. Il posa son doigt en C 7 sur le triangle qui indiquait « Vous êtes ici » et rechercha la rue Sans-Nom dans la liste alphabétique. Elle se situait en A 6, entre la route de Calais et celle de Sercus, à quelques centaines de mètres de l'endroit où il se tenait.

Neuf heures, pas avant. Au téléphone son correspondant avait particulièrement insisté sur ce point. Il se décida pour le parc paysager qui s'étendait derrière l'église. La statue d'un homme de robe, flanquée de deux bas-reliefs, occupait le centre d'une place en terre battue d'où partaient les différents chemins de promenade. Il s'en approcha et déchiffra le texte gravé sur le socle de pierre à la lumière de son briquet.

ABBÉ LEMIRE,
député du Nord 1893-1928
Maire d'Hazebrouck 1914-1928
Créateur des Jardins Ouvriers.

et plus bas, la devise de cet illustre flamand :

Un coin de terre, un foyer : un jardin ouvrier.

Le froid l'obligea à chercher un abri. Il trouva un café ouvert dans la rue de Thérouanne, le « Transvaal ». Un homme à la chevelure rousse et aux joues encadrées par d'épais favoris trônait derrière un petit comptoir long, d'à peine un mètre cinquante. Un tableau, piqué d'une multitude de chiures de mouches, représentant un épisode de la guerre des Boers, surmontait une armoire plate remplie de bouteilles et de verres. Il avala un verre de genièvre en aspirant le liquide par à-coups pour ne rien perdre du goût.

Il remonta la rue Aristide-Briand plein de courage, mais son pas faiblissait imperceptiblement à l'approche du dernier carrefour. Il s'y arrêta et jeta un regard dans la rue Sans-Nom. Il se trouvait à la hauteur du numéro vingt-huit et il lui fallait remonter jusqu'à l'autre extrémité. Il passa au milieu d'un attroupement de gens attendant l'ouverture du « Flandre », un cinéma de quartier comme on n'en voyait plus à Paris, qui affichait « Poupées érotiques ». D'autres clients s'étaient réfugiés en face, dans un bar baptisé avec beaucoup d'à-propos « À la sortie du Cinéma ».

La caissière, une vieille femme au ventre ballonné, déverrouilla les portes vitrées du cinéma et la rue se vida en un instant. Il se retrouva seul, vaguement éclairé par le néon blafard d'une publicité pour les meubles Coppin.

Le numéro trois correspondait à un pavillon en briques qu'on avait laquées en blanc. Entre la rue et la maison, un minuscule jardin laissé en friche. La grille était poussée et il suivit l'allée jusqu'aux marches du perron. Il agita une clochette accrochée à un clou planté dans le mur sans obtenir de réponse. Il appuya sur la porte de bois vernis qui s'ouvrit.

En premier, il remarqua la musique qui lui parvenait de la salle à manger. Il reconnut le « largo » solennel, ampoulé, servant d'introduction au morceau. Un remake de Bach à l'orgue électrique. Il sentit son cœur se serrer quand la voix légèrement nasale de Gary Brooker prononça les premiers mots de « *A whiter shade of pale* ».

We skipped the light fan…

Le chanteur ne parvint pas à articuler les deux dernières syllabes de « fandango » ; la pointe du diamant fut ramenée dans un crissement de notes aux premières mesures jouées à l'orgue. Figé dans le hall, il se rappelait ces mois de l'année mille neuf cent soixante-sept quand le « Procol Harum » faisait partie de son bonheur. Le disque dérailla à quatre reprises avant qu'il ne sorte de sa rêverie. Il pénétra dans la salle commune. La tête et le corps d'un impressionnant géant reposaient sur la table située au centre de la pièce. Les jambes, détachées du tronc, étaient repliées sur le buffet tandis que les bras et les mains traînaient à proximité de la chaîne hi-fi. Il souleva le couvercle d'altuglass et d'un léger coup d'ongle sur la tête de lecture il fit sauter la voix du chanteur au milieu du troisième couplet.

One of sixteen vestal virgins…

En sifflotant il vint se planter devant l'énorme face du colosse et s'amusa à faire fonctionner l'articulation de la mâchoire. Un mécanisme reliait les mouvements de la bouche à ceux des paupières et l'ouverture de l'une correspondait à la fermeture des autres.

Visiblement quelqu'un terminait l'assemblage des divers éléments du personnage de carnaval. Il toussa pour signaler une nouvelle fois sa présence ; intrigué par l'absence de réponse il s'avança en direction d'une sorte d'alcôve qui prolongeait la première pièce, après deux retours de murs.

Elle était là, allongée sur un tapis indien au milieu de

motifs colorés, bonshommes malhabiles, girafes, papillons. Elle semblait dormir, le front posé sur ses avant-bras repliés. Ses longs cheveux blonds se séparaient sur sa nuque en deux rubans soyeux. Sa robe était tirée jusqu'à mi-cuisse et son regard s'attarda sur ses jambes nues aussi lisses et fermes que dans son souvenir. Il eut aussitôt envie de se pencher, de les caresser en ayant peur, en même temps de tout gâcher par sa précipitation. Il s'agenouilla et, doucement tourna le visage de la femme vers le sien.

Elle avait les yeux grands ouverts, la bouche béante ; la mort l'avait surprise au plus fort de la terreur. Il la lâcha et la tête retomba lourdement sur le sol dans un bruit mat. Les dents serrées il chercha, en tâtonnant, les paupières de la jeune femme et les rabattit d'un coup sec sur les pupilles bleues. Il souleva le corps, découvrant une large mare gluante qui n'avait pas été totalement absorbée par le tapis et, à hauteur de la poitrine, un pistolet de petit calibre, noir. Il le saisit, machinalement et glissa un doigt dans le pontet. Il ne fit qu'effleurer la détente, de son index, mais cela suffit à déclencher la gâchette ultra-sensible de l'arme. La balle frôla son épaule et vint frapper le géant en pleine face. L'impact déséquilibra la tête en carton qui se détacha du tronc, roula par terre, entraînant dans sa chute des boîtes de peinture, d'épingles et de colle.

*

L'horloge marquait neuf heures moins trois minutes quand le téléphone se mit à sonner au commissariat d'Hazebrouck. L'agent Lenert décrocha le combiné et le porta à son oreille, pour l'éloigner aussitôt, le tympan agressé par la voix criarde d'une femme au bord de l'hystérie.

— Venez vite au 3 de la rue Sans-Nom ; il y a des coups de feu…

— Calmez-vous, je vous en prie. Vous êtes sûre que ce sont bien des coups de feu ?

Il secoua le téléphone, machinalement : les cris étaient maintenant remplacés par un bourdonnement assourdi. Il tenta de reprendre la communication, en vain.

L'agent Lenert répugnait, depuis toujours, à prendre des responsabilités qui ne lui incombaient pas. Et c'était justement le cas : l'inspecteur Cadin qui assurait la direction des opérations pendant le service de nuit, venait de sortir, avec la voiture-radio… Sans raison… Ça lui arrivait souvent, sur le coup de neuf heures. Lenert avait son idée là-dessus : à la tête que faisait Cadin, au retour de ses escapades, les amours ne devaient pas marcher très fort ! Cette histoire de coups de feu l'irritait au plus haut point. Il lui semblait impossible que l'on puisse choisir les quelques instants où il était investi de l'autorité suprême, à Hazebrouck, pour appuyer sur une détente !

En pleine préparation du carnaval, les gosses ne se gênaient pas pour lancer leurs pétards, sans se soucier du couvre-feu !

Il était prêt à chasser l'appel de sa mémoire quand il prit conscience du fait que l'inspecteur roulait dans la voiture-radio.

Il composa l'indicatif. Bonjour l'intimité !

Cadin venait de quitter la rue Gambetta et se dirigeait vers le canal. C'était là qu'ils se promenaient, Blandine et lui, le peu de temps que ça avait duré… La radio crachota, à hauteur du pont. Il monta le volume.

— Inspecteur, c'est Lenert. Je viens de recevoir un appel ; une femme qui prétend avoir entendu des coups de feu…

— Quelle adresse ?

— Rue Sans-Nom, au trois… Je me demande si c'est pas les gosses, c'est juste à côté du cinéma…

— Mieux vaut vérifier. J'y vais, c'est sur ma route. Tenez-vous à l'écoute, j'aurais besoin d'aide, si c'est du sérieux.

Cadin exécuta un demi-tour parfait puis il s'engagea dans la rue du Clocher. Il contourna le pâté de maisons, par la gauche pour trouver la rue Sans-Nom. Seul un groupe de retardataires qui se pressaient vers le hall illuminé du « Flandre », venait rompre le silence.

L'inspecteur éteignit les phares et descendit la rue en roue libre, jetant de rapides coups d'œil aux plaques. Il parvint au numéro trois juste à temps pour voir une silhouette franchir la porte du perron et s'introduire dans le pavillon. Il sortit de la voiture, prenant soin de retenir la portière, puis il poussa la grille. Aucun bruit ne lui parvenait de l'intérieur du pavillon, à part une musique étouffée, un truc qui lui faisait penser aux Beatles. Il grimpa les marches, décidé à entrer dans l'appartement.

Une détonation l'obligea à battre en retraite. Il s'accroupit sous la fenêtre, le dos contre la façade peinte. L'attente ne dura pas. La porte du pavillon s'ouvrit et la silhouette de l'homme s'encadra dans le rectangle de lumière. L'inspecteur braqua son revolver, les deux mains crispées sur la crosse.

— Ne bougez plus, levez les bras, très haut.

L'autre obéit, lentement. Cadin se porta près de lui, le fouilla avec précaution avant de lui passer les menottes. Il n'était pas armé. Cadin pénétra dans la maison, tenant son prisonnier à ses côtés. La tête du géant s'était immobilisée sur la joue droite ; il montrait au monde une orbite creuse. Gary Brooker hoquetait sur un autre sillon fatigué :

That her face at… at… at…

L'inspecteur composa le numéro du commissariat, le doigt protégé par un kleenex.

— Envoyez le labo au trois de la rue Sans-Nom, il y a du boulot. L'ambulance peut attendre. Plus personne n'en a besoin.

Il prit une bière dans le frigidaire, la déboucha au décapsuleur vissé au mur et la vida d'un trait en réprimant une envie de pleurer.

Il tendit une bouteille au gars qui pendait à son poignet mais l'autre ne répondit même pas, les yeux perdus dans le vague, fixés sur un point que personne n'avait jamais atteint.

CHAPITRE II

L'état de santé de Guy Mallet n'évolua pas le temps que nécessita la constitution du dossier. Il ne manifestait aucun intérêt pour les questions de l'inspecteur, se contentant de promener un regard neutre sur ses interlocuteurs. Il ne réagissait pas davantage à la présence de ses proches, à peine étonné par l'abondance des larmes versées par sa femme accourue de Paris.

Cadin était dépassé : il avait tout essayé. Les menaces, le chantage, la persuasion. Rien n'y faisait. Mallet se butait dans son silence.

L'inspecteur brassa ses fiches et en sortit une qu'il se mit à lire.

> Guy Mallet, né le 12 juin 1948, à Tremblay-lès-Gonesse, Seine-et-Oise, aujourd'hui rattachée à la Seine-Saint-Denis. Profession : projectionniste de cinéma. Dernier employeur connu : Studio 43, rue du Faubourg-Montmartre, Paris. Marié à Irène Chadeau, domiciliés 8, avenue de la République à Saint-Denis. Logeait, au moment des faits à l'hôtel Gambrinus, Hazebrouck.

Il y en avait une dizaine comme ça, classées dans leur ordre de création. Des notes prises au cours des entretiens, le matériel de base pour écrire le rapport…

Guy Mallet, assis de l'autre côté du bureau, était

entièrement absorbé par l'observation des moulures du plafond. Cadin aurait pu crier, il ne serait pas parvenu à capter son attention. Il saisit une seconde fiche.

DÉPOSITION DE MADAME DURIEZ,
patronne d'hôtel.

C'est simple, dès qu'il est arrivé je l'ai trouvé bizarre. Je me méfie toujours des gens qui entrent chez moi sans bagages. Il y en a plus d'un qui est parti sans laisser d'adresse, à la cloche de bois. Depuis, ces clients-là, nous les faisons payer tous les jours. Lui, c'était comme ça, tous les jours à midi je lui demandais de régler sa chambre pour la journée. À aucun moment il n'a proposé de retenir pour une semaine… Avec lui, l'hôtel était devenu un vrai moulin. Il sortait, il rentrait dix fois dans l'après-midi, pour aller je ne sais où. Et comme ça pendant les quatre jours, du lundi au jeudi qu'il a passés chez moi. Dans sa chambre il n'y avait rien, il lisait le journal, c'est tout. Il dormait. Nous fermons à onze heures ; il arrivait à la limite, onze heures moins cinq. Voilà, je n'ai rien à dire de plus. Ah, si, il était venu en voiture. Il l'a garée sur la petite place et il n'y a plus touché, il partait à pied. Je pense qu'il restait dans la ville sinon il se serait servi de sa voiture.

DÉPOSITION DE MADAME BAEMS,
mercière.

C'était un ours. Tout juste s'il disait bonjour. J'ai une petite boutique en face de l'hôtel Gambrinus. Je viens y manger tous les midis et tous les soirs depuis que mon mari est mort, il y a vingt ans. J'ai pris l'habitude de venir là pour me changer les idées. Quelquefois on parvient à lier connaissance avec des gens remarquables qu'on ne rencontrerait jamais à Hazebrouck, nous discutons de toutes sortes de choses, de la vie… Mais avec lui, impossible d'échanger un mot. Dès le premier soir j'ai essayé de parler, mais c'est tout juste s'il ne m'a pas rembarrée. Pourtant, quelqu'un de jeune comme ça ! Il avalait son repas sans lever les yeux de son assiette et il montait dans sa chambre ou bien il sortait par la porte de l'hôtel, pas celle du bar… Sauf le dernier soir, je m'en souviens, il y avait du hachis parmentier ; à plusieurs reprises il s'est déplacé au téléphone, je le sentais énervé, fébrile. À un moment il est revenu à table à cause du bruit d'un orchestre, la troupe de Godewaersvelde. On était en plein carnaval de Mi-carême. Ça l'a gêné, il s'est rassis, a attendu que les musiciens quittent la salle de café pour rappeler son correspondant. Ensuite il a pris son café au comptoir ; je l'observais. Quand on sait les choses, c'est facile à dire, mais je suis persuadée qu'à ce moment-là, il avait déjà décidé de la tuer.

DÉPOSITION DE MADAME IRÈNE MALLET NÉE CHADEAU.

Je ne comprends pas ce qui s'est passé. Guy était à bout de nerfs depuis plusieurs mois, nous n'arrivions plus à parler.

Du jour au lendemain il est parti, sans un mot d'explication. Je n'avais jamais entendu le nom de cette femme… Ça peut sembler incroyable mais c'est comme ça. N'importe comment on ne vivait plus ensemble ; chacun de son côté. C'est tout juste si, en sa présence, j'avais le droit de respirer ; le moindre de mes mouvements l'agaçait prodigieusement. J'ai essayé de le conduire chez un médecin, sans succès. Il a dû se produire un événement que nous ignorons tous. Il avait du travail, nous gagnions bien notre vie… Je ne sais plus…

DÉPOSITION DE MONSIEUR DECKERT, *armurier.*

J'ai régulièrement vendu le pistolet qui a servi au crime à mademoiselle Laurence Cappel, six mois environ avant sa mort. C'est un Beretta modèle 70 à chien extérieur. Dans la série fabriquée en alliage léger. Mademoiselle Cappel faisait partie de la Compagnie des Carabiniers de Saint-Jean, une des plus vieilles associations d'Hazebrouck dont je suis membre moi-même. Elle répondait aux critères de détention d'armes définis par le décret du 22 août 1962 concernant les associations sportives agréées. Je la rencontrais souvent au stand de tir du Lion Noir, rue de la Clef. Elle se débrouillait bien, surtout au tir à la grille. C'est moi qui lui avais conseillé ce 7,65 pour son poids et sa précision. Elle vivait seule. Depuis quelque temps elle semblait anxieuse. Elle mettait ça sur le compte de l'insécurité, de la recrudescence des agressions. Dans mon esprit, il s'agissait de lui procurer une arme dissuasive, en sachant qu'elle était entre les mains d'une personne avertie. Je n'aurais jamais pu penser qu'elle en serait la victime.

DÉPOSITION DU DOCTEUR CHALFONT,
médecin-psychiatre.

Le prévenu présente un syndrome psychomoteur caractérisé par la perte de l'initiative motrice, par un certain degré de tension musculaire avec conservation des attitudes, par des phénomènes parakinésiques comme le maniérisme, et des troubles mentaux avec atonie de la pensée, négativisme, stupeur, entrecoupés de rares accès de verbigération et surtout de fureur. Je définirais ce cas comme se rapprochant de l'hébéphrénie-catatonie mais je ne surprendrai personne en affirmant que ces réactions cérébrales à des agressions diverses peuvent tout simplement être qualifiées de « schizophréniques ». Dans le cas de Guy Mallet la conduite de refus, de fuite, d'inadaptation aux conditions d'existence est très nette. Il faut quelquefois remonter aux rapports mère-enfant lors des premiers mois de la vie pour en déceler l'origine. Actuellement Guy Mallet s'est détaché de la réalité et s'est réfugié, replié en lui-même. Son calme apparent ne doit pas faire oublier que sa vie intérieure est livrée aux productions fantasmatiques, le plus souvent douloureuses. On demande fréquemment à la science d'apporter la preuve de la faute. Je serai donc clair : je ne dis pas que cela s'est

> produit mais qu'il est possible que cela se soit produit. Quant à déterminer le devenir de Guy Mallet, je serai tout aussi mesuré. L'évolution de la maladie n'est pas inéluctablement chronique. Elle peut offrir des répits, des poussées, des rémissions. Il faut donc prendre garde que l'état du patient ne sombre pas et je crois que la prison, au même titre que l'hôpital le précipiterait vers l'effondrement.

Autant dire clairement qu'il était frappé !

D'ailleurs, pas besoin de médecin psychiatre pour s'en apercevoir : Guy Mallet venait de passer de l'observation des moulures à la contemplation des dessins du parquet. Il parcourait les lignes du bois avec une telle attention que son corps tout entier semblait aspiré par son regard, au point qu'il faillit tomber à plusieurs reprises, lorsque les traits butaient sur les plinthes.

Cadin avait renoncé à l'interroger sur sa présence au trois de la rue Sans-Nom. Il rédigea rapidement sa propre fiche, s'appuyant sur les constatations des gars du laboratoire.

« Suite à un appel reçu à neuf heures moins trois minutes, au commissariat, l'agent Lenert m'a appelé sur la fréquence radio. Je me suis immédiatement rendu au trois de la rue Sans-Nom, dont je n'étais éloigné que de quelques centaines de mètres. À peine arrivé j'ai aperçu le suspect, Guy Mallet, qui entrait dans le pavillon habité par la victime, Laurence Cappel.

Alors que je m'apprêtais à le suivre, un coup de feu m'a obligé à rebrousser chemin. Peu après, Guy Mallet est sorti et s'est laissé appréhender sans résistance. Nos services ont constaté la présence de deux balles tirées par la même arme, un Beretta 7,65. L'une a tué net Laurence Cappel (voir rapport du légiste), l'autre s'est fichée dans la tête d'un géant de carnaval déposé là par la victime. Une seule de ces deux balles est, semble-t-il, imputable au suspect, l'autre ayant été tirée avant son entrée dans le pavillon. Il est actuellement impossible de déterminer si Laurence Cappel a été tuée par le premier ou le second projectile. Il est donc probable que Mallet disposait, ce soir-là, d'un complice. Nous n'avons relevé aucun indice permettant de l'identi... »

Cadin releva la tête, brusquement interrompu dans sa réflexion par Guy Mallet qui venait de se lever d'un bond et se précipitait sur la fenêtre. Sans un mot il porta les deux poings en avant, faisant voler les carreaux en une multitude d'éclats qui explosèrent à travers la pièce. Les épaules suivirent dans un fracas épouvantable de bois brisé. La silhouette se cassa sur le garde-corps en fonte, prête à basculer dans le vide.

Cadin, un moment interdit, s'éjecta de son siège, ses pieds patinèrent sur le parquet trop bien ciré, il se rattrapa au bord du bureau. Il parvint à agripper Guy Mallet, glissant la main sous la ceinture du pantalon, à l'arrière. Il se mit à tirer de toutes ses forces en gueulant. L'autre battait des pieds pour se dégager, et il lui fallait éviter ces ruades qui visaient son ventre, de manière désordonnée.

L'agent Brouakère fit irruption dans le bureau, le flingue braqué, persuadé qu'on en voulait à la vie de l'inspecteur.

Guy Mallet s'en tira avec une collection de cicatrices sur le visage et les bras. Sa tentative de suicide précipita les choses : le juge d'instruction signa une ordonnance de non-lieu et reconnut Guy Mallet « dément », au sens de l'article 64 du Code Pénal.

Guy Mallet fut interné dans un hôpital psychiatrique. Grâce à de nombreuses démarches sa femme obtint qu'il soit transféré près de son domicile, à Ville-Evrard. On renforça la sécurité du bâtiment destiné à l'accueillir et il eut droit, contrairement aux autres malades, à une chambre individuelle.

Il n'ouvrait la bouche que pour bâiller ou pour manger. Un jour, lors d'une visite il fixa intensément sa femme Irène et articula quelques mots.

— Quand tu reviendras…

Puis il replongea dans sa nuit.

CHAPITRE III

Tout au long des premiers mois de son enfermement Guy Mallet ne manifesta aucun désir particulier. Il se bornait à manger, dormir et arpenter sa chambre, inlassablement. Lorsqu'il faisait beau temps, deux infirmiers l'encadraient pour le conduire dans le petit jardin qui jouxtait le pavillon. L'hôpital était ainsi conçu, en de multiples unités indépendantes avec leurs chambres, leur salle à manger commune, leur cuisine et leur espace vert. Une camionnette apportait matin, midi et soir, les plats en bouteillons, confectionnés dans la cuisine centrale située près de l'entrée principale, à côté des bâtiments administratifs.

Ses parents habitaient en lointaine banlieue et ne faisaient le déplacement qu'une fois par mois. Seule Irène franchissait le lourd portail chaque samedi en début d'après-midi. Il ne lui avait jamais adressé le moindre regard, ni n'avait fait l'effort d'un geste depuis cette tentative inaboutie. Elle persévérait sans savoir si cette visite servirait à autre chose que la meurtrir un peu plus encore.

Après une heure, les infirmiers le raccompagnaient au premier étage, l'aidant à grimper l'escalier comme s'ils soutenaient un vieillard.

À l'automne, l'un de ces après-midi de promenade le

long des grilles de Ville-Evrard, il se tourna vers sa femme, lançant ses doigts raides et tremblants à la hauteur de son visage. Les deux hommes en blouses blanches assis au soleil d'octobre se précipitèrent, mais Guy Mallet s'était immobilisé. Soudain, il poussa un long cri de détresse et s'effondra en larmes.

Irène s'agenouilla près de lui puis, doucement, se mit à lui caresser les cheveux. Il sembla s'abandonner dans un premier temps, mais se redressa d'un coup en hurlant. Les deux hommes le saisirent et l'emportèrent vers le pavillon tandis qu'il criait sa première phrase entière depuis six mois.

— Je veux un magnétophone ! Je veux un magnétophone !

L'administration ne trouva rien à redire. Le médecin-chef considéra même qu'une réponse positive à cette demande permettrait d'amorcer la guérison du patient.

La semaine suivante, Irène Mallet vint à Ville-Evrard, un paquet sous le bras. À l'intérieur, un mini K7 muni d'un écouteur individuel qu'il fallait se coincer dans le creux de l'oreille, un cordon d'alimentation ainsi qu'une dizaine de bandes enregistrées. Elle avait choisi les groupes qu'ils écoutaient le plus souvent à la maison, les Beatles, les Stones et un tube des Pink Floyd, *Éclipse*.

À dater de ce jour, Guy Mallet ne devait plus quitter son appareil. Dès qu'il arrivait dans une pièce, il s'installait près d'une prise de courant, branchait son magnétophone et, du pouce, enfonçait le minuscule écouteur dans le lobe de son oreille.

— Tiens, voilà « Mélodie-Cassette ».

Au tout début sa manie attira la jalousie de ses compagnons d'infortune puis on s'habitua à le voir déambuler, silencieux, avec ce fil qui lui sortait du crâne.

On ne fit pas plus attention lorsque le calendrier annonça le jour du printemps. Tout juste un an qu'on l'avait retrouvé en tête à tête avec un cadavre et un géant désarticulé…

Vers neuf heures, ce soir-là, Guy Mallet fit couler l'eau froide et emplit à ras bord le lavabo de sa chambre avant d'enclencher la fiche de son magnétophone dans la prise destinée au rasoir électrique, là à l'extrémité droite du néon qui surmontait la glace de son armoire de toilette.

Il posa l'appareil sur le bord de l'évier, au coin, et il appuya de ses deux majeurs, simultanément, sur les touches repérées « Record » et « Play ».

La bande magnétique se mit en mouvement et sa voix qu'il se força à maintenir étouffée, vint recouvrir et se substituer à celle de John Lennon.

Imagine there's no heaven
It's easy if you try…

Il s'était assis sur l'armature de fer de son lit et parlait, la tête baissée, au plus près de la grille de protection du micro incorporé.

— Ici on m'appelle « Mélodie-Cassette » et c'est très bien. Je ne veux pas me souvenir d'un autre nom. C'est à vous que je m'adresse Commissaire Nasebroque, roi d'Hazebrouck, prince de l'esbroufe. Vous croyez régner sur un peuple de géants…

Il s'interrompit car on marchait dans le couloir. Il éteignit le néon et glissa l'écouteur dans son oreille. De l'autre côté de la porte, le gardien souleva le rideau et observa le malade qui gesticulait au rythme d'une musique intérieure, le visage collé aux vitres grillagées.

— Il est l'heure de se coucher, Mélodie, tu peux écouter ta foutue musique au lit.

Dès que le surveillant se fut éloigné, Guy Mallet fit

revenir la cassette au début et il reprit sa conversation magnétique.

— Bonjour commissaire Nasebroque. Ma voix ne vous dit peut-être rien. Pour être franc, à moi non plus ; je l'entends pour la première fois…

Il monologua ainsi pendant une heure, dans la nuit, éjecta la cassette de son logement et, au moyen d'une dent de fourchette qu'il avait cassée lors d'un précédent repas, il gratta le titre de l'enregistrement : « *Imagine* John Lennon » et grava en lettres bâtons maladroites : « Hazebrouck blues ».

Il plaça la cassette sur son oreiller, bien en évidence, releva les manches de sa chemise en les roulant sur ses biceps puis il s'enfonça un mouchoir dans la bouche, afin que ses cris n'alertent pas les gardiens.

Il poussa ensuite la touche « Play » et l'appareil tourna dans le vide avec son léger bruit de moteur. Il se plaça devant le lavabo et se regarda droit dans les yeux avec infiniment de tristesse. Le fil du mini K7 lui coupait le visage en deux dans le reflet du miroir. Il plongea ses mains dans l'eau froide puis, s'abaissant, les avant-bras. L'évier déborda et l'eau en surplus vint lui éclabousser les pieds. Il prit le cordon électrique entre ses dents et d'un mouvement sec de la tête, vers la gauche, vers la porte, il fit glisser le magnétophone dans l'eau. Son corps entier fut pris de tremblements, en même temps qu'une insupportable odeur de brûlé s'échappait de la prise en court-circuit.

Dès le lendemain, la Direction de l'Hôpital fit supprimer l'ensemble des prises de rasoirs qui équipaient les chambres des malades. Les appareils mécaniques étant également proscrits à la suite de mutilations et de tentatives de suicides, un barbier fut embauché qui ne comprit jamais tout à fait la raison pour laquelle, dans certains pavillons, les malades annonçaient son arrivée par ces mots.

— Tiens voilà le fils de « Mélodie-Cassette ».

*

Le commissaire Rubecque dirigeait les opérations. Les dossiers en premier lieu, puis les bureaux, les chaises. En tout dernier, le matériel de transmission. Le déménagement du commissariat pour les nouveaux locaux de la rue du Dépôt avait fait l'objet d'un long travail d'analyse et d'organisation. L'ensemble des services devait continuer à fonctionner pendant le transfert. Un seul point noir : la radio. Il serait nécessaire d'interrompre l'écoute durant le trajet et se contenter du relais installé dans le car de Police-Secours. Mais ce serait bien le diable si l'annonce de la Troisième Guerre mondiale les surprenait au cours de ces cinq minutes fatidiques !

Le commissaire se comparait à un général en campagne supervisant le déménagement de son état-major vers l'avant, sur ce qui constituait, quelques heures plus tôt, la ligne de front.

Le facteur vint troubler ce moment de méditation.

Le facteur ! Il n'avait pas pensé à celui-là. Le secrétariat se trouvait sur la route, entre l'ancien et le nouveau.

— Apportez ça rue du Dépôt, vous voyez bien que nous ne sommes déjà plus là !

L'autre reprit la masse d'imprimés, de retours, de lettres qu'il avait posés sur un carton. Quelques minutes plus tard il les remit à l'inspecteur Cadin dont le rôle consistait à réceptionner les éléments détachés du commissariat et à les installer en bon ordre dans les locaux fraîchement peints de la rue du Dépôt. Il désigna un large comptoir.

— Mettez ça sur le bureau de l'hôtesse, je m'en occuperai plus tard.

La pile de courrier demeura à cette place jusqu'au lendemain matin. Cadin était dans le bureau du commissaire Rubecque, quand la secrétaire préposée à l'ouverture et à la distribution des plis entra. Elle tendit le dossier marqué au nom du commissaire ainsi qu'une enveloppe kraft.

— C'est une lettre qui vient de l'hôpital de Ville-Evrard. Elle est accompagnée d'une cassette de John Lennon.

La jeune femme tourna les talons et disparut. Le commissaire, intrigué, plongea la main dans l'enveloppe marron et la ressortit tenant une feuille à en-tête de l'établissement psychiatrique, ainsi que le rectangle de plastique orné du visage de Lennon perdu dans les nuages. Il lut à haute voix les lignes que lui adressait le Directeur de Ville-Evrard ; il ressentit un petit pincement au cœur en apprenant la mort de Guy Mallet un an, jour pour jour après le meurtre de Laurence Cappel. La lettre relatait les circonstances du suicide du malade et signalait que l'enregistrement joint était dédié au commissaire d'Hazebrouck, bien que la dédicace puisse sembler pour le moins irrévérencieuse.

Rubecque se fit apporter un magnétophone et glissa la cassette entre les guides, avant d'appuyer sur la touche de lecture avec solennité. La voix étouffée de Guy Mallet renforça le trouble qui s'était installé dans le bureau depuis le départ de la secrétaire.

— Bonjour Commissaire Nasebroque. Ma voix ne vous dit peut-ê…

Il appuya immédiatement sur le « Stop » et tendit l'appareil à l'inspecteur Cadin dans un geste de colère.

— Si ça vous amuse d'écouter ces conneries, ne vous gênez pas pour moi. Je ne vais pas perdre mon temps avec un délire de frappé ! Si jamais il raconte quelque chose d'intéressant, on peut rêver, faites-moi un rapport. Si tous les dingos du secteur commencent à nous adresser leurs états d'âme sur bande magnétique, on n'est pas au bout de nos peines. D'ici peu, il faudra s'équiper d'un magnétoscope pour voir leurs élucubrations en vidéo !

Il se leva et enfila sa veste.

— Occupez-vous de la fin du déménagement, Cadin. Tout est prévu dans le dossier vert. Je ne pense pas pouvoir être de retour avant demain matin… encore des histoires avec ma femme.

L'inspecteur devint grave.

— Ça ne s'arrange pas ?

Le commissaire s'avança vers lui et le prit par l'épaule.

— On n'en sait jamais rien avec ces maladies-là… Il faut passer la moitié de sa vie à se plaindre et l'autre moitié à courir les spécialistes. Ah, si on mettait autant de temps à se décider pour inculper un suspect, les prisons seraient vides et les juges au chômage. Nous devons être à Lille en début d'après-midi. Ils lui font passer une séance aux rayons de haute énergie.

— Et pourquoi vous n'allez pas au Centre Hospitalier d'Hazebrouck, ce serait quand même plus pratique ?

— Ils se débrouillent comme des manches. Ils ne sont pas foutus de décrocher les équipements de pointe. Ils vivent avec vingt ans de retard… À part la grippe et les règles douloureuses je me demande bien ce qu'ils arrivent à soigner !

— Bonne chance, commissaire. Surtout pour votre femme.

Il s'éloigna et l'inspecteur Cadin demeura immobile quelques instants, perdu dans ses pensées, avant de remettre le magnétophone en marche.

— … peut-être rien. Pour être franc, à moi non plus ; je l'entends pour la première fois à l'intérieur de mon crâne, en vous parlant. Je vous ai observé, vous et vos semblables, tout au long de l'instruction de cette enquête bâclée, en train d'essayer de comprendre. De ME comprendre. Et c'est moi qu'on accuse de me taper la tête contre les murs ! Regardez-vous !

« Je n'ai jamais cessé de parler pendant trente-cinq ans. Et pour quel résultat ? Personne qui se souvienne d'une seule de mes phrases, même des plus brûlantes. Personne. Mais tout le monde est embarrassé par mon silence ; c'est drôle, non !

« C'est la raison pour laquelle je grave cette cassette, pour que l'on m'écoute enfin, pour qu'on entende ma voix alors qu'elle se sera tue, définitivement.

« Ah ! je vous imagine, commissaire Nasebroque, soupirant, l'index pointé sur la tempe. Non, je ne suis pas fou, malgré les apparences. Les apparences, ça commence tôt. Moi par exemple, quand j'avais douze, treize ans, il fallait savoir chanter en anglais et se balader en baragouinant les derniers tubes, dans le texte. Je m'en sortais à peu près avec le *Satisfaction* des Stones :

Ail Cane Elle Guette No !

mais pour le reste je me contentais de fredonner les airs. Vous vous en foutez mais ça explique tout le reste, même la rue Sans-Nom… Toutes ces années, après, j'ai fait semblant de connaître les paroles des airs que d'autres jouaient pour moi.

« Irène, tiens, je l'ai rencontrée un soir de quatorze juillet, au bal de la mairie, à Aubervilliers. C'était sûrement les enfants qui s'aiment à moins que ce soit les feuilles mortes. En tout cas, on n'a pas tardé à vivre ensemble. Ou plutôt l'un à côté de l'autre. Enfin vous devez savoir tout ça, vous l'avez cuisinée et elle n'a pas dû vous donner trop de travail. Irène ! Tout a commencé à se détraquer à cause des chewing-gums. Vous ne vous attendiez pas à celle-là, hein ? Ma haine tient toute dans les chewing-gums. Surtout les Hollywood à la chlorophylle. Elle les achetait par barre de quatre paquets aux caisses des supermarchés. Je connais l'emballage par cœur… sucre, gomme de base, agents de texture, E 322 et E 422, antioxydant E 320, colorant E 141… elle en mâchait un paquet par jour. Onze plaquettes quotidiennes pendant dix ans. Faites le calcul ; près de quarante-cinq mille petits papiers d'aluminium dentelés dépliés sous mon nez et autant de morceaux de gomme humide que j'entendais mastiquer ! Et ce bruit humide des molaires qui s'écrasent dans la pâte gonflée de salive… On devient meurtrier pour beaucoup moins que ça.

« Et il n'y avait pas que les chewing-gums.

« Mes horaires de projectionniste ne nous permettaient pas de nous voir souvent, le week-end. Sauf les matinées. En semaine je passais un soir sur deux à la maison. Et, pendant ces rares moments, je ne me souviens pas l'avoir vue autrement que recouverte de sa vieille robe de chambre bleue. Une antiquité qu'elle avait dénichée dans une boutique de seconde main. Dès qu'elle arrivait du travail ou qu'elle sortait du lit, elle mettait ce truc répugnant. Pour se sentir à l'aise !

« J'ai vécu dix ans avec une vieille robe de chambre qui bouffait du chewing-gum ! Sans jamais trouver le courage de partir.

« L'année dernière, à la même époque, je traînais dans la salle à manger en attendant l'heure de la première séance. Toutes mes chemises étaient dans le panier réservé au linge à repasser. J'ai commencé à le vider pour en trouver une dont le col n'était pas trop froissé. Je suis tombé sur sa robe de chambre. Sans réfléchir j'en ai fait un paquet et je l'ai balancée dans le vide-ordures. Le soir même, Irène s'est attaquée à la montagne de linge en regardant la télé. Vers minuit quand je suis rentré, elle m'attendait, en chemise de nuit.

« — Qu'est-ce que tu as fait de ma robe de chambre ? Elle était dans le panier…

« Je n'ai pas cherché un instant à nier et je lui ai désigné le vide-ordures dans la cuisine.

« — Mais tu es complètement fou ! Elle ne t'avait rien fait cette robe de chambre.

« Je n'allais pas lui expliquer sa vie ni les chewing-gums, tout à ce moment-là était déjà joué.

« Comme d'habitude.

« J'ai pris les clefs de la cave et je suis sorti sur le palier. J'ai appuyé sur le bouton d'appel de l'ascenseur. Elle s'est précipitée derrière moi, en chuchotant pour ne pas alerter les voisins.

« — Où vas-tu ?

« J'avais posé mon front sur la paroi métallique.

« — Fouiller les poubelles avant que les boueux massacrent ta garde-robe !

« Je me suis longuement interrogé sur cette brusque idée de descendre à la cave. Il aurait suffi que j'aille boire un verre pour que rien n'arrive. Tout se mélangeait dans ma tête. La cave de mon enfance, un peu humide, chaude avec ces tuyaux du chauffage central suspendus au plafond qui portait l'empreinte des planches de coffrage. Je m'étais installé un petit atelier où je bricolais le contreplaqué, avec les outils d'une boîte éducative offerte par un oncle pour le Noël précédent, ou des moulages en plâtre. Puis très vite les premiers albums déshabillés, que je venais lire en cachette et que je planquais sous une pile de cartons au moindre bruit suspect.

« J'avais récupéré un « Teppaz » à moitié déglingué et je passais sans arrêt mes disques préférés.

Elles travaillent le jour et la nuit
Et parfois même tous les samedis
Dactylo-Rock
Tchi bi di bi di…

« Tous les « simples » des Chaussettes Noires étaient empilés à côté de l'électrophone. Et en vedette le 45 tours où figurait mon hit : « *Le Vagabond* » par El Toro et ses Cyclones, un groupe des Courtillières, à Pantin. Le chanteur frisait les cent kilos, un physique de déménageur et, sur scène, c'est ce qu'il faisait, d'après la légende.

« Lorsque nous avions aménagé ce logement, avec Irène, j'avais rangé mes reliques dans une série de boîtes à gâteaux ou à sucre, en fer décoré puis descendu le tout à la cave, sur le toit d'une vieille armoire sans porte.

« Avant de partir de là, j'avais le désir soudain de les reprendre, comme pour effacer ces dix années inutiles.

« Mes souvenirs avaient pris l'odeur du moisi, un parfum de poussière humide. Je triais les papiers en sautant d'une année à une autre, du tragique à l'émouvant ; une collection de vignettes distribuées lors des manifestations avant l'arrivée des badges et des autocollants. Le visage de Guevara cerné de noir avec, dans la marge, mon écriture hésitante « 9 octobre 67 midi », un tract contre les colonels grecs, la souche d'un carnet d'abonnement pour le cycle Donskoï au Théâtre de la Commune, en présence du cinéaste. Et par dizaines les carrés, les rectangles, les ronds de papier appelant à la solidarité avec le « peuple vietnamien », certains encore munis d'une épingle légèrement rouillée.

« Toutes ces bribes de mon existence étaient enveloppées dans une coupure de presse, la photo d'un rassemblement pour la paix au Vietnam, justement, entre la République et la Bastille, sur laquelle j'arrivais à distinguer, coincé entre un Georges Marchais rajeuni et un Michel Rocard anxieux, le visage rond de Philippe Sollers au temps où ils indiquaient encore tous la même direction…

Un policier frappa à la porte du bureau avant de pénétrer dans la pièce.

— Inspecteur, si vous pouviez venir, peut-être qu'avec vous ils accepteront d'entendre raison…

Il semblait sincèrement affecté pour une raison qui échappait encore à l'inspecteur Cadin. Ce dernier débrancha le magnétophone et suivit l'agent dans les escaliers. Une vingtaine d'ouvriers en bleus de travail occupaient les bancs et les chaises de la nouvelle salle de permanence. Le responsable de la délégation, un petit homme chauve au visage constellé de minuscules verrues, se porta au-devant de l'inspecteur.

— Nous avons décidé en réunion de venir vous voir. Si vous voulez un motif, aucun problème, vous en aurez un. Ce n'est pas que symbolique.

— Mais de quoi parlez-vous à la fin ?

Le policier se pencha vers Cadin.

— Ils veulent être incarcérés…

— Qu'est-ce qu'ils ont fait ?

— Rien, c'est le problème !

L'inspecteur s'avança et s'arrêta à un mètre de l'ouvrier.

— Comme ça, vous voulez que je vous arrête, tous en bloc… Vous connaissez la loi, on ne boucle pas sans délit. Même pour une simple garde à vue il faut s'appuyer sur du sérieux. Vous pouvez justifier d'un délit collectif ?

— Pas encore, mais ça pourrait bien arriver, Monsieur le Commissaire. (Cadin cligna des yeux à l'énoncé de cette soudaine promotion.) Nous sommes vingt-huit à avoir été licenciés il y a deux ans et demi au moment de la fermeture de l'usine Lemasson. Il n'y a plus de travail dans le secteur textile à cent kilomètres à la ronde. Depuis six mois nous ne touchons plus un centime du chômage. Si vous nous bouclez, on sera au moins sûrs d'être nourris et même de travailler, de toucher un salaire dans les ateliers pénitentiaires…

— Ne plaisantez pas avec la prison, je vous jure que ce n'est pas très drôle de vivre des mois entiers entre quatre murs. C'est une véritable sanction.

Un jeune garçon sortit du groupe.

— Le chômage non plus ce n'est pas une partie de plaisir. Et je vous prie de croire que les murs existent ; ils sont dans notre tête et dans celles de ceux qui nous regardent. C'est bien pire qu'une punition parce qu'à y regarder de près, le chômage ne frappe que des innocents.

Il termina sa phrase comme il l'avait commencée, d'une voix douce exempte de colère et se dirigea vers la porte bientôt suivi de ses camarades. L'inspecteur Cadin regagna son bureau dans le silence troublé par les seuls grésillements de l'émetteur radio. Avant de reprendre l'écoute de la confession de Guy Mallet, il se fit servir un café, le dégusta confortablement installé, les pieds posés sur la corbeille à papiers qu'il avait préalablement retournée. Il enfonça la touche « PLAY ».

— … je participais à toutes les actions, il suffisait qu'on me dise « liberté » ou « justice ». Le visage de Pol Pot ne se remarquait pas encore dans le sourire de Mao.

« Je suis resté un bon quart d'heure à triturer ces vieux papiers avant de tomber sur la petite liasse de lettres bleues. J'ai seulement compris, alors, ce que j'étais venu chercher dans cette cave. Tout ce qu'elles contenaient de bonheur, de déchirements, était enfoui au fond de moi, c'est du moins ce que j'avais cru. Il me suffisait de fermer les yeux pour revoir l'écriture heurtée aux lettres inégales qui courait sur les feuilles pâles… « *mon petit amour… mon seul trésor… je ne vis plus d'être sans toi… je compte les heures, les secondes qui nous séparent encore...* » jusqu'à cette lettre, la dernière, cachée au cœur de la liasse.

« « *Cher Guy. Que te dire de plus ? De ne pas laisser la place trop belle à l'amertume... Peut-être nous sommes-nous rencontrés trop tôt. Ce que je sais, c'est que je ne t'ai jamais menti en te disant "je t'aime". Je ne veux pas commencer aujourd'hui, pour moi tout autant que pour toi.* »

« Vous ne trouverez pas ces lettres, Commissaire Nasebroque, elles ont accompagné la robe de chambre bleue, toujours cette foutue couleur. Ça me semblait indispensable afin que tout puisse recommencer. Pourtant ces bouts de papiers vous auraient bien intéressés ; surtout la signature. Vous ne devinez pas ? Ça y est, vous y êtes ! Oui, Laurence, Laurence Cappel.

« Allez, soyez beau joueur, j'ai marqué un point.

« C'est comme de juste une histoire banale qui est devenue compliquée. Laurence habitait la cité voisine, elle n'avait pas tout à fait seize ans, moi dix-huit, et on fréquentait une sorte de maison de jeunes installée dans une ancienne salle de l'Amicale des Locataires. Plus personne n'y mettait les pieds et nous avions réussi à squatter le local. On avait bricolé un bar, peint les ampoules pour changer l'ambiance. Pendant le week-end, à tour de rôle, chacun amenait son tourne-disque et on organisait une « boum ». La mode n'était pas encore aux animateurs socio-culturels et on pouvait pratiquer nos activités préférées sans rappel à l'ordre : le slow et la drague !

« Au fait, est-ce que les flics vont en boîte ? Aucune importance. C'est là que nous nous sommes rencontrés, un dimanche après-midi sur le « A whiter shade of pale » du Procol Harum. En juin 67, leur tube venait tout juste de sortir. Je n'ai pas dit grand-chose, des phrases bateau à propos de ses taches de rousseur et de sa taille. Elle était presque aussi grande que moi ; la musique s'est chargée du reste. En août elle a suivi ses parents, en vacances, et il ne s'est pas passé un jour sans qu'elle m'écrive les lettres bleues que vous ne lirez jamais.

« À la rentrée je me suis fait virer du lycée à cause d'une distribution de tracts sur le Vietnam. L'année scolaire débutait mal pour les contestataires, mais ça me soulage de penser qu'elle s'est terminée de manière encore plus dramatique pour les dignitaires de l'éducation nationale, en mai 68.

« Je me suis cogné aux réalités, pas de formation, l'avenir immédiat hypothéqué par le service militaire et le premier demi-million de chômeurs. J'ai usé mes phalanges sur les portes des bureaux d'embauche. Cent fois la même réponse. Pas de boulot.

« En vérité je me foutais pas mal de tous ces refus le soir, quand je me baladais avec Laurence. La vie pouvait continuer comme ça, éternellement.

« Vous vous souvenez des minijupes, Inspecteur ? Mais vous avez sûrement oublié que cette audace était compensée par la mode du panty, à moins que la nouvelle ne soit jamais arrivée jusqu'à Hazebrouck !

« Un obstacle redoutable... Je l'ai franchi pour la première fois en novembre de cette année. Le simple fait d'y penser et toutes les sensations reviennent. Nous étions à la salle des fêtes, au dernier rang du balcon pour un film dont j'ai oublié le titre. En tout cas, c'était une soirée organisée contre la répression en Espagne, Franco garrottait à tour de bras. Le délégué des commissions ouvrières venait de passer la parole au maire-adjoint. Il s'avançait vers la tribune, accompagné par les applaudissements de la foule et les mêmes applaudissements accompagnaient ma main dans sa lente progression obscure. Nos deux peaux, l'intérieur de sa cuisse et la paume de ma main tremblaient de manière identique.

Depuis ce jour, j'ai toujours associé l'Espagne à l'amour… Un mois plus tard les parents de Laurence déménagèrent pour regagner leur région d'origine. Laurence faisait partie du voyage, ma jeunesse aussi.

« J'ai reçu sa dernière lettre le 21 décembre 67, le jour où, au Cap, le premier cœur greffé s'arrêtait de battre dans la poitrine d'un homme.

« Moi, j'ai survécu quinze années avec un cœur mort.

Hello Good Bye

« ou, comme je disais avant :

Et l'eau goût de bâille

« Vous en avez marre de mon délire sentimental, Commissaire, mais vous écouterez jusqu'au bout. Pas pour le suspens puisqu'en recevant cette cassette vous connaîtrez déjà le dénouement de l'histoire. Non, simplement, la curiosité, l'attente du scoop.

« Un peu de patience, je n'en ai plus pour longtemps. Dans tous les sens du terme. Ensuite vous pourrez entendre un petit morceau de Lennon. On fait équipe tous les deux.

« Les lettres étaient classées dans l'ordre chronologique. Je les ai lues de la dernière à la première, comme un crabe. Ça pinçait de partout.

« L'émotion intacte.

« J'ai dit l'essentiel tout à l'heure : j'ai tout foutu à la poubelle puis j'ai refermé la porte de la cave. Je suis sorti dans la rue. Ma voiture était garée sur le trottoir, devant une cabine de téléphone. Deux gars discutaient avec des filles, assis sur le capot. J'ai ouvert la portière et je me suis installé. Ils se sont aperçus de ma présence en entendant le coup de démarreur.

« J'ai fait le tour du pâté de maisons pour prendre de l'essence à la station libre service et j'ai mis le cap sur l'autoroute du Nord, par la porte de la Chapelle. Je me suis arrêté sur un parking pour dormir. Vers Péronne. Il pleuvait ; le froid m'a réveillé. J'ai repris la route à cinq heures du matin. Je suis arrivé à Hazebrouck une heure plus tard.

« J'ai avalé un déjeuner sur la place, à côté de la Bourse ; dès l'ouverture de la Poste j'ai épluché le bottin pour retrouver la trace de Laurence. Je m'attendais à tout, sauf à trouver une page complète de Cappel pour la seule ville d'Hazebrouck, sans compter les communes environnantes. Je me voyais assez mal sonner à toutes ces portes en déballant mon histoire chaque fois !

« C'est votre boulot de mettre la main sur les disparus, les planqués et ça vous paraît sûrement simple de résoudre un petit problème comme le mien, Commissaire. J'imagine votre sourire, votre ironie... je voudrais bien vous voir devant les gamelles du « Kinopanorama » en train de charger les bobines de « Ben-Hur ».

« Chacun son truc ! Et c'est ce que je me suis dit...

« J'ai feuilleté les pages jaunes entre Détection des fuites d'eau et Détergents, Lessives, Savons (Fabricants) et j'ai trouvé trois adresses de Détectives, des cabinets de Lille. Je me suis décidé pour le premier de la liste, à cause des numéros, des chiffres faciles à retenir, dans le genre S.V.P. 11. 11. Là, les deux nombres initiaux additionnés, donnaient le troisième. Ce n'était pas 12.12. 24, enfin ça n'a pas d'importance.

« J'ai téléphoné et j'ai expliqué mon cas. Mon histoire n'a pas eu l'air de les surprendre. Le patron de l'agence m'a convoqué, il désirait en discuter de vive voix. J'ai filé à Lille, rue du Réduit, dans le quartier de la Foire Internationale. (Rien à voir avec les décors de Dashiell Hammett ou de Chandler.) En un mot, l'immeuble des détectives respirait le fric à plein nez. La façade, en pierre de taille ravalée depuis peu, datait de plus d'un siècle mais l'intérieur du bâtiment avait été vidé et remplacé par une structure moderne, acier et verre fumé. J'hésitais à franchir les portes à ouverture électronique, en songeant à la ponction que ces fouineurs devraient opérer sur mon portefeuille pour payer la location de leur bureau pendant la durée de notre entretien…

« On se fait des idées ; leur boulot ne m'a presque rien coûté. Le gars qui m'a reçu a noté tous les détails concernant Laurence et il m'a demandé trois jours de délai pour la retrouver et prendre contact avec elle. Je lui ai remis un chèque de mille francs, à titre d'avance, mais il n'a jamais été tiré.

« Le jeudi suivant, je lui ai téléphoné pendant le dîner, à l'hôtel. Tout était devenu simple, limpide. Le détective avait réussi à se procurer le renseignement sans trop de difficultés. Une affaire courante selon lui. Il avait eu le temps de vérifier son état civil et de me confirmer qu'elle était restée célibataire. Il lui avait parlé de moi ; il paraissait que ça l'amusait de me revoir ! À tout hasard il avait fixé un rendez-vous pour le soir même… J'ai eu un mal de chien à attendre neuf heures et je vous jure que je n'ai jamais été aussi exact à un rendez-vous.

« Elle avait vieilli bien sûr, mais sans rien perdre de sa beauté, de son charme. J'ai retrouvé un regard intact, une même luminosité, une semblable ironie.

« — Bonjour Guy, vous allez bien, mais entrez donc…

« J'ai essayé de la tutoyer comme elle le faisait dans ses lettres, mais elle ne cessait de revenir au « vous », l'insupportable distance de la politesse.

« — Votre démarche m'a très sincèrement surprise. Me faire rechercher par un détective ! Vraiment incroyable… Pour être tout à fait franche, je ne me souvenais pratiquement plus de vous. Cette histoire remonte bien à quinze ans. Un petit amour d'adolescence, sans plus. Et ce détective qui me disait « Guy Mallet, vous devez bien vous rappeler »... il m'a fallu une bonne dizaine de minutes pour comprendre ce qui se passait. C'est loin Aubervilliers. Vous n'êtes pas fâché, au moins ?

« Non, je n'étais pas fâché, pas même vexé. Chacun de ses mots avait tué un à un les fils qui me retenaient encore à la vie. Tout sentiment humain m'avait quitté à l'écoute de ces phrases prononcées sur un ton enjoué.

« Laurence a pris conscience de son erreur en levant les yeux vers mon visage. Le désespoir devait m'avoir habillé les traits d'une manière horrible car elle s'est mise à crier instantanément. Je l'ai prise par les bras et secouée en pleurant de rage. Elle s'est débattue et m'a échappé. Je l'ai poursuivie dans la petite pièce du fond mais elle m'attendait en pointant un pistolet dans ma direction.

« — Un pas de plus et je tire. Sortez de cette maison immédiatement.

« J'ai appris lors de l'instruction que Laurence était affiliée à une société de tir. Si je l'avais su à l'époque, je n'aurais pas tenté de lui arracher son arme. Je n'étais pas vraiment prêt pour la mort, voilà tout.

« Mon souvenir est précis, elle était complètement affolée et elle n'avait pas pensé à manœuvrer la sûreté, ou bien elle croyait que la menace et la présence de l'arme seraient suffisantes pour me décourager. Quand elle a réalisé qu'il n'en était rien, il était déjà trop tard. Je lui ai immobilisé le bras et j'ai récupéré le pistolet. Elle m'a supplié de ne pas la tuer, elle se disait prête à vivre avec moi, à faire revivre son amour... Mais à quoi bon retrouver une nouvelle Irène !

« J'ai pressé la détente en visant le cœur et un mouvement de dégoût m'a fait jeter le pistolet avant que Laurence ne s'affaisse. Le silence me paraissait insupportable, j'ai commencé à regarder les disques, il y avait deux ou trois trucs de bonne qualité puis j'ai découvert le vieux 33 tours du Procol Harum. Malheureusement les deux faces étaient rayées. Je suis revenu dans la pièce où se trouvait le corps de Laurence. Je l'ai soulevé pour reprendre l'arme. J'ai appuyé le canon sur ma tempe… mais j'ai dévié le pistolet au dernier moment. Le géant a hérité de la balle qui m'était destinée.

« C'est à ce moment précis que vous entrez en scène, Commissaire… Nasebroque.

« J'aurais bien aimé que cette histoire tourne autrement pour vous éviter tous ces tracas, mais on a beau essayer, c'est dur de réussir ses rêves.

CHAPITRE IV

L'Inspecteur Cadin ne réalisa pas immédiatement que les confidences de Guy Mallet venaient de prendre fin et la voix de John Lennon emplit le bureau.

I'm sorry that I made you cry
I didn't want to hurt you
I'm just a jealous guy…

Il laissa la bande défiler, l'air lui plaisait.

Vers midi il donna son accord pour participer au repas d'anniversaire de l'agent Lenert, un vieux bonhomme, aussi mince que le cadre de son vélo, mais qui consommait des quantités de bière invraisemblables. Les festivités se déroulaient au Relais de la Motte au bois, en lisière de forêt, sur la route de Merville. Il devait cette invitation à l'absence du commissaire. On attendait de lui qu'il fasse ses preuves pour l'intégrer totalement au cycle des beuveries. Cela signifiait qu'il devait à son tour en prendre l'initiative. Cadin s'en gardait bien et il refusait encore de se reconnaître dans l'image que lui renvoyaient ses collègues de travail. Une vie aussi plate que le pays, avec Hazebrouck pour tout horizon.

Il se souvenait avec précision du jour de sa nomination dans ce patelin, quinze mois plus tôt. Cela se passait quelques jours avant Noël, il tombait une sorte de pluie glacée qui détrempait la mince couche de neige de la veille et transformait les rues en bourbier. La place centrale était occupée par une de ces fêtes d'hiver encore plus tristes, plus désespérantes dans le Nord que partout ailleurs. Un calicot pendait lamentablement entre deux colonnes de la Bourse : « Quinzaine Commerciale ». Les rares passants se pressaient vers un abri, la tête baissée, le visage bleui par le froid. Il avait pris pension en face de la gare, rue du Vieux-Berquin, dans un quartier qui portait en façade les traces de la crise qui frappait le pays. Des affichettes carrées, cernées de rouge annonçaient sur le passage :

À VENDRE
s'adresser au cabinet
Willcamps-Depote
NOTAIRES

Cadin se dirigeait vers l'ancien Commissariat en luttant contre le vent sans personne pour lui indiquer son chemin. Il y arriva enfin, trempé jusqu'aux os pour découvrir une boutique vide à l'exception du gardien Brouakère, le seul chauffeur qui ne s'en remettait pas à saint Nicolas pour parvenir à destination.

Le reste de l'effectif était rassemblé dans la cantine d'une école, près de la Poste. Brouakère lui expliqua que deux fois par an, le Maire, une sorte de play-boy vieillissant qui ressemblait vaguement à Paul Meurisse, prêtait cette salle et mettait le personnel de cuisine à la disposition des policiers, à charge pour ces derniers de verser une modeste contribution à la Caisse des Œuvres Sociales.

Cadin se décida ; ce repas était une occasion unique de rencontrer d'un seul coup, tous les fonctionnaires de police attachés au Commissariat, de nuit comme de jour.

En quelques minutes le temps avait changé, des bourrasques de vent balayaient les flaques d'eau figée. L'inspecteur profita d'une accalmie pour s'élancer vers la Poste.

La salle du réfectoire était coincée entre les bâtiments de l'école et un gymnase vétuste, le tout construit avec ces éternelles briques rouges salies par le temps. Derrière une barrière constituée d'éléments en fibro-ciment s'étendait un champ de houblon, du moins une surface plantée de perches aussi hautes que des poteaux électriques. Il faudrait attendre le printemps pour voir les premières tiges se lancer à l'attaque du sommet.

Il était rare de tomber sur une houblonnière en pleine ville, ça devenait vraiment sérieux vers la frontière.

Cadin entendait des bribes de chants mais sans parvenir à distinguer les paroles. Il poussa la porte au moment où toute l'assistance se rasseyait après un toast, en posant les verres vides sur la table. Le courant d'air glacial qui s'engouffra fit se retourner les têtes, mais à cet instant, un agent en tenue fut éjecté du vestiaire situé à la droite de l'inspecteur et vint s'écraser sur le rebord de la table. Le plateau oscilla puis se renversa dans un énorme bruit de vaisselle brisée.

À peine assis, les quinze policiers présents se relevèrent. L'un d'eux se pencha sur l'homme groggy et lui tapota les joues. Un colosse empâté sortit à son tour du vestiaire mais avec moins de précipitation. La chemise bleue réglementaire était tendue à se rompre sur son formidable estomac et la masse de chair devait culminer aux alentours des deux mètres. Le visage bovin, percé d'une paire d'yeux rendus inexpressifs par l'alcool, se balançait d'avant en arrière. L'homme tenait entre ses doigts boudinés trois portefeuilles disposés en éventail.

— Je me doutais bien que c'était ce salaud qui nous faisait les poches… Quatre fois dans l'après-midi qu'il fait semblant de se gourrer et qu'il rentre dans les vestiaires au lieu d'aller aux chiottes !

Le blessé parvint à se relever. En titubant il se tourna vers son agresseur en portant la main à sa hanche droite, les doigts à demi repliés. Le commissaire avait eu la prudence de les faire venir sans armes et les doigts ne rencontrèrent que le vide. Il regarda rapidement autour de lui en une série de brefs coups d'œil et se décida pour une bouteille de Jeanlin en verre épais. Il s'en saisit et la brisa sur le sol ne conservant que le goulot entouré de pointes de verre acérées. Son adversaire ne semblait pas s'émouvoir outre mesure de la tournure prise par la querelle. Il lança les portefeuilles sur une table et s'empara d'une chaise, les mains agrippées aux extrémités du dossier. On se précipita de tous côtés pour les séparer, les uns désarmant le colosse, les autres retenant le voltigeur. Ce fut le signal de la catastrophe : la bagarre devint générale. Cadin se croyait projeté dans un film de Mack Sennet en voyant la valse des uniformes, mais les insultes proférées en flamand et en français le ramenaient à la réalité.

Après quelques minutes d'engagement, plus un homme ne tenait debout ; la bataille se déroulait au sol dans un fouillis de bras, de jambes. Le colosse émergea soudain de la grappe humaine en brandissant une imposante louche en aluminium, de celles dont se servent les cuisiniers de collectivités pour remplir les soupières. Il se mit à frapper dans le tas en poussant des « Han » gutturaux, avant de se laisser choir sur l'une des rares chaises épargnées par l'ouragan.

La semaine suivante, l'*Informateur* se fendit d'un discret entrefilet qui attribuait la responsabilité des incidents à une bande de délinquants venue du quartier du Nouveau Monde, dans le but de troubler les travaux de l'Assemblée générale annuelle de l'Amicale des Gardiens de la Paix. Cette mise au point s'avéra suffisante pour mettre un terme aux rumeurs fantaisistes qui couraient la ville.

Le repas d'anniversaire de l'agent Lenert se déroula dans le calme, chacun ayant pris soin de conserver sa veste — et son portefeuille — sur le dos. L'Inspecteur Cadin réussit à fausser compagnie à ses hôtes vers trois heures, juste avant le dessert. Il avait bu plus qu'il ne pouvait le supporter. On avait tenté de le saouler, avec la litanie des toasts et, au début il s'y était prêté. Il croyait ainsi les remercier de leur invitation.

Ils marchaient tous à la Gueuse belge. Des caisses entières que les douaniers leur refilaient en échange des contraventions que les flics leur faisaient sauter.

Cadin buvait le corps du délit, une manière comme une autre de le mettre dans le coup… Il longea le canal avant de prendre place au volant afin de se dégriser, puis il mit le cap sur Lille. Il n'était pas très familiarisé avec cette ville ; à la sortie de l'autoroute il s'engagea dans le boulevard de la Moselle, vers le port. Il parvint à faire demi-tour à la hauteur du Pont de Dunkerque. La circulation était dense sur la rocade. En plus il fallait être vigilant, éviter les couloirs du tramway et les bandes surélevées qui surgissaient près des roues au moment où on ne les attendait pas. Il coupa par la rue d'Arras et laissa sa voiture près de la piscine dans un parking gardé.

Il n'eut aucun mal à trouver la rue du Réduit, à deux pas du Beffroi de Saint-Sauveur. Il reconnut instantanément l'immeuble, conforme à la description qu'en faisait Guy Mallet. C'était vraiment une bâtisse cossue, ravalée récemment, qui faisait une tache claire au milieu d'une double rangée de façades, alternant la brique noircie et le crépi grisâtre. Que de solides maisons bourgeoises pourtant, mais leurs propriétaires se gardaient bien d'étaler leur fortune : la vie est trop dure dans ce pays pour qu'on y fasse la publicité de son luxe. Beaucoup de ceux qui habitaient là avaient encore en mémoire le bruit que fait un pavé en tombant sur un parquet ciré, après avoir traversé la fenêtre.

Cadin s'approcha de l'immeuble et déchiffra les diverses plaques de cuivre qui détaillaient les activités des sociétés locataires. De l'import-export, quelques cabinets juridiques, un conseiller fiscal et, enfin, en fin de liste :

Duyck et Dernu
Agents d'Enquêtes. Toutes recherches et filatures
Privé-Industrie. Sur Rendez-Vous.

Comme d'habitude cette dernière recommandation figurait pour le standing : Cadin n'eut aucune difficulté à se faire recevoir. Les deux associés se partageaient les permanences, secondés par une secrétaire. Avec un minimum d'organisation ils pouvaient se dispenser de mettre le nez dehors pour régler la grande majorité de leurs affaires. Quelques billets versés régulièrement dans les bureaux adéquats d'une préfecture ou d'une mairie permettent d'obtenir une foule de renseignements à domicile.

Duyck se servait un cognac quand la secrétaire annonça Cadin. Il se réservait le plaisir de dévoiler lui-même l'objet de sa visite et ses fonctions.

— Bonjour monsieur Cadin, que puis-je pour votre service ?

Duyck se renversa dans son fauteuil et commença à laper son verre d'alcool en claquant la langue à chaque gorgée. Il n'avait pas encore franchi la barrière des cinquante ans. Ses cheveux n'y parviendraient jamais ; ils étaient restés en route.

Tout en dégustant, il observait son interlocuteur. Tout y passait, les ongles, la qualité des tissus, des chaussures, le naturel du comportement. Avant que le client n'ouvre la bouche, il se faisait fort de connaître le montant de la commande, du moins la somme à ne pas dépasser pour accrocher l'affaire à coup sûr.

Cadin se livrait au même examen. Il n'était pas difficile de déduire du décor somptueux qui l'entourait, que l'agence ne vivait pas des chèques de mille ou deux mille francs, versés pour deux ou trois heures de filature pépère par de pauvres types impatients d'avoir la confirmation de leur infortune.

Duyck le relança.

— N'ayez aucune crainte, monsieur Cadin, ce bureau est une tombe. Rien ne sortira de notre conversation sans votre autorisation. Si nous ne concluons pas d'affaire ensemble, je suis capable d'oublier jusqu'à votre visite. Il s'agit d'un problème privé ou bien professionnel ?

L'inspecteur hésita avant de répondre.

— Professionnel.

Duyck se leva et se dirigea vers le bar intégré dans un meuble vitré qui occupait tout un mur.

— Je l'aurais parié. Je reconnais tout de suite les gens qui viennent pour un adultère ou pour s'assurer de la fidélité d'un être cher. À les voir on dirait qu'ils vont passer sur la chaise électrique. Je dis ça sans aucune condescendance, notre profession a largement vécu de ces problèmes durant des dizaines d'années. Mais il faut bien admettre que l'instauration du divorce par consentement mutuel nous a porté un rude coup. Nous travaillons maintenant pour des gens comme vous, monsieur Cadin. L'industrie, le commerce. Vous avez bien choisi… la semaine dernière nous avons apporté une preuve supplémentaire et éclatante de notre fiabilité… Vous prendrez bien un cognac, monsieur Cadin ?

L'inspecteur accepta.

— Je tairai le nom de notre client vous le comprendrez aisément. Enfin sachez qu'il s'agit de l'un des plus importants demi-grossistes en audio-visuel du département. Il se plaignait de vols répétés dans ses entrepôts et tout le personnel, du camionneur au cariste en passant par l'emballeur accusait son voisin. Une situation qui se prolongeait depuis des mois malgré toutes les mesures de contrôle mises en place par le client. Il nous a fallu trois jours pour débusquer les coupables ! Une méthode imparable. Nous avons tout simplement fait embaucher un de nos agents dans le magasin d'approvisionnement. Personne ne partageait le secret, même pas les hauts cadres. Heureusement, parce qu'en fait les trois quarts du personnel étaient dans le coup ; un véritable réseau ! Dès le second jour notre agent s'est vu proposer un magnétoscope au tiers de sa valeur par le préparateur de commandes. Ensuite, un jeu d'enfant. J'espère que cela sera aussi rapide et efficace pour vous, monsieur Cadin.

— Non pas monsieur, inspecteur Cadin. Je crois que votre secrétaire a manqué de précision lors des présentations.

Duyck venait de servir le second cognac et il s'immobilisa au milieu de la pièce, un verre dans chaque main.

— C'est une plaisanterie, j'espère. En temps ordinaire on m'annonce à l'avance ce type de visites ! À quel titre êtes-vous ici, inspecteur ?

Cadin le débarrassa de l'un des verres et se rassit.

— Tout d'abord je tiens à vous dire que je ne suis pas attaché au secteur de Lille mais plus modestement à celui d'Hazebrouck.

Duyck vida d'un coup ce qui lui restait d'alcool. Il fronça les sourcils d'un air préoccupé et prononça très vite :

— Que se passe-t-il à Hazebrouck qui puisse nous concerner ? Je connais bien le commissaire Rubecque et il m'aurait averti…

Il s'interrompit de peur d'en avoir trop dit et, se

ravisant, choisit d'attendre que l'inspecteur prenne les devants et justifie sa présence.

— Le commissaire ignore tout de cette démarche mais je ne manquerai pas de le mettre au courant. Le but de ma visite est très simple ; il y a tout juste un an, une jeune femme Laurence Cappel a été tuée par un Parisien, Guy Mallet. À Hazebrouck justement. Jusqu'à maintenant on expliquait ça par la folie...

Duyck était visiblement mal à l'aise ; il eut recours au bar. Cadin fit une pause le temps qu'il se serve et lui fasse de nouveau face.

— ... or Guy Mallet donne maintenant un mobile à son geste.

Le détective fit un effort désespéré pour surmonter son trouble, évitant de croiser le regard de l'inspecteur.

— Oui, je me souviens de cette histoire, elle a fait couler pas mal d'encre. Mais vous m'étonnez, je pensais que Mallet était devenu catatonique de manière pratiquement irréversible.

— C'est exact mais je peux vous révéler autre chose ; Guy Mallet n'a plus aucune chance de s'en sortir, il vient de se suicider à l'Hôpital de Ville-Evrard.

Duyck regagna son fauteuil et se laissa retomber lourdement.

— C'est ça le nouveau ? Je ne vois pas le rapport avec notre agence.

— Je ne vous ai pas tout dit, je ménage mes effets. Avant de mourir Guy Mallet a laissé un message, une bande magnétique pour être précis, sur laquelle il explique qu'il s'est adressé à vous, du moins au Cabinet Duyck et Dernu, trois jours avant le meurtre, pour que vous l'aidiez à retrouver un amour de jeunesse. Une fille nommée Laurence Cappel. Je n'ai pas la cassette sur moi, c'est dommage car il tire un coup de chapeau à la qualité de vos prestations. Il estimait que vous aviez obtenu les coordonnées de cette femme en un temps record et pour un prix défiant toute concurrence.

Le détective se souleva, les poings fermés sur son bureau.

— Écoutez-moi bien, inspecteur, vous me racontez là une histoire de dingue. Au propre comme au figuré. Vous marchez vraiment dans le délire d'un type qui se fringuait avec une camisole de force ? S'il s'était pointé chez nous, je vous prie de croire qu'il n'aurait pas fait long feu et je me souviendrais de sa visite. C'est assez grave ces accusations… sans en avoir l'air vous nous soupçonnez d'avoir dissimulé une partie de l'emploi du temps d'un meurtrier.

— Je n'affirme rien monsieur Duyck, je relate tout simplement les termes employés par Guy Mallet dans sa confession.

— Dans ce cas il y a toutes les chances pour que votre frappé se trompe d'agence. Nous ne sommes pas les seuls sur la place de Lille. Il nous désigne formellement ?

Cadin répondit par une autre question.

— Quel est votre téléphone ?

— Je ne vois pas le rapport. C'est le 18.18.36. Pourquoi ?

— Mallet ne donne pas de nom ; il fait allusion à une agence dont les deux premiers chiffres du numéro de téléphone additionnés forment le troisième. Un plus un égale deux. Dix-huit plus dix-huit égale trente-six ! Non ? Il n'est peut-être pas monté jusqu'ici mais il décrit la façade avec assez de précision. J'imagine qu'il a pu être reçu par votre associé. C'est facile à vérifier, vous devez tenir un agenda ?

Duyck esquissa un sourire.

— Je suis mis au courant, jour après jour, des affaires engagées par Dernu et c'est valable dans l'autre sens. C'est valable pour tout, du problème de chantage à la minable question de fichier. Je suis catégorique, votre client n'était pas le nôtre. Cela dit, on peut toujours jeter un coup d'œil à l'agenda.

Il ouvrit le tiroir supérieur du bureau et en extirpa une liasse d'ordinateur.

— … Nous avons dépassé l'époque du calepin noir. Voilà la liste de nos clients avec l'état de leur compte. Nous les conservons deux ans en mémoire et s'ils ne font plus appel à nous pendant ce laps de temps, ils sont versés sur les listings d'archives et n'apparaissent plus sur celui-ci. C'est bien entendu classé par ordre alphabétique. Il vous suffit de regarder à la lettre M.

Il tourna les feuilles lentement et en isola trois.

— … Tenez inspecteur, voyez donc si vous trouvez votre bonheur. Je vous demande simplement de passer rapidement sur les autres noms qui figurent sur ces pages ; il y a là le « Who's Who » de la région Nord-Pas-de-Calais. C'est encore plus explosif que de la dynamite !

Cadin contrôla la première feuille sans repérer le nom de Guy Mallet. Par contre un certain Maillard de Merville figurait à diverses reprises à chaque fois pour des sommes importantes. Il parcourut les autres feuillets pour la forme et le rendit à Duyck. Il savait par avance qu'il ne trouverait pas ce qu'il cherchait. Selon Mallet le chèque n'avait jamais été encaissé et la banque dans ce cas n'en avait pas entendu parler.

— Vous avez raison. Mallet a dû avoir envie de venir vous consulter puis il y a renoncé. Saura-t-on jamais ce qui se passe dans la tête d'un malade ?

L'inspecteur prit congé du détective ; la secrétaire le raccompagna à l'ascenseur.

Dans la rue il conservait encore intacte l'image du crâne subitement luisant de Duyck à l'évocation du crime d'Hazebrouck.

CHAPITRE V

Le lendemain, Cadin dut se rendre au commissariat en fin de matinée : chaque année, les personnalités d'Hazebrouck (et son grade d'inspecteur lui conférait le droit de revendiquer son appartenance à cette élite) étaient conviées au cocktail de l'Amicale des Industriels Hazebrouckois qui patronnait les festivités du Carnaval. Il arriva au moment où le commissaire Rubecque s'apprêtait à partir pour la mairie. Il profita de la voiture. Rubecque affichait sa tête des mauvais jours. Sa femme avait de graves ennuis de santé ; Cadin s'enquit de l'état de la malade, par simple politesse. La seule évocation des déboires d'une vésicule ou du manque de rendement d'un estomac le plongeait dans la neurasthénie.

— Ils la gardent une dizaine de jours en observation. Je n'ai pas trop le moral. Enfin, il faut espérer que ça s'arrangera…

Cadin fit glisser la conversation sur son entrevue de la veille. Rubecque accrocha, à son soulagement.

— … C'est drôle que vous me parliez de Duyck, nous avons travaillé ensemble, ici, pendant une bonne dizaine d'années.

L'inspecteur manifesta son intérêt.

— C'est un ancien flic ?

— Vous ne le saviez pas ? Ça ne m'étonne pas en fait.

Il sait mener sa barque. Il s'est fait jeter en 72 ou 73, dans ces eaux-là. Il ne se contentait pas de tirer des renseignements de ses indicateurs, il lui fallait de la monnaie par-dessus le marché. Fatalement il s'est fait piquer, sur dénonciation, on a tout juste réussi à lui éviter une inculpation pour proxénétisme mais l'I.G.S. ne l'a pas loupé.

— Il s'est immédiatement reconverti dans le privé ?

Le commissaire hocha la tête.

— On ne peut pas dire qu'il soit resté inactif longtemps ! Il a fondé sa boîte un mois plus tard. Il était spécialisé dans les flagrants délits d'adultère. À mon avis il ne devait pas s'en sortir trop bien, la grande époque était déjà terminée. Jusqu'au jour où il s'est associé avec Dernu. Celui-là, c'est un malin, il a senti le vent au bon moment. D'après ce que je sais, il exerçait en région parisienne mais la concurrence était trop forte. Dès le départ il a réorienté l'activité du cabinet vers les entreprises, les vérifications de carrière avant embauche, les enquêtes de moralité, le flicage du personnel…

— Assez inattendu de la part d'un commissaire…

— Ce n'est pas un jugement, inspecteur, tout bonnement la description d'une réalité. Ils ont également réussi à obtenir un bon volume de commandes de particuliers, la bonne bourgeoisie lilloise qui craint la déchéance de sa progéniture… la drogue fait des ravages nous sommes bien placés pour le savoir. Selon la rumeur, leur société marche très fort, ils sont parvenus à ramasser toute la grosse clientèle du secteur. Il leur arrive même de décrocher des contrats en Belgique.

L'inspecteur émit un sifflement admirateur qu'il tempéra aussitôt par un sourire ironique.

— Sincèrement commissaire, vous pensez que Guy Mallet délire complètement ou bien que ce sont ces deux-là qui étouffent sa visite ?

— Quelle importance ? On peut reprendre le dossier, nous n'avons rien trouvé sur lui ni dans ses affaires qui nous oriente sur la piste d'un contrat avec l'agence. Pas de carte de visite, pas de téléphone griffonné sur un journal, pas de contrat. Mallet ne notait jamais rien sur les souches de ses chèques, à part la date et la somme… on peut regarder mais ça n'avancera à rien. Même si on débusque un talon de mille francs non encaissé. Ça prouvera que Mallet a fait un chèque de mille francs et qu'il l'a ensuite détruit. On ne va pas se torturer les méninges avec un problème qui débouche sur le vide, il y a suffisamment de boulot concret comme ça !

— Si au contraire nous retenons la seconde hypothèse ?

Cadin avait prononcé sa question très doucement le visage tourné vers la vitre. Rubecque fit une grimace avant de répondre.

— Ça ne change pas grand-chose. Une recherche de personne ne demande pas plus de deux ou trois heures de travail à un professionnel, d'autant plus que Mallet devait connaître la date de naissance de Laurence Cappel. Dix coups de fil bien ciblés dans les services d'état civil, au bureau des cartes grises du département ou à la Sécurité sociale et le tour est joué. C'est de l'argent vite gagné d'autant que le plus souvent c'est au noir. Les clients n'insistent pas pour détailler leurs problèmes sentimentaux sur un contrat. Imaginez un peu la tête de Duyck apprenant par la radio qu'un de ses commanditaires s'est offert les services de son agence pour organiser un meurtre. Le seul lien existant entre le cabinet et Guy Mallet est alors le chèque d'acompte. Il fiche tout en l'air pour mettre la main dessus et, par chance, la secrétaire ne l'a pas encore mis en banque. Il lui reste à le brûler pour effacer toute trace, chez lui, de la visite de Guy Mallet. Si ce scénario est le bon, Duyck a dû picoler encore plus que d'habitude pendant l'instruction… Quel soulagement pour lui quand l'Administration s'est décidée à payer une camisole toute neuve à Mallet. Dans cette région on n'aime pas beaucoup les bouleversements et c'est encore plus vrai pour les clients de Duyck. Pas de vagues, le pays est trop plat. Une seule allusion au cabinet « Duyck et Dernu » et ils pouvaient prendre leur tour à l'A.N.P.E., malgré leurs appuis. Ce coup-ci, ils ont joué gagnant, on ne va pas les accrocher pour si peu un an plus tard, non ?

Rubecque stoppa devant l'impressionnant tas de Chantilly qui servait d'Hôtel de Ville. Un employé communal les conduisit au salon de réception. Une bonne centaine de personnes étaient agglutinées autour de deux tables recouvertes de petits fours. Le bar était momentanément libre et les deux policiers s'y réfugièrent.

Cadin commanda un jus d'orange sous l'œil amusé du commissaire.

— Un whisky pour moi. Vous n'avez pas peur de vous faire remarquer en buvant des jus de fruits ?

— Je peux toujours dire qu'il y a de la vodka dedans.

Cadin s'apprêtait à quitter le commissaire quand une femme brune, l'air hautain, se dirigea droit sur eux. Rubecque reposa son verre pour remettre de l'ordre dans sa présentation.

L'inspecteur laissa glisser son regard sur deux jambes absolument parfaites, gainées de sombre puis remonta sur les formes arrondies qu'il devinait fermes, sous le tissu moiré. Il contournait les dernières sinuosités de la poitrine lorsque la voix tranchante du commissaire le ramena à la réalité.

— Inspecteur Cadin, je vous présente Mme Courtini.

Il tendit une main maladroite et souleva les paupières pour apercevoir le visage ironique de la femme. Le sourire disparut dès qu'il eut relâché son étreinte sur la main. Elle se contenta d'une phrase banale. Cadin ne put s'empêcher de penser que c'était peu pour une pareille rencontre.

— Je suis enchantée de vous avoir rencontré, inspecteur.

Il se répéta ces paroles, en écho, cherchant à fixer sur ses lèvres le léger chantonnement de la voix, cette façon particulière de buter, avec infiniment de douceur, sur les V de vous et d'avoir.

Rubecque reprit son verre et le vida d'un trait.

— Épatante, non ? C'est la femme de Courtini, le Président de l'Amicale. Il a vraiment tout pour être heureux ; une beauté et l'argent qu'il faut pour l'entretenir ! Elle vous a fait de l'effet…

Cadin rosit légèrement. Comme lorsqu'il allait mentir.

— C'est surtout sa voix… Je suis sûr qu'elle fait des dégâts en prononçant seulement « Passez-moi le sel »…

— Trouvez-vous quelqu'un rapidement si vous en êtes là ! Elle a un léger accent espagnol, c'est tout. Je crois qu'elle est née là-bas.

Cadin se décida à s'approcher des tables mais Rubecque le retint par la manche.

— Tant que je vous ai sous la main, pensez donc à régler cette histoire de frigo, j'ai eu droit à une nouvelle crise de nerfs ce matin, à cause de l'oreille. C'est Chessat qui s'occupe des achats à la Préfecture, appelez-le de ma part.

L'inspecteur renonça aux petits fours et rentra au commissariat. Il se rendit aux vestiaires où les hommes avaient aménagé un coin détente avec quelques fauteuils de récupération et une table basse en osier. Il y avait également un combiné frigidaire-congélateur entreposé par Lenert que chacun garnissait pour sa consommation personnelle.

Le commissariat ne disposait pas en propre de ce

confort bien qu'en cas de meurtres, de blessures, de mutilations, d'accident il soit tenu de conserver les débris humains pour servir lors d'un éventuel procès. En règle générale tout était dirigé sur le laboratoire de l'hôpital à fin d'analyse, mais il arrivait, pour gagner du temps, qu'on ramène ces reliques au commissariat et qu'on ne les porte que le lendemain… à moins qu'on les oublie, bien au frais derrière l'émail du congélateur.

Cadin avait entendu parler de cette oreille ramassée par un de ses collègues sur le lieu d'une bagarre, la nuit précédente. Il n'avait aucune peine à imaginer la réaction horrifiée de la fille du bureau d'accueil, venant chercher un esquimau et tombant sur un morceau de cartilage ensanglanté, enveloppé dans un sac de plastique transparent.

Il sut trouver les mots qu'il fallait, car sur la foi d'une simple conversation téléphonique, le trésorier de la Préfecture, Chessat, accorda un budget d'équipement exceptionnel au Commissariat d'Hazebrouck. Dans la journée un agent ramena de chez Darty un petit congélateur italien destiné au seul usage professionnel.

*

Le lundi suivant, un court article de *La Voix du Nord*, situé en pages intérieures, attira l'attention de l'inspecteur Cadin.

UN DÉTECTIVE PRIVÉ
TROUVE UNE MORT HORRIBLE

De notre correspondant particulier à Lambersart.
Au cours du dernier week-end un accident affreux a coûté la vie à un détective privé de Lille. Le jour du décès n'a pu être déterminé avec exactitude, la victime étant sur place, seule, depuis le vendredi soir et le corps à demi déchiqueté ayant été

découvert le dimanche en fin de journée. Les circonstances précises de ce drame ne sont pas encore connues mais certaines hypothèses peuvent être avancées. Monsieur Courtini qui emploie plusieurs dizaines de personnes dans son usine d'Hazebrouck avait fait appel à une Agence de détectives pour assurer la protection de sa résidence de Lambersart. M. Courtini avait en effet été l'objet de menaces téléphoniques de la part d'individus se réclamant du F.N.L.C. qui projetaient de déposer une bombe si l'industriel ne satisfaisait pas à leur demande : le versement d'une forte somme baptisée pour l'occasion « impôt révolutionnaire ». M. Courtini est, on le sait, d'origine corse. Devant s'absenter durant le week-end il craignait que les terroristes ne mettent ces deux jours à profit pour passer à l'acte. La vaste propriété de M. Courtini abritant de nombreuses dépendances (grange, anciennes écuries, etc.) certains accès avaient été piégés et une liste de ces points avait été communiquée lors des contacts avec le cabinet de Lille. C'est en tentant, on ne sait encore pour quelle raison, de franchir l'un d'eux, que M. Duyck a déclenché la mise à feu d'un canon de jardin. La décharge de chevrotines lui a arraché la moitié du visage, le tuant net. Détail horrible, les chiens d'attaque qui le secondaient dans sa tâche avaient commencé à dévorer le corps lorsque l'accident fut découvert et les personnes appelées eurent toutes les peines du monde à leur faire lâcher leur proie. Les bêtes ont été conduites à la fourrière de la préfecture et un vétérinaire devrait bientôt statuer sur leur sort. Nous reviendrons dans nos prochaines éditions sur cette triste nouvelle à verser au volumineux dossier de l'autodéfense, ainsi que sur la personnalité de la victime, M. Duyck qui, il y a quelques années, faisait partie des effectifs du commissariat d'Hazebrouck.

Cadin plia son journal en ayant soin de bien mettre l'article en évidence, puis il fit irruption dans le bureau du commissaire.

— Et voilà, un de plus. Lisez donc ce journal !

Rubecque parcourut la colonne de texte. Dès qu'il eut terminé il rejeta le dos contre le montant du fauteuil en soufflant lentement entre ses dents.

— Ne vous emballez pas inspecteur ; ils parlent d'un accident et de rien d'autre.

— Vous ne trouvez pas surprenant que Duyck passe à la trappe trois jours après ma visite ? D'abord Laurence Cappel puis Guy Mallet ensuite Duyck. À chaque fois nous avons un métro de retard. Qui est-ce qui s'occupe du secteur de Lambersart ?

Le commissaire s'approcha de la carte murale. De l'index droit il dessina un cercle imaginaire autour de Lille.

— Pour l'ensemble de cette région, c'est nos collègues de Lille. Je peux essayer de décrocher quelques tuyaux auprès de Vorstavel. Il me doit bien ça.

Cadin reprit l'exemplaire de *La Voix du Nord* et le lut pour la troisième fois.

— Selon le journaliste, Courtini possède une usine ici. Vous la connaissez ?

— Oui, mais je n'ai pas encore eu l'occasion d'y mettre les pieds. C'est une blanchisserie industrielle. Elle est installée dans la zone industrielle du Pont des Meuniers, pas loin du canal. Il travaille pour les écoles, les hôpitaux et tous les pressings du secteur. Vous avez déjà remarqué les voitures blanches décorées du soleil orange… les gars qui installent les essuie-mains ?

L'inspecteur acquiesça.

— Oui, comme tout le monde.

— Eh bien c'est une des activités de Courtini.

— En résumé, sa spécialité c'est de laver le linge sale et il ne se limite pas à la famille…

— Restez calme, inspecteur. Vous savez que Courtini est un personnage influent ici ! Il préside plusieurs sociétés d'intérêt local et il siège en bonne place dans les organisations patronales. Il y a peu d'exemples d'industriels qui acceptent d'investir dans une région sinistrée et qui réussissent.

— Vous ne m'enlèverez pas de l'idée que cette affaire

de surveillance est suspecte et que la mort de Duyck est liée à notre conversation.

Le commissaire décrocha le téléphone. Il composa le numéro de la préfecture de Lille et demanda le commissaire principal Vorstavel. Ils échangèrent quelques propos aimables sur leurs familles respectives puis Rubecque se décida à aborder le sujet qui le préoccupait.

— J'ai jeté un œil sur *La Voix du Nord* ce matin. Une sale fin pour Duyck. C'est toi qui es sur le coup ?

L'autre dut répondre affirmativement car Rubecque sourit.

— Je m'en doutais. Comme tu sais, j'ai pas mal bossé avec lui, à Hazebrouck avant que l'I.G.S. s'intéresse à ses trafics.

Le commissaire désigna l'écouteur à Cadin en faisant une grimace qui avait valeur d'autorisation. Vorstavel parlait d'une voix fluette avec de brusques intonations graves qui la faisaient ressembler à celle d'un adolescent en mue.

— Oui, il n'a pas eu de chance. Mais tu ne m'appelles pas pour soigner ta nostalgie… Tu veux des détails ?

— Tu n'as pas perdu la main, félicitations ! En fait le client de Duyck, Courtini, a une usine chez nous et j'ai envie de me tenir au courant à toutes fins utiles. Je n'aimerais pas me retrouver le bec dans l'eau si cet accident cache une magouille quelconque.

Vorstavel fit entendre un court rire aigu.

— Tu deviens paranoïaque en prenant de la bouteille. Je peux te rassurer, l'enquête est pratiquement bouclée : tout concorde au poil. Courtini s'est bien rendu à l'agence vendredi en fin d'après-midi. La secrétaire nous l'a confirmé ainsi que le gardien de l'immeuble. L'industriel est resté une demi-heure avec le détective ; en sortant, Duyck a indiqué à la secrétaire qu'il devait se rendre à Lambersart et qu'elle pouvait fermer après son départ. J'ai interrogé ton Corse, il est revenu de Paris ce matin. Il dit la même chose ; il ne comprend pas pourquoi Duyck a essayé de forcer la porte du sous-sol alors qu'il lui avait signalé la présence du canon de jardin.

— Pour être franc, Vorstavel, je suis tout aussi sceptique sur ce point. Duyck n'était pas un enfant de chœur ; ça fait plus de vingt-cinq ans qu'il traîne dans le métier. Tu ne vas pas me dire que tu avales cette histoire en douceur…

— Oui, au tout début j'avais les mêmes réticences… mais Duyck ne ressemblait plus beaucoup au flic que nous avons connu. Pour t'en convaincre passe donc faire un tour dans son bureau… Rien à voir avec l'environnement d'un fonctionnaire à sept mille francs par mois, primes comprises ! Leur affaire tournait très bien. Que des gros poissons comme Courtini. À la longue, on s'empâte et on perd ses réflexes plus rapidement qu'on ne croit. D'après les témoignages il picolait plutôt sec et les premières analyses l'ont confirmé. Un gramme cinq d'alcool quand il a pris la chevrotine en pleine poire… ça suffit amplement pour se gourrer de porte !

Rubecque hocha la tête en signe d'assentiment et il tenta de lancer Vorstavel sur une autre piste.

— Et son associé, Dernu ? Il n'y avait pas de dissensions entre eux ? Le coup classique du meurtre d'affaire camouflé en accident…

— Non, on n'est pas au cinéma. Dernu est une personnalité dans la ville. J'ai vérifié son emploi du temps et ça ne m'a pas demandé beaucoup d'efforts. Il était invité à un tir aux pigeons, un ball-trap chez Comyn, l'inspecteur des Impôts. Comme tu vois, je fréquente le beau monde.

Cadin reposa l'écouteur et attendit que la communication s'achève. Il en savait assez.

— Commissaire, mon opinion est faite, Duyck est mort à la suite de ma visite…

— C'est indéniable, sinon vous ne l'auriez pas vu !

— Je ne plaisante pas. On lui prépare un enterrement de première classe.

— Dans ce cas, soyons clairs, inspecteur. Je vous vois venir depuis un moment. Vous bâtissez des rêves et vous tentez de plier la réalité afin qu'elle en épouse les contours. Pour vous, il s'agit d'une formidable machination qui a déjà tué trois personnes, Laurence Cappel, Guy Mallet et Duyck. Vous ne voyez rien de plus pressé que de passer les menottes à Dernu, sans la moindre preuve. L'ombre du complot vous suffit. Aucun doute, avec un tel programme vous monopoliserez les manchettes des journaux. Pas seulement l'*Informateur* et la *Voix*. La vérité est pourtant assez noire comme ça, pas la peine d'en rajouter : Laurence a probablement été tuée par Mallet. Mallet s'est suicidé avec un mini K7 et Duyck s'est pris un coup de canon à corbeaux en pleine tête avant de se faire bouffer par un berger allemand ! Laissez Vorstavel mener son enquête à sa guise, c'est un bon flic, j'ai une entière confiance en lui. Il n'est pas question d'aller se fourrer dans ses pattes. Compris ?

— Oui, c'est entendu mais vous ne m'empêcherez pas de dire que toutes ces coïncidences ne sont pas gratuites. Elles se produisent pour attirer notre attention… ça signale les ratés de la mécanique. Je n'ai pas l'intention de vous doubler et encore moins d'entrer en concurrence avec un commissaire principal. Laissez-moi seulement faire deux ou trois vérifications concernant Laurence Cappel. C'est moi qui me suis occupé de cette affaire dès les premières minutes, non ?

Rubecque remua le bras dans un geste de lassitude.

— Mais pourquoi, bon Dieu ! Avec cette fichue bande

magnétique on a enfin le mobile sérieux qui manquait au cours de l'instruction. Tout est clair maintenant.

— Pas pour moi. Que sait-on de cette fille en fait ? De ses fréquentations, de ses goûts. Jetez un œil sur les archives, vous ne rencontrerez pas beaucoup de « gens sans histoires » qui se font descendre comme ça, au hasard. Les victimes ont très souvent un passé aussi complexe que celui de leur assassin.

— Si vous voulez faire des heures supplémentaires, ça vous regarde Cadin, mais notez bien qu'elles ne vous seront pas payées. Et, quoi qu'il arrive, ne venez pas me présenter la note, je n'ai pas passé commande.

*

Avant de déjeuner l'inspecteur Cadin reçut les habituels plaignants des lendemains de week-end : le directeur de la piscine municipale qui avait constaté une effraction commise au moyen d'une brique jetée dans une baie vitrée ; un vol d'autoradio ; l'incendie volontaire d'une porcherie industrielle et la disparition de cinq cents tuiles sur le chantier d'un pavillon.

D'autre part, l'équipe de nuit avait interpellé deux cyclomotoristes qui traînaient une remorque remplie d'objets dérobés à l'intérieur d'un dépôt de matériel automobile. En se présentant au domicile des deux cambrioleurs, ils étaient tombés sur le trésor d'un Ali-Baba de banlieue : le butin d'une cinquantaine de vols commis dans la région au cours des douze derniers mois était entreposé là. Des machines à calculer, à écrire, provenant du Lycée professionnel de Caestre, des bouteilles de butane volées dans une station-service, un lot de vêtements ainsi qu'une dizaine de vélomoteurs et de motos, certains en cours de démontage.

Les flics avaient fait leur boulot avec beaucoup de

sérieux et Cadin se borna à établir un projet de lettre de convocation destiné aux victimes de ces vols.

Peu après, il sortit. Devant le commissariat la rue était occupée par un défilé de majorettes ; il eut envie de rebrousser chemin. L'un des gars chargé de la sécurité du cortège le reconnut ; il se chargea de frayer un passage à la voiture de l'inspecteur.

Cadin eut tout le temps d'admirer les jeux de jambes et de bâtons des « Walkies-Talkies » de Merville, des « Petites Étoiles Casselloises » de Cassel qu'un gros homme au visage congestionné présentait également comme les « Kassel-Sterret'jes », mais il retint surtout la prestance des adolescentes boutonneuses réunies sous l'oriflamme bleu et vert des « Majorettes de Phalempin ».

Comme il s'échappait de la cohue, un distributeur entreprenant glissa au vol un tract contre son pare-brise, au risque de se retrouver avec un essuie-glace entre les mains.

Cadin bifurqua vers la place à gauche, et se décida pour la pizzeria, à cause de la terrasse.

Les manèges étaient recouverts de bâches, les volets des stands baissés ; seule, au loin, la musique sur laquelle les fillettes marchaient au pas, rappelait que les festivités de carnaval n'étaient pas terminées.

Hello, le soleil brille, brille, brille,
Hello, je reviendrai bientôt là-bas…

Et pour une fois les paroles disaient vrai !

Il commanda la spécialité, une pizza-flandria, moules et carrés de porc grillé, parmesan ainsi qu'un pichet de rosé. Il avala le tout rapidement et regagna sa voiture. Avant de s'installer au volant il tira la publicité, d'un coup sec pour y jeter un bref coup d'œil.

CONCOURS DE CHANTS DE PINSONS AVEUGLES

Plus d'une centaine d'oiseaux représentant vingt sociétés de Pinsonniers concourront, pour votre plaisir, le mardi 26 mars à partir de 5 heures du matin sur le terrain de ducasse du Nouveau Monde. Premier Prix : 500 francs offerts par la Caisse Agricole et le Syndicat d'Initiative des Commerçants Hazebrouckois.

On en parlait depuis une bonne semaine dans les couloirs du commissariat et tout un réseau informel prenait des paris. Le peloton de la Cité des Cheminots partait favori à trois contre un. Les mises étaient récoltées jusque dans le car de police-secours ; on lui avait dit que Rubecque lui-même avait risqué cent francs sur les oiseaux de son village natal, les « Ailes de Steinbecque ». Le sort de ces bestioles s'était considérablement adouci au cours des dernières décennies. Dans les années vingt, encore, on soudait les paupières du pinson à la chaleur d'un fer rougi puis on lui apprenait à chanter ; l'obscurité totale dans laquelle la bête se trouvait plongée augmentait en effet la fréquence du ramage.

On se contente aujourd'hui de lui enserrer le sommet de la tête sous une minuscule cagoule.

Lors du concours précédent, quelques jours après la mort de Laurence Cappel, le pinson victorieux avait chanté 832 fois dans l'heure.

Se lever à quatre heures du matin pour écouter un piaf en chapeau seriner la même note des centaines de fois d'affilée ! À se demander qui sont les cons, des oiseaux ou des auditeurs…

La mère de Laurence habitait dans un lotissement en sortie de ville, sur la départementale de Steenvoorde. Le Conseil Municipal avait cru adoucir l'impression de misère qu'on éprouvait sitôt entré dans ce secteur en attribuant aux rues les noms de Bruegel (sans préciser lequel), Picasso, Van Gogh et Rembrandt. À Hazebrouck on surnommait ces quelques rues le Quartier Perdu, une traduction approximative du nom flamand initial, « Loose Veld », hérité de la présence d'une cité de transit. Les baraquements avaient été démolis en 1968 pour faire place aux pauvres pavillons actuels mais la dénomination était restée.

Cadin s'approcha d'un grillage fatigué aux multiples accrocs colmatés à l'aide de morceaux de ficelle noués. Il n'eut aucune difficulté à comprendre de quelle manière le grillage avait connu un vieillissement prématuré. Une meute de chiens se rua sur lui, la gueule ouverte, leurs pattes grattant furieusement l'obstacle qu'ils tentaient de franchir. Ils bondissaient en retombant lourdement sur leurs congénères, se mordaient entre eux puis s'unissaient à nouveau contre l'étranger.

Il y avait de tout, du berger, du labrador, du teckel et une gamme complète de couleurs. Chaque bête présentait les caractéristiques de plusieurs races… du basset habillé en caniche frisotant jusqu'au pointer à tête de levrette !

L'inspecteur distingua au moins un type pur : un énorme danois qui l'observait en retrait de l'agitation, les babines retroussées sur une double rangée de crocs scintillants. L'image de Duyck, la tête offerte à l'appétit des bergers allemands de Courtini lui traversa l'esprit et fit courir un frisson glacé dans son dos.

Une vieille femme à la démarche heurtée traversait le jardin. Elle s'arrêta à un mètre de la porte.

— Qu'est-ce que vous me voulez ? C'est encore la Mairie qui vous envoie ?

Cadin éleva la voix pour couvrir les aboiements.

— Non, je viens du Commissariat pour vous parler. C'est au sujet de votre fille, Laurence.

— Ça faisait longtemps… Attendez un peu, je rentre

les enfants. Avec toutes ces histoires, ils n'aiment plus tellement recevoir de la visite.

Elle se dirigea vers une sorte de hangar, vraisemblablement un ancien garage en planches et tira les battants du portail. Les chiens s'engouffrèrent à sa suite dans la grande surface sombre. Seul le danois demeura dans le jardin.

— Vous pouvez entrer maintenant, monsieur, celui-là ne vous fera pas de mal, c'est un bon copain. Il n'y a qu'une chose qui le fout en rogne, c'est quand on me crie dessus. Sinon, on dirait un agneau.

L'inspecteur poussa la grille sans quitter le chien des yeux, bien qu'il soit partagé entre cette sécurité et un évident réflexe de citadin. En effet la cour battait un record, celui de l'étron. Il y en avait autant sur cent mètres carrés que sur l'ensemble des trottoirs du neuvième arrondissement ! Une chiraclette, ces motos ramasse-merde de la capitale, aurait déclaré forfait. Il fallait directement faire appel à la benne.

Cadin atteignit la porte du pavillon au terme d'un parcours en zigzag dont les brusques écarts étaient commandés par le besoin. Une odeur âcre, comparable à celle qui règne dans la galerie des fauves du zoo de Vincennes, le saisit à la gorge dès qu'il s'avança dans le couloir de la maison. Un mélange lourd et nauséeux d'urine, de poussière et de pâtée pour chiens.

Il parvint à se retenir un moment, mais à mi-parcours le dégoût lui monta aux lèvres. Il suffoqua et se retint aux murs pour ne pas s'écrouler. Il eut l'idée de soulever le col de sa veste, de l'appliquer contre sa figure le nez écrasé sur sa chemise, mais la puanteur traversait le tissu et se mêlait à sa propre odeur, l'annihilant.

Il réussit à regagner la porte d'entrée en titubant, courbé en deux, pour se retrouver face au molosse.

La vieille femme lança un ordre bref.

— Couché l'Empereur !

Le chien obéit immédiatement en poussant une sorte de gémissement.

— Vous ne vous sentez pas bien ?

Il réprima la montée acide qui lui brûlait l'estomac et ferma les yeux pour ne pas voir le tablier de plastique constellé de déchets de nourriture séchés, ni les bottes de caoutchouc maculées de déjections, qui s'avançaient vers lui. Il la sentit, littéralement, se pencher à sa hauteur.

— Vous n'allez pas tomber dans les pommes ! Ça vous arrive souvent ?

— Non, pas trop. Je crois bien que je suis allergique à l'odeur de certains animaux. Ce n'est pas la première fois…

— Ça doit être à cause des chats, je n'ai jamais su les faire sortir au bon moment.

CHAPITRE VI

La mère de Laurence abandonna l'inspecteur, traversa le jardin en se frayant un chemin entre les planches, les poubelles renversées, les carcasses d'appareils ménagers hors d'usage ; elle pénétra dans une sorte de buanderie dont le toit menaçait de s'écrouler d'un instant à l'autre. Elle revint bientôt, portant une table de camping sous un bras et deux fauteuils pliants en toile grise sous l'autre.

— Ce n'est pas tous les jours qu'il fait beau dans ce fichu pays. On peut tout aussi bien discuter au soleil. Je vous fais réchauffer un fond de café ?

Cadin accepta, davantage par automatisme que par goût. En fait il avait réagi au mot café et il assimilait la signification des mots « réchauffer » et « fond » avec un quart de seconde de retard.

— C'est une véritable Arche de Noé. Vous accueillez combien de bêtes ici ?

— Oui, ça commence à chiffrer : quatorze chiens et une vingtaine de chats. Sans compter la dernière portée. Ça représente du travail pour s'occuper de tout ce monde-là. Et les vacances approchent ! Entre juillet et août, il ne se passe pas un jour sans qu'on vienne m'en balancer un ou deux par-dessus la barrière. L'Empereur, c'est comme ça qu'il est arrivé. Vous me voyez nez à nez avec ce gaillard en plein milieu de la nuit… On ne se connaissait pas, ni d'un côté ni de l'autre.

Le chien s'était approché en entendant son nom : au passage sa gueule frôla le genou de l'inspecteur. Cadin lui lança un carré de sucre mais le danois se contenta d'observer la trajectoire du morceau blanc puis il tourna la tête vers sa maîtresse.

— Vous pouvez constater qu'il est bien dressé. Si je ne lui donne pas la permission, il ne prendra pas votre morceau de sucre. Je voudrais bien que les voisins voient ça. Ils ont fait circuler une pétition pour m'enlever tous mes petits… Pourtant ils ne sont pas les derniers à me refiler les bêtes dont ils ne veulent plus. Vous leur direz, à la mairie ?

— Je suis venu pour autre chose, madame. Je souhaite vous poser quelques questions au sujet de votre fille, Laurence.

Elle fit un signe au chien. Le danois se releva lentement, desserra les dents et engloutit le carré de sucre.

— J'ai mis des fleurs sur sa tombe pas plus tard qu'hier. Ça, on peut dire que je n'ai pas eu de chance avec mes enfants. Ni avec mon mari. Qu'est-ce que vous voulez savoir ? Elle est tombée sur un fou, je ne sais rien de plus.

— Tout d'abord, Guy Mallet est mort à son tour. Nous avons été avertis de son suicide par l'Hôpital de Ville-Evrard, ces derniers jours. Avant de se tuer, il a enregistré une sorte de confession dans laquelle il affirme être l'assassin de Laurence. Il révèle le mobile de son crime : il prétend avoir fait la connaissance de votre fille en 1967, à Aubervilliers et avoir entretenu une liaison avec elle pendant plusieurs mois. Selon ses déclarations il serait revenu à Hazebrouck, l'année dernière, dans l'unique but de retrouver Laurence pour renouer avec elle les relations interrompues quinze ans auparavant. Qu'en pensez-vous ?

Elle prit le temps de verser le café avant de répondre. L'inspecteur hérita d'un grand bol décoré de fleurs offert par « Mobil », un lot à quinze points… Il regretta dès la première gorgée d'avoir accepté ce café, bien qu'à sa grande surprise, aucun poil ne flottât à la surface du liquide bouilli. Il déglutit péniblement et croqua un sucre, à son tour, pour effacer le goût pisseux qui imprégnait sa bouche.

— En tout cas, à cette époque, il est exact qu'on habitait Aubervilliers. Aucun doute là-dessus. Si ce garçon habitait également dans cette ville, ils ont pu se rencontrer. J'avais six enfants et un mari malade, vous pensez bien que je ne pouvais pas être derrière eux tout le temps, à les surveiller, à savoir qui ils fréquentaient. Je ne dirais pas la même chose pour tous, mais j'ai toujours eu confiance en Laurence, et pas seulement parce que c'était l'aînée. Elle savait réfléchir, et question études, pas de soucis. Elle l'a bien prouvé par la suite. Je suis intervenue une seule fois, quand elle m'a parlé du « Tour-Club », à Stalingrad. Ils y allaient en bande, pour danser les trucs de leur époque, le twist, le jerk, enfin je ne connais pas tous les noms… De mon temps ça ne s'appelait pas encore le « Tour-Club » mais le « Tourbillon » et je vous prie de croire qu'on n'y voyait pas beaucoup de filles honnêtes. On est des adultes, alors disons les choses franchement : cette boîte, ce dancing a toujours eu la réputation d'être la première étape sur la route de Pigalle, d'abord ça se trouve sur la même ligne, Nation-Dauphine. Alors je l'ai prise à part et je lui ai dit : « Laurence tu es en âge de comprendre ces choses-là » et ça a été fini. Je ne suis pas née ici, moi, contrairement aux apparences, je suis une vraie parisienne. C'est le pays de mon mari… On s'est rencontrés à la fin des années quarante dans un bal des Quatre Chemins. On s'est mariés dès 1950 à cause de Laurence, elle est arrivée sans prévenir.

— Pour quelle raison êtes-vous venue à Hazebrouck, avec toute votre famille ?

— L'état de santé de mon mari s'est aggravé ; il voulait passer ses derniers jours dans sa ville natale. On a déménagé au début de 1968 ; en fin de compte, il est décédé dix ans plus tard… notez que je ne m'en plains pas même si ça n'a pas été facile de s'occuper d'un malade pendant tout ce temps.

L'inspecteur prit son carnet et nota.

Famille Cappel. Aubervilliers 1950-67. Hazebrouck depuis 68. Père mort en 78. 6 enfants. Laurence aînée.

Parlez-moi de Laurence, de son travail, de ses amis. C'est possible ?

— Oui, bien sûr. Elle a passé son bac mais elle a continué d'étudier tout en travaillant. De la comptabilité. Elle s'est présentée à un concours, à l'hôpital, c'est comme ça qu'elle est rentrée à l'économat. Une bonne place, elle gagnait bien sa vie pour une femme. C'est grâce à son argent qu'elle a pu aider son frère, Alain… mais il n'y a pas grand-chose à faire pour les enfants perdus !

— C'était le cas d'Alain ?

— Oui, après la mort de son père il a commencé à fréquenter la bande du Quartier Perdu, des bons à rien. Je l'ai houspillé sans résultat. On ne comprend les choses que lorsqu'il est trop tard ! Il n'avait jamais faim, toujours fatigué et en plus il devenait complètement indifférent à tout. Allez savoir qu'il prenait ces cochonneries, qu'il se droguait… Je n'y aurais jamais pensé, c'était le premier que je voyais et dans ces cas-là, on ne sait pas comment il faut réagir ! Laurence s'en est occupée dès qu'on a compris ce qu'il avait. Mais ce n'était pas simple, ici il n'existe pas de service spécialisé comme celui du docteur qu'on voit à la télé. On lui a conseillé de le placer dans un truc privé, Narcostop. Ils ont acheté un petit château, près de Dunkerque et ils soignent les drogués. Malheureusement ce n'est pas reconnu par la Sécurité sociale et tout est à la charge des familles. On n'a pas regardé à la dépense, Laurence mettait le plus gros des mensualités et je complétais avec l'aide de mes autres enfants.

— Il est resté en traitement durant combien de temps ?

— Quatre mois environ mais ça n'a été qu'un répit. Dès sa sortie il a repris goût à la drogue. Ça s'est même accéléré. En l'espace d'un été il a vieilli de dix ans. Je ne crois pas qu'il existe quelque chose de plus dur, pour une mère, que de voir mourir ses enfants de cette façon.

— Il se débrouillait comment pour se procurer ses doses ? Car enfin ce n'est pas gratuit non plus. Il se piquait bien entendu ?

— Si c'est pour cette raison que vous êtes venu, ne comptez pas sur moi pour vous donner les noms de ceux qui vivent de ce commerce. Je n'ai aucune sympathie pour eux, mais ce n'est pas le genre de la maison de dénoncer qui que ce soit.

Elle fit mine de se lever mais Cadin la retint par la manche.

— Je ne vous demande pas de noms, je cherche seulement à comprendre. Aidez-moi.

— Il trafiquait comme tous ces malades-là. Des autoradios, des magnétophones, des appareils photos, toutes sortes de bricoles qu'il revendait aux boutiques spécialisées de la rue de l'Hoflandt. Je ne vais pas vous faire un dessin, vous devez en savoir davantage qu'une vieille femme sur ce sujet. Laurence était comme folle quand je le lui ai dit. Elle ne voulait pas qu'il se retrouve en prison. Il parait que pour les drogués, les jeunes surtout, c'est pire que l'enfer… C'est vrai ?

L'inspecteur baissa les yeux, mal à son aise et hocha la tête.

— Oui, il y a évidemment des risques. Vous pensez bien que si les hôpitaux ne sont pas en mesure de soigner les drogués ce n'est pas la prison qui pourra s'y substituer.

— Elle s'est débrouillée pour lui procurer ce dont il avait besoin ; en échange elle voulait l'amener à accepter de retourner à Narcostop. Il promettait tout du moment qu'on lui donnait sa dose, jusqu'à ce qu'il attrape, je ne sais plus comment ils appellent ça, une indigestion de drogue…

— Une overdose ?

— Oui, une overdose. Il est mort en septembre, six mois avant sa sœur.

Cadin reprit son calepin et inscrivit à la suite :

Alain. Frère de Laurence. Toxico. Overdose en septembre. Un séjour à Narcostop (Dunkerque). Laurence règle notes et doses.

Puis après un instant de réflexion :

Travail Laurence : économat hôpital.

— Votre fille était employée dans quel hôpital, j'ai oublié de vous le faire préciser ?

— À Hazebrouck. Elle n'a jamais eu d'autre employeur.

Cadin compléta la dernière note en rajoutant *Hazebrouck* après hôpital et il ferma les guillemets.

— C'était une très jolie fille et pourtant elle était restée célibataire. Elle ne devait pourtant pas manquer de prétendants. J'ai eu l'occasion de regarder des photos d'elle…

— Pour ça, c'était un beau brin de fille ! D'abord je ne suis pas très curieuse et comme de son côté elle préférait rester discrète sur sa vie sentimentale… Bien entendu, elle fricotait de temps en temps sinon je me serais inquiétée. J'ai connu ce temps-là et on garde la mémoire… Elle passait une bonne partie de ses soirées au Tape-Tout, à l'Orphéon. Déjà toute petite elle se passionnait pour tout ce qui touchait au folklore. Et vous savez, au Tape-Tout on ne peut pas dire que ce soit des tristes. Il devait bien y avoir un gars là-dedans qui lui avait tapé dans l'œil.

— Elle vous a parlé de quelqu'un précisément ?

Elle inclina la tête et plissa la bouche, l'air de dire : « pour qui me prenez-vous » puis fixa l'inspecteur.

— C'est qu'on est prudent avec des gens comme vous, des fois qu'il vous prendrait l'envie de les arrêter ! On m'embête bien assez comme ça. Enfin, j'ai entendu parler d'un certain Samy, à plusieurs reprises. Mais à quoi ça vous avance, on ne va pas refaire une enquête sur la mort de Laurence ?

— Non, ce n'est pas à l'ordre du jour. C'est un dossier classé, et deux fois plutôt qu'une puisque le meurtrier est également décédé. Je suis préoccupé par autre chose, le fait qu'un détective privé se soit fait sauter la tête à la suite d'une conversation concernant votre fille. Un nommé Duyck. Ça vous dit quelque chose ?

Elle n'hésita pas une seconde.

— Le gars qui s'est fait bouffer par les chiens ? Vous pensez, ils me l'ont déjà servie celle-là ! À croire que ce sont mes bêtes qui ont fait le coup…

L'inspecteur se leva pour prendre congé.

— Vous ne buvez pas votre café ? Il n'était pas bon ?

— Si, ce n'est pas la question. Eh bien il me reste à vous remercier pour votre accueil.

Comme il s'apprêtait à ouvrir la grille, un fourgon s'arrêta net devant le pavillon et deux hommes en uniforme descendirent de la cabine. Un troisième, en civil celui-là, s'éjecta du siège avant d'une Renault 5 grise et s'adressa aux deux premiers.

— C'est bien là, dans cette espèce de bidonville.

Puis il s'approcha du grillage en criant :

— Madame Cappel, c'est la fourrière, laissez-nous entrer.

La vieille femme se colla à l'inspecteur.

— Ils n'auront pas mes bêtes ou alors il faudra m'emmener avec !

Le fonctionnaire retourna à sa voiture et revint en dépliant un papier officiel à en-tête de la mairie d'Hazebrouck. Il l'agita devant le couple formé par Cadin et la mère de Laurence.

— Désolé, mais on vous avait prévenue. Vous troublez l'ordre public : vos chiens représentent un danger pour la sécurité de ce quartier. On vous laisse les chats et trois chiens à condition que vous vous engagiez à prendre les dispositions adéquates pour leur interdire de sortir de l'enclos. En gros, construire une barrière plus solide que cette passoire. Tout est écrit sur cette feuille, noir sur blanc. Nous embarquons, attendez que je vérifie… un danois, deux bergers allemands, un bouledogue, deux briards, enfin ce qui ressemble à des briards et une dizaine de bâtards.

Les deux employés de la fourrière tentèrent de franchir la porte mais l'Empereur se précipita vers eux en montrant les dents. Un des hommes porta la main à son étui de pistolet. Cadin s'interposa.

— Je vous conseille de ne pas jouer avec votre arme.

Ce chien est absolument inoffensif quand on le laisse tranquille. Il ne ferait pas de mal à un morceau de sucre... Il vaut mieux m'écouter, je me balade également avec ma quincaillerie.

L'inspecteur souleva le pan de sa veste, découvrant la crosse du Manurhin 357 dont on venait de l'équiper. Le civil recula d'un bon mètre.

— Mais qui êtes-vous donc ? Nous agissons sous l'autorité du Maire !

— Moi je prends mes ordres directement au Ministère de l'Intérieur. Mais on n'est pas là pour tourner un épisode de la guerre des services. Je suis l'inspecteur Cadin du commissariat d'Hazebrouck. Je n'ai pas l'intention ni la prétention de vous apprendre votre boulot mais cette fois-ci, vous faites fausse route. Laissez cette pauvre vieille tranquille avec son cheptel. Au lieu de venir avec la fourrière, renseignez-vous sur son histoire et demandez plutôt à l'assistante sociale de faire un tour, ça évitera sûrement que ça dégénère.

Cadin tira la porte sur lui et repassa sur le trottoir. La mère Cappel avait profité de son intervention pour ouvrir la porte du hangar, libérant ainsi la meute de chiens. Elle faisait de même dans le pavillon, et chassait les chats à grands coups de balai. En un rien de temps le jardin fut envahi par des dizaines d'animaux apeurés qui aboyaient, miaulaient, hurlaient en se ruant par le grillage rapiécé. Le fonctionnaire en civil prit la mesure de la situation et fila se réfugier dans sa Renault, rapidement imité par les deux gars du camion fourrière.

Tout en s'éloignant vers sa voiture, l'inspecteur ne put s'empêcher de penser que la pauvre vieille n'était vraiment pas nette, puis il se concentra sur ces trois mots : Orphéon Tape-tout.

*

Il avait souvent entendu parler du Tape-Tout autour de lui sans trop y prêter attention. Il fallait certainement être né dans le coin pour être un passionné de l'Orphéon, comme il est indispensable d'aimer la bière pour se sentir à l'aise aux fêtes bavaroises.

Les membres de la troupe se réunissaient trois fois par semaine dans la salle du théâtre de la rue de la Sous-Préfecture, un bel immeuble à la façade agrémentée de céramiques bleues, coincé entre le bâtiment de l'Institution Jeanne-d'Arc et l'Hôtel des Finances.

Chaque année, en clôture du carnaval de mi-carême, les comédiens amateurs présentaient un spectacle musical entièrement inédit, du texte aux décors, et dont les numéros égratignaient les habitudes, les travers, les vices des Hazebrouckois.

Selon la tradition, les bourgeois de la ville appréciaient assez peu ces chansonniers d'avant la lettre, mais, au fil des ans, ils avaient su investir les lieux et le Tape-Tout d'aujourd'hui se limitait à la critique des tares des plus humbles.

L'inspecteur laissa sa voiture à l'entrée de la rue de la Lune, un passage en forme de croissant qui donnait accès à la vieille ville ; il déboucha juste devant une petite boutique peinte en rose dont l'enseigne gravée proclamait fièrement : « À la Félicité. Lingerie Féminine Depuis 1865. » Son esprit vagabonda quelques instants du côté des dessous de l'Impératrice Eugénie, puis il s'approcha du magasin pour vérifier l'adresse exacte de la salle de l'Orphéon sur l'une des affichettes annonçant le spectacle. La troupe répétait les lundi, mercredi et vendredi à partir de six heures. La première de la nouvelle revue était annoncée pour le samedi soir suivant.

« Alors, tu viens ? » Deux actes et vingt-deux tableaux empreints d'une franche gaieté. Quarante acteurs et danseurs dans des costumes époustouflants. Une débauche de couleurs et de bonne humeur.

Il rebroussa chemin et reprit sa voiture. Il disposait de la moitié de l'après-midi. Son premier mouvement l'entraîna vers le commissariat, il fallait mettre un peu d'ordre dans les dossiers. Mais cette idée ne l'emballait pas vraiment. Il feuilleta son calepin et relut distraitement les notes prises au cours de l'entretien avec Duyck. Il retrouva, griffonné dans un coin, un renseignement qu'il se souvint avoir écrit dans l'ascenseur qui le reconduisait au rez-de-chaussée de l'immeuble de la rue du Réduit.

Sté Maillard à Merville.

Il ne comprenait plus très bien à quoi cela correspondait. Il fit défiler dans sa tête, une à une, les phrases prononcées par le détective en sursis. Le déclic se produisit quand il réentendit Duyck lui dire :

— Voilà la liste de nos clients avec l'état de leur compte…

Il cherchait alors le nom de Guy Mallet sur le listing mais il n'avait pas résisté à la curiosité de jeter un coup d'œil sur les autres lignes. Il avait photographié mentalement les coordonnées de cette société dont le nom revenait à de multiples reprises sur la liste, chaque fois pour des sommes conséquentes.

L'inspecteur fit le tour de la place et stoppa devant une cabine téléphonique. Il composa l'indicatif des renseignements.

— Pouvez-vous m'indiquer le numéro de téléphone et l'adresse de la Société Maillard à Merville.

On lui demanda de patienter le temps de glisser le microfilm correspondant.

— Désolé monsieur, il n'existe pas de société de ce nom à Merville. Par contre nous avons deux particuliers.

Jean Maillart, avec un T terminal et Françoise Maillar avec un R. Voulez-vous leurs coordonnées ?

Il raccrocha. De toute manière, l'après-midi était fichu… Il mit le moteur en marche et quitta la ville. Une fois sur la route, il croisa de nombreux cyclistes qui s'entraînaient pour le circuit des « Monts des Flandres », Mont Rouge, Mont Noir, Mont des Cats. Il dépassa le petit aérodrome et sa piste de gazon ; il entra dans Merville. Il traversa la ville au ralenti et se gara devant l'hôtel de ville.

Le secrétaire de mairie ne savait pas où poser ses mains ; elles ne cessaient pas un instant de courir sur son bureau, son visage, de s'essuyer le long de son pantalon ou de se réfugier au fond des poches de sa veste. Même là, elles ne pouvaient pas se tenir tranquilles et se débrouillaient pour agiter des clés ou casser des allumettes. Cadin avait rarement vu quelqu'un d'aussi totalement bouleversé par l'arrivée impromptue d'un policier. Il n'en tira aucune conclusion, un professeur de psychologie avait tenu un trimestre complet sur ce sujet, à Strasbourg, pour expliquer aux élèves-inspecteurs dont il faisait partie, que c'était rarement là le comportement d'un coupable. Les délinquants n'ont aucune raison de paniquer : ils savent ce qu'ils doivent cacher.

— Rassurez-vous, ma visite ne concerne pas votre ville. D'ailleurs elle n'est pas de ma compétence. Vous êtes au courant de ce fait divers, le détective déchiqueté par des chiens ?

Il écarquilla les yeux et serra les poings.

— Oui, comme tout le monde, ils en ont parlé à midi à la télé.

— C'est également dans le journal de ce matin. Je suis chargé de contrôler l'emploi du temps de la victime. Il semblerait que le détective soit entré en contact avec une entreprise installée à Merville, la Société Maillard… avec un D.

Il resta figé quelques secondes et reprit ses esprits.

— La Société Maillard, vous avez bien dit Maillard, comme c'est étrange…

— Qu'y a-t-il d'étrange ? La société Maillard ?

— Non, ce qui est étrange c'est que je ne connais pas de société Maillard avec ou sans D. Ça ne me dit rien et je les connais toutes. Attendez un instant, je vous apporte le cahier des assujettis à la Taxe Professionnelle, si elle existe on la trouvera obligatoirement dedans.

Elle ne figurait pas dans la liste, mais Cadin ne s'avouait pas vaincu. Il était prêt à cogner à la porte de Jean Maillart avec son T et même à celle de Françoise Maillar qu'elle ait ou non son R !

Il arpenta toutes les rues de la ville, un plan à la main, rayant toutes les voies qui n'abritaient pas de société Maillard. Une heure plus tard il dut se rendre à l'évidence, il avait noirci jusqu'à la plus petite impasse.

Son regard accrocha l'enseigne d'une agence immobilière. Sans trop d'espoir il poussa la porte vitrée sur laquelle des lettres blanches indiquaient : « Succursale de Willcamps et Depote ». Il se souvint des affichettes de mise en vente qui ponctuaient ses promenades à travers Hazebrouck, collées sur les rideaux de fer des commerces en faillite ou les volets tirés des pavillons saisis.

L'employé de permanence était plongé dans la lecture du journal. Il leva les yeux au bruit de la clochette. Il contourna son comptoir, et, debout, il prit le temps nécessaire à un examen approfondi de son client éventuel. Il en déduisit vraisemblablement qu'il ne fallait pas espérer conclure une affaire exceptionnelle car il adapta son attitude et son dynamisme au niveau exact de son évaluation. Même Cadin s'estimait davantage !

Le vendeur débita son discours d'une voix morne.

— Que cherchez-vous exactement ? Location, terrain ou peut-être un petit appartement... à moins qu'il ne s'agisse d'une maison de campagne ? Nous disposons d'un bon portefeuille d'affaires à des prix raisonnables.

— Non, ça ne m'intéresse pas. Je recherche une société.

La cote de Cadin grimpa brusquement au box-office de l'agent immobilier de Merville. L'employé s'anima, s'empara d'une pile de dossiers tout en lui désignant un fauteuil. Le ton de sa voix devint plus chaleureux avec des pointes d'obséquiosité.

— Cela dépend de la taille, monsieur. Cette modeste agence est affiliée à la plus importante affaire immobilière régionale, « Willcamps et Depote ». Nous gérons soixante-dix hectares de friches industrielles, six unités textiles et plusieurs dizaines de surfaces commerciales. Dans le domaine agricole et agro-ali...

Cadin lui coupa la parole. Il n'avait aucune envie de connaître l'intégralité des titres de gloire des charognards d'Hazebrouck.

— Vous ne m'avez pas laissé le temps de me présenter, je suis l'inspecteur Cadin et j'enquête sur un accident. Je voudrais bien mettre la main sur l'adresse d'une certaine Société Maillard domiciliée à Merville. Vous connaissez suffisamment bien la ville pour me renseigner...

Aux yeux du vendeur, Cadin ne valait plus grand-chose. Au contraire il coûtait. La réponse sonnait comme un krach à Wall Street.

— Vous n'êtes pas dans un bureau d'information. Allez donc voir à la Chambre de Commerce de Lille...

L'inspecteur prit son calepin dans sa poche pour noter les coordonnées de l'agence. Il ne résista pas au plaisir de donner un aperçu de ses dons de composition. Il se planta devant l'employé.

— Je te remercie du conseil. Mais ne t'amuse pas trop à ce petit jeu. L'accident dont je parle a coûté la vie à un homme. Pense un peu à la tête de Willcamps ou à celle de Depote, je te laisse choisir, quand ils apprendront de quelle manière leurs sous-fifres collaborent avec la police ! Tu vas vite fait te retrouver avec une affichette jaune collée sur le crâne « À louer ».

Le vendeur ne manifesta aucune émotion particulière. Il se contenta de déplier son journal et reprit sa lecture à la ligne exacte où il l'avait laissée. Le résultat de la tombola de l'assemblée plénière des Jardiniers du Biest. Émile Coteriaux gagnait la bêche et Paul Erremen emportait les deux binettes. Il froissa ses billets mais le bruit du papier fut couvert par celui que fit la porte vitrée en claquant derrière le dos de Cadin.

L'inspecteur resta immobile sur le trottoir, il tourna la tête, à droite puis à gauche ; il se décida pour le « Café des Artilleurs ». Un vieillard de grande taille, sec, avec une barbe grise effilochée se tenait droit derrière le zinc. Toutes les tables étaient occupées. Cadin se fit la réflexion que personne ne devait travailler durant le carnaval. Des paysans jouaient aux dés et dans une salle attenante d'autres consommateurs faisaient une partie de billard. Il s'aperçut qu'il était le plus jeune, tous les habitués avaient nettement dépassé la cinquantaine. Il s'accouda au comptoir et commanda une bière de pays.

La journée tirait à sa fin, il était temps de remettre le cap sur Hazebrouck. Il vida son bock d'un trait, ne remarquant son voisin qu'au moment où celui-ci se détachait du bar pour gagner la sortie. Cadin revint sur ses pas.

— Vous êtes facteur ? Vous travaillez à la poste de Merville ?

Son interlocuteur, un minuscule bonhomme aux joues couperosées, plaqua ses paumes sur ses moustaches pour essuyer les traces de vin avant de répondre.

— *JE SUIS* la Poste de Merville, monsieur ! La Poste en personne. Pour vous servir.

— Enchanté de faire votre connaissance. Vous prendrez bien un verre avec moi ?

— Ça ne se refuse pas. Ce sera un canon. Alors comme ça vous cherchez la poste de Merville. On peut dire que vous avez du nez ! Vous ne pouviez pas mieux tomber. Ma femme tient le guichet, moi je m'occupe des tournées. Les tournées, il y a que ça de vrai !

Personne ne prêtait attention à eux. Le facteur devait faire partie intégrante du décor, au même titre que le poêle à charbon et la grande photo représentant un casernement du début du siècle avec ses inévitables soldats aux moustaches fournies.

— Non, je ne cherche pas la poste, je dois me présenter au siège de la société Maillard et je ne suis pas du coin… je ne parviens pas à la trouver.

Le postier vida son canon d'un trait et tendit la main à Cadin.

— Ah, enfin ! Je croyais bien partir à la retraite sans voir personne de chez Maillard. Jamais pu en coincer un. Ils doivent travailler la nuit ou le dimanche. Surtout qu'ils ne reçoivent plus un pli depuis un an au minimum. Faut être juste ils n'ont jamais eu un courrier de ministre.

— Vous pouvez m'indiquer l'adresse ?

Le facteur contempla son verre vide avec mélancolie et Cadin lui paya un second canon.

— C'est derrière la place de la Libération, dans le passage Bournoville. Au numéro douze. Si c'est pas indiscret vous pouvez me dire ce qu'ils fabriquent là-dedans ?

— Oui, mais ne le répétez pas. De la pâtée pour chiens !

Il lui fallut moins de cinq minutes pour repérer le bâtiment qu'il cherchait depuis le début de l'après-midi. Le numéro douze correspondait à une petite maison vétuste aux volets rouillés. La poussière accumulée sur le pas de la porte, les détritus qui s'amoncelaient dans le jardinet attenant montraient que le propriétaire n'était pas venu là depuis plusieurs mois. Seule la boîte aux lettres semblait être l'objet de quelques soins, une belle boîte étanche, en inox. Un carton tapé à la machine était glissé dans le cadre prévu à cet effet. Cadin se pencha pour lire :

S[té] MAILLARD

CHAPITRE VII

Je m' suis dit, tant pis pour la casse
Je vais chercher un titre
En parlant de Tis-je Tas-je
Le Tap Toe de juin, j' l'ai pas digéré
Petit comme je suis j'ai pas vu l'défilé.

Le cercle des danseurs s'ouvrit sur le mot « digéré », laissant apparaître le chanteur soliste, un nain habillé d'un costume marin qui agitait un petit drapeau français.

L'inspecteur venait d'arriver dans la salle de l'Orphéon ; il avait loupé le début de la répétition. Le régisseur vint vers lui à la fin du numéro.

— C'est un filage technique, nous travaillons dans les conditions d'une représentation réelle à la seule différence qu'il n'y a pas de public. Installez-vous au fond de la salle. Vous pourrez rencontrer les acteurs à l'entracte.

Le second tableau débutait plutôt bien : une reconstitution fidèle de la parabole des Aveugles de Bruegel, mais insensiblement au cours du jeu, les costumes se transformaient en djellabahs, la musique d'inspiration moyenâgeuse prenait d'évidentes teintes orientales. Pour finir, un officiel en frac entrait en scène et conduisait les immigrés vers les coulisses où ils disparaissaient, tandis que la bande sonore était remplacée par le bruit de corps tombant dans l'eau.

Les sketches suivants semblaient plus anodins et constituaient en majeure partie, autant de références à des faits ayant trait à la chronique locale. Le commissariat était gentiment brocardé pour la fréquence des descentes de police dans les bars… Bien qu'il fût admis en conclusion que les gardiens de la paix, dans ce domaine, étaient des petits garçons comparés aux employés communaux. Un court texte, interprété par un comédien dont on retenait surtout les yeux très noirs, dépassait le médiocre niveau de ces saynètes. Un incroyable appel à la mort au milieu de cette série affligeante. Il jetait des phrases d'une violence inouïe qui imploraient le retour de la mer sur le plat pays, un holocauste à rebours où les vagues auraient remplacé les flammes.

Cadin garda longuement en mémoire le vers final.

Les carillons des beffrois seront mes seules Îles.

Les trois pantalonnades suivantes ne parvinrent pas à chasser le malaise que l'inconnu avait su faire naître.

Le rideau s'abaissa au ralenti devant les rangées de sièges vides. Le régisseur annonça une demi-heure de coupure. Cadin en profita pour se glisser dans son sillage et pour rejoindre les coulisses aménagées dans un long couloir, sous le plateau. On avait bricolé des loges à l'aide de panneaux de contre-plaqué, d'isorel ignifugé. Les comédiens faisaient la queue devant le local de la maquilleuse pour un raccord ou chez la couturière pour une réparation urgente. L'inspecteur aperçut une poitrine féminine mouillée de sueur, au hasard des planches disjointes. Il retrouvait cette buée, cette odeur animale si caractéristique des vestiaires sportifs, après le match. Le simple éclair blanc d'un sein les valait mille fois.

L'acteur, qui un instant plus tôt souhaitait qu'un raz de marée poétique submerge les Flandres, se tenait à l'écart du reste de la troupe. Adossé à un pilier sur lequel on scotchait les consignes et les pense-bêtes, il fumait une cigarette.

Cadin l'observa. Il comprit que sa grande taille, il mesurait bien un mètre quatre-vingt-dix, l'aidait au même titre que son regard sombre à tenir son public en respect. Un effet proche de celui provoqué par l'apparition d'un 357 Magnum.

L'inspecteur s'approcha du comédien.

— J'ai beaucoup apprécié ce que vous avez fait tout à l'heure sur scène. C'est un très beau texte. Il est de vous ?

Il sourit presque imperceptiblement et esquiva la question.

— Je ne pensais pas faire des adeptes à Hazebrouck ! J'ai bien peur que vous ne soyez mon unique supporter… Le jugement majoritaire est autrement négatif.

— Oubliez-le, vos trois minutes de jeu rachètent amplement l'heure de débilités qui les entoure.

— Qui êtes-vous donc ? Les connaisseurs sont assez rares pour qu'on ne les laisse pas filer…

— Je suis l'inspecteur Cadin.

Le comédien laissa tomber son mégot qu'il écrasa soigneusement sous son pied.

— Quelle déception, je commençais à reprendre le moral et il faut que ce soit un flic qui me serve le compliment ! Vous êtes responsable d'une association culturelle de gendarmes ou quoi ?

— Non, je suis en mission, je voudrais parler à un gars qui travaille ici, un dénommé Samy. Vous savez où je peux le trouver ?

— Sans problème, c'est moi.

Cadin le prit par l'épaule en l'entraînant dans le couloir.

— Si nous sortions de ce trou à rats. C'est pire que le métro ! J'aimerais que vous me parliez de Laurence Cappel, on dit que vous étiez amis tous les deux.

Ils s'installèrent dans le hall d'entrée, sur des banquettes de velours rouge disposées entre les panneaux d'une exposition photographique retraçant l'année d'activité de la troupe de l'Orphéon.

— Qui vous a parlé de moi inspecteur ?...

Il était prêt à continuer mais il se reprit.

— ... ça doit être récent sinon vous seriez venu me trouver au printemps dernier, après le meurtre.

— Rassurez-vous, ça ne s'imposait pas. L'enquête a été réduite au strict minimum. J'ai personnellement arrêté le suspect sur les marches du pavillon qu'occupait Laurence Cappel au trois de la rue Sans-Nom. On a prononcé votre nom devant moi cet après-midi, du moins votre prénom. Vous êtes d'origine anglaise ?

Il parut excédé.

— Non, c'est le diminutif de Samuel. Je suis né à deux pas d'ici. Vous faites une enquête sur Laurence, oui ou non ? Je ne comprends pas bien votre démarche.

Cadin se redressa, approcha son visage d'une photo de décors comme s'il n'existait rien au monde de plus fascinant.

— Je ne sais pas encore bien ce que je fais. Je ramasse des bribes, des morceaux, à gauche et à droite, j'essaie de voir si ça correspond. Un peu comme quand on joue aux « cadavres exquis », vous connaissez ?

— Je ne crois pas que ce soit du meilleur goût à propos d'un meurtre, inspecteur.

— Oh, excusez-moi, je suis sincèrement désolé. C'est à cause de toute cette bière. Vous ne pouvez pas vous imaginer ce qu'il faut ingurgiter de liquide pour mener à bien une enquête ! Pour ce jeu... Enfin c'est dit, les cadavres exquis, faites comme si vous n'aviez rien entendu. Vous voulez bien répondre à quelques questions ?

— Oui, mais ça m'étonnerait que je vous sois d'une grande utilité.

— On va voir ça tout de suite, Samy. Connaissez-vous un certain Duyck ?

— Non, pas avant de lire son nom dans le journal ce matin. Il a un rapport avec Laurence ?

— Ne cherchez pas à comprendre. Et la Société Maillard ?

— Pas davantage, inspecteur. Je suis désolé.

— Tant pis, j'aurai au moins essayé. Venons-en à l'essentiel, vous connaissiez Laurence depuis longtemps ?

Samy leva les yeux au plafond, son regard demeura fixé sur un lustre fin de siècle, le temps de répondre.

— Notre rencontre remonte à 1970, en fait à mon embauche à l'hôpital d'Hazebrouck. Je suis infirmier. On fait vite le tour du personnel dans le milieu hospitalier. Il y a une certaine urgence à profiter de toute la gamme des contacts humains, on n'en néglige aucun. Cela doit tenir à la présence de la menace de la maladie, à la présence de la mort. Regardez les fossoyeurs, il n'existe pas de profession autant sujette à plaisanterie. C'est une manière d'échapper à la tragédie. Dans les hôpitaux il ne se passe pas une semaine sans qu'un service organise une bouffe ou une partie... Les célibataires ont rapidement l'occasion de trouver une âme sœur.

— En l'occurrence, Laurence vous a trouvé. Vous avez vécu ensemble dès cette époque ou plus tard ?

— Vous allez vite en besogne... Enfin je ne vais pas discuter vos méthodes. Pour être clair, j'ai couché avec l'économe principale de l'hôpital d'Hazebrouck un mois après ma prise de fonction. La belle affaire ! On se voyait de temps à autre, ça ressemblait plus à une relation amicale qu'à un couple. C'est devenu plus sérieux avec l'Orphéon.

— Expliquez-vous, vous devenez intéressant.

— Voilà. Laurence participait depuis longtemps aux activités de la troupe. Elle voulait retrouver les vertus subversives initiales, vous connaissez l'histoire…

— Non, j'ai été élevé en Alsace et mes parents sont parisiens !

Samy se dérida et se détendit pour la première fois depuis le début de l'entretien.

— À l'origine, l'Orphéon était une société philanthropique qui récoltait des fonds, à l'aide de collectes de dons. Elle organisait une fête annuelle au moment du carnaval. Peu à peu cette fête s'est transformée en spectacle. Ça remonte à la seconde moitié du XIXe siècle, dans les années qui ont suivi le coup d'État de Napoléon III. L'argent provenant des entrées est traditionnellement distribué « aux pauvres qui n'osent pas se faire connaître » ! Textuel et je m'interroge encore sur la manière dont les douairières d'Hazebrouck s'y prennent pour débusquer les affamés honteux. En fait c'était un moyen, à l'époque, de se donner bonne conscience, alors qu'à quelques dizaines de kilomètres d'ici, les mêmes beaux messieurs en habit n'hésitaient pas à envoyer les gosses de huit ans au fond de la mine. Très vite, les sketches de la revue sont devenus une sorte d'enjeu politique, les républicains essayaient d'investir la troupe, de la noyauter pour faire passer leurs idées en contrebande. Une façon de montrer que Carnaval n'était pas mort. Le combat est inégal, vous vous en êtes rendu compte, non ?

— Oui, je n'ai vu que la première partie, mais c'est gratiné ! Laurence s'en satisfaisait ?

— Non, elle tentait de faire évoluer l'état d'esprit de la troupe. Elle m'a pratiquement forcé à m'intégrer, elle se prenait pour une découvreuse de talents… à ses yeux j'étais un nouveau Terzieff, pas moins !

— Elle n'avait pas entièrement tort, j'avoue y avoir pensé quand vous étiez sur scène.

— Pour finir, nous avons mis au point plusieurs numéros et nous les avons présentés ensemble au cours des deux dernières années de sa vie. Je vais être franc, nous nous sommes séparés quelques mois avant le meurtre. Laurence avait très mal supporté la mort de son frère, Alain ; je n'ai pas pu, ou pas su agir pour elle durant cette période. J'étais tout aussi désemparé qu'elle…

— C'est bien la raison qui a conduit à votre séparation ? Vous l'avez revue ensuite ?

— Quel intérêt aurais-je à vous mentir ? Ça ne servirait à rien… Bien entendu, on continuait à se voir à l'hôpital et ici, trois fois par semaine. En somme c'était devenu comme avant, copain-copain. Et puis il y avait Pierlala…

— Jamais entendu parler de celui-là ! Un ami à vous ?

Samy essaya de contenir son rire, en vain. Il se plia sur ses genoux puis se redressa en reprenant son souffle.

— Ah, c'est la meilleure ! Vous imaginez déjà un ménage à trois avec Pierlala ! On voit bien que vous n'êtes pas du coin, c'est le nom d'un géant. Laurence voulait créer une association, le « Rendez-vous des Géants ». Ici, en Flandre, chaque ville, chaque village possède son géant protecteur. On le promenait en tête de cortège à l'occasion du carnaval et pour certaines ducasses. J'en connais un bon paquet, à Steenvoorde il s'appelle Jan den Houtkapper, dans le quartier Toria, à Arneke ils l'ont baptisé Lucien et il vit en ménage avec Amélie… Leur roi, c'est justement Pierlala. Mais comme partout les traditions se perdent et au fur et à mesure des carnavals l'un ou l'autre de ces géants disparaît sans que l'on se préoccupe de lui construire un successeur, Laurence avait décidé de réagir et de donner vie à un géant disparu…

— Je me souviens maintenant, lorsque je suis entré dans le pavillon c'est cette présence qui m'a intrigué… On lui avait même tiré une balle dans l'œil.

— Oui, c'était Pierlala, et il l'a transformé en cyclope. Nous avons travaillé des jours entiers sur ce mannequin, des dimanches, des nuits. Il a fallu tout apprendre, la technique du carton bouilli, le moulage, le vernis. Nous voulions faire le plus beau de tous. On ne pouvait pas être en dessous de ses mérites.

— Comment l'avez-vous déniché ?

— Un hasard, en lisant des contes pour enfants, nous avons découvert l'existence de ce personnage qui aurait même été décoré par Charlemagne en raison de ses bons et loyaux services. Il meurt à un âge respectable et sort de sa tombe au moment des invasions normandes, revêtu de sa cuirasse, la tête protégée par son heaume argenté, tenant à la main une lourde épée longue de cinq coudées. Il parvient à mettre les Vikings en déroute à lui seul, sauvant ainsi la province du pillage. On a joué aux rats de bibliothèque pour retrouver sa trace jusqu'en 1940, date à laquelle il disparaît dans des circonstances curieuses. Selon la légende, Pierlala se montrait chaque fois qu'un danger menaçait la ville. Ainsi en 1914, à la veille de la Grande Guerre puis en juin 40 lors de la percée des blindés allemands. Un détachement de la Wehrmacht s'en est emparé ; le char, un Panzer, l'a emmené sur la route de Dunkerque où il a été retrouvé décapité, écrasé… Une histoire bizarre. Laurence et moi, il nous arrivait de nous comparer à des apprentis sorciers qui joueraient avec les forces maléfiques au risque de les réveiller. Tous les ingrédients étaient présents jusqu'à la figurine à l'œil crevé…

— À la seule différence que les esprits malins ne

tirent pas à l'automatique. À ce propos, vous faites partie de la Compagnie des Carabiniers de Saint-Jean ?

— Non, inspecteur, mais j'ai accompagné Laurence à plusieurs reprises au stand d'entraînement, au Café du Lion Noir. C'était la seule femme. Elle se contentait de tirer ; elle n'avait aucune relation avec les autres membres du club. La plus jeune aussi. En règle générale ce sont des hommes mariés qui trouvent là un prétexte pour échapper au cercle familial. Le fusil est accessoire. Ils feraient du football s'il ne fallait pas courir ! Laurence aimait ça, aussi insolite que ça puisse sembler.

— Vous saviez qu'elle s'était procuré une arme personnelle, une arme de défense ?

— Non, je l'ai appris après sa mort, par les journaux. Croyez bien que j'aurais exigé des explications. Elle devait se sentir menacée et pourtant elle n'était pas du genre craintive. Elle avait l'habitude de vivre seule, de faire face à ses responsabilités.

— Lui arrivait-il d'évoquer ses relations avec Guy Mallet, plus particulièrement au cours des derniers mois ?

— Je ne savais pas qu'ils se connaissaient... Et puis à la fin je n'ai plus envie de discuter de tout ça... Vous ne dites pas la vérité quand vous prétendez poser vos questions au hasard. Vous me faites subir un interrogatoire modèle ! Vous n'êtes pas le seul à vous amuser avec les mots, ça nous arrive aussi à nous, les comédiens... Ah ! vous m'avez bien embobiné avec vos airs d'innocence. Qu'est-ce que vous voulez que je me souvienne de trucs pareils. Il se peut qu'elle m'en ait parlé et que j'aie oublié. Allez savoir ! Est-ce que vous vous rappelleriez des paroles prononcées par votre petite amie ou votre femme dix-huit mois plus tôt ?

Le visage de Cadin s'empourpra ; il chercha son salut dans une visite impromptue de l'exposition photo. Il n'avait aucune difficulté à se remémorer la totalité des phrases que Blandine lui avait adressées. Il n'en tirait aucune gloire, leur duo s'était interrompu au bout de trois jours. Elle ne supportait pas son silence. Il n'y pouvait rien. Ça ne datait pas d'elle.

Depuis, il s'en remettait aux filles du cabaret de l'Ange, une boîte près de la frontière. On avait coutume de dire que c'était là le plus court chemin pour le Paradis. Au moins celles-là ne lui demandaient pas d'explications : il pouvait se taire autant qu'il en avait envie.

Le régisseur arriva dans le hall, légèrement excité, Son intrusion mit fin au trouble de Cadin qui en profita pour éluder la question du comédien.

— Arrive Samy, on démarre la seconde partie, on n'attendait plus que toi. Ça vous plaît, inspecteur ?

— Disons que je passe un bon moment… Je vais rester pour la suite. On se revoit à la fin du spectacle, Samy ?

L'acteur fit un geste vague, de la main, et disparut en direction de la scène. Les numéros présentés valaient les précédents. Cadin se mit à souhaiter l'apparition de Samy ; il essayait de le reconnaître sous les masques, le maquillage. Sa patience fut récompensée lorsque le meneur de la revue annonça « la Renaissance du Géant ».

Un tulle noir tomba des cintres, délimitant un espace de jeu de trois mètres de profondeur puis, d'un coup, tous les projecteurs s'éteignirent. Le profil d'une jeune femme apparut sur la gauche du plateau, donnant l'impression que la comédienne était allongée sur une table, le nez pointé vers le ciel. À l'autre extrémité de la scène surgit un second visage. Celui d'un homme cette fois. Il flottait à près de deux mètres du sol, sans le soutien d'un corps et avançait, glissait plutôt, vers la tête féminine. Parvenu au milieu du chemin, le spectre montra successivement deux paumes fluorescentes, qu'il escamota la seconde suivante. Il reprit sa marche inquiétante, se maintenant de face comme un dessin d'une fresque égyptienne. Il rejoignit la femme et appliqua ses mains sur les cheveux de la gisante. La tête sembla s'élever, très lentement avant de s'immobiliser environ vingt centimètres sous le visage d'homme.

Les deux mains lumineuses survinrent à nouveau de chaque côté de la tête de femme ; puis remontant dans un geste parallèle, elles l'effacèrent progressivement.

Cadin n'avait jamais rien vu de semblable sur une scène de théâtre. Cela semblait proprement hallucinant. Il était fasciné et inquiet tout à la fois, captivé surtout.

Quelques secondes passèrent avant que les mains ne fassent le mouvement inverse, donnant naissance à une énorme face de géant borgne, phosphorescent, dont la bouche s'ouvrit en émettant un rire terrifiant. Les projecteurs se rallumèrent, violemment, sur une scène déserte.

Le speaker enchaîna avec un autre numéro d'une platitude rare, retraçant la vie d'un professeur de l'Institution Jeanne d'Arc. Comme on ne lésinait pas sur l'éclairage, l'inspecteur passa le temps à détailler les fresques peintes au plafond de la salle. Il y trouva une vague parenté avec les œuvres de Clovis Trouille : les angelots ne craignaient pas de se mettre les fesses à l'air, malheureusement, ils portaient nettement moins de chaussures à talons aiguilles.

Aux premières notes du final il fila vers les coulisses pour guetter la sortie de scène des comédiens, mais Samy était introuvable. Il posa la question au régisseur.

— Samy ? Il termine sur son truc d'illusionniste, c'est assez fort comme ça, il ne joue pas dans les derniers tableaux et je ne lui ai rien demandé pour le final. C'est épatant son tableau, n'empêche que ça me fout le cafard, à chaque fois.

— Vous savez où je peux le trouver ?

— Il a foutu le camp tout de suite. Il avait l'air pressé. À mon avis vous le piquerez à l'hôpital, il est de service à neuf heures.

Cadin fut sur le point de tout laisser tomber, de rejoindre sa chambre. Ça commençait à bien faire pour une seule journée. Pourtant il se ravisa. Le régisseur avait l'air d'être un chic type, certainement un artisan qui se défoulait là de ses poussées créatrices trop durement réprimées par le travail. À première vue, il jouait les rôles confondus d'un metteur en scène et d'un directeur technique. Il intervenait aussi bien pour le réglage d'une réplique, la modification d'un texte, que pour réparer un accessoire ou aider l'unique machiniste à mettre les décors en place. Cadin le regarda disposer les éléments pour la dernière répétition ; il lui prêta la main pour soulever un bar en contre-plaqué qui servait lors du numéro intitulé « Les ravages de l'alcoolisme », où il était justement question de certaines descentes de police !

— Vous avez quelqu'un de solide avec Samy, son jeu est étonnant. Il fait la différence…

— Oui, c'est un véritable comédien, il ne se contente pas de prendre les habits du personnage et ça se remarque dès qu'il monte sur les planches, il occupe tout l'espace. Ça doit être pareil pour les bons flics, ça ne court pas les rues… Tout de même, les sujets qu'il propose ne collent pas avec le reste du spectacle. Vous ne l'avez pas ressenti ?

— Non, je serais enclin à penser le contraire…

— Comment cela ?

— Que c'est l'ensemble de la revue qui ne cadre pas avec ce que fait Samy… ça dépasse la pièce de patronage.

— Non, vous vous trompez, inspecteur. J'assure les mises en scène de l'Orphéon depuis une dizaine d'années et je crois bien connaître ce que veut le public. Les gens ne viennent pas ici pour réfléchir, ni pour pleurer. Ils demandent de la joie, de la rigolade, des couleurs. S'ils recherchent le sérieux, ils vont à la messe ! Samy et sa copine, la fille assassinée l'année dernière par un fou, leur dada c'est le message. Leur théorie n'a pas le mérite de la nouveauté ni de l'originalité : renouer avec la vérité ancestrale du carnaval, retrouver la signification des rites, des personnages... Les fêtes païennes en somme ! Qu'ils aillent au bout de leur raisonnement et ils s'apercevront que les réalisateurs de pornos et autres « Massacre à la tronçonneuse » ont déjà fait le travail. Il est vrai de façon moins intellectuelle.

— C'est un point de vue et je vous avoue que ces enjeux me dépassent. Vous lui laissez toujours une scène ?

— Si ce n'était pas un bon comédien, j'aurais tout sucré ! Je me suis battu comme un chien pour faire passer ses deux saynètes. Les autres artistes pensent que ça casse l'unité de la revue. Il ne m'a pas remercié pour autant... Si encore il y mettait du sien ! Laurence était taillée dans le même bois. On dirait qu'il détient toute la vérité du monde. Vous n'imaginez pas le cinéma qu'il a fait pour supprimer la parabole des aveugles...

— La reconstitution du tableau de Bruegel, en première partie ?

— Exactement. D'après lui, c'est un sketch raciste dirigé contre les immigrés. Que nous prenons part à tout le battage de la presse ! Pas du tout. Je lui ai expliqué cent fois que nous étions partis de la ressemblance des vêtements du Moyen Âge avec ceux des arabes traditionnels. Un membre de la troupe a trouvé amusant de délirer sur ce sujet, un point c'est tout. Il tire des conclusions de faits anodins. À ce compte-là, il n'est plus possible de montrer quoi que ce soit. Il aurait tout aussi bien pu nous accuser de propagande anti-aveugles ! Par contre, pas question de toucher une virgule de ses textes…

— Et entre eux deux, ça marchait bien ?

— Samy et Laurence ? Oui, plutôt bien. À part la dernière période après la séparation. C'est elle qui est partie. Il a eu de la patience, moi, à sa place, il y a longtemps que j'aurais mis les bouts.

— Ah oui, pourquoi ?

— Elle était perpétuellement sur les nerfs, toujours agressive, pour un rien. Ça allait bien et sans crier gare elle vous sautait dessus. Pire qu'un chat enragé. Ça ne m'a pas étonné qu'il lui soit arrivé des histoires, c'était une fille bizarre.

Il était près de onze heures quand l'inspecteur Cadin arriva chez lui. En passant devant le siège du journal l'*Informateur*, il avait aperçu le contremaître qui donnait le signal de départ des rotatives. Un localier qui s'occupait des faits divers et venait de ce fait relever la main courante au commissariat lui avait fait signe pour l'inviter à boire un verre. Il ne s'était pas arrêté, il avait assez bu comme ça pour un début de semaine. Une rafale de vent s'engouffra dans l'atelier au moment où les cylindres se mirent en mouvement. Cadin s'éloigna en respirant un fort parfum d'encre.

CHAPITRE VIII

Cadin habitait un petit appartement de la cité du Biest, près de la gare. Un trois pièces froid et quelconque. Difficile de demander mieux à un local qui abritait depuis une trentaine d'années des ménages successifs de fonctionnaires de police.

L'inspecteur avait hérité ce sinistre refuge de son prédécesseur au commissariat d'Hazebrouck, un principal complètement éteint, abruti par une vie d'enquêtes merdiques qui, dans la dernière ligne droite, avait réussi à décrocher un poste au soleil, pas loin de Fos-sur-Mer.

Un seul regard sur l'évier blafard et le chauffe-eau souffreteux lui donnait des idées de suicide qu'il traînait la journée entière. Il préférait se laver aux Bains-Douches et il était exceptionnel qu'il fasse à manger dans la cuisine. Le café parfois. Et encore ! La dernière tasse de Nescafé trônait au milieu de la table en formica blanc moucheté, recouverte d'une fine poussière. Il s'était juré, un moment, de procéder à un nettoyage en grand, de profiter de l'état présentable de l'appartement pour embaucher une femme de ménage, à raison de trois ou quatre heures par semaine… C'était à l'époque de sa rencontre avec Blandine.

Blandine ! Il se souvenait encore de son léger cheveu

sur la langue… Un cheveu qui lui avait donné bien du plaisir.

Il était accroché et, pour elle, il avait commencé par ranger sa chambre. Le boulot s'en était mêlé et tout était resté en plan… Il avait fini par emmener la fille à l'hôtel, lors d'un week-end en Belgique dans une de ces villes espagnoles aussi froides qu'un village wallon : la greffe n'avait pas pris et des siècles plus tard les traces du rejet subsistaient encore…

Cadin se réveilla en proie à un mal de tête qui résista à la première attaque d'Alka-Seltzer. Il comprima ses tempes, bloquant l'afflux de sang des deux veines qui irriguaient son front, ce qui provoqua un léger soulagement. Son voisin du dessous, un rocker fan de Johnny, choisit cet instant précis pour s'offrir sa séance quotidienne de bricolage. Il devait suivre une thérapie basée sur les bienfaits du travail manuel… deux minutes de perceuse au saut du lit suivies de quelques exercices au tamponnoir.

L'inspecteur éteignit le feu sous la casserole d'eau, renonçant à se préparer un café. Il passa dans la salle d'eau, se rasa à sec, glissa le tube de cachets dans sa poche de veste et sortit sur le palier. L'ascenseur prenait son temps : il fallait maintenir le doigt appuyé sur le bouton d'appel pour ne pas se faire souffler son tour. À l'étage inférieur, le pick-up prit le relais des sons déchirants de Black et Decker.

Noir c'est noir…
Il me reste l'espoir.
Oh, gris c'est gris…
Tout est gris dans ma vie
Woh, woh…
Ça me rend fou
De perdre ton amour
Oui je l'avoue…

Cadin croisait le rocker de temps à autre dans les escaliers, toujours en train de claquer les doigts et de chantonner en balançant les épaules. Il était bien plus vieux que l'inspecteur, pas très loin de la quarantaine mais il s'habillait uniformément d'un jean — un levis, pas sectaire mais on a l'œil — d'un blouson de cuir à col de fourrure et d'une paire de bottines noires à talons surélevés. Il vivait avec une grosse femme adipeuse, l'air d'avoir trop écouté Sylvie en suçant des bonbons, les cheveux raides et qui se baladait sur son palier dans une robe de chambre molletonnée, ouverte sur des cuisses gélatineuses.

Ça chahutait ferme, parfois. Rarement au sujet du bricolage. Les différends naissaient autour du tourne-disque. Les enfants, un athlète de dix-huit ans et une jolie gamine, plus jeune de trois ans, préféraient les charges d'AC/DC et les délires brumeux de Bashung aux plaintes d'Hallyday.

Le fils n'y allait pas de main morte.

— Vire ton mec dans la platine, pa, il est ripou. Nul c'est nul… Il est sur les pas de Tino Rossi. Tino Siro en verlan…

Cadin remonta l'avenue et s'engouffra dans la salle du Café des Manouvriers. Il se coinça dans l'angle de la banquette puis commanda un petit déjeuner complet ainsi qu'un verre d'eau pour les cachets. La patronne, une brave femme, déjà démodée au temps des « Feuilles mortes », chignon serré, jupe noire en fourreau sur des bas sombres à coutures, le servit en souriant.

— Alors inspecteur, les lendemains sont difficiles ?

Il grogna pour toute réponse et se plongea dans la lecture du journal, faisant subir un sort identique à ses tartines beurrées, dans le café cette fois.

Il parcourut les pages locales et régionales, entièrement consacrées aux comptes rendus des manifestations du carnaval. La mort de Duyck occupait à peine une colonne ; le rédacteur n'apportait aucun élément nouveau. Cadin reporta son attention sur les « brèves ». Il était rare qu'il ne débusque pas une nouvelle insolite, un dérapage de l'actualité. Ce mardi de la fin mars ne faisait pas exception.

Cadin collectionnait ces lignes souvent drôles, tirées de dépêches d'agence et placées telles quelles par un journaliste pressé. Quand il avait le temps, et l'envie, il les classait par thèmes et les collait sur un cahier d'écolier. Il espérait vaguement les proposer à un éditeur. L'idée lui était venue en trouvant un recueil d'inscriptions murales de mai alors qu'il fouillait dans les stocks d'un soldeur.

Il attendit que la patronne disparaisse dans l'arrière-salle pour prendre la commande d'un autre client puis il découpa le huitième de page où figurait la nouvelle du jour.

Thaïlande

Les condamnés à mort seront fusillés en silence

Depuis 1934 les trois mille Thaïlandais condamnés à la peine capitale ont été exécutés avec un simple revolver 9 mm. À dater d'aujourd'hui il sera remplacé par une arme automatique équipée d'un silencieux.

Ce bouleversement fait suite aux interventions des détenus de la prison centrale qui se plaignent d'être réveillés à l'aube par le bruit des détonations, ainsi que de la perte de moral que cette situation entraîne. Le ministère s'est donc porté acquéreur de plusieurs MP 5 SD 2 de fabrication allemande qui permettront aux condamnés de mourir en silence.

Le train de neuf heures entrait en gare quand Cadin sortit du café.

L'inspecteur gagna le commissariat où Rubecque l'attendait dans le hall.

— Bonjour Cadin. Je me demandais ce que vous étiez devenu, je m'apprêtais à lancer un avis de recherche. Impossible de vous mettre la main dessus de toute la journée. Pourtant j'avais une affaire pour vous. Je l'ai confiée à Brouakère et il s'en est bien sorti, comme quoi il faut faire confiance à ses subordonnés. Dommage pour lui, s'il s'y était pris plus tôt, il aurait des galons…

Cadin se massa le front en grimaçant ; il réprima un renvoi provoqué par les cachets effervescents.

— C'était un problème sérieux ?

— Oui et non… On dirait que ça ne va pas très fort de votre côté. On a reçu un appel urgent d'un petit vieux logé dans la résidence municipale pour les personnes âgées, rue Biebuyck. Il venait d'être attaqué par deux femmes. Son matelas d'économies, un million ancien s'était envolé. Brouakère s'est rendu sur les lieux pour trouver un ancêtre de près de soixante-quinze ans qui exhibe des marques de corde sur les poignets et les chevilles et qui se plaint d'avoir été ligoté, interrogé puis bâillonné après avoir révélé l'emplacement du magot. Brouakère a senti le piège dès le départ. D'habitude dans ce genre d'histoire, les malfrats foutent tout en l'air pour impressionner leur victime. Tout valse, les tiroirs, les objets décoratifs, les tableaux. Là, rien, l'intérieur était dans un ordre parfait comme si les voleurs n'avaient pas oser déranger… Il s'est mis à interroger les voisins : pas un ne signalait le moindre bruit suspect. Brouakère a donc serré l'ancêtre d'un peu près. Il a fini par se mettre à table. En fait, ce vieux saligaud avait eu la visite de deux jeunes femmes dont la spécialité consiste à se désaper à domicile, devant les vieilles barbiches de veufs… Pour un tarif prohibitif, deux cents francs environ. Moins cher tout de même qu'un voyage au Lido. On avait déjà eu des échos de ce trafic mais ça ne faisait de tort à personne. Cette fois elles ont passé le trait.

Pendant que la première captait l'attention du vieillard, la seconde a fait main basse sur l'argent. Il a inventé toute cette fable au lieu de nous avouer ses turpitudes. Ça ne sera pas long à mettre le grappin sur les deux filles, on a un signalement d'une précision absolue… Ce sont les risques de leur métier !

Cadin ne regrettait pas un instant d'avoir échappé à cette descente chez l'ancêtre lubrique. Brouakère n'avait pas fini de se faire charrier pour sa première affaire en soliste. D'ici qu'on lui demande d'identifier le corps du délit !

Il suffisait d'un rien en ce moment pour qu'il se mette à penser à Blandine, à ses minuscules seins parsemés de taches de rousseur. Elle n'en était pas avare. Il lui semblait avoir passé le plus clair de son temps, durant ces trois journées, à leur servir de soutien-gorge. Il serra les poings pour chasser le souvenir de ses mains et se décida à affronter son quotidien de flic.

— Alors, inspecteur où étiez-vous donc passé ?

— Je n'ai pas arrêté une seconde, commissaire. Un véritable feuilleton.

— J'ai tout mon temps, je vous accorde tout le vôtre. Rien qu'à vous regarder, il est évident que vous avez prolongé les planques dans un nombre impressionnant de bars. Je ne me trompe pas, hein ! J'y suis passé avant vous. Je me suis imbibé au service de l'État, je n'ai pas honte de l'avouer. Le plus dramatique ce sont les filatures. Quand un bonhomme s'installe au restaurant, on ne sait jamais si c'est pour un quart d'heure ou pour la soirée. Il faut rester sur le qui-vive, prêt à démarrer au moindre signe. Résultat, pendant qu'il se tape une escalope normande et un côtes-du-rhône, on se détraque la santé avec un hot-dog et un demi pression. Je connais la musique, j'ai pris mes plus belles cuites en service. Pas vous ?

— J'évite, il ne m'en faut pas beaucoup… enfin je passerai sur les épisodes intermédiaires, tout est dit. Je ne parviens pas à me sortir de l'esprit, que le coup de canon que Duyck a pris en pleine tête n'est pas catholique. Quoi qu'en dise votre ami dont j'ai oublié le nom…

— Vorstevel.

— Oui, Vorstevel. Il peut conclure sur la thèse de l'accident, ça ne sera pas suffisant pour me convaincre. En l'espace d'un après-midi, j'ai soulevé les quatre coins de la bâche et disons que ça s'agite plutôt là-dessous.

Rubecque sembla soudain intéressé.

— Ah oui, vous pouvez me donner des précisions ?

Cadin ne reprit pas la parole aussitôt. Il laissa le silence s'instaurer pour donner plus de poids à sa réponse. Il avait remarqué que ce coup-là marchait assez bien sur lui, dans les films.

— J'ai retrouvé un cadavre supplémentaire. La liste ne cesse de s'allonger…

Le commissaire s'était dressé.

— Vous auriez pu commencer par cela. Où est-il ?

— Non, ce n'est pas une mort récente. Il s'agit du frère de Laurence Cappel, Alain, il est décédé à la suite d'une overdose, six mois avant la disparition de sa sœur.

Rubecque bloqua ses mâchoires et Cadin perçut nettement le crissement des molaires.

— Des cadavres de ce genre il y en a plein la morgue ! Si vous avez dans l'idée de les annexer à votre profit, vous battrez aisément le score du Bar du Téléphone.

Cadin attendit sans bouger que la colère de son supérieur tombe.

— Je ne prétends pas que ce soit un assassinat, j'ai bien dit une overdose. Vous ne trouvez pas inquiétante la facilité avec laquelle les protagonistes de cette histoire disparaissent ? Accident, suicide, overdose. C'est parti comme l'affaire Kennedy ! Je ne serais pas autrement surpris d'apprendre que Samy vient de se planter en voiture à cause d'un platane placé au mauvais endroit.

— Qui est ce Samy, un de vos amis ?

— Non, celui de Laurence. Il travaille à l'hôpital. En plus il joue avec la troupe de l'Orphéon, il tient un rôle dans la revue. Je me fous du décès d'Alain, il ne m'intrigue pas en tant que tel. C'est cette série de coïncidences. Il marque le début de la catastrophe. À compter de cette date, le comportement de cette fille se met à changer. Elle quitte son ami, devient irascible, hypernerveuse. Elle achète un flingue alors qu'on la décrit comme une personne équilibrée, responsable ayant l'habitude de rester seule. Je ne fais pas le lien avec Guy Mallet, impossible de trouver le joint. À cette époque il charge gentiment ses bobines dans la cabine du Studio 43, dans le Faubourg Montmartre. Comment pouvait-il lui faire si peur à deux cents kilomètres de distance, puisque l'enquête a établi qu'il n'avait jamais mis les pieds ici avant la mort de Laurence ?

— Et Duyck dans tout ce dispositif ? Vous ne cessez d'affirmer que c'est avant tout cette mort qui vous tracasse, mais vous ne lui accordez pas trop d'attention ! La petite Cappel vous turlupine autrement. Non ?

Cadin encaissa le coup. C'est vrai que la morte de la rue Sans-Nom ressemblait étonnamment à Blandine, il s'en était fait la réflexion dès la nuit du meurtre, en attendant les gars du labo. Mais ce n'était pas une raison suffisante pour mettre son travail en doute !

— Regardez les photos du dossier, elle n'était pas vilaine… Je me suis occupé de Duyck, il est dans la mire. Au cours de mon entretien avec lui, j'avais évoqué la confession de Guy Mallet. Principalement lorsqu'il parla de ce chèque remis en acompte lors de la commande de la recherche. Duyck m'a laissé l'impression de quelqu'un pris en faute ; il en a trop fait. C'est subjectif, mais ça compte. Il a sorti un listing de son tiroir, l'état des paiements clients, par ordre alphabétique. Il m'a mis au défi de trouver le nom de Mallet, vous voyez ça d'ici, le côté grand seigneur. Il a également réussi à donner de l'importance à son geste en me demandant par discrétion, d'éviter de lire les autres noms portés sur le document. Je n'ai pas pu m'empêcher de retenir celui d'une société qui apparaissait dix ou douze fois et pour des sommes confortables. La Société Maillard, de Merville. Une véritable entreprise fantôme. J'ai perdu la moitié d'une journée à la débusquer. Un pavillon abandonné dont on se sert apparemment comme d'une simple boîte aux lettres. Je pense qu'on loue ce local pour donner le change, faire croire à la réalité d'une structure et que sa seule fonction est de recevoir du courrier…

— Ou recevoir une femme ?

— Non, la baraque est trop miteuse et les seuls travaux effectués récemment concernent la boîte. Ça me démange de savoir qui se cache derrière cette Société Maillard. Même si c'est une impasse. Vous avez une solution pour gratter le vernis ?

Le téléphone sonna. Le commissaire décrocha. Il répondit en alternant les « oui » et les « non ». Il termina sur un « pas tout de suite » tranchant et reposa l'appareil.

— Vous m'amusez Cadin. Vous prenez un nom, au hasard, et à partir de là vous échafaudez un complot aux dimensions planétaires, dont le but final serait l'assassinat maquillé en accident d'un détective de dernière catégorie. Je vous propose un titre, « Meurtre du Troisième Type » ! Ça vous convient ? Soyons sérieux maintenant ; Duyck et Dernu roulent sur un portefeuille de mille clients, au bas mot. Ils font appel à d'autres détectives en cas de débordement, pour ne pas rater la moindre affaire. Dans le tas, il doit bien y avoir cinq ou six cents combines qui mériteraient qu'on y pointe le nez... je ne suis pas né de la dernière pluie, si des gens pleins aux as font appel à des privés et qu'ils négligent de prévenir la police, c'est à coup sûr que leur problème est en marge de la légalité, ou franchement que ça sent le roussi. Supposons que je sois le roi de la conserve, du plat cuisiné et que je me sois fait voler une toile dont le certificat d'authenticité laisse à désirer. Deux solutions, ou je laisse courir ou bien, si je tiens au tableau, je vais cogner à la porte d'un détective connu pour sa largesse d'esprit. Je ne suis pas fou et je me doute qu'ainsi le gars aura barre sur moi. Une idée insupportable à la plupart des grosses légumes. Je crée donc une société écran et je me contente de jouer le rôle du P.-D.G. dans tous ses états. Crevant ! Appelez-la Boshtroïng ou Maillard, l'essentiel étant de ne pas apparaître en première ligne.

— Duyck et Dernu ne sont pas idiots, ils s'empresseront de vérifier l'identité de leur client, c'est d'ailleurs leur boulot !

Rubecque agita la tête en signe de dénégation.

— Vous connaissez bien mal la psychologie des aventuriers, inspecteur. Leur curiosité s'amoindrit à la vue d'un gros chèque d'acompte. Il faut être plus malin et insister sur le côté « industriel de province » piégé et prêt à tout pour retrouver sa tranquillité. J'ai pratiqué Duyck un bon nombre d'années, assez pour savoir que seul le fric était capable de l'émouvoir.

— Admettons commissaire. Je me prends à rêver que Maillard cache les personnes les plus diverses, le maire, le député, le préfet, jusqu'à Courtini. Ça changerait radicalement le paysage et les données de la mort de Duyck !

— C'est évident. Dans ce cas je vous fais nommer à ma place dans l'heure qui suit. J'ai démonté des centaines de coups tordus dans ma vie de flic, des milliers peut-être. De là à monter des légendes comme les vôtres… Sacré Cadin !

L'inspecteur profita de ce moment de détente pour contourner le bureau et se placer près du commissaire. Il posa la main sur le combiné du téléphone.

— Vous avez pas mal d'amis à Merville, en trois coups de téléphone vous déterrerez le nom du locataire de cette bicoque. Tout seul je bosserai à l'aveuglette et les services n'ouvriront pas leurs dossiers à un jeune flic étranger à la région. Ça ne vous engage pas à grand-chose…

Le commissaire ne demandait qu'à être convaincu. Il saisit le téléphone en bougonnant, pour la forme.

— Qu'est-ce que je vais leur raconter ! Ils savent bien qu'aucune enquête n'est ouverte sur la mort de Duyck. Enfin, on leur servira une quelconque salade. Rappelez-moi l'adresse, Cadin. Tenez, notez-la sur cette feuille.

L'inspecteur griffonna le renseignement, 12, passage Bournoville. Rubecque composa un numéro et patienta en dessinant des visages maladroits, des femmes aux lèvres démesurément charnues.

— Allô, la mairie de Merville ? Ici le commissaire Rubecque d'Hazebrouck, passez-moi le bureau du cadastre… Bonjour, oui je vais bien…

Il fit un rapide inventaire de la santé des membres de sa famille et parvint à glisser la seule question qui intéressait Cadin.

— … Peux-tu me donner le nom du propriétaire de la baraque du 12, passage Bournoville.

L'employé du cadastre demeura silencieux au bout du fil durant quelques instants, le temps nécessaire à la vérification.

— La Société Maillard, depuis deux ans. Je n'en sais pas davantage, des gens de Lille. C'est important ?

Rubecque se fit grave et cligna de l'œil vers Cadin.

— Ne l'ébruite surtout pas… Ça touche la mort de Duyck. Des histoires d'assurance, il était en cheville avec ce Maillard. Simple routine mais on ne sait pas sur quoi ça risque de déboucher.

Rien de tel pour émoustiller son correspondant et lui faire miroiter un rôle clef dans le dénouement d'une affaire criminelle.

— Je ne te promets rien, mais je peux joindre le cabinet qui a fait la transaction. Je me mets en rapport avec le vendeur et je vous rappelle dans quelques minutes.

Le commissaire commanda deux cafés que l'agent de permanence alla prendre à la brasserie voisine. Rubecque poussa l'amabilité jusqu'à offrir un cigare à l'inspecteur.

— Non merci, je fume rarement. Il y a longtemps que j'ai envie de vous demander ça… est-ce que vous suivez le parcours des gens que vous arrêtez ? Je veux dire, devant les tribunaux ?

Il parut surpris et demeura d'abord indécis.

— Oui, en principe. De toute façon en Cour d'Assises on est pratiquement convoqué pour témoigner…

— Vous ne me comprenez pas, je sais ça pour les Assises, mais ceux qui en sont passibles constituent l'exception. Je faisais allusion à notre boulot de tous les jours, les gosses qu'on boucle pour les vols d'autoradio, les bagarres, tous ces casses minables. Quatre-vingt-quinze pour cent de nos clients sont de cet acabit. Alors il vous arrive encore d'assister aux jugements de la Chambre Correctionnelle ?

— Non, sincèrement, ça ne me passionne pas à ce point. Ils n'ont que ce qu'ils méritent. Et puis on a tout le temps de les observer pendant leur passage dans la maison. Pourquoi me posez-vous cette question, inspecteur ?

— Par simple curiosité. Vous vous souvenez des trois

mômes arrêtés rue Masson-Beau. Ils venaient de braquer un passant pour lui tirer son portefeuille…

— Oui, parfaitement.

— Vous vous rappelez que le plus vieux, un certain Yazid soutenait mordicus qu'il n'y était pour rien. Il prétendait qu'il tentait de raisonner ses deux copains mais sans parvenir à les faire renoncer à leur projet d'agression ?

— Bien entendu, c'est leur système de défense. Ils essaient de s'en sortir à moindres frais et de protéger le chef. Ne me dites pas que vous vous laissez prendre à un bluff aussi grossier…

— Cette fois, il disait vrai et le Président l'a relaxé. Il est sorti libre à la fin de l'audience.

Rubecque leva les bras au ciel, les paumes ouvertes vers le ciel.

— Une preuve supplémentaire du bon fonctionnement de la justice française. On ne poursuit pas les innocents avec l'acharnement décrit par une certaine presse. On relâche aussi les immigrés. Où est le délit de sale gueule ? Que voulez-vous de plus ?

— Rien, à la nuance près que cet innocent-là vient de purger cinq mois de prison préventive, qu'entre-temps il a perdu son emploi et son logement. À vingt-cinq ans il n'avait pas eu encore affaire à nos services. Pas la moindre bavure. Je suis prêt à prendre le pari qu'on le retrouvera mêlé à un braquage de paumés dans les six mois qui viennent. On ne les fabrique pas tous. Juste notre part !

L'employé du cadastre de Merville se manifesta à cet instant précis ; il mit fin à la conversation bien involontairement.

— J'ai les coordonnées de ton propriétaire. Ne va pas crier sur les toits d'où tu sors le tuyau. Je joue ma place sur ce coup. Enfin, que ne ferait-on pas pour la famille…

Tu notes ? Monsieur Jean Maillard, domicilié au un du cours Musset à Lille.

Rubecque siffla pour marquer son admiration.

— C'est en plein milieu des beaux quartiers !

— Il aurait tort de se gêner, c'est le Maillard du couple « Van Loopen et Maillard » ! Duyck ne devait pas s'embêter si tous ses clients étaient de cette envergure.

Le commissaire reposa le téléphone, dans un geste pesant. Soudainement las, il s'enfouit le visage entre les avant-bras, les coudes sur le bureau. Il soupira.

— Ne touchez plus à rien, Cadin. Votre Maillard est en définitive l'associé de Van Loopen. Du gros gibier. Trop gros pour vous ! C'est une des plus grosses affaires du pays… Qu'il s'avise d'éternuer dans le bureau du Préfet et je me retrouve gardien de cimetière à Saint-Pierre-et-Miquelon. Leur entreprise assure les deux tiers du fret routier du triangle Paris-Sedan-Calais. Ils font la pige à Calberson, pour vous donner une petite idée de leur puissance. Ils ont construit leur empire en rachetant toutes les boîtes bancales, les unes après les autres. Ils ont eu l'intelligence de conserver les raisons sociales, de ne pas marquer leurs noms sur les semi-remorques pour ne pas donner l'image du trust. Franchement, j'aurais préféré qu'il me sorte le nom de Dassault ou celui d'Empain, au moins on situe le bonhomme. Pas avec Van Loopen et Maillard. Ils fricotent avec tous les partis, tous les notables. Majorité d'hier ou d'aujourd'hui, ils ont besoin d'entretenir de très bonnes relations avec le pouvoir. Bien entendu la réciproque est vraie, le pouvoir se sert d'eux… Vous êtes averti, transports dangereux ! Je vous laisse vous amuser encore un jour ou deux avec l'entourage de Laurence Cappel. À une condition…

— Laquelle, commissaire ?

— Oubliez l'adresse de Maillard, ça ne vous mènera nulle part, sinon à une avalanche d'ennuis. Faites confiance au commissaire principal Vorstevel, s'il renifle le plus minuscule indice anormal dans l'accident de Duyck, il remontera la filière, c'est un obstiné. On marche comme ça inspecteur ?

Cadin hésita, puis se décida à accepter le marché proposé par Rubecque et d'abandonner la piste de la société fictive.

— D'accord, je vais plancher sur le dossier d'Alain Cappel, à tout hasard. C'est Brouakère qui s'occupe des affaires classées ?

— Non, il vaut mieux voir Lenert, j'ai déchargé Brouakère de cette corvée. Il m'est plus utile pour remplacer les inspecteurs en vadrouille !

Le téléphone sonna une nouvelle fois alors que Cadin quittait la pièce. Le commissaire lui fit signe de rester dès qu'il entendit les premiers mots de son correspondant.

— Ne partez pas, c'est justement Vorstevel…

La conversation ne fut pas bien longue et le commissaire la résuma en quelques phrases.

— Pour Duyck c'est bouclé. Le médecin légiste a confirmé la cause du décès : une décharge de chevrotines provenant du canon de jardin. Le laboratoire corrobore son analyse. Ils ont soigneusement recoupé les emplois du temps de Courtini, de Dernu ainsi que leurs déclarations… Pas l'ombre d'une paille. Il faut vous rendre à l'évidence, c'est véritablement un accident. Selon les derniers échos lillois, Dernu reprend l'agence à son seul nom. Ça simplifiera l'enseigne.

Cadin ne put s'empêcher de claquer la porte sur ses talons et de traverser le couloir en jurant de rage.

— Quelle bande de cons !

CHAPITRE IX

Le dossier d'Alain Cappel recélait une dizaine de feuillets. Un parcours banal et tragique semblable à des infinités d'autres. Il était né trois ans après Laurence, en 1953 mais il n'avait pas réussi d'aussi brillantes études. Viré du Lycée polyvalent d'Hazebrouck à dix-sept ans et sans réelle formation professionnelle il traîna, de remplacements en petits boulots de dépannage, jusqu'à sa rencontre initiale avec la justice. Distributeur de tracts, pompiste, veilleur de nuit, manœuvre, saisonnier dans les houblonnières, il avait tout fait.

Il s'était fait pincer en novembre 78, près de la gare Saint-Lazare à Paris, au cours d'une ronde de nuit de la 34e Brigade Territoriale. Un passant sérieusement éméché l'accusait de lui avoir volé cinq cents francs. Alain Cappel soutenait au contraire qu'il voulait aider le fêtard à récupérer son argent. La victime venait, selon le jeune homme de quitter une prostituée et la femme avait profité de l'état de son patient pour faire main basse sur le contenu du portefeuille. La fouille s'avéra infructueuse, Alain possédait à ce moment la somme de cent cinquante francs.

L'avocat commis d'office ne s'était pas trop mal débrouillé puisque le garçon se vit infliger une peine d'un mois de prison assortie du sursis.

À partir de là, le mouvement s'accéléra. Trois mois ferme et l'annulation du sursis à la suite d'une sérieuse bagarre dans un café de Saint-Omer au début de 79. Deux autres mois pour détention et revente de drogue à la fin de la même année. Il était devenu un habitué de la correctionnelle.

Cadin compulsa le dossier, s'intéressa aux ultimes épisodes de la vie d'Alain. Lors de sa dernière arrestation, le frère de Laurence était en compagnie d'autres jeunes gens. L'inspecteur retrouva le procès-verbal établi à cette occasion par ses collègues et il releva les noms des amis d'Alain. L'un de ces noms lui semblait familier mais sans qu'il parvienne à situer la raison de cette impression. Il interpella Brouakère qui passait dans le couloir.

— Dites-moi, ça vous dit quelque chose Algen, Jean-Pierre Algen ? On a déjà eu l'occasion de s'occuper de lui… je me trompe ?

— Pas du tout, il fait la navette entre le commissariat et la prison. Ils le relâchent et trois jours après on le récupère à l'occasion du coup le plus foireux du mois ! Des coups de plus en plus sérieux, même s'ils ratent. Un de ces quatre il se prendra pour Mesrine et il sera trop tard… Vous le cherchez ?

— Oui, j'aimerais bien avoir une conversation avec lui.

— En ce moment il doit prendre le frais à la centrale de Flers. On l'a coffré avec toute une bande la semaine passée. Vous savez, le gang de mômes qui ratissait la région… on a mis la main sur leur butin, des machines à calculer, des bouteilles de butane et une série de motos et de mobylettes…

— Très bien, j'y vais, si on me demande, je visite mes pauvres à Flers. Faites prévenir le directeur de la centrale qu'on le sorte de cellule d'ici une heure. À propos

Brouakère, mes félicitations pour votre exploit d'hier. Vous les tenez vos strip-teaseuses ?

L'agent Brouakère baissa le nez en rougissant et s'éloigna vers la salle de permanence.

Jean-Pierre Algen attendait sagement l'arrivée de l'inspecteur, en lisant une revue automobile dans les locaux de l'administration pénitentiaire, surveillé mollement par un maton en pleine digestion. Cadin fut surpris par le physique du prisonnier. Il s'était fait à l'idée d'une petite frappe teigneuse au regard en biais. Il avait en face de lui un adolescent prolongé qui se donnait le genre romantique, boucles noires jusqu'aux épaules, la chemise ouverte sur le torse.

Cadin se présenta puis lui offrit une cigarette. Il avait pris soin de se munir d'un paquet d'américaines.

— Je ne suis pas venu ici pour examiner ton cas. Tu n'ignores pas qu'il est en cours d'instruction. Autant aller droit au but, ça nous fera gagner du temps. Le commissariat vient de déménager dans des locaux neufs et ça nous oblige à un minimum de rangement, de dépoussiérage. Par hasard, j'ai eu le dossier d'Alain Cappel sur mon bureau et je me suis décidé à y jeter un œil. Le travail a été bâclé. Je n'aime pas classer un dossier en désordre, ça nuit à ma conception du travail. Tu comprends ?

— Ne vous fatiguez pas, inspecteur. Pas la peine d'inventer des conneries pareilles. J'ai passé l'âge des contes de fées ! Qu'est-ce que vous cherchez au juste ? Qu'on vous rencarde sur Alain ou sur sa sœur ?

— Tu es aussi malin que tu en as l'air…

— Non, une simple question de mémoire. Je me souviens de votre gueule sur le journal pour l'arrestation de l'autre dingue. En tôle on n'a rien d'autre à maquiller. On se repasse notre cinéma à longueur de journée. À la fin ça s'incruste.

— D'accord, oublie le début. Je me renseigne sur la famille Cappel, sur tout ce qui tourne autour de Laurence. Je n'ai rien à te proposer contre ton aide, je suis trop petit pour influencer les magistrats, en ta faveur. Tu étais un ami d'Alain ?

— Qui vous a raconté cette salade ?

— Personne, on a des archives. On t'a pris avec lui, entre autres, pour une histoire de drogue.

— Oui, mais ça ne prouve rien question amitié. Je ne le connaissais pas plus. On se voyait à l'occasion, pendant des soirées. C'était un gars du « Nouveau Monde », il fricotait avec la bande du « Quartier Perdu ». Moi, je suis du Canal. Une vraie frontière…

— Je m'en suis aperçu. Je n'inquiéterai personne, je te demande seulement de me donner les noms des bons copains d'Alain… je ne ferai pas allusion à toi, tu peux être tranquille.

— Le rôle de la balance ne me convient pas, inspecteur, il faudra trouver un autre mouton. Mais si ça peut vous aider, allez donc faire un tour au « Scopitone », c'est une boîte sur la route de Belgique, pas loin du poste de Risquons-Tout. Le patron est un chic type, un ancien curé. Tous les marginaux du secteur se réunissent chez lui.

Cadin lui fit cadeau du paquet d'américaines et prit congé de la centrale de Flers. Le printemps ne parvenait pas à s'accrocher. Un violent orage le cueillit à sa sortie de la maison d'arrêt, une pluie fine et dense, rabattue par des rafales de vent. Il s'engouffra dans sa voiture et rejoignit la route nationale. Il régla la bande modulation de fréquence sur un poste belge, d'expression française, qui diffusait une émission en hommage à un rocker anversois mort d'un cancer du foie. Le reporter en était arrivé aux questions pièges.

« — Que pensez-vous, Ferré Grignard, du Royaume de Belgique ?

— C'est mignon mais minuscule, à mon goût. J'ai envoyé mon dernier disque au Roi Baudouin. Ça m'a coûté 99 francs plus les timbres. J'ai attendu quelques jours avant de lui téléphoner. "Allô, Majesté, ça roule ? Et mon disque, il vous plaît ?" Savez-vous ce qu'il m'a répondu ? "Je ne sais pas encore, Cher Ami, je n'ai pas d'électrophone". »

Cadin quitta la zone de couverture de la station, car le style changea brusquement ; Ferré Grignard fut remplacé par une ritournelle d'Adamo aussi suintante que le ciel.

Il s'arrêta pour prendre un auto-stoppeur espagnol, trempé comme une soupe. Dès qu'il fut installé il lui demanda de repérer un programme plus intéressant. Malheureusement il s'aperçut trop tard qu'il véhiculait un fan de Julio Iglésias. Une minute plus tôt, il était décidé à faire un détour pour laisser le garçon à la frontière, mais il renonça quand l'aiguille de l'autoradio s'immobilisa sur un « Amor de Murcia », à moins que ce soit un « Corazon de Valencia ». Il laissa le voyageur devant le porche d'une église, arguant d'un soudain changement de destination. Il rejoignit seul le Scopitone par les routes de campagne.

Le bar-discothèque « Scopitone » était annoncé par une pancarte publicitaire à demi arrachée. La pointe de la flèche était dirigée vers un chemin de terre défoncé. Il s'engagea à faible allure pour ménager les cardans. La maison apparut dans un creux de terrain. C'était un ancien corps de ferme, totalement invisible de la route. Il compta huit motos ou vélomoteurs rangés sous l'auvent ainsi que deux voitures délabrées. L'enseigne qui surmontait le bâtiment représentait une sorte d'écran de télévision, dans lequel des ampoules de couleur composaient le nom de l'établissement. Les fenêtres du rez-de-chaussée laissaient filtrer un peu de lumière. Les carreaux étaient recouverts de multiples autocollants offerts par les marques de bière. D'autres publicités pour des alcools, des panneaux en émail, étaient scellés sur la façade.

Rien de très rassurant. Cadin dégagea la sûreté de son Manurhin, davantage par réflexe qu'en conclusion d'un raisonnement logique. Il arrêta son véhicule et descendit sans regarder où il posait le pied. Sa chaussure gauche s'enfonça dans un liquide pâteux, froid et visqueux. La boue traversa la chaussette et entra en contact avec l'épiderme. Un frisson de dégoût lui parcourut le dos avant de se localiser au creux de son estomac. Il ne pouvait supporter de toucher à ces matières molles, surtout avec les pieds. Ça remontait à sa petite enfance, au cours de vacances à Royan… il avait marché sur une énorme méduse venue s'échouer là, apportée par la marée. Son pied nu avait arraché un morceau de la substance gélatineuse et il était resté de longues minutes, frappé de stupeur, incapable de crier, de bouger. Sa mère l'avait délivré de ce cauchemar en lui enfouissant la plante du pied dans le sable. Il se revoyait, pleurant dans ses cheveux roux, angoissé de rouvrir les yeux sur une jambe atrophiée…

Cadin enleva sa chaussure et la nettoya soigneusement à l'aide de Kleenex. Il frotta le dessus de sa chaussette et fit disparaître l'essentiel de la boue. Il se rhabilla et poussa enfin la porte aux vitres dépolies, où étaient affichés les horaires d'ouverture du bar et la liste des boissons pilotes. L'appel d'air provoqua un tourbillon de fumée. Il toussa en ingurgitant l'équivalent d'un paquet de Celtiques. Un bruit assourdissant montait des multiples appareils disposés dans la salle : flippers, pac-man, jeux vidéos, jack-pots.

Il estima à une vingtaine le nombre de jeunes gens et

jeunes filles fascinés par les fentes d'aluminium dans lesquelles ils enfournaient leur monnaie. Cadin commanda une bière brune anglaise au barman, un homme de cinquante ans environ, le visage barré d'une large moustache et les yeux abrités derrière d'épaisses lunettes aux verres fumés.

Cadin cassa un billet de cent francs ; il se planta devant un jack-pot dont trois des quatre couleurs étaient déjà allumées. Il glissa dix francs, sélectionna la mise sur cinq francs puis il lança la mécanique. Trois fraises et une poire sortirent. Il bloqua les trois fruits rouges et relança la dernière figure. La fraise manquante s'immobilisa sur la fenêtre de l'appareil ; le tableau électronique afficha son score : 500 points. Le patron contourna le zinc pour remettre le compteur à zéro.

— Vous ne venez pas souvent ici, monsieur. C'est la vérité ?

— Non, pas très fréquemment. Je suis un ami de Jean-Pierre.

Le barman s'essuya les mains à son tablier bien qu'elles soient sèches.

— Les Jean-Pierre, ici, on les compte par douzaines… Ce n'est pas ce qui manque !

— Jean-Pierre Algen, ça vous va ? Et ne vous endormez pas sur les cinq cents francs que je viens de gagner. On ne me fait pas ce coup-là… C'est bon pour les débutants. Je vais essayer toutes ces machines, j'ai la chance de mon côté, aujourd'hui. Elle sert à quoi celle-là ?

L'inspecteur désignait une sorte de juke-box surmonté d'un caisson dont la face était un écran opaque. Il y en avait une autre, dans le coin opposé.

— Vous ne gagnerez rien sur ces engins, ce sont des « scopitones ». Je les ai récupérés dans une vente aux enchères, pour une bouchée de pain. Ça se faisait beaucoup pendant les années soixante. Venez, je vais vous montrer. La partie inférieure est constituée d'un véritable juke-box mais avec un choix de chansons bien plus limité. L'avantage c'est que l'on peut voir la vedette l'interpréter sur l'écran. Mettez donc deux francs et sélectionnez un titre !

Cadin lut les noms rapidement et s'arrêta sur celui de Raoul de Godewaersvelde ; il enfonça la touche correspondante. L'accordéon se paya l'ouverture, puis l'écran s'anima, strié d'éclairs roses et mauves. La voix roulante et rocailleuse du chanteur arriva au même instant que son image. Une vague ressemblance avec Bobby Lapointe, une taille de brasseur, une casquette de marin avancée sur le front.

Car Frankenstein, tut tut pouêt pouêt
C'est une vraie crème !
Jack l'Éventreur tut tut pouêt pouêt
À un grand cœur…

Le barman était aux anges.

— Il l'a tourné spécialement pour nous, c'est une exclusivité du « Scopitone ». C'est le drame, les films sont très difficiles à trouver. La vogue de ces appareils a duré deux ou trois ans. Sur l'autre, j'ai regroupé tous les pionniers du rock'n'roll français. Les Chats Sauvages, Long Chris, les Chaussettes Noires, Dany Logan. Laissez-vous tenter ; je vous offre une des meilleures apparitions de Johnny. Ça a davantage marqué l'époque que la première bombe atomique française dans le Sahara, à Regane. Et je vous parle en connaissance de cause, je crapahutais dans le djebel comme aumônier militaire. Les troufions ne vivaient que pour ça, ils foutaient des posters partout, jusque dans les tentes de campement…

Sur l'écran un gamin de dix-sept ans se tordait les

pieds, grimaçait de bonheur en étreignant sa guitare électrique pailletée.

Killy Killy Killy
Watch watch watch watch watch
Oh kem kella Ah
Depuis deux jours je ne fais que répéter
Ce petit air qui commence à m'énerver.

Dans l'esprit de Cadin, la voix de Guy Mallet se mêlait peu à peu à celle du chanteur. Lui aussi, dans sa confession magnétique, faisait une large place au rock des années soixante.

L'inspecteur sortit de sa rêverie et se tourna vers le patron.

— À vrai dire, je ne suis pas un client ordinaire. Je suis inspecteur et je m'appelle Cadin.

— Félicitations, vous cachez bien votre jeu. Je me suis fait avoir ! Pour être franc, j'ai eu un doute au début… En tout cas vous ne pouvez rien me reprocher. Pour le jack-pot, je ne vous ai rien versé. Vous disposez de cinq cents points au compteur.

— Je vous fais cadeau de ces cinq cents balles, vous vous en servirez pour entretenir vos machines et acheter des films. Je n'émarge pas à la Brigade des Jeux, j'enquête sur des affaires à moitié classées comme les morts de Laurence et d'Alain Cappel. Ce dernier venait fréquemment chez vous, j'aimerais que nous en parlions. C'est dans le domaine du possible ?

— Sans doute, inspecteur. Mais on va se mettre au calme. Attendez une minute, je demande à ma femme de prendre la relève au bar.

— Je pensais que les prêtres catholiques ne se mariaient pas…

— Je ne suis plus prêtre. J'ai quitté ma robe pour la

sienne. Enfin on peut dire les choses de cette manière. C'est une des explications…

Cadin le retint par une question.

— Quelles sont les autres raisons ?

Le patron s'absenta un court moment et revint près de l'inspecteur.

— Il n'existe qu'une autre raison à ma décision. Ça remonte à décembre 1960, notre section a été chargée de nettoyer un village censé abriter des éléments rebelles. Deux de nos hommes partis en reconnaissance s'étaient fait amocher dans la matinée. Les officiers se démenaient pour insuffler l'esprit de revanche et dans ces circonstances, il ressemblait étrangement à la haine… Sans gros résultats, les gars étaient démoralisés, certains couraient la montagne depuis deux ans. Ils avaient une seule idée en tête, s'en sortir et oublier. Au moment de l'assaut, une bonne partie de l'effectif a refusé de bouger. Un gradé, il avait gagné ses sardines en Indochine, s'est levé au risque de se faire allumer par ceux d'en face pour menacer les soldats récalcitrants. Un môme de dix-neuf ans s'est approché, dans le but de le désarmer, sans la moindre agressivité, les mains nues… Il a pris une balle en pleine poitrine…

Il se frotta les yeux puis reprit son récit.

— … On aurait dit un signal. Tout a basculé, les gars se sont transformés en bêtes sauvages et ils ont passé leur écœurement, leur colère sur les habitants du village. On n'a pas mis la main sur une seule arme… que des paysans, des femmes, des vieillards et des enfants. Nous sommes rentrés à la nuit, la marche de la honte. Personne n'osait regarder son voisin… Ce n'était hélas pas fini. Je vous ai dit que nous étions en décembre sans vous préciser le jour exact… Il y a eu cette messe de minuit avec l'évêque du diocèse d'Oran qui n'a pas hésité à donner l'absolution à tous ces soudards dont certains n'avaient pas pu se laver, se changer. La plus importante partie de ma soutane est tombée aux orties en cette nuit de Noël. Le reste a suivi…

— Vous avez cessé de croire ?

— Non, aujourd'hui je crois à ma façon, au milieu des machines à sous, des films de rockers et des barriques de bière. Cette taverne est mon église. Tenez, je prends le pari que j'en sauve autant que la maison mère !

L'inspecteur risqua une réflexion.

— Et le même pourcentage d'échecs, comme pour Alain…

— Bien entendu. Regardez tous les mômes qui sont autour de nous. Ils sont en plein désarroi malgré les apparences. Le seul fait de pousser cette porte en apporte la preuve. Vous vous baladez de temps à autre de l'autre côté de la frontière ?

— Oui, ça m'arrive, pourquoi ?

— Vous avez remarqué tous ces bars annoncés par des lettres en néon, le long des routes… dès le vendredi soir, c'est l'exode. Pas un village du département qui ne fournisse au minimum une de ses adolescentes. Tout le monde ferme les yeux sur ce trafic de fin de semaine. La crise semble excuser des dérapages aussi considérables. Les filles dont je parle, ce sont leurs sœurs, leurs petites copines. Qu'on ne vienne pas me servir les couplets sur l'insécurité quand on a offert comme alternative à toute une génération, le chômage ou la prostitution. Le plus dramatique, c'est qu'ils ne songent pas une minute à se révolter ! Ils vivent cette situation, ce véritable écrasement comme une malédiction. On les a mis de côté et ils acceptent cette exclusion sans jamais la remettre en cause. Mieux, ils la revendiquent. Ils se savent voués au malheur… Je vis en quelque sorte parmi les réprouvés, ce sont les lépreux des temps modernes…

— Vous auriez fait un bon prêtre ou mieux, un

excellent avocat ! Je les observe également mais d'un point de vue différent. Les défauts d'organisation de la société n'expliquent pas tout. Prenez deux gosses, en tout point semblables, origine, culture ; comment expliquez-vous que le premier se retrouve derrière les barreaux tandis que l'autre s'en sort ?

— Les circonstances ont aussi une très grande part dans leur destin. Les voleurs de pain ne se font pas tous prendre mais leur point commun, c'est la faim. C'est cette faim qu'il s'agit de calmer pour en finir avec les voleurs de pain.

— Admettons, mais il restera bien assez d'occasions aux hommes pour enfreindre la loi. Tous les moteurs du monde, l'amour, la folie, le pouvoir, l'appât du gain… la liste serait trop longue ! Nos bavardages ne pèsent pas lourd en regard de cette réalité. Allons, revenons-en à Alain Cappel. Vous le connaissiez depuis quelle époque ?

— Environ deux années avant sa mort. Il sortait de prison pour une bagarre dans un restaurant de Saint-Omer. J'avais deux autres clients impliqués dans l'histoire. Alain avait très mal supporté son incarcération. Il refusait de l'avouer en public, il jouait au caïd mais ses copains m'ont raconté… Ils sont tous taillés selon le même modèle, il leur faut amortir le temps perdu. On ne se plaint pas, c'est bon pour les « tantouzes ». En fin de compte c'est un mot qui veut dire fragile… ils ne veulent pas admettre qu'au fond, les baisers de leur mère leur manquaient, le soir en cellule, au moment où le sommeil ne vient pas. Alain n'a pas fait exception, il s'est construit une image de dur. Après il fallait la justifier, la soutenir mais il était loin d'avoir les épaules assez solides. Je sais par exemple qu'on l'a contacté pour participer à un casse dans une résidence secondaire. Il s'est dégonflé à la dernière minute. À mon avis c'est une chance, ce sursaut… Pas dans sa logique. Du jour au lendemain les regards d'admiration se sont transformés en vannes méprisantes. Vous imaginez…

— Il se droguait déjà ?

— Jusque-là, je ne le pense pas, inspecteur. Sincèrement. Il a tenté de renverser la vapeur en organisant, seul, le cambriolage des bureaux d'une usine pendant un week-end. Il s'est fait cueillir par une ronde de police et l'État lui a offert un nouveau séjour en maison d'arrêt. En revenant il fumait de l'herbe. Je n'établis pas de relation de cause à effet. Il a voulu faire le malin en se roulant un joint au grand jour. Je l'ai fichu dehors. Je suis intraitable sur ce point, je ne tolère pas de drogue chez moi. Il a compris la leçon ; il s'arrangeait comme les autres, pour laisser sa marchandise à l'extérieur.

— Merci du renseignement.

— Je ne vous raconte pas ces détails dans ce but, inspecteur. Qu'il n'y ait aucune ambiguïté sur ce point. Je les aime beaucoup ces gamins, et je souhaite pardessus tout qu'ils puissent s'en sortir. Dès qu'ils touchent, en plus, à la drogue, c'est foutu ; ils plongent au plus profond. Je n'en ai pas vu un seul remonter à la surface. Puis, un soir, Alain est arrivé en compagnie de Dany. Ils ont eu un beau succès de curiosité en garant leur voiture : une Porsche 924 blanche, impeccable. J'ai tout de suite pensé à une voiture volée mais je me suis rendu à l'évidence, le dénommé Dany allait de pair avec sa bagnole, aussi verni qu'elle ! Il était plein de fric. Certainement un fils de famille qui se donnait des sensations fortes en fréquentant les loubards. Il les faisait baver avec toute sa panoplie, pas un geste à moins de cent sacs… S'il allumait une cigarette, il sortait un briquet Dupont en or massif avec ses initiales incrustées en rubis, s'il écrivait un mot, il dévissait le capuchon de son Montblanc sans plus d'émotion que s'il se servait d'un vulgaire Bic.

Jusqu'à son sourire refait en porcelaine… Alain et lui ne se quittaient plus.

— Vous ne retenez pas l'hypothèse d'une simple relation homosexuelle ?

— Non, ils ne faisaient pas mystère de leur penchant pour les femmes. Dany s'était tout bonnement offert un nouveau jouet. Après la Porsche, le kit du prolétaire déclassé. Il était sympathique mais très dangereux, car il ne se contentait pas d'une fumette à l'herbe. Il était sévèrement accroché à l'héroïne. J'ai eu l'occasion de voir ses bras, une véritable passoire. Alain n'a pas tardé à suivre son exemple. Une dégringolade effarante…

— Vous n'avez rien tenté pour le retenir ?

— J'ai contacté sa famille à Hazebrouck. Je suis tombé sur une vieille folle entourée de chiens. Elle m'a viré de son jardin en me menaçant de lâcher ses bestiaux. Elle me prenait pour un type de la fourrière. Impossible de lui faire entendre raison. Par chance j'ai pu rencontrer la sœur d'Alain, Laurence. C'était une femme très équilibrée. Elle travaillait à l'hôpital. Je l'ai mise au courant des problèmes de son frère sans lui cacher qu'au rythme de ses prises, il ne tiendrait pas longtemps. Elle était prête à tout, malheureusement, il n'existe aucun centre d'accueil pour toxicomanes dans le département. Ils échouent en prison, dans les cellules d'isolement. Ça explique une bonne majorité des suicides de détenus. On ne décroche pas par la seule suppression du produit. Il suffit d'essayer de se passer du paquet de Gauloises quotidien pour s'en convaincre…

— Qu'a-t-elle décidé ?

— Elle s'est adressée à l'hôpital et la Direction l'a orientée vers une hospitalisation en secteur psychiatrique. Là au moins ils opèrent la substitution. On remplace la drogue par des médicaments. Il y a un espoir si le patient accepte l'expérience. Tout repose sur lui.

— Pour Alain, ça a marché ?

— Non, il n'a pas voulu, et puis un événement a tout bouleversé, la disparition de Dany…

— Quel genre de disparition… ?

— Rien de mystérieux, inspecteur. Je pense que la famille de Dany a jugé qu'il s'était suffisamment diverti dans les bas quartiers. Le prince doit quitter Falstaff s'il veut devenir roi ! S'il n'a pas assez de volonté, on emploie les grands moyens.

— Que voulez-vous dire ? Je n'aime pas qu'on parle à mots couverts, ou par référence aux princes de l'histoire. C'est assez compliqué comme ça.

— En clair, ça signifie qu'Alain, Dany et d'autres jeunes gens se réunissaient fréquemment au domicile d'Alain, dans un immeuble en instance de démolition, près du Musée d'Hazebrouck, dans la zone de rénovation du centre ville. Ils m'avaient confié qu'ils se sentaient filés par un type chauve d'une cinquantaine d'années, au visage congestionné. Pour eux, c'était un flic, ils ne s'inquiétaient pas outre mesure. Un jour le type a pris des photos au téléobjectif. Le lendemain il ne s'est pas montré. La filature a cessé comme par enchantement. Un répit en fait, car un peu plus tard, le chauve a fait irruption dans l'appartement d'Alain au cours d'une de leurs parties habituelles. Une entrée digne d'un film noir : coup de talon dans la porte, verrou arraché… il a sorti un flingue et il a forcé tout le monde à s'aligner contre le mur en hurlant : « Bande d'ordures ! Vous allez lécher le parquet à la moindre trace de poudre maintenant ! Fini de tirer le fric de mon client. À partir de ce soir il faudra gagner votre dose comme les copains, à la sueur de votre corps. » Ensuite, il a relevé l'identité de tous les jeunes présents sauf celle de Dany. Alain m'a raconté cette scène dix fois au minimum… Il se souvenait qu'en notant son nom, l'espèce de flic lui avait tapoté la joue en disant : « Comme ça tu t'appelles Cappel, petit cachottier… tu te cames ? Eh bien ne t'arrête pas, c'est bien. » Puis il est parti en compagnie de Dany, au volant de la Porsche. Le fils de famille ne s'est plus montré, le flic non plus. Voilà tout ce que je sais, inspecteur.

— C'est très instructif, je me fais une petite idée sur l'identité de ce Dany ainsi que de son sauveur… j'espère ne pas me tromper. Vous avez revu Alain au cours des mois suivants ?

— À intervalles irréguliers. Il passait son temps à organiser son propre ravitaillement. La navette entre la France et la Hollande, je ne vous fais pas de croquis ! Il trafiquait pour gagner suffisamment d'argent ; quand il n'y avait pas le compte, il passait au cran supérieur, les vols, les agressions… Le parcours habituel du drogué sans fortune. C'était autrement plus confortable avec Dany. Pourtant il a eu une chance énorme. Il était à deux doigts de s'en tirer…

— Expliquez-moi ça.

— Laurence s'était mise en rapport avec un organisme privé, Narcostop, une sorte de communauté de toxicomanes repentis. Ils sont installés dans une aile d'un château féodal, à Bergues, sur la route de Dunkerque. Alain a été soigné dans cette institution pendant cinq mois. Lorsqu'il est revenu ici, après, j'ai hésité avant de le reconnaître. Il avait retrouvé ses traits d'avant la drogue. Une métamorphose intégrale… aussi intégrale que la rechute ! Ça a duré trois, quatre semaines au plus, avec au bout l'enfer.

— Vous mainteniez le contact avec Laurence ?

— Oui inspecteur. Elle a tenté tout ce qui était possible pour le sauver, et elle n'a pas regardé à la dépense… ce n'est un secret pour personne qu'au cours des derniers mois elle se débrouillait pour payer la came de son frère. Elle a été jusque-là !

— Comment cela ? Ce n'était pas la meilleure façon de l'aider.

— Ne jugez pas trop vite. Alain refusait de repartir pour Narcostop et la seule manière de trouver la drogue, c'était la délinquance ou la prostitution. Pas d'autre échappatoire. Laurence comprenait ce que ça signifiait : la prison, la fin de tout espoir. Elle voulait lui imposer une nouvelle cure de désintoxication à Bergues. Elle payait pour qu'il ne s'expose pas le temps qu'elle parvienne à le convaincre. En conclusion, il est mort d'une overdose provoquée par la poudre que Laurence lui fournissait. Elle ne s'est jamais pardonné la mort de son frère…

L'inspecteur prit son calepin dans la poche intérieure de sa veste et il nota :

Alain soins Narcostop. Bergues, rte Dunkerque. Argent Laurence ? ? ?

Il remercia l'ex-aumônier, mais avant de quitter le bar, il s'arrêta devant l'un des « scopitone », y glissa deux pièces d'un franc. Une figure anguleuse apparut en gros plan puis le zoom se rapprocha du regard sombre, tourmenté. Les baffles laissèrent filtrer une voix curieusement fêlée, décalée sur un air de valse.

À Malypense, un jour, s'il revient mon amour,
Je lui dirais tout bas, « Rappelle-toi »
Rappelle-toi le temps, le temps de nos quinze ans…

Il n'attendit pas la fin du film. Il repartit vers Hazebrouck, en songeant aux trop courts moments passés dans les bras de Blandine.

CHAPITRE X

La bière lui creusait l'estomac et il s'arrêta dans une friterie du village de Risquons-Tout. Il ne restait qu'une table libre, près du juke-box ; il s'y installa faute de mieux. Un fan avait sélectionné tous les tubes disponibles de sa chanteuse préférée. Malgré ses efforts, Cadin n'arriva pas à l'identifier. Agaçant !

Il consulta son carnet de notes, retrouva l'adresse de la famille Maillard, à Lille. De la place où il se trouvait, il pouvait observer l'activité du poste frontière, l'activité nonchalante des douaniers. Ils ne quittaient pas leur cabine et se contentaient de faire signe aux véhicules, dans un sens comme dans l'autre.

Le serveur posa un plat de frites et de poisson sur la table alors qu'une vieille Peugeot stoppait le long du trottoir, venant de Belgique. Les quatre occupants de la voiture ouvrirent les portières avec un bel ensemble et se dirigèrent vers le restaurant en traînant les pieds.

Le patron les reçut. Il dut leur expliquer que les seules places disponibles étaient situées à côté d'un client déjà installé. Il fit un mouvement de tête en direction de Cadin. Ils n'y virent pas d'inconvénient et se casèrent près de l'inspecteur. Le plus grand le remercia rapidement puis ils l'oublièrent. Ils se mirent à parler fort, en ponctuant chaque phrase de claques sonores sur le dos du blouson du voisin. Le conducteur monopolisait la parole et ses interventions provoquaient des éclats de rire, faisaient rebondir la conversation.

— Je te jure, ils étaient au moins quinze, avec leurs santiagues et leurs bananes ! Qu'est-ce qu'on leur a mis… Ils n'ont pas eu le temps de comprendre ce qui leur arrivait !

— Surtout l'autre avec sa gueule écrasée…

— Ah oui, celui-là ! Il manquait pas d'air. Il est venu vers moi en chialant… « Pourquoi vous m'avez abîmé, je ne vous ai rien fait. » Je ne suis pas le bureau des pleurs… Ni une ni deux, je le chope par le col : « Casse-toi ou je remets ça. » Il court encore !

— Combien on en a aligné ? Tu as une idée ?

Celui qui paraissait mener les débats, pinça les lèvres pour bien marquer qu'il évaluait sérieusement le bilan.

— J'en ai vu trois bien amochés, je ne compte pas les égratignures, faut pas être mesquin. Ils réfléchiront maintenant avant de nous approcher.

Puis il se tourna vers Cadin qui ne cachait pas son intérêt pour ce qui se disait. Le conducteur de la Peugeot joignit le geste à la parole, il prit une poignée de pommes cuites et fit mine de les porter à la bouche de l'inspecteur.

— Mange tes frites au lieu d'écouter. Ça va refroidir.

Cadin recula vivement la tête tout en se saisissant de la poivrière dont il dévissa le bouchon.

— Je les mange froides, et je n'aime pas qu'on me donne des conseils, surtout en me tutoyant.

L'autre ne renonça pas, il semblait au contraire amusé de la résistance de son voisin de table.

— Mais tu vas les bouffer, que ça te plaise ou non… dans ma main !

D'un geste sec Cadin fit gicler le contenu de la poivrière à hauteur du visage de son agresseur avant de battre en retraite vers le comptoir. Dans la salle, l'atmosphère était devenue irrespirable.

Les consommateurs se précipitèrent vers la sortie, se bousculèrent, renversant tout sur leur passage.

Les douaniers finirent par s'interroger sur la signification de cette agitation. Cadin exhiba sa carte de police et désigna les quatre gars.

— Vous savez s'il s'est récemment produit une sérieuse bagarre entre rockers, dans le secteur ?

Le douanier le lui confirma.

— Oui, hier soir, à Poperinge, chez les Belges. Ils ont relevé une dizaine de blessés dont deux gravement touchés. Selon les collègues il s'agirait d'une bande venue de chez nous. Ça fait partie des échanges, la dernière fois c'étaient des Belges qui avaient fichu le désordre dans la banlieue de Lille.

— Eh bien, ces quatre-là sont dans le coup. Ils aiment bien raconter leurs exploits. Leur voiture est garée devant le restaurant. Vérifiez leur signalement à Poperinge.

Cadin se retenait depuis un bout de temps, mais le chatouillis qui prenait naissance au fond de son nez eut le dessus ; il partit en éternuements.

Le patron lui fit cadeau du repas mais il était clair, à son regard, que la reconnaissance ne lui dictait pas ce geste. L'espoir de ne plus revoir ce flic dingue, tout au plus.

Cadin s'éloigna du village. Sur la route il voulut prendre contact avec le commissariat afin de leur donner des nouvelles, d'inventer un prétexte quelconque, une panne, une maladie crédible pour justifier cette seconde journée d'absence. Il stoppa devant une cabine téléphonique. Le fil d'acier flexible pendait lamentablement derrière la porte, sectionné au ras de l'écouteur. Il renonça à trouver un poste en bon état. Le commissaire devrait se faire une raison.

Un violent orage l'obligea à rouler à petite vitesse. Il ne franchit les limites de Lille qu'à la nuit tombante. C'était l'heure de la sortie des bureaux et des usines.

Le cours Musset se présentait sous la forme d'un passage privé situé entre deux boulevards du quartier chic. Cadin laissa sa voiture sur un parking et il remonta le cours, longeant d'imposants immeubles protégés par de lourds portails en fer forgé. Il croisa un vigile qui retenait un chien musclé, le museau caché sous une muselière de cuir. L'homme l'observa de la tête aux pieds, sans la moindre gêne ; Cadin sentit son regard peser dans son dos tandis qu'il s'éloignait. Il atteignit le numéro un et avança son index vers le bouton de sonnette. Une petite plaque émaillée prévenait les candidats aux cambriolages éventuels :

Cette maison est placée
sous la surveillance
DE VIGILS-COPS
de jour comme de nuit

Cadin appuya résolument sur le bouton. Une voix nasillarde se fit entendre, montant d'un minuscule interphone aménagé dans un pilier de la clôture.

— Qui demandez-vous ?

Il gagna du temps. Il ne savait pas encore s'il devait jouer franc jeu.

— Je désire rencontrer monsieur Maillard, s'il est présent. Il s'agit d'une démarche exceptionnelle et urgente.

La même voix impersonnelle reprit ses questions.

— Qui êtes-vous ? Ayez l'obligeance de décliner vos noms et qualité.

— Mon nom ne vous dira rien. Je m'appelle Cadin. Je suis employé par la Société Duyck et Dernu. Aujourd'hui la Société Dernu depuis l'accident survenu au premier associé… Je présume que ces précisions s'avéreront largement suffisantes.

L'information ne mit pas longtemps à transiter et un mécanisme électrique commandé à distance libéra la porte. L'inspecteur fut reçu sur le perron par une jeune femme habillée à la manière des bonnes du début de siècle, corsage et jupe noirs, tablier ajouré noir. Il n'avait pas l'habitude d'évoluer dans ce monde, son expérience de cette classe se limitait à sa participation aux réceptions de fin d'année, en Préfecture, et à quelques cérémonies de remises de Légion d'honneur. Il profita de l'absence momentanée de la domestique pour réajuster sa chemise et raviver le brillant de ses chaussures aux revers de son pantalon. La jeune femme revint dans le hall d'entrée.

— Monsieur va vous recevoir. Suivez-moi.

Ils traversèrent un long couloir parqueté dont les murs étaient tendus de tissus puis pénétrèrent dans un spacieux salon de travail. Un petit homme tout en rondeurs était assis dans le creux d'un fauteuil en cuir, à demi dissimulé par un véritable massif de plantes vertes. Cadin ne l'avait pas remarqué, tout occupé à regarder la collection de tableaux qui ornaient les murs. Toute l'école hollandaise semblait au rendez-vous.

— Vous vous intéressez à la peinture, monsieur Gadin ?

L'inspecteur sursauta au son de la voix et découvrit son interlocuteur. Il vint se placer devant lui.

— Pas autant que je le voudrais. Je m'appelle Cadin, avec un C. Vous avez de très belles toiles. Ce sont évidemment des originaux…

L'industriel sourit, puis il se leva et s'approcha d'un paysage dont le seul cadre devait coûter une fortune. Il y avait vraiment dans ce salon de quoi rendre jaloux un commissaire-priseur.

— C'est ma plus belle pièce. Il s'agit d'une œuvre de Jacob Van Ruisdael, un paysagiste du XVIIe siècle. Il existe un autre chef-d'œuvre de ce maître au Rijksmuseum d'Amsterdam, le « Moulin de Wijk ». Mais je préfère celui-ci. Vous n'êtes pas de cet avis, monsieur Cadin ?

— Excusez-moi, mais je ne connais pas ce peintre… Je ne suis pratiquement jamais sorti de France. Je ne pensais pas avoir ce genre de conversation avec vous.

— Dans ce cas, passons aux choses sérieuses. Ainsi vous appartenez au fameux Cabinet Duyck et Dernu… Une fin véritablement affreuse, surtout lorsque l'on songe à ces chiens !

Cadin écoutait ; il se rendit compte que Maillard avait cet avantage sur lui, qu'il avait appris à parler pour ne rien dire. Il était rompu aux négociations de toutes sortes avec les maires, les députés, les ministres. Il tournerait autour du pot autant de temps qu'il serait nécessaire, sans jamais risquer d'y tomber. Autant abattre les cartes en ouverture et cesser de jouer au chat et à la souris.

— Monsieur Maillard, vous vous êtes adressé à notre Agence il y a deux ans.

L'industriel protesta, sans trop de conviction.

— Vous devez faire erreur, je ne traite pas d'affaires avec un cabinet de détectives privés. Je m'adresse aux hommes de loi. Le nom de Maillard est très répandu, je ne doute pas qu'un nommé Maillard ait fait appel à vos services.

— Pour quelle raison m'auriez-vous reçu alors ? Votre porte est aussi bien défendue que celle d'une banque. Il suffit pourtant de prononcer le nom de notre agence pour que les protections soient levées. Vous êtes ce Maillard n'est-ce pas ?

L'homme traversa la pièce pour se planter devant Cadin.

— Que voulez-vous au juste ? Soyez bref et précis, ou je vous fais raccompagner.

— Si vous voulez, notez mon adresse pour le taxi : douze rue Bournoville à Merville. On ne peut pas la manquer, il y a une boîte aux lettres neuve.

L'industriel perdit toute contenance. Il se laissa choir dans son fauteuil. Mais en moins d'une minute il retrouva sa superbe.

— Je me doutais que cela finirait ainsi. Dites-moi votre prix et laissez-moi tranquille. J'ai, je pense, assez d'argent liquide ici pour répondre à votre chantage.

— Je n'ai pas besoin de votre argent…

— De quoi alors ? Je ne vois pas ce que je peux vous proposer d'autre !

— Je vais vous le dire : la seconde moitié de l'histoire. Je sais que vous avez eu de gros ennuis qui vous ont conduit à vous en remettre à Duyck et Dernu. Votre confiance en ces messieurs étant limitée, vous avez eu l'idée de protéger votre véritable identité en créant une société fictive domiciliée à Merville. Vous avez conservé votre nom, les Maillard sont aussi courants que les Durant ou les Martin. Et puis on vous connaît surtout sous l'appellation « Van Loopen et Maillard ». Il existait donc peu de chance que les détectives s'interrogent sur ce Maillard-là plutôt que sur un autre client. Ils ne s'en seraient jamais sortis !

— Comment savez-vous tout cela ?

Cadin se contenta de sourire.

— Le hasard, monsieur. Je me doute de vos raisons, mais je souhaite les apprendre de votre bouche. Pourquoi vous êtes-vous adressé à une agence de privés ? Ensuite je vous laisserai tranquille et vous n'entendrez plus parler de moi. C'est promis.

L'industriel ouvrit les portes d'un joli meuble entièrement laqué qui dissimulait un bar.

— Au point où nous en sommes, nous pouvons boire ensemble…

Il versa deux mesures de pur malt dans un verre et le tendit à Cadin sans lui demander son avis. Il continua.

— … J'ai rencontré d'énormes difficultés avec mon fils, Daniel. J'ai beau tenir entre mes mains l'approvisionnement en matières premières de cette région, il m'est pratiquement impossible d'affronter mon propre fils. Je m'exprime mal… je veux dire dialoguer avec lui. Peut-être ne lui ai-je pas consacré le temps nécessaire ? C'est sûrement là qu'il faut chercher. Mais ce n'est pas la peine de me lamenter. Daniel a fait les quatre cents coups, comme l'on dit. Certainement davantage. J'ai toujours craint pour lui d'être obligé de le rechercher dans un commissariat de police, ou pire. Je l'ai tenu jusqu'à sa majorité… après…

— Il travaillait pour subvenir à ses besoins ?

— Non, il suivait des cours à la faculté. Je lui allouais une bourse mensuelle.

Cadin lui coupa la parole.

— De combien cette bourse ? C'est possible de le savoir ?

— La question n'est pas là ! Assez pour que Daniel n'ait pas à venir réclamer en fin de mois. Une somme raisonnable qui lui permettait de régler son loyer et ses notes de restaurant.

— Ainsi que l'essence de la Porsche 924… Vous auriez mieux fait de lui mettre le volant d'un quarante tonnes dans les mains. Lille-Marseille à raison de trois aller-retour par semaine. Juste pour qu'il comprenne ! Et qu'avez-vous demandé aux détectives ?

— De le surveiller et de me fournir un rapport hebdomadaire. Il ne montrait aucun discernement dans le choix de ses relations. Certaines de ses fréquentations étaient franchement des délinquants. Je craignais qu'on ne l'entraîne dans des affaires fâcheuses pour sa réputation.

L'inspecteur avala le whisky d'un trait. Maillard ne se rendait pas compte que la personne qu'il protégeait ainsi n'était autre que lui. Cadin décryptait le discours et la dernière phrase de l'industriel résonna ainsi à ses oreilles : « Je craignais qu'on ne l'entraîne dans des affaires fâcheuses pour MA réputation. » Il reposa brutalement le verre sur le plateau d'argent.

— Un peu de courage ! De quoi aviez-vous si peur ? Une réputation, ça se rétablit ! Il se droguait, c'est bien ça ?

— Oui ; pourquoi le cacher plus longtemps ! Dany, enfin Daniel, c'est son surnom à la maison, ne venait pas ici trop souvent. Puis, il y a un peu plus de deux ans de cela, il a commencé à cogner à la porte pour les prétextes les plus divers… Je vous ai menti, tout à l'heure, il voulait de l'argent supplémentaire. Une fois c'était pour acheter un meuble ou un costume, une autre fois une réparation urgente sur la voiture… J'ai chargé les détectives de le suivre et de m'avertir de toute activité illégale de la part de mon fils.

— Et le résultat ?

— Ils ont fait traîner les choses pendant plusieurs semaines pour me soutirer un maximum d'honoraires et ils m'ont remis un rapport accablant. Daniel en était à l'héroïne. J'ai consulté mon médecin traitant, le professeur Groten. Un homme remarquable, il s'est occupé de faire hospitaliser Daniel dans un établissement spécialisé, en Suisse. Ils ont fait des miracles ! Je passe le voir chaque mois. D'ici quelques semaines il sera en mesure de revenir dans la région ; je pense lui confier un certain nombre de responsabilités dans le groupe.

Cadin ne put s'empêcher de penser à la destinée d'Alain Cappel dont la mère ne collectionnait pas les Présidences de Conseils d'Administration mais les chiens abandonnés.

— Votre fils vous a-t-il parlé des jeunes gens qu'il fréquentait à Hazebrouck, particulièrement ?

— Très peu, ce n'était pas mon sujet de conversation favori ! Les noms figuraient sur l'un des rapports, mais je m'en suis débarrassé. Monsieur Duyck était intervenu au cours d'une de leurs soirées en se faisant passer pour un policier. Que vous dire de plus… Sinon que je m'interroge toujours sur ce qui vous pousse à reconstituer cette vieille histoire !

L'inspecteur Cadin fut soudainement pris d'une envie de faire du mal à cet homme qui symbolisait trop de choses à ses yeux et qu'il rendait, inconsciemment, responsable de la mort d'Alain.

— Je veux tout savoir pour une raison très simple : c'est que je n'appartiens pas au cabinet « Duyck et Dernu ».

Maillard changea de couleur. L'abattement distingué qu'il affectait une seconde auparavant, laissa place à une rage hystérique. Les mots se bousculaient sur ses lèvres.

— Vous ne sortirez pas d'ici ! Je vais porter plainte contre vous, espèce de maître chanteur. Je suis assez puissant pour vous réduire au silence. D'abord qui êtes-vous ?

Cadin se leva en appuyant ses gestes pour se donner l'air décontracté et répondit à l'industriel en détachant chaque mot.

— Je suis journaliste à *Libération*, nous préparons un numéro spécial sur la région Nord-Pas-de-Calais.

Maillard se jeta sur lui, mais Cadin avait prévu cette éventualité. Il souleva le pan de sa veste et découvrit la crosse du Manurhin 357 plaquée contre ses côtes. Son adversaire demeura pétrifié. Cadin en profita pour ouvrir la porte. La jeune femme en tablier se chargea de le raccompagner en silence et il se retrouva sur le trottoir. Une équipe de vigiles gardait les grilles fermées du cours. Ils le laissèrent passer.

En s'installant au volant, il imaginait le remue-ménage que les appels paniqués de Maillard allaient provoquer dans toute une série d'antichambres et, par-dessus tout, la surprise de la rédaction du journal quand on demanderait des renseignements sur un reporter nommé Cadin. Un type qui faisait ses interviews avec un revolver à la ceinture…

L'euphorie dissipée, il s'aperçut des failles de son raisonnement. Maillard ne manquerait pas de se mettre en contact avec Dernu, si ce n'était déjà fait. Le détective ferait instantanément le rapprochement avec le Cadin venu traîner ses guêtres chez Duyck la semaine précédente, au sujet de la mort de Guy Mallet. Cadin se dit qu'il devait s'attendre aux retombées et il mit le contact.

Il jeta un regard dans le rétroviseur. Il remarqua le manège d'un vigile, semblable à celui qui tenait le chien en laisse tout à l'heure. L'homme venait de retirer sa casquette pour se faire plus discret. Il monta dans une 504 grise. Cadin déboîta lentement et il resta en seconde pendant quelques centaines de mètres afin de bien observer les réactions de la Peugeot. La voiture braqua à son tour et le suivit à distance respectable, tous feux éteints. Cadin se dirigea vers le fort puis s'engagea à vive allure dans une longue rue en impasse. Le vigile marqua une hésitation à la vue du panneau « Sans Issue », mais la conscience professionnelle l'emporta sur toute autre considération : il entra à son tour. Cadin n'attendait que ça. Il freina brusquement et s'éjecta du siège avant l'arrêt complet de son véhicule. Le vigile n'avait pas encore réalisé ce qui lui arrivait qu'il se voyait confronté au 357 Magnum brandi par l'inspecteur, le canon appuyé sur la vitre à hauteur de son front.

— Descends de là. Et vite.

Il obéit. Cadin lui ordonna de placer ses mains sur la tête puis il confisqua les clés.

— Maintenant, retourne bien sagement chez ton maître. Il y a encore des bus pour le centre ville. Dis-lui que je n'ai pas besoin d'ange gardien. Un conseil, fais-toi payer un stage de perfectionnement, tu n'es pas tout à fait au point.

CHAPITRE XI

Il freina trop brusquement et les pneus glissèrent sur le gravier. L'avant de la voiture buta contre la barrière de sécurité, repliant la partie droite de la plaque d'immatriculation sous le carter. Cadin s'agenouilla, tenta de la remettre en place mais un morceau d'acier lui entailla un doigt. Il se releva en pestant et se dirigea vers son appartement.

Il se confectionna un pansement de fortune avec un reste de sparadrap trouvé au fond d'un tiroir, dans la salle de bains. Il se décida à prendre une douche brûlante. À peine était-il habitué à l'eau que le téléphone se mit à sonner. Il serra les dents et compta une quinzaine d'appels prolongés. Après un court répit, l'appareil repartit pour une nouvelle série. Toute la sensation de bien-être procurée par l'eau chaude s'était évanouie. Il débrancha le téléphone, bravant ainsi les consignes formelles de l'Administration des Postes et Télécommunications puis il se laissa tomber nu sur son lit décidé à s'endormir au plus vite.

Il ferma les yeux, laissant défiler ses pensées éparpillées entre Lille, Hazebrouck et Risquons-Tout, partagées entre Dany, Laurence, un aumônier fou de rock'n roll, Samy, et une armée de géants.

Les fils de tous ces épisodes commençaient à se croiser,

pour certains à se nouer. Il lui fallait avancer, découvrir s'il existait des relations entre Dany et Laurence par exemple, ou entre Duyck et Samy. Il se souvenait de cette soirée à L'Orphéon, de la sortie précipitée du comédien ; il se promit de lui rendre visite à l'hôpital dès le lendemain.

Il sombrait tranquillement dans le sommeil quand on frappa à la porte. Il enfila son pantalon, directement, et passa un pull posé sur le dossier d'une chaise. Ils n'avaient pas été longs à réagir ! À peine cinq minutes que le téléphone était débranché…

Cadin aurait bien fait le mort mais sa voiture, en bas de l'entrée, révélait sa présence.

Il tira le verrou. Le voisin du dessous se tenait sur le palier, la banane gominée, les santiagues luisantes. Cadin remarqua le jean neuf et l'odeur de Baranne qui montait du blouson ciré. Une vraie révision générale.

— Bonsoir monsieur l'inspecteur ; je m'excuse de vous déranger mais on vous a entendu rentrer… alors…

Cadin l'invita à passer dans la salle à manger. Il l'installa sur une chaise puis lui offrit une bière. Il préférait la visite du rocker plutôt que celle du commissaire ou d'un de ses envoyés.

— Ce n'est pas si souvent que nous avons l'occasion de nous rencontrer ! Qu'est-ce qui vous amène ?

Le voisin tira la languette de métal puis il porta la boite de bière à sa bouche. Quelques gouttes de mousse s'écrasèrent sur son jean qu'il brossa vivement du plat de la main.

— Voilà, c'est mon anniversaire aujourd'hui et on fait une petite fête ce soir. Avec tout un tas de copains… Alors on a pensé vous inviter. Si c'est possible ?

— C'est gentil d'avoir pensé à moi. Vous serez nombreux ?

— Une quinzaine. On va reconstituer l'orchestre

d'avant l'armée. On sera au complet, sauf le batteur. Il est chez les dingues depuis l'Algérie. Ils ramènent les guitares et les amplis. On va se refaire quelques morceaux de première…

— Je ne savais pas que vous aviez fait partie d'un groupe. Ça s'appelait comment ?

— Comme les pneus, mais en deux mots, les Fire Stones. Le bassiste a trouvé le nom. Il bosse dans un garage. Vous viendrez nous dire ce que vous en pensez, inspecteur ?

Cadin s'assit à l'extrémité du lit pour s'absorber dans une opération délicate, le retournement de ses chaussettes.

— Croyez bien que ça m'aurait fait plaisir mais je suis de service. Je suis revenu le temps de me changer. On essaiera de voir une prochaine fois. D'accord ?

Le vieux rocker termina sa bière et il redescendit rendre compte du succès de sa délicate mission. Le flic du dessus était neutralisé, place aux décibels.

De son côté, Cadin rassembla ses affaires de toilette, les fourra dans son attaché-case puis partit s'installer pour la nuit dans un petit hôtel situé en périphérie. Il se fit servir son dîner dans la chambre et demanda qu'on veuille bien le réveiller le lendemain à huit heures.

*

Devant lui la route était dégagée ; un rayon de soleil perçait timidement la couverture nuageuse. Il n'avait jamais entendu parler de Bergue. Le guide « Routes Tranquilles » la définissait comme une ville moyenne, fortifiée par Vauban, qui possédait de nombreux vestiges de son passé glorieux. Le rédacteur de la notule s'attardait sur les « bastions entourés de fosses en eau » encore appelés Couronne de Hondshoote, et signalait le Mont-de-Piété, un bâtiment en briques moulurées, de type flamand qui abritait le « Joueur de vielle au chien », un tableau de Georges de la Tour.

Un véritable pèlerinage pour Maillard !

Cadin passa sous une porte de pierre faisant partie de l'enceinte fortifiée et arriva sur la place de Bergue. Une série de pancartes indiquait toutes les curiosités touristiques.

Cadin repéra une flèche surmontée de l'inscription « Narcostop » dirigée vers la porte de l'abbaye de Saint-Winoc.

Il gara sa voiture près du mur, entra dans la cour d'une sorte de minuscule château.

Ses pas crissaient sur le gravier, mais ce ne fut pas ce léger bruit qui décida une femme, aux cheveux gris tirés sur la nuque, à venir à sa rencontre. Elle portait une robe ample, imprimée de motifs colorés qui ondulait au vent.

— Que cherchez-vous monsieur ?

Elle avait parlé très doucement à la manière de ces voix d'aéroports… mais en plus, elle souriait et joignait les mains en signe de bienvenue.

— Je viens m'informer sur votre communauté.

Elle ne se départit pas de son air empreint de douceur et d'infinie patience.

— Je suis désolée, mais on ne visite pas Narcostop. C'est un lieu de paix et de sérénité qui ne doit pas être troublé par les étrangers. Pour le bien de nos malades, comprenez-le.

— Je ne suis pas un touriste, mademoiselle, je travaille en ce moment ; je désire obtenir un entretien avec la direction de votre établissement.

Elle inclina le buste pour une discrète révérence.

— Dans ce cas, qui dois-je annoncer ?

— L'inspecteur Cadin, d'Hazebrouck.

Elle exprima sa surprise par le simple prolongement de son regard puis elle tourna les talons et disparut dans le hall du château. Elle revint aussitôt, flanquée d'un vieil homme. Il ne devait pas être loin de quatre-vingts ans mais il était resté solide, avec des yeux vifs, mobiles. Il s'adressa à Cadin.

— Je ne vois pas ce qui motive une irruption de la police dans notre clinique, inspecteur, nous sommes parfaitement en règle avec les autorités et aucun de nos patients n'est sous le coup d'une inculpation. Nous y prenons garde.

— Rassurez-vous, je n'ai pas l'intention de vous ennuyer. Je fais une enquête de routine sur l'un de vos anciens pensionnaires, Alain Cappel. Votre collaboration me serait précieuse.

Le vieil homme parut surpris, puis après un instant d'hésitation, il invita l'inspecteur à pénétrer dans le hall. Dans le même temps il intima l'ordre de s'éloigner à l'hôtesse.

— Vous faites donc une enquête à titre posthume. Ce garçon est décédé d'une overdose il y a plus d'un an et demi… Il est resté cinq mois avec nous. C'est trop peu pour assurer une guérison durable. Il a quitté Narcostop au mois de mai. Il est mort en septembre ! C'est une loi presque absolue ; ils recommencent toujours à un palier supérieur. Que voulez-vous savoir, au juste ?

— Connaissiez-vous sa sœur, Laurence ?

— Bien entendu. Elle venait régulièrement lui rendre visite. Elle était de notre avis, elle s'opposait à ce qu'il parte aussi vite. Mais on ne peut rien contre la volonté d'un patient. Ce sont eux qui acceptent leur destin ou qui parviennent à en modifier le cours. Nous ne pouvons les retenir, dès lors qu'ils exigent de sortir. Vous vous appelez bien Cadin ?

— Oui, pourquoi ?

— Je me souviens de votre nom. Je l'ai lu dans la presse, c'est vous qui avez découvert le meurtre. Certaines familles attirent le malheur. D'abord Alain puis Laurence…

— Oui, je suis de votre avis. Comment ça se passait avec Alain ? Je veux dire son comportement, sa façon de vivre avec les autres.

— Avant, je préfère vous demander si vous êtes familiarisé avec nos méthodes ?

— Non, il y a encore trois jours, j'ignorais jusqu'à votre existence.

Le directeur du centre de soins le prit par le bras, dans le couloir.

— Venez, nous allons faire le tour du propriétaire. Le château accueille actuellement quatorze patients à divers stades de guérison.

Ils traversèrent le bâtiment pour accéder à un vaste espace scindé en diverses parcelles. Une grande partie du terrain était réservée aux cultures, la surface directement à gauche, à l'élevage. Une dizaine de baraquements étaient disposés en arc de cercle au centre de la ferme et quelques jeunes gens étaient occupés à charrier du fumier ou des sacs d'engrais, d'autres râtissaient les allées. L'inspecteur fut frappé de leur accoutrement. Certains étaient vêtus d'un simple morceau de tissu, une sorte de pagne blanc, d'un châle ou d'une chemise grossière sans boutons dont les pans étaient réunis par une cordelette tissée. Pas un ne portait de chaussures. Cadin les montra de son doigt recouvert de sparadrap.

— Ils vont attraper froid ! Pourquoi sont-ils habillés de cette façon ?

— C'est une des bases de notre thérapie. Avant d'arriver ici, tous ces gens ne concevaient l'idée de « manque » que pour une seule chose : la drogue. Pourtant le manque d'eau, le manque de nourriture, le manque de vêtements sont des situations autrement dramatiques, car ce sont les besoins essentiels qui se trouvent atteints. Partant de ce principe, nous les mettons en position de manque absolu. Le jour de leur arrivée, ils n'ont pas d'habits, de repas. Rien. Dans leur chambre, tout est démonté, lit, armoire et s'ils veulent dormir ils doivent commencer par bricoler leurs meubles. Personne ne leur viendra en aide, leurs compagnons ont suffisamment de peine à subvenir à leurs propres besoins. Ils ne doivent compter que sur leur force et sur rien d'autre. S'ils ont froid, qu'ils tissent, s'ils ont faim, qu'ils cultivent, s'ils ont soif, qu'ils tirent de l'eau…

Il désigna les baraquements à l'inspecteur.

— … Ils disposent de tout le matériel nécessaire à l'intérieur de ces ateliers. Ils doivent faire l'apprentissage de la notion de survie et recouvrer celle de dignité. Au début ils se contentent de manger à même la table, de laper l'eau dans le creux de leurs mains. Ils en viennent vite à la conclusion que l'assiette et le verre sont d'un rendement bien supérieur : on les retrouve à l'atelier de poterie et d'émaillage. Un bon signe et le début du refus de leur animalité. Nous observons ce type de progrès chez tous les patients. Avec des différences dans la rapidité de la prise de conscience. Certains mettent quinze jours pour se résoudre à tisser une chemise, une culotte. Alain Cappel réagissait bien, il s'est très vite adapté. D'autres comptent sur un relâchement de notre part. C'est absolument illusoire puisque le contrat qui nous lie, stipule que toute mesure d'exception annule la cure. La moindre dérogation se transformerait en une négation de l'ensemble de notre méthode.

Ils s'étaient approchés d'un enclos protégé par une barrière en rondins.

— Une grande réussite, le département d'élevage ! Ils ont débuté avec une basse-cour et nous voilà parvenus au stade de la porcherie semi-industrielle. Regardez, inspecteur, trente-huit bêtes élevées par des gosses qui, hier encore, passaient leurs nuits à rôder dans les rues à l'affût d'un mauvais coup !

Cadin se pencha par-dessus la rambarde. Il observa les porcs qui remuaient la boue avec leurs groins, à la recherche de parcelles de nourriture. Soudain l'un des plus gros verrats se détacha du groupe et il changea brusquement d'activité. Il se précipita sur une truie d'un volume sensiblement égal au sien. Il posa ses pattes de devant sur le dos de sa compagne et il commença à s'agiter en grognant. Cadin détourna la tête alors qu'une bouffée de désir lui tordait le ventre. Il parvint à chasser l'image de Blandine. Le directeur tenta de détendre l'atmosphère.

— Ah, il faut bien que la nature s'exprime ! Pour en revenir à Alain, il est bien dommage qu'il nous ait faussé compagnie au moment où nous allions procéder aux analyses de « re-stimulation ».

— C'est-à-dire ?

— Au terme de la période initiale de reprise en charge du sujet par lui-même, il redevient un homme normal. C'est-à-dire un névrosé. Les exceptions sont rares ! D'ailleurs le passage à la consommation de drogue indique l'existence d'un blocage de type compact que le malade ne parvient plus à affronter. Si nous ne savons pas détecter ce qui gêne le sujet, au point qu'il en arrive à se détruire, pas de doute, il recommencera dès qu'il en aura l'occasion. La seconde phase du traitement consiste donc en une « re-stimulation », une sorte de retour par l'esprit aux événements qui ont fait naître la névrose.

— Alain n'est pas resté jusque-là, mais avez-vous pu établir un début de diagnostic ?

— Vous n'utilisez pas les termes qui correspondent à nos pratiques. S'ils sont malades, nous ne sommes pas médecins. Nous les aidons voilà tout. Nous les écoutons. Je n'en sais pas davantage que vous. Alain était très affecté par la disparition de son père et aussi par la rupture alors qu'il était adolescent, d'avec son milieu de jeunesse. La famille habitait en région parisienne avant de se fixer à Hazebrouck. Mais ces épisodes sont de nature non décisive. Ils se greffent sur les véritables freins qui eux, datent de la petite enfance. Et très fréquemment des mois qui ont précédé la naissance…

Cadin fixa le vieil homme en souriant.

— Vous y croyez sérieusement ?

— Nos théories soulèvent bien des scepticismes. Nous avons fait des milliers d'expériences à travers le monde : il faut bien se rendre à l'évidence le fœtus enregistre les agressions dont il est victime Tout le mythe d'une vie intra-utérine préservée de l'extérieur est basé sur l'ignorance. Si la mère éternue, l'enfant entend, un ventre qui se cogne au rebord d'une table et c'est le premier traumatisme, le père qui s'excite comme ce verrat, et l'enfant a l'impression d'être soumis à la torture du marteau-piqueur… tous ces chocs sont collectionnés par l'embryon, ils affectent la personnalité future de l'enfant. Une grande majorité des drogués, c'est également vrai pour les pensionnaires d'hôpitaux psychiatriques, ne sont que les résultantes d'avortements ratés. C'est le souvenir de la peur effroyable, du meurtre tenté par la mère qui leur interdit de développer leurs capacités et les entraîne vers la mort…

Il se passionnait au fur et à mesure de son cours, emporté par le sujet et l'espoir de faire un nouvel adepte. Cadin fit semblant de s'intéresser à l'état du ciel.

— … Vous êtes concerné au premier chef, inspecteur. On dépense des milliards chaque année pour soigner les malades mentaux, pour la réinsertion des criminels, des drogués, alors que la raison majeure de cette situation est la multiplication des tentatives d'avortements pratiquées par des mères refoulées sexuellement, pour qui les enfants sont une malédiction alors qu'il s'agit de la plus pure bénédiction du ciel…

Pris par les mots, ils avaient fait le tour des ateliers et se trouvaient à nouveau devant l'enclos. Le verrat montait toujours sa truie. Cadin s'en étonna mais n'en laissa rien paraître. Quelques jours après, il consulta la rubrique « sexualité » de l'Encyclopédie disponible à la bibliothèque municipale. Il apprit que les cochons tiennent jusqu'à dix minutes accouplés, mais qu'ils ne renouvellent l'opération qu'une fois. Les taureaux restent en place un dixième de seconde mais il leur faut recommencer une bonne cinquantaine de fois avant de s'estimer satisfaits.

— J'aurais une autre question à vous poser. Votre établissement est agréé par la Sécurité sociale ?

— Non, hélas. Malgré nos incontestables résultats et les nombreux dossiers déposés au ministère de la Santé. Nous fonctionnons sous la forme d'une Association loi de 1901, sans aucune subvention. Mais ils devront bien nous reconnaître un jour !

— Vous facturez donc vos services…

— Évidemment inspecteur. Nous avons un tarif journalier comprenant l'accueil, la pension complète, la blanchisserie et les soins.

Cadin traduisit par « chambre en pièces détachées », « pissenlits », « loques tissées » et « bourrage de crâne ».

— Combien demandez-vous pour un stage d'un mois ?

— Environ dix mille francs ; ça peut sembler cher, mais la famille est assurée d'obtenir une guérison complète.

— Sûrement, sûrement. Il n'empêche qu'un million ancien par mois, c'est une somme. C'est Laurence qui réglait la pension de son frère ?

— Oui, qui voulez-vous que ce soit ! Elle ne souhaitait

qu'une chose, qu'il reste autant que possible. C'était une femme admirable.

Le directeur le ramena dans la cour d'entrée de la communauté de Narcostop. Cadin rejoignit sa voiture, se mit au volant et baissa la vitre. Il passa la tête par la fenêtre et interpella le vieil homme qui s'éloignait déjà.

— Au fait, avez-vous entendu parler d'un jeune garçon, Daniel Maillard dit Dany ?

— Non, jamais. Excusez-moi.

Cadin enclencha la troisième par erreur ; le moteur cala. Il redonna un coup de démarreur et sortit du château sous les regards insistants du directeur et de la jeune femme à la robe flottante et multicolore, qui l'avait rejoint sur le perron.

*

L'inspecteur s'arrêta un peu plus loin dans la ville, devant une tour pointue surmontée d'une mince flèche en ardoise. Il sortit son calepin de la poche intérieure de sa veste.

Alain était donc demeuré cinq mois entre les griffes de cette bande de mystiques, cinq mois à un million pièce. Laurence avait versé cinq millions pour son petit frère, sans sourciller ; mieux, elle se disait prête à continuer le temps nécessaire. Il inscrivit :

5 mois à 1 M = 5 M

puis il rechercha les notes prises au Scopitone avec l'ancien curé.

Sortie Narcostop. Laurence paie la poudre jusqu'à overdose.

Il récapitula. Alain était donc dans la « clinique » de janvier à mai, puis dehors de fin mai jusqu'à sa mort en septembre. Cela signifiait que Laurence avait fait les commissions pour son frère pendant près de quatre mois.

Il entra dans un bar, commanda une bière et se désaltéra avant de téléphoner à Paris. Par chance son correspondant était dans son bureau.

— Allô, Dalbois ? C'est Cadin, d'Hazebrouck.

Dalbois naviguait entre les « Mœurs » et les « Stups », à la Préfecture de Paris. Ils avaient fait leur spécialisation ensemble, à Strasbourg et depuis ils maintenaient le contact. Ils échangèrent les phrases banales des gens qui ne se rencontrent pas souvent.

— Voilà, j'aimerais que tu me dépannes. Rassure-toi, ce n'est pas un secret d'État. La dose d'héroïne va chercher dans les combien par les temps qui courent ?

— La blanche est à 1 200 francs la dose. La chinoise 600 à Saint-Michel, mais on peut la toucher à 450 francs dans le bas de Belleville.

— Les prix sont valables pour mon secteur ?

— Rajoute dix pour cent, tu seras dans le vrai. Et encore, vous êtes en ligne directe pour la blanche, elle arrive d'Amsterdam. Tu montes une boutique ?

— Non, j'essaie d'évaluer ce qu'un gars a consommé il y a un an et demi.

— Dans ce cas c'était de la blanche et les cours étaient moyens. L'autre variété n'était pas encore distribuée en France. Compte mille francs par jour, tu ne te tromperas pas de beaucoup.

Cadin le remercia et raccrocha. Il nota les chiffres sur son carnet, sous les cinq millions précédents.

Janvier-Mai : Narcostop 5 × 1 = 5 Millions

Juin-Sept : Poudre, 110 Jours à 1 000 francs = 11 Millions.

— Je vous dois combien pour la bière et le téléphone Paris ?

Il régla puis reprit la route d'Hazebrouck. À mi-chemin, il traversa un orage de grêlons. Il eut une pensée émue pour les pensionnaires de Narcostop.

CHAPITRE XII

Cadin venait fréquemment à l'hôpital dans le cadre de ses fonctions. Le gardien lui adressa un salut amical depuis la fenêtre du pavillon d'accueil, avant de lever la barrière blanche et rouge. L'inspecteur se rendit directement au bureau du personnel. L'hôtesse chargée de la réception était occupée à remplir un bon de commande de la Redoute. Elle mettait autant de soins à vérifier les numéros de code des articles, qu'un agent secret chiffrant un message.

Il se décida à interrompre l'exercice et elle tourna la tête en affichant un sourire figé.

— Vous pouvez me dire si Samy est de service aujourd'hui ?

Elle ne demanda pas de précisions supplémentaires et consulta le tableau de présence situé derrière elle.

— En effet, il assure les urgences mais dépêchez-vous car il s'arrête à midi.

Cadin se hâta. Les urgences se trouvaient à l'autre extrémité du bâtiment, bien après le plateau technique. Il jouait de malchance, le car de police-secours venait de déposer un accidenté, un automobiliste qui venait de se payer une boutique de tir forain, sur la place principale. Brouakère lui expliqua que le conducteur, totalement ivre, avait évité un manège pour enfants d'extrême justesse et qu'il était sorti indemne de son véhicule. À ce moment, les mères rassemblées autour des stands s'étaient chargées de réparer cette erreur du destin.

— Nous sommes arrivés à temps, elles voulaient le lyncher !…

Puis il laissa passer quelques secondes en silence.

— … Vous savez, ça chauffe pour vous, inspecteur. Il y a eu tout un tas de coups de fils ce matin, de Lille. On ne sait pas grand-chose, mais le commissaire Rubecque ne tient plus en place. Vous devriez venir avec nous. Il vous aime bien…

— Pas encore, je ne suis pas prêt. Prévenez Rubecque, je serai au commissariat en milieu d'après-midi, aux alentours de quatre heures. Je pense avoir rassemblé assez de preuves pour le calmer.

Il parlait avec assurance en sachant fort bien que tout son édifice de déductions et de recoupements était fragile et que le moindre élément discordant pouvait le réduire en miettes. Il rattrapa Samy alors que l'infirmier s'apprêtait à quitter l'hôpital. Il ne parut pas surpris de voir l'inspecteur et accepta de faire quelques pas en sa compagnie.

— Alors, tu m'as filé entre les doigts, l'autre soir après la répétition ! Pourtant nous n'avions pas fini de parler…

— Moi si, je crois vous avoir tout raconté.

— Non, par exemple je ne sais pas comment tu t'y prends pour faire disparaître les corps…

Samy tourna la tête vers l'inspecteur, inquiet. Cadin poursuivit.

— … sur scène et ne laisser visibles que les mains et les visages. C'est très impressionnant.

— Vous plaisantez ? Vous n'êtes pas venu ici pour me donner votre avis sur mon numéro de l'Orphéon ?

— Si, pour une part… Alors, ton truc ?

— C'est archi-connu mais je constate que ça fonctionne encore. Il suffit de s'habiller en noir et d'évoluer sur un fond de couleur sombre. L'éclairage est remplacé par un projecteur équipé d'une lampe à rayons ultraviolets qui n'accrochent que les surfaces préparées avec un produit fluorescent. Pour occulter la tête de ma partenaire, je passe un tissu noir, donc invisible, entre son visage et le rayon. Voilà, ajoutez la crédulité du spectateur, vous obtenez la magie du théâtre ! Ce sera tout ?

— Non, j'ai fait un petit calcul ; je suis en mesure d'affirmer que Laurence a dépensé une véritable petite fortune pour son jeune frère, entre les mensualités de Narcostop et la drogue qu'elle lui fournissait pour lui éviter de faire des conneries… Quinze millions de centimes au bas mot, en l'espace de neuf mois. Cinq mois de clinique, quatre mois d'assistance ! C'est une somme. Tu devais être au courant, ne me dis pas le contraire.

— Bien sûr. Elle m'a emprunté de l'argent, au début, quand Alain est entré dans cette boîte…

— Enfin, on parle de choses sérieuses. Donc, à ce moment-là, Laurence n'avait pas d'argent devant elle ; pourtant elle a trouvé plus de quinze millions par la suite. Tu lui as passé combien ?

— Un million ancien, mais elle me l'a rendu au bout de trois ou quatre semaines. Elle n'a plus rien demandé. Il me semble qu'elle avait eu des rentrées d'argent conséquentes…

— Tu étais également au parfum de ses achats de poudre ?

— Oui, et nous nous sommes séparés un peu pour cette raison. Je voulais lui faire comprendre qu'on ne sauve pas les gens malgré eux. J'étais opposé au fait qu'elle devienne pourvoyeuse de son frère. Un soir, je lui ai confié qu'il valait mieux encore le mettre à la disposition de la justice, que sa vie ne suffirait pas, sinon. Je ne voulais pas tricher avec elle, lui mentir ou faire semblant de croire qu'elle parviendrait à le sauver. Voilà, vous êtes satisfait, ou les détails ne sont pas aussi croustillants que vous l'espériez, inspecteur ?

— Ne t'en prends pas à moi... Je suis le seul qui essaie de comprendre. As-tu une idée des rentrées exceptionnelles de Laurence ? Si je m'en tiens à sa famille, ce n'est pas de ce côté qu'il faut chercher. Le pavillon était en location et on ne m'a pas signalé d'héritage. Combien gagnait-elle ici, à l'économat ?

— Posez la question au Directeur du Personnel, je ne peux pas vous répondre sur ce sujet. Nous avions décidé de garder notre complète indépendance financière. Je l'invitais. Elle me rendait la politesse. Lorsqu'on marie l'argent, on fonde une petite société ; il n'y a rien de pire que l'esprit d'entreprise pour tuer l'amour.

— Très bien, je vais aller faire un tour chez ce monsieur. La première de la revue, c'est pour bientôt ?

— Oui, demain soir, ensuite on boucle le carnaval pour un an !

Samy fouilla dans sa poche. Il sortit un morceau de papier sur lequel il écrivit rapidement quelques mots avant de le tendre à l'inspecteur.

— Tenez, avec ça vous pourrez entrer gratuitement.

Cadin prit le carton et lut le texte.

SAMEDI 28 MARS À L'ORPHÉON
REVUE « ALORS ? TU VIENS » ?
40 comédiens et chanteurs
Représentation placée
sous la présidence de M. Courtini
Pt. de l'Amicale
des Industriels Hazebrouckois.

Au verso Samy avait inscrit, au-dessus de sa signature.

Laissez passer mon invité Monsieur Cadin.

*

Le responsable du personnel était un homme charmant. Il correspondait à l'image qu'on se fait du fonctionnaire modèle, strict et poli, prêt à rendre service dès lors que les intérêts, même les plus obscurs, de l'Administration sont en jeu. Au seul énoncé du mot « Police » il avait déjà ouvert ses armoires. Cadin n'eut aucun problème pour obtenir le double des fiches de paie de Laurence. Elle gagnait sept mille francs par mois, les charges déduites et bénéficiait d'une prime de treizième mois versée par une sorte de mutuelle. Il paraissait impossible qu'elle soit parvenue à régler les dépenses nécessitées par l'état de son frère, sans une sérieuse aide annexe. Cadin démarra tranquillement.

— Quelle était l'étendue des responsabilités financières de Laurence Cappel ?

— Pour situer le problème, nous gérons plusieurs milliards de centimes par an. C'est considérable, on ignore souvent que les hôpitaux figurent parmi les cinq premières branches économiques du pays, juste après l'automobile. La gestion d'un tel établissement est très compartimentée. La Direction Générale s'occupe de superviser l'ensemble et n'intervient que pour les investissements importants. Pour toutes les autres dépenses, le dossier est pris en charge par l'économat. Mlle Cappel était chargée d'ordonner toutes les commandes n'excédant pas la barre des quinze millions de centimes.

— Pourquoi cette limite ?

— C'est la loi qui l'exige. Au-delà de cette somme, le marché doit transiter par la Préfecture et le Préfet est tenu de donner son avis. Laurence Cappel s'occupait d'une infinité de choses, les achats de petit matériel, l'entretien, le linge, la nourriture, les vêtements professionnels. Ça allait du paquet de coton au chariot élévateur ou au mini-ordinateur. Tout ce qui coûtait moins de quinze millions anciens.

— Comprenez que je n'accuse pas Laurence Cappel, mais n'y a-t-il pas des possibilités de fraude, de falsification d'écritures ?

— Bien entendu, c'est dans le domaine du possible, mais dans le cas de Mademoiselle Cappel, je peux vous détromper. Ses comptes étaient irréprochables. Elle a fait toute sa carrière dans ce service avant d'en prendre la direction. J'en réponds comme de moi.

Cadin pensait que justement, le problème était là. Qui pouvait lui assurer que ce chef de personnel ne couvrait pas une complice ?

— Me permettez-vous tout de même de vérifier sur pièces ?

L'inspecteur se tourna vers les armoires qui garnissaient le mur du fond. Le fonctionnaire ouvrit les portes métalliques.

— Chaque rangée d'étagères correspond à une année d'achats. Nous nous adaptons seulement aujourd'hui à l'informatique ! Vous avez le choix. Prenez l'année qui vous préoccupe, je vais vous expliquer la méthode de classement…

Il se munit d'un mince livret qu'il commenta.

— Tous les documents sont référencés à l'aide d'un code et ce code est traduit dans ce petit recueil. Si jamais vous repérez un achat suspect, il vous suffit de vous reporter à ces pages pour savoir à quoi il correspond, de rechercher ensuite la facture correspondante. Une question d'habitude…

Cadin s'intéressa à la comptabilité générale de l'hôpital pour l'année précédente. Il exhuma plusieurs kilos de papier pris au hasard. Une vérification méthodique aurait nécessité un bon mois de travail d'une équipe d'experts. Il ne disposait que de quelques heures et de connaissances succinctes en comptabilité. Il opta pour la technique du sondage ; il mit de côté une dizaine de documents par mois, de janvier à décembre. L'immensité de la tâche à accomplir montrait, à l'évidence, qu'il ne pouvait réussir. Cadin se força pourtant à noter toutes les phases de son travail de recherche. Il avait divisé les feuillets de son calepin en trois colonnes et les remplissait, convaincu de l'inutilité de l'entreprise.

AK 3715 | 108 020 Francs.

AK 3715 signifiait « Poisson congelé » selon le livret décodeur. Il rechercha la facture qui lui donnait le détail du poisson acheté pour la somme de 108 020 francs ainsi que la date de livraison. Il continua ainsi pour l'ensemble des documents pris au hasard. Après deux heures d'efforts, il obtint une liste de trois pages de notes qui débutait par :

RV 4312	103 423 Francs	pour une facture de fruits et légumes
JH 1227	93 817 Francs	pour du matériel de radiologie
RP 7148	2 132 Francs	pour du papier hygiénique
ZO 2239	127 307 Francs	pour des fournitures « hautes énergies »
AM 4676	48 015 Francs	pour de la viande fraîche

Cadin abandonna sur un PR 8315 à 27 894 Francs correspondant à l'achat de trois prothèses de marche, facturées près d'un million ancien la pièce. Il était gagné par le découragement. Il pouvait noircir dix autres carnets sans en tirer le moindre renseignement exploitable. Il rendit le décodeur au chef du personnel et lui laissa le soin de ranger la paperasse.

*

Le commissaire faillit s'étrangler en voyant Cadin entrer dans son bureau le sourire aux lèvres.

— Asseyez-vous tout de suite, et ne bougez plus. Ça fait deux jours que je vous cours après. J'étais à deux doigts de lancer un avis de recherche ! J'ai tous les flics de Lille sur le dos... Maillard a décidé de mettre le paquet... Il paraît qu'un inspecteur se faisant passer pour un journaliste de *Révolution*...

— Non, *Libération*.

— Peu importe, Vorstevel veut votre peau. Je suis décidé à la lui offrir sur un plateau, sinon il ne tardera pas à loucher sur la mienne ! C'est assez clair ? Je vous avais pourtant conseillé de ne pas fourrer vos pieds dans ce merdier ! Alors, j'attends vos explications. Tâchez de vous montrer convaincant...

— J'ai découvert le lien qui unit tous les cadavres de cette affaire, commissaire. Il s'appelle Alain Cappel. Il faisait équipe avec le fils Maillard, surnommé Dany. Ils se camaient jusqu'aux yeux. Le père Maillard a donc fait appel à l'Agence Duyck et Dernu pour surveiller son rejeton. Dès qu'il a compris que son môme était sur la pente descendante, il s'est empressé de le mettre à l'abri, en Suisse. Il a confiance dans le pays, ils gèrent déjà ses économies !

— Je vous en prie, inspecteur, vous n'êtes pas dans une position qui vous autorise à faire de l'humour...

— Au contraire, vous savez bien que c'est la politesse du désespoir ! Laurence a profité de cette cassure pour faire admettre son frère dans une institution de Bergue, Narcostop, un camp de concentration pour drogués repentis. Il a craqué au bout de cinq mois, à moitié guéri, en fait il attendait la première occasion pour s'y remettre.

Mais les beaux jours étaient finis, le fils de famille n'était plus là pour fournir la marchandise. Je présume qu'Alain a commencé à zoner comme tous les autres... Casses minables, attaques de vieilles à la poste, et ainsi de suite... La ligne directe pour gagner un séjour prolongé en maison d'arrêt. Laurence a senti le danger ; elle a tenté de le convaincre de retourner à Narcostop, sans succès. Pour lui éviter de voler et fatalement se faire pincer, elle s'est résolue à trouver elle-même les doses...

— C'est pousser un peu loin l'esprit de famille, non ?

— Pensez ce que vous voulez, mais elle a payé très cher ce dévouement puisque son copain l'a quittée pour cette raison. Un certain Samy, il joue dans la troupe de l'Orphéon. Quand je dis qu'elle a payé cher, ce n'est pas seulement une image : la cure au château de Bergue et les doses du frangin n'étaient pas gratuites ! Elle a déboursé plus de quinze millions en moins de dix mois, avec un salaire de sept mille francs ! Ce n'est pas la prime du treizième mois qui explique la différence... Conclusion, elle disposait d'autres revenus...

— Tout ceci est bien joli, inspecteur, mais vous oubliez que votre hypothèse de départ consistait à prétendre que Duyck avait été assassiné en raison des liens qu'il entretenait avec l'affaire Cappel. Avouez que ça ne tient pas debout. Vous êtes sur une drôle de pente Cadin !...

Il consulta sa montre, se leva pour passer son imperméable.

— Il sera dit que nous sommes faits pour nous croiser ; je dois être à Lille à six heures, ma femme passe une nouvelle série de rayons. Bien que je sois inutile, ma présence la rassure. Je vous confie la boutique jusqu'à demain matin. Tâchez de ne pas me faire faux bond, nous n'avons pas terminé notre conversation.

Cadin le laissa partir sans trouver le courage de lui demander des nouvelles de sa femme, mais la seule évocation du cancer le glaçait d'effroi. Il s'était senti troublé dès que Rubecque avait abordé le sujet, sans trop comprendre pourquoi… La sonnerie du téléphone le tira de ses réflexions. Une voix féminine, vaguement familière, montait de l'écouteur. Encore sous le coup de l'émotion, il ne parvint pas à se rappeler quand il l'avait entendue précédemment.

— C'est bien l'inspecteur Cadin ? Vous m'écoutez ?

— Oui, parlez.

Il distingua un froissement de tissu dans l'écouteur : sa correspondante avait sûrement recouvert l'émetteur de son téléphone d'un mouchoir.

— C'est important. J'en sais beaucoup concernant la mort de Laurence Cappel ; je suis prête à vous venir en aide. Soyez ce soir à neuf heures précises sur la route de Sercus, dans le bois des Sept Chemins. Juste après la houblonnière, vous verrez une rampe de lancement. Trouvez-vous au pied de cette rampe à neuf heures. Seul.

La femme raccrocha sur ce dernier mot. La conversation, à sens unique, n'avait pas duré trente secondes. La femme était restée calme, posée, alignant les mots un à un, comme des briques. Cadin avait eu le temps de prendre le texte en note sur un formulaire de plainte. Il fit un effort de mémoire sans retrouver la trace de cette voix, de cette imperceptible hésitation pour prononcer « Trouvez-vous », puis il se renversa dans le fauteuil pour réfléchir. Il s'énervait, en fait, de ne plus rien comprendre. Il tira son Manurhin de l'étui et l'examina. Ça avait le don de le calmer. Il posa l'arme sur le bureau et glissa une sixième cartouche dans le barillet, dans la chambre de droite. Il se baladait toujours avec une chambre vide, celle de droite précisément. Le barillet tournant en sens inverse des aiguilles d'une montre, il était ainsi assuré qu'un appui accidentel sur la détente aurait pour simple effet de faire jouer la percussion dans le vide. Une seconde fausse manœuvre était statistiquement impossible. Sinon, autant se promener dès le départ avec un flingue vide !

Il fit appeler Brouakère qui le surprit en train de régler son holster.

— Vous êtes né dans le quartier, Brouakère, non ?

— Oui, pas de doute là-dessus. Pas une génération de Brouakère n'a fait autrement depuis Napoléon III. Mon aïeul l'a accueilli en septembre 1859 sur le quai de la gare…

— Vous devez donc connaître le bois des Sept Chemins et la rampe de lancement de la route de Sercus ?

— Très bien ! Quand la rampe était en action, on appelait pas ça la route de Sercus, mais la route de Serre Tes Fessses ! Ça faisait un barouf du diable leurs fusées…

Cadin manifesta de l'étonnement.

— Comment ça, ils ont lancé de véritables fusées ?

— Ils n'ont pas construit une rampe de lancement pour le plaisir ! Ils ont démarré à la fin de l'année 43 ; ce sont les Alliés qui ont mis fin au massacre, après le débarquement. Ça vaut le coup d'aller visiter, mais je suis sûr que la moitié des gens, ici, ne savent pas ce que c'est. Il suffit de regarder une carte pour comprendre : juste à côté d'Hazebrouck on a les Monts des Flandres, les derniers vallonnements avant la mer, et surtout, avant l'Angleterre ! En plus, ces hauteurs sont situées dans l'axe exact de Londres, à moins de trois cents kilomètres. Trois cents kilomètres, c'est la portée maximale des fusées V2. Les généraux allemands n'ont pas été longs à faire le rapprochement. Courant 43 ils ont mis le chantier en route. Tout le bois des Sept Chemins était zone interdite. Secret militaire. Pas un civil français n'avait le droit de pénétrer. Ce sont les soldats allemands qui se chargeaient du terrassement, de tout. Ils ont aménagé une sorte d'autoroute en plaques de béton, entre la nationale et le bois, un truc à toute épreuve, et une cinquantaine de blockhaus. Tout le monde se demandait ce qu'ils avaient découvert d'aussi précieux dans ce trou… Puis ils ont installé des rangées de systèmes DCA, des tranchées antichars… Ce n'est pas tout ! Au mois d'octobre, ils ont achevé le chantier en construisant deux énormes triangles, épais chacun d'un mètre et hauts d'une dizaine de mètres. Une pente douce d'un côté et très abrupte de l'autre. Les deux murs se faisaient face, éloignés de deux mètres environ. Quand tout a été terminé, ils ont équipé l'arête des pentes douces avec des rails. L'autoroute arrivait à proximité ; elle butait sur un rond-point en béton. Les paysans les prenaient pour des fous, des Martiens, mais à partir de novembre, on a commencé à voir des convois exceptionnels qui arrivaient de Belgique. Ils bouclaient la région pour les faire passer, des milliers de soldats, le long des routes. On ne voyait pas grand-chose, des plates-formes tirées par des chars, surmontées d'énormes objets en forme de bombes, des grosses citernes.

— Les fusées ?

— Eh oui ! Tout s'est éclairci à la mi-novembre, le camp de Sercus était une rampe de lancement de fusées V2, les premiers engins à réaction… Les fusées sont parties jusqu'au débarquement. Qui aurait pu penser que les pires ravages causés à l'Angleterre lui viendraient d'Hazebrouck ?

— On ne peut pas dire que ce soit un argument publicitaire !

— Je peux vous y emmener et vous servir de guide, inspecteur. Je connais le coin comme ma poche, on y a passé une semaine entière après la guerre pour le déminage et le ramassage des munitions abandonnées.

— Non, ce n'est pas la peine, je voulais seulement

m'informer sur cette rampe de lancement ; je dois dire que j'ai été comblé. À propos de munitions, vous êtes équipé d'un Manurhin .38, vous aussi ?

Brouakère ouvrit sa veste, montra l'arme neuve qu'il portait au côté.

— Je ne l'échangerai pas contre autre chose, c'est la meilleure arme qu'on m'ait confiée.

— Je suis bien de votre avis. Voilà, j'aimerais que vous me rendiez un service en me prêtant quelques cartouches. J'ai envie de m'entraîner à balles réelles…

Brouakère prit son revolver et fit glisser le barillet. Il éjecta cinq cartouches dans le creux de sa main en secouant l'arme.

— Ne faites pas de bêtises, inspecteur, c'est du .38 long blindé. Ça ne pardonne pas. Je vous donne les cinq. J'ai l'impression que vous êtes embarqué dans une histoire sérieuse…

Cadin prit les balles et les mit dans sa poche de veste en ayant soin de regrouper ses clefs de l'autre côté. Il ne lui restait plus qu'à attendre neuf heures.

CHAPITRE XIII

Cadin se fit livrer un sandwich au jambon des Ardennes et une Stella. Il dîna en lisant la « *Voix du Nord* » et s'intéressa particulièrement à un titre de la page locale de Wormhout « MAUVAIS TRAITEMENTS ». Une photo montrait un jeune homme barbu qui installait une chèvre sur un lit de paille confectionné à l'arrière d'un break. Il parcourut le texte de l'article :

À la suite de plusieurs plaintes provenant du voisinage, l'Association d'Aide Aux Animaux que dirige Éric Trecaerd est intervenue mercredi dernier dans un pavillon de Wormhout, avec la collaboration de la gendarmerie, pour y soustraire une chèvre à de mauvais traitements.

Malgré les soins apportés par le docteur Bauwlen (notre photo) l'animal n'a pas survécu. Après autopsie on détermina la cause de la mort par une misère physiologique et une absence totale de nutrition depuis plusieurs jours.

Une plainte a été déposée auprès des services de gendarmerie.

L'imagination de Cadin vagabonda en s'interrogeant sur la signification profonde de cette « misère physiologique » ; le souvenir des porcs amoureux de Narcostop s'imposa à son esprit. Il chassa ces pensées en vidant son bock d'un trait. D'ailleurs il était temps pour lui de se mettre en route.

Les rues étaient anormalement vides. Les Hazebrouckois se réservaient pour la fête du lendemain, l'enterrement de Carnaval qui commençait juste après la revue de l'Orphéon devait durer près de deux jours.

Il croisa quelques couples attirés par l'ombre et les habituels coureurs de bars. Il sortit de la ville pour s'engager sur le chemin de Sercus. L'éclairage public cessait à la hauteur des premières palissades qui entouraient les jardins ouvriers, puis c'était le royaume des houblonnières. Il alluma les phares dont le faisceau au hasard des sinuosités de la route, cognait contre les rangées de tuteurs en sapin. Il se souvenait qu'à l'automne précédent, il avait assisté à la récolte des cônes de houblon quand les paysans couchaient les hautes perches et les fils tendus remplis de plantes. Il avait rarement vu une transformation aussi radicale d'un paysage : on abattait d'un coup d'immenses barrières de feuillage ; par vagues successives l'horizon reculait.

Le bois des Sept Chemins se trouvait au sommet d'une colline et dévalait ensuite les pentes, vers le village de Sercus. Cadin laissa la voiture sur le bas-côté près des ruines d'une auberge détruite par un incendie. Il prit soin de se munir de sa lampe torche et se dirigea, à pied, à travers les allées de perches dressées.

L'inspecteur marcha pendant environ cinq cents mètres avant de distinguer une silhouette adossée à l'un des poteaux. Deux chiens, des ratiers à la fourrure à moitié mangée par la maladie, se ruèrent sur lui en aboyant. Il distinguait maintenant leur maître, un paysan clochardisé qui ânonna des mots incompréhensibles dans une sorte de patois flamand avant de pouvoir aligner une phrase en français.

— Vous allez où ?

Cadin désigna le sommet de la colline située à sa gauche.

— À la rampe de lancement. Je m'intéresse à l'histoire de la Seconde Guerre mondiale.

L'autre ne parut pas surpris de l'heure tardive choisie par l'inspecteur. Il était trop abîmé par l'alcool pour s'étonner de quoi que ce soit.

— Ah ça, vous n'êtes pas le seul ! Il en vient des quantités, de partout… des Allemands surtout… Comme si on ne les avait pas assez vus comme ça ! Trois ou quatre par jour pendant six mois. Braoum ! Braoum… Tout tremblait dans un rayon de cinq kilomètres, la folie dans les étables ! J'en ai vu une de près, à la Libération… un de ces cigares, long comme d'ici le peuplier… un truc fabriqué par le savant que les Ricains leur ont repiqué, Von quelque chose… Sans compter les bombardements anglais. De la DCA partout, c'est plutôt leurs zincs qui descendaient. Et les pauvres gars, au bout de leurs parachutes, les mains en l'air, qui se prenaient des pruneaux… Sans résultat. Juste une fois, sur un blockhaus, mais rien sur la rampe. Tandis qu'à Londres, excusez du peu…

Cadin regarda sa montre et se mit en mouvement.

— Non, pas par là. Prenez par la droite. Ça semble plus court mais le sous-sol est argileux. Ça rend la terre de surface pire qu'une éponge. C'est un coup à y laisser vos chaussures…

Les chiens accompagnèrent Cadin jusqu'au coude du sentier, puis ils rebroussèrent chemin. Il avançait par grandes enjambées, la lampe braquée au plus court pour éviter de s'enfoncer dans les flaques d'eau et de boue. Il dut escalader deux rangées de fils barbelés qui délimitaient des pâtures et pénétra dans les taillis puis les boqueteaux de châtaigniers. Il gravit ainsi la pente, sous le couvert des arbres, avant de déboucher dans une véritable ville fantôme.

De larges espaces avaient été dégagés dans la forêt pour laisser la place à de lourds parallélépipèdes de béton, des blockhaus. Il y en avait de toutes tailles, certains devaient abriter une pièce de défense antiaérienne, d'autres étaient destinés au cantonnement des soldats, à entreposer des munitions. Il aperçut, sur sa gauche, un long tunnel en forme de coude qui s'enfonçait sous terre. Il l'emprunta. Le souterrain conduisait à la rampe de lancement, il s'agissait certainement de l'ouvrage permettant l'approvisionnement en fusées avant la mise à feu.

Il se retrouva à l'air libre, à proximité des deux énormes triangles pointés sur le ciel. Quelques mètres plus loin la colline était comme effondrée. Plus loin encore, l'Angleterre.

Cadin se plaça à l'abri, entre les murs. Le vent sifflait par intermittence et faisait frémir les branches. Il chercha dans les ombres à distinguer une présence. En vain.

Sa montre marquait neuf heures ; il ne se passait rien. Une détonation claqua, répercutée par les dizaines de bâtiments en béton.

Le bruit vibra entre les ailes de la rampe. La balle était passée au-dessus de sa tête, des éclats de ciment tombèrent sur ses cheveux.

Le tireur devait être équipé d'un fusil ; Cadin pouvait vérifier que personne ne se trouvait à moins de cinquante mètres. Son adversaire se cachait certainement dans un de ces blockhaus ou perché sur un toit…

Cadin se cassa en deux, traversa la rampe de lancement dans sa longueur et, porté par l'élan, il dévala une bonne partie de la colline. Il se remit sur ses jambes et obliqua, très vite pour se mettre à l'abri du bois. La lampe était tombée pendant sa course ; il était hors de question de la reprendre. Il progressa courbé, en suivant la ligne de lisière. Une seconde détonation retentit et la terre fut soulevée loin devant lui. Il s'arrêta, attendit que l'homme au fusil se manifeste à nouveau. Cadin fixait l'ensemble du camp allemand à l'exception d'un angle de vue caché par un gros blockhaus édifié en surplomb.

L'attente se prolongea trois minutes. Un bref éclair illumina le fronton d'un abri de béton, à moins de cent mètres, face à lui. Il fallait qu'il réduise cette distance de moitié pour avoir une chance d'atteindre son objectif. L'œil braqué sur la planque du tireur, il reprit son avancée en s'abritant derrière les troncs d'arbres, les plaques de ciment armé projetées lors des bombardements et les tas de petit bois entreposés par les bûcherons.

Il lui restait à franchir une zone découverte mais l'autre le repéra. Cadin n'eut que le temps de se jeter au sol : la balle vint se ficher dans une motte de terre tout près de son pied droit. Le tireur commit l'erreur de tenter une sortie pour rechercher un nouveau point d'embuscade.

L'inspecteur était occupé à dégager son magnum du holster. Les bras tendus sur un lit de feuilles mortes et de mousse, les mains jointes sur les plaquettes du Manurhin, il visa soigneusement l'ombre qui se déplaçait sur le toit du bloc fortifié. Son index blanchit à deux reprises sur la détente ; le chien se leva deux fois avant de percuter à chaque reprise les balles blindées de Brouakère.

La silhouette vacilla, mais l'homme réussit à atteindre l'angle de l'abri et il disparut dans l'obscurité du camp. Cadin se lança à la poursuite du blessé. Il se mit à courir, les bras en avant, le revolver décrivant des arcs de cercle vers les bâtiments. Il ne vit pas une fine plaque de ciment qui affleurait. Sa chaussure se ficha dessous. Il effectua le plus audacieux vol plané de sa courte carrière et s'écrasa un mètre en contrebas dans une marre d'eau croupie qui stagnait dans le fond d'un trou d'obus. Son front cogna contre un longeron métallique. Cadin s'évanouit, la main crispée sur la crosse de son 357.

*

Vers onze heures, une voiture se rangea près de celle de l'inspecteur, à la hauteur de l'auberge incendiée. Deux hommes armés en descendirent, commencèrent à progresser vers le camp militaire allemand. Ils fouillèrent les abris un à un puis le tunnel et les abords de la rampe de lancement. Ils décrivirent ensuite de petits cercles à la lisière du périmètre.

Leur manège durait depuis une demi-heure quand l'un d'eux se mit à crier.

— Je l'ai trouvé, venez vite il baigne dans la flotte !

Les deux hommes se laissèrent glisser dans le cratère. Ils remontèrent Cadin sur le bord. Une profonde entaille lui barrait le front, le sang mêlé à un liquide épais couvrait son visage. Il ouvrit les yeux, sentant qu'on le remuait. Il reconnut le commissaire Rubecque.

— Je l'ai touché… il ne doit pas être loin…

Brouakère s'était absenté ; il revint avec une trousse d'urgence et une petite bouteille d'alcool. Cadin en but une gorgée avant de se redresser.

— Comment savez-vous que je suis ici ?

Le commissaire désigna Brouakère.

— Un paysan nous a téléphoné. Il croyait que les Allemands étaient revenus tellement ça tirait… Brouakère a pris la communication. Il a tout de suite fait le rapprochement avec votre conversation de cet après-midi. Il m'a averti aussitôt. Vous avez de la chance… Demain matin on vous retrouvait noyé… Quant à votre oiseau, il s'est envolé. Nous avons tout passé au peigne fin. J'enverrai une équipe dès l'aube pour relever les empreintes et ramasser les douilles. Allez, en route pour la gloire !

Cadin resta au lit la majeure partie du samedi. Il se

leva en milieu d'après-midi et s'observa dans la glace. On lui avait recouvert le front d'un large bandage ; des sourcils au nez, son visage avait viré au bleu. Ses yeux brillaient de fièvre, son crâne semblait battre au rythme de l'afflux du sang. L'impression d'avoir avalé un marteau-piqueur ou un V2 ! Le moindre mouvement de tête provoquait d'insupportables élancements et faisait naître des sifflements stridents au fond de ses oreilles. Il téléphona au commissariat pour qu'on lui apporte un chapeau et une paire de lunettes noires, puis il avala une demi-rangée d'analgésiques qui le plongèrent dans une torpeur ouatée jusqu'au soir.

Vers cinq heures on lui livra sa commande. Il s'habilla lentement, inquiet de ses propres gestes, mais les médicaments poursuivaient leur effet. Il constata qu'il lui était possible de se mouvoir sinon avec aisance du moins sans trop de problèmes.

Le carton d'invitation de Samy était resté dans sa poche la nuit précédente. Il récupéra un papier avachi. Le texte imprimé annonçant la revue et la Présidence d'honneur de Courtini avait bien résisté au bain forcé, mais les lignes manuscrites du comédien bavaient, tristement détrempées.

Le bandage, le chapeau et les lunettes lui faisaient la tête de Claude Rains dans le film de James Whale, l'Homme Invisible.

Plusieurs centaines de personnes se pressaient devant la salle de théâtre ; les ouvreuses n'eurent pas le temps de contester la validité de son billet. Cadin se laissa porter par le flot jusqu'au premier balcon, coincé entre un extincteur et le carré lumineux d'une sortie de secours.

Il s'assit et attendit le début du spectacle en observant l'arrivée des personnalités. Il reconnut le maire, le conseiller général et même le député, accompagnés de Mesdames, qui s'installaient sur les fauteuils près de la scène. L'armée des conseillers municipaux, des présidents d'associations, commerçants, notaires et avocats, bonnes sœurs et curés, se précipita sur les rangées suivantes précédant la cohorte des familles méritantes.

Le speaker annonçait les titres au fur et à mesure de l'entrée en salle ; l'auditoire se partageait en applaudissements et sifflets au gré des sympathies.

Les lumières clignotèrent par deux fois puis s'éteignirent définitivement, remplacées par la lueur de la rampe de scène. Le présentateur se plaça au centre du plateau et demanda le silence.

— Avant de laisser la place au spectacle, Mme Courtini va vous lire quelques mots au nom de l'Association des Industriels Hazebrouckois, dont la générosité est pour beaucoup dans la qualité du travail de nos comédiens amateurs.

Mme Courtini s'approcha du micro. Elle déplia une feuille de papier, toussa discrètement en tournant la tête, avant de commencer sa lecture.

— Mesdames, Messieurs, Monsieur le Député, Monsieur le Maire. Je tiens tout d'abord à excuser l'absence de mon mari, Monsieur Courtini qui devait prononcer ces quelques phrases, mais un important problème technique le retient actuellement dans notre entreprise… »

Cadin détaillait la femme rencontrée lors du cocktail de présentation du carnaval. Elle avait passé une robe fourreau sombre qui accusait par trop la dureté de ses traits. L'inspecteur se fit la remarque en constatant que ce détail lui avait échappé alors. Peut-être cette impression venait-elle de l'immense scène vide… Il écoutait le discours de présentation d'une oreille distraite et la voix de Mme Courtini se mélangea, presque à son insu, la torpeur provoquée par les calmants aidant, à cette autre voix, au téléphone, lui fixant rendez-vous à neuf heures, près de la rampe de lancement… Une voix qu'il avait entendue pour la première fois dans les salons de la mairie lors de la présentation du carnaval. *Je suis enchantée de Vous aVoir rencontré... TrouVez-Vous... qui deVait prononcer...*

Il se concentra sur le discours de la femme de Courtini, guettant les moindres intonations, les façons de prononcer les V, la manière caractéristique de reprendre souffle au milieu des phrases. L'examen abolit ses derniers doutes.

L'inspecteur quitta sa place, gagna l'escalier et se retrouva dans la salle d'orchestre. Il remonta la travée du milieu sous le regard intrigué des spectateurs, puis gravit les marches qui donnaient accès à la scène. Tout le monde l'avait repéré ; son accoutrement laissait présager le premier gag de la soirée. La salle redoubla d'attention quand, à mi-chemin du micro, Cadin sortit sa paire de menottes. Toute à son texte, Mme Courtini jetait des œillades inquiètes vers l'inspecteur puis semblait interroger la salle, cherchant à comprendre la signification de cette étrange mise en scène.

Cadin l'avait rejointe. Il lui arracha le discours des mains et lui saisit les poignets. Il referma les bracelets de métal avant de tourner le micro en direction de ses lèvres. Les spectateurs, stupéfaits l'entendirent déclarer :

— Je vous arrête pour complicité dans le meurtre de Laurence Cappel.

Le Député dont le front se trouvait à quelques centimètres des pieds de Cadin se tourna vers le Maire qui fit de même vers le Conseiller général. Le Commissaire Rubecque assis à côté de ce dernier, dit simplement.

— C'est l'un de mes inspecteurs, il s'appelle Cadin... il a pris un sérieux coup sur la tête la nuit dernière...

L'information remonta en sens inverse ; les personnalités s'apprêtaient à quitter les lieux afin que leurs noms ne soient pas mêlés à l'incident, quand un homme surgit du quatrième rang et s'immobilisa dans l'allée centrale, un revolver au poing. Il était à une quinzaine de mètres de Cadin. Il fit feu à trois reprises. L'inspecteur n'eut pas le temps de réagir, ébloui par les projecteurs de la rampe. Il sentit le corps de Mme Courtini devenir mou et la femme s'affaissa sur le parquet. Une balle lui avait traversé la gorge ; le gargouillis provoqué par l'afflux de sang se répercutait dans la salle, amplifié par le micro qu'elle venait d'entraîner dans sa chute.

La panique fut immédiate. Les gens fuyaient vers les issues de secours en hurlant, piétinant tout sur leur passage, renversant les sièges, écartant les plus vieux… Les officiels ne se laissaient pas faire et le député se taillait la part du lion. Il est vrai qu'il était passé maître dans l'art de l'esquive et du coup de savate dans les tibias, ou plus haut s'il parvenait à lever la jambe ! L'inspecteur était demeuré debout sur scène, il contemplait le résultat de son intervention. Il ouvrit sa veste, dégaina son .38 Magnum. Derrière lui, Samy passa la tête entre deux pans de velours rouge.

— Inspecteur, je l'ai repéré, il a un costume bleu clair, les cheveux blancs, très courts. Il est parti par le couloir des loges, côté jardin.

Cadin s'élança à la poursuite du tueur, n'hésitant pas à tirer les gens par le col, à jouer des coudes pour se frayer un passage. Le couloir des loges était vide. Il courut durant une cinquantaine de mètres, insensible aux douloureux coups de boutoir que cela provoquait entre ses tempes.

Le couloir faisait un angle droit. Après le virage, il se terminait sur une porte sécurité dont le poussoir était condamné par une chaîne munie d'un verrou. Personne. Cadin s'arrêta. Il examina les lieux en tournant sur ses talons.

À deux mètres de lui, une porte s'ouvrit brusquement.

L'homme en complet bleu s'élança en braquant son revolver à canon court. La proximité de son adversaire le décontenança encore davantage que Cadin, car il marqua un temps d'arrêt.

L'inspecteur n'hésita pas : il pressa la détente, l'arme à la hanche, légèrement relevée. Une balle suffit. L'inconnu fut atteint en pleine face. Le projectile fit éclater son front. Un jet de sang chaud et poisseux fut projeté sur les murs. Cadin reçut quelques éclats humains et des gouttes s'écrasèrent sur ses joues, ses vêtements. Une irrépressible vague de dégoût le submergea ; il s'appuya de la main sur le mur gluant pour ne pas tomber. Il se mit à vomir instantanément, en hoquets puissants et, sans transition se prit à pleurer.

Il criait maintenant en arrachant ses habits souillés, sa chemise, son maillot de corps, s'essuyant le visage, les paumes, à l'aide des rares coins de tissus immaculés.

Le commissaire Rubecque et Samy le découvrirent à cet endroit, nu, penché sur le cadavre aveugle, incapable du moindre geste. Il les implorait :

— Lavez-moi, je vous en supplie, lavez-moi !

Samy pénétra dans une loge et réapparut avec une trousse de maquillage. Il nettoya soigneusement l'inspecteur comme s'il s'agissait d'un guerrier antique, puis il le couvrit avec la cape du géant Pierlala.

Ce fut ainsi que Cadin quitta le théâtre de l'Orphéon alors que l'ambulance se chargeait des deux cadavres.

Rubecque avait rassemblé le contenu des poches de l'assassin de Mme Courtini. Il s'intéressa plus particulièrement au portefeuille de cuir noir et dégagea une carte d'identité plastifiée. Il ne put retenir un cri de surprise.

— Ah ça alors ! C'est Dernu…

CHAPITRE XIV

Encadrant toujours l'inspecteur, nu, enveloppé dans sa cape de géant, la tête ceinte de bandages mouchetés de sang, Samy et le commissaire débarquèrent dans le hall du seul hôtel trois étoiles d'Hazebrouck, l'Hôtel de la Bourse.

Rubecque s'adressa au patron sur un ton qui n'admettait pas de réplique.

— J'ai besoin de la plus belle de tes salles de bain. Mon inspecteur a eu un choc de première ! On en a pour une heure, le temps de le remettre en état.

Le personnel fut mobilisé pour l'occasion. On lui fit couler un bain bouillant assaisonné de produits relaxants. Brouakère se dévoua et passa chez l'inspecteur prendre du linge de rechange. Dès que Cadin émergea il demanda une bière. À dix heures il était prêt à affronter la vie. Pour la mort, il pensait avoir déjà donné. Rubecque posa son bras sur ses épaules.

— Vous allez mieux, inspecteur ? On ne peut pas dire que vous soyez à la fête depuis deux jours… Mais heureusement vous avez appris à passer entre les balles ! J'ai une nouvelle surprenante, le gars que vous avez descendu au théâtre, c'était l'associé de Duyck, Dernu. On a vérifié, il ne portait aucune trace de blessure récente, donc ce n'est pas votre tireur de l'autre nuit, celui du camp allemand.

Cadin grimaça et prononça avec difficulté.

— Je vous parie que l'absence de Courtini n'a rien à voir avec une panne de machine. Il doit avoir du mal à digérer les balles blindées que je lui ai envoyées…

Le commissaire hocha la tête en signe d'impuissance.

— Je n'y comprends plus rien ! J'ai l'impression que les cadavres n'ont pas fini de s'accumuler… Vous ne croyez pas ?

— Non, passez-moi mon carnet de notes, dans ma veste. Je pense que l'explication est écrite en toutes lettres.

Rubecque obéit et tendit le calepin délavé à Cadin, mais il refusa.

— Non, j'ai trop mal au crâne… Ouvrez-le à la page où j'ai pris des notes sur la gestion de l'hôpital d'Hazebrouck, c'est vers la fin. Lisez les colonnes chiffrées, ça me tracasse depuis trop longtemps.

Le commissaire feuilleta le carnet, trouva les pages décrites par Cadin. Il se mit à lire à voix haute.

AK 3715	108 020 Francs	Poisson congelé
RV 4312	103 423 Francs	Fruits et légumes
JH 1227	93 817 Francs	Matériel de radiologie
RP 7148	2 132 Francs	Papier hygiénique
ZO 2239	127 307 Francs	Fournitures « Hautes Énergies »
AM 4676	48 015 Francs	Viande fraîche

— Ça correspond à quoi, Cadin ?

— C'est la solution de tous ces meurtres, commissaire, relisez l'avant-dernière ligne…

— Si ça vous fait plaisir. ZO 2239, 127 307 Francs, Fournitures Hautes Énergies. Et alors ?

— Voilà ce qui cloche dans la comptabilité de Laurence Cappel. Comment expliquez-vous que l'économe de l'hôpital d'Hazebrouck se réapprovisionne en fournitures « Hautes Énergies », alors que l'établissement ne dispose pas d'appareil de ce type ? Vous êtes bien placé pour le savoir puisque vous êtes obligé de conduire votre femme à Lille pour qu'elle puisse suivre son traitement aux rayons !

— Vous êtes un as, Cadin ! On va vérifier tout ce bordel dans le détail ! Mais on n'a pas tué cette fille pour moins de treize millions ?

— Non, il reste des armoires entières à vider pour contrôler les mouvements de fonds de l'hôpital. Ça tourne sûrement sur des dizaines de millions…

Samy intervint.

— Je ne peux pas croire que Laurence se soit impliquée dans ce trafic… Et pourquoi l'auraient-ils tuée ?

— Retrouvons Courtini, il a beaucoup de choses à nous raconter. Je vous promets qu'il ne fera pas de manières pour cracher le morceau.

*

Courtini s'était retranché dans le grenier de sa résidence de Lambersart, celle-là même où Duyck avait reçu un coup de canon dans la figure avant de servir de dîner aux chiens de garde.

L'industriel grelottait de fièvre sous un monceau de couvertures ; la cuisse déchiquetée par l'une des balles de Cadin.

Rubecque avait donné carte blanche à l'inspecteur, et il se contenta d'écouter quand il s'adressa à Courtini.

— Tu es fini. Je suis prêt à te laisser crever dans ta pourriture.

Cadin désigna la plaie.

— ... C'est pas très joli en ce moment, mais ce sera encore pire quand la gangrène montrera les dents. Ensuite il faut encore beaucoup de temps pour y passer. Alors tu déballes ?

Courtini gémit en tournant un visage implorant vers Rubecque. Il comprit immédiatement que le commissaire n'aurait pas le moindre geste pour lui. Il se décida à parler.

— Arrêtez… J'ai déjà tout perdu. Ça ne servirait à rien de me torturer. Emmenez-moi à l'hôpital, je ne veux plus souffrir !

— Explique-moi toute l'histoire et je te promets de te déposer à l'hôpital de Lille, dans la partie réservée aux criminels. Tu es passé de l'autre côté de la barrière.

Courtini se mit à débiter son histoire, du plus vite qu'il pouvait, gagnant seconde par seconde sur la souffrance.

— Au tout début, c'était une combine tranquille. Puis, je ne sais pas pourquoi, la poisse. Il a fallu que tout se complique ! Il y a une quinzaine d'années que je travaille dans la blanchisserie industrielle, surtout avec les collectivités. Il est pas trop difficile de comprendre comment elles fonctionnent et de repérer leurs points faibles. Surtout les hôpitaux. Ils remuent une énorme masse d'argent et les Pouvoirs Publics ont limité les risques de dérapages en soumettant les gros achats, ceux dépassant quinze millions anciens, à l'approbation du Directeur et du Préfet. Pour les sommes inférieures, aucun problème, la signature de l'économe est suffisante. À l'époque j'étais très lié avec l'économe de l'hôpital de Douai ; il passait ses vacances chez moi, en Corse ; je lui rendais pas mal de services. Enfin, de fil en aiguille on a mis le système en pratique… Selon nos besoins, je fournissais des factures bidons pour des matériels ou des fournitures courantes. Je prenais soin de limiter les marchés à moins de quinze millions. Il s'arrangeait pour signer les bordereaux de livraison. Ni vu ni connu. Jusqu'au jour où le Directeur a fait faire une enquête sur notre compte et qu'il l'a confiée à Duyck et Dernu. Il se posait des questions. C'est Dernu qui s'est chargé du boulot. Il a tout de suite flairé la bonne affaire. Au lieu de nous dénoncer il a tout simplement exigé sa part. Il était gourmand… On ne pouvait pas se permettre de trop « taxer » la même comptabilité sans risquer de tout foutre par terre… Il devenait urgent de trouver un second relais dans la région. La providence s'est manifestée sous les traits de Jean Maillard, un des grands du transport routier. Il a contacté l'agence sous le couvert d'une société créée pour l'occasion. Il voulait faire surveiller son fils qui se jetait sur toutes les seringues qui lui passaient sous les yeux ! Duyck a fait le travail de routine. Un soir, en fichant la trouille aux jeunes qui tenaient compagnie au jeune Maillard, il a relevé l'identité d'un certain Alain Cappel.

— Il savait que c'était le frère de Laurence ?

— On avait dressé la liste de tous les économes des hôpitaux de la région ; le nom nous a sonné aux oreilles. On a fait les vérifications d'usage… Après, on s'est contenté de suivre la dégringolade du gamin à la suite du départ en Suisse du fils Maillard. Sa sœur l'a placé dans un asile pour drogués mais elle ne pouvait pas suivre le rythme des dépenses. Je la connaissais bien, en tant que fournisseur, je m'occupais du linge depuis des années. Je l'ai aidée… Trois millions anciens, mais je les ai exigés quand le garçon est sorti de sa cure. J'ai joué le rôle d'un patron coincé par une échéance impérative… Elle était acculée. Il a fallu qu'elle en tire toutes les conclusions ! Nous l'avons tenue fermement lorsque Alain Cappel s'est remis à consommer de la drogue. Dernu s'est même arrangé pour lui refiler les premières doses, gratuitement, le lendemain de son retour… Tout était à refaire en septembre à cause de cette stupide overdose. Laurence a menacé de tout dévoiler, quitte à être inculpée. Duyck l'a un peu secouée et elle est repartie pour quelques mois. Nous n'avions plus confiance, la tranquillité s'était envolée. Il était impossible de savoir ce qui lui passerait par la tête… jusqu'au jour où une espèce d'illuminé s'est pointé dans le bureau de Duyck. Oui, c'était Guy Mallet. Il cherchait une fille qu'il avait connue en 1967, à Aubervilliers, Laurence Cappel. On a tout d'abord pensé à une provocation, puis il est devenu clair qu'il disait vrai ! Dernu a compris le parti que nous pouvions tirer ; il a organisé l'assassinat de Laurence dans ses moindres détails. Il l'a exécutée peu avant le rendez-vous fictif donné à Guy Mallet et il a fait appeler le commissariat par ma femme en étant assuré que Mallet se trouvait dans le pavillon…

— Vous avez bénéficié d'une chance extraordinaire avec ce Mallet ! Il s'en est fallu de peu que votre combine réussisse : un pauvre mec qui devient catatonique en découvrant le cadavre de son seul amour puis qui recouvre la parole pour s'accuser d'un crime qu'il n'a pas commis… Dommage que je sois arrivé un tout petit peu trop tôt ! Lorsque votre femme a appelé le commissariat, à neuf heures moins trois, il était prévu que nous n'arrivions qu'à neuf heures une, neuf heures deux, il faut bien cinq minutes pour aller du commissariat à la rue Sans-Nom… Vous avez dû minuter le parcours très précisément…

— Oui, Dernu s'en est chargé.

— Malheureusement, je me baladais avec la voiture radio, à deux pas du lieu du crime. L'agent de permanence, Lenert, m'a repassé l'information. J'étais sur place à neuf heures pile pour voir entrer Guy Mallet : je n'ai entendu qu'un seul coup de feu et l'idée de retrouver le second tireur ne m'a plus jamais quitté ! Pourtant, à l'écoute de la cassette j'ai sérieusement douté. Il fallait vraiment que Mallet n'ait plus que ce souvenir auquel se raccrocher pour donner un sens à sa vie avec la mort de Laurence ; j'y ai souvent pensé. Je crois que les quinze années qu'il a vécues, après leur rupture, étaient une sorte de long sursis. Il a commencé par se taire, il a fini par se tuer…

— Je m'en fous, inspecteur ! En tout cas, on ne pouvait pas choisir. Après son internement, nous avons cru que tout était redevenu normal. L'hôpital n'a pas fait de vérification de comptabilité, la police a repris son train-train habituel… Il a fallu qu'un an jour pour jour après la mort de Laurence Cappel vous veniez remuer la merde en posant des questions à Duyck. Il s'est affolé. Il était persuadé que vous étiez sur notre trace, qu'il serait arrêté dans les vingt-quatre heures. Dernu…

— Dernu a les épaules larges. C'est facile de l'accuser de tous les crimes !

— C'est la simple vérité, inspecteur.

— Le tribunal jugera. Vous en étiez à la panique de Duyck…

— Oui, Dernu n'ignorait pas que cette maison était piégée en mon absence. Il a sciemment envoyé Duyck à la mort en lui demandant de venir prendre des documents compromettants pour les mettre à l'abri. Vous connaissez le résultat. Tout semblait détraqué. Le pire c'est encore le coup de fil de Maillard à l'agence suite à votre passage… Dernu nous a forcés ma femme et moi, à vous tendre un piège en nous conseillant la rampe de V2… Ça ne pouvait pas réussir…

— Non, vous n'êtes pas assez bon tireur. Je dois vous apprendre les derniers développements. Votre femme a été tuée par Dernu sur la scène du théâtre d'Hazebrouck, devant un bon millier de témoins. Mais c'était moi la cible…

— Je vous jure que je la vengerai même si je dois attendre vingt ans qu'il sorte de prison !

— Ne vous fatiguez pas ! Dernu est mort lui aussi ; je n'ai pas pu faire autrement.

ÉPILOGUE

Samy lui fit cadeau de la cape du géant Pierlala. Cadin la rangea au fond de sa valise.

Au cours de la semaine qui suivit, le député, le maire, le préfet et tous ceux qui gravitaient autour de Jean Maillard firent savoir qu'ils ne s'opposaient pas au fait que l'inspecteur poursuive sa carrière dans une région plus ensoleillée. On déguisa sa mutation en promotion. L'inspecteur Cadin était nommé au troisième échelon de son grade et pouvait exercer ses talents en grande banlieue, à Courvilliers, une ville constituée de cités ouvrières groupées autour d'une gigantesque usine spécialisée dans le montage des boîtes de vitesse.

On espérait dormir en paix, le temps qu'il apprenne le turc et le portugais.

Cadin se promena une dernière fois sur la place principale d'Hazebrouck, le long de la Bourse blême, au milieu des manèges et des groupes d'enfants qui se préparaient à fêter Carnaval. Il croisait les éléments épars de dix fanfares différentes, tout un échantillonnage d'uniformes et de blasons.

Des masques grimaçants surgissaient aux coins des stands, portés à bout de bras par les élèves des lycées. Des hallebardiers fleur-de-lysés se bousculaient devant

« La Friture des Flandres » tandis qu'on tentait de dégager le Char de Diane d'une ornière.

La sono de la fête surmonta le désordre : « Comme les années précédentes, les forains offrent chacun un tour gratuit aux enfants de chômeurs, sur présentation de la carte de pointage des parents. »

Le Conseil Municipal s'installait sur les gradins pour assister au défilé.

Cadin crut reconnaître cette fille… dont il ne voulait garder que le souvenir. Il se détourna du spectacle de la foule. Sa valise lui pesait.

Il s'arrêta devant l'étalage d'une librairie spécialisée dans les livres de seconde main. Il y avait de tout, S.A.S. et Kierkegaard mêlés. Il remarqua un livre qui donnait l'impression de n'avoir jamais été ouvert. Il lut le titre rouge sur le papier de couverture crème : « Blanche ou l'oubli. »

Le libraire passa la tête par la porte.

— Ça vous intéresse ? Il est en très bon état, et pas cher.

Cadin ouvrit le volume et jeta un coup d'œil rapide sur la première phrase :

Il ne suffit pas d'être belle pour qu'un homme s'attache à vous.

La musique lui plut. Il tendit vingt francs au libraire et quitta Hazebrouck en se promettant de ne plus jamais y revenir.

Aubervilliers
avril-mai 83.

MEURTRES POUR MÉMOIRE

En oubliant le passé,
on se condamne à le revivre.

Pour Jocelyne
et Aurélie

CHAPITRE PREMIER

SAÏD MILACHE

La pluie se mit à tomber vers quatre heures. Saïd Milache s'approcha du bac d'essence afin de faire disparaître l'encre bleue qui maculait ses mains. Le receveur, un jeune rouquin qui avait déjà son ordre de mobilisation en poche, le remplaçait à la marge de l'Heidelberg.

Raymond, le conducteur de la machine, s'était contenté de ralentir la vitesse d'impression et il revenait maintenant à la cadence initiale. Les affiches s'empilaient régulièrement sur la palette, rythmées par le bruit sec que faisaient les pinces en s'ouvrant. De temps à autre Raymond saisissait une feuille, la pliait, vérifiait le repérage puis il glissait son pouce sur les aplats pour s'assurer de la qualité de l'encrage.

Saïd Milache l'observa un moment et se décida à lui demander l'une des affiches de contrôle. Il s'habilla rapidement et sortit de l'atelier. Le gardien faisait les cent pas devant la grille. Saïd lui tendit l'autorisation d'absence obtenue le matin en prétextant la maladie d'un proche. Trois motifs en moins de dix jours ! Il était temps que cela se termine.

Le gardien prit le papier et le mit dans sa poche.

— Eh bien Saïd, on dirait que tu les fabriques ! Si ça continue tu n'auras même plus besoin de venir jusqu'ici, tu enverras tes bons de sortie par la poste !

Il se contraignit à sourire. Les relations avec ses compagnons de travail restaient amicales tant qu'il s'efforçait de fermer son esprit à leurs incessantes remarques.

Lounès l'attendait plus haut, au coin du passage Albinel. Il lui fallait traverser le canal Saint-Denis et longer les cabanes de bois et de tôle qui avaient envahi les berges. Le pont faisait une bosse, et par temps clair, on voyait le Sacré-Cœur en entier, derrière l'énorme cheminée en brique rouge de Saint-Gobain. Il ralentissait et s'amusait à bouger la tête pour placer la Basilique sur les collines de soufre entreposées dans l'enceinte de l'usine. Pour y parvenir, il se baissait parfois sans se soucier de l'étonnement des passants. En contrebas, sur le quai, une grue extrayait des profondeurs d'une péniche des blocs de métal qu'un Fenwick emmenait aussitôt vers les hangars de Prosilor.

Il traversa l'avenue Adrien-Agnès pour s'enfoncer dans le quadrillage serré du bidonville. Quelques Français occupaient encore les maisons situées en périphérie. Deux vieilles femmes, de larges cabas de toile cirée à la main, discutaient à voix haute des mérites comparés de l'huile Dulcine et de la margarine Planta. Le café-épicerie du « Breton » était vide hormis un jeune garçon qui jouait au flipper.

« Chez Rosa », « Chez Marius », « Café de la Justice », « L'Amuse-Gueule », « Le Bar du Gaz ». Les cafés, restaurants, hôtels, plus misérables les uns que les autres, se succédaient maintenant. Au fil des années les propriétaires avaient revendu leur affaire à des Algériens et ceux-ci conservaient l'enseigne d'origine.

Seule exception, le « Djurdjura », dernier commerce arabe avant le quartier espagnol. Saïd poussa la porte vitrée et s'avança dans la vaste salle. L'odeur habituelle, mélange de sciure et d'humidité, montait du parquet désinfecté à l'eau de Javel. Une dizaine d'hommes, groupés sur les chaises entourant le poêle à charbon, observaient deux joueurs de dominos.

Saïd s'accouda au bar sans que personne ne prête attention à lui.

— Lounès est arrivé ?

Le patron fit signe que non et lui servit un café.

Par la vitre Saïd pouvait voir une bâtisse imposante, la plus importante du quartier en dehors des usines. À la vérité, seul un campanile équipé de trois cloches signalait qu'il ne s'agissait pas d'un atelier supplémentaire. Il n'avait franchi qu'une seule fois le seuil de la mission « Santa Teresa de Jésus », invité au mariage d'un compagnon de travail catalan.

Le carillon de la porte d'entrée fut couvert par le claquement des dominos sur la table de formica.

— Salut Saïd. Je suis en retard, le patron ne voulait pas me laisser sortir…

Saïd se retourna et posa une main sur l'épaule de Lounès.

— L'essentiel, c'est que tu sois là. Passons dans le bureau, il nous reste à peine une heure.

Ils se trouvaient à présent dans une pièce minuscule encombrée de caisses, de bouteilles. Sur une table, des piles de papiers, de factures entouraient un téléphone noir.

Saïd décrocha un tableau publicitaire offert par les vins « Picardy ». Il fit glisser le cadre ; avec d'infinies précautions, il tira une feuille dissimulée entre le carton de protection et la reproduction. Lounès s'était installé au bureau.

— Tu as vu, Reims ne tiendra pas le coup. Je suis certain qu'ils se feront avoir avant la fin du championnat.

Trois à un contre Sedan ! Encore un match comme ça et Lens prend la tête.

— Nous avons des choses plus sérieuses à faire que de parler football. Téléphone aux quinze chefs de groupe. Dis-leur simplement « REX », ils comprendront. Pendant ce temps je passe voir les responsables du secteur. Rejoins-moi devant « Pigmy-Radio » avec la voiture d'ici trois quarts d'heure. N'oublie pas de remettre la liste à sa place.

*

Saïd et Lounès garèrent la Quatre Chevaux à la Villette, boulevard Mac-Donald, juste après l'arrêt du P.C. puis ils se dirigèrent vers la bouche du métro. Un vent glacé dispersait les feuilles mortes ; il ne fallut que quelques instants à la pluie fine et serrée pour traverser le tissu mince de leurs vestes. La caserne des Gardes Mobiles semblait calme bien que le parc de stationnement fût entièrement occupé par les Berliet bleus des Compagnies Républicaines de Sécurité.

Une rame quittait la station. Le poinçonneur les fit patienter un instant avant de perforer leurs tickets. Lounès se dirigea vers le plan du réseau et pointa du doigt la station « Bonne-Nouvelle ».

— On peut changer à Gare de l'Est puis à Strasbourg-Saint-Denis. Ou alors, Chaussée d'Antin direct ?

— Par Chaussée d'Antin. Ça paraît plus long mais nous n'aurons qu'un seul changement. Nous y serons plus rapidement.

À chacun de ses arrêts, le métro se remplissait d'Algériens. À Stalingrad, il était bondé ; les rares Européens se lançaient des regards angoissés. Saïd souriait. Il se rappela brusquement l'affiche qu'il avait réclamée à

Raymond avant de quitter l'imprimerie. Il la sortit de sa poche, la déplia avec soin avant de la montrer à Lounès.

— Regarde un peu ce que je tourne sur ma machine depuis deux jours !

Au-dessus d'une photo de Giani Esposito et de Betty Schneider un court texte présentait le premier film de Jacques Rivette dont le titre s'étalait en caractères bleus sur toute la largeur de la feuille : « PARIS NOUS APPARTIENT ».

— Tu te rends compte, Lounès, Paris nous appartient.

— Pour un soir… Si cela ne tenait qu'à moi, je leur laisserais bien Paris. Paris et tout le reste, pour un petit village du Hodna.

— Je me doute de son nom…

— Alors dis-le !

Saïd devint grave.

— Ne t'en fais pas, si nous sommes là ce soir, c'est pour avoir le droit de devenir vieux à Djebel Refaa.

*

À dix-neuf heures vingt-cinq, le mardi 17 octobre 1961, Saïd Milache et Lounès Tougourd montaient les marches du métro Bonne-Nouvelle. Au Grand Rex on jouait *Les Canons de Navarone* ; plusieurs centaines de Parisiens attendaient, en ordre, la séance de vingt heures.

ROGER THIRAUD

Ce n'était pas uniquement le Moyen-Âge qui pesait sur la classe et lui donnait cette atmosphère languissante. Les premiers froids et la pluie qui assombrissaient la vieille bâtisse y étaient pour beaucoup, ainsi que le repas trop consistant pris au réfectoire du Lycée.

Au début du cours, Roger Thiraud se demandait avec inquiétude s'il ne fallait pas chercher l'origine de cette léthargie dans l'orientation donnée à sa leçon. Depuis que sa femme était enceinte, il se passionnait pour l'histoire de l'enfance et introduisait de fréquentes réflexions sur ce sujet, dans ses exposés.

Qui s'est jamais soucié de la condition du nourrisson au XIIIe siècle ? Personne ! Pourtant, il lui semblait que ce type de recherche valait bien celles menées par des dizaines d'éminents spécialistes, sur des événements aussi décisifs que la circulation des pièces de bronze dans le Bassin aquitain, ou l'évolution de la hallebarde en Bas-Poitou.

Il toussa et reprit.

— … Après la période d'allaitement naturel (il n'osait pas dire « au sein » devant ses élèves), il n'était pas rare au XIIIe siècle de voir la nourrice, dès que le bébé perçait des dents, mastiquer la nourriture avant de la glisser dans la bouche de l'enfant.

Les vingt-deux élèves se réveillèrent d'un coup et manifestèrent bruyamment leur dégoût de mœurs aussi répugnantes. Roger Thiraud les laissa se détendre, puis il frappa le tableau de l'extrémité de sa règle.

— Hubert, approchez-vous. Montez sur l'estrade et inscrivez les titres des ouvrages suivants, que vous devrez tous, et je dis bien TOUS, consulter à la bibliothèque du Lycée. Premièrement *De proprietatibus rerum* de Barthelemy l'Anglais, chapitre six ; cela aura l'avantage de vous familiariser encore plus avec la langue latine. Deuxièmement les *Confessions* de Guibert de Nogent. Le cours est terminé. Nous nous reverrons vendredi à quinze heures.

La salle se vida à l'exception d'un jeune garçon qui

recevait deux fois la semaine une leçon particulière de latin. L'adolescent habitait place du Caire ; ils avaient pris l'habitude de remonter ensemble le faubourg Poissonnière en parlant des événements de la journée. Avant d'arriver aux boulevards, Roger Thiraud prétexta une course chez un traiteur pour quitter le jeune garçon. Il s'engagea dans la rue Bergère, fit rapidement le tour du pâté de maisons qui abrite l'immeuble du journal *l'Humanité* et se retrouva sur le Boulevard. Il observa, deux cents mètres plus haut, son élève qui traversait en courant au milieu du flot des voitures. Il marcha dans cette direction avant de s'arrêter à la devanture du Midi-Minuit. Il entra furtivement dans le hall, paya sa place et pénétra dans la salle noire. Il tendit son ticket à l'ouvreuse ainsi qu'une pièce de vingt centimes. Le film était commencé ; il lui faudrait attendre le début de la séance suivante pour en connaître le titre.

Chaque semaine, le mardi ou le mercredi, ces deux heures de rêve récompensaient l'effort intense qu'il accomplissait pour sauter le pas et s'asseoir dans ce lieu de perdition. Pour ne pas leur ressembler !

Il s'imaginait sans peine l'indignation de ses collègues apprenant que M. Thiraud — vous savez, ce jeune professeur de latin et d'histoire dont la femme attend un enfant — fréquentait les cinémas où l'on projette des films indignes d'un esprit scientifique.

Comment leur expliquer sa passion pour le fantastique ? Aucun d'eux ne lisait Lovecraft ! À peine s'ils connaissaient Edgar Poe. Alors, Boris Karloff et Donna Lee dans *Le Récupérateur de cadavres*… Le film durait à peine une heure et quart ; il sortit de la salle avec, en tête, le nom du réalisateur. Wise, Robert Wise. Un cinéaste à retenir.

Il hésita entre le « Tabac du Matin » et le self-service situé au rez-de-chaussée de *l'Humanité*. On pouvait y prendre un café, l'emporter à une table sur un plateau et tout en dégustant le liquide brûlant, s'amuser à reconnaître au passage les grandes signatures du journal, les plus illustres figures du Parti Communiste. Thorez, Duclos, même Aragon venaient ici se restaurer entre deux réunions ou attendre que leur article arrive au marbre.

Ce soir malheureusement, il avait trop traîné ; il se contenta d'une consommàtion au comptoir du Tabac. *Le Monde* titrait sur les difficultés du traité franco-allemand et les rumeurs insistantes qui circulaient dans les couloirs du vingt-deuxième Congrès, là-bas, à Moscou.

Avant de traverser le boulevard Bonne-Nouvelle sous la guirlande lumineuse du Rex annonçant la Féerie des Eaux, il acheta un bouquet de mimosa et deux pâtisseries. Il songea au jour où il en faudrait trois et sourit. Tout à ses pensées, il faillit être accroché par deux jeunes gens, un garçon et une fille, juchés sur une mobylette orange.

Il lui restait à grimper les quinze marches de la rue Notre-Dame-de-Bonne-Nouvelle pour se retrouver chez lui. Il regarda machinalement vers le métro, ainsi qu'il faisait quelques années auparavant en attendant Muriel. Deux Algériens, le col relevé pour s'abriter du vent, apparurent au même instant. La montre de Roger Thiraud marquait dix-neuf heures vingt-cinq, le mardi 17 octobre 1961.

KAÏRA GUELANINE

Les deux moutons reculèrent, effrayés, lorsque la motocyclette quitta le chemin et vint s'immobiliser au bord du terrain qui leur servait de pâture. Aounit maintenait le ralenti en relançant le moteur de temps à autre. Il porta l'index et le majeur de sa main libre à la bouche, siffla longuement, puis il fit signe au jeune garçon de venir près de lui.

— Il faut que tu rentres tout de suite, papa a besoin de toi à la boutique.

— Et mes moutons ?

— N'aie pas peur, ils ne partiront pas ! Que veux-tu qu'ils fassent… qu'ils se jettent dans la Seine ? Allez, monte derrière moi.

L'enfant s'installa sur le siège de la Flandria, bloqua le rebord de ses talons sur les boulons du moyeu de la roue motrice et agrippa fermement l'armature de la selle. Aounit conduisait vite. Il faisait de brusques écarts pour éviter les mares d'eau, les plaques de boue. On aurait pu croire que toute son attention était mobilisée mais il trouvait le moyen de parler avec son frère.

— Ce soir je vais à Paris, avec Kaïra. Ça tombe mal, il reste trois bêtes à préparer pour le mariage du fils Latrèche. Tu n'as pas d'école demain ?

— Non, l'instit est malade et tu sais, le mardi soir j'ai mon match. En plus, on rencontre l'équipe de l'avenue de la République.

— Sur le terrain du cimetière des Vieux ?

— Non, aux Hirondelles. En plus, ils jouent à domicile ! Ça va pas être facile. Si je ne viens pas, ils mettront le gars d'El Oued dans les buts, pour me remplacer. C'est une vraie couscoussière.

— On dit « une passoire » en français.

— Et « El Oued », tu crois que c'est français !

La mobylette s'engagea sur le chemin de halage à hauteur de l'Île Fleurie pour contourner les entrepôts des Papeteries Réunies. Un brouillard froid mêlé de pluie commençait à tomber ; il enveloppait déjà les éléments supérieurs de l'usine à gaz.

Ils entrèrent en trombe dans le bidonville par la rue des Prés. Les pétarades du moteur deux temps attirèrent vers eux une nuée de gamins dont chacun avait une seule idée en tête : monter à l'arrière de l'engin. Aounit ralentit et se dirigea vers l'une des rares baraques de ciment. Un homme portait sur l'épaule un mouton écorché. Du pied, il ouvrit la porte où figuraient, tracées à la craie, les lettres majuscules du mot « BOUCHERIE ». La fenêtre de la maison faisait office de comptoir ; deux clients attendaient dans la rue, que le commerçant les serve. À côté, des hommes s'affairaient à colmater le toit d'une masure en clouant, aux jointures des planches, des bandes de caoutchouc prélevées sur des pneus usagés.

Aounit entra dans la boutique en poussant sa Flandria, traversa la pièce et déboucha dans la cour intérieure. Cela faisait cinq ans que son père avait acheté, pour 300 000 anciens francs, la baraque 247 à une famille de Gèmar qui retournait au pays. À cette époque, en 1956, ils ne disposaient que de trois pièces et de la cour. La boutique, la chambre des parents où dormaient également les plus jeunes enfants et la chambre qu'il partageait avec son frère et Kaïra. Par la suite, son père et lui avaient bâti deux autres pièces, ce qui permettait à sa sœur aînée d'être plus indépendante.

Kaïra l'attendait dans la cour. Elle ne ressemblait pas aux autres jeunes femmes du bidonville. À vingt-cinq ans, toutes ses amies étaient mariées depuis des années et traînaient derrière elles une armée de marmots. Cette cour, ou une autre toute semblable, constituait leur seul univers avec le Prisunic de Nanterre. Un horizon de terrains vagues coincés entre les usines et la Seine, à dix minutes d'autobus des Champs-Élysées ! Kaïra connaissait des femmes dont le dernier pas en dehors du bidonville remontait à deux, voire trois ans.

Sa mère était ainsi. Le jour de sa mort, Kaïra s'était juré de ne pas être une simple hypothèse de femme. Elle s'occupait de ses frères et sœurs, de tout ce que nécessite la vie quotidienne de six personnes. Les achats, la cuisine, le contrôle des leçons, le ménage, l'entretien des vêtements, l'approvisionnement en bois, en charbon ; et par-dessus tout, de la corvée d'eau. Ces seaux qu'il fallait remplir hiver comme été à la fontaine de la place, entreposer dans la cour pour la cuisine, la lessive, la toilette, la boutique…

Elle se tenait à son serment et, en contrepartie de cette soumission acceptée au bonheur des siens, elle se libérait, insensiblement, du fardeau des traditions. Cette lente évolution était marquée, aux yeux du voisinage, par de soudaines audaces inimaginables de la part d'une « véritable femme algérienne ».

Kaïra se souvenait du premier matin où, tremblante, elle avait osé sortir en pantalon. Pas un « blue jean » comme en portaient ses frères mais un tergal, ample, qui masquait ses formes aussi bien qu'une robe. Personne ne s'était permis de réflexion à voix haute sur son passage, à peine quelques sourires vite effacés par son regard fixe. Elle ne ménageait pas sa fierté ; elle aurait préféré mourir plutôt que d'avouer s'être entraînée des semaines entières à la maison, avant d'affronter le jugement des autres.

Elle s'avança vers son frère, un verre à la main.

— Tiens, bois, c'est de l'orangeade. Alors, tu te décides à venir avec nous ?

— Je me tiens à ce que je t'ai dit. Je veux bien t'accompagner jusqu'à ton rendez-vous et je file au « Club » le plus vite possible. Ce soir il y a *Les Chats sauvages* qui passent dans l'émission d'Albert Reisner. Ce qui est sûr, c'est que je louperai le début.

— Si ça t'embête de m'emmener, je prendrai le bus et le métro.

Aounit passa ses bras autour des épaules de Kaïra, l'embrassa doucement sur la joue.

— Tu es drôlement susceptible dès qu'on parle de ton amoureux…

Elle se dégagea vivement de l'étreinte et se réfugia dans la cuisine.

— Pense ce qu'il te plaît ! Pour être à Paris à sept heures et demie avec les transports en commun il faudrait partir tout de suite. Je dois encore rencontrer les gens des autres quartiers de Nanterre. Sans même parler de ça, le couscous n'est pas prêt ; ce n'est pas toi qui t'occuperas de donner à manger aux petits.

— Oublie ce que j'ai dit, je voulais simplement te taquiner. À quelle heure ça doit se terminer ?

— Je ne sais pas, dix ou onze heures, mais ne t'inquiète pas, Saïd et Lounès me ramèneront à la maison. Ils se sont mis d'accord avec un de leurs amis qui habite rue de la Garenne, près des ateliers de Simca. Demain matin ils descendront à la Porte Maillot, ils prendront le P.C. jusqu'à la Villette. Lounès a laissé sa voiture tout près de là.

— Ce serait plus simple que vous alliez tous ensemble, cette nuit, reprendre la voiture. Ça leur éviterait de déranger le gars de la Garenne.

— Tu as peut-être raison mais nous avons des consignes. Nous serons beaucoup plus en sécurité dans le métro que dans une voiture après la surprise qu'on leur prépare !

Tout en parlant Kaïra malaxait le couscous et cassait entre ses doigts les grumeaux de semoule. À l'aide d'une cuillère elle déposa quelques œufs dans une casserole d'eau bouillante, puis mit la table pour les enfants. Elle sortit trois yaourts « Vitho » du garde-manger grillagé suspendu au mur.

— Tu diras au père que tout est prêt.

Elle quitta la maison et dans la rue, salua les clients de son père. Elle se dirigea vers les maisons de la Compagnie des Eaux. C'est là que logeaient les premiers habitants du bidonville. La Compagnie, on ne sait pour quelle obscure raison, avait laissé ce terrain en friche en abandonnant à leur sort quatre pavillons rudimentaires, des sortes de grosses boîtes rectangulaires en brique rouge. Plusieurs familles s'y étaient installées, avaient agrandi leurs logements en édifiant un étage au moyen de tôles et de planches. Au fil des mois et des années d'autres familles les avaient rejointes et, aujourd'hui, les pavillons formaient le centre et le point culminant d'une agglomération de huttes, de gourbis où vivaient cinq mille personnes : le bidonville des Prés.

Avant de monter à l'étage, Kaïra frotta une allumette et éclaira les marches disjointes. Trois femmes et un homme l'attendaient dans une pièce sommairement meublée. Ils se levèrent à son entrée, portèrent chacun leur tour la main au cœur et au front après l'avoir saluée.

— Nous disposons de peu de temps, alors écoutez bien. Notre objectif c'est en premier lieu, le pont de Neuilly. Vous avez rendez-vous à huit heures moins cinq avec ceux de Bezons, Sartrouville et Puteaux sur le quai De-Dion-Bouton, en face des jardins Lebaudy. Les gens de Colombes, Courbevoie et Asnières seront de l'autre côté du pont, sur le quai Paul-Doumer, à la hauteur de l'île de la Grande-Jatte. Pour vous rendre à Neuilly, vous devez passer par Puteaux en évitant les principaux axes. Surtout faites attention à ne pas approcher du Mont Valérien, c'est plein de flics. À mon avis l'itinéraire le plus sûr c'est la rue Carnot et les Bas-Rogers, vers l'ancien cimetière. Arrivés là, vous attendez sans bruit qu'il soit huit heures moins cinq et vous grimpez sur le pont de Neuilly. Kémal et ses hommes seront sur place, ils vous indiqueront ce qui a été décidé.

Elle se leva, mais l'homme la retint par la manche de son tricot.

— Kaïra, tu peux nous le dire, maintenant ça n'a plus d'importance. Alors, on descend où ? Sur les Champs-Élysées ?

— Qui sait ? Nous allons peut-être débaptiser la place de l'Étoile et l'appeler place du Croissant-et-de-l'Étoile !

Aounit patientait au bout de la rue. Elle parvint à sa hauteur en courant du bout des pieds sans toujours réussir à éviter les flaques d'eau et de boue. Elle serra un foulard sur ses cheveux, s'installa sur la mobylette derrière son frère et s'accrocha à sa taille. Ils traversèrent les rues de Nanterre vidées par la pluie. Au passage, elle reconnut l'usine de sable avec son tapis élévateur et bien après les jardins ouvriers, le château d'eau juché sur ses quatre pieds de béton. Trois jours auparavant, une équipe venue de la cité de transit avait osé, en plein jour, escalader l'édifice pour ajouter aux trois lettres peintes en blanc O.A.S. le I et le S qui faisaient de la réserve d'eau une OASIS. Ils entrèrent dans Paris par le pont de Puteaux et rattrapèrent l'avenue Foch à travers le Parc de Bagatelle et le Bois de Boulogne. Aounit passait ses journées à sillonner la ville pour une petite entreprise de livraison ; il contourna en se dirigeant avec sûreté les carrefours les plus encombrés en début de soirée. Plus sa sœur le suppliait d'être prudent, plus il poussait le moteur. Il franchit à l'orange le dernier feu du boulevard Bonne-Nouvelle et manqua de renverser un piéton distrait qui s'avançait sur le passage clouté, les bras encombrés de fleurs et d'une boîte de gâteaux. Kaïra poussa un cri.

— Arrête-toi Aounit, nous sommes arrivés. Saïd m'attend à la sortie du métro devant la boutique d'un photographe. Viens avec moi, au moins pour lui dire bonjour.

Aounit attacha sa mobylette à un poteau d'interdiction de stationner ; ils remontèrent le boulevard sur quelques dizaines de mètres. Il n'y avait encore personne devant le studio Muguet, mais ils durent ralentir le pas car devant eux, marchait l'homme qu'ils avaient failli écraser. Heureusement, il s'engagea dans une rue qui butait à droite, contre des escaliers. Au même moment, Kaïra distingua le visage de Saïd qui émergeait de la bouche de métro. Son cœur s'emballa ; malgré le froid, elle sentit ses joues la brûler. Elle respira profondément par le nez pour ne pas s'élancer vers lui.

À la devanture de la bijouterie qui faisait l'angle de la rue Notre-Dame-de-Bonne-Nouvelle, une imposante horloge munie d'un balancier de cuivre marquait dix-neuf heures vingt-cinq. Le 17 octobre 1961.

CHAPITRE II

À cet instant précis, un coup de sifflet strident couvrit le bruit de la circulation et la rumeur confuse qui s'élevait de la foule massée sur les trottoirs.

Des centaines de musulmans disséminés dans les cafés, devant les étalages des magasins, dans les rues adjacentes au boulevard, répondirent au signal et envahirent la chaussée. En quelques minutes, la manifestation s'organisa. Des pancartes hâtivement confectionnées sortirent de sous les manteaux, plus loin on déroulait une banderole : « Non au couvre-feu ». Un groupe de femmes algériennes revêtues de leurs habits traditionnels se porta en tête, lançant les cris perçants que les Français connaissent sous le nom de « you-you ». Sans cesser de crier, elles agitaient leurs foulards à fils dorés au-dessus de leurs cheveux. D'autres manifestants qui attendaient dans les couloirs du métro rejoignaient les premiers. C'était maintenant plus d'un millier d'Algériens qui bloquaient le carrefour Bonne-Nouvelle.

Le patron du « Madeleine-Bastille » avait l'expérience des soirées de trouble. La vitrine d'angle de sa brasserie s'était effondrée en deux occasions. Une première fois en 1956 lors de l'attaque du journal *l'Humanité*, en protestation contre l'intervention soviétique en Hongrie. La seconde fois en mai 1958, au cours d'une démonstration de force gaulliste ou anti-gaulliste ; il ne se rappelait plus exactement. Avec l'aide des barmans et d'une dizaine d'habitués, il rentra chaises et tables puis commença à coller de larges bandes de papier gommé à l'intérieur des vitres, une technique utilisée lors des bombardements et qui avait prouvé son efficacité. En face, le journal, mieux équipé, abaissait un rideau de fer sur sa façade.

Roger Thiraud redescendit les marches de la ruelle, intrigué par les clameurs. Il vit passer de nombreux musulmans et distingua nettement le slogan repris à pleine voix à trois mètres de lui : « Algérie algérienne ».

Ainsi, ils avaient osé ! La guerre qui pour la grande majorité des Français avait la seule réalité d'une suite de communiqués, tour à tour euphoriques ou creux, cette guerre prenait corps au centre de Paris. Le concierge de l'immeuble s'avança, interrompu en plein repas. Il tenait une serviette de table à la main.

— C'est un comble ! Ils se croient à Alger… J'espère que l'armée va rappliquer pour me virer tous ces fellouzes.

— Ils n'ont pas l'air aussi terrible que cela. Il y a même des femmes et des enfants.

— On voit bien que vous ne regardez pas les informations, monsieur le Professeur. Leurs méthodes, c'est le pillage et les massacres. Leurs mousmées et leurs gosses, ils s'en servent pour poser les bombes. Alors, si vous voulez mon avis, pas de quartier.

Roger Thiraud s'éloigna, mal à l'aise. Saïd et ses amis se trouvaient devant le Rex. La file d'attente pour *Les Canons de Navarone* s'était désagrégée. Aounit s'affairait à ouvrir la chaîne antivol de sa Flandria. Cinq cents mètres plus bas, à mi-chemin de l'Opéra, le capitaine Hernaud de la Troisième Compagnie de C.R.S. reçut l'ordre de disperser la manifestation qui se formait à

« Bonne-Nouvelle ». Les Deuxième et Quatrième Compagnies devaient, quant à elles, renforcer la brigade de gendarmes mobiles déployée aux alentours du pont de Neuilly où on signalait d'importantes concentrations de « Français musulmans ». D'autres détachements de gardiens de la paix faisaient route vers Stalingrad, Gare de l'Est et Saint-Michel. La radio du car de liaison ne cessait de rappeler les consignes. « *Brisez le mouvement, n'hésitez pas à vous servir de vos armes si la situation l'exige. Chaque homme est fondé à juger, en cas d'engagement physique, du moyen de riposte approprié.* »

Le capitaine pressait ses hommes de s'installer dans les Berliet bleu nuit.

— N'oubliez pas d'ajuster vos lunettes. Nous commencerons par les grenades, mais avec ce vent, il y a des chances qu'on en prenne plein la gueule nous aussi.

La camionnette-arsenal était vide. Le règlement prévoyait qu'un quart seulement des hommes de la Compagnie disposerait de leurs armes au début d'un engagement. Il était temporairement suspendu. On avait même distribué les quatre fusils lance-grenades et les huit fusils-mitrailleurs.

Le capitaine Hernaud donna le signal du départ ; la colonne remonta plein phares et avertisseurs bloqués le boulevard Montmartre et le boulevard Poissonnière, sans se soucier des sens interdits. Les camions firent halte au croisement de la rue du Sentier. Les C.R.S. se groupèrent sous l'enseigne des Assurances de Zurich, tandis qu'une dizaine d'entre eux faisaient évacuer les voitures qui les séparaient des manifestants. Quand ce fut terminé, les Berliet formèrent une barricade qui obstruait totalement la chaussée. Pendant ce temps d'autres policiers s'installaient derrière les automobiles en stationnement. De cet abri improvisé, ils lancèrent les premières grenades lacrymogènes. Mais une rafale de vent rabattit les gaz contre les façades, les dispersant. Le capitaine commanda l'arrêt des tirs ; il rassembla ses troupes devant les phares des camions. Les manifestants saluaient en riant l'échec de l'offensive policière, mais certains s'inquiétaient de voir cette masse de soldats, recouverte jusqu'à hauteur de genoux de cuir noir luisant, ces casques sombres séparés par une arête de métal brillant, cette absence de visage derrière les hublots des lunettes de motocyclistes. La lumière aveuglante des phares ne permettait pas de distinguer leurs armes. Bien entendu, ils avaient ces longues matraques de bois, grosses comme des manches de pioche et longues comme des balais, les bidules, et d'autres armes de poing, très courtes, pleines de reflets.

Soudain, l'énorme silhouette se mit en mouvement, accompagnée d'un long cri. Doucement d'abord et gagnant de la vitesse à chaque enjambée. Il semblait que rien ne puisse l'arrêter dans son élan ; le martèlement des bottes sur les pavés renforçait ce sentiment de fatalité. Les C.R.S. qui composaient la première ligne paraissaient gigantesques, gonflés par les gilets pare-balles glissés sous leurs manteaux de cuir. Les Algériens ne réagissaient pas, comme cloués sur place par la stupeur. On sentait un réel flottement dans leurs rangs ; il était déjà trop tard pour organiser la défense. Cette idée s'imposa à tous en un éclair. La foule reflua d'un bloc vers le Rex où se produisit le choc. Les crosses s'abattirent sur les têtes nues, mal protégées par les bras et les mains. Un policier jeta une femme à terre en la rouant de coups de galoche ; il lui assena une volée de gifles et s'éloigna. Un autre frappait de toutes ses forces le ventre d'un jeune garçon avec son bidule, si fort que le bois se rompit. Il continuait en se servant du morceau le plus acéré. Sa victime tendait les mains pour se protéger, essayant d'attraper le manche de bois. Il ne parvint bientôt plus à commander ses doigts brisés.

Des détonations claquèrent devant la piscine Neptuna où stationnait un car. À l'intérieur, trois agents visaient soigneusement les fuyards et ne rataient aucune cible. Une Ariane rouge et crème garée à moins de vingt mètres, derrière laquelle s'abritaient de nombreux musulmans, était criblée d'impacts. Des gens couraient en tous sens en hurlant. Dans la panique ils butaient contre les corps tombés aux terrasses des cafés parmi les tables renversées, les verres brisés, les vêtements maculés de sang.

Kaïra et Saïd étaient là, pris sous le feu. Aounit gisait sur le trottoir, de l'autre côté, près de sa mobylette. Mort ou blessé. Les rafales s'espacèrent : ce fut le silence troublé par les râles des agonisants. Un simple répit ! Les C.R.S. reformèrent leurs rangs et repartirent à l'assaut. Un mouvement de foule désordonné propulsa Kaïra, en première ligne, face à une sorte de robot écumant qui leva sa matraque. Une peur atroce et absolue l'immobilisa, bloqua son souffle ; elle eut conscience que son sang se retirait d'un coup de son visage. Malgré le froid, sa peau hérissée se couvrit de transpiration. Elle ne pouvait quitter des yeux cet être effroyable qui allait la tuer. La main s'abattit brusquement mais Saïd, au prix d'un effort terrible se porta devant elle, la protégeant de son corps. La brutalité du choc les renversa tous deux. Le policier n'en continuait pas moins de frapper Saïd. Il finit par se lasser. Kaïra craignait de faire le moindre geste pouvant laisser croire à leur agresseur qu'elle vivait encore. Saïd, au-dessus, faisait de même, pensait-elle, jusqu'à l'instant où elle identifia le liquide poisseux et âcre qui s'étalait sur son manteau. Sa peur était douce en comparaison de l'immense douleur qui s'empara des moindres atomes de son être. Elle releva le cadavre de son ami en hurlant.

— Assassins ! Assassins !

Deux policiers s'emparèrent d'elle, la dirigèrent vers un des autobus de la R.A.T.P. réquisitionnés pour assurer le transfert des manifestants appréhendés, vers le Palais des Sports et le Parc des Expositions de la Porte de Versailles.

Seul Lounès était indemne, il tentait de disperser la foule dans les petites rues qui jalonnent les boulevards. De nombreux passants prêtaient main-forte aux C.R.S. et leur désignaient les porches, les recoins où se cachaient des hommes, des femmes rendus stupides par l'horreur.

Il était près de huit heures. Sur les quais situés en contrebas du pont de Neuilly, deux immenses colonnes formées par les habitants des bidonvilles de Nanterre, Argenteuil, Bezons, Courbevoie, se mirent en mouvement. Des responsables du F.L.N. les encadraient et canalisaient les groupes qui ne cessaient de se joindre à eux. Ils étaient au moins six mille ; les quatre voies du pont ne semblaient pas assez larges pour assurer l'écoulement du cortège. Ils dépassèrent la pointe de l'île de Puteaux, sous leurs pieds, et pénétrèrent dans Neuilly. Pas un ne portait d'arme, ni le moindre couteau, la plus petite pierre dans la poche. Kémal et ses hommes contrôlaient les individus suspects ; ils avaient expulsé une demi-douzaine de gars qui rêvaient d'en découdre. Le but de la démonstration était clair : obtenir la levée du couvre-feu imposé depuis une semaine aux seuls Français musulmans et du même coup prouver la représentativité du F.L.N. en métropole.

La voie était libre ; ils purent distinguer, au loin, l'Arc de triomphe illuminé à l'occasion de la visite officielle du Shah d'Iran et de Farah Dibah. Comme à leur habitude, les femmes prirent la tête. On voyait même des landaus entourés d'enfants. Qui pouvait se douter que trois cents mètres plus bas, masqués par la nuit, les attendait une escouade de Gendarmes Mobiles épaulée par une centaine de harkis. À cinquante mètres, sans sommations, les mitraillettes lâchèrent leur pluie de balles. Omar, un jeune garçon de quinze ans, tomba le premier. La fusillade se poursuivit trois quarts d'heure.

*

Roger Thiraud était fasciné, horrifié à la fois par ce qui se déroulait devant lui. Son attention restait accaparée par les corps inertes des manifestants. Un cadavre surtout, dont la tête éclatée, terrible, barrée d'une bouche d'ombre mortelle, laissait s'échapper des filets de sang pareils à des serpents liquides. En face, sur l'autre trottoir, les premiers invités du Théâtre du Gymnase se faufilaient en direction des portes vitrées que défendait une quinzaine de membres du personnel. Le directeur de la salle maudissait le sort qui entachait la soirée inaugurale de *Adieu Prudence* de Leslie Stevens adaptée par Barillet et Grédy. Jusqu'à maintenant on avait pu cacher à Sophie Desmarets les événements qui ensanglantaient la rue, afin de ménager ses nerfs, mais les « amis » qui réclamaient la loge de la comédienne ne manqueraient pas de réduire ces efforts à néant.

— Ils l'ont bien cherché, lui dit un passant.

Roger Thiraud le fixa.

— Mais ils ont besoin d'être soignés, il faudrait les transporter à l'hôpital. Ils vont tous mourir !

— Si vous croyez qu'ils ont pitié des nôtres, là-bas. Et d'abord ce sont eux qui ont tiré les premiers.

— Non, ne dites pas ça. Je suis ici depuis le début, je rentrais chez moi… Ils couraient comme des lapins, les mains nues, ils cherchaient à se cacher, se protéger quand la police a ouvert le feu.

L'homme s'éloigna en l'insultant.

Le directeur du théâtre descendit les marches du perron et interpella un gradé.

— Venez vite, il y en a au moins cinquante qui sont entrés dans la partie technique et dans les coulisses. Notre première débute dans dix minutes, il faut que vous interveniez.

L'officier constitua un détachement qu'il mit en position devant le portail du local des machinistes et, l'arme au poing, fit ouvrir les deux battants. Une vingtaine d'hommes apeurés, les mains sur la nuque sortirent à la lumière des lampadaires. Derrière eux, dans le couloir, on préparait les coupes pour fêter le succès prévisible de *Adieu Prudence*.

Roger Thiraud fut à deux doigts d'intervenir mais il n'en trouva pas le courage. Il assista, impuissant, au tabassage en règle d'un automobiliste bloqué rue du Faubourg-Poissonnière qui portait secours à un blessé, essayant de le dissimuler à l'arrière de son véhicule.

De l'autre côté, vers l'immeuble en rotonde des P.T.T., au coin de la rue Mazagran, on rassemblait les prisonniers. De nombreux autobus étaient arrivés et se chargeaient de centaines d'Algériens hagards qui tentaient, sans succès, d'éviter les coups de matraque distribués par les C.R.S. placés en file devant les plates-formes. Il avait suffi de quelques dizaines de minutes à la R.A.T.P. pour interrompre le service et affecter ses véhicules au regroupement des manifestants. Un machiniste lisait *le Parisien* en attendant l'ordre de départ. Roger Thiraud compta instinctivement le nombre de bus bondés qui passaient devant ses yeux. Douze. Il évalua à plus de mille celui des hommes pressés les uns contre les autres, debout, blessés.

Un photographe accompagnait les policiers dans les actions les plus dures. À intervalles réguliers, les éclairs du flash révélaient autant de tableaux sanglants.

Un autre homme observait la scène depuis le début de la manifestation. Il n'avait pas bougé de l'encoignure du café « Le Gymnase ». Bien qu'il soit revêtu de l'uniforme des C.R.S., il ne semblait pas être concerné par l'activité de ses collègues et se contentait, tout simplement, de fixer l'endroit précis où se trouvait Robert Thiraud. Il jugea le moment venu et sortit de l'ombre. Il traversa le boulevard, s'approcha d'un pas mesuré de la rue Notre-Dame-de-Bonne-Nouvelle : sans se soucier du froid et de la pluie, il enleva son lourd manteau de cuir qu'il plaça sur son bras gauche. Du même geste il ramena son casque sur son front et s'assura que ses lunettes étaient bien en place. À hauteur de la rue Thorel, il fit une halte puis sortit un Browning de son étui. Il n'avait pas choisi cette arme à la légère. Le modèle 1935 restait le pistolet d'ordonnance le plus répandu au monde ; il faisait encore aujourd'hui la renommée et le succès de la Fabrique nationale d'Herstal.

Il éjecta le chargeur muni de ses treize cartouches et le réenclencha d'un coup sec contre sa paume. Cette crosse lui était familière ; à vingt mètres de distance il plaçait le contenu du magasin dans une cible de dix centimètres de côté. Il reprit sa marche après avoir placé le Browning dans sa main gauche, sous le manteau de cuir. Ce n'était pas la première fois, mais il ne pouvait s'empêcher de trembler, de serrer les dents. Il lui fallait, par-dessus tout, réprimer cette envie de fuir, de laisser les choses inabouties. Marcher, continuer à avancer, ne plus penser…

Il distinguait maintenant les traits de Roger Thiraud et revit en mémoire le jeu de photos qu'on lui avait confié. Le même front large, les lunettes d'écaille, jusqu'à cette curieuse chemise aux pointes de col boutonnées.

Comme lors des missions précédentes, tout se décida

en un instant, trop vite pour qu'il comprenne pourquoi il venait de se porter à la gauche du professeur. Le moindre de ses mouvements correspondait à ce qu'il fallait faire, inéluctablement, pour remplir la mission. Rien ne pouvait l'arrêter. C'était comme s'il avait déjà accompli l'irréparable. Sa main droite se dissimula une fraction de seconde sous le cuir et réapparut crispée sur la crosse du pistolet. Roger Thiraud ne prêtait pas attention à lui ; l'homme en profita pour se placer derrière. Brusquement, il lui coinça la tête avec son bras gauche. Le manteau vint se coller sur le visage du professeur qui laissa tomber son bouquet de fleurs et le paquet de gâteaux. Il agrippa désespérément la main de son agresseur pour lui faire lâcher prise. Mais l'homme, méthodiquement, appliqua le canon de l'arme sur la tempe droite de Roger Thiraud, introduisit l'index dans le pontet et appuya sur la détente. Il repoussa le corps en avant, recula. Le professeur s'effondra sur le trottoir, le crâne éclaté.

L'homme rangea son arme, posément, enfila son manteau et disparut par les escaliers de la rue Notre-Dame-de-Bonne-Nouvelle.

*

Au petit matin il ne restait plus sur les boulevards que des milliers de chaussures, d'objets, de débris divers qui témoignaient de la violence des affrontements. Le silence s'était établi, enfin. Une équipe de secours envoyée par la Préfecture de Police recherchait les blessés et les cadavres. On ne s'embarrassait pas de gestes inutiles, ni de problèmes de conscience, les corps étaient entassés pêle-mêle, sans distinction.

— Hé, par ici, c'est le quinzième de crevé dans le

coin. Pas très joli, il a pris une balle en pleine tête ! Bon, vous venez m'aider ?

Ils retournèrent le corps.

— Oh, merde, c'est pas un bicot ! On dirait un Français.

Le chef d'équipe était bien embarrassé par sa découverte ; il décida de se couvrir en prévenant son supérieur.

Le lendemain, mercredi 18 octobre 1961, les journaux titraient sur la grève de la S.N.C.F. et de la R.A.T.P., pour l'augmentation des salaires. Seul *Paris Jour* consacrait l'ensemble de sa « Une » aux événements de la nuit précédente :

LES ALGÉRIENS MAÎTRES DE PARIS
PENDANT TROIS HEURES

Vers midi, la Préfecture communiqua son bilan et annonçait 3 morts (dont un européen), 64 blessés et 11 538 arrestations.

CHAPITRE III

À la demande de sa mère, Bernard éteignit le poste de télévision. Le présentateur du journal de treize heures se fondit en un point lumineux et disparut.

— Tu peux te servir de la télécommande, maman, on a pris ce modèle exprès, comme cela tu n'as pas besoin de te lever. Il suffit d'appuyer sur les touches…

Muriel Thiraud se contenta de remuer la tête, elle continua de fixer le téléviseur qui lui renvoyait le reflet assombri de la pièce et de son visage.

Elle ne quittait pratiquement jamais ce fauteuil dans lequel, vingt ans plus tôt, elle avait appris la mort de son mari. Seul l'enfant qui distendait son ventre lui avait interdit alors, de se laisser mourir. Dès que Bernard vint au monde, elle s'en désintéressa et vécut en recluse, dans les trois pièces de la rue Notre-Dame-de-Bonne-Nouvelle. Elle ne s'approchait jamais de la fenêtre pour ne pas apercevoir, trois étages plus bas, les marches de l'escalier où, un matin d'octobre 1961, on ramassa le corps de son mari.

Bernard Thiraud fut élevé par ses grands-parents ; adolescent il se consacra tout naturellement à l'étude de l'Histoire. Au cours d'une conférence sur « Les peurs de l'Occident », il avait rencontré Claudine Chenet ; elle commençait, à cette époque, une thèse dont le sujet,

« La Zone de Paris en 1930 », fut le prétexte à de multiples promenades.

— Tu sais très bien qu'elle ne s'habitue pas à ces gadgets, Bernard. Il est temps de partir, si nous attendons une heure de plus, l'autoroute sera bouchée. Je ne supporte pas de rouler au pas pendant des kilomètres...

Bernard s'approcha de sa mère et l'embrassa.

— Nous serons de retour dans un mois. Au plus tard début septembre. J'ai laissé notre adresse et notre téléphone au Maroc chez la concierge. S'il y a un problème, n'hésite pas à nous appeler ; enfin, pas avant une semaine. Nous devons nous arrêter un jour ou deux à Toulouse et, ensuite, il faut traverser l'Espagne.

Claudine serra la main de sa future belle-mère. Ils sortirent de l'appartement sans que Muriel Thiraud n'esquisse le moindre geste. Dans l'escalier Claudine ne put s'empêcher de dire :

— Je ne m'y ferai jamais ! J'ai l'impression de m'adresser à un fantôme.

Pour toute réponse, Bernard lui passa le bras autour du cou. La voiture, une Volkswagen au bleu délavé, était garée plus haut, vers la rue Saint-Denis. Claudine s'installa au volant et traversa Paris vers la porte de Saint-Cloud. Elle se glissa dans le flot des vacanciers. Après le tunnel, elle ouvrit le toit et mit la radio.

Quelques ralentissements se produisirent jusqu'à la sortie de Montlhéry, provoqués la plupart du temps, par des caravaniers ou des poids lourds. Claudine conduisait à vive allure en occupant la voie de gauche. Ils firent une halte à Pons, la « cité du biscuit » vers sept heures, puis reprirent la route en direction de Bordeaux. Ils passèrent la nuit à l'Hôtel de la Presse, porte Dijeaux, non loin de la Garonne.

Le lendemain, ils durent s'arrêter entre Damazan et Lavardac sur la A 61 : à chaque coup de frein, la Coccinelle plongeait sur la droite, vers le bas-côté. Bernard essaya de plaisanter.

— C'est normal, les voitures allemandes, ça déporte toujours !

Il ne s'agissait que d'un réglage et ils arrivèrent en vue de Toulouse à l'heure du déjeuner qu'ils prirent chez « Vanel » : cassolette d'escargots aux noix, civet de coq au vin de Cahors.

— Cela nous fera un souvenir et nous aidera à supporter la cuisine marocaine.

— Pas d'impérialisme culinaire, Bernard, tu ne sais pas de quoi tu parles. Je te promets d'agréables surprises à ce sujet.

— J'ai hâte d'y être. Je ne pense pas en avoir pour plus de deux jours, ici. Quelques dossiers à consulter cet après-midi au Capitole et demain toute la journée à la Préfecture.

— Tu ne veux toujours pas me dire ce que tu cherches ?

Il sortit une Gitane du paquet, l'alluma avant de répondre, feignant l'ironie.

— Non, je m'occupe d'histoires dangereuses; une mystérieuse organisation s'agite dans l'ombre. Laisse-moi te protéger par l'ignorance.

Ils quittèrent le restaurant. Claudine monta dans la voiture et se dirigea vers la place Occitane, à deux pas de l'église Saint-Jérôme. Elle entra dans l'hôtel. Bernard rejoignit la mairie à travers la vieille ville. Il accéda au Capitole par les jardins. Les terrasses des cafés étaient bondées; il renonça à boire un rafraîchissement. Il pénétra dans l'hôtel de ville. Dans ce hall, une hôtesse lui indiqua la salle des archives. À dix-sept heures trente, on dut le prévenir de la fermeture des portes.

— Alors, cette enquête aux ramifications internationales ? lui demanda Claudine alors qu'il prenait une douche.

— Je suis sur une piste… cela se confirmera peut-être demain, à la Préfecture. Par contre, j'ai appris une anecdote intéressante. Figure-toi qu'il y a quarante-deux ans, c'est ici, à Toulouse que le Conseil de Guerre de la 17e région militaire a prononcé la déchéance et la condamnation à mort d'un certain Charles de Gaulle. Le 7 juillet 1940.

— Envoie-le à Lucien Jeunesse, pour le jeu des mille francs…

— C'est malin. Et toi qu'as-tu fait ?

— Je t'ai attendu.

Elle le poussa sur le lit en riant.

Bernard Thiraud se réveilla très tôt. Il arriva à la Préfecture bien avant le fonctionnaire le plus ponctuel. Il patienta au comptoir d'un café de la rue de Metz et sortit dès l'arrivée du concierge.

Il était seul dans la bibliothèque administrative. De temps à autre, un employé passait, les bras chargés de cartons, de registres noirs, ou bien alors de piles de revues. La salle restait ouverte en permanence ; il demanda la permission de téléphoner en entendant les cloches de la cathédrale toute proche qui sonnaient midi. Le réceptionniste du Mercure décrocha et appela la chambre douze.

— Claudine, cette fois je suis extrêmement sérieux. Je tiens le bon bout. Ne m'attends pas pour déjeuner. La salle de consultation ferme à six heures, je pense y travailler jusque-là.

— Je suis contente pour toi. Mais ne tarde pas trop.

Ce furent les dernières paroles qu'ils échangèrent. À dix-huit heures dix, Bernard Thiraud descendit les marches de la Préfecture et remonta la rue de Metz en direction de la place de l'Esquirol. Un homme, assis dans une Renault 30 noire, quitta son volant. Il le prit en filature. Bernard avait hâte de raconter sa découverte à Claudine, il pressait le pas. Il emprunta la rue du Languedoc sur une centaine de mètres, par la droite il contourna l'église Saint-Jérôme. À l'animation des larges avenues commerçantes, succédaient le calme des rues bordées d'hôtels particuliers, souvent délabrés, et les hauts murs des jardins. Pratiquement plus de boutiques, si ce n'étaient des devantures remplies d'objets religieux et d'antiquités. Soudain il n'y eut plus personne, pas une voiture ; Bernard sentit la présence de l'homme qui le suivait. Il se retourna, le vit à deux mètres de lui qui fouillait dans sa poche et en sortait un pistolet. Bernard, intrigué, n'avait pas peur de ce vieil homme d'une soixantaine d'années, essoufflé ; il chercha, autour de lui la raison qui le poussait à exhiber une arme. Avant qu'il ne comprenne, la première balle se ficha dans son épaule et le fit chanceler. Le tireur se rapprocha encore, à le toucher. Il sentait son haleine. Bernard ne trouvait pas la force de lutter, la seconde balle lui traversa le cou. Il s'effondra tandis que son assassin lui vidait les six dernières cartouches du chargeur dans le dos.

L'homme s'enfuit dans le dédale des petites rues de la vieille ville. Les passants alertés par les coups de feu ne trouvèrent que le cadavre de Bernard Thiraud allongé sur le trottoir.

*

Après six mois passés en Lozère, au commissariat de Marvejols, à la suite des remous provoqués par l'affaire Werbel, j'avais obtenu une mutation à Toulouse dans un poste de quartier, rue Carnot. D'habitude je faisais tourner la boutique en équipe avec le commissaire Matabiau mais celui-ci prioritaire pour le choix des dates de vacances, coulait des jours paisibles sur une plage corse. C'est ce moment précis que les employés des pompes funèbres mirent à profit pour engager l'épreuve de force avec leur employeur. Une grève de croque-morts en pleine vague de chaleur ! Les incidents étaient inévitables et je me retrouvai pris entre deux feux : d'un côté les familles éplorées, de l'autre des grévistes décidés. La Mairie de Toulouse ne se mouillait pas et jouait la carte du pourrissement. Au Capitole, on espérait bien recevoir l'appui de l'opinion publique, on se fichait de voir la Police dans le rôle du tampon. Un matin de juillet, des bagarres, opposant parents de défunts et fossoyeurs, éclatèrent au cimetière de Rapas, près des pièces mortuaires où plusieurs dizaines de cercueils attendaient en ordre, de trouver l'abri d'une fosse.

Je disposai mes hommes devant les portes des chambres réfrigérées du Funérarium où les employés, dépassés par le nombre et la vigueur hystérique de leurs assaillants endeuillés, s'étaient réfugiés. À six heures et demie nous étions toujours au milieu des tombes.

Un gréviste me tapa sur l'épaule.

— Je vais essayer de leur parler, d'expliquer les raisons de notre action, Inspecteur, si vous parvenez à les calmer. Leurs morts ne risquent rien, nous assurons le service minimum…

Le gars semblait croire à son discours ; habitué à véhiculer les cadavres, il ne comprenait pas qu'en face de lui, les manifestants, tout éplorés qu'ils soient, n'en étaient pas moins vivants.

— Restez tranquille et si vous avez la clef de ce bâtiment, bouclez-le à double tour. Qu'est-ce que vous voulez, au juste ? Je peux tenter de les raisonner.

Il n'avait jamais entendu une phrase plus stupéfiante.

— Un flic qui se fait notre porte-parole ! ! ! Vous plaisantez ?

— Ce n'est pas mon genre. Mais je ne pense pas qu'un cimetière soit l'endroit idéal pour les règlements de compte. Ce n'est pas eux et encore moins la police qui arrangeront vos affaires. Alors, ça ne sert à rien de continuer ce cinéma.

— Nous réclamons seulement une prime d'insalubrité, comme les égoutiers. Les vieux, avant, lorsqu'ils exhumaient, pas de problèmes, dans la boîte ils trouvaient dix kilos d'os en poudre. Aujourd'hui on sort les macchabées des années soixante. L'âge d'or du plastique… Je ne vous fais pas de dessin mais les os, je vous jure, on ne les voit plus souvent ! Des trucs comme ça, c'est pas bon pour le carafon. Près de la moitié des gars embauchés se tirent au bout de deux, trois jours. Ils préfèrent crever de faim que gagner cinq mille francs dans ces conditions. Trois cents balles de prime, c'est pas le bout du monde !

Un agent en tenue interrompit notre conversation.

— Inspecteur Cadin, le brigadier Lardenne vous demande à la voiture radio. Il a reçu un appel du commissariat au sujet d'un meurtre dans le quartier Saint-Jérôme.

Le fossoyeur était sincèrement consterné.

— Une famille de plus sur les bras !…

Je traversai le cimetière, la voiture était garée près de la porte du carré des indigents, un espace envahi par les ronces, planté de six ou sept croix de fer chavirées. Sur un monticule de terre fraîchement remuée, un vase de porcelaine blanche et quelques fleurs.

Je poussai le battant… Le brigadier Lardenne, affalé sur le siège avant gauche de la Renault 16 était occupé à percer le secret des 43 252 003 274 489 856 000 combinaisons possibles de son Rubik-Cub.

— Alors, vous y arrivez ?

Il se redressa et fourra le jeu dans sa poche.

— Une face et demie, Inspecteur, et je bloque. Mon fils réussit les yeux fermés, ils font des concours dans sa classe, en sixième.

— Très intéressant. Et à part cela ?

Il devint aussi rouge que la surface complète du cube.

— Oui, enfin non, des passants ont découvert le corps d'un jeune gars. Tué à coups de revolver ou de pistolet. L'équipe de Bourrassol est sur place, c'est à deux pas de la rue du Languedoc.

— Prenez le volant, on y va. Branchez la sirène sinon, avec tous ces vacanciers nous n'y sommes pas avant la tombée de la nuit.

Le brigadier-chef Bourrassol connaissait son métier ; les différents services impliqués lors d'une affaire criminelle étaient déjà en pleine action.

— Inspecteur Cadin, je suis heureux de vous voir. J'ai laissé le corps dans la position initiale ; rien n'a été touché pendant votre absence.

— Très bien, Bourrassol. Vos premières constatations ?...

— C'est minime. Pas de témoins oculaires. Une dizaine d'habitants ont entendu les détonations. L'un d'eux a vu une silhouette qui s'éloignait vers la rue de Metz, voilà. Enfin, on continue de ratisser. Il a reçu près de dix balles dans le dos, à mon avis du 9 mm parabellum. J'ai ses papiers, sûrement un touriste de passage.

Pour appuyer son affirmation il me tendit un passeport français et un portefeuille en cuir marron. Les pièces d'identité étaient établies au nom de Bernard Thiraud, étudiant ; né le 20 décembre 1961 à Paris, domicilié au 5 de la rue Notre-Dame-de-Bonne-Nouvelle dans le deuxième arrondissement. Une carte d'étudiant délivrée par la Faculté de Jussieu et diverses photos d'une même jeune femme étaient glissées dans les pochettes transparentes du portefeuille. Le soufflet contenait huit mille francs en traveller's cheques et une note de chez « Vanel » datée de la veille, pour deux couverts.

— Au moins il n'aura pas regretté son dernier repas. 430 francs à deux ! Bourrassol, recherchez donc la personne qui tenait l'autre fourchette. Et passez un coup de fil au Service des Égouts ; dites-leur de vérifier les bouches d'évacuation dans un rayon de cent cinquante mètres, on ne sait jamais, le tueur s'est peut-être débarrassé de son arme dans le coin.

— Inspecteur, ce n'est pas si facile. Ils refusent à chaque fois de nous aider, aux égouts…

— Ils se croient au-dessus des lois ceux-là. En plus ils touchent une prime, ce n'est pas comme les fossoyeurs !

— Vous dites, Inspecteur Cadin ?

— Je me comprends. Laissez pour les égoutiers, je m'en charge.

*

Le lendemain matin, à neuf heures, le Directeur des Services Techniques de la ville pénétra dans mon bureau et me rendit un sac plastique contenant une arme.

— Voilà le résultat, Inspecteur, vous n'avez qu'à demander. Un employé communal l'a repêché dans un collecteur de la rue Croix-Baragnon. Le courant n'est pas puissant à cet endroit…

— On peut donc supposer que le lieu de la découverte correspond grosso modo à l'endroit choisi par le meurtrier pour jeter son pistolet.

— C'est un pistolet ? Je n'ai jamais su la différence entre un revolver et un pistolet.

— Élémentaire, ça fonctionne par couple. Pistolet-chargeur et revolver-barillet. Votre gars n'y a pas touché ? On leur avait bien expliqué comment procéder.

Je saisis l'arme par le canon, sans la sortir de sa protection et l'examinai.

— Nous avons affaire à un professionnel.

Mon interlocuteur ne dissimula pas son étonnement. Il devait se nourrir de Conan Doyle et de Richard Freeman.

— Comment voyez-vous ça ?

Je le lui expliquai au risque de briser l'admiration naissante dont j'étais l'objet.

— Il s'agit d'un « LLAMA ESPECIAL » modèle 11. Un pistolet aussi répandu que notre « Unique L ». À la limite, on s'en fout qu'il y en ait cinquante au mètre carré, chaque arme a ses caractéristiques et les laboratoires sont équipés pour les faire parler. Ce qui pose problème avec les Llama Especial, c'est qu'ils sont fabriqués par Gabilondo, à Vitoria. Si, en plus, vous savez que cette usine est située dans la province de Guipuzcoa, en plein pays basque, vous commencez à vous faire une idée.

— Pas la moindre…

— En 1972 un commando de l'E.T.A. a attaqué un camion rempli de ce type d'arme. Trois cents pistolets ont disparu. On ne connaît pas les filières, mais le milieu français utilise de temps à autre des flingues qui proviennent de ce braquage. Systématiquement nous mettons la main sur l'arme munie de ses numéros de référence. On vérifie sur la liste établie par la Guarda Civil et ça correspond. Pas besoin d'aller plus loin, on tombe en ligne directe sur l'usine de Vitoria ! Le labo peut passer directement à la recherche des empreintes, mais on ne se procure pas un pistolet vierge pour y coller ses doigts… Merci tout de même, monsieur le Directeur Technique, ça nous permet d'avancer.

Il me tendit la main avec respect et s'inclina légèrement. Sur le palier je ne résistai pas à l'envie de le déconcerter un peu plus.

— Merci encore et à charge de revanche. Si un crime se présente, dans vos services ou chez vous, n'hésitez pas à faire appel à moi.

Le brigadier Bourrassol lui succéda dans le bureau. Je ne l'avais jamais vu perdre ni son calme ni son sourire. Il n'en était pas de même, paraît-il, quand il travaillait au commissariat du Mirail, la ville nouvelle construite en périphérie de Toulouse. On lui reprochait le tabassage en règle de deux jeunes délinquants au « Narval », le café du centre commercial.

— On ne s'est pas foulé pour débusquer la môme. En mangeant chez « Vanel » avant-hier, ils ont demandé l'adresse d'un hôtel au patron. Il les a envoyés au Mercure Saint-Georges, à cent mètres du lieu du crime. On ne lui a rien dit, elle vous attend. Ou alors, on l'amène ici ?

— Non, en route. Dites à Lardenne de s'occuper de la boutique et laissez-lui nos coordonnées.

La direction de l'hôtel se serait dispensée de notre visite ; on me demanda de garer la voiture blanche et noire au fond du parking. On n'hésita pas à mettre un salon particulier à notre disposition, par souci de discrétion.

Claudine Chenet n'avait manifestement pas assez dormi ; deux cernes noirs soulignaient ses yeux. Elle se leva en nous voyant.

— Qu'est-il arrivé à Bernard ? Je veux savoir…

J'aspirai une longue bouffée d'air.

— Il est mort, assassiné. Ça s'est produit hier soir, peu après dix-huit heures, non loin de l'hôtel.

Une lassitude immense s'imprima sur ses traits ; je dus tendre l'oreille pour comprendre ce qu'elle murmurait.

— Mais pourquoi ? Pourquoi ?

— Je suis là pour le découvrir, mademoiselle. À quelle heure vous a-t-il quittée ?

— Très tôt le matin. Je dormais encore ; avant huit heures, probablement. Vérifiez à la réception. Il faisait des recherches à la Préfecture et il m'a téléphoné à midi pour m'avertir qu'il ne rentrerait pas déjeuner.

— Quel type de recherches ?

— Il ne voulait pas me le dire ; il se contentait de plaisanter en me faisant croire qu'il traquait une organisation internationale.

— Il est malheureusement possible que ce ne soit pas une plaisanterie. Avez-vous rencontré des connaissances à Toulouse depuis avant-hier ?

— Non, Inspecteur, personne. Nous nous rendions au Maroc pour les vacances. Nous avons fait un détour à Toulouse, mais c'est la première fois que je mets les pieds ici. Bernard également. La première et la dernière.

— Vous êtes sortie au cours de l'après-midi ou de la soirée d'hier ?

Elle esquissa un sourire désabusé.

— Je me doutais que vous en arriveriez là. La réponse est non. J'ai déjeuné au restaurant de l'hôtel, voyez les serveurs, crudités, tournedos, fraises à la crème. Ensuite j'ai lu sur le balcon, au soleil.

— Et vous ne vous êtes pas inquiétée de sa disparition ! Votre ami doit rentrer à six heures du soir et le lendemain matin, à huit heures et demie mes hommes vous trouvent occupée à manger des croissants, la mine à peine défaite. J'ai toutes les raisons de m'étonner, mademoiselle Chenet, il s'agit d'un crime.

Elle porta les mains à son front et éclata en sanglots.

— Ça lui arrivait parfois de ne pas revenir de la nuit. À Paris…

— Vous viviez ensemble ?

— Oui, nous VIVIONS, c'est le terme qui convient.

Depuis six mois Bernard habitait chez moi. Certains soirs de déprime il disparaissait et rentrait au petit matin, sans explications. Sa mère en est responsable, enfin je veux dire, de ce manque de confiance en lui. Lorsqu'il est né, son père venait de mourir dans des circonstances dramatiques. Je n'en sais pas plus, sinon que cette disparition a sérieusement affecté la mère de Bernard. Elle ne sort jamais de son appartement et j'ai dû l'entendre prononcer trois phrases, au total, au cours d'une dizaine de visites.

— Très bien. Nous allons emmener les affaires personnelles de votre ami. Le brigadier Bourrassol vous signera un reçu. Bien sûr, vous devez demeurer à Toulouse pendant quelques jours, pour les besoins de l'enquête. Le plus pénible reste à accomplir. Il faut m'accompagner à la morgue, pour reconnaître le corps, avant l'autopsie.

*

Pendant notre absence, un témoin s'était présenté. Lardenne le fit patienter dans le couloir, devant la porte vitrée de mon bureau. Il s'agissait d'un homme de trente-cinq ou quarante ans, habillé d'un pantalon de cuir, d'une veste à carreaux multicolores et chaussé de superbes bottes mexicaines. Le parfait zozo !

Je balançai à Lardenne, les dents serrées :

— Bravo, c'est carnaval. Je souhaite pour vous qu'il ne me fasse pas perdre mon temps.

Avant de pousser la porte j'observai mon rocker vieillissant : il avait tiré un peigne de sa poche et le glissait dans ses cheveux en aplatissant de la main. Avec la paume il vrilla la mèche sur son front. Je le priai de s'asseoir.

— Alors, vous avez des révélations à faire au sujet du meurtre de ce jeune Parisien.

Il leva les bras, tordit le cou et d'une voix haut perchée parvint à articuler.

— Pas si vite, comme vous y allez. J'ai remarqué ce garçon l'autre soir lorsqu'il sortait de la Préfecture. Mon quartier général est situé en face, au bar « chez Verdier ». C'est le seul coin où on peut jouer au Pachinko.

Lardenne ne se doutait pas encore de ce qui l'attendait quand j'en aurais fini avec ce guignol.

— Je l'ignorais et ça consiste en quoi le Pachinko ?

Il parut heureux de rencontrer un néophyte attentif.

— Une machine à sous d'origine japonaise, un peu comme un flipper. On achète des billes en acier au comptoir et on les enfourne dans l'orifice d'une boîte accrochée au mur. Avec les poignées, on dirige les billes à travers les obstacles. Si on atteint la cible, on gagne d'autres billes…

— Oui, et ensuite ?

Il me regarda sans comprendre…

— Eh bien ensuite, on recommence !

— C'est formidable. Alors retournez jouer aux billes. J'ai autre chose à faire que d'écouter vos histoires.

— Mais monsieur l'Inspecteur, je l'ai réellement vu ce garçon, il n'était pas seul.

Je sursautai.

— Pas seul ! Expliquez-vous.

— Voilà, j'avais fini ma partie et je m'apprêtais à sortir quand le Parisien quitte la Préfecture. J'aime bien regarder les beaux gars et on ne peut pas dire que celui-là était désagréable. J'avais l'intention de le suivre quand j'ai remarqué qu'un autre homme le filait. Un mec plein de fric, en tout cas il roulait en Renault 30 TX, une bagnole noire…

— Vous avez vu sa voiture. Vous vous souvenez du numéro ?

— Non, uniquement du département, 75. Un Parisien lui aussi. Alors j'ai laissé tomber et je me suis payé une autre séance de Pachinko.

— Vous pouvez me décrire votre concurrent, sa stature, ses vêtements…

— Oui, un type de taille moyenne, environ un mètre soixante-cinq, les cheveux gris-blancs, je l'ai vu de dos la majeure partie du temps, mais je lui donne au moins soixante ans. Sinon il était habillé comme un cadre, costume gris, chaussures noires.

J'appelai Lardenne.

— Merci pour ce client, c'est le premier à avoir aperçu le meurtrier. Il se balade dans une Renault 30 TX noire immatriculée à Paris. Il doit suivre Thiraud depuis son départ. Mettez-vous en rapport avec la gendarmerie, la police de la route et tous les postes de péage situés entre la Porte de Saint-Cloud et les Sept Deniers. Vous laissez tout le reste de côté. Il ne doit pas y avoir plus de dix bagnoles de ce genre qui ont emprunté le trajet Paris-Toulouse au cours des deux derniers jours. Épluchez le moindre procès-verbal. De mon côté, je vérifie sur la ville ; on peut rêver !…

Il était à peine onze heures ; j'avais déjà encaissé un interrogatoire, une visite à la morgue et un entretien avec un passionné de Pachinko ! Il me manquait un bon café pour tout digérer et je me dirigeai lentement vers le distributeur automatique. Je poussai mes deux pièces de monnaie d'un coup sec, pour aider au déclenchement du mécanisme. Un gobelet de plastique blanc descendit sur la grille ; un filet d'eau marron, dévié par quelques bulles, le remplit en silence. Un bâtonnet transparent se ficha dans la boisson et m'avertit de la fin de l'opération. Des cris interrompirent brusquement ma dégustation.

Ça venait de la salle d'accueil et le vacarme dépassait de beaucoup le niveau moyen des engueulades avec le public. Je passai derrière les guichets. Le chef du service me harponna aussitôt.

— Nous n'y comprenons rien ; tous ces gens ont été convoqués par le commissaire Matabiau, mais nous ne retrouvons aucune trace de leurs dossiers...

— Vous en avez combien sur les bras ?

— Une trentaine pour le moment, Inspecteur ; il en arrive sans arrêt. Si seulement M. le Commissaire nous avait mis au courant.

— Je vais essayer de régler ça. Passez-moi une de ces convocations.

Il me remit un papier bleu, un formulaire classique, à en-tête du Commissariat, enjoignant le destinataire à se présenter d'urgence. Le motif était normalement souligné : « Mise en place du nouveau fichier informatisé, destiné à la lutte contre le terrorisme. » Le dernier paragraphe expliquait la rapidité avec laquelle tous ces gens avaient répondu : « *Les personnes convoquées sont tenues de comparaître et de déposer. Tout contrevenant est passible d'une peine pouvant atteindre dix jours d'emprisonnement et 360 francs d'amende (articles 61, 62 et suivants du Code de Procédure Pénale).* »

Le tampon « Commissariat Carnot-Toulouse » masquait à demi la date d'envoi : 28 juillet 1982.

— Relevez l'identité de tous ceux qui se présenteront avec une convocation comme celle-là et dites-leur de rentrer chez eux sans inquiétude. Nous leur ferons signe d'ici quelques jours. Je crois bien que nous avons affaire à des plaisantins.

— Comment le savez-vous, Inspecteur ?

— Vous avez bien fait de choisir une affectation dans les bureaux... Matabiau est parti en vacances avant le pont du 14 juillet, je ne vois pas comment il aurait pu signer ces papiers avant-hier. Un petit malin s'amuse avec nos nerfs mais il ne sera pas difficile à débusquer ; pour commencer, dressez donc la liste des employés qui ont accès aux formulaires vierges et aux tampons. Le brigadier Bourrassol effectuera un premier tri et m'enverra les heureux élus.

*

Trois jours plus tard, un seul problème était résolu : la Mairie de Toulouse venait d'accorder deux cent cinquante francs de prime à ses fossoyeurs. La reprise du travail fut votée à l'unanimité. Cela me permit de lever le cordon de sécurité mis en place au cimetière de Rapas et de récupérer quatre hommes.

Près de deux cents Toulousains avaient fait le siège des guichets du commissariat, scandalisés qu'on les soupçonne de terrorisme, sans que je parvienne à détecter l'origine des faux. L'enquête sur le meurtre de Bernard Thiraud marquait le pas. La synthèse du laboratoire de balistique traînait sur un coin du bureau. Un tir de comparaison avait été effectué avec l'arme retrouvée par les Services Municipaux. Le résultat du test du puits d'eau était formel : il s'agissait bien du pistolet dont s'était servi le meurtrier. Douilles et balles étaient absolument identiques. Le labo avait poussé la minutie jusqu'à joindre le cliché, trente fois agrandi, des stries relevées sur les balles. Le schéma des trajectoires m'apprit que Thiraud avait reçu deux balles de face et six autres dans le dos alors qu'il était à terre ; les impacts de face étaient réguliers : le laboratoire évaluait la distance de tir entre deux et quatre mètres. Les coups suivants avaient, au contraire, laissé d'importantes traces de combustion et le meurtrier ne devait pas se trouver à plus de cinquante centimètres de la victime.

Le rapport du brigadier Lardenne ne m'éclaira pas davantage. On aurait pu facilement penser que la Renault 30 n'existait pas, si son conducteur n'avait pas eu la mauvaise idée de marquer son passage d'un cadavre.

— Les pompistes, Lardenne, vous les avez interrogés ?

Il leva les bras au ciel et les rabattit en les faisant claquer sur ses cuisses.

— Bien entendu, Inspecteur. Un par un. Ce n'est pas compliqué, une voiture comme ça est munie d'un réservoir de soixante-dix litres… Sur autoroute, on évalue sa consommation à une moyenne de onze litres. En supposant qu'il ait fait le plein au départ, pas de doute, il tombe en panne sèche vers Marmande ou Agen ! En tout cas il s'est obligatoirement arrêté pour prendre de l'essence. Pourtant aucune station-service n'a reçu la visite de cette bagnole. À l'aller comme au retour.

— Et pourquoi pensez-vous qu'il soit reparti de Toulouse ?

— Ça me paraît logique. On dirait l'exécution d'un contrat. Le gars a pour mission de liquider Thiraud ; son boulot effectué il rentre tranquillement à la maison… Tout indique que nous avons affaire à un professionnel, comme la marque du pistolet. Un Llama Especial tout droit sorti de la série volée en Espagne.

— D'accord pour le flingue, mais il y a une chose qui ne colle pas du tout…

— Laquelle, Inspecteur ?

— L'assassinat tout simplement. Lisez le papier du labo. La scène est facile à reconstituer. Thiraud marche à la rencontre du tueur. Il ne le connaît pas de toute évidence. À trois ou quatre mètres, celui-ci dégaine et lui loge deux balles dans le corps, une dans l'épaule, l'autre dans le cou. Quand Thiraud est à terre il l'achève de six balles dans le dos, à bout portant. Vous connaissez beaucoup de professionnels qui travaillent de cette manière ? Non ! Un gars du métier, un exécuteur aurait attendu que la cible soit à un mètre ; en avançant le bras, il lui fourrait le canon sur le cœur ou sur la tempe, ça dépend des écoles ! Une balle, deux au maximum. Au lieu de ça notre bonhomme vide son chargeur, au risque d'ameuter tout le quartier et de se faire pincer. Lisez ce passage : seule la seconde balle a provoqué des lésions mortelles en traversant le cou. Aucune des autres n'a atteint d'organe vital. Ces six balles de trop m'inclinent à penser que le meurtrier était directement impliqué ; cela explique son acharnement. Ce n'est pas un professionnel, mais un amateur éclairé. Les plus coriaces. Pour le pincer nous dépenserons plus d'énergie et d'intelligence qu'il n'en faut pour mettre un Rubik-Cub en ordre. Vous ne croyez pas, Lardenne ?

Je ne lui laissai pas le temps de répondre.

— Allez, suivez-moi, nous allons faire un tour au Capitole : avant de mourir Thiraud a consulté les archives de la Mairie et de la Préfecture. Il se destinait à l'enseignement de l'Histoire ; il est probable que ses démarches soient liées à ses études. Enfin, il ne faut rien négliger…

Le parking de la place du marché était bondé. Lardenne trouva une place rue du Taur devant l'enseigne de la « Cave », un cabaret communautaire. La malchance nous accompagnait : Pradis, le maire-adjoint à l'Information, pérorait dans le hall d'accueil du Capitole tandis que nous faisions irruption. Il délaissa ses interlocuteurs et vint à notre rencontre.

— Monsieur l'Inspecteur Cadin, Monsieur le Brigadier ! Quelle coïncidence, je pensais vous appeler…

Il me prit par le bras et m'entraîna derrière un massif de fleurs qui formait paravent.

— … Ça ne peut pas recommencer, Inspecteur, il est nécessaire de les arrêter immédiatement, sinon ils vont nous traîner dans la boue… Vous aussi ! La presse ne sait rien encore, mais je ne me fais pas d'illusions ! Dès qu'ils sentiront l'odeur de charogne ils se battront pour arracher tout le morceau.

Il suait à grosses gouttes. Des relents de transpiration m'arrivaient aux narines en effluves âcres. Je respirai par saccades pour atténuer l'agression olfactive.

— Mais arrêter qui ? Dites-le-moi, à la fin ! Je vous promets de faire mon possible.

— Les situationnistes !

— Qui ?

— Les situationnistes. Une bande organisée qui envoie ces fausses convocations concernant le fichier antiterroriste. Nous recevons des centaines de coups de téléphone de protestation. Le cabinet du Maire est submergé de demandes d'audience. N'oubliez pas qu'il est également député et qu'il joue un rôle important à la Chambre. Ils nous ont fait le même cinéma en 1977 avant les municipales, vous devriez vous en souvenir.

— À cette époque, je travaillais dans la région de Strasbourg et je m'intéressais assez peu à la cuisine électorale toulousaine.

— Je l'ignorais. Pardonnez-moi, cette histoire affole tout le monde, on ne parle que de ça dans les couloirs. En 1977 nous avons subi une attaque en règle : faux bulletin municipal diffusé à dix mille exemplaires, conférence de presse bidon, intoxication de la presse nationale. Jusqu'à une manifestation de chômeurs ! Les situationnistes avaient tout simplement annoncé la fin de leurs droits aux ASSEDIC à 1 500 chômeurs ; ils leur demandaient de venir déposer un dossier d'aide d'urgence auprès du Maire. À onze heures du matin, la place grouillait de monde et je vous donne en mille ce qu'ils avaient inventé ! Trois camionnettes de chez « Pujol », le traiteur le plus renommé de la ville. On lui avait commandé, au nom du Maire, un lunch de luxe pour deux cents personnes : petits fours, toasts au saumon, au caviar, au foie gras. Je vous laisse imaginer la réaction des chômeurs persuadés d'avoir tout perdu, quand les serveurs de « Pujol » ont voulu traverser leurs rangs avec leurs plateaux remplis d'amuse-gueules.

— Astucieux, en effet. Vous avez mis la main sur ces situationnistes ? On ne se procure pas un fichier de 1 500 personnes sans laisser de traces.

Il remua la tête de droite à gauche et quelques gouttes de sueur, refroidies par le trajet, s'écrasèrent sur ma joue en provoquant un frisson de dégoût.

— Non, jamais. Pourtant cette campagne a dû coûter très cher. Ils ont disparu, sans tirer de profit apparent de la situation. Tout le monde était visé, aussi bien Baudis que Savary. Puis plus rien pendant six ans. Il y a quelques mois nous pensions avoir affaire à eux avec le C.L.O.D.O.

J'ai toujours pensé qu'il valait mieux éviter la fréquentation des édiles locaux, mais les talents de conteur de Prodis me feraient facilement revenir sur ma décision. Il s'interrompit après l'évocation de cette mystérieuse organisation et devança ma question.

— Oui, le Comité de Libération et d'Organisation Des Ordinateurs. Un groupe d'illuminés qui a fichu le feu au centre informatique régional. Ils nous ont obligés à refaire les formulaires de la taxe d'habitation ! Tout le travail était parti en fumée. Ceux-là sont sous les verrous et on a pu établir que leur action n'avait rien à voir avec celles des situationnistes.

— J'ai tout mis en œuvre pour retrouver ces faussaires ; ils ne courront pas bien longtemps, je vous l'assure. Pour le moment je me retrouve avec une affaire de meurtre sur les bras et vous comprendrez que je m'y consacre en priorité. Il est préférable de laisser des plaisantins en liberté plutôt qu'un assassin.

— Monsieur l'Inspecteur, je ne suis pas de cet avis. Faites patienter votre meurtrier, il ne demande pas mieux, mais empêchez-les de nuire. Ils essaient de nous déstabiliser, il y va de la démocratie.

— Je vous le répète, nous nous occupons de ce problème. Apprenez par la même occasion que je fixe les priorités dans mon travail. Si vous n'êtes pas d'accord avec moi, allez faire un tour à la morgue. Demandez à voir Bernard Thiraud, de ma part !

Je le laissai cloué sur place et je rejoignis le brigadier Lardenne. Direction les archives ! Selon le chef de service, Bernard Thiraud s'intéressait aux documents administratifs concernant les années 1942 et 1943. Il nous désigna une table et nous apporta la totalité des dossiers consultés par la victime. Je passai le contenu d'une boîte en revue : des contrats, des passations de marché, des délibérations, tout un fatras de papiers recouverts de tampons, de dates, de chiffres. Rien d'inquiétant. Si seulement nous avions un axe de recherche ! La journée s'annonçait difficile. Elle le demeura. Je ne trouvai rien de significatif si ce n'est l'état annuel de la taxe sur les chiens pour la région de Toulouse en 1942.

Lardenne exhuma une liasse de documents qui émanaient du Conseil de Guerre condamnant De Gaulle, général de brigade, au peloton d'exécution pour haute trahison. À cinq heures et demie nous quittions le Capitole, découragés, au milieu des employés communaux. Lardenne m'entraîna en direction du « Florida », un bar de la place.

— Ça fait des années que je n'y mets plus les pieds. C'était notre lieu de rendez-vous pendant les années de fac. Je me souviens, on disait partout qu'il fallait se méfier en parlant.

— Ah oui, pourquoi ?

— C'était le troquet le plus fliqué de Toulouse. Une légende, très certainement…

— Allons-y, pour une fois il justifiera sa réputation.

*

Le lendemain, à la Préfecture, nous étions reçus par M. Lécussan, Directeur des Archives Administratives, un vieux fonctionnaire ridé, affligé d'un pied-bot. Il nous précéda dans le dédale des rayonnages. Son corps vacillait à gauche, mais quand sa tête menaçait de heurter les montants de fer, sa prothèse frappait le sol parqueté et il revenait à la verticale. Il accompagnait son déhanchement d'un grognement presque inaudible.

— Après votre communication téléphonique, Inspecteur, j'ai consulté les dossiers que la victime a souhaité étudier. Toute la cote « DE ». Des vieilleries comme il y en a tant ici. J'ai fait déposer l'ensemble des documents dans mon bureau. Vous serez plus à l'aise pour travailler. Je me tiens à votre entière disposition.

Il referma doucement la porte puis s'éloigna dans les couloirs sur son rythme binaire.

— C'est pratique, nous sommes certains qu'il n'écoutera pas à la porte…

Sa plaisanterie le mit en joie : Lardenne saisit la première liasse plein d'entrain.

DEbroussaillage… DEdommagements… DEfense passive…

Les papiers administratifs qui défilaient entre nos mains au cours de cette journée différaient peu des précédents. Ils concernaient cette fois l'ensemble du département de la Haute-Garonne et non la seule ville de Toulouse. Nous étions bientôt incollables sur les problèmes d'assainissement à Muret, à Saint-Gaudens ou sur les doléances des communes de Montastruc et de

Lèguevin au sujet de la réfection respective des routes nationales N 88 et N 124. Les hasards du classement faisaient se rencontrer le burlesque et le tragique. Ainsi, une note du Préfet exigeait l'annulation des DElibérations de la DElégation spéciale de Lanta, sous prétexte que les membres du Conseil Municipal s'étaient réunis dans l'arrière-salle de l'auberge. Les lettres suivantes où ils expliquaient leur attitude par l'effondrement du toit de la mairie n'y firent rien et le Préfet maintint sa décision. La chemise répertoriée après DElibérations portait une inscription soigneusement calligraphiée, avec ses pleins et ses déliés : DEportation.

La DEportation était traitée de la même manière que les autres tâches de l'administration ; les fonctionnaires semblaient avoir rempli ces formulaires avec un soin identique à celui apporté aux bons de charbon ou à la rentrée scolaire. On manipulait la mort en lieu et place de l'espoir. Sans s'interroger. Épinglé sur un carton, un télégramme jauni signé Pierre Laval, daté du 29 septembre 1942 recommandait aux autorités préfectorales de ne pas démembrer les familles juives promises à la déportation et précisait que « *devant l'émotion suscitée par cette mesure barbare, j'ai obtenu de l'armée allemande que les enfants ne soient pas séparés de leurs parents et puissent ainsi les suivre* ».

Une liasse de circulaires revêtues du paraphe A.V. mettait ces directives en œuvre.

Contre la barbarie, direction Buchenwald et Auschwitz !

Je confiai la pile référencée « DEratisation » au brigadier Lardenne et je me replongeai dans les immensités bureaucratiques de la « DEsinfection ».

CHAPITRE IV

Le portier du « Mercure » était occupé à caser les valises dans le coffre de la Coccinelle, tandis que Claudine Chenet réglait la note à la réception. Je l'interceptai au passage.

— Bonjour, je tenais à vous saluer avant votre départ.

— Je ne m'attendais pas à tant de politesse de la part de la police toulousaine. Vous faites votre possible mais ça ne parviendra pas à me rendre cette ville sympathique…

— J'en suis désolé… Je suis venu vous confirmer que le corps de Bernard Thiraud sera rapatrié dès lundi. L'autopsie ne nous a pas appris grand-chose.

À l'évocation du travail du médecin-légiste elle ferma les yeux, longuement.

— Excusez-moi, je n'arrive pas à m'y faire… Vous êtes sur une piste ?

— Non, pas vraiment. Nous possédons un signalement assez précis du meurtrier présumé. Actuellement, le brigadier Bourrassol établit la liste de toutes les personnes présentes à la Préfecture le soir du drame. Ensuite nous vérifierons leur activité, leur situation financière, leurs problèmes affectifs…

— Dans quel but ? En quoi cela peut-il concerner la mort de Bernard ?

— Écoutez-moi, ce n'est qu'une hypothèse absurde, mais il faut l'envisager : admettons que l'assassin ne possède qu'un signalement approximatif de son objectif et que votre ami corresponde justement à ce signalement…

— Non, c'est impossible ! Cela reviendrait à dire que Bernard est mort pour rien. Une bavure d'un nouveau genre, sans plus !

— Je vous le répète, ce n'est qu'une hypothèse de travail mais il n'est pas dans mon pouvoir de l'écarter. L'assassin et ses commanditaires, dans ce cas de figure, ont dû s'apercevoir de leur erreur ; ils n'auront rien de plus pressé que d'exécuter leur contrat. Mon boulot consiste à les en empêcher. Il m'arrive de courir après des fantômes plus souvent qu'à mon tour… Mais soyez rassurée, je n'abandonne pas pour autant la piste initiale. Il est très probable que le meurtrier a bien rempli sa mission. Ça implique qu'il vous a pris en chasse à Paris ou, qu'ayant appris votre départ et votre destination, il se soit précipité ici.

— Vous semblez bien sûr de vous, Inspecteur.

— Sinon, je ne comprends pas pourquoi un assassin viendrait à Toulouse tuer l'homme qu'il a sous la main à Paris ! Par la suite il a réussi à dénicher votre hôtel et il a filé Bernard le matin où il se rendait à la Préfecture. Il a fait le guet la journée entière, puis il a suivi Bernard à sa sortie. Il a profité du passage dans une rue déserte pour commettre son crime.

— Mais comment a-t-il pu nous localiser aussi rapidement ?

— Au premier abord ça semble compliqué. Mais lorsqu'on cherche quelqu'un et qu'on est déterminé à lui mettre la main dessus, on se rend compte que c'est aussi simple que bonjour. Vos parents, vos amis étaient au courant de vos projets. Le meurtrier a passé un coup de fil en se faisant passer pour un proche. Comment croyez-vous que nous procédons ? De la même manière ! Pour votre hôtel, c'est enfantin. Le syndicat d'initiative édite chaque année un guide des hôtels de Toulouse. Le gars s'est contenté de relever tous les numéros et d'appeler systématiquement avant d'arriver à la lettre « M » de « Mercure Saint-Georges ». À sa demande le réceptionniste s'est fait un plaisir de confirmer le séjour de M. et Mme Thiraud. L'hôtel possède 170 chambres, le standard traite une moyenne de 1 200 communications journalières : j'ai eu le chiffre à la Direction. Malheureusement personne ne se souvient d'un appel aussi anodin. Pas de miracle !

Le portier du Mercure avait fini de ranger les bagages, il s'approcha de nous. Claudine ne faisait pas attention à lui. Je sortis vingt francs de ma poche et les glissai dans le creux de la main du gars en livrée, qui me remercia par un sourire appuyé et une courbette de première classe. Claudine se rendit compte de la situation et tenta de me rembourser.

— Non, gardez cet argent. D'ailleurs j'ai une proposition à vous faire. Je dois passer quelques jours à Paris pour l'enquête. Si vous acceptiez de me prendre à vos côtés… je vous tiendrais compagnie pour le voyage.

Elle accepta sans prendre le temps de réfléchir. Je rejoignis Lardenne qui stationnait au parking de l'hôtel et interrompis son combat avec le Rubik-Cub.

— Passez-moi ma valise. Je ne prends pas le train, Mlle Chenet m'a proposé de faire le chemin avec elle. Pour le retour, rien de changé, vous me prenez samedi prochain au train de onze heures.

— D'accord Patron, à moins que vous ne trouviez un autre chauffeur d'ici là !

À la réflexion, c'était bien la première fois qu'il m'appelait Patron.

*

Nous avions laissé l'aéroport de Blagnac sur la gauche. Le compteur de la Volkswagen ne quittait pas le cent trente à l'heure. À ce rythme nous étions sûrs d'arriver à Paris en milieu d'après-midi. Mais à la vue du Restoroute de Saint-André-de-Cubzac, elle se décida à faire une pause. Ce n'était pas pour me déplaire, et les diapositives verdâtres, vantant les saveurs incomparables des plats servis au bar ne parvinrent pas à me couper l'appétit. Un car de touristes espagnols déversa sa cargaison devant les portes alors que nous nous installions. Je commandai un œuf mayonnaise et un grillados-frites. Claudine se contenta d'un plat de crudités et d'un thé. Mis à part les futilités (la fumée ne vous dérange pas ? Vous n'avez pas trop d'air ?) elle n'avait pas décoché un mot depuis le départ de Toulouse ; j'essayai de renouer le dialogue.

— Quel genre d'études faites-vous ?

La réponse me surprit par sa concision.

— Histoire.

Je m'accordai dix bouchées de réflexion avant d'oser une nouvelle question.

— Quelle période ?

Mes efforts furent récompensés, elle sortit de sa mélancolie.

— La zone parisienne au début du siècle. Plus particulièrement, la population qui s'est installée sur l'emplacement des fortifications de Paris, après leur démolition en 1920. Pour vous situer, c'est approximativement l'emprise actuelle du périphérique.

L'évocation de ses recherches l'avait animée ; je décidai de rester sur le même terrain.

— C'est un drôle de sujet pour une jeune femme comme vous ! J'ai lu quelques bouquins d'Auguste Le

Breton ; on s'attendrait plutôt à voir un militaire à la retraite, à la limite un flic, s'intéresser à ce genre d'études. Bernard aussi était historien. Il était spécialiste de la Seconde Guerre mondiale, je crois ?

Elle reposa sa fourchette et me fixa en esquissant une moue.

— Non, pas du tout. Il préparait une thèse sur « L'enfant au Moyen-Âge ». Vos renseignements sont inexacts.

— C'était une simple supposition ! Votre ami a consulté au Capitole et à la Préfecture, des liasses de documents sur la période 1942-1943. J'en ai déduit qu'il profitait de votre passage à Toulouse pour compulser des archives indisponibles à Paris.

Elle demanda deux cafés au serveur et appuya sa tête sur ses paumes en comprimant ses joues. Ses longs ongles vernis et acérés pointaient sous ses yeux. Je me mis à la détailler pour la première fois ; une évidence que j'essayais inconsciemment de contourner s'imposa à moi. Ces quelques moments d'intimité avaient aboli la distance, Claudine n'était plus une simple « cliente ». Je savais qu'elle devait quitter la ville ce matin, le juge d'instruction m'en avait informé et je n'avais rien eu de plus pressé que d'obtenir cet ordre de mission pour Paris… Dans ma courte carrière j'étais déjà tombé deux fois amoureux de témoins ou de victimes. Et dire que certains trouvent que la police manque de cœur ! En Alsace d'abord, où j'avais rencontré Michèle Shelton, l'amie d'un jeune militant écologiste assassiné. À Courvilliers ensuite, une ville-dortoir de la banlieue parisienne. Là encore je ne m'étais pas avoué facilement mon intérêt pour Monique Werbel. Il y avait de quoi : quand j'avais fait sa connaissance elle était allongée sur son lit, une balle de neuf millimètres venait de lui transpercer la poitrine. Le plus ringard des psychanalystes réussirait à soutirer dix ans de séances bi-hebdomadaires d'un paumé qui lui annoncerait un tel programme ! Éros et Thanatos, le couple maudit !

Mon regard s'était fait insistant.

— Pourquoi me regardez-vous de cette manière, Inspecteur ? Vous me mettez mal à l'aise, comme si vous doutiez de mon innocence…

— Vous voulez que je sois franc ?

— C'est votre rôle, je crois. Sinon ce serait à désespérer de tout !

— Je suis atteint d'une maladie professionnelle très répandue chez les jeunes flics, surtout lorsqu'ils sont en face d'un témoin aussi joli que vous.

Ses mains quittèrent son visage ; elle fut debout en un éclair.

— Taisez-vous immédiatement, Inspecteur. Je ne vous emmène pas à Paris pour entendre ce type de discours, mais pour faciliter l'enquête. Je n'ai pas le cœur à jouer à la veuve outragée et si j'enterre Bernard cette semaine, sachez que je ne suis pas prête à repartir pour un nouveau massacre.

Elle prononça la phrase suivante sous le tunnel de Saint-Cloud, cinq cent cinquante kilomètres plus loin.

— Je vous dépose à quel endroit ?

— Au coin de l'avenue de Versailles, il y a une station de taxis.

Elle ne me proposa pas de me rapprocher et fit grincer la première vitesse en quittant le bord du trottoir.

*

Le lendemain, ma première visite me conduisit à l'île de la Cité. Je montrai mon ordre de mission à cinq ou six reprises avant de pouvoir accéder au fichier central. Le dernier huissier satisfait, j'entrai dans la salle du quatrième étage. Tout était gris, le sol, les murs, les étagères.

Jusqu'aux employés revêtus de blouses sombres, dont les joues et les cheveux avaient pris la teinte dominante. Une odeur de poussière réchauffée flottait dans l'immense pièce. Une vieille odeur incrustée depuis des années, prisonnière des larges tentures qui recouvraient les fenêtres et de la série de portes à double battant qui menaient aux escaliers.

Une note placardée à l'entrée m'informa que le système de classement reposait sur deux données distinctes : le nom de famille de la personne recherchée et l'adresse à laquelle elle était censée habiter. Je tendis mon questionnaire au préposé. Il m'indiqua une chaise libre d'un mouvement de tête. Je m'assis à côté d'un fonctionnaire de police abattu par l'ingratitude de sa tâche. Les recherches demandèrent une heure ; on m'appela au guichet avant de me remettre une fiche brune.

A) Fichier alphabétique : Bernard Thiraud, inconnu.

B) Fichier d'arrondissement : 5 rue Notre-Dame-de-Bonne-Nouvelle, Paris 2e. Personnes fichées 1) Alfred Drouet. 2) Jean Valette. 3) Roger Thiraud. 4) Françoise Tissot.

Je remplis un second questionnaire au nom de Roger Thiraud et le remis à l'employé. Il se contenta d'un rapide aller-retour, puis écrivit directement les renseignements devant moi.

A) Fichier alphabétique : Roger Thiraud, professeur d'histoire au lycée Lamartine, né le 17 juillet 1929 à Drancy (Seine). Décédé le 17 octobre 1961 lors des émeutes F.L.N. à Paris. Élément européen probablement lié au mouvement terroriste algérien. »

Le service de l'État Civil de la Mairie de Paris me confirma qu'il s'agissait bien du père de Bernard Thiraud. Je filai aux Renseignements Généraux. Un collègue avec lequel j'étudiais à la fac de Strasbourg avait pris la direction de la section « Identification ». Coup de chance, il était dans son bureau, plongé dans les rondeurs glacées d'un magazine pour hommes modernes.

— Salut Dalbois ! On ne s'embête pas aux R.G. ! C'est le patron qui vous paye l'abonnement ?

Il sursauta et posa le bouquin grand ouvert à la fille centrale.

— Cadin, quelle surprise ! Je te croyais à Toulouse. Qu'est-ce que tu viens manigancer dans le quartier ?

— Rien de compromettant, rassure-toi. Je travaille sur une affaire de meurtre ; un Parisien qui est venu se faire descendre à deux pas de mon commissariat. Ça me vaut huit jours à Paris aux frais de la princesse. Et toi, ça marche ?

Il agita la main comme pour imiter le roulis d'un bateau.

— Moyen... On épure les fichiers. Il faut refiler tout ce qui touche de près ou de loin au terrorisme au nouveau service qu'ils ont créé, au Ministère. Depuis deux mois je ne fais que ça. Finies les enquêtes de terrain, ils m'ont transformé en employé de bureau !

Il se leva et déplia sa longue silhouette. Le manque d'entraînement était visible de profil : un bourrelet de graisse ceinturait sa taille et tendait le tissu de sa chemisette d'été. Il avait toujours ce teint jaune des gens qui ne supportent pas l'alcool mais ne parviennent pas à s'en passer. En cinq ans, il avait perdu la majeure partie de ses cheveux ; la calvitie butait sur une mince bande qui prenait naissance au-dessus de chaque oreille pour s'élargir sur la nuque. Il avait gardé le goût des vêtements nets, bien que la modicité de son traitement le conduisît à fidéliser ses achats aux « Trois Suisses », plutôt que chez Cardin.

— Si ce n'est pas pour le boulot, tu viens me rendre visite comme ça, en souvenir du bon vieux temps ? Pourtant je me rappelle qu'on était pas souvent du même avis tous les deux !

Je m'avançai vers lui et lui tapai sur l'épaule, d'un geste amical.

— On ne s'est jamais battu ensemble… En fait, j'aurais besoin que tu me rencardes sur une histoire qui date de plus de vingt ans. D'octobre 1961 pour être précis.

— Qu'est-ce que ça vient faire dans ton enquête ?

Je décidai d'être franc avec lui : il ne dirigeait pas un service de renseignements sur sa bonne gueule. Au moindre flou, il se refermerait définitivement.

— Le père du gars assassiné à Toulouse est mort lors des émeutes algériennes du 17 octobre 61. J'ai appris ça au fichier. C'est peut-être une piste valable. Tu as déjà entendu parler des « porteurs de valise », ces Européens qui ramassaient l'argent pour le compte du F.L.N. et qui le faisaient transiter en Suisse…

Il hocha la tête et commença à se balancer sur son fauteuil.

— Oui, bien sûr. Le réseau Jeanson et tout le tremblement… Dans la maison il y a encore deux ou trois ancêtres qui ont suivi l'affaire de bout en bout. Toutes les filières ont arrêté de fonctionner en juillet 62, au moment de l'indépendance. Les dossiers sont classés, enterrés. Je crois même que tous les Français condamnés pour avoir aidé le F.L.N. sont amnistiés. Je ne vois pas ce que tu espères trouver de ce côté-là, sinon des emmerdements.

La persuasion avec laquelle il tentait de me convaincre signifiait l'exact contraire. Le sujet était trop sensible ; l'« ami d'enfance » s'était mué en gardien du temple.

— Supposons que le père Thiraud se soit mouillé dans la combine des valises de fric du F.L.N. Sa liquidation en octobre 61 peut être l'œuvre de barbouzes chargées de nettoyer le paysage politique… En ce temps-là, on n'appréciait pas beaucoup les Français qui passaient de l'autre côté.

— Tu vas un peu loin, Cadin, tu te rends compte de ce que tu racontes ?

— Oui, tout à fait. Au début il y a eu quelques procès mais le résultat était contraire, ça leur faisait de la publicité à bon compte et les transformait en martyrs. Ne viens pas me dire qu'en travaillant dans ce service, tu ignores ces petits détails. Ils ont toujours pratiqué de cette manière. Pour liquider l'O.A.S. également, c'est un ancien préfet de Seine-Saint-Denis qui dirigeait les commandos gaullistes. Enfin, il n'y a pas que l'hypothèse des barbouzes, je n'exclus pas l'idée que le F.L.N. se soit chargé du travail, par exemple, en représailles contre la disparition d'un colis ou pour punir un convoyeur trop bavard. Je dirais même que cette explication me paraît plus satisfaisante, car elle a l'avantage de faire le lien avec le meurtre du fils. Imagine qu'en fourrant le nez dans les affaires de son père, il ait découvert une partie du trésor de guerre du F.L.N…

— Tout à l'heure, en entrant, tu te foutais de moi parce que je jetais un œil sur un bouquin de cul ! Toi, tu préfères le roman-feuilleton ! Il est planqué où ton trésor de guerre ? Dans une salle secrète du Capitole ?

— À Toulouse peut-être. C'est une des villes qui comptent le plus grand nombre de rapatriés d'Algérie, et de gens susceptibles de vivre dans le passé. Ça vaut le coup de vérifier ! Je ne te demande qu'une chose, sortir le dossier Roger Thiraud pour me permettre d'en prendre connaissance.

Il attrapa le téléphone noir posé sur le coin de son bureau et composa un numéro intérieur à trois chiffres.

— Je vais voir ce qu'il est possible de faire pour toi.

Son correspondant était visiblement en ligne car il dut s'y reprendre à deux fois avant de l'obtenir.

— Allô, Gerbet ? c'est Dalbois de l'Identification. J'ai besoin de me faire une idée sur les porteurs de valise. Il est possible que certains d'entre eux se soient reconvertis dans les réseaux terroristes. Tu dois avoir une synthèse sous le coude. Pendant que je te tiens, ajoute donc le dossier Roger Thiraud, un mec du F.L.N., un Européen décédé lors des manifestations algériennes d'octobre 61.

Il raccrocha content de lui. Il semblait surtout heureux d'avoir montré l'étendue de son pouvoir à un petit inspecteur de province.

— Tu auras tout ça dans un quart d'heure. Sinon, tu es marié ?

— Non, je n'ai pas le temps de m'habituer à un coin, que je suis déjà muté ! Je vais voir à Toulouse… Et toi ?

Il se tapota le ventre et redressa la tête.

— Ça ne se voit pas ? Tu auras bien un moment pour faire connaissance avec Gisèle, c'est une excellente cuisinière. Demain soir, par exemple ? Je m'arrangerai pour faire garder les deux mômes par la belle-mère.

J'acceptai afin de ménager mes intérêts. Au moins je n'aurais pas à me forcer pour amuser les gosses. Un collègue de Dalbois, Gerbet très certainement, pénétra dans la pièce et déposa un volumineux dossier sur le bureau.

— Tiens voilà… C'est tout ce que nous avons sur les réseaux d'aide aux fellouzes. Tu es peut-être sur du sérieux, plusieurs noms sont en rouge sur les listings du terrorisme. On les ressort une à deux fois par an ! Surtout tous ceux qui gravitaient autour de Burdiel. Mais je te préviens, ce sont de très gros poissons, on n'a jamais réussi à prouver quoi que ce soit… On se contente de recoupements, de coïncidences ; ensuite c'est le brouillard. Même quand Burdiel s'est fait descendre par le groupe « Honneur et Police », on n'a rien trouvé sur son compte.

En parlant, le gars ne cessait de jeter des regards rapides dans ma direction. Dalbois se décida à le rassurer.

— C'est un ami, l'Inspecteur Cadin. Il enquête sur une vague histoire de meurtre à Toulouse. Il profite de son passage à Paris pour faire signe aux vieux copains ! Tu peux continuer Gerbet, nous sommes entre nous.

Gerbet me serra la main et poursuivit son discours à l'intention de Dalbois.

— Si tu mets ton nez là-dedans, sois prudent. Ils ont exécuté Burdiel à la suite d'une intox de nos services. Depuis la fin de la guerre d'Algérie, il avait abandonné le service actif et militait pour le rapprochement politique des Palestiniens et de la gauche israélienne. On nous a fait gober qu'il était en contact avec des éléments armés, opérant sur le territoire national, que son appartement servait de planque. Des fuites ont été organisées à partir de documents d'enquête ; la presse a sorti l'histoire. Une semaine plus tard, Burdiel se faisait aligner par le groupe « Honneur et Police ».

— O.K. Je marcherai sur des œufs. Et le dossier Thiraud ?

Gerbet posa un dossier de couleur bulle devant Dalbois et l'ouvrit. Il contenait trois ou quatre feuilles dactylographiées.

— Je me demande bien ce que tu peux vouloir à ce type. On peut résumer sa vie en deux lignes...

Dalbois saisit les feuilles en lui lançant :

— Je me fous de sa vie, ce qui me passionne à son sujet, c'est justement sa mort ! Tu me laisses cette paperasse, je te la retourne avant ce soir.

Gerbet me salua et quitta la pièce.

— Vraiment charmant ton collègue. J'imaginais des

rapports plus tendus dans un service de renseignements. Tu as juste à demander poliment qu'on te livre les secrets d'État à domicile et ça suit.

— Non, il ne faut pas rêver. Certains se font tirer l'oreille mais pas Gerbet. Il ne peut rien me refuser.

— Et pourquoi donc ?

— Permets-moi de tenir à la discrétion. Mon boulot consiste à savoir un maximum de choses sur un maximum de gens. En règle générale, des faits dont les principaux intéressés masquent l'existence. Suppose un instant que tu sois employé à la Préfecture et que des bruits insistants mettent en doute l'intégrité morale de ta femme… Par exemple qu'elle ne dédaigne pas la compagnie de très jeunes filles…

— Pas de chance, je t'ai déjà dit que je ne suis pas marié !

Dalbois se mit à sourire.

— Ce n'est pas le cas de Gerbet. Arrêtons de parler de ces conneries, si je continue, je vais passer pour un salaud. Voyons le pedigree de ton bonhomme…

Il sortit une fiche de la chemise.

— … « Roger Thiraud, né le 17 juillet 1929 à Drancy, Seine, décédé le 17 octobre 1961 à Paris, Seine. Professeur d'histoire au lycée Lamartine à Paris. Marié à Muriel Labord. Un enfant né postérieurement au décès du père (Bernard Thiraud le 20 décembre 1961 à Paris). Domicilié 5 rue Notre-Dame-de-Bonne-Nouvelle Paris deuxième arrondissement. Aucune activité politique ni syndicale. Membre de la Société des Gens d'Histoire. Son nom figure en 1954 sur une liste de signatures référencée "Appel de Stockholm". »

— Ça consistait en quoi cet appel ?

Dalbois posa le papier et me regarda.

— Une pétition internationale pour l'interdiction des armes atomiques.

— Ça venait des communistes ?

— Ils étaient dans le coup, mais l'appel a été signé par plus d'un million de Français… Si on se met à l'éplucher, on tombe sur la moitié des députés de l'actuelle assemblée, majorité et opposition confondues. Il est difficile d'accorder une trop grande importance à un indice de ce genre. Il y a aussi la déclaration de l'institut médico-légal : « *Découvert mort d'une balle dans la tête, tempe droite, à l'issue des émeutes algériennes du 17 octobre 1961. Heure probable du décès : entre 19 et 24 heures. Autopsie : néant. Vêtements et objets divers relevés sur le cadavre : costume trois pièces en laine, de marque Hudson, taille 42, teinte grise, rayures blanches. Chemise dite américaine bleue claire, taille 38. Maillot de corps et slip blancs sans marques. Chaussures noires Woodline, ressemelées. Chaussettes de couleur noire, marque Stemm. Une montre Difor en état de marche ; un portefeuille contenant une carte d'identité et une carte professionnelle délivrée par l'Éducation nationale au nom de Roger Thiraud. Une facture d'un montant de 1498 nouveaux francs pour l'achat d'un téléviseur Ribet-Desjardins équipé deuxième chaîne. Cent vingt-trois nouveaux francs en liquide. Un ticket de cinéma provenant du « Midi-Minuit.* » C'est tout. Il n'est pas bien bavard ton client !

— Non. Je me fous totalement de savoir s'il porte des slips Petit Bateau ou des slips Éminence… À la limite ce qui me parait le plus intéressant, c'est d'apprendre qu'il allait dans un ciné appelé Midi-Minuit. Tu connais ?

— De réputation ; actuellement ils se sont reconvertis dans le porno, mais à l'époque c'était le rendez-vous des amateurs de fantastique. Ils programmaient des films de vampire, de sorcellerie. C'était aussi mal vu, alors, de fréquenter ce cinéma que de passer une soirée à Pigalle.

— Si je m'appelais Hercule Poirot, je noterais le

numéro du billet et je filerais au Centre National du Cinéma pour relever la date exacte à laquelle ce coupon a été délivré. Avec un renseignement de cet ordre je peux savoir le titre du dernier film vu par Roger Thiraud. Accessoirement l'âge de la placeuse ! Qu'est-ce que je peux espérer de mieux ? Rien. Ce dossier est incomplet. Ou pire, il est bidon. On doit trouver des éléments plus décisifs quelque part… Cette manifestation, par exemple. Je me suis vaguement renseigné. La Préfecture a reconnu entre quatre et dix morts, cela dépend des communiqués. Le S.D.P., le syndicat départemental de la police, a publié un bilan qui fait état de soixante morts vérifiés. Par contre, la Ligue des Droits de l'Homme…

En entendant ce nom, Dalbois ferma le poing droit et fit mine d'enfoncer son majeur pointé dans un postérieur imaginaire.

— … oui, je sais ce que tu penses de ce type d'organisation, mais dans cette affaire leur avis en vaut bien un autre. Ils parlent de deux cents morts le soir des troubles et autant au cours de la semaine qui a suivi. Ce que j'essaie de souligner c'est qu'il s'agit d'une histoire importante. Un Oradour en plein Paris ; personne n'en sait rien ! Il doit bien exister des traces d'un pareil massacre…

Dalbois se gratta la joue et s'appuya sur le dossier de son siège.

— Je vais voir ce que je peux faire.

Il reprit son téléphone et rappela Gerbet.

— Je viens de jeter un œil à tes papiers ; c'est maigre. Dès que tu arrives à te libérer, passe les prendre. D'ailleurs, j'ai encore une ou deux questions à éclaircir.

Puis à mon intention :

— Il rapplique tout de suite. Laisse-moi poser mes jalons et reste dans ton rôle de cousin de province, on s'y croirait !

Deux minutes plus tard, Gerbet était assis à ma droite. Il écoutait Dalbois qui agitait la chemise bulle devant ses yeux.

— C'est tout de même extraordinaire, on ramasse un prof d'histoire sur un trottoir parisien, la tête truffée de plomb et on ne prend pas la précaution de pratiquer une autopsie. Rien. Pas d'enquête non plus ; on ne recherche ni les causes de la mort ni l'assassin ! On croit rêver. D'après ces papiers, personne n'a pu établir que Robert Thiraud ait eu partie liée avec le F.L.N. Il apparaît comme un petit prof tranquille, inoffensif. Qu'est-ce que ça cache ? Il y a sûrement d'autres éléments. Tu es au courant ?

Gerbet se trémoussa sur le fauteuil. Mal à l'aise, il s'éclaircit la voix.

— Écoute Dalbois, laisse tout ça tranquille. Tu es le premier à remuer ces questions depuis vingt ans. Ça ne servirait à rien ni à personne d'établir qu'un professeur d'histoire renseignait une organisation subversive et que l'État français a choisi de l'abattre. Aujourd'hui ces événements concernent deux pays, la France et l'Algérie. Les gouvernements n'ont aucun intérêt à voir resurgir certains fantômes. La découverte du charnier de Kenchela en a administré la preuve. Des terrassiers ont mis à jour plus de neuf cents squelettes en construisant un stade de football dans l'est des Aurès. Il s'agit, selon toute vraisemblance, de soldats de l'armée de Boumédienne exécutés par la Légion qui avait un camp à cet emplacement. Les autorités algériennes sont restées très discrètes. Elles ont utilisé cette découverte au seul plan intérieur. Il n'y a pas eu de campagne antifrançaise déclenchée à cette occasion. Il a fallu que ce soit un « fouille-merde » de *Libération* qui se charge du travail.

— Tu veux dire qu'il va falloir attendre la sortie de

Libération pour connaître les raisons de la mort de Roger Thiraud ?

— Non ce n'est pas du tout ça ! Il faut être clair. Les gens actuellement au pouvoir en France ont condamné l'action de la police, à l'époque. Dans leur grande majorité. En exhumant le passé, le gouvernement algérien ne réussirait qu'à les braquer et à raviver des oppositions, des rancœurs. L'heure est à l'oubli, sinon au pardon.

— Je ne te comprends pas bien, Gerbet. Si les dirigeants actuels critiquaient la police et le rôle qu'on lui faisait jouer, c'est une bonne manœuvre pour eux de ressortir le dossier et de se faire mousser au nom de la fidélité à leurs principes.

Gerbet ne semblait pas apprécier la tournure prise par la conversation. Il remuait de plus en plus sur son siège et recommençait à me lancer des regards désespérés.

— Pour tout t'avouer, l'Inspection Générale des Services a fait une enquête en octobre 1961, sous la pression des députés et des sénateurs de l'opposition. Un peu comme Begin avec les massacres de Sabra et Chatila. Sept juges ont été commis sous l'autorité du ministre de l'Intérieur d'alors. Tu n'ignores pas que ce personnage est aujourd'hui président du Conseil Constitutionnel, ce qui donne la mesure des précautions à prendre avant d'effleurer ce dossier… Les juges ont dû, entre autres choses, se prononcer sur les causes des décès de soixante personnes dont les corps avaient été amenés à l'Institut Médico-légal dès le lendemain de la manifestation. Celui de Roger Thiraud devait faire partie du lot. Nouvelle coïncidence, cette commission a vu le jour grâce à l'insistance de l'actuel ministre de l'Intérieur.

— Et le résultat ?

— « Classé sans suite. » Il était établi, dans les conclusions du rapport, que la police parisienne avait répondu à sa mission, en protégeant la capitale d'une émeute déclenchée par une organisation terroriste. Très peu de choses ont été rendues publiques. Il existe deux volumes des travaux de cette commission et une synthèse de l'action des différents groupes d'intervention au cours de cette nuit. Un au Ministère, l'autre ici, dans les archives de la Police Nationale.

Dalbois se leva en souriant.

— Eh bien, c'est celui-ci que je désire consulter.

Gerbet était devenu très pâle ; il suait abondamment. Il s'était tassé dans son fauteuil, les épaules courbées.

— C'est absolument impossible. Personne n'y a accès. Seul le Ministre est habilité à le faire sortir du coffre et à en divulguer le contenu. Tu connais les décrets concernant la publicité des documents d'État. Cinquante ans de secret absolu. Il n'est pas dans mon pouvoir d'y déroger. Et certains dossiers explosifs pourriront pendant des siècles entiers avant de revoir la lumière. Vous savez tout autant que moi que les gouvernements ont besoin d'une police forte et unie. Remettre l'affaire d'octobre 1961 sur la place publique produirait l'effet inverse. On en viendrait vite à juger les décisions d'un ministre de l'Intérieur et l'action d'un préfet de police. Un tel remue-ménage provoquerait la déstabilisation d'une bonne moitié des commandements des Compagnies Républicaines de Sécurité. Elles sont toujours sous l'autorité des mêmes officiers. Qui peut souhaiter un tel bouleversement ? Certainement pas le pouvoir politique. Le gain serait ridicule en regard de la perte de confiance qu'il subirait dans l'ensemble des corps de maintien de l'ordre et dans l'armée.

Dalbois se décida à mettre fin à son supplice.

— Ce qui est appréciable avec les professionnels des R.G., c'est leur connaissance approfondie de TOUS les dossiers… Rassure-toi, Gerbet, je ne vous demanderai pas d'éventer les Secrets d'État. D'autant que notre boulot consiste à les créer ! Si je te comprends bien, le terrain est complètement balisé. Le moindre faux pas et je saute. Ça a le mérite de la clarté. Tu n'as vraiment aucune source disponible ?

— Pas de voie royale, désolé. Il reste le B.A.BA du métier. Éplucher les journaux de 1961, les tracts, les déclarations d'indicateurs. Nous en avons une bonne collection sur microfilms, plus quelques milliers de photos en provenance de l'identité judiciaire. Mais rien de déterminant. Il y a eu des problèmes avec le photographe du service, un certain Marc Rosner. Il devait couvrir l'intervention des Brigades Spéciales, mais il n'a jamais remis les bobines, du moins c'est la version officielle. Au début des années soixante, la photo et le cinéma amateurs n'étaient pas aussi développés qu'aujourd'hui. Nous ne disposons que de dix ou quinze clichés réalisés par des passants. Sinon, on a formellement établi qu'une équipe de la télévision belge, la R.T.B.F., a réalisé un film de près d'une heure. Ils étaient à Paris pour rendre compte du voyage officiel du Shah d'Iran et de Farah Dibah, mais ils ont filmé la manifestation, planqués dans leur voiture puis dans un café. La télé belge n'a rien diffusé, c'est la seule concession qu'elle nous ait faite… Nous avons tenté de racheter les bobines, sans succès. Je peux vous fournir les coordonnées des cinéastes belges et celles de Rosner…

Je l'interrompis.

— Pour Marc Rosner, ce n'est pas la peine, j'ai eu l'occasion de le rencontrer lors d'une enquête précédente.

Dalbois me foudroya du regard en laissant la bouche ouverte. Gerbet se planta devant lui.

— Qu'est-ce que cela signifie ? Ce n'est pas toi qui t'occupes de cette affaire… à quel titre dois-je aider ce monsieur ?

Dalbois lui expliqua la nature de mes interrogations au sujet du meurtre de Bernard Thiraud et de celui de son père. Il parvint presque à calmer son collègue ; il lui promit de le tenir au courant de nos recherches. Dès qu'il ferma la porte du bureau, Dalbois me passa un savon.

— Je me débrouille pour soutirer un maximum de données, en douceur, à un as du renseignement et pour tout remerciement tu me fais porter le chapeau. Tu le fais exprès… on pourrait le penser. Je comprends pourquoi tu n'arrives pas à rester longtemps au même poste. C'est une mesure de sécurité de se débarrasser d'un gaffeur pareil ! Dis-moi au moins de quelle manière tu as lié connaissance avec ce Rosner, ça m'intéresse.

— C'était l'année dernière, à Courvilliers. Une sombre histoire de montages photographiques destinés à mouiller des personnalités locales. Comme par hasard, je suis tombé sur Marc Rosner. C'est lui qui assurait la partie technique. Son commerce légal ne devait pas être assez rentable.

— Pourquoi, il ne travaille plus pour nous ?

— Non, depuis 1961. Un type de l'identité judiciaire m'a raconté ses démêlés avec ses chefs. Rosner ne tournait pas rond, il aimait bien s'amuser avec les cadavres après le départ du labo…

— Tu veux dire qu'il…

Dalbois semblait réellement horrifié.

— Non, il se contentait de modifier les poses, de composer des sortes de « natures mortes ». Ça n'était pas bien méchant et ça n'avait aucune incidence sur son boulot. Tout le monde fermait les yeux sauf le Directeur de Cabinet du Préfet qui avait décidé d'avoir la peau de Rosner. En septembre, il a reçu deux avertissements et le chef de l'identité s'est fait convoquer… Le soir de la manifestation Rosner était de service ; il a vraisemblablement mis en boîte les affrontements les plus sérieux. On m'a parlé d'Algériens empalés sur les grilles du métro aérien, de viols dans les commissariats. Avec ce matériel entre les mains, Rosner croyait tenir un atout maître et pensait que le chef de cabinet se montrerait plus compréhensif. Il s'en est vanté auprès de certains collègues. Quelques jours plus tard, une équipe de « plombiers » a monté une opération dans le laboratoire photographique de la Préfecture, ainsi qu'à son domicile. Tous ses dossiers, toutes ses archives ont été saisis. Rosner s'est retrouvé à la rue, licencié pour faute grave. Ensuite il a ouvert un studio, reportages, mariages, communions, à Courvilliers.

— C'est ce qui t'attend si tu continues d'y mettre ton nez.

— Je ne connais rien à la photo !

— Tu te feras détective privé, alors. Au fait n'oublie pas que nous dînons ensemble demain soir, chez moi.

*

Dans l'ascenseur je cherchais déjà un moyen d'échapper à son invitation. Je n'avais aucun besoin de rencontrer Gisèle Dalbois pour la connaître. Le petit village « à la française » en proche banlieue, le pavillon crépi garage attenant, combles aménageables. Dalbois avait eu le génie du geste, lorsqu'à l'évocation de mon éventuel mariage, il avait établi la réalité du sien en tapotant son ventre. Mme Dalbois se résumait à cela : une serviette bien remplie. Je ne voyais pas comment une soirée d'ennui parviendrait à modifier mon jugement. Je marchai jusqu'à la station Saint-Michel et m'installai à l'arrière d'un taxi aux fauteuils défoncés. Un berger allemand dormait sur le siège placé devant moi. Ses paupières se soulevaient par intermittence et son corps était agité de tics nerveux. Je fouillai dans ma poche, mais à peine avais-je sorti un paquet de cigarettes que la bête se mit à grogner. Son maître donna de la voix.

— Il n'aime pas tellement qu'on fume dans sa bagnole. Moi c'est pareil. Vous allez où ?

— À Courvilliers, rue de la Gare. Ça se trouve après Aulnay-sous-Bois.

— Eh bien ça fait une drôle de trotte.

Il mit en marche son compteur à affichage digital. Je me plongeai dans l'observation attentive de la transformation des chiffres rouges avec une tendresse particulière pour la pureté du passage, à l'aide d'une seule barre, du 5 au 6 et du 8 au 9. À intervalles réguliers, le chauffeur tentait de lancer la conversation sur les tares de conduite comparées des Arabes et des Africains. Désespéré par mon silence il essaya de nouer un contact antisémite sans plus de succès. Il se réfugia à bout d'arguments, dans l'interprétation sifflée des derniers succès de Serge Lama.

Le chien se dressa sur son siège à la hauteur du Parc des Expositions et s'ébroua. L'habitacle fut instantanément rempli de poils gris et fauves. Le chauffeur tapota le dos de son animal affectueusement et parvint à le maintenir immobile. La voiture quitta l'autoroute pour contourner les immenses ateliers de l'usine Hotch, puis se dirigea vers le quartier de la gare.

— Voilà, vous êtes arrivé. Ça fait 62 francs plus 20 francs de retour.

Je fouillai mes poches et lui remis le compte exact.

— Eh bien vous n'êtes pas bien généreux. Et le pourboire ? C'est pour qui ?

Je me penchai à sa fenêtre en époussetant ma veste et mon pantalon.

— Pour le pressing ! J'en aurais besoin pour me payer un nettoyage…

Le taxi repartit dans un crissement de pneus. Il tourna vers la bretelle de l'autoroute, mais j'entendais encore les vociférations du chauffeur et les aboiements du berger.

CHAPITRE V

Le studio photo n'avait pas changé d'aspect depuis un an. Je poussai la porte ; une sonnerie annonça mon arrivée à une jeune femme occupée à regarnir un casier de pellicules vierges. Elle se retourna et s'enquit de mes besoins. Elle possédait un visage au tracé parfait, aux traits réguliers et doux. Quelques taches de rousseur, très claires, disséminées sur ses pommettes saillantes et sous ses yeux, venaient rappeler la couleur de ses cheveux. Mais le modulé harmonieux de sa voix ne parvenait pas à chasser l'extrême nervosité provoquée par son fort bégaiement.

— V… ous, vous dé… désirez ?

— Je suis l'Inspecteur Cadin ; je viens voir M. Rosner. Il travaille toujours ici ?

Elle se mit en devoir de me répondre. Je serrai les dents et les poings pour ne pas lui crier de me l'écrire et mettre fin à l'épreuve.

— M… mon pè…père fait un repor…portage sur le pa… parc des Es…ex… pour la mairie.

— Merci, dites-lui que je l'attends au « Bar des Amis ».

Le photographe me rejoignit une demi-heure plus tard, toujours aussi massif, vêtu de son éternel ensemble de velours noir usé aux genoux, un Leica en sautoir. Il semblait de bonne humeur.

— Quelle surprise Inspecteur ! Je n'arrivais pas à croire ma fille. Vous nous revenez ?

— Non, j'ai un poste à Toulouse. Je suis sur une enquête un peu particulière... Le hasard a voulu qu'on prononce votre nom devant moi, pour des événements liés à cette affaire.

Il se pencha vers moi ; sans prononcer un mot, il me fit signe de continuer. Je résumai brièvement le dossier Thiraud.

— Et qu'attendez-vous de moi, Inspecteur ?

— J'aimerais que vous me racontiez vos souvenirs d'octobre 61. Surtout si vous vous êtes baladé du côté du faubourg Poissonnière. Je ne vous mêlerai pas au rapport, vous avez ma parole. Je veux seulement comprendre ce qui s'est réellement passé cette nuit-là. Personne ne veut en parler, il n'y a pratiquement pas de traces... Sans la mort de Bernard Thiraud à Toulouse, il est probable que j'aurais continué à tout ignorer.

Rosner se rejeta sur le dossier de sa chaise et se mit à se balancer.

— Ça vous avancera à quoi de remuer le passé, Inspecteur ? Vous n'espérez tout de même pas que je vais vous donner le nom de l'assassin en ressassant mes souvenirs. Cette nuit-là, j'ai grillé une bonne dizaine de rouleaux, trois cent cinquante clichés au bas mot ! Je ne me rappelle pas d'avoir tiré le portrait d'un seul Européen, à part les flics.

— Il y a eu des tués parmi les forces de l'ordre ?

— Non, aucun, même pas de blessés. Mais des C.R.S. me demandaient de les prendre dans la pose du chasseur, le pied sur le corps d'un Algérien... Ça m'a vraiment surpris quand j'y repense. Les manifestants n'avaient pas d'armes ; à aucun moment ils n'ont essayé d'organiser une riposte. Au mieux, ils tentaient de fuir ou de se planquer dans les entrées d'immeubles. C'était en complète contradiction avec les informations données par le poste de liaison. Au début des troubles, la coordination de tout le service policier, une sorte de cellule de crise installée à la Préfecture, parlait d'une dizaine de flics descendus par le F.L.N. à la Madeleine et aux Champs-Élysées. J'ai filé là-bas aussitôt avec un car de Gendarmes Mobiles mis en réserve. Ils étaient comme dingues en entendant la radio... de véritables bêtes féroces. Sur place, rien ! On s'est renseigné ; pas un des nôtres n'avait la moindre égratignure. Par contre, à partir de ce moment, les Algériens en ont pris plein la gueule. En un quart d'heure j'ai compté six cadavres... Je ne parle pas des blessés. De la Madeleine, je suis descendu sur l'Opéra. Ça se battait sérieusement dans tout le quartier. Je revois une scène, un groupe de manifestants, pourchassé par des C.R.S., s'était engouffré dans le « Café de la Paix », boulevard des Capucines. Les flics n'ont pas eu à investir le troquet ; les consommateurs et le personnel leur ont épargné le travail en éjectant les fuyards. Ça me revient morceau par morceau... Juste avant, je m'étais arrêté devant l'Olympia pour photographier un périmètre de regroupement de manifestants appréhendés. Je revois l'affiche du spectacle... J'avais fait un cadrage dessus, un spectacle de Jacques Brel. Un peu plus tard, un motard m'a emmené en haut du boulevard des Italiens, à Richelieu-Drouot. Une vingtaine de cars appartenant à la Troisième Compagnie de C.R.S. étaient prêts à remonter en direction de la République. J'ai donc suivi le mouvement.

— Toujours sur la moto ?

— Non, dans un des bahuts. Ils étaient armés jusqu'aux dents ! Fusils, lance-grenades, flingues, sans compter les matraques. Ils voulaient tous se faire tirer le portrait avant de se mettre au travail. Un bon nombre avait servi en Algérie ; le chauffeur commandait un D.O.P. dans l'Oranais…

— Il commandait quoi ?

— Un Dispositif Opérationnel de Protection. C'était une sorte de détachement de quinze ou vingt troufions qui étaient chargés de contrôler un petit secteur géographique, en liant des contacts avec les indigènes… Peu à peu, leur mission s'est bornée à démanteler les réseaux d'aide aux maquisards, par tous les moyens. On a beaucoup parlé de la gégène, mais c'était loin d'être le pire ! Se faire allumer la plante des pieds à la lampe à souder, c'est pas vilain non plus ! Ah, les D.O.P. ! À l'époque on vous en filait à l'entrée des piscines… Vous n'avez pas connu ça, Inspecteur ? Les petits berlingots individuels de shampoing. Lavage de tête, lavage de cerveau. Pour en revenir à votre soirée, ils ont établi un barrage avec leurs camions, en retrait du cinéma Rex et ça n'a pas tardé à canarder. Je me suis planqué dans le hall du Midi-Minuit. Je me souviendrai toujours du titre du film qu'ils projetaient ce jour-là : *Le Récupérateur de cadavres*, avec Boris Karloff et Bela Lugosi.

— Je n'aurai pas besoin d'aller au Centre du Cinéma…

Marc Rosner cessa de parler ; il fit signe au patron de servir deux autres cafés.

— Ah oui, pourquoi ?

— Roger Thiraud a vraisemblablement assisté à une séance de ce cinéma avant de se faire tuer. En tout cas, il possédait un billet du Midi-Minuit lorsqu'on l'a retrouvé mort.

— Je ne vois pas pourquoi on lui aurait fourré un ticket de ciné dans ses poches… Les profs d'histoire ont bien le droit de s'intéresser au fantastique. Quant à moi, j'ai assuré l'essentiel de mon travail à cette place, l'œil collé au viseur. Je vais vous dire une chose, ce qui importe, déjà à ce moment, c'est la photo. Vous ne voyez pas réellement ce qui se passe mais seulement la lumière, les masses, le cadrage. Le photographe n'est pas un témoin ; son film est là pour jouer ce rôle. Au moment d'appuyer sur le bouton, on fixe une image mais on ne la comprend pas. Vous connaissez cette photo d'un reporter au Salvador, qui photographie le soldat qui le tient en joue ? Il a déclenché au moment précis où le soldat appuyait sur la gâchette, il savait sûrement qu'il risquait sa vie, mais il ne parvenait pas à l'analyser. L'objectif faisait écran. J'ai peut-être photographié le meurtre de votre gars, mais il est certain que je ne l'ai pas vu.

— Ne vous forcez pas Rosner, j'admets très bien que vous ne souhaitiez pas m'aider. Rien ne vous y oblige.

— Vous vous trompez, Inspecteur, je ne me défile pas. Le 17 octobre est une date importante pour moi. Elle marque la fin de ma carrière de flic. Je vais vous faire rire, mais ce boulot me plaisait vraiment ! Je n'en ai parlé à personne depuis vingt ans. Je m'étais promis de tout oublier. Aujourd'hui vous me tombez dessus à l'improviste ; vous m'obligez à déballer ce qui me tient le plus à cœur. Laissez-moi le temps de mettre de l'ordre dans ma tête. Je crois que j'ai traversé la rue du Faubourg-Poissonnière, devant *l'Humanité*. J'ai pris un café au bar du Gymnase. Il y avait une équipe de la télévision belge. Ils n'en croyaient pas leurs yeux. Ils doivent se contenter des bagarres entre Wallons et Flamands. Ils s'étaient planqués derrière le juke-box, le caméraman vidait le magasin en continu. À mon avis ils n'ont pas dû en tirer grand-chose, il faisait nuit ; bien sûr, il leur était difficile d'installer une bardée de projecteurs et de les braquer sur les flics ! Moi je bossais au flash. Après le café, je suis passé à côté, au Théâtre. Des C.R.S. vidaient un paquet d'Algériens qui avaient réussi à entrer dans les coulisses. J'y suis resté jusqu'à neuf heures pour souffler un peu. Le directeur m'a refilé une coupe de champagne ; ils fêtaient la première d'une pièce et il a dû me prendre pour un photographe de canard.

— Vous n'avez rien remarqué de l'autre côté du boulevard, vers la rue Notre-Dame-de-Bonne-Nouvelle ?

— Rien… Je suis désolé, Inspecteur. Quand j'ai quitté le théâtre, je suis allé directement au Parc des Expositions de la Porte de Versailles où on regroupait les manifestants arrêtés. La Préfecture n'avait pas trouvé de stade assez grand ni suffisamment proche. Ça l'aurait mal fichu de boucler des prisonniers de guerre au stade de Colombes ! Enfin à Bonne-Nouvelle ça tirait dans tous les sens. C'est là qu'on a relevé le plus grand nombre de morts et de blessés, mis à part la cour d'isolement de la Cité.

— Vous voulez dire que des manifestants sont morts à l'intérieur de la Préfecture ? C'est impossible, ils n'auraient jamais réussi à y pénétrer.

— Non, rien n'était impossible durant cette nuit de folie. Le gouvernement a reconnu trois ou quatre décès… Un chiffre qu'il convient de multiplier par cinquante au moins, pour approcher de la vérité. Une équipe de l'Institut Médico-Légal a été appelée vers deux heures du matin le 18 octobre, pour prendre livraison de quarante-huit cadavres, en un seul lot, dans le petit jardin qui jouxtait Notre-Dame avant les travaux du parking souterrain. Pas un seul n'était mort par balle. Le diagnostic était identique pour tous : matraquage. Selon des rumeurs insistantes, il s'agissait de responsables du F.L.N. transférés directement à la Cité pour interrogatoire. Ils étaient sous surveillance dans un local du premier étage, quand soudain, une dizaine de flics sont entrés dans la salle, mitraillettes braquées. Les prisonniers ont cru que leur dernière heure était arrivée ; ils se sont précipités sur la porte du fond qui a cédé sous la pression. Comme par hasard, cette porte conduisait directement à la salle d'état-major du Préfet. Pas question de tirer. Le Préfet et son entourage qui coordonnaient les opérations de répression ont entendu la cavalcade. Ils ont tout de suite pensé à une attaque du F.L.N. sur le dispositif central. Toute la garde de la Cité a été dirigée contre les prisonniers. Résultat, 48 à 0 ! Un beau score. À côté de chiffres pareils, les bavures d'aujourd'hui paraissent bien mesquines ! Je vous raconte tout ça, Inspecteur, bien que ça n'ait jamais existé officiellement. Aucune preuve. Aucune trace de ces 48 cadavres : l'Institut a trouvé une cause réelle et sérieuse pour expliquer chaque décès. Direction les oubliettes de l'Histoire. Il vaut mieux pour tout le monde qu'ils y restent ! Ne vous amusez pas à les remonter à la surface ; ils feront comme Dracula, ils revivront avec votre propre sang.

Pour la première fois, Rosner avait perdu l'air ironique qu'il affichait en permanence. Il se redressa en prenant appui sur la table.

— Vous avez le chic pour mettre le nez dans les affaires les plus vaseuses, Inspecteur, mais ce n'est pas en remuant la boue qu'on parvient à en sortir…

— Comment alors ?

— Tout simplement en y plongeant les autres.

*

Je regagnai Paris par le R.E.R. et débarquai à la Gare du Nord un peu avant cinq heures. Les rares voyageurs pressaient le pas vers les arrêts de bus. Je traversai la galerie marchande et débouchai sur l'esplanade. La place grise était vide. Devant moi marchait une jeune femme rousse ; j'observai distraitement les mouvements de ses jambes. À chacun de ses pas, le tissu de sa jupe se tendait ; je voyais apparaître la marque discrète et pourtant incroyablement présente de son slip. L'insistance de mon regard était si forte que la femme se retourna et m'observa de la tête aux pieds, en fixant longuement, par défi, mon entrejambe. Elle portait un tee-shirt imprimé au nom de Nathalie. Elle s'éloigna en direction de la Gare de l'Est.

J'eus l'idée de rendre visite à Mme Thiraud mais j'y renonçai. Il me semblait plus correct de prendre rendez-vous, de lui laisser l'initiative de l'heure et du lieu de notre rencontre. Je m'accoudai au bar de la « Ville de Bruxelles » pour commander une Gueuse, quand une idée subite me traversa l'esprit. J'ouvris mon calepin et demandai au garçon de m'appeler un numéro en Belgique. Cinq minutes plus tard, la standardiste de la Radio Télévision Belge Francophone s'informait de mes désirs.

— Je souhaite parler à M. Deril ou bien à M. Teerlock du service Enquêtes et Reportages. C'est au sujet d'un film réalisé pour le magazine *Neuf Millions*.

— Ce magazine n'existe plus depuis près de dix ans. Il a été supprimé en septante-trois. Nous avons passé le cap des dix millions d'habitants… M. Teerlock est parti en retraite l'année dernière, mais je peux vous mettre en rapport avec M. Deril. Il est responsable des sujets d'actualité pour le journal du soir.

Je pris bien garde de ne pas lui répondre pour échapper à l'historique du journal parlé ; j'obtins le poste de Jean Deril.

— Allô, ici l'Inspecteur Cadin, de Toulouse. J'enquête actuellement sur la mort d'un jeune garçon dont le père est lui-même décédé lors des événements d'octobre 1961, à Paris. Nous disposons de très peu de documents en France, du moins de documents accessibles. J'aimerais visionner les films que vous avez réalisés à l'époque…

— C'est inattendu. Surtout de la part d'un policier… Depuis vingt ans je commençais à être persuadé du peu d'intérêt de la justice française pour ces documents. Je suis prêt à les mettre à votre disposition. Nous pouvons arrêter une date.

— Eh bien voilà, je suis à la Gare du Nord. Le prochain train pour Bruxelles part à 17 h 45. Je peux vous rencontrer dès ce soir à partir de vingt heures.

— J'apprécie la compagnie des hommes décidés, Inspecteur. C'est tout à fait d'accord. Mais ne venez pas à la cité de la télé, boulevard Reyers, je n'y serai déjà plus. Nous filmons une séquence au Marché aux Puces de la place du Jeu-de-Balle, à deux minutes en taxi de la Gare Centrale. Vous ne pouvez pas nous louper, il y aura trois cars de matériel plus le véhicule de régie. Qu'est-ce que vous voulez visionner au juste ? Teerlock avait préparé un montage commenté d'une dizaine de minutes qui n'est jamais passé à l'antenne. Votre ambassadeur doit y être pour quelque chose ! Sinon, nous conservons en archives l'intégralité du film brut, environ une heure d'images muettes.

— Le montage ne m'intéresse pas. Je me contenterai de la prise en continu. À tout à l'heure donc, au Marché aux Puces.

Il n'en faut pas davantage que le passage d'une frontière pour se croire en pleine aventure. Cambrai, Valenciennes, Mons ! Je me réjouissais à l'avance de cette incursion en territoire belge. La précédente datait de deux ans. Je travaillais alors à Hazebrouck, dans le désespoir le plus dense et j'échouais, plus souvent qu'à mon tour, dans une taverne qui fermait avec l'aube. Un soir de déprime, j'avais juré au patron de prendre mon café à Bruxelles et d'être de retour pour le petit déjeuner. J'aurais pu faire un tour dans la campagne et revenir en leur servant une histoire quelconque. Personne n'en demandait davantage. Ils voulaient seulement passer le cap d'une nuit supplémentaire. Mais j'en rajoutai et promis de ramener le ticket de caisse. Le raid n'avait rien de commun avec Paris-Dakar mais il impressionnait les consommateurs d'Hazebrouck dont certains n'avaient jamais vu la mer, distante d'une cinquantaine de kilomètres. Si l'on accepte d'appeler « mer » ce qui succède à la côte, vers Dunkerque. Bray les Dunes, Loon Plage, Wissant, Ambleteuse ! Il s'en faut de beaucoup pour que ces noms sonnent comme Saint-Trop, Ramatuelle ou Juan-les-Pins.

J'avais trois cents kilomètres à faire ; l'aller se passa sans problème. Je gagnai Bruxelles par la route de Tournai et me retrouvai au milieu d'une ville sinistrée, éventrée de partout, hérissée de déviations, de sens interdits. Il me fallut près d'une heure pour atteindre la vieille cité, où un énorme écriteau avertissait les visiteurs de la durée probable des travaux de percement du métro, les remerciant de leur compréhension. Aucun commerce n'était resté ouvert et cette absence de vie renforçait encore mon impression de traverser une ville en état de guerre. J'évitai tous les pièges disposés sur ma route par les Taupes Belges ; je me garai sur la Grand'Place. Une lanterne rouge brillait sous les arcades. Je me rapprochai de la vitrine faiblement éclairée, rêvant déjà au bruit sourd de la chope de bière fraîche sur le comptoir. Je poussai la porte prêt à brailler mon ordre au barman. L'étonnement des agents de permanence du commissariat de quartier fut au moins aussi grand que le mien.

Je n'appris pas seulement, cette nuit-là, qu'un lumignon rouge signalait la présence du commissariat de la Grand'Place. On m'enseigna également qu'un clou de cuivre (on m'assurait même qu'il était en or) fiché au centre du parvis de Notre-Dame de Paris symbolisait le point de départ des principales routes nationales françaises. Ça se passait dans un bar de banlieue, sur le retour, près de Halle. Je m'étais assis sur un tabouret haut, près de ce que je crus être au premier abord, un flamant rose. J'identifiai les lieux tout en buvant la bière promise : un claque de périphérie où mon flamant, une poule recouverte de mousseline rose, attendait patiemment un routier probable et attardé.

Le patron, en veine de confidences, me raconta qu'il avait vécu à Paris avant guerre. Il me montra quelques bouteilles d'alcool dont il se vantait d'être le débiteur exclusif. Il ne tarissait pas d'éloges sur le guignolet kirsch ; il m'obligea à trinquer à l'amitié franco-belge. Puis il retraça les grandes lignes de la pose du clou de Notre-Dame…

Le train entra en gare Centrale un peu avant vingt heures trente. Je pris un taxi et lui indiquai la place du Jeu-de-Balle.

— Très bien Monsieur, c'est tout droit mais je dois faire le tour par Sainte-Gudule, à cause des travaux.

— Encore les travaux du métro ?

— Oh non, c'est terminé. Maintenant ce sont les travaux d'agrandissement de la gare. Tenez, voilà l'église Sainte-Gudule ! Entre le building de la Banque Nationale belge et l'immeuble de la compagnie aérienne Sabéna… Ils cassent tout dans ce pays ; comme si, chez vous, ils avaient décidé de planter les immeubles de la Défense de part et d'autre des tours de Notre-Dame ?… Un de ces jours, ils mettront le Manneken-Pis dans une sanisette et il faudra glisser une pièce pour le voir uriner !

Il me déposa au coin de la rue Haut et de la rue des Renards. La place était bloquée par un cordon de police ; il me suffit de prononcer le nom de Deril pour que le barrage s'entrouvre. Je me dirigeai directement vers le camion de la régie stationnée dans le recoin de la rue

Blaes. Un homme d'une cinquantaine d'années, les cheveux grisonnants flottant sur les épaules, me fixa à travers des lunettes rondes, cerclées de fer.

— J'ai rendez-vous avec M. Deril, le réalisateur.

— Vous êtes tombé pile, Inspecteur, c'est moi. Je vous demande une minute et je suis à votre disposition. Je dois marquer quelques repérages pour le mouvement de grue.

Je le suivis du regard. Il agitait la tête, les bras et les cheveux au milieu d'un groupe de techniciens, donnait des ordres, écoutait des suggestions. Il revint au camion que je n'avais pas quitté.

— Vous m'aviez parlé d'un marché aux puces, au téléphone. Je m'attendais à trouver une place envahie par les stands et les touristes !

— C'est pour demain matin, Inspecteur ; nous filmons l'étendue déserte sans même un figurant. La caméra va se balader sur les façades et sur le sol en suivant un itinéraire précis. Nous referons exactement le même parcours lorsque le marché fonctionnera à plein régime demain vers onze heures… Enfin, vous ne venez pas de Paris aussi rapidement pour assister au tournage d'un sujet que vous connaissez au moins aussi bien que moi ! Les puces n'ont pas été inventées à Bruxelles.

— Non et je ne dispose pas de trop de temps.

— Vous n'êtes pas le premier Français à vous intéresser à ce film sur les manifestations algériennes. Les services de sécurité de votre pays ont tenté de racheter l'original et les copies à la R.T.B.F., mais la Direction a tenu bon. J'imagine que les responsables de la tuerie ne souhaitaient pas qu'on fasse trop de publicité concernant les conséquences de leurs ordres… Cette demande date de plus de vingt ans. Juste après la parution d'un papier dans *le Soir* avec une interview express de Teerloch.

Jusqu'alors, je crois bien que tout le monde ignorait l'existence de ces bobines.

— Sauf la direction de votre chaîne.

— La télévision belge a su se dégager du pouvoir politique bien avant ses homologues françaises… Personne ne fait pression sur les journalistes pour les contraindre à retirer un sujet. Pour être absolument sincère, nous n'étions pas à Paris pour couvrir cette manifestation, mais pour suivre une série de concerts de Jacques Brel à l'Olympia. Je me rappelle qu'il commençait le lendemain pour une quinzaine de soirées et qu'ils avaient annulé la générale. Brel était retenu par un vieux contrat, le 16 octobre au soir, dans les salons d'honneur du ministère de la Marine. Une affiche fantastique : Jacques Brel, Charles Trenet, l'orchestre de Jacques Hélian et… Farah Dibah ! Nous avions réussi à obtenir des invitations pour la réception à l'ambassade de Belgique. Vous n'avez pas connu le voyage officiel du Shah d'Iran et de la Shabanou en France ?

— Non, c'est un plaisir qui m'a été refusé !

— Moi j'ai côtoyé toutes les pages du Bottin. En Belgique, je ne dis pas, mais voir la Garde Républicaine rendre les Honneurs à l'Empereur de Perse, ça dépassait l'entendement. Je n'ai jamais compris ce que le Grand Jacques faisait dans cette galère !

Nous nous étions installés dans le véhicule de régie. Déril prit place devant un moniteur relié à un magnétoscope. Il enclencha une cassette.

— J'ai vérifié, vous en avez pour une heure et sept minutes. Si un passage vous accroche plus particulièrement, il vous suffit de noter le numéro du compteur et nous pourrons tirer quelques photos. Je vous laisse, j'ai encore pas mal de travail.

Les images défilèrent, toutes plus insoutenables les unes que les autres. La première partie du document avait été tournée depuis une voiture roulant à travers Paris. Une multitude d'affrontements opposaient des manifestants désarmés, hébétés à des groupes compacts de C.R.S., de Gardes Mobiles décidés et motivés. L'absence de son donnait plus de poids encore aux scènes de violence.

Brusquement, la voiture stoppa, puis se rangea doucement près d'un trottoir. Un mouvement panoramique effectué à bout de bras par le cameraman me permit d'identifier le quartier de la Porte de la Villette. Les anciens bâtiments des Abattoirs étaient encore en place avec le pavillon de pierre de la Banque Gravereau. Le plan se termina sur les étendues noires du bassin de la Villette, là où le canai de l'Ourcq rejoint le canal Saint-Denis. L'objectif s'éleva brusquement et l'opérateur manœuvra le zoom pour isoler un groupe d'hommes qui s'affairaient rue Corentin-Cariou ; ils se dirigeaient vers les rambardes du pont. La pluie faisait briller les manteaux de cuir et les casques. Soudain, un corps fut précipité dans l'eau. J'eus l'impression d'entendre le choc du cadavre au contact de la surface liquide. Un autre suivit, puis un autre encore. Le même geste répété onze fois. Et les lumières, de nouveau. La façade du Grand Rex, l'affiche des *Canons de Navarone*. Sur une palissade, une publicité monochrome pour le premier aspiro-balai Tornado recouvrait à moitié l'annonce du lancement d'une encyclopédie hebdomadaire : « *à partir du 25 octobre,* TOUT L'UNIVERS, *pour un franc 50 par semaine.* »

Un plan rapproché détailla le visage d'une jeune femme algérienne, bientôt masqué par un uniforme noir. Quand le policier s'effaça, un visage d'homme remplaçait celui de la femme ; la matraque s'abattit. L'angle de prise de vue changea une fois encore. Une partie de l'image était occupée par le haut d'un juke-box. Il s'agissait vraisemblablement de la séquence qu'évoquait Marc Rosner, le matin même à Courvilliers.

Un détachement de Gendarmes Mobiles encerclait une poignée de manifestants. Des autobus de la RATP stationnaient plus loin, vers la rue du Sentier. Les Algériens y furent conduits sans ménagement. Les bus quittèrent l'arrêt un à un, au maximum du remplissage. Certains corps penchaient dangereusement de la plateforme arrière. Le machiniste était seul avec sa cargaison humaine. Cent, cent cinquante prisonniers. Pourtant, aucun d'eux ne songeait à s'enfuir, à libérer ses camarades. Paris était bouclé, toute fuite semblait d'avance vouée à l'échec.

La caméra se déplaça sur la gauche et remonta le boulevard Bonne-Nouvelle. Le cinéaste détailla la vitrine du café « Madeleine Bastille » et fit une halte au coin de la rue de Ville-Neuve.

Un C.R.S. marchait sur le trottoir, posément ; il enlevait son manteau sans se soucier de ce que ce geste avait de singulier au milieu d'un quartier en proie à l'émeute. Il semblait ignorer les combats qui faisaient rage autour de lui, tout comme la pluie. L'opérateur ne s'attarda pas sur cette scène surprenante ; il revint quelques mètres en arrière poser son regard sur le corps d'un blessé. Trente secondes passèrent, interminables, avant que la caméra ne reprenne sa progression, Le C.R.S. avançait toujours de son pas mesuré. Il dépassa la rue Thorel. Arrivé au niveau de la rue Notre-Dame-de-Bonne-Nouvelle, il marqua un temps d'arrêt, comme s'il hésitait, puis il bifurqua et gravit les marches. Un autre homme se tenait là, les bras encombrés d'un bouquet de fleurs et d'un paquet de gâteaux. Le C.R.S. vint se placer à côté de lui.

Au premier plan on rassemblait des Algériens, mains sur la nuque. Un capitaine mettait toute son énergie à retenir ses hommes qui, au comble de l'excitation, ne cessaient de frapper les prisonniers. Les images suivantes étaient prises devant l'Opéra de Paris, où la police établissait un cordon de sécurité destiné à protéger les spectateurs du ballet *Les Indes Galantes*. Puis l'écran devint vide. J'appuyai sur la touche « stop » et attendis le retour de Deril. Je le voyais par la fenêtre qui vérifiait l'orientation des projecteurs et faisait modifier les trajectoires des faisceaux. Il termina ses réglages et vint me retrouver dans le camion.

— Alors, des surprises, Inspecteur ? Vous avez l'air réjoui…

Je hochai la tête.

— Oui, j'ai reconnu le gars que je cherchais. L'image se trouve à la cote 813, vers la fin de la bande. Si vous remettez cet appareil en marche je peux vous le montrer.

Il visionna le passage, éjecta la cassette et demanda à l'un de ses assistants de se rendre aux studios pour tirer une épreuve de la scène représentant le C.R.S. accoudé à la grille de l'escalier, à côté de Roger Thiraud. Il me saisit par l'épaule.

— Je vous invite à dîner, Inspecteur. Vous ne partirez pas de Bruxelles sans faire honneur à notre cuisine. Ici ils en ont encore pour deux heures de réglages. C'est affolant le temps que nous perdons à attendre ! Mais le cinéma, c'est comme ça. Vous avez cinquante types sur les bras qui travaillent les uns après les autres, chacun apportant sa touche personnelle et un métier irréprochable. La morale, c'est le metteur en scène qui part bouffer et empoche tous les compliments à son retour ! Allez, venez, je vous emmène chez « My father Mustache ». Il n'y a pas d'équivalent en France. C'est un ancien cinéma en faillite qui a été racheté par une association d'étudiants. Ils ont remplacé les fauteuils par des tables de bois et des bancs en enfilade. Ils servent des spécialités belges. Tous les quarts d'heure, ils éteignent la lumière, et passent des courts-métrages muets, Laurel et Hardy, Harold Lloyd, Charlie Chaplin ou des Malek de Buster Keaton. Deux ou trois fois dans la soirée, ils donnent une chance à un chanteur ou à un groupe. Le plus souvent ce sont des gars qui font la manche sur les places de la ville. Des Anglais, des Allemands, des Japonais, enfin toutes les nationalités sont représentées.

À table il me conseilla un plat de Namur, l'anguille à l'escabèche ; il commanda deux Kriek d'un litre chacune.

— Vous verrez, c'est fameux, l'anguille marinée dans le vinaigre avant d'être rôtie. C'est servi froid, en gelée. Au fait, vous savez que le même fleuve arrose nos deux capitales ?

— Non, vous devez vous tromper, la Seine prend sa source du côté de Dijon ; elle se jette dans la Manche entre le Havre et Honfleur, sans quitter le territoire français.

Il partit d'un rire sonore.

— Ah, vous êtes toujours aussi susceptibles dès qu'on parle de votre pays ! Bien entendu la Seine ne coule pas entre les façades bourgeoises de la Place De Broukère, mais presque… Notre rivière s'appelle la Senne, avec deux N. Vous l'avez échappé belle ! Bruxelles est une ville digne d'Alphonse Allais : prenez les boulevards de Petite Ceinture qui utilisent le tracé des anciennes fortifications. Le boulevard de Waterloo n'est pas bien loin du boulevard de l'Abattoir.

L'anguille ingurgitée, nous étions retournés à la place du Jeu-de-Balle où m'attendait le cliché tiré du reportage. Deril appela un taxi ; il insista pour régler la course d'avance. Je lui promis de le tenir au courant de l'avancement de mes recherches.

Le litre de bière fit sentir ses effets dans le train qui roulait vers Paris. Je compris pourquoi ce peuple affable avait choisi le Manneken-Pis pour emblème.

CHAPITRE VI

Mme Thiraud accepta de me recevoir en fin d'après-midi, le lendemain. Je profitai des quelques heures qui me séparaient de ce rendez-vous pour flâner dans Paris. J'arrivai en avance sur les boulevards et je refis, presque inconsciemment, le trajet qu'avait effectué le C.R.S. vingt ans plus tôt, alors que les cinéastes belges le filmaient. Peu de choses avaient changé depuis lors, à part l'affiche du Rex qui annonçait un dessin animé de Walt Disney et le self-service de l'*Humanité* qui s'était mué en « Burger King ».

Je traversai le boulevard face au « Madeleine Bastille » dont la terrasse occupait la majeure partie du trottoir. Un groupe de touristes japonais en chemisettes et corsages blancs descendaient d'un car à étages « Paris-Vision », en désignant du doigt le Théâtre du Gymnase dont le fronton était occupé par le titre du spectacle de Guy Bedos. À mon plus grand étonnement, toute la troupe s'engouffra dans le hall à la suite du guide. Je remontai vers la porte Saint-Denis et dépassai la rue de la Ville-Neuve puis la rue Thorel. La rue Notre-Dame-de-Bonne-Nouvelle ne débouchait pas sur le boulevard, étant située en léger surplomb. De ce côté elle butait sur deux escaliers ; le premier large et légèrement courbé, le second étroit et raide. Lorsqu'on franchissait les quelques marches de l'un ou l'autre des escaliers, on accédait à un autre quartier totalement différent de celui des grands boulevards. Le clinquant des enseignes, les néons des cafés laissaient place à l'agitation anarchique des métiers de la confection. À partir de la rue Beauregard, commençait le royaume du chiffon, tout un monde industrieux de couturières, de tailleuses, de brodeuses, de surjeteuses qui prenaient souvent l'apparence de grands gaillards tout droit venus des plaines d'Anatolie, du Nil, ou bien celle de minuscules Asiatiques rescapés d'un exil indochinois. Des manutentionnaires pakistanais ou bengalis, un turban éclatant de blancheur sur la tête, charriaient d'énormes rouleaux de draps; leurs diables passaient du trottoir à la rue en évitant chiens, voitures et passants.

La rue Notre-Dame-de-Bonne-Nouvelle, coincée entre les boulevards et la rue Beauregard, formait à elle seule un îlot de tranquillité; la présence massive de l'église qui lui donnait son nom y était pour beaucoup. Je m'installai au comptoir du bar « des Quinze Marches » et je commandai un demi que me servit un garçon manchot. Je ne le quittai pas des yeux durant plusieurs minutes, ébahi de sa dextérité à presser les citrons, à préparer les hot-dogs, à tartiner les sandwiches-rillettes en bloquant les verres, les baguettes ou les saucisses à l'aide de son moignon. Le patron s'accouda devant moi. Son regard exécuta un rapide aller-retour, du barman à moi.

— Ça vous étonne, hein ! Vous venez chez moi pour la première fois ?

Je lui répondis par l'affirmative.

— Ça fait un drôle d'effet sur la clientèle mais c'est comme tout, on s'habitue.

Il désigna le barman d'un coup de menton.

— C'est un ancien des Arsenaux, comme moi. On travaillait ensemble dans les explosifs, la nitroglycérine.

Je m'en suis tiré en entier ! Il a eu moins de chance. J'ai passé la main et lui, il l'a laissée… Faut bien plaisanter !

— C'est arrivé comment ? un accident ?

— Oui, mais au début on ne comprenait pas. Il manipulait du nitroglycol à longueur de journée depuis des années, comme moi, sans pépins. Et puis un jour, sa première heure de reprise, après les vacances, voilà qu'il fait tomber un flacon. Au lieu de se planquer, de se protéger, il a essayé de le rattraper. Vous voyez le résultat…

— Oui, ce sont les risques du métier.

— Oui Monsieur, c'est aussi ce qu'on disait. Mais des gars de la recherche scientifique se sont aperçus, à partir de leurs statistiques, que ce genre d'accident était plus fréquent le lundi ou au retour des vacances. En regardant de plus près, ils ont compris que le nitroglycol agissait sur le cœur. Un peu comme une drogue ! Et c'est vrai que quand on bossait, on se sentait bien. Pendant les week-ends et les congés, c'était le contraire : On devait être en manque de vapeurs de nitro. Depuis, ils ont créé un médicament à base de nitroglycérine pour les cardiaques, ça dilate les coronaires…

— En somme votre barman n'a pas été victime d'un accident du travail, sa main est tombée à la suite d'une maladie professionnelle !

— Eh bien j'avais pas pensé à celle-là…

Je quittai les « Quinze Marches » après avoir réglé ma consommation. Sur le stand du serrurier adossé à l'échappement de l'escalier, un placard publicitaire promettait la réalisation de « clefs minute », tandis qu'un écriteau collé sur la vitre avertissait : « le serrurier revient dans un quart d'heure ».

Le numéro cinq de la rue Notre-Dame-de-Bonne-Nouvelle correspondait à une vieille bâtisse parisienne, bien entretenue, aux fenêtres habillées de persiennes ajourées. Sur le mur, à gauche de la porte d'entrée, une plaque de marbre blanc annonçait en lettres d'or le « Siège Social du Syndicat National des Utilisateurs de Grues ». Je passai la porte après avoir traversé un minuscule jardin. J'accédai au hall du bâtiment. Le fronton était agrémenté d'un ridicule relief d'inspiration grecque représentant un joueur de pipeau et un joueur de flûte de pan. La liste des locataires se trouvait affichée sur la vitre de la loge du gardien avec l'indication pour chacun de l'étage et du numéro d'appartement. Les marches cirées de l'escalier de bois grincèrent sous mes pas. Le premier étage était orné d'une large glace encadrée de dorure et d'un tableau champêtre à dominante marron. J'arrivai au troisième niveau un peu essoufflé et je cognai à plusieurs reprises, énergiquement, avant que Mme Thiraud se décide à répondre. Trois serrures jouèrent successivement puis le battant s'entrouvrit de quelques centimètres, retenu par la chaîne de sûreté.

— Madame, je suis l'Inspecteur Cadin, je vous ai parlé ce matin…

La porte se referma brusquement, le temps que la chaîne soit enlevée ; je parvins enfin à pénétrer dans l'appartement.

La veuve de Roger Thiraud ne devait pas être âgée de plus de quarante-cinq ans, mais sa vie de recluse volontaire l'avait transformée en une vieille femme. Elle marchait devant moi dans le couloir, le dos voûté, les genoux légèrement pliés, sans soulever les pieds. Elle semblait glisser sur le parquet, silencieuse. Le moindre mouvement donnait l'impression de lui coûter d'insupportables efforts. Elle s'affaissa en soupirant profondément, dans un fauteuil recouvert d'une housse de laine tricotée au crochet. Elle me fixa, le regard vide.

La pièce était plongée dans l'obscurité. Tous les volets

avaient été tirés ; la femme avait juste laissé une fenêtre ouverte pour permettre à l'air de circuler. Des rais de soleil filtraient à travers les claires-voies. J'avançai une chaise et m'installai près de la table.

— Comme j'ai eu l'occasion de vous le dire ce matin, j'enquête sur les circonstances de la mort de votre fils Bernard. Actuellement, cet assassinat reste bien mystérieux ; nous n'avons guère d'éléments sérieux pour orienter nos recherches. Nous ne lui connaissons aucun ennemi, sa vie sentimentale apparaît on ne peut plus simple… Pour être tout à fait franc, il y a tout de même un épisode qui retient mon attention, un jour que votre fils n'a pu connaître, celui de la mort de son père…

J'observai les réactions de mon interlocutrice, mais l'évocation de la fin de son mari ne modifia en rien son comportement.

— … J'ai appris incidemment les conditions dramatiques dans lesquelles votre mari a disparu. Absolument rien ne me permet de l'affirmer, mais il est tout à fait possible d'imaginer que votre fils ait été exécuté pour les mêmes raisons que son père. Vous ne le pensez pas ?

J'avais l'impression de parler à un mur, à un mort vivant. Mme Thiraud maintenait ses yeux braqués sur moi, mais son regard ne parvenait pas à s'accrocher, comme s'il me traversait et se portait loin derrière. Je poursuivis.

— … Je sais aussi qu'aucune enquête n'a été effectuée en 1961 et que votre mari figurait parmi les victimes officielles des manifestations algériennes. Victime de qui ? Le doute est permis. Il n'est pas trop tard pour réparer cette faute. Je veux m'y employer.

Elle s'agita pour la première fois, se leva et vint prendre appui sur le plateau d'un vaisselier.

— Monsieur l'Inspecteur, tout ceci appartient au

passé. Il ne sert à rien de revenir sur tous ces événements et de disséquer les responsabilités…

Elle faisait de longues pauses entre chaque mot et ponctuait ses phrases de longues expirations.

— … mon mari est mort, mon fils est mort. Vous ne les ferez pas revenir. J'accepte que ma vie soit ainsi ; j'espère les rejoindre le plus vite possible.

— Pourquoi, que voulez-vous cacher ? Roger Thiraud a reçu une balle alors qu'il participait à une manifestation. Vous saviez qu'il s'occupait d'un réseau d'aide au F.L.N. ?

— Vous vous trompez. Mon mari n'avait aucun goût pour la politique. Il s'intéressait à son travail, à l'histoire. Il y consacrait tout son temps, au lycée comme à la maison. Le soir de sa mort il rentrait après son dernier cours, comme d'habitude…

Elle se déplaçait dans la pièce avec ses manières de vieille, en évitant soigneusement la partie située près des fenêtres qui donnaient sur la rue. Je m'en approchai par simple curiosité, mais mon geste provoqua une véritable panique de sa part. Elle se plaqua contre le mur opposé, haletante.

La surface qui entourait la fenêtre constituait un véritable no man's land où la poussière s'accumulait. Personne ne touchait jamais à cet endroit. Je saisis brusquement les rideaux et les fis glisser sur la tringle. La crémone était légèrement grippée. Je dus faire un effort pour ouvrir les battants de la fenêtre. Je soulevai ensuite le loquet qui maintenait les persiennes. Le jour envahit l'appartement ; un rayon de soleil éclata sur le mur où se tenait Mme Thiraud. Je me penchai. Dix mètres en contrebas des gens s'affairaient autour du stand de serrurerie dont je ne distinguais que le toit ondulé. Un groupe de jeunes garçons remontait les escaliers de la rue Notre-Dame-de-Bonne-Nouvelle.

Mme Thiraud avait cherché refuge dans la cuisine, en proie à une véritable crise d'hystérie. Elle pleurait, le corps agité de tremblements, de tics nerveux. Je posai mon bras sur ses épaules.

— Je ne vous veux aucun mal, Madame. Je suis ici pour vous aider. Venez sans crainte…

Je la pris par les poignets et l'entraînai, petit à petit, vers le lieu tant redouté. Je ne cessai de lui parler, de la réconforter. Plus elle s'approchait de la fenêtre et plus sa détresse devenait intense. Elle criait mais se laissait aller, abandonnant toute résistance. Je réussis la placer à côté de moi et à poser ses bras sur l'appui.

— Ouvrez les yeux, je vous en conjure. Vingt-deux ans ont passé, vous n'avez plus rien à redouter.

Elle se détendit, cessa de pleurer et de geindre. Ses paupières se soulevèrent, d'abord imperceptiblement, puis retombèrent. Les cils bougèrent à nouveau. Elle se décida, d'un coup, à regarder la rue.

— Vous étiez là, n'est-ce pas ? Vous étiez là, à l'attendre quand il a été tué ? Dites-moi… Personne ne vous a jamais demandé de témoigner ?

Elle s'éloigna doucement de la fenêtre et retourna s'asseoir dans le fauteuil. L'épreuve l'avait changée, elle paraissait plus forte, plus jeune, comme revenue à son âge véritable. Elle tourna la tête vers moi.

— Oui, j'étais accoudée à la fenêtre. Roger terminait son dernier cours à cinq heures. Normalement il aurait dû être rentré depuis deux heures, au moins. J'étais très inquiète à cette époque. J'étais enceinte de Bernard, une grossesse très difficile qui m'interdisait de sortir. Je devais impérativement rester dans l'appartement pour éviter un accouchement prématuré. Roger ne m'avait pas averti d'un éventuel retard. Et puis, tout d'un coup, la manifestation a débuté. Les cris, les bousculades, les grenades qui éclataient, les coups de feu. J'étais comme folle. Je me précipitais à la fenêtre à tout instant pour guetter mon mari, ou à la porte dès que j'entendais des pas dans l'escalier. À un moment, je l'ai aperçu, dans la rue, il s'approchait de chez nous. Je m'en souviens comme si ça se déroulait à présent. Il marchait avec un bouquet de mimosa et un carton de gâteaux. Il a gravi quelques marches et s'est arrêté auprès de la balustrade pour observer les événements, les matraquages. Je lui ai crié de monter, de ne pas s'attarder, mais les bruits de la manifestation couvraient ma voix.

— Il était seul ?

— Au début, oui, mais peu après, un homme vêtu d'un uniforme de policier, un C.R.S. je crois, est venu s'installer à côté de lui. Son attitude n'était pas normale, il portait son manteau de cuir plié sur le bras, malgré la pluie et le froid. Ensuite il s'est glissé derrière mon mari et lui a bloqué la tête à l'aide de son avant-bras. Il avait un revolver dans l'autre main. J'ai crié, crié du plus fort que je pouvais, sans résultat. J'ai voulu descendre mais je parvenais à peine à traverser cette pièce, à cause de Bernard... Enfin à cause de mon ventre. Pauvre Bernard !

— Pardonnez-moi de vous obliger à remuer de pareils souvenirs, mais il n'y avait pas d'autres moyens. Un cinéaste belge a filmé une partie de cette scène. Il se trouvait de l'autre côté du boulevard, près du Théâtre du Gymnase. Je possède une photo tirée de ce document. Il s'agit des derniers instants de votre mari. Le visage de son assassin est à demi masqué mais il reste très significatif. Vous voulez le voir ?

Elle accepta. Je sortis le tirage réalisé la nuit précédente dans les studios de la R.T.B.F.

— Vous le connaissez ?

Elle secoua la tête.

— Non, Inspecteur, je n'ai jamais rencontré cet homme.

Je n'ai jamais vu mon mari en compagnie de policiers et je ne comprends pas pourquoi ils l'ont tué…

— Une dernière chose, Madame, et j'en aurai terminé. Il y a un instant vous avez déclaré que votre mari finissait ses cours à dix-sept heures. Comment expliquez-vous qu'il ne soit arrivé que deux heures plus tard près de chez vous ? Il faut moins de dix minutes pour couvrir la distance séparant le lycée des boulevards…

— Je ne me l'explique pas, Inspecteur, c'est comme ça.

— Ces retards étaient fréquents ?

— Une fois par semaine, quelquefois deux… Écoutez Inspecteur, ma grossesse nous interdisait tous rapports intimes. Ça n'est pas agréable à avouer mais c'est un fait. J'admettais que Roger ait besoin de rencontrer une femme normale. Quel mal y a-t-il à ça ?

— Aucun. Je suis désolé, mais mon métier repose sur l'indiscrétion. Je vous posais cette question parce que l'inventaire des poches de Roger Thiraud mentionne la présence d'un ticket de cinéma. Le Midi-Minuit pour être précis. Je pense que la vérité est là ! Il y a vingt ans, un respectable professeur d'histoire devait avoir quelques réticences à avouer son goût pour le cinéma fantastique… même à sa femme. J'ai le numéro du billet, je chargerai l'un de mes adjoints de vérifier auprès du Centre National du Cinéma la date exacte à laquelle le coupon a été délivré.

Elle m'adressa un sourire ; je ne parvins pas à penser, sans un fort sentiment d'angoisse, qu'il s'agissait là de son premier sourire depuis vingt-deux années.

— Votre mari n'a pas été tué au hasard. Il est évident que son assassin obéissait à un plan précis, qu'il possédait le signalement de sa victime. Le film belge est édifiant à cet égard. Le C.R.S. ou l'homme déguisé en C.R.S. a quitté sa planque et s'est dirigé sans hésiter vers la rue

Notre-Dame-de-Bonne-Nouvelle. Ses méthodes prouvent que nous avons affaire à un professionnel, comme pour le meurtre de votre fils à Toulouse. Ou, hypothèse invraisemblable, votre mari était le sosie parfait d'une autre cible. Non, je pense qu'il était bien l'objectif du tueur. Votre mari gênait quelqu'un, au point de devenir la victime d'une véritable exécution. Vous êtes sûre qu'il ne poursuivait aucune activité de type politique, syndical ou même humanitaire ?

— Non, je vous l'ai déjà dit. À part ces retards, ces sorties au cinéma si je vous fais confiance, je ne vois rien de mystérieux dans la vie de mon mari. Roger n'a jamais abordé ces sujets à la maison. Nous parlions histoire ou littérature. Le Moyen Âge le passionnait beaucoup et il se relaxait en écrivant une sorte de monographie sur sa ville natale, Drancy. Il aimait énormément ses parents qui vivent toujours là-bas, en Seine-Saint-Denis. Ils habitent rue du Bois-de-l'Amour. Je me demande encore si ce n'est pas cette maison qui lui a donné le goût de l'histoire…

— Comment ça ?

— À l'origine, le bâtiment faisait partie d'une ferme qui s'est transformée en restaurant au tout début du siècle. Pendant quelques années on raconte qu'elle a surtout servi de maison de rendez-vous. Après la loi Marthe Richard, on en a démoli les trois quarts pour construire une clinique d'accouchement. Mon mari y est né d'ailleurs. Il a passé toute sa jeunesse à deux pas de là, dans un pavillon rescapé lors de la rénovation de ce quartier. Cela ne vous intéresse pas trop… Je le comprends. Enfin, cette monographie est chez mon fils. Du moins chez sa fiancée, Claudine. Vous la connaissez ?

— Oui, je l'ai rencontrée à Toulouse. J'aimerais jeter un coup d'œil à ce travail. J'ai prévu de m'entretenir avec elle avant mon départ demain soir. Ils s'entendaient bien ?

— Très sincèrement, je n'en sais rien. La petite faisait des efforts pour venir ici ; Bernard devait la traîner. Je savais bien qu'elle ne se sentait pas à l'aise en ma présence, mais c'était au-dessus de mes forces. Je ne suis pas facile à vivre. Ils donnaient l'impression d'être heureux ensemble, je ne me souviens de rien d'autre.

*

Je la quittai bientôt et descendis précautionneusement les marches cirées, sans lâcher la main courante. Je tournai à gauche vers les boulevards. Parvenu au milieu de l'escalier de la rue Notre-Dame-de-Bonne-Nouvelle, je me retournai et levai la tête en direction de l'appartement de Mme Thiraud. Elle était accoudée à la rambarde. Elle me fit un signe d'amitié. Je l'observai un moment avant de lui rendre son salut et m'engouffrai dans la bouche de métro. Je changeai de rame à la station Auber pour prendre le R.E.R. Dalbois m'avait conseillé de pousser jusqu'au terminus de Marne-la-Vallée.

Une allée piétonne, protégée par une voûte d'Altuglas, menait de la gare à l'esplanade où se rejoignaient les différentes lignes d'autobus qui desservent la ville. Un coup d'œil suffit à me prouver qu'il n'y avait pas que ces lignes pour desservir le paysage !

La place était encastrée au centre d'une cuvette, surplombée par les collines. L'ouest du site était barré par la façade aveugle d'un gigantesque Centre Commercial. La seule note de fantaisie résidait dans la présence d'une construction rose, d'une vingtaine d'étages, posée au sommet de l'une des collines. L'autocar dans lequel j'avais pris place passait justement à proximité du bâtiment que je pus ainsi examiner tout à loisir. L'extérieur imitait assez parfaitement les façades des arènes espagnoles, une sorte de long mur circulaire percé d'alvéoles. Tous les vingt mètres, une colonne en demi-cercle grimpait tout le long de la construction. Des ouvertures pratiquées dans ces tourelles montraient le parcours des cabines d'ascenseurs. Une large arcade permettait de découvrir une grande cour plantée d'arbres et de fleurs. Un panneau d'entreprise indiquait les noms et adresses des promoteurs et signalait : « *Le Grand Théâtre. 630 appartements prestigieux avec vue sur la Marne. 2 et 3 pièces disponibles. Prêts PIC, PAC et PAP possibles.* »

Le machiniste annonça la station Pyramide. Dalbois m'avait dit de contourner un immeuble de bureaux, puis de prendre à gauche, vers le château d'eau. Il logeait dans une cité expérimentale, à mi-chemin entre le HLM et la maison individuelle. Les « cellules » d'habitation étaient conçues dans des cubes empilés selon un ordre apparemment anarchique. Le toit de l'élément inférieur constituait la courette de l'élément supérieur. Je sonnai à la porte 73. Dalbois vint m'ouvrir.

— Bonsoir, Cadin, je me demandais si tu n'allais pas te défiler.

Je marquai un mouvement de recul pour bien montrer que cette idée ne m'avait même pas effleuré.

— Allons, c'est un véritable plaisir de répondre à ton invitation.

Il me présenta à Gisèle occupée à préparer le dîner. Elle ferma le four programmable à pyrolyse et se tourna vers moi en désignant son tablier de ses mains ouvertes.

— Excusez-moi mais je n'ai pas encore eu le temps de me changer.

Dalbois me fit visiter le moindre placard de son appartement puis il m'entraîna dans le salon. Il brancha la télévision en prenant soin de couper le son.

— Alors, tu avances ?

Je lui racontai mon expédition bruxelloise ainsi que mon entretien avec la mère de Bernard Thiraud. Il accrocha dès que j'évoquai le tirage réalisé par les techniciens de la télé belge, à partir de la bande vidéo.

— Tu as cette photo sur toi ?

Je la posai sur la table basse entre les apéricubes et les bouteilles d'alcool.

— Ton histoire est absolument incroyable…

Il approcha le cliché de ses yeux.

— … ton C.R.S. a l'air vrai. À part l'absence de signes distinctifs. Logiquement il devrait porter les numéros de sa compagnie et de son district. Tu ne crois pas ?

— En temps normal, oui. Mais pas ce soir-là. Je me suis renseigné, les règlements étaient suspendus. Toutes les unités utilisaient les armes de réserve, y compris les armes offensives. Il est tout à fait plausible que les hommes aient reçu l'ordre de masquer leurs codes d'identification.

— Tu t'es embarqué dans une drôle d'aventure. Je t'ai déjà donné ce conseil mais je préfère le renouveler : laisse tomber. Enquête à Toulouse, peinard. On ne t'en demande pas plus. Ça se terminera par un dossier classé « sans suite ». Qu'est-ce que tu as à perdre ? Rien ! Tu trouveras bien une autre affaire de meurtre moins puante pour te rattraper. Un Ricard ?

— Non merci, avec cette chaleur je ne supporte pas l'alcool.

— Alors passons à table. C'est moi qui ai choisi le menu, en souvenir de nos années de galère à Strasbourg.

Gisèle Dalbois amena en minaudant un plat en terre cuite garni d'une imposante choucroute au boudin blanc, qu'elle posa entre deux bouteilles de Gewurztraminer.

— Attaque Cadin, te laisse pas intimider. Tu verras, elle les réussit pas mal. C'est une choucroute strasbourgeoise avec la garniture de fête. Gisèle la cuit à la mode de Colmar : elle rajoute un verre de kirsch une heure avant de servir. Qu'est-ce que tu en penses ?

— Fameux. Je vous félicite, Madame.

Nous étions venus à bout du plat en nous aidant généreusement du vin d'Alsace. Gisèle nous installa sur la terrasse, au frais, pour prendre le café. Dalbois se pencha vers moi, le visage grave, comme pour une confidence.

— Tu sais, Cadin, nous appartenons à une minorité…

Puis il abandonna son air de comploteur.

— … Le matin, huit Français sur dix boivent du café. Ils ne sont plus que quatre à persévérer au déjeuner. Il n'en reste que deux en milieu de journée et UN seul après le dîner ! Eh bien, tous les trois nous sommes celui-là !

Il regarda sa montre et feignit la surprise.

— … Il faut se dépêcher, ton dernier train part dans vingt minutes. Je t'aurais bien proposé de dormir à la maison, mais les lits des mômes sont un peu courts.

Je pris bien garde de ne pas insister… La vie de famille, même celle des autres, ne me réussit pas trop. Ils m'accompagnèrent jusqu'à la gare. Pendant le trajet je remis la photo extraite du film à Dalbois.

— Rends-moi un dernier service ; essaie de te renseigner sur ce type. Il ne doit pas être facile à débusquer, surtout qu'il s'est sûrement mis au rancart depuis le temps. Si tu ne trouves rien, je réfléchirai à ton conseil.

Il rangea le document dans la poche intérieure de sa veste. Le train entrait en gare. Je m'installai près de la vitre et la baissai malgré tous les *pericoloso spoghersi* du monde. Dalbois, sur le quai, se hissait sur les pointes pour ne pas avoir à parler trop fort.

— Je ne te promets rien, Cadin. Laisse-moi trois ou quatre jours. Si je dois dénicher une piste, il ne me faut pas plus. Pour être tout à fait franc, ton C.R.S. est plus dangereux qu'un bâton de dynamite ; je n'ai qu'une envie, me débarrasser de sa sale gueule le plus rapidement possible. Je t'appelle à Toulouse dès que j'ai du nouveau. Ciao.

Le wagon était vide. Je demeurai seul jusqu'à la station Vincennes. Là, une bande de loubards prit possession des lieux. Un grand type boutonneux s'approcha de moi. Il s'assit lourdement sur le siège qui me faisait face et allongea les jambes en posant ses chaussures à moins d'un centimètre de ma cuisse. Pour toute réponse j'écartai le pan droit de ma veste pour laisser apparaître l'étui de mon revolver et la crosse noire. Immédiatement, les deux pieds rejoignirent le sol. Le gars se leva, un peu nerveux. J'entendis quelques bribes de conversation : « c'est un flic, il a un flingue ». Ils se décidèrent à descendre à la station suivante, Nation, et je retrouvai ma tranquillité.

*

Pas la grande surprise, non… Mais un petit coup au cœur, tout de même, le lendemain matin quand je reconnus la voix de Claudine Chenet au téléphone. Je m'apprêtais à la joindre sans trop parvenir à me décider. Je préparais une première phrase, en changeais… Son appel mit un terme à mes tergiversations.

— Inspecteur, je tenais à vous remercier, tout simplement. La mère de Bernard m'a contactée, hier soir, pour me raconter son aventure avec vous. Je ne sais pas si cette rencontre a fait avancer votre enquête, je le souhaite, mais le simple fait que vous cherchiez à comprendre pourquoi Bernard a été tué, nous est d'un grand secours.

Je bredouillai lamentablement et lui laissai reprendre l'initiative.

— Vous retournez à Toulouse dès ce soir ? C'est bien exact ?

Je crus discerner un accent de dépit dans son intonation, presque un regret.

— Oui, je prends le train à seize heures. Nous pourrions nous voir, d'ici là ? N'importe comment c'est nécessaire, j'ai encore quelques questions à vous poser. Que faites-vous à midi ?

— Je travaille sur ma thèse.

— Moi qui pensais que les étudiants étaient toujours en vacances !

Ma phrase était partie un peu vite. Elle me répondit, sans colère.

— Dans ce cas ce sont de bien tristes vacances... Je préfère travailler, ça m'occupe l'esprit. D'ailleurs mon sujet est plutôt agréable. Quant à votre proposition, c'est d'accord. Je fais des relevés sur le terrain, entre la Porte d'Italie et la Porte de Gentilly. Il y a un petit restaurant, boulevard Kellerman, juste après l'entrée du stade Charlety. On peut s'y retrouver vers une heure de l'après-midi ? Ça s'appelle « Le Stadium ».

J'acceptai le lieu et l'heure du rendez-vous puis raccrochai. Je consacrai quelques minutes de mon temps à ranger mes vêtements dans la valise. Je descendis dans le salon de l'hôtel où deux clients désœuvrés regardaient le journal télévisé de la première chaîne. Yann Marousi annonçait le décès, survenu dans des circonstances tragiques, d'un des pères fondateurs de la vidéo. Il conclut son envolée dithyrambique par l'annonce d'un témoignage.

— ... « ainsi, à l'occasion de la mort de cet illustre précurseur de notre profession, nous avons la joie de vous présenter cette interview réalisée il y a moins d'une semaine... »

Les techniciens du studio durent lui signaler, par

gestes, que cette joie cadrait mal avec la nature de l'événement, car Marousi changea d'expression. Il se reprit.

— … « Voici donc cet entretien que notre rédaction a le triste privilège de dédier à la mémoire de ce pionnier des techniques nouvelles. »

Je refusai d'en supporter davantage. Je réglai la note, classai précautionneusement la fiche justificatrice de dépenses et me dirigeai vers la station de métro la plus proche. Je descendis à Maison Blanche, ce qui me permettait de rattraper le boulevard Kellerman en contournant la caserne de la Garde Républicaine.

Claudine m'attendait, cachée au fond du troquet. Le comptoir était pris d'assaut par les supporters d'une équipe de rugby qui fêtaient, par avance, la victoire de leurs champions au cours du match de l'après-midi.

J'avais avalé un copieux petit déjeuner, je me contentai donc d'un verre d'eau minérale.

— Alors, cet interrogatoire, Inspecteur ? Je suis prête.

Elle avait dit ça d'une voix emplie d'émotion, un peu comme si cette conversation lui était devenue indispensable. J'en étais resté à notre voyage muet et à mon largage devant une station de taxis. Ça allait trop vite à mon goût, même si ça allait dans le bon sens !

Je me composai à la hâte le visage fermé du professionnel.

— Est-ce que j'ai l'air d'une brute ? J'ai simplement quelques précisions à vous demander. Nous n'avons aucun élément nouveau permettant d'expliquer l'exécution de votre fiancé. Rien, sinon l'histoire de son père. Pour être clair, ça ne sert qu'à tout embrouiller…

Elle m'interrompit :

— Mais vous avez une piste, ma belle-mère a parlé d'une photo…

— Oui, j'espère pouvoir mettre la main sur ce C.R.S. Il a certainement flingué Roger Thiraud, en 1961. Je ne me fais pas trop d'illusions ; j'ai une chance sur cent de retrouver sa trace. La seule hypothèse digne d'intérêt consiste à admettre que les deux meurtres sont liés. Pourtant ça ne colle pas du tout avec l'épisode de Toulouse. Pourquoi le meurtrier aurait-il pris tant de risques ?

Je pris la main de Claudine alors qu'elle la posait sur la table pour saisir sa tasse. Elle ne refusa pas le contact ; bien au contraire, elle tourna sa paume vers la mienne et nos doigts se croisèrent. Je me forçai à parler mais ce n'était plus de questions ni de réponses que nous avions besoin. L'interrogatoire devait laisser la place aux confidences.

— ... Vous avez réfléchi à tous ces aspects depuis votre retour ? Faites un effort... Bernard a-t-il fait allusion aux événements de la guerre d'Algérie, particulièrement au cours des derniers jours ?

— Non. J'ai déjà eu l'occasion de vous le dire. Bernard ne me parlait jamais de ses problèmes. On discutait surtout de nos études, de ce que nous ferions, plus tard. Pour le reste, on s'arrangeait... Ce n'était pas facile... Sa mère, vous l'avez vue, était complètement bloquée. Elle ne mettait pratiquement jamais le nez dehors. Heureusement, il gardait des liens très étroits avec ses grands-parents. C'était réconfortant de passer une journée chez eux. Ils habitent en banlieue, à Drancy, un vieux pavillon... C'est en Seine-Saint-Denis, mais on se croirait à deux cents kilomètres de Paris, la vraie campagne. Ils possèdent un jardin avec des arbres fruitiers. D'après ce que j'ai pu comprendre, la mère de Bernard a été très choquée par la mort de son mari, au point qu'elle se refusait à élever son propre fils. Ce sont les grands-parents qui se sont chargés de lui... Vous devriez les rencontrer, ce sont des gens très accueillants, très chaleureux. Il n'empêche qu'ils ont cru retrouver leur fils, trente ans plus tard : ils ont conçu l'éducation de Bernard de la même façon que s'il s'agissait de leur enfant. À aucun moment ils n'ont tenté de rétablir les liens avec leur belle-fille, de peur d'être séparés de Bernard. Je les comprends… en un sens…

Elle parlait très vite, le front baissé, pour éviter mon regard. Elle tentait de s'expliquer sans rouvrir trop de plaies. Soudain elle fut debout et retrouva son air enjoué.

— Cette fois-ci je tiens à régler les consommations. Je suis en dette envers vous. Ne faites pas l'innocent. Je me rappelle de ce pourboire au chasseur de l'hôtel… Je n'ai pas réussi à vous le rembourser !

Dehors, elle me prit le bras et me guida à travers les cités H.B.M. de la rue Thomire et de l'avenue Caffiéri. Nous avons rejoint la Poterne des Peupliers en silence. Sous le pont de pierre du chemin de fer de ceinture, une meute de chiens s'attaquait, en vagues successives, au contenu d'une benne à ordures placée là par la municipalité pour débarrasser les Parisiens de leurs déchets volumineux. Un berger au poil jaune avait pris l'avantage ; il s'installa en haut du monticule. À notre approche, il montra deux rangées de dents menaçantes qui nous contraignirent à changer de trottoir.

Claudine s'engagea dans la rue Max-Jacob qui grimpe en pente douce vers le quartier Italie. On distinguait les tours de verre et d'acier derrière les immeubles en brique rouge. Au milieu d'un coude que faisait la chaussée, elle obliqua sur la droite et poussa un portillon métallique peint en vert. Je découvris un vaste jardin public planté d'arbres dont les différents niveaux étaient reliés par d'imposants escaliers de pierre. Claudine pointa un doigt, désignant les remparts percés de meurtrières.

— Nous sommes sur les vestiges des fortifications de Paris ! Il n'en reste pas grand-chose, tout a été cassé à partir de 1920. Les derniers bastions ont sauté au moment de la construction du périphérique. J'ai trouvé ce morceau intact en me promenant. Au milieu de l'échangeur de la Porte de Charenton il y a un fortin d'angle transformé en dépôt de voirie… C'est Thiers qui les a fait édifier, à partir de 1842… Trente kilomètres d'ouvrages de défense. Le plus drôle c'est qu'il a été chargé de les attaquer, au moment de la Commune de Paris, en 1871 !

Nous nous étions approchés du bord des remparts. Nous dominions un vaste espace occupé par un parc de verdure équipé de jeux d'enfants, tourniquets, toboggans… Le jardin butait à droite sur la masse bourdonnante du boulevard périphérique et à gauche sur les cités H.B.M. Plus loin, à l'horizon, une multitude de petites constructions annonçaient les premières lignes de la banlieue : Arcueil, le Kremlin-Bicêtre. À flanc de colline, coincé entre l'autoroute et les grandes cités, le cimetière de Gentilly. Claudine me montra toute cette étendue d'un geste du bras.

— Regardez comme c'est calme. Pourtant après la construction des fortifs, des milliers de personnes se sont installées sur cette zone.

— Ils en avaient le droit ?

— Non. Logiquement c'était interdit, mais quelquefois les lois cèdent le pas aux réalités ; la crise du logement et les prix des loyers, par exemple. Comme les squatters aujourd'hui… Il n'y a pas si longtemps, c'étaient nos grands-parents qui habitaient les bidonvilles ! Ici, c'était un des quartiers les plus sordides, avec les environs de la Porte Saint-Ouen. Le royaume des chiffonniers. Pas d'eau, de gaz ni d'électricité. Toutes les saletés étaient évacuées dans une rivière qui coulait dans le creux, au bas du cimetière. La Bièvre, un véritable égout à ciel ouvert… Mais je vous ennuie ?

— Vous vous trompez. Je pensais simplement que vous n'aviez aucune chance d'être embauchée par le Syndicat d'Initiative de la Ville de Paris ! Continuez. Quand je vous écoute, j'ai l'impression que vous regrettez cette époque. Moi non ; ce coin devait être un repaire de malfrats, d'assassins. Une cour des miracles...

— Bien entendu, ça existait mais ce n'est qu'une partie de la réalité. On retient plus facilement les images de « Casque d'Or » et les ambiances des bouquins de Le Breton... Le dimanche, les talus des fortifs ressemblaient à la forêt de Senlis, les familles venaient prendre l'air. Il y avait même des étangs, on pêchait...

— Pas mal de cafés aussi !

— Inévitablement ! Enfin, je préfère la nostalgie des guinguettes à celle des camions de frites-saucisses ! Bien sûr, il y avait des bagarres, des règlements de compte, mais les ambiances de bal sont rarement détendues, non ? Les gens venaient pour oublier la fatigue d'une semaine de travail. À l'époque on trimait soixante heures dans des conditions extrêmement pénibles. La légende et la littérature ont gommé cet aspect des choses... on a préféré parler de la jungle des barrières.

— Croyez-moi, les criminels ne devaient pas se gêner pour venir se planquer dans ce maquis de bicoques !

— Peut-être, mais quelques dizaines d'années plus tôt, on mettait tous les crimes sur le compte des habitants des faubourgs. Prenez un journal, ouvrez-le à la page des faits divers, vous vous apercevrez que rien n'a vraiment changé. Les brebis galeuses sont maintenant ceux qui logent dans les grands ensembles, en lointaine banlieue. Les Minguettes, les « 4 000 ». Les immigrés ont remplacé les romanichels, les jeunes chômeurs ont pris la place des biffins.

— Vous ne me ferez pas croire que la criminalité était nulle ! Il y a des chiffres...

— Non, elle n'était pas inexistante, elle correspondait, en fait, à celle de Paris et du département de la

Seine. Ni plus, ni moins. Certains avaient intérêt à donner une image négative du peuple de la zone. Ils ont utilisé le phénomène de rejet pour les chasser de la périphérie immédiate de la ville. Ça continue avec l'utilisation actuelle du thème de l'insécurité. On tente d'assimiler les couches sociales les plus durement frappées par la crise, à des groupes présentant des dangers pour le reste de la société. Un véritable tour de passe-passe ! Les victimes sont transformées en épouvantails. Et ça marche ! La grand-mère la mieux attentionnée serre son sac à main sur son ventre dès qu'elle croise un garçon aux cheveux un peu trop bouclés ! Rien que cette peur permet de légitimer, par avance, les mesures prises à l'encontre de ces gens.

— Vous oubliez que vous parlez à un flic…

Elle sourit et accentua la pression de son bras sur le mien.

— Non, pas une minute. Allez donc consulter les registres de police du temps des fortifications. Le travail de vos ancêtres, en quelque sorte ! Les crimes de sang étaient extrêmement rares. Les délits les plus courants consistaient en des escroqueries minables, des vols d'aliments, des scènes de ménage. Pourtant, la grande majorité des rubriques de faits divers ruissellent de sang. Un bon filon pour vendre du papier ! On peut passer au kiosque et acheter certains journaux, on ferait la même constatation : assassins, sadiques, violeurs, tous les sales rôles sont tenus par des ouvriers, des miséreux. Jamais de notables… Quand on parle de médecins, d'avocats, de chefs d'entreprises, c'est en rubrique « Société ». On fait preuve de pudeur, alors que les sommes en jeu dans les affaires de fraude, de fausses factures, de détournements de fonds sont dix fois supérieures au total de tous les hold-up de France et de Navarre.

— En conclusion, vous estimez que nous ne courons pas après les bons lièvres ?

— Vous courez uniquement après les plus petits et vous laissez les gros se repaître tranquillement…

— Vous me connaissez mal, mes enquêtes précédentes prouvent le contraire…

J'avais envie d'en dire davantage, ne pas passer à ses yeux pour ce salaud de flic de service, sans pour autant avoir l'air de me justifier. J'essayai une phrase dans ma tête mais la dialectique décida de me laisser en plan. Je me réfugiai dans le silence. Claudine remarqua mon flottement ; elle en profita pour enfoncer un nouveau coin.

— Le système se protège efficacement… La police constitue l'un des éléments majeurs du dispositif. De temps en temps, il faut bien trouver une victime expiatoire pour montrer que les couches supérieures peuvent être contaminées. Et prouver que leur force réside dans le fait qu'elles rejettent les mauvais sujets hors de leur sein, sans ménagements. Landru, Petiot… On les charge un maximum et on se sert de ces véritables monstres pour établir le côté aberrant de leur conduite : de toute évidence, elle n'est pas dans l'ordre des choses. Le chômeur qui dévalise une épicerie s'inscrit, lui, dans la vie de tous les jours. Il est donné comme représentatif de sa classe, de son environnement. Il devient un pur produit de son milieu et non celui d'un système qui le voue à la misère et au vol.

— Si on suivait votre raisonnement, tous les chômeurs devraient devenir des truands ! Heureusement, ce n'est pas la règle.

Elle aspira une large bouffée d'air. Sa poitrine se gonfla, soulevant le corsage d'été. Mes yeux saisirent l'éclat noir et dentelé d'un soutien-gorge. Mon cœur abandonna son rythme de croisière et se lança à l'assaut des records.

— Vous refusez de m'écouter. Je suis disposée à admettre qu'il existe une certaine égalité entre un P.-D.G. et un pauvre type ; ils ont autant de chances l'un et l'autre de devenir maniaques sexuels ! Vous ne m'enlèverez pas de l'idée qu'un chômeur a plus d'occasions d'être tenté par un vol à l'étalage, pour de simples raisons de survie.

Claudine se passionnait. L'emportement colorait ses joues du même rouge que son sein furtif avait incendié les miennes. Je capitulai.

— Nous n'arriverons pas à nous mettre d'accord… Nous avons déjà un terrain d'entente, il ne faut pas l'oublier : je ferai tout mon possible pour arrêter l'assassin de Bernard. Qu'il soit faible ou puissant, clochard ou milliardaire. Tant que j'y pense, Mme Thiraud a évoqué devant moi l'existence d'une plaquette, une sorte de monographie de la ville de Drancy que son mari rédigeait durant ses loisirs. Vous êtes au courant ?

Claudine acquiesça.

— Oui, elle est à la maison. Bernard voulait la terminer, en souvenir de son père. Je peux vous l'envoyer à Toulouse dès demain, si vous pensez que cela présente un intérêt pour votre enquête.

— Je préfère régler ce détail le plus rapidement possible. J'aurai le temps de passer chez vous avant de rejoindre la gare. Je demanderai au taxi de faire un détour…

Elle inscrivit son adresse sur une page de calepin qu'elle déchira avant de me la remettre.

Sept heures après la fin de cette discussion, je débarquai à la gare centrale de Toulouse. Le brigadier Lardenne m'attendait sur le quai d'arrivée du Corail, bien qu'il ait terminé son service depuis la fin de l'après-midi. Il me déposa devant mon domicile et profita du trajet pour m'informer de ses progrès dans le maniement des jeux électroniques. Il avait même réussi à battre son fils à la « Bataille des Malouines ». Quatre Exocets à deux ! Un score sans appel… À l'entendre, il ne s'était rien passé de plus important pendant mon absence.

CHAPITRE VII

— Alors Bourrassol, ces convocations bidon, vous êtes sur une piste ?

Le brigadier-chef était assis dans mon bureau. Visiblement, il n'en menait pas large.

Il commença par bafouiller.

— Non, enfin peut-être… Les services de Prodis, au Capitole, ont l'air d'avoir du nouveau.

Ce seul nom me fit sursauter.

— Que ce soit bien clair, Bourrassol : je ne veux rien devoir à Prodis. Vous savez bien qu'avec des types de ce genre il faut rendre au centuple ! Ils se prennent pour Dieu le Père. C'est vous qui êtes chargé de débusquer ces plaisantins. Personne d'autre. Nous étions les seuls visés dans cette affaire, pas la Mairie. Pour moi il s'agit d'un problème intérieur. Et qu'est-ce qu'ils racontent ?

Bourrassol s'éclaircit la voix avant de répondre.

— Au cours des cantonales, en 81, une affiche du « Meilleur », enfin une falsification, avait été placardée dans toute la ville. Elle représentait le candidat officiel, pratiquement nu sur une plage, dans les bras d'une jeune femme. Trois mois plus tôt, il avait eu un pépin en voiture ; il orientait une partie de sa campagne sur le thème de l'insécurité… Des réunions en béquille, vous voyez le tableau ! Le titre du faux jouait là-dessus : « Son accident de voiture ? La vengeance d'un mari jaloux ! » Il a déposé une plainte contre X, sans résultat, comme d'habitude. La semaine dernière, au cours de travaux d'agrandissement des locaux de l'imprimerie municipale, les ouvriers d'une entreprise de maçonnerie sont tombés sur les plaques offset qui ont servi à l'impression des affichettes. On a interrogé les employés du service. L'un d'eux a avoué qu'il participait aux activités d'un groupe situationniste installé à Toulouse depuis 1976.

— Il a parlé des convocations pour le fichier antiterroriste ?

— Non, il a reconnu l'ensemble des opérations menées de 77 jusqu'en 82. Selon lui, le collectif a ensuite éclaté, à la suite de divergences idéologiques. Il est possible que certains membres du groupe aient continué leur travail de sape en solitaire, mais dans des conditions plus difficiles puisqu'ils ne disposaient plus de la logistique. Le nerf de la guerre, c'était l'impression des tracts, des affiches et la reproduction de papiers officiels. Sans l'appui du type de l'imprimerie municipale, ils ont dû se rabattre sur un imprimeur classique…

— Dans ce cas, ça ne sera pas trop compliqué de les coincer. On a pu identifier les autres membres du réseau ?

Bourrassol déposa le papier qu'il triturait depuis le début de l'entretien sur le coin du bureau. Je pris la feuille dactylographiée et lus les noms à voix haute.

— Jacques Maunoury, Claude Anchel, Jean-Pierre Bourrassol…

Je butai sur ce dernier nom et interrogeai le brigadier.

— C'est un parent à vous ?

Il baissa la tête comme un gamin pris en faute et prononça faiblement.

— Oui, inspecteur, c'est mon fils. J'ai préparé ma

lettre de démission. Je ne comprends pas du tout ce qui lui a pris.

Il se renversa sur son fauteuil, éclata en sanglots. Je ne savais comment réagir face à cette situation totalement inédite pour moi. Je m'approchai de Bourrassol et lui tapotai l'épaule comme je l'avais vu faire au cinéma.

— Nous n'en sommes pas là, Brigadier. Ce que vous venez de faire est très courageux. J'apprécie votre geste à sa juste valeur. Il ne doit pas y avoir beaucoup de policiers de votre trempe qui soient prêts à sacrifier leur famille à leur idéal de justice et de vérité. Vous n'avez pas hésité à dénoncer votre propre fils ! Que peut-on exiger de plus d'un fonctionnaire de police ? Ce serait de la dernière injustice de vous conduire à la démission pour une faute que vous n'avez pas commise. Si on regarde les choses bien en face, ils n'ont pas fait grand mal. Je vais essayer d'arranger ça.

Bourrassol avait cessé de pleurer ; il renifla très fort avant de passer la manche de son uniforme sous son nez.

— Vous avez parlé de tout ça avec votre fils ? Il lui était relativement facile de se procurer les feuillets à en-tête du commissariat ainsi que les tampons. Personne n'aurait soupçonné le fils d'un collègue…

Il me répondit, la voix cassée.

— Bien sûr, j'y ai également pensé, mais c'est impossible, mon fils se balade aux Antilles depuis quatre mois. Il fait son service dans la Marine nationale. Pour le reste, je ne dis pas… mais pour cette histoire, il a une excuse solide.

La sonnerie du téléphone interrompit la suite des tristes aventures de la famille Bourrassol. On m'avertissait qu'un hold-up était en cours dans une bijouterie de l'allée Jean-Jaurès. Le commerçant avait réussi à actionner le signal d'alarme sans éveiller l'attention du braqueur. Il fallait opérer rapidement pour bénéficier du flagrant délit. Je vérifiai le fonctionnement de mon pistolet Heckler, un modèle P.S.9 puis débloquai la sûreté placée sous la culasse. Lardenne m'attendait dans la cour, le moteur en marche. Je pris place à côté de lui. Il se tenait au courant des développements par la fréquence. Il mit la gomme sans que j'aie besoin de souligner l'urgence qui s'attachait à la situation.

Une voiture de ronde était en planque derrière l'église Notre-Dame-des-Grâces. Je leur transmis la consigne de ne pas bouger, de ne réagir qu'aux ordres donnés par Lardenne, à la radio. À partir de leur position ils couvraient la façade de la bijouterie ainsi que les deux rues situées de chaque côté du commerce. Je descendis dans l'une de ces rues en contournant le quartier. Je fis stopper la voiture juste avant l'angle de l'allée Jean-Jaurès. Je quittai Lardenne et je me dirigeai vers la boutique en affectant l'air dégagé d'un promeneur. J'avais du mal à composer le rôle ; c'est dans des moments pareils qu'on regrette que la formation de flic ne prévoie pas un ou deux stages d'expression corporelle… Je lançai de brefs coups d'œil aux alentours. Apparemment personne ne faisait le guet sur le trottoir. À moins qu'un complice ne se soit embusqué dans une encoignure de porte. Dans ce cas, je faisais une cible parfaite.

Parvenu à la hauteur de la bijouterie je me jetai contre la porte vitrée. Je fis irruption dans la boutique en hurlant comme un frappé, le flingue braqué.

— Police ! Lâchez vos armes.

Le bandit, un petit mec fébrile, habillé comme un employé de banque — Woolmark et chaussures italiennes — opéra un demi-tour sur ses talons et dirigea un fort calibre sur ma poitrine. Il avait au moins aussi peur que moi.

— Ne joue pas avec ça… Je t'aurai mis trois balles dans la tête avant même que tu parviennes à armer ton flingue.

Mon pouce se déplaça imperceptiblement sur le flanc du pistolet ; il appuya doucement sur le minuscule levier situé à gauche, derrière le pontet. La moindre pression sur la détente, une infime crispation de mon index serait maintenant suffisante pour déclencher le tir.

— Écoute-moi bien. Dans un cas comme celui-là, ma parole vaut de l'or. Bien plus que ce que tu peux rafler ici. Tu n'as aucune chance de t'en sortir. Tu as perdu. Il y a deux bagnoles bourrées de flics sur l'avenue. Dans cinq minutes toute la flicaille de Toulouse va rappliquer comme à un congrès. Sans compter la télé et Sud-Radio…

Il ne bougeait pas et maintenait le bras tendu, la main tétanisée sur la crosse de son revolver.

Je continuai à parler.

— … Sois raisonnable. Pour le moment tu risques une condamnation pour tentative de vol à main armée. C'est du sérieux mais ça peut s'arranger si tu ne tires pas. Je serai appelé à témoigner au Tribunal. La déposition d'un flic de terrain vaut son pesant d'années de tôle. Si je leur raconte que tu t'es laissé faire sans opposer de résistance, tu gagnes trois ou quatre ans… Tu es fait. Limite les dégâts, ça vaut mieux pour tout le monde.

Mon discours ne semblait avoir aucun effet sur lui, ou bien j'avais mis à côté de la plaque. Je me décidai à brusquer les choses.

— … Tu as le marché en mains. Je te donne trente secondes pour donner ta réponse et dire si ma proposition te va. Fais vite, trente secondes c'est vite passé.

Mes yeux ne quittaient pas son flingue. Je compris

que j'avais gagné la partie quand sa main se détendit et s'ouvrit. L'arme tomba sur le sol en faisant un bruit creux semblable à celui d'un jouet. Le bijoutier se précipita aux pieds de son agresseur et ramassa le revolver. Il le brandit en l'air en riant nerveusement.

— C'est du plastique ! Je ne l'aurais jamais cru… On peut dire que c'est drôlement impressionnant, ça fait le même effet qu'un vrai.

Le braqueur profita de ces quelques secondes de flottement pour porter les mains à sa bouche. Il déglutit péniblement, à plusieurs reprises avant de se jeter à terre où il se mit à se tordre, en proie à de très violentes crampes. Je m'agenouillai pour l'observer de plus près.

— Il vient de s'empoisonner. Appelez vite le SAMU. Il va crever !

Le bijoutier se mit à pâlir.

— Mais non, inspecteur, ce salaud vient d'avaler mes diamants et mes perles, Il en a bouffé pour plus de trente millions. C'est un dingue !

Lardenne entra dans la boutique suivi d'une horde de policiers en uniformes, les calibres à l'air. Je l'arrêtai au passage.

— Il faut le transporter à l'hôpital en urgence. Débrouille-toi,

— Il est blessé ? On n'a pas entendu de coups de feu !

— Ce n'est pas ça, ce connard a bouffé le fonds de commerce. Il a le tube digestif le plus cher du monde…

L'ambulance nous conduisit à l'Hôpital militaire, près du pont Saint-Pierre. Le croqueur de diamants passa directement entre les mains de l'entérologue. Le toubib nous reçut après son examen.

— Il n'y a rien à faire pour l'instant. Je dois vous confier que c'est la première fois que je traite un patient pour une indigestion de pierres précieuses. En temps ordinaire on trouve des objets de moindre valeur. Des clous, des morceaux de verre, des dents de fourchette. C'est absolument incroyable ce que les gens arrivent à avaler. Et je ne m'occupe que de ce qui passe par la bouche ! Les collègues qui travaillent sur les autres orifices naturels pourraient vous en raconter... Les hommes comme les femmes ! J'ai déjà pensé qu'on devrait rassembler tous les corps étrangers extraits depuis dix ans rien qu'à Toulouse, et monter une sorte de musée pervers... Vos diamants se tailleraient un joli succès.

— Désolé, mais nous devons les récupérer, ce sont des pièces à conviction. Ce sera long ?

Le professeur tordit la bouche pour bien signifier qu'il réfléchissait.

— Ils sont de petit calibre. Pour le moment ils cheminent en direction de l'estomac. Nous allons suivre leur progression à la radio ou avec l'échographe, pour lui épargner de trop fortes doses de rayons X.

Le bijoutier intervint à ce moment précis.

— J'espère que mes pierres ne risquent pas d'être abîmées par les rayons ou les sucs gastriques ?

Le professeur lui adressa une moue méprisante et choisit de l'ignorer.

— Au cours des prochaines heures elles traverseront la seconde partie de l'appareil digestif et aborderont la phase du transit intestinal. C'est une étape délicate qui n'est pas exempte de risques. On ne peut écarter l'éventualité d'une occlusion intestinale et le recours à l'opération. C'est une intervention périlleuse, je ne vous le cache pas.

— Et si cela se déroule normalement ?

— C'est ce que je souhaite. Dans ce cas, vous devriez revoir les pierres dans trois jours au maximum. Je vous le promettrais même pour demain, si j'étais sûr que notre malade accepte de collaborer avec nous...

— C'est-à-dire ?

— Nous avons encore une possibilité : lui administrer un laxatif puissant qui stimule très efficacement l'action intestinale. Bien entendu, nous ne pouvons ingurgiter de tels traitements sans l'accord du patient. Amnesty International ne nous le pardonnerait pas…

La redoutable éventualité d'une intervention chirurgicale décida le braqueur à accepter l'ingestion des substances destinées à accélérer ses fonctions organiques. Je pris la précaution de placer un gardien en faction dans la chambre du coffre-fort ambulant et lui intimai l'ordre de vérifier le contenu des déjections du prisonnier.

Le commerçant accepta avec reconnaissance la proposition que je lui fis de tenir compagnie au policier et de le seconder dans sa tâche.

Les pierres et les perles furent restituées dès le lendemain, grâce à une préparation purgative à base de magnésie calcinée dont l'entérologue avait méticuleusement affiné la formule (CaO, MgO, $2CO^2$) afin d'éliminer tout risque d'effets secondaires.

*

Un télégramme envoyé depuis Paris m'attendait à mon retour au bureau. Dalbois venait de retrouver la trace de l'exécuteur de Roger Thiraud. Il m'avertissait de l'arrivée d'une lettre détaillée pour le soir même.

Je tentai de m'intéresser à une pile de dossiers en suspens, sans beaucoup de conviction. Des séries de vols dans des pavillons, deux ou trois conduites en état d'ivresse, un refus d'obtempérer. Je tuai le temps en vérifiant les états de service du personnel du commissariat et le tableau d'avancement. Je constatai que Bourrassol pouvait prétendre à l'échelon quatre de son grade, à moins que le commissaire Matabiau ne lui tienne rigueur des frasques de sa descendance et ne le confine deux années supplémentaires à l'échelon trois.

Je sursautais à chaque sonnerie du téléphone, à chaque coup frappé à ma porte. Le facteur passait régulièrement à cinq heures pour sa tournée vespérale, mais j'aurais souhaité qu'il déroge à la tradition. Je me précipitai dans l'escalier dès que je l'aperçus qui franchissait le portail. Je récupérai l'ensemble du courrier que j'étalai sur le plateau de mon bureau. La missive de Dalbois était bien là. Je l'ouvris en déchirant l'enveloppe dans ma hâte. L'Inspecteur des Renseignements Généraux ne s'embarrassait pas de formules inutiles.

Cher Cadin,

Ton C.R.S. se nomme Pierre Cazes et appartenait, en fait, aux Brigades Spéciales chargées de liquider les responsables de l'OAS et du FLN durant les dernières années de la guerre. À tout hasard, je te signale que l'ensemble des faits relatifs à la guerre d'Algérie ont été couverts par un décret de juillet 62 qui stipule, entre autres choses, que nul ne pourra faire l'objet de mesures de police ou de justice, de discriminations quelconques en raison d'actes commis à l'occasion des événements survenus en Algérie et en métropole avant la proclamation du cessez-le-feu.

Pierre Cazes est aujourd'hui à la retraite. Il habitait, il y a encore quelques mois, dans ta région, à Grisolles, un village situé entre Grenade et Verdun sur la départementale 17.

Fais gaffe, ce n'est plus sur des œufs que tu marches, mais sur une poudrière. Sois gentil, détruis ce papier dès que tu l'auras lu, j'ai fait de même avec la photo que tu m'avais confiée.

Amitiés

Dalbois.

Je sortis un briquet de mon tiroir et brûlai la lettre dans le cendrier ainsi que l'enveloppe. Je confiai le reste du courrier à la secrétaire pour qu'elle procède à la distribution. Je me mis à la recherche de Lardenne.

Je le retrouvai, avachi sur le siège avant de la voiture de service. Il semblait être atteint d'une maladie nerveuse. Ses bras remuaient par saccades tandis qu'il piquait de la tête. De temps à autre, il se relevait pour plonger à nouveau vers le volant. J'eus l'explication de ce comportement parkinsonien en m'approchant de la portière. Le brigadier Lardenne avait définitivement abandonné les joies mathématiques du Rubik-Cub ; il s'adonnait maintenant aux délices vidéo-névrotiques du Bansaï : il tenait entre ses mains une plaquette électronique de la taille d'une calculette et tentait de faire franchir un parcours semé d'embûches à un petit personnage animé.

— Faites voir ça, Lardenne ! Mettez le cap sur Grisolles. C'est un bled qui se trouve sur la 17, avant Montauban.

Je le laissai jouer avec les bandes blanches, les stops, les priorités et tous les petits bonshommes qui circulaient en cette fin d'après-midi entre Toulouse et Montauban.

Je dirigeai la fuite du petit ramoneur, le pouce droit pour aller en avant, le pouce gauche pour reculer, et tentai de l'amener jusqu'à l'hélicoptère qui l'attendait en haut du building. Il devait grimper un nombre impressionnant de marches, passer une infinité de portes qui choisissaient de se fermer à son approche, le contraignant à des détours haletants. La concierge s'y mettait également et le poursuivait en le bombardant d'ustensiles de cuisine. Il lui fallait, en plus, se méfier des agissements d'un gigantesque rat qui ne trouvait rien de plus excitant à faire, que de manger des étages entiers !

En passant à travers le village de Verdun, je parvins à

placer mon ramoneur sur la plate-forme, mais au dernier moment, l'hélicoptère déséquilibré par une fausse manœuvre de mon pouce droit s'écrasa contre les fenêtres du cent treizième étage, tandis que la concierge hilare en profitait pour planter un effroyable couteau de boucher dans le dos du ramoneur. Le rat se précipita pour engloutir le cadavre. Une petite musique aigrelette égrena les premières notes de la Marche Funèbre.

— Vous avez réussi un total de combien, Inspecteur ?

Je pressai le bouton pour l'affichage du score.

— Neuf cent trente-neuf marches !

— Mon record personnel est de mille cinq cent quinze. C'est pas du gâteau… Je vais me payer le Yakoon un de ces jours. Il paraît que c'est dix fois plus passionnant. Le personnage doit affronter un ennemi dont il ignore l'apparence et qui lui envoie ses créatures. Vous ne savez jamais si celui qui est en face de vous est un ami ou un ennemi. Si vous éliminez vos aides vous êtes d'autant moins protégé. Il faut venir à bout de douze épreuves pour accéder au combat suprême avec le Yakoon. En plus, le boîtier modifie les cas de figure après chaque partie. Ça se multiplie à l'infini. Il faut un minimum de deux mois pour maîtriser le premier niveau. C'est un jeu fantastique !

— Vous avez repéré le panneau, Lardenne ?

— Quel panneau, Inspecteur ?

— La route de Grisolles ! Vous venez de la dépasser. Et là, vous ne disposez pas de douze possibilités de rattrapage. Il n'y en a qu'une : faire demi-tour !

*

Pierre Cazes habitait une petite maison de pays entourée d'un beau jardin entretenu avec beaucoup de soin. Je m'approchai de la barrière et agitai une clochette clouée au montant. Un homme d'une soixantaine d'années au visage marqué apparut à la fenêtre du rez-de-chaussée.

— Oui, que voulez-vous ?

— Je suis l'inspecteur Cadin, de Toulouse. Voici le brigadier Lardenne, mon adjoint. Je désire vous parler, en privé.

Il se montra sur le perron et actionna un mécanisme électrique commandant l'ouverture de la porte. Je remontai l'allée, Lardenne sur mes pas. Il nous accueillit à l'entrée.

— Qu'est-ce qui me vaut l'honneur d'une visite de la police ? Pas de mauvaises nouvelles, j'espère. Ma femme est sortie faire les courses au bourg, mais je peux tout de même vous offrir l'apéritif.

Nous étions dans une vaste pièce organisée autour d'une cheminée en pierre, meublée avec un goût très sûr. Tout en parlant il posa plusieurs bouteilles sur la table, puis deux verres et un assortiment de gâteaux salés.

— Il n'y a que deux verres parce que je n'ai pas le droit de boire. Je me rattrape avec les médicaments…

Il nous servit, Ricard pour moi, floc de gascogne pour Lardenne qui aime bien les sucreries.

— Alors, Inspecteur, vous enquêtez sur mon compte ? Ou sur celui de ma femme…

— Non, pas exactement. Ça ne vous embêterait pas de faire quelques pas dans le jardin ? J'ai envie de marcher.

Pierre Cazes manifesta une certaine surprise mais il accepta ma proposition. Je me décidai à aller droit au but.

— Voilà. En premier lieu, ma démarche n'a aucun caractère officiel. J'admettrais sans peine que vous refusiez de me répondre…

Il me fit signe de continuer.

— … Au cours de ce mois un jeune garçon a été tué à Toulouse… Bernard Thiraud…

J'observai son visage mais ses traits ne furent marqués d'aucune émotion particulière à l'énoncé du nom.

— … Il a été assassiné en pleine rue, sans mobile apparent. Nous avons tout vérifié, pas d'histoires d'argent ni de mœurs, rien. Le mystère complet. Puis, en interrogeant la famille je me suis aperçu que le père de ce jeune gars était décédé dans des circonstances tragiques et similaires il y a vingt ans. Exécuté dans la rue d'une balle dans la tête. À l'époque on n'a mené aucune enquête sur ce meurtre. Par le plus grand des hasards, une équipe de la télévision belge venue filmer le tour de chant de Jacques Brel à l'Olympia, a fixé les derniers moments de vie de Roger Thiraud, le père de Bernard. Cela se passait à Paris, en octobre 1961. Tout porte à croire que c'est vous qui teniez le pistolet…

Pierre Cazes planta ses mains dans les poches de son bleu et serra les poings. Ses épaules fléchirent. Il ferma les yeux et aspira longuement, les lèvres entrouvertes, puis il se courba. Il s'assit difficilement sur l'une des grosses pierres qui délimitaient le cheminement.

— Comment avez-vous su ? Toutes les archives sont « top secret »…

— Le hasard, je vous dis.

— Allons, asseyez-vous, Inspecteur. Vous remuez des souvenirs très douloureux. Je ne m'attendais pas à un coup pareil. Ah, on a beau prendre toutes les précautions, si c'est écrit, il n'y a rien à faire. Que voulez-vous que je vous dise ? C'est sûrement moi !

— Pourquoi avez-vous tué Roger Thiraud ?

Pendant une fraction de seconde ses yeux se perdirent dans le vague.

— Je n'en sais fichtre rien. J'avais des ordres. Je me devais d'y obéir.

— Ça venait des Brigades Spéciales ?

— Pourquoi me le demandez-vous si vous connaissez la réponse ? Oui, de la direction des Brigades Spéciales… On était chargé de nettoyer les dirigeants les plus remuants de l'O.A.S. et du F.L.N. La Préfecture nous fournissait les laissez-passer et les armes, des séries non identifiables. En cas de pépin nous possédions le numéro direct du Directeur de la Sûreté. Je l'ai encore en mémoire mais il ne sert plus à rien. MOGador 68.33. On apprenait tout par cœur, pas de traces. Ce n'était pas très drôle, on vivait en clandestins. En face, ils ne se laissaient pas faire sans réagir. Œil pour œil. Ça ne ressemblait pas du tout au boulot que vous faites, Inspecteur. On était autonome, avec nos propres méthodes de renseignement et d'action.

— Même pour l'affaire de la rue Notre-Dame-de-Bonne-Nouvelle ?

— Non, à intervalles réguliers, on était choisi par le Centre pour abattre un pion gênant. Je préférais de loin le reste du boulot, la neutralisation de l'adversaire. Mais liquider un bonhomme, ça ne m'a jamais procuré de satisfaction. Je ne dis pas pour d'autres… Vous savez, j'ai participé à la Résistance et à la Libération dans l'Est. J'ai porté le fusil jusqu'en Indochine. J'ai été habitué à regarder le danger droit dans les yeux : ce n'est pas particulièrement agréable de loger un chargeur dans le ventre d'un Allemand ou d'un Viet, même s'il s'apprêtait à vous faire subir le même sort. Mais foutre une balle dans la tête d'un jeune Français dont vous ignorez tout. Lui désarmé, dans le dos. Il fallait le faire. Je me rassure en me disant que mon geste a peut-être permis d'éviter un attentat ou d'écourter la guerre d'une heure, d'un jour…

— Comment ça s'est passé exactement pour Roger Thiraud ? Qui vous l'a désigné ?

— Comme d'habitude. Un agent de liaison déposait un pli dans une boîte aux lettres relais que je visitais deux fois par semaine. C'est là que je trouvais les instructions, la marche à suivre. Pour Thiraud, si c'est comme ça qu'il s'appelait, on m'a fourni une photo de l'objectif et des renseignements sur ses déplacements, ses habitudes. J'ai choisi d'opérer pendant la manifestation. Il habitait près d'un des lieux de rassemblement ; logiquement il devait rentrer avant le début du défilé. J'avais prévu de lui téléphoner sous un prétexte quelconque pour le faire descendre. Mais je n'ai pas eu besoin de mettre ce plan à exécution. Il n'est pas rentré directement, il s'est payé une séance de cinéma, en face du Rex. J'ai été à deux doigts de faire le boulot dans la salle… À la réflexion, j'aurais dû, ça m'aurait évité d'être filmé par une équipe de la télé belge.

— Vous ne vous êtes pas posé la question de savoir pourquoi cet homme allait mourir de votre main ?

— Parce que vous pensez que l'O.A.S. avait des problèmes de conscience quand elle a fait sauter la gueule d'une douzaine de mes meilleurs copains en truffant leur salle de réunion avec trente kilos de plastic ? On les a ramassés en morceaux dont le plus gros tenait dans ma main, justement… Ou lorsqu'ils ont balancé une grenade dans une cour d'école ? J'ai vu des visages d'enfants ravagés par les bombes… Vous avez déjà entendu les cris de mômes de cinq ans rendus aveugles, dans le seul but d'instaurer la terreur ? En ce temps-là j'évitais de me poser la moindre question pour ne pas devenir dix fois plus enragé.

— Qui vous transmettait ces enveloppes ? Vous pouvez me le dire, vingt ans se sont écoulés, ça fait partie de l'histoire…

— Ce n'est pas certain. Tout le monde sait que les Brigades Spéciales étaient chapeautées par André Veillut et qu'elles étaient rattachées à la police officielle, sans apparaître toutefois sur l'organigramme des services. La meilleure preuve, c'est que mes années de clandestin sont comptabilisées dans mes points de retraite. Je peux même vous confier qu'elles comptent double. Mais il y avait aussi d'autres groupes, comme le S.A.C., qui agissaient en dehors de toute hiérarchie. Des commandos parallèles. On se marchait sur les pieds, tout en étant du même bord. Ne pensez pas que le temps a effacé les haines et les ressentiments. Ça ne me surprendrait pas outre mesure que les nostalgiques de l'O.A.S. cherchent à venger une humiliation. Le F.L.N., moins. Ce sont eux qui ont gagné et les vainqueurs sont toujours plus généreux que les vaincus.

— Votre chef, ce Veillut, était probablement à l'origine de la décision visant à liquider Roger Thiraud ?

— Il était nécessairement au courant. Notre organisme de commandement reproduisait fidèlement notre type d'organisation en commando. Il se devait d'être le plus resserré possible pour se déterminer dans un temps record et avoir le plus de chances possibles d'échapper au système de détection de l'adversaire. Veillut avait au moins trois adjoints mais il pouvait agir seul en cas d'urgence.

— Que fait-il aujourd'hui ?

— Bientôt comme moi. Il n'est pas loin de la retraite. À la dissolution des Brigades Spéciales, il a obtenu un poste à la Direction des Affaires Criminelles de la Préfecture de Paris. Le gouvernement sait récompenser ses meilleurs serviteurs.

Soudain, il se pencha vers le sol et m'invita à l'imiter.

— Venez voir, Inspecteur, une fourmilière. J'ai beau

la détruire deux ou trois fois par an, elle se reforme un peu plus loin. Vous avez déjà observé l'intérieur ?

— Sûrement, quand j'étais plus jeune…

— C'est surprenant, elles construisent des galeries, des rampes d'accès. J'ai lu qu'il y a plus de deux mille espèces d'insectes classées « fourmis ». Des fourmis rouges, noires, des fourmis à miel, des fourmis chasseresses, des fourmis amazones. En les regardant de près, on ne peut manquer d'en repérer une espèce qui corresponde exactement à votre propre caractère. Il y a peu de temps, j'ai découvert quelle fourmi j'étais…

Il prit une brindille et la pointa sur le bord d'un petit entonnoir large comme une pièce de cinq francs et à peine plus profond, creusé dans le sable.

— … le fourmi-lion. Un solitaire ! Il creuse son trou, s'installe au fond, en embuscade. Ensuite il attend patiemment que des bestioles semblables à lui tombent à sa portée…

La brindille fouetta le sol, rageusement. Une avalanche de sable recouvrit le fourmi-lion. Je me relevai. Pierre Cazes me regardait d'un air narquois, immobile et silencieux. Je rompis le silence.

— Je vous remercie d'avoir accepté de me parler, Monsieur Cazes.

Le brigadier Lardenne me rejoignit, l'haleine embaumant le pastis. Il avait deux apéritifs dans le nez ! Il effectua un demi-tour nerveux et s'engagea sur la route de Toulouse.

J'eus le temps de voir l'intérieur du garage où trônait une grosse Mercedes vert métallisé, une 250 SE des années soixante, avec sa calandre chromée. Le rêve !

Je me tournai vers Lardenne.

— Quelle bagnole ! Il y en a qui ont de la chance…

— Faut pas croire, Inspecteur. Sa femme est arrivée quand vous discutiez dans le jardin. Elle croyait qu'on était envoyé par l'hosto. Le petit vieux n'en a plus pour longtemps ; vous avez vu sa tête ? Les toubibs lui donnent trois ou quatre mois… Encore un qui ne profitera pas de sa retraite.

— On ne croirait pas, il garde le moral pour quelqu'un qui se sait condamné !

— Il ignore la gravité de sa maladie, ils lui font croire à un ulcère carabiné.

Avant le virage, je me retournai sur mon siège. J'aperçus une vieille femme vêtue de gris qui se tenait à la porte du jardin. J'eus l'impression qu'elle notait le numéro de notre voiture. Lardenne braqua. Elle disparut du champ de la lunette arrière.

*

Le mur situé face au commissariat résonnait depuis toujours des événements qui secouaient le monde. Lors de fréquentes périodes vouées à la réflexion, mon regard errait des minutes entières sur les pierres où je relisais de multiples fois les lettres blanches d'un « LIBÉREZ HENRI MARTIN », ou les traces à demi effacées d'un slogan « … I AU RÉFÉRENDUM » sans être capable de trancher. Cette barre était-elle le I final du OUI ou la jambe ultime du N de NON ? Quant à cet Henri Martin, je ne savais lequel choisir dans la cohorte des Martin homonymes du dictionnaire :

Était-ce « Henri Martin 1830-1883 né à Saint-Quentin », historien français (Histoire de France 1833-1836). Membre du Collège de France. Ou « Henri Martin 1872-1934 né à Dunkerque », poète symboliste français « Le lys et le papillon » (1902). Prix de l'Académie Française en 1927 pour son recueil *Légumes et crustacés*.

Ou encore « Henri Martin 1912-1967 né à Saint-Denis »,

architecte français. Rénovation de Paris. Projet du boulevard périphérique (Percée Martin).

J'hésitai jusqu'au jour où Bourrassol, qui élargissait ses connaissances du milieu marin depuis que son fils naviguait à bord de l'escadre française, m'apprit que le Martin dont le mur retenait le nom avait connu l'humidité des cales et la rigueur des chaînes, pour s'être refusé d'envoyer les quelques centaines d'obus dont il avait la charge, sur les quartiers populeux d'Haiphong, au début des années cinquante.

Mais le mur ne vivait pas qu'au passé.

À la fin du mois de juin, une équipe de propagandistes de confession chiite avait tracé, en lettres blanches, une imposante inscription « SOLIDARITÉ AVEC L'IRAN ».

D'autres peintres, en désaccord probable avec les thèmes khomeynistes s'étaient contenté de rayer « IRAN » et de le remplacer par « PALESTINE ». C'était sans compter sur la réaction des étudiants sionistes qui recouvrirent la Palestine et s'annexèrent le slogan en traçant, en lettres bleues, les caractères d'« ISRAËL ».

Un sage se manifesta en dernier lieu et mit tout le monde d'accord en masquant au rouleau les noms d'Iran, de Palestine et d'Israël. Pour faire bonne mesure, il badigeonna également la préposition « AVEC » ne laissant que le mot de « SOLIDARITÉ ».

Le commissaire Matabiau était de retour. Il fit irruption dans mon bureau sur le coup de dix heures et ne me laissa pas le temps de lui adresser un bonjour amical.

— Suivez-moi, Cadin. Je voudrais avoir des éclaircissements sur ce qui s'est passé ici durant mon absence.

Il était d'une humeur exécrable. Le bronzage corse dissimulait difficilement son teint bilieux. Il ne retint pas la porte en entrant dans son bureau ; je faillis la prendre en pleine figure. Matabiau posa le bout de ses fesses sur le rebord du plateau et croisa ses bras sur sa poitrine. Il avait dû se lever en vitesse, car je remarquai qu'une de ses chaussettes était enfilée à l'envers.

— Alors Cadin, j'attends !

— Il n'est rien arrivé de vraiment exceptionnel, Commissaire, si l'on excepte la grève des fossoyeurs.

Je cherchai à gagner du temps, à savoir si Cazes était déjà intervenu pour se plaindre de ma visite.

— Enfin, cette grève n'a duré qu'une semaine et tout est rapidement rentré dans l'ordre. Quelques bagarres entre les grévistes et les familles en deuil. Sinon le train-train habituel. Les dépôts de plainte en tous genres, je ne vous fais pas de dessin. Personnellement j'ai consacré l'essentiel de mon temps à la plus grosse affaire du mois. Le meurtre de Bernard Thiraud. Il y a un dossier complet sur mes contacts, aussi bien à Paris qu'à Toulouse…

— C'est tout ?

Il prononça sa question d'un ton excédé en agitant les bras.

— Oui, je ne vois rien d'autre d'important. Je ne vous parle pas du hold-up de l'allée Jean Jaurès, il y a des placards entiers dans les journaux…

J'avais fait cette allusion à bon escient ; les journalistes insistaient tous sur mon courage face à un gangster armé ; ils passaient sous silence la nature du pistolet qui m'était opposé. La simple évocation de mon récent exploit eut pour effet de radoucir l'attitude du commissaire.

— Oui, Cadin, j'ai lu tous ces papiers. Je vous félicite pour le sang-froid dont vous avez su faire preuve dans ces circonstances. Ce qui me préoccupe vraiment, c'est cette affaire de « situationnistes ». À peine rentré de vacances, je suis assiégé de coups de fil du Maire, de l'adjoint à l'Information, Prodis. Méfiez-vous de cette pieuvre… Je n'ai rien compris à leurs divagations sinon que le brigadier Bourrassol serait impliqué dans l'histoire. Je n'ai jamais rien entendu de plus grotesque !

Vous imaginez Bourrassol déguisé en situationniste ? Vous êtes au courant de cette légende ? Vous pouvez me dire d'où ça vient ?

Je dédouanai le brigadier-chef.

— Bourrassol n'y est pour rien. Ils inventent n'importe quoi pour nous emmerder. On a tout simplement mis la main sur le réseau de situationnistes qui est à l'origine des faux journaux municipaux depuis 1977, ainsi que de l'affiche truquée du *Meilleur*. Le fils de Bourrassol trempait dans la combine, mais il n'a rien à voir avec les fausses convocations envoyées depuis le Commissariat. Il a un alibi en béton : il se balade entre la Martinique et la Guadeloupe grâce aux croisières organisées par la Marine nationale.

Le commissaire Matabiau s'éjecta du dessus du bureau et vint se planter devant moi.

— Des fausses convocations ! J'ai bien entendu ! Vous ne trouvez pas que c'est plus important que tout le reste ? Je me fous de votre meurtre et de votre fakir de bijouterie. Avant de partir en vacances je me doutais que vous parviendriez à me foutre dans la merde. Alors, ces documents falsifiés, c'est quoi au juste ?

— On cherche toujours. Plusieurs centaines de Toulousains ont reçu un papier, imitant à la perfection un formulaire officiel leur enjoignant de se présenter d'urgence au commissariat, pour la constitution du fichier anti-terroriste. La convocation était signée de votre nom avec un paraphe semblable au vôtre. Comme par hasard, les destinataires de ce courrier ont été choisis parmi les personnalités les plus en vue de la ville. Les gros commerçants, les industriels, le clergé, les présidents d'associations, principalement les groupements d'anciens combattants…

— Vous pouvez me montrer un de ces papiers ?

Je tirai mon portefeuille hors de la poche arrière de

mon jean et pris délicatement entre mes doigts un carré bleu que je dépliai avant de le remettre à Matabiau. Il l'examina en silence, ligne par ligne. Cette étude lui fit retrouver son calme, à mon grand étonnement. Il me rendit la convocation.

— Ce n'est pas un faux. Ce formulaire est tout à fait authentique. Je l'ai signé la veille de mon départ pour la Corse. Je ne comprends pas comment cette salade a pu se produire !

Je crois bien que s'il m'avait avoué être l'assassin de Bernard Thiraud ma surprise n'aurait pas été plus grande.

— Je ne suis pas encore fou, Cadin ! Je me vois en train de remettre l'original de cette lettre au brigadier Lardenne ainsi que la liste des quatre cents personnes concernées sur Toulouse. J'avais estimé que vous aviez déjà assez à faire avec toute la paperasse du commissariat pour ne pas vous coller cette corvée supplémentaire. Lardenne n'avait plus qu'à réaliser un jeu de photocopies et assurer la mise sous pli… Allez me le chercher, je veux tirer ça au clair immédiatement.

Le brigadier terminait une partie de flipper au café le plus proche. Je l'arrachai à sa table clignotante, cent points avant la partie gratuite au risque de m'en faire un ennemi. Je lui exposai la situation rapidement avant de retrouver le bureau de Matabiau. Le commissaire s'était composé un masque tragique. Il releva le menton quand la porte s'ouvrit.

— Lardenne, vous me devez des éclaircissements. Tâchez de vous montrer convaincant si vous voulez éviter d'être muté à la guérite ! L'inspecteur Cadin vous a mis au courant, j'imagine ? Qu'avez-vous à déclarer pour vous justifier ?

— Je ne sais pas…

— Eh bien, il s'agirait de faire marcher votre tête, Lardenne !

— … J'ai apporté le travail à Mme Golan, au secrétariat. Je lui ai expliqué ce que vous désiriez. Dans les mêmes termes…

— Bravo, Brigadier ! Je vous confie une mission précise, de la plus haute importance et vous vous empressez de la fourguer à la première venue ! Allez me chercher cette Mme Golan.

Lardenne s'absenta un court moment. Il réapparut accompagné de l'énorme matrone qui présidait depuis de longues années à la remise des cartes d'identité et des passeports. Elle occupait une part non négligeable de l'espace, mais elle essayait néanmoins de se faire la plus discrète possible. Elle franchissait, à l'évidence, le seuil sacro-saint du bureau du Patron pour la seconde fois de sa carrière, après la prise de contact au moment de l'embauche. Son attitude montrait qu'elle appréciait à sa juste valeur la solennité de l'événement. Matabiau fit preuve de beaucoup de délicatesse : avec un minimum d'efforts il parvint à percer le mystère à jour. La pauvre femme était la bonté personnifiée. Sa réputation avait très vite franchi les limites du service des cartes d'identité. Il était rare qu'elle refuse de rendre un service à un collègue embarrassé ; il ne se passait pas de jour sans qu'on lui demande tel ou tel dépannage au nom du débordement présent, accompagné d'un « je vous rendrai la pareille à l'occasion » de pure forme. La brave Mme Golan pliait, scotchait, encartait, agrafait pour le commissariat entier.

Lorsque Lardenne parut, auréolé de sa mission et qu'il lui demanda, au nom du commissaire Matabiau, d'assurer l'envoi des quatre cents convocations pour le fichier anti-terroriste, elle accepta sans hésiter, remerciant le brigadier d'avoir pensé à elle pour un travail aussi délicat.

Elle fit de même, le lendemain, quand un autre chef

de service la sollicita au sujet d'une mise sous pli suivie de l'expédition de trois cent soixante-dix-huit cartons ainsi libellés :

Les Œuvres Sociales de la Police Toulousaine ainsi que l'ensemble des Forces de Police de l'agglomération vous remercient de vos dons généreux qui serviront, comme chaque année, à soulager la peine des veuves et des orphelins de nos collègues tombés dans leur lutte pour la Sécurité Publique.

On ne sait comment la liste « anti-terroriste » vint prendre la place du bordereau énumérant les noms des bienfaiteurs. Mais si le gratin toulousain se plaignit amèrement d'être assimilé aux ombres cosmopolites et menaçantes, aucun poseur de bombe, ou soupçonné tel, ne se manifesta pour s'étonner qu'on le remercie d'une aumône fantôme.

Lardenne quitta le bureau le premier, la secrétaire sur les talons. Matabiau traversait la pièce à grandes enjambées en pestant contre ses subordonnées et l'administration en général.

— Vous vous rendez compte, Cadin, une heure de travail et j'ai déjà perdu tout le bénéfice de mes vacances. Ça m'a remis sur les nerfs, d'un coup. Un mois de tranquillité, de détente, c'était trop beau pour que ça dure… J'aurais préféré que ce soit le fils Bourrassol qui porte le chapeau. Au moins il ne faisait pas partie de la maison. Ah, on a l'air malin. Je vais passer pour quoi ? Un laxiste ? Ce Lardenne ne perd rien pour attendre. Il va la connaître la guérite. Je vous le promets ! Bon, ce n'est pas tout, ce meurtre, ça avance ?

— Pas aussi bien, ni aussi vite que je le souhaiterais. On a un peu de solide. Bernard Thiraud a été tué par un Parisien d'une soixantaine d'années. Nous possédons une déclaration d'un témoin qui a repéré le meurtrier alors qu'il quittait une Renault 30 TX de couleur noire immatriculée à Paris et qu'il suivait la victime. Ça se passait devant la Préfecture quelques minutes avant l'assassinat. Lardenne a vérifié tous les points sensibles entre Paris et Toulouse, les autoroutes, les nationales, mais personne ne se souvient du passage de la voiture suspecte, ou d'un type répondant au signalement du meurtrier.

— Si c'est Lardenne qui a fait ce travail, il vaut mieux vérifier…

— Je ne voudrais pas prendre sa défense, mais pour ce boulot je lui fais confiance.

— D'accord, poursuivez.

— Pour la détermination du mobile, nous ne sommes pas très avancés. Le jeune gars se rendait au Maroc en compagnie de sa fiancée…

— Je ne saisis pas pourquoi un Parisien passerait par Toulouse en se rendant au Maroc ! Ce n'est pas l'itinéraire le plus direct pour Marrakech.

— Non, en effet ; Bernard Thiraud et sa fiancée sont historiens. Ils ont fait un crochet par Toulouse dans le but de consulter des archives au Capitole et à la Préfecture. Des liasses de papier sur l'histoire régionale. J'ai travaillé là-dessus deux jours avec Lardenne, sans résultat. Par contre, je me suis rendu à Paris et j'ai découvert des choses plus intéressantes. Le père de la victime a été tué dans des circonstances assez troublantes en octobre 1961, lors d'une manifestation organisée par les Algériens. Je peux même dire qu'il a été exécuté scientifiquement.

— Par qui ?

— À première vue, c'est une liquidation d'ordre politique. La raison d'État. J'ai retrouvé l'agent qui était chargé de ce travail. Il habite sur la route de Montauban, dans un petit bled. Il est à la retraite. À l'époque il faisait partie des Brigades Spéciales ; des sortes de commandos clandestins créés par le Ministère pour neutraliser les responsables de l'O.A.S. et du F.L.N. Au besoin, pour les neutraliser définitivement. Le service était dirigé par André Veillut, un ponte de la Préfecture de Police. Bien entendu, ils s'arrangeaient pour éviter les enquêtes et les autopsies. Les dossiers sont vides. Je ne sais pas si ça servirait à grand-chose de les remplir, tous ces événements sont couverts par un décret d'amnistie.

— Mais vous pensez que ces deux affaires sont liées, c'est bien ça ? Il n'est pas trop difficile d'échafauder une hypothèse selon laquelle le fils Thiraud serait parvenu à identifier le meurtrier de son père et qu'il soit venu dans notre région dans le but de le venger. Cela explique son itinéraire.

— Ça ne me déplairait pas trop, mais j'ai tout un tas de détails qui ne rentrent pas dans ce schéma. D'abord Pierre Cazes. À part l'âge il ne correspond pas beaucoup au portrait dressé par le témoin. Je ne le vois pas compliquer inutilement son boulot en se procurant une voiture immatriculée à Paris pour venir commettre son crime, en plein jour, avec le maximum de risque !

— Si c'est un professionnel, et nous avons affaire à un professionnel de premier ordre, c'est exactement le type de raisonnement qu'il aimerait vous voir adopter. Le tueur domine parfaitement la situation, Cadin. Si vous n'avez pas retrouvé de traces de cette Renault 30 TX, c'est peut-être qu'elle n'a jamais fait le trajet Paris-Toulouse !

— Il faut bien qu'elle existe, pourtant ! Aucun véhicule de ce modèle n'a été volé au cours de la semaine précédant la mort de Bernard Thiraud. J'ai vérifié personnellement le listing national.

— Pourquoi ne lui aurait-on pas prêté cette voiture ? Grattez l'emploi du temps de ce Pierre Cazes et voyez si l'un de ses amis ne roule pas en Renault noire… Vous êtes retourné aux archives après avoir déniché cette histoire de manifestation algérienne ?

— Non, pourquoi, je devrais ?

— À votre place, je me paierais une nouvelle séance de dépoussiérage. Maintenant vous savez ce que vous cherchez : un rapport avec ce Pierre Cazes ou les Brigades Spéciales. Ça vaut la peine de fureter deux ou trois heures. Vous avez une toute petite chance de déterrer une explication. Mais peut-être que vous reviendrez bredouille si la victime compulsait réellement un dossier concernant son travail d'historien… Dans ce cas, l'affaire Thiraud gardera son mystère. Jusqu'au jour où on mettra la main sur un formulaire d'assurance-vie ou une banale lettre de rupture. Les plus beaux crimes sont souvent les plus ordinaires. Non ?

— Pas celui-ci. Il y a trop de coïncidences, de ramifications. À vrai dire, je dois démasquer l'assassin de Bernard Thiraud mais la seule chose qui me passionne réellement, c'est de comprendre pourquoi un petit prof du lycée Lamartine en arrive à se faire liquider par un agent de la police politique déguisé en C.R.S., au cours d'une manifestation algérienne. Si j'étais assez gonflé, j'irais demander la raison de tout ça à André Veillut, l'ancien patron des Brigades Spéciales ! Tout est amnistié, il ne risque rien à parler…

— Je ne vais pas vous apprendre à mener une enquête, Cadin, bien que je ne renoncerai jamais à donner quelques conseils. Écoutez, vous travaillez à votre guise ; vous pouvez remonter à Alésia ou à la Saint-Barthélemy si vous le jugez indispensable et que cela aboutisse à l'arrestation du coupable ! Le but c'est de solutionner le problème : en clair je me fiche des chemins que vous empruntez pour y arriver. Mais si vous sortez un tant soit peu de la légalité, n'ouvrez pas le parapluie. Proclamez bien fort que c'est du Cadin et rien d'autre. Je ne veux pas que mon nom soit mêlé à je ne sais quel tripatouillage ! Tenez-vous-le pour dit.

— J'ai toujours pris mes responsabilités, Commissaire. Je suis convaincu que ces deux crimes sont liés…

— Pour l'instant, la liaison est uniquement d'ordre familial. Rien ne vous autorise à extrapoler. Soyez très prudent. Vous venez d'évoquer l'existence de DEUX crimes, alors qu'il y a moins de cinq minutes, vous admettiez que la mort de Roger Thiraud était couverte par l'amnistie. Regardez bien attentivement où vous mettez vos pieds, Cadin.

— J'essaie, Commissaire.

— Il ne suffit pas d'essayer. Surtout, ne vous basez pas sur vos « convictions ». Laissez ça aux juges. J'ai besoin d'un coupable tout aussi présentable que le cadavre ramassé près de l'église Saint-Jérôme. À tout point de vue, il serait préférable que vous demeuriez à la tête du commissariat le temps de boucler cette enquête. Vous aurez les coudées plus franches. Il me reste deux ou trois jours de récupération. Je comptais les prendre pour les palombes, mais rien ne m'interdit de les utiliser cette semaine ! Qu'en pensez-vous ?

Je n'en demandais pas tant.

— Je suis d'accord. Le jeu en vaut la chandelle.

Toutefois j'avais le vague pressentiment que cette soudaine générosité masquait autre chose. Matabiau me libéra de ce doute.

— J'en profiterai pour bricoler à la maison. Il y a toujours quelque chose à faire dans un pavillon. Une dernière chose, Cadin, voyez avec Prodis pour cette histoire de fichiers intervertis. Je compte sur votre sens de la diplomatie pour régler au mieux.

CHAPITRE VIII

Je m'acquittai de cette clause secrète toutes affaires cessantes, en téléphonant au maire adjoint à l'Information. Prodis me laissa parler moins d'une dizaine de secondes avant de m'interrompre brutalement.

— Inspecteur, je me fiche de vos quatre cents cartes de remerciements ! C'est du détail… On croyait les tenir depuis la découverte des plaques à l'imprimerie municipale. Eh bien non. Le conducteur offset a dû nous refiler une liste de noms choisis au hasard. Et leur travail de sape repart de plus belle. On nous signale de partout la distribution d'une lettre de l'I.N.S.E.E. qui annonce l'annulation du recensement général de la population de Toulouse par décision du Ministre de l'Intérieur. Je vous lis la lettre…

J'entendis le bruit caractéristique d'un papier qu'on déplie.

— … « *De nombreux dossiers confidentiels ayant été subtilisés par un groupe intitulé I.N.S.E.E. (Intervention Nationale sur l'Équipement Électronique) et, circonstance aggravante, le recrutement trop permissif par la Mairie du personnel recenseur ayant permis l'infiltration d'individus qui, se servant d'un malaise légitime vis-à-vis de l'informatique que, cherchent à nuire à la mise en fiche systématique des individus et à la planification des rap-*

ports sociaux, le recensement est annulé dans l'agglomération toulousaine. »

Ils recommandent ensuite aux gens de se rendre en mairie pour retirer leurs dossiers ! Ce n'est pas 400 personnes que nous avons sur les bras, mais au moins dix mille selon nos premiers sondages !

Je raccrochai en vitesse et laissai Prodis à sa parano. J'appelai Bourrassol. Il avait patiemment exploré l'hypothèse selon laquelle l'assassinat de Bernard Thiraud se résumait à une simple méprise et que la victime ne constituait pas la cible réelle. À la suite d'un travail minutieux, Bourrassol était parvenu à dresser la liste de la grande majorité des individus présents dans les locaux de la Préfecture le jour du meurtre, entre seize et dix-huit heures.

— Vous savez, Inspecteur, au lieu de placer nos gars en planque dans les quartiers chauds, il vaudrait mieux les faire embaucher comme hôtesses d'accueil dans le hall de la Préfecture. J'ai dressé une liste incroyable. Une dizaine de gros poissons qui ne se prennent jamais dans nos filets, mais qui se baladent sans être inquiétés à deux pas du cabinet du préfet ! Joé Cortanze, par exemple, si je ne me trompe pas, il est bien sous le coup d'un mandat d'arrêt pour un hold-up à main armée ?

— Oui, c'est exact.

— Ça ne l'empêche pas d'être reçu de manière très officielle par le Secrétaire Général Adjoint et le Chef de Cabinet !

— Allons, Brigadier, vous faites ce boulot depuis assez longtemps pour savoir que nos succès reposent à 95 % sur les confidences des indicateurs. Vous venez de découvrir l'œuf de Colomb. Vous avez bien quelques relais autour des lycées pour suivre le passage du shit… Non ?

— Oui, mais pas de ce calibre !

— À part ça ?

— J'ai retrouvé une vieille connaissance, l'ex-brigadier Potrez. Il ressemble vaguement à Bernard Thiraud. Même corpulence, même allure. Il est un peu plus vieux de cinq ans, mais pour quelqu'un qui travaillerait sur photo, la confusion est possible…

— Je ne me rappelle pas de ce nom… Potrez…

— C'était un as du pistolet, la vedette de la deuxième brigade territoriale, jusqu'au jour où il a ouvert le feu sans sommation sur un motocycliste. Il se trouvait en planque pour monter un flagrant délit contre une bande de voleurs de voitures, le gang des BMW. Un môme en moto qui passait dans le quartier a pris peur en voyant un mec en civil qui se baladait avec un Magnum dans les pognes. Il a filé. Un véritable carton. Le médecin légiste a sorti cinq balles. Elles étaient logées dans une surface pas plus grande que ma main… Potrez a été viré de la police ; il bosse maintenant dans une boîte de convoyeurs de fonds. Dans la presse, je me souviens que les amis du jeune motard se disaient prêts à le venger… c'est souvent sous le coup de la colère, après ça se tasse…

— Oui, ou ça se réalise. Ça a demandé plusieurs années, mais Tramoni s'est fait descendre pour le meurtre de Pierre Overney. Même s'il y a une chance sur mille que ça nous mène à l'assassin, il faut aller jusqu'au bout. On verra bien si ça mord !

*

Je décidai de rentrer tôt ce soir-là ; je me mis au lit dès la fin des informations de vingt heures. J'avais le choix entre une rediffusion de « Jeux sans frontières » opposant Bécon-les-Bruyères à Knokke-le-Zoute, un magazine consacré à la renaissance de l'Art lyrique dans les Vosges et un débat sur l'étalement des vacances. Je n'avais aucun recours, mon magnétoscope étant resté bloqué à Poitiers. Je me rabattis sur Gutenberg et je fouillai les étagères de la bibliothèque en quête d'un livre oublié. Je tombai sur la monographie inachevée de Roger Thiraud que Claudine m'avait confiée. Je le soupesai, examinai la couverture et me décidai à l'ouvrir. Ce n'était pas un livre à proprement parler, tout juste une maquette. Il semblait destiné à être reproduit tel que. La page de garde s'ornait du blason de la ville de Drancy, surmonté d'une dédicace calligraphiée : « à Max Jacob ».

Le titre était composé en letraset

DRANCY, des origines à nos jours
par Roger THIRAUD
professeur au Lycée Lamartine.

Je feuilletai rapidement le volume. De nombreuses pages comportaient des blancs encadrés au crayon et annotés. Roger Thiraud avait prévu l'emplacement exact des illustrations, photos, graphiques, plans. Il indiquait pour chacun d'eux la source, la référence bibliographique. Le premier chapitre de l'étude évoquait en quelques paragraphes l'histoire de la terre à l'époque secondaire.

Le commissaire n'avait pas poussé aussi loin. Il s'était arrêté à Alésia ! Je lus en diagonale, retenant le sens général du texte. « … La mer recouvrait la région parisienne. Des sédiments argileux et calcaires se déposèrent dans le site où, des milliers d'années plus tard, allait naître Drancy. »

Je sautai plusieurs millénaires en passant au chapitre trois. J'appris que le nom de cette ville venait « d'un colon romain TERANTIACUM, transformé en DERANTIACUM, DERENTI puis DRANCY ».

Je m'amusai à décliner mon patronyme, en sens inverse. Je parvins à un CARADINATIACUM satisfaisant.

En l'an 800, la bourgade ne possédait pas l'école et sa population se limitait à deux cents personnes.

Je fis un bond de huit siècles consacrés aux semailles et aux récoltes, pour faire connaissance avec la première célébrité locale : « CRETTE DE PALUEL, un pionnier du machinisme agricole », tel était le titre alléchant de ce chapitre. Roger Thiraud envisageait de réserver une page entière à la reproduction du buste de cet éminent savant. Il notait : « photo à réaliser au Cabinet des Estampes, B.N. » Je me plongeai dans la courte biographie de Crette de Paluel, « né à Drancy en 1741, il inventa le cylindre à dent, le hache-racines, le hachoir à paille et la charrue-buttoir pour les pommes de terre. Grand ami de Parmentier, il participa à égalité avec lui à la promotion de ce tubercule. »

Roger Thiraud, dans des paragraphes d'un lyrisme vieillot mais efficace, tentait de mettre fin à cette injustice et s'attachait à asseoir la renommée de son grand homme.

La Révolution n'avait pas laissé de traces profondes dans les sillons drancéens, mais la chute et l'explosion, le 16 octobre 1870, d'un ballon dirigeable gonflé au gazomètre de la Villette occupaient une large place.

La période contemporaine constituait la seconde partie de l'ouvrage ; elle s'ouvrait sur une citation des *Misérables* :

« Paris Centre, la banlieue circonférence, voilà pour ces enfants toute la terre. Jamais ils ne se hasardent au-delà. Pour eux, à deux lieues des barrières il n'y a plus rien. Ivry, Gentilly, Aubervilliers, Drancy, c'est là que finit le monde. »

Je fermai les yeux un court instant ; ces mots évoquaient en moi les quelques heures passées avec Claudine sur les vestiges des fortifications.

Roger Thiraud passait très rapidement sur les événements politiques nationaux, dès lors qu'ils n'avaient pas d'incidence sur sa ville natale. Il insistait davantage sur les variations de couleurs des élus municipaux et la construction des premiers équipements modernes. Dans les derniers chapitres, il mettait en lumière la vocation de précurseurs des maires d'avant guerre et leur projet urbanistique intéressant la ville. Il s'agissait de l'édification d'une vaste cité-jardin comprenant plusieurs milliers de logements individuels et collectifs. Une sorte de métropole idéale, un phalanstère du XXe siècle dans lequel chaque habitant aurait à sa disposition l'ensemble des services et des équipements collectifs, écoles, stades, hôpital, crèches, commerces…

Les travaux de la cité pavillonnaire débutèrent en 1932 ; la ville doubla de population pour atteindre près de quarante mille habitants.

En 1934, on lança un programme encore plus audacieux : Drancy abriterait les premiers gratte-ciel français ! Cinq tours de quatorze étages chacune, une série de bâtiments en barre et une imposante cité en forme de fer à cheval de quatre étages, regroupant plusieurs centaines de logements répartis en une trentaine d'escaliers. On baptisa le tout « La Muette » du nom d'un lieu-dit situé à proximité.

Hélas, les espoirs de vie communautaire qui agitaient les esprits des architectes d'avant-garde eurent un bien étrange destin.

Les techniques employées alors dans le bâtiment montrèrent leurs limites et de nombreuses malfaçons apparurent, avant même la mise en location des appartements. Si les pavillons trouvaient preneurs, les premiers *sky-scrapers* français ne rencontraient pas le succès auprès du public qu'en attendaient leurs promoteurs. Des étages demeuraient vides malgré la modicité des loyers.

Il fallut se rendre à l'évidence, les lapins n'étaient pas

mûrs pour leurs cages ! On brada la cité entière au ministère de la Défense qui y cantonna un régiment de Gardes Mobiles.

Je me levai un moment pour boire une bière et me détendre. Je me replongeai ensuite dans les aventures de la Cité-Jardin de Drancy. Roger Thiraud se passionnait pour son sujet ; les détails abondaient.

Pour l'année 1940, il précisait le nombre exact de soldats allemands faits prisonniers sur le front et internés dans la Cité de la Muette. Au passage, je relevai ce détail qui sonnait comme une révélation : l'armée française avait réussi à faire des prisonniers durant la drôle de guerre.

Mais bientôt les Allemands s'installèrent à Drancy. Ce fut en changeant de rôle : de gardés ils passèrent gardiens. Dès l'été 40, ils internèrent les lambeaux des armées françaises et anglaises ainsi que des civils yougoslaves et grecs arrêtés à Paris. Le 20 août 1941, la Cité de la Muette fut officiellement transformée en Camp de Concentration destiné au regroupement des Juifs français avant leur transfert en Allemagne et en Pologne occupée.

Roger Thiraud citait le chiffre de 76 000 personnes, femmes, enfants, vieillards rassemblés, en trois ans, à quelques kilomètres de la place de la Concorde, et déportées vers Auschwitz. Il estimait le nombre des rescapés à moins de deux mille.

Chaque semaine, trois mille personnes passaient par Drancy, gardées par quatre soldats allemands, secondés dans leur tâche par plusieurs dizaines de supplétifs français. Roger Thiraud soulignait le chiffre quatre.

Il reconstituait la vie du camp à l'aide de coupures de presse, d'entretiens avec des rescapés. Je me forçai à en lire certains passages.

« *Lorsque nous parlions de Drancy devant les enfants,*

nous avions inventé un nom, pour ne pas les effrayer. Un nom presque joyeux, Pitchipoï. Drancy, c'était Pitchipoï. »

La page suivante était barrée d'un trait de crayon et agrémentée d'une légende explicative : « Reproduire le fac-similé de la lettre du commandant de Drancy annonçant à Eichmann le départ du premier convoi comportant des enfants de moins de deux ans. (Convoi D 901/14 du 14.8.1942.)

Certains de ces documents se trouvaient réunis en annexe, dans une enveloppe de papier kraft. Je sortis une note du « Bureau d'alimentation » datée du 15 avril 1943.

En réponse à votre note du neuf courant, nous avons l'honneur de vous communiquer les renseignements suivants :

1) Enfants de moins de 9 mois : 347
2) Enfants de 9 mois à 3 ans : 882
3) Enfants de 3 ans à 6 ans : 1 245
4) Enfants de 6 ans à 13 ans : 4 134
5) quantité de lait perçue actuellement (par mois) : 3 223,50 litres.

En raison des « sautes d'effectifs » très fréquentes, les renseignements ci-dessus ne donnent qu'une idée approximative et le nombre d'enfants peut varier de + ou – 50 unités d'un jour sur l'autre.

Une autre liasse de papiers portait la dénomination : « Éléments chiffrés. À classer », de la main de Roger Thiraud. De longues colonnes de chiffres s'étageaient sous des titres de rubriques dont la sécheresse de rédaction décuplait le tragique : « Date de départ », « Convoi », « numéro d'ordre », « Camp de destination », « Gazés à l'arrivée », « Sélectionnés H », « Sélectionnés F », « Survivants en 45 ».

Le total des déportés recensés atteignait 73 853, celui des survivants 2 190.

Le dernier tableau établissait, région par région, l'origine géographique des personnes internées à Drancy ; il comportait une sorte de classement par tranches d'âge.

La région parisienne venait en tête suivie de la région Midi-Pyrénées, loin devant le Nord ou le Centre dont les ressortissants juifs semblaient avoir échappé à l'étau gestapiste. La région parisienne tenait toutes les premières places de ce sinistre hit-parade, à l'exception de la première tranche d'âge concernant les enfants de moins de trois ans. Tandis que l'immense majorité des circonscriptions avouaient des pourcentages situés entre cinq et huit pour cent, Paris atteignait onze pour cent et Midi-Pyrénées franchissait la barre des douze pour cent.

Je refermai le livre inachevé de Roger Thiraud en proie à une profonde angoisse. J'hésitai longtemps avant d'oser éteindre la lumière. Le sommeil tardait à venir. Je me relevai pour suivre le dernier journal télévisé. Je m'endormis au matin, alors que la rue s'emplissait déjà des premiers bruits du travail.

Le commissaire Matabiau entra en scène le premier, étrangement vêtu d'une ample cape noire, la tête recouverte d'une cagoule. Je savais qu'il s'agissait de lui, sans même voir son visage. Il marchait lentement et traversait un couloir dont la naissance se fondait à l'infini. Son masque accrochait les reflets bleutés des néons enfouis dans le sol. Matabiau avançait, la tête posée sur son épaule gauche ; il distribuait à une multitude d'êtres chétifs des petits carrés de carton verts ornés de la photo de Prodis. Je me trouvais sur son passage, nu. Il me fit remarquer le caractère indécent de ma tenue en me remettant un papier. Sous la photo de l'adjoint à l'Information, je reconnus le tampon officiel du commissariat; mais les lignes de texte se brouillèrent dès que j'essayai de les déchiffrer.

Je me tournai ensuite vers les autres participants à cette inquiétante cérémonie et j'identifiai sans peine une bonne moitié de ceux qui m'entouraient.

Les familles en deuil se mêlaient aux ex-grévistes du service des cimetières tandis qu'une unité de Gardes Mobiles tentait d'extraire une imposante pépite des entrailles jaunâtres d'un hippopotame rigolard. Soudain un bruit assourdissant, fait de crissements suraigus et d'explosions, figea l'assistance. Matabiau se volatilisa dans le scintillement du carrelage.

Le couloir s'était élargi; les parois comme ramollies bougeaient au rythme d'un cœur absent. L'horizon s'obscurcit alors et une Renault noire, démesurée, surgit fonçant droit sur nous, ses roues posées sur des rails luisants qui semblaient naître de son mouvement.

Un visage hideux, déformé par les imperfections du pare-brise, grimaçait derrière le volant. Je distinguai d'un coup les traits de Pierre Cazes. Je restai paralysé et fermai les yeux pour ne pas voir ma mort. En pure perte. Mon regard perçait le voile de mes paupières. Le C.R.S. était maintenant pris d'une sorte de folie; il sautait sur son siège en hurlant. Sa bouche, ses orbites, son nez se remplissaient de milliers de fourmis noires, aux pattes phosphorescentes qu'il arrachait par milliers et qu'il rejetait contre les vitres du véhicule. La voiture traînait dans sa course folle une file de wagons interminable. De vieux wagons de marchandises en bois, marron, dont les montants pliaient sous la violence des à-coups de la traction. La fin du convoi était composée de containers sans toits qui bondissaient en l'air et retombaient lourdement sur les rails, provoquant des gerbes à l'odeur de poudre. À chacun de ses sauts, des milliers de crânes d'une blancheur calcaire jaillissaient des containers et éclataient sur le ballast du couloir.

Claudine Chenet apparut à la lisière d'un bois situé sur ma gauche. Elle était accompagnée de l'archiviste au pied-bot de la Préfecture de Toulouse. Ils réussirent à stopper la marche effrénée du gigantesque convoi et ils ouvrirent les portes plombées, une à une. Des centaines d'Algériens ensanglantés sortirent des wagons. Ils formèrent d'immenses files pitoyables qui barrèrent l'horizon. Un employé de la R.A.T.P. décrocha la voiture et libéra une vieille femme du coffre qui la retenait prisonnière. Je crus distinguer le premier sourire de Mme Thiraud quand le train s'ébranla. Toutes les roues se mirent à crisser pour former une plainte insupportable. Deux mains monstrueuses se posèrent de chaque côté du capot de la Renault ; les pouces obstruèrent les phares du véhicule. Je me sentis aspiré très loin, vers le fond de mon lit. Toute la scène se fondit à une vitesse vertigineuse, en un minuscule point rouge qui rejoignit l'infini. J'eus le temps de voir une silhouette dont les contours rappelaient ceux du brigadier Lardenne qui se penchait sur le petit écran d'un jeu vidéo de poche, imitant la forme d'une automobile. Une musique lancinante recouvrit le fracas du train, en adoptant le caractère saccadé. Des milliers de voix enfantines rythmaient la disparition du convoi : « Pitchipoï, Pitchipoï, Pitchipoï… »

Je me réveillai en sursaut, couvert de sueur froide. Je restai de très longues minutes hagard, essayant de tricher avec la peur et d'oublier ces paysages de mort. Je tentai d'imposer d'autres images à mon esprit, cette promenade sur les fortifications, le repas chez Dalbois. En vain. Le visage de Claudine s'évanouissait, imperceptiblement remplacé par celui de Bernard Thiraud. Dalbois prenait les traits de Pierre Cazes. Je parvins à contourner ma terreur en reprenant entre les mains le livre de Roger Thiraud.

Il achevait le récit de la Cité de la Muette en moins d'une page. Le Camp libéré en août 1944 abrita, à partir du mois de septembre, plusieurs milliers de Français accusés de collaboration avec l'ennemi. Roger citait le nom des personnalités les plus marquantes, de Tino Rossi à Sacha Guitry, qui firent un bref séjour à Drancy dans ces circonstances. En 1948, on procéda à la réhabilitation des bâtiments qui furent rendus à leur destination première. En annexe l'auteur signalait le titre d'un film, *L'Enfer des anges* tourné dans la cité, en 1936, avec Mouloudji pour vedette.

La contribution du fils, Bernard Thiraud se limitait à un vague plan d'achèvement de l'ouvrage couvrant la période 1948-1982.

Le soleil inondait la pièce. Je m'approchai de la fenêtre ; de lourds nuages noirs naissaient à l'horizon, annonçant l'orage. Je me rallongeai sur la couverture les mains sous la nuque et demeurai là, l'esprit vide, jusqu'à huit heures. J'avalai un café en poudre, puis me décidai à aller au commissariat.

Quand j'arrivai, je surpris le brigadier Lardenne grimpé sur un meuble métallique qui oscillait sous ses semelles. Il décrochait l'imposante carte routière de la France, édition de 1971, qui recouvrait la presque totalité du mur d'entrée.

— Que faites-vous, Lardenne, vous allez vous casser la gueule !

Il se tourna vers moi et bafouilla une réponse. Impossible de saisir le moindre mot.

— Parlez distinctement, je ne comprends rien…

Il porta une main à sa bouche et cracha une demi-douzaine d'épingles.

— La Direction Départementale de l'Équipement nous a refilé une carte mise à jour de cette année. Il y a toutes les nouvelles routes et même le tracé des autoroutes programmées jusqu'en 85. Je vire cette antiquité.

Je m'arrêtai un court moment pour admirer les talents de bricoleur du brigadier. Il déplia le nouveau plan, le disposa sur le mur en plantant une pointe tous les vingt centimètres. Sa tâche accomplie, il descendit du classeur et vint se placer à côté de moi pour juger son œuvre avec le recul nécessaire.

— Il n'y a pas de comparaison, Inspecteur ; ça redonne un peu de couleur à ce bureau. Vous ne trouvez pas ?

Je ne parvenais pas à détacher mon regard du tracé des autoroutes qui sillonnaient la France. Le graphiste n'avait pas lésiné sur la palette ; les artères les plus importantes étaient soulignées d'un trait jaune bordé de deux lignes parallèles orange vif.

— Regardez bien cette carte, Lardenne. Vous ne remarquez rien à propos des autoroutes ?

Il me dévisagea visiblement interloqué.

— Non, il y en a un bon paquet… Vous croyez qu'ils ont fait une erreur ?

— Observez attentivement. C'est pourtant évident ! Vous reprenez toute l'enquête au début ! Dès maintenant.

— Quelle enquête, Inspecteur ?

— Il n'y en a pas mille, Lardenne. Je parle de celle concernant le meurtre de Bernard Thiraud. Vous retournez interroger tous les postes de police situés sur l'autoroute, entre Paris et Toulouse, les stations-service, les restoroutes. Dans les deux sens. Vous avez du boulot.

— Mais, Inspecteur, ils me répondront la même chose qu'il y a quinze jours. Sans compter ceux qui auront des trous de mémoire… ou qui m'enverront balader !

Je me mis sous la carte. Avec une règle, je suivis un tracé orange.

— Qui vous parle d'interroger les mêmes personnes. Nous nous sommes trompés de direction la dernière fois. Il n'est peut-être pas venu par l'autoroute A 10 mais par la A 6…

— C'est complètement idiot, il faut faire trois cents bornes supplémentaires !

— C'est jouable, Lardenne. Je veux un rapport ce soir au téléphone pour la montée sur Paris. Vous n'oubliez rien : le ratissage intégral ! N'hésitez pas à m'appeler à n'importe quel moment, ici comme à la maison. Faites signer votre ordre de mission par Bourrassol et bonne chance.

Lardenne me salua. Je me propulsai vers la Préfecture de Toulouse. Je donnai le nom de Lécussan à l'hôtesse qui interdisait l'accès aux étages ; elle me laissa passer. Le chef archiviste me fit un signe d'amitié dès qu'il m'aperçut. Il se décida à venir à ma rencontre en claudiquant laborieusement. À chaque pas, il faisait l'effort de soulever son pied-bot alors qu'un simple glissement de sa prothèse sur le parquet lui aurait évité un surcroît de fatigue et aurait mis un terme à cette impression pénible que provoque le déhanchement des infirmes chez ceux qui les observent.

— Monsieur l'Inspecteur. Je suis heureux de vous revoir. Nos vieilleries ont bien du charme. N'est-ce pas ?

Je lui laissai le temps de parvenir à ma hauteur avant de répondre.

— Oui, je n'aurais jamais cru ! J'aimerais jeter un nouveau coup d'œil sur les documents de l'autre jour, ceux que ce malheureux garçon a compulsés.

— Vous avancez ? Si ce n'est pas indiscret…

— Oh, une simple vérification. D'autre part, je pense

que vous tenez à jour un fichier des personnes demandant à consulter vos ouvrages ?

— Bien entendu. C'est la règle dans l'ensemble des bibliothèques administratives françaises. Pourquoi cette question, Inspecteur ?

J'inventai rapidement une explication plausible.

— C'est une idée du commissaire Matabiau. Nous sommes sur la piste d'un retraité de la police qui a connu la famille de Bernard Thiraud. Je voudrais voir si son nom ne traîne pas dans un fichier, à tout hasard.

Lécussan se montra très aimable.

— Je peux me charger de cette recherche ; pour moi, c'est de la routine. Vous pourrez ainsi vous consacrer aux autres dossiers.

— Non, c'est inutile. Je vous remercie. Indiquez-moi le lieu où se trouve ce fichier.

— Il est derrière vous, dans le bureau de l'archiviste adjointe. Chaque fiche de lecture est numérotée, puis classée par ordre chronologique.

— Pas de classement alphabétique ?

— Non, cela ne présenterait aucune utilité pour nous. D'ailleurs, c'est un travail mécanique, ces fiches ne servent jamais à rien mais la loi nous oblige à les constituer.

L'archiviste adjointe, une jeune femme, le visage caché derrière d'imposantes lunettes d'écaille, me remit la collection des fiches de l'année en cours. Je retrouvai sans difficulté le carton sur lequel Bernard Thiraud avait inscrit son nom, le motif de sa recherche et les références des dossiers qu'il désirait consulter : « ensemble de la cote DE ».

Je restai un bon moment à feuilleter les fiches sans trouver quelque chose qui ressemble au nom de Pierre Cazes.

Je rendis le classeur à l'archiviste. Sous le coup d'une inspiration subite, je lui demandai de me donner la compilation de l'année 1961. J'ouvris fébrilement le volume au mois d'octobre. Je ressentis un violent choc qui me coupa le souffle, en tombant sur une fiche du 13 octobre 1961 remplie au nom de Roger Thiraud.

Je fermai les yeux. Je relus une seconde fois, calmement, pour être sûr de ne pas me tromper.

« Préfecture de Toulouse. Bibliothèque Administrative. »
DATE : 13.10.1961
Nom du demandeur : Roger Thiraud Domicile : Paris 2e Objet de la recherche : Personnelle Nature des documents consultés : Ensemble cote « DE »

Je rendis le document à la jeune femme.

— Vous avez trouvé ce que vous désiriez, monsieur ?

— Oui, je crois. Merci.

Le chef de service m'attendait dans la travée, une boîte d'archives sous le bras.

— Voilà la cote « DE ». Ce sont exactement les mêmes papiers que lors de votre précédente visite. Vous aurez peut-être plus de chance. Et cet ancien policier, vous avez trouvé sa trace ?

— Non, je pense que le commissaire Matabiau faisait fausse route.

J'étalai le contenu de la boîte sur une table de consultation et triai les différentes chemises. J'écartai les DEbroussaillage, DEdommagements, DEfense passive, et autre DEsinfections pour concentrer mon attention sur les dizaines de pièces référencées DEportation.

J'affrontai avec dégoût l'horreur insidieuse de ces notes de service qu'échangeaient les fonctionnaires afin de parfaire l'efficacité de la machine à broyer les corps. Une suite de correspondances mettait ainsi en lumière les différentes phases de la déportation des enfants juifs de la région Midi-Pyrénées. En premier lieu, une lettre du « Secrétaire aux questions juives » de la Préfecture de Toulouse, signée des seules initiales A. V. demandant à Jean Bousgay, ministre de l'Intérieur, s'il fallait exécuter les ordres allemands. Ceux-ci prévoyaient l'envoi à Drancy des enfants juifs dont les parents étaient déjà déportés.

Le ministre répondait par l'affirmative. Le « Secrétaire aux affaires juives » de Toulouse donnait ses instructions à la police locale pour la mise en œuvre du programme nazi.

Ce parfait fonctionnement de l'Administration locale allait permettre à cette région de ravir la première place à Paris au championnat de l'épouvante, loin devant le reste du pays !

Aucun document ne mentionnait le nom de Pierre Cazes ; je ne me sentais pas d'attaque pour un nouvel examen. Je replaçai toutes les chemises dans le carton. Je cognai à la porte du bureau de Lécussan sans obtenir de réponse. Je fis le tour des rayons sans le trouver ni entendre le bruit caractéristique de son déplacement heurté. Je finis par m'adresser à son adjointe.

— L'archiviste en chef n'est plus ici ?

— Non, M. Lécussan est sorti il y a une dizaine de minutes. Vous voulez lui laisser une commission ?

— Ce n'est pas la peine. Remerciez-le simplement de ma part pour toute son aide.

*

La première pluie me surprit sur les marches du perron de la préfecture. Des rafales de vent qui gagnaient en violence à chaque minute, soulevaient la poussière sèche accumulée sur les trottoirs et dans les caniveaux. Je me hâtai de rentrer dans le commissariat pour éviter de prendre le gros de l'orage sur le dos.

Il n'était pas encore six heures mais il faisait nuit : un tapis de gros nuages assombrissaient le ciel. On avait allumé les plafonniers de la salle de permanence et leur lueur blême enveloppait la pièce dans une atmosphère sinistre. Le coup de téléphone de Lardenne me surprit dans le bureau de Matabiau, à la recherche d'un bottin de Toulouse.

— Inspecteur, vous aviez peut-être raison ; je crois qu'on tient une piste…

— Vous m'appelez de quel coin ?

— De Saint-Rambert-d'Albon, sur l'autoroute A6, entre Lyon et Valence. J'ai fait plus de cinq cent cinquante bornes depuis Toulouse ! C'est chouette comme coin, on voit le Rhône en contrebas. C'est pas loin du Mont Pilat…

— Vous me lirez le dépliant du Syndicat d'Initiative à la prochaine veillée du Comité d'Entreprise, Lardenne. Qu'est-ce que vous avez trouvé ?

— Je le saurai demain avec certitude… Je viens de rencontrer une équipe de motards qui sillonnent l'autoroute entre Lyon et Avignon, à longueur de journée. Un des gars était de permanence la nuit qui a suivi le meurtre de Bernard Thiraud. Il travaillait en doublette avec un autre gendarme, c'est pour ça qu'il faut attendre demain.

— Expliquez-vous clairement. C'est encore pire que si vous aviez une poignée de punaises sur la langue !

— En deux mots, François Leconte, le motard en question, était occupé à vérifier les papiers d'un camionneur, à la hauteur de Loriol, au-dessus de Montélimar. À onze heures cinquante-sept minutes exactement…

— Il a une sacrée mémoire !

— Non, il lui a foutu un P.V. ; l'heure figure sur la souche… Pendant ce temps-là, son collègue a arrêté une Renault 30 TX noire qui roulait à plus de cent cinquante à l'heure…

— Immatriculée à Paris ?

— Je me renseigne. En tout cas le conducteur se faisait passer pour une huile de première. Il a montré une carte tricolore, du moins c'est ce dont François Leconte se souvient. Il était en train de remplir la contravention de son client…

— Interrogez son collègue, ça ira plus vite !

— Justement, c'est le problème. Il est en congé depuis le début de la semaine. Je me débrouille pour obtenir ses coordonnées. Il paraît qu'il fait le beau en Bretagne, dans un caravaning.

— On est verni ! Notre seul témoin est en pleine nature, sans téléphone…

— Vous voulez que j'aille faire un tour vers Brest, Inspecteur ?

— Non, continuez de cuisiner vos motards et tâchez de leur soutirer l'adresse de leur pote. Ça a vraiment l'air de coller. Le crime a eu lieu à six heures. Il a fait cinq cents kilomètres avant minuit, y compris la sortie de Toulouse… Nous avançons, je le sens. Dès que vous avez fini à Saint-Albert-de-Rambon…

— Saint-Rambert-d'Albon !

— Comme vous voulez. Donc, dès que c'est terminé, vous filez à Paris. Vous m'attendez à mon hôtel, je ne tarderai pas à vous rejoindre.

— Prenez l'autoroute A 10, Inspecteur, c'est plus direct ! Je ne comprends toujours pas pourquoi, s'il s'agit bien de notre homme, il s'est envoyé le trajet Paris-Toulouse aller et retour en empruntant l'autoroute du Sud au lieu de suivre tout bonnement l'itinéraire par

Bordeaux. J'ai fait le calcul, Paris-Bordeaux-Toulouse, aller-retour, ça monte à 1 600 kilomètres tandis que Paris-Lyon-Montpellier-Toulouse aller-retour, ça dépasse allègrement les 2 200 kilomètres. Il n'a pas fait six cents bornes supplémentaires pour la beauté du paysage ?

— Le Mont Pilat n'a rien à voir dans cette affaire, Lardenne, je suis au moins sûr de ça !

— Pourquoi alors ?

— Parce que jusqu'à maintenant c'est lui qui fixe les règles du jeu…

*

Je devais régler divers dossiers en instance ; je me décidai à quitter les locaux du commissariat à l'arrivée de la brigade de nuit. Une chaleur lourde avait remplacé la fraîcheur apportée par l'orage de la fin d'après-midi. Au contact du macadam surchauffé, l'eau s'évaporait ; une sorte de buée écœurante stagnait au-dessus du sol. Je choisis de descendre à pied jusque chez moi. Je contournai l'église Saint-Sernin pour plonger vers la Garonne par la rue Lautmann. Le flot de voitures et de piétons qui empruntaient le pont Saint-Pierre aux heures d'entrée et de sortie des bureaux s'était calmé. Je longeai le fleuve pour atteindre le quartier des Catalans, cela m'évitait le détour par l'allée de Brienne.

C'est à la hauteur de l'avenue Séjourné que j'eus la première fois conscience d'une présence, comme un écho déphasé de mon propre mouvement. Je marchai quelques dizaines de mètres encore pour me convaincre de la réalité de la filature et me retournai brusquement en scrutant les quais en enfilade. Une silhouette se détacha dans la lumière d'un réverbère sans que je puisse distinguer les traits de mon suiveur, masqués par le contre-jour. L'homme, de petite taille, reposait ostensiblement sur sa jambe droite. Il braquait sur moi un pistolet sombre dont le canon accrochait quelques parcelles de lumière. Je me rendis compte qu'un autre lampadaire se trouvait à moins de deux mètres derrière moi. Mon adversaire devait me distinguer dans une même pénombre. Je ramenai doucement mon bras droit sur mon ventre et déboutonnai ma veste avec d'infinies précautions. Ma tentative ne provoqua pas de réaction de celui qui me mettait en joue. Il n'était pas difficile de comprendre qu'il se servait d'une arme pour la première fois de sa vie : il se tenait les membres raides, la colonne vertébrale rigide ; il maintenait l'arme à bout de bras dirigée à la hauteur de mon visage.

À cette distance, il n'avait pas une chance sur dix de m'atteindre. Il lui aurait fallu fléchir les genoux, courber les reins, plier le bras droit, viser ma poitrine, tout en assurant la stabilité de la pose à l'aide de sa main libre.

Je l'interpellai afin de le distraire davantage.

— Que voulez-vous ? Si c'est de l'argent je suis prêt à vous lancer mon portefeuille…

— Cela ne m'intéresse pas, Inspecteur Cadin, je n'ai pas besoin d'argent. Vous n'auriez pas dû fouiller partout… Je ne voulais pas…

Les intonations de cette voix m'étaient familières, mais je ne parvenais pas à l'identifier avec précision. L'homme se chargea de me rafraîchir la mémoire en balançant son pied-bot vers l'avant.

— Vous êtes fou, Lécussan. Vous ne vous en sortirez pas vivant. Rangez votre arme pendant qu'il est encore temps.

Le chef archiviste avançait toujours de sa démarche saccadée, le pistolet pointé en avant.

J'avais eu le temps de libérer la pression de l'étui. Je me laissai tomber sur le côté gauche en saisissant dans ma chute la crosse de l'Heckler. Instinctivement, mon index glissa sur la culasse et déverrouilla la sûreté avant de se poser sur la détente.

Je vidai la première balle du chargeur allongé sur les pavés humides du quai, tandis qu'un jet de feu sortait du poing de Lécussan. Le projectile siffla au-dessus de ma tête. J'appuyai à plusieurs reprises sur la détente, sans réfléchir, haletant. Seule la peur de mourir me commandait de tirer. Lécussan s'était écroulé après son premier coup de feu. Son arme avait glissé dans une flaque d'eau. Je me relevai pour la ramasser. En l'orientant vers la lumière pour chasser les reflets, je distinguai l'inscription gravée sur le canon : « Llema. Gabilondo. Y. Vitoria. »

Un modèle identique à celui utilisé par le meurtrier de Bernard Thiraud.

Lécussan avait cessé de vivre. Deux de mes projectiles lui avaient fracassé le crâne, un troisième était venu se ficher dans le pied-bot, juste au-dessus du talon. Je téléphonai au commissariat depuis une cabine située sur le quai. Je donnai la consigne impérative au chef de poste de garder l'information secrète durant vingt-quatre heures.

Des passants, intrigués par les détonations, commençaient à se rassembler mais aucun n'eut le courage de m'aborder… Je me demande même si le courage aurait suffi !

En m'éloignant, j'entendis les avertisseurs criards du SAMU mêlés à ceux du fourgon de Police-Secours qui se rendaient sur les lieux de la fusillade.

À minuit trente, l'express de Paris quittait la gare centrale de Toulouse. J'avais pu obtenir une couchette. Je m'endormis avant de passer Montauban, bercé par les ronflements satisfaits de deux représentants de commerce.

CHAPITRE IX

Ils s'étaient couchés tôt, comme d'habitude. Elle dormait sans bruit ; il la regardait avec tendresse, dans la pénombre. Il ne cessait de se retourner dans le lit, gêné par les draps, par la chaleur qui montait du matelas, sensible comme jamais au moindre bruissement dans le jardin, au craquement de l'escalier. Ce n'était pas sa maladie qui l'empêchait de se reposer ni le dernier examen de son toubib, en milieu d'après-midi.

Il savait depuis longtemps qu'on lui jouait la comédie. Depuis un an exactement, quand il avait mis la main sur les bouquins de médecine que sa femme planquait dans le grenier. Ensuite, il avait remarqué sa façon de se jeter avec avidité sur le moindre article…

Il avait compris que son « ulcère » n'y était pour rien, que la bête immonde le bouffait de l'intérieur.

Il faisait semblant de rien, comme s'il croyait à leur fable. On prenait soin de lui, on choisissait ses plats, on lui épargnait le moindre effort.

Ils avaient, de cette manière, grappillé un an de bonheur, un sursis de quelques dizaines de semaines… l'éternité en somme !

Non, si le sommeil ne venait pas, la raison était ailleurs, dans la visite de ce petit flic de Toulouse, avec tout ce qu'elle avait fait remonter de souvenirs, de dégoûts, de honte. Il ne se passait plus une minute sans qu'il y pense. Les images défilaient dans sa mémoire, tragiques, faisant l'impasse sur ce que l'on privilégie en temps ordinaire, les bons moments. Il se leva. Sa brusquerie réveilla sa femme, immédiatement aux aguets.

— Tu te sens mal ? Tu veux quelque chose, une infusion ?

Il la rassura et se dirigea vers le téléphone, dans l'entrée. Il composa le numéro du commissariat que lui avait laissé l'inspecteur Cadin. Le gardien de permanence décrocha.

— Je voudrais parler à l'inspecteur Cadin, c'est très important.

— L'inspecteur n'est pas à Toulouse, il est parti de toute urgence à Paris pour une enquête.

— Oh, ce n'est pas vrai ! Le con… Comment peut-on le joindre ? Son hôtel…

— Je suis désolé, Monsieur.

Il reposa le combiné, réfléchit un moment, puis il s'habilla à la hâte. Il sortit une boîte en carton planquée sur le haut de l'armoire et, de la boule de chiffon huilée qu'elle contenait, il exhuma un pistolet Browning, un modèle 1935, son arme de prédilection. Il éjecta le chargeur pour le garnir de ses treize cartouches. Il réenclencha le tout d'un bref coup de paume.

Sa femme se tenait devant lui, silencieuse. Il était inutile de prononcer le moindre mot.

Dès qu'il eut fini de vérifier l'arme il la glissa dans sa poche de veste et gagna le garage.

La Mercedes vert métallisé répondit au premier coup de démarreur, sans qu'il tire le starter.

Moins de dix minutes plus tard, Pierre Cazes s'engageait sur l'autoroute menant à Paris. Pleins phares, l'aiguille du compteur bloquée sur le chiffre 180.

CHAPITRE X

Le brigadier Lardenne finissait de prendre son petit déjeuner, au bar de l'hôtel, tout en essayant de décrypter les définitions des mots croisés du *Figaro*. Je le vis poser sa tartine et remplir plusieurs lignes d'un coup.

— Bonjour Lardenne, vous êtes également cruciverbiste ! Vous devriez aller au casino, de temps en temps ! Ça doit vous manquer…

Il sursauta en entendant ma voix.

— Inspecteur ! Déjà à Paris ! Je ne vous attendais pas avant cet après-midi. Vous avez voyagé de nuit… vous avez dormi ?

— Oui, j'ai trouvé une couchette. Alors, ce motard, vous avez réussi à le joindre ?

— Oui, hier soir vers onze heures. Au camping du Marrek rose, à Trebeurden. C'est un gendarme de Lannion qui s'est rendu sur place ; il a ramené le motard au commissariat de Trebeurden. Je l'ai eu au téléphone. La Renault 30 TX était bien immatriculée à Paris, je dois me mettre en rapport avec le service des cartes grises pour obtenir le nom du propriétaire…

— Il ne l'a pas relevé ?

— Non. Aussitôt arrêté le gars a sorti une carte tricolore ; il s'est mis à gueuler qu'il était en mission. Le flic l'a laissé filer mais il a retenu le numéro, machinalement. Le 3627 DHA 75.

— Excellent, Lardenne. Je me charge de vérifier le nom du propriétaire de la voiture. Quant à vous, foncez chez Mme Thiraud, rue Notre-Dame-de-Bonne-Nouvelle. Demandez-lui si elle se souvient d'un voyage de son mari à Toulouse, en octobre 1961. Quelques jours avant sa mort. Ensuite passez prendre Claudine Chenet à son domicile. Attendez-moi bien sagement tous les deux au Café du Palais. Ça se trouve en bord de Seine, un peu plus haut que la Préfecture. J'y serais vers quatorze heures.

La matinée fut juste longue pour me permettre de passer au service des cartes grises, obtenir le nom du possesseur de la Renault, retrouver le véhicule et m'entretenir avec son chauffeur habituel.

Je me mis ensuite en rapport avec le responsable des Affaires Générales de la Préfecture de Toulouse qui répondit favorablement à mes questions. Pour clore la série, je me fis annoncer à Dalbois.

— Salut Cadin. Ma lettre a servi à quelque chose ? Tu sais, ça n'a pas été facile de débusquer ton bonhomme ; ils tiennent au secret ! C'était bien lui ?

— Oui, il a exécuté Roger Thiraud en 61, sur ordre. Par contre, je ne pense pas qu'il soit dans le coup pour l'assassinat du fils. En fait, j'ai rencontré un retraité malade qui ne souhaitait plus qu'une chose : se faire oublier. À moins qu'il ne soit meilleur acteur que je ne le crois…

— C'est bien possible ; ton retraité paisible s'est remué après ta visite. J'en ai eu des échos par le collègue qui m'a repassé sa fiche. Ne te fie surtout pas à ce genre de mec. Pour faire un boulot pareil, ça ne devait pas être un enfant de chœur ! Fais gaffe aux ombres…

— Peut-être bien. Je l'ai à l'œil et mon entrevue avec

lui m'a pas mal appris. Si je ne me goure pas, je talonne le meurtrier. Il ne me manque plus qu'une toute petite pièce et le puzzle est reconstitué !

— Et tu comptes la trouver ici… Je me trompe ?

— Non, tu as raison. Voilà, il me faut une confirmation. Mon opinion est faite, mais tu sais bien qu'on doit présenter du solide… Chaque fonctionnaire de police est suivi par l'Administration, du jour de son entrée en service à celui de son départ en retraite. J'ai mon dossier, comme toi. Il est remis à jour chaque année avec une mention du supérieur hiérarchique, d'accord ?

— Oui, c'est naturel. Je ne vois pas comment on pourrait gérer un corps de près de cent mille hommes autrement !

— Je ne critique pas le système. Toute notre carrière est résumée sur ce document qui est transmis au Commissaire au moment des mutations. Lorsque je suis arrivé à Toulouse, Matabiau a pu prendre connaissance de mon comportement antérieur et du jugement de mes précédents supérieurs. Eh bien, je souhaiterais avoir une photocopie d'un dossier de ce genre. C'est possible ?

— Ton dossier personnel ? Non, je ne peux pas, il est classé à Toulouse ! Ici je ne peux accéder qu'au fichier de Paris.

— Je me fous de mon dossier ; je le connais mieux que personne ! Je veux tenir entre les mains celui d'un fonctionnaire de la Préfecture de Paris.

— C'est mieux comme ça. Je vais bien dégoter un délégué syndical qui prendra le temps de jeter un coup d'œil au service du personnel…

— Tu fricotes avec les syndicats, toi ! C'est bien la dernière chose à laquelle je m'attendais !

— Modérément. Quand on bosse aux Renseignements Généraux, il est indispensable de varier les fréquentations… certaines sont surprenantes mais utiles.

Les syndicats de police sont assez particuliers, surtout les groupes minoritaires. Quant ils recueillent moins de dix pour cent des voix aux élections ils cherchent des appuis. Moralité, c'est le moment d'intervenir. S'ils grossissent, on peut toujours leur rappeler certaines relations un peu gênantes ! Tout se négocie, surtout l'honnêteté. Donne-moi le nom de ton gars et attends-moi dans le couloir. Je t'apporte ton papier d'ici une heure.

*

Je me contentai d'un souvlaki acheté dans la cabane d'un faux grec pour tout déjeuner. J'avalai le sandwich en marchant vers l'île de la Cité. Trop d'oignons.

Le brigadier Lardenne et Claudine Chenet bavardaient, tranquillement assis à la terrasse du Café du Palais. La jeune femme avait passé une robe ; je vis pour la première fois ses jambes lisses et dorées. Elle se leva à mon approche.

— Inspecteur Cadin, que se passe-t-il ? Votre collègue ne veut rien dire. Il y a du nouveau ?

— Oui, nous ne sommes plus très loin du dénouement. Je tiens à ce que vous soyez présente lors des aveux du meurtrier de Bernard. Vous vous sentez assez solide ?

— Oui, allons-y.

Je pénétrai dans la cour de la préfecture, suivi du brigadier et de Claudine. Une Mercedes vert métallisé était garée dans la cour d'honneur. Un huissier en uniforme nous indiqua la porte C en tendant le bras vers la voûte. On avait installé un bureau et un fauteuil dans l'entrée, le planton nous arrêta au pied d'un escalier monumental.

— Que désirez-vous ?

Je m'avançai vers lui.

— Nous souhaitons obtenir une entrevue avec M. Veillut.

— M. le Directeur est occupé. Il donne une audience. Vous avez rendez-vous ?

Je répondis négativement. Il me tendit un registre et un stylo.

— Inscrivez votre nom et le motif de votre demande sur ce cahier.

Je repoussai le registre.

— Nous ne pouvons pas attendre ! J'arrive de Toulouse spécialement pour le rencontrer. Prenez votre téléphone et dites à M. Veillut que l'inspecteur Cadin est en bas, qu'il veut le voir sur-le-champ.

Il s'exécuta de mauvaise grâce et composa le numéro du Directeur des Affaires Criminelles. Quand il reposa le combiné il baissa la tête et prononça d'une voix étouffée.

— C'est impossible, monsieur Cadin. Essayez de revenir dans l'après-midi ou demain…

Je décidai de passer outre. L'huissier tenta de s'interposer mais je le repoussai sans ménagement. Les marches étaient recouvertes d'épais tapis ; nous progressions dans l'escalier, sans faire le moindre bruit.

Le claquement sec d'une détonation nous surprit au moment d'atteindre le deuxième étage où se trouvait le bureau de Veillut. Lardenne sortit son arme, instantanément, tandis que mon premier réflexe avait été de plaquer Claudine au sol. Je dégainai à mon tour. Un second coup de feu retentit alors derrière la porte du bureau. Des flics en uniformes firent irruption sur le palier. Un court instant, ils crurent avoir affaire à un groupe de tueurs ; ils braquèrent leurs armes sur nous.

Je levai les bras.

— Nous sommes des collègues. Je suis l'inspecteur Cadin, de Toulouse. Ça tire chez le Directeur !

Je désignai la pièce en remuant mon arme dont le canon était pointé en l'air.

Deux policiers prirent position de part et d'autre de la porte. Ils s'apprêtaient à l'enfoncer mais n'eurent pas à mettre leur projet à exécution car elle s'ouvrit, laissant le passage à un vieil homme au visage totalement défait, comme blessé intérieurement.

Lardenne me toucha l'épaule.

— Mais, c'est le retraité de Montauban !

Les flics étaient restés immobiles, choqués par l'apparition de cette silhouette tragique.

J'entrai dans le vaste bureau de Veillut. Le Directeur des Affaires Criminelles avait cessé de vivre, un filet de sang sourdait de sa tempe, aussitôt absorbé par l'épaisse moquette bleue. Un Browning était posé près de lui, un vieux modèle de collection d'avant la guerre.

Quand je repassai dans le couloir, Pierre Cazes esquissa un sourire douloureux.

— Il vous aurait eu, petit… C'était joué d'avance.

Et on l'emmena.

*

Un peu plus tard, alors que nous mangions dans un petit restaurant turc, près du Sentier, Lardenne et Claudine me pressaient de questions.

— On ne saura jamais si c'est vraiment lui le meurtrier. Comment avez-vous pu deviner ?

— C'est pourtant clair… C'est Veillut qui a tué Bernard Thiraud le 18 juillet dernier à Toulouse. Il a également commandité l'assassinat du père de Bernard, en octobre 61, alors qu'il dirigeait les Brigades Spéciales.

— Vous en êtes sûr ?

— C'est simple. Le 18 juillet, Lécussan, le chef archiviste de la Préfecture de Toulouse a téléphoné à Veillut pour l'avertir qu'un jeune garçon du nom de Bernard Thiraud avait demandé à consulter les documents classés en cote « DE ». Tout comme vingt-deux années auparavant un autre Thiraud…

Claudine m'interrompit.

— Vous appelez ça une preuve ? Comment pouvez-vous affirmer que Lécussan l'a appelé, il est mort lui aussi.

— Un peu de patience. Le coup de fil a bien existé. La Préfecture de Toulouse est équipée d'un central électronique qui sélectionne l'ensemble des appels et les regroupe par services. Ce central a été installé dans un but de rigueur budgétaire, pour déterminer la consommation téléphonique de chacun des employés. Les communications urbaines s'additionnent sur une cassette mais les liaisons inter-urbaines et internationales sont décomptées à part. Sur simple demande, le système peut fournir la liste des appels de tel ou tel poste. Lécussan utilisait le poste 214. La bande témoin a enregistré une communication avec Paris-Préfecture le 18 juillet à 8 h 46. Si vous voulez en avoir le cœur net, appelez Trombel au service des Affaires Générales de la Préfecture de Toulouse, il se fera un plaisir de vous le confirmer.

Claudine et Lardenne hochèrent la tête avec un bel ensemble. Je continuai sur ma lancée.

— Je crois qu'il a demandé à Lécussan de se débarrasser de Bernard Thiraud mais l'autre a refusé en prétextant son handicap. Veillut était coincé. Il n'a pas hésité une seconde. Il a quitté son bureau sur-le-champ ; son rang lui donnait droit à ce genre de privilèges. Il suffirait d'interroger sa secrétaire ou l'huissier pour obtenir confirmation. Malgré tout, je lui reconnais une sorte de génie : n'importe quel criminel se serait précipité à Toulouse en empruntant le plus court chemin et nous l'aurions pincé depuis un bon bout de temps. L'autoroute A10, Paris-Bordeaux-Toulouse ! Il a joué serré, il se doutait que nous n'aurions rien de plus pressé que de vérifier tous les points de passage. Il nous a bluffés en choisissant le chemin des écoliers, l'autoroute du Soleil. Un vrai parcours touristique : Paris-Lyon-Avignon-Carcassonne-Toulouse ! Onze cents kilomètres... Toi, Lardenne, tu t'es payé le circuit par Bordeaux dans les deux sens en interrogeant les gérants de restoroute, de stations-service, les employés de péage, les flics. Pour rien. On croyait être sur la piste d'une voiture fantôme. Qui pouvait se douter qu'un type plus malin que tous les autres s'offrirait un supplément de trois cents kilomètres à l'aller et autant au retour pour brouiller les cartes ? Ça a failli marcher ! C'est la Direction Départementale de l'Équipement de Haute-Garonne qui nous a remis sur les rails, sans le faire exprès ! Ils ont eu la bonne idée de remplacer notre vieille carte murale et de nous en donner une où les tracés autoroutiers sont presque phosphorescents.

Le visage de Lardenne s'illumina.

— Je me disais bien que ça avait un rapport.

Je repris ma démonstration.

— Veillut a couvert les onze cents kilomètres, le compteur bloqué. Il prenait tout juste le temps de faire le plein d'essence. Il a rejoint Toulouse avant six heures, s'est garé devant la Préfecture pour attendre la sortie de Bernard Thiraud. Lécussan lui en avait tracé un portrait précis au téléphone et il s'est arrangé pour le retenir jusqu'au soir. Dès que le jeune s'est montré, il l'a suivi et assassiné au moment le plus propice. Il est immédiatement reparti pour Paris afin qu'on puisse constater sa présence au bureau dès les premières heures de la matinée. Dommage pour lui, les meilleurs scénarios ne tiennent pas le coup devant le destin. Cette fois-ci, il s'est présenté sous l'apparence d'un motard, aux alentours de Montélimar… à…

Le brigadier compléta la phrase.

— Saint-Rambert-d'Albon.

— Merci, Lardenne. À onze heures cinquante-sept minutes exactement, le soir même. C'est ce motard qui nous a fourni le numéro d'immatriculation du véhicule de fonction, une Renault 30 TX. J'ai pas mal discuté avec le chauffeur de Veillut, au garage de la préfecture… Comme tous les chauffeurs professionnels, il est attentif à la bonne marche de son outil de travail. Surtout qu'en cas de pépin, on lui fait porter le chapeau. Il n'a pas manqué de remarquer le bond effectué par le chiffre du compteur kilométrique dans la nuit du 18 au 19 juillet. Plus de deux mille bornes, ça se voit ! D'autant plus qu'il avait programmé une vidange pour le 21 : la voiture atteignait les 35 000 kilomètres. Veillut ne lui adressait jamais la parole, sinon il lui aurait fait remarquer que le chef du garage lui avait passé un savon à cause du dépassement du kilométrage d'entretien.

Claudine était restée silencieuse jusque-là.

— C'est drôle, mais sa mort ne me soulage même pas… Je pensais que l'arrestation du meurtrier de Bernard me rendrait heureuse…

Je payai les trois repas. Sur le trottoir, avant qu'elle ne s'éloigne, je lui glissai quelques mots.

— On pourrait dîner ensemble ce soir, je ne repars que demain matin.

Elle fit un signe en direction de Lardenne et baissa la voix.

— Avec le brigadier ?

— Non, il préfère les compagnies électroniques. Il attend avec impatience la mise au point d'une assiette-vidéo !

— D'accord. On se retrouve à huit heures. Passez me prendre à la maison. Vous vous souvenez de l'adresse ?

Comme si un flic de ma trempe pouvait oublier un renseignement de cette importance !

CHAPITRE XI

Le juge prononça l'inculpation de Pierre Cazes dans la soirée, peu après sept heures. On doutait qu'il puisse survivre jusqu'au procès. Une bonne occasion pour étouffer l'affaire. Je filai rejoindre Claudine Chenet. Elle vint m'ouvrir. Elle ne me laissa pas le temps de faire connaissance avec la pièce où je pénétrai. Elle se serra contre moi et posa ses mains sur ma nuque. Mes paumes glissèrent le long de son dos. Je l'embrassai, les yeux clos, tandis que du pied droit je repoussais la porte donnant sur le couloir. Elle se détacha de moi, en silence et vint s'installer sur le bord du lit. Je la regardai sans oser bouger, des larmes coulaient sur ses joues.

— Pourquoi pleures-tu ? Tout est terminé, il faut oublier…

— Non, ce n'est pas pour ce que tu crois. J'ai honte d'être heureuse après tout ça. Tu ne peux pas savoir combien j'ai pu me sentir seule, abandonnée depuis ce jour… J'avais besoin de sentir quelqu'un près de moi… Toi surtout. C'est difficile à avouer, mais je ne veux pas m'habituer au malheur, comme la mère de Bernard.

Elle sourit et m'embrassa à nouveau.

— Allez, c'est fini, je ne pleure plus. Tiens j'ai acheté des fruits. Des fraises et des pêches, ça te dit ?

Je m'assis sur la couverture et la pris dans mes bras.

— Moi aussi, j'en avais envie, depuis notre première rencontre.

— Je ne t'en parierai plus après, je te promets. Mais explique-moi pourquoi ce vieux bonhomme en voulait tellement à Bernard. Et à son père. J'ai besoin de comprendre. Ce n'est pas un secret ?

— Non. Les journalistes doivent suer sur le sujet dans toutes les rédactions parisiennes ! André Veillut n'avait rien contre la famille Thiraud. Il a vu Bernard une seule fois, à Toulouse. Je pense qu'il ne connaissait même pas Roger Thiraud…

— C'était un fou alors…

— Non, un simple fonctionnaire. Il a commencé sa carrière administrative en 1938, à Toulouse. Il avait tout juste vingt ans. Il se lançait à la conquête de la Préfecture, bardé de diplômes. En moins d'un an, il est passé Secrétaire Général Adjoint chargé du Secteur Social : l'aide aux familles en difficultés. En 1940 il dirigeait l'organisation de l'assistance aux personnes déplacées et l'accueil des Français qui fuyaient l'avance des troupes allemandes. En 1941, on a étendu ses compétences aux « Affaires des Réfugiés et aux Questions Juives ».

« En fonctionnaire zélé, Veillut a suivi les instructions du gouvernement de Vichy. Il a scrupuleusement organisé le transfert des familles juives vers le centre de regroupement de Drancy. Ni par conviction politique, ni par antisémitisme, mais tout simplement en obéissant aux règlements et en exécutant les ordres de la hiérarchie. Actuellement, des dizaines d'obscurs « Chefs de Service » décident des calibres de tomates ou de pêches qui seront envoyées à la décharge pour cause de surproduction. Pour eux, les milliers de tonnes de fruits qui finiront arrosées de mazout ont la seule apparence d'un chiffre et d'un code sur un listing mécanographique. En 1942-1943, Veillut ne faisait pas autre chose, il alimentait la machine de mort nazie et liquidait des centaines d'êtres humains au lieu de gérer des surplus de stock. Lécussan travaillait avec lui, au secrétariat administratif. Une équipe redoutable — la région qu'ils couvraient vient en tête de toutes les régions de France pour les déportations d'enfants juifs. Dans les autres préfectures, les gens essayaient de brouiller les cartes, de mettre les sbires de la Gestapo sur de fausses pistes. Pas à Toulouse. Veillut allait au-devant de leurs désirs. Par souci d'efficacité. Jamais il n'y aurait eu un tel massacre si les nazis n'avaient pas bénéficié de la complicité de nombreux Français. Ils ont même touché aux gosses de moins de deux ans qui étaient pourtant épargnés par les textes pétainistes…

— Mais le père de Bernard était un enfant à cette époque, il n'a pas pu être mêlé à tout ça.

— Roger Thiraud est né à Drancy, voilà le lien. Il est suffisant ! Pour occuper ses loisirs, il rédigeait une petite monographie sur sa ville natale, tu sais le petit livre que tu m'as confié. À part Crette de Paluel, Drancy n'avait pas de quoi retenir l'intérêt. Jusqu'à la création du Camp de Concentration qui l'a rendu tristement célèbre. Le père de Bernard lui a consacré un long chapitre ainsi qu'au projet initial des architectes d'édifier là une cité futuriste. Il a compulsé des centaines de documents d'architecture, des statistiques, des listes de noms. Et puis, un jour il a remarqué le nombre disproportionné d'enfants déportés depuis la région toulousaine. En historien conséquent, il s'est attaché à comprendre la raison de ce déséquilibre. Peut-être y avait-il une communauté juive importante, ou l'existence d'un centre de regroupement interrégional… Roger Thiraud s'est rendu à Toulouse, au Capitole d'abord, puis à la Préfecture. Il a vite compris en étudiant le détail des documents classés à la cote « DE », que la responsabilité du gonflement du contingent d'enfants incombait à un haut fonctionnaire toulousain chargé des Affaires Juives, identifié par ses seules initiales : A. V. Il est reparti pour Paris vraisemblablement décidé à trouver l'identité de cet inconnu. Malheureusement pour lui, Lécussan qui occupait le poste de Chef Archiviste était au courant de sa visite et de l'objet de ses recherches. Il a aussitôt averti Veillut qu'un historien s'intéressait de trop près à des documents explosifs.

Claudine m'interrompit.

— Mais, il n'y a pas eu d'enquête à la Libération pour déterminer les responsabilités de chacun ?

— Si, bien sûr. Veillut et Lécussan ne sont pas des idiots. Ils l'ont prouvé en restant insoupçonnables pendant plus de quarante ans. Ils ont senti, au début 44, que les grands moments de la collaboration touchaient à leur fin, qu'il faudrait bientôt rendre des comptes. Ils ont pris leurs distances avec Vichy et ils ont consacré leurs efforts à aider les réseaux de résistance. De la manière la plus voyante. À la Libération, Veillut a été décoré pour son courage ! Personne ne se serait permis de contester les mérites d'un héros arborant la rosette au revers de son pardessus. Depuis cette époque, Veillut n'a cessé de gravir les échelons : Secrétaire Général de la Préfecture de Bordeaux en 1947, Chef de cabinet du préfet de Paris en 1958. Au cours de l'année 1960 on lui a confié une mission secrète : constituer une équipe chargée de liquider les responsables F.L.N. les plus remuants. Ses activités se sont étendues à l'O.A.S. en 1961.

Je pris un abricot dans la coupe de fruits et poursuivis :

— ... Quand en 1961, Lécussan l'a prévenu des recherches menées par Roger Thiraud, le père de Bernard, Veillut a tout naturellement utilisé les compétences d'un de ses hommes, Pierre Cazes. Il a bien entendu omis de révéler le véritable motif qui présidait à l'exécution de Roger Thiraud. Le policier était encore persuadé, la semaine dernière, d'avoir mis fin aux activités d'un dangereux terroriste. En bon professionnel, Pierres Cazes a profité des troubles du 17 octobre 1961, la manifestation algérienne, pour remplir son contrat. Bernard, en voulant terminer le livre de son père, est parvenu aux mêmes conclusions sur les déportations d'enfants. Il a voulu vérifier les sources. Résultat, il a subi le même sort. Mais cette fois de la propre main de Veillut. Vingt ans après son père…

— Tu crois que toute cette histoire sera publiée dans la presse ?

Je ne pouvais pas lui répondre qu'on m'avait déjà ordonné de mettre la pédale douce. Au ministère, on préparait un scénario plus conforme à l'idée que les citoyens devaient se faire des garants de l'ordre public.

— Ils ne sortiront peut-être pas tout, mais ils seront obligés d'en lâcher un bon morceau.

Claudine se pencha et se blottit contre ma poitrine. Je cessai de parler. Je lui caressai les cheveux, doucement, en la balançant de droite à gauche, comme pour la bercer, la rassurer. Le sommeil me surprit, bien plus tard, enveloppé par l'odeur de sa peau.

ÉPILOGUE

Lardenne regagna Toulouse sans moi. Je m'étais octroyé un jour de relâche. Claudine et moi étions sortis pour récupérer ma valise à l'hôtel. La station Bonne-Nouvelle se trouvait à quelques pas. Elle était en rénovation. Une dizaine d'ouvriers, grimpés sur des échafaudages étaient occupés à arracher les couches successives d'affiches qui recouvraient les panneaux publicitaires. Plus loin, au bout du quai, deux autres ouvriers grattaient les carreaux de céramique blanche à l'aide de spatules métalliques.

En se déchirant, les papiers laissaient apparaître de vieilles réclames collées dix, vingt années auparavant.

Un couple de punks aux cheveux ras et colorés s'embrassait sous une affiche de Savignac vantant les bienfaits de l'huile Calvé, l'huile grasse et légère, cent pour cent végétale…

Un jeune cadre, attaché-case au poing, walkman aux oreilles, déambulait devant le slogan chantant d'une eau minérale. « Et badadi et badadoi… »

Claudine s'arrêta devant un coin de mur. Elle me montra un carré de céramique à demi recouvert de lambeaux de papier jauni qui résistaient aux efforts d'un travailleur algérien. On ne distinguait qu'une partie du texte mais le sens ne s'en trouvait pas affecté :

… est interdite en France… coupable à être condamn… cour martia… lemande… personne qui porte… sortissants jui… peine allant jusqu'à la mo… éléments irrespon… à soutenir les ennemis de l'Allemagne.

… met en garde… coupables eux-mêmes et la population des territoires occupés

Signé le Militaerbefehlshaber Stülpnagel.

Aubervilliers.
Janvier-février 1983.

LE BOURREAU
ET SON DOUBLE

Pour Bernard et Claude

Nous vivons le temps des hommes doubles.

CHAPITRE PREMIER

UN HOMME SE NOIE DANS L'ESPOIR
D'ÊTRE RÉINCARNÉ EN POISSON.

Le corps d'un homme âgé d'environ soixante ans a été retrouvé hier dans la Seine, au pont de Bezons (Val-d'Oise). Edmond Lebrun, dont l'adresse nous est actuellement inconnue, portait sur lui une longue lettre qu'il avait pris soin de protéger par un plastique et dans laquelle il proclame sa foi en la réincarnation et son souhait de revivre, dans l'eau, sous la forme d'un poisson. Le corps paraît avoir séjourné une vingtaine d'heures dans le fleuve. Bien que le suicide ne fasse aucun doute pour les enquêteurs, une autopsie a été ordonnée.

L'inspecteur Cadin laissa retomber son bras le long du lit, dans un bruit de papier froissé. Il ferma les yeux sur une image d'homme-sirène. Il eut la sensation que son corps changeait de pesanteur, s'écrasait dans les profondeurs du matelas, sans qu'il ait à produire le moindre effort. Un alourdissement des membres, à la limite de la douleur. Ses paupières se soulevèrent, lentement, l'ampoule nue dans le cadre avec sa section de fil torsadé. Il se força à se lever pour combattre l'engourdissement, posa les pieds sur le parquet et, tout en se redressant s'essuya les joues, mouillées par un bâillement.

Il pouvait passer des journées entières entre ces quatre

murs anonymes à rejouer sa vie dans sa tête… Il ne faisait même que ça depuis qu'il était arrivé à Courvilliers, une semaine plus tôt. Une semaine à reconstituer le puzzle de l'échec, à faire monter l'angoisse qui, aujourd'hui l'obligeait à affronter les autres.

Le journal en tombant s'était plié, imitant une pyramide grossière et provisoire. Le titre de l'article grimpait en diagonale jusqu'à l'arête vive qui l'interrompait : « Un homme se noie dans l'espoir… »

Cadin se dirigea vers la salle de bains. Il fit une pause, l'épaule appuyée au chambranle de la porte avant de plonger la tête sous le filet d'eau froide. Il tira une serviette d'un carton éventré. L'odeur de la litière imprégnait le tissu. Il avait pourtant pris soin, à la première apparition du chat, de placer la bassine dans les toilettes mais il lui arrivait de refermer la porte, par habitude.

Tout son linge était empilé en boîtes, avec des inscriptions au marqueur feutre sur le côté, comme la vaisselle et les bouquins, pour se repérer. Il attendait le week-end pour monter l'armoire et la commode…

Ça durait depuis le printemps. Quatre mois de garde-meubles, quatre mois qu'on le baladait dans tous les services de la préfecture depuis cette histoire, à Hazebrouck… Tout ça pour finir au commissariat de Courvilliers, celui-là même qu'ils avaient en tête dès le départ !

Le chat, impossible de s'en débarrasser : il appartenait au locataire précédent, un flic martiniquais muté au pays. Dans l'immeuble personne n'en voulait : ils avaient déjà tous fait le plein de bêtes.

Les poils, Cadin s'en accommodait, l'odeur non. Il lui semblait qu'elle s'immisçait dans les moindres plis de ses vêtements. Jusqu'à la salive, dans sa bouche, qui prenait ce goût fade… Il ne connaissait pas son nom antérieur et ne s'était jamais posé la question de savoir comment on surnommait les chats, aux Antilles.

Il l'avait baptisé un soir, en mangeant du crabe. La boîte était au milieu de la table, le couvercle soulevé avec son étiquette orange. Le chat avait réagi au ronronnement de l'ouvre-boîte électrique. Il n'avait cessé, le temps du repas, de se frotter au pantalon de l'inspecteur, quêtant sa part. Cadin s'était décidé à lui tendre la conserve vide pour qu'il lape le jus. Il avait observé l'animal qui glissait sa tête entre les dentelures de fer. Son regard s'était arrêté sur la bande circulaire colorée : « CRABE CHATKA, PRODUIT D'IMPORTATION ».

À moitié CHAT, à moitié CAT...

— Chatka, ça te va ?

Mettre un nom sur les choses, pour ne plus revenir en arrière.

L'appartement était situé dans le dernier bâtiment d'une petite cité construite par l'OCIL, le 1 % des employeurs, habitée principalement par des fonctionnaires des douanes et de la police. Quelques employés municipaux complétaient les étages. Les immeubles dataient de quinze ans, de la mise en service de l'aéroport. Il n'y avait pas grand-chose d'autre, sur la plaine, à l'époque. L'implantation des usines Hotch avait bousculé le paysage : les longs ateliers gris barraient l'horizon. Les maigres boqueteaux de peupliers qui longeaient le cours du Sausset avaient dû laisser la place aux bretelles d'autoroutes qui se chargeaient d'ouvriers, flux et reflux, au rythme des trois équipes.

Plus de cinq mille personnes étaient employées derrière les grillages, dans des conditions difficiles dont les murs alentour se faisaient l'écho. Toutes les communes, dans un rayon de cinq kilomètres, s'étaient mises à enfler ; on montait du béton à tour de bras, des foyers, des studios, des deux pièces maxi pour loger les armées de célibataires qu'on attelait aux chaînes.

Des Portugais d'abord, mais après la Révolution des Œillets, Hotch s'était rabattu sur les Marocains puis les Turcs, les Pakistanais… Tous les six mois, le temps d'un contrat, une nouvelle nationalité s'exilait à Courvilliers. La palette infinie de la misère et de l'oppression. Les Cambodgiens et les Vietnamiens venaient de faire leur apparition et on se demandait déjà qui leur succéderait.

Les cadences de l'usine s'imposaient à la ville tout entière. L'activité du commissariat suivait la mesure. Au cours de sa première semaine de travail, par dix fois Cadin avait dépêché le car de Police-Secours pour assurer le transfert d'accidentés vers l'hôpital : blessés sur les chaînes de montage, accrochages dans la folie des sorties… Pas une « main courante » sans que soient tracées les cinq lettres bleu néon qui brillaient en permanence dans le ciel de Courvilliers.

On l'avait affecté à la brigade de nuit. Une brimade dont il ne s'était pas formalisé. Il croisait le commissaire, un Corse trapu du nom de Périni, chaque matin à la relève, vers huit heures et demie. Toute la nuit Cadin régnait en maître sur les trois flics qui composaient l'équipe. Il disposait de deux véhicules pour faire tourner la maison : le car de PS et une R 12 fatiguée qu'on pouvait suivre à l'odeur tellement elle crachait d'huile.

L'inspecteur avait immédiatement sympathisé avec le plus jeune des trois, Léonard. Pas seulement parce qu'il était le seul à venir au boulot en civil. Une impression générale, un gars sportif, dynamique, la repartie facile. Assez proche des costauds au grand cœur et n'ayant peur de rien qui peuplent les polars de série « B » made in USA.

Aisance et décontraction. Rien de commun avec le modèle habituel des commissariats, de Dunkerque à

Sète, depuis que Tamanra s'est fait la paire : le quinquagénaire ventru, essoufflé, borné, champion toutes catégories du vidage de canettes. Léonard, avec ses trente ans musclés, son jogging et ses baskets, correspondait davantage à l'idéal répressif de Cadin. Père algérien, mère française, il parlait couramment l'arabe et se tenait informé au jour le jour des petits réseaux de fourgue en tous genres, autoradios, came, pièces détachées, cartes bleues, qui vivotaient dans les cités.

Cadin s'habilla rapidement avant de verser quelques croquettes dans la soucoupe du chat et sortit. Il avait juste le temps d'avaler un sandwich au comptoir du « Chien qui fume », un tabac où s'installaient ses habitudes. Une dizaine de mômes se pressaient autour des flippers attendant d'être au complet pour partir en boîte par le RER. Il ingurgita son quart de baguette sans quitter des yeux les courbes tendues de cuir d'une fille dont les moindres mouvements accrochaient la lumière du bar. Le commissariat se trouvait à moins d'un kilomètre, au Vieux Pays, une ancienne maison bourgeoise carrée, massive, élevée sur deux étages, qui avait appartenu à la famille Gouvion-Saint-Cyr.

Cadin remonta la rue Gambetta, l'artère commerçante de Courvilliers, alors que les derniers rayons de soleil coloraient les façades d'un camaïeu d'orange. Derrière lui les toits de l'usine, en dents de scie, découpaient l'horizon.

Le gardien de faction marqua un temps d'hésitation en le voyant franchir la grille. Il fit un pas hors de sa guérite. Cadin ne lui laissa pas le temps de réagir et grimpa les marches du perron le bras soulevé pour le salut habituel au drapeau. Une agréable sensation de fraîcheur limitée à l'auréole de sueur de l'aisselle droite le fit frissonner.

Certaines pièces gardaient encore la nostalgie de leur

fonction initiale : la salle de transmissions s'ornait d'une cheminée surmontée d'un linteau de chêne, mais l'âtre accueillait un classeur bancal. Des notes de service punaisées ou scotchées constellaient les boiseries qui accompagnaient l'escalier. Cadin s'y engagea. Le commissaire Périni lui avait attribué un bureau au premier étage, une sorte de grand placard, trois sur trois, avec une demi-fenêtre, l'autre moitié équipant le bureau contigu. La cloison de séparation rajoutée dans la phase de morcellement des surfaces butait sur la poignée de la crémone. Cadin avait hérité du bureau meublé et décoré : une table sans tiroirs, deux chaises tubes chromés assise en plastique gris, un classeur métallique marron ainsi qu'une douzaine de doubles pages couleur, les meilleures équipes de foot de la saison, dégrafées du cœur des magazines. Cela ne lui allait pas, mais il avait tout laissé en place. Aucun rituel de prise de possession des lieux ! Il évitait de lever les yeux sur les alignements de mollets. Il se souvenait, Léonard s'était proposé pour enlever les posters.

— Non, laissez… Ça me donne l'impression d'être là depuis plus longtemps…

Léonard s'était contenté de hausser les épaules. Peut-être voulait-il les récupérer ? L'idée lui en venait seulement maintenant…

La paperasse commençait à s'accumuler sur le côté droit de la table, près du téléphone. Des formulaires qui marquaient le début de son parcours à Courvilliers, et qu'il lui faudrait compiler en fin d'année pour nourrir les statistiques locales, départementales, nationales…

Vols avec effraction : 82 faits constatés, 3 personnes arrêtées en flagrant délit, 2 personnes déférées.
Outrages publics à la pudeur : 38 faits constatés, 8 personnes déférées.

Aucun nom, aucune histoire, chaque affaire valant son égale et infime fraction de pourcentage.

Cadin laissait la porte du bureau ouverte en permanence pour se donner une illusion d'espace. Mimosa se tenait sur le seuil, embarrassé de ne pouvoir s'annoncer en frappant. Il se racla la gorge pour attirer l'attention.

— Inspecteur, il faudrait que vous descendiez. Que vous descendiez…

— Pourquoi ? Qu'est-ce qu'il se passe ?

Mimosa s'avança au milieu de la pièce et le sentiment de claustrophobie contre lequel Cadin luttait inconsciemment dès qu'il s'installait à son poste, s'amplifia. Mimosa, un surnom assumé qui lui venait de son teint violacé, ressemblait à s'y méprendre au sergent Garcia et partageait avec son sosie de la série « Zorro » une passion immodérée pour les boissons alcoolisées. Cadin ne l'avait pas encore vu à jeun. Léonard lui avait confié qu'en cinq ans, il ne se rappelait pas l'avoir vu saoul. Une sorte d'hébétude constante lui tenait lieu de réalité.

— On vous demande. C'est la police municipale. La police municipale…

— Qu'est-ce qu'ils veulent ?

Mimosa écarta les bras de son corps, tendant l'uniforme.

— Ils ne m'ont rien dit. Rien dit…

L'inspecteur se leva et contourna l'agent à la limite de son onde de chaleur. Il retint sa respiration pour éviter l'odeur aigre de transpiration qu'il avait dû subir la veille, coincé près du géant sur la banquette arrière de la R 12.

Il passa devant le bureau que Léonard partageait avec Mernadez. Trois flics d'opérette l'attendaient dans la grande salle du bas : casquettes plates à l'américaine, rangers, fausses guêtres, pantalon de combat et blouson.

Cadin remarqua les Manurhin calibre 357 qui pendaient aux ceinturons, alors qu'eux devaient continuer à bricoler leurs vieux Rr 51. La panoplie comprenait encore une paire de menottes ainsi qu'une courte matraque caoutchoutée.

— Vous êtes l'inspecteur Cadin ?

L'un des hommes s'était avancé. Un écusson métallique aux armes de Courvilliers plaqué sur la poche supérieure de son blouson le distinguait des autres. Deux épis de blé torsadés, un soc de charrue, trois clous d'argent sur fond d'azur… L'inspecteur concéda un « oui » et serra rapidement la main qui s'offrait.

— Je tenais à vous voir… Je représente la police municipale de Courvilliers et nous serons sûrement appelés à travailler ensemble… On fait un peu le même boulot, alors je pense qu'il vaut mieux se connaître et agir main dans la main…

Il s'arrêta et attendit que Cadin prenne la relève mais l'inspecteur resta muet. Cadin n'avait aucune expérience concrète de la cohabitation avec ces flics de seconde zone recrutés à la va-vite, mais la liste des bavures accumulées en quelques mois d'existence par leurs homologues d'Aulnay, Levallois ou Nice, les lui faisait apparaître comme des sources d'ennuis. Il maintint son silence, sachant qu'il suffisait de ne pas rentrer dans le jeu des civilités pour apparaître redoutable. Le municipal perçut le malaise. Il se retourna vers ses hommes, hésitant.

— Ici dans la journée ça se passe plutôt bien, mais il ne faut pas s'y fier… La nuit, c'est limite… À quatre vous risquez souvent d'être justes, et dans ce cas on peut vous êtres utiles…

Cadin hocha la tête.

— Oui, il faut le voir comme ça. Je ne manquerai pas de vous faire signe, à l'occasion.

Le flic à l'insigne comprit qu'il ne servirait à rien d'insister. Il salua et quitta le commissariat suivi de ses deux collègues. Un quatrième municipal les attendait au volant d'une CX grise. Léonard se tenait dans l'encadrement de la porte. Il accrocha Cadin au passage.

— Vous n'avez pas l'air de les apprécier, inspecteur.

— Pas trop... Je vais vous confier un secret : si on me proposait de les échanger tous les quatre, leur bagnole et leur attirail contre un homme supplémentaire, ici, je n'hésiterais pas une seconde... Ils se tiennent tranquilles, au moins ?

— On les a sur le dos depuis un maximum de six mois... Leur principal boulot c'est d'accompagner les vieux qui vont toucher leur retraite à la poste. À part ça ils sont plutôt discrets.

Cadin baissa la voix.

— Je ne pense pas que les vieux fassent la queue au guichet en pleine nuit... Qu'est-ce qu'ils foutent en ce moment et jusqu'au matin, pour passer le temps ? Ils tricotent ? Ils tapent le carton ?

Mimosa écoutait, appuyé contre le mur, en retrait.

— Non, on les croise... Ils patrouillent dans les cités. Dans les cités... Et aussi autour de l'usine. De l'usine...

L'inspecteur se dirigea vers son bureau. Il se retourna avant de franchir la porte.

— Et leur chef, il s'appelle comment ? Il est parti tellement vite qu'il a oublié de se présenter !

— Robert Garnier, mais pour tout le monde c'est Bob, inspecteur. C'est Bob, inspecteur...

Léonard vint le voir, peu après minuit, avec des allures de comploteur.

— Vous auriez tort de vous braquer contre les municipaux... on a tout à gagner en les mettant dans notre poche. Ils peuvent nous rendre service...

— J'en suis persuadé et je compte bien les utiliser.

Pas le contraire. Si je les laisse s'installer ici comme chez eux, c'est fini. Ils vont se prendre pour des caïds, chercher à réussir des coups. Du flagrant délit… Au besoin ils en fabriqueront pour nous prouver, à nous et au maire, qu'ils sont à la hauteur ; qu'ils valent de vrais flics. Tu sais ça, Léonard…

Le flic esquissa un sourire. Cadin le regarda sans comprendre.

— Qu'est-ce que j'ai dit de drôle ?

— « Tu sais ça, Léonard »…

Il avait répété la phrase en imitant les intonations de l'inspecteur puis :

— … ce serait une bonne idée de se tutoyer, non ?

— Oui, je crois. Tu ne penses pas que j'ai raison vis-à-vis des clowns de la mairie ?

— À moitié… Bob est tout le contraire d'un clown, c'est un ancien para-commando. Il a passé trois ans au Tchad, dans les coins les plus pourris. Tu as remarqué le foulard qu'il porte autour du cou ?

Cadin baissa les paupières en signe d'assentiment.

— Oui, il faudrait être aveugle… C'est un souvenir d'une fille de là-bas ?

— Plutôt d'un gars : un maquisard de Goukouni a essayé de lui couper la gorge, une nuit…

Léonard appuya son index droit sur sa pomme d'Adam et traça un trait imaginaire sur sa gorge.

— … depuis il paraît qu'il ne dort plus. Seulement dix minutes de temps en temps…

— Raison de plus pour prendre nos distances ! Les types de ce genre, ça ne peut vivre qu'en se croyant investi d'une mission impossible. Il doit confondre les limites communales avec les frontières du Nord et prendre les Parisiens en transit pour des Libyens infiltrés ! C'est marrant que tu le défendes…

— Pourquoi ? Parce que je suis arabe ?

La réaction avait été immédiate et elle surprit Cadin par sa violence. Léonard s'était redressé, le visage fermé, le regard agressif.

— Excuse-moi, ce n'est pas ce que je voulais dire… Ça n'a rien à voir… Tu es tout le contraire de ces gens-là, et pourtant tu les acceptes sans problème. Il y a de quoi s'étonner !

— Je ne suis pas en position d'accepter ou de refuser quoi que ce soit, inspecteur. Les choses se font en dehors de moi, de nous. Courvilliers a beaucoup changé ces derniers temps. Il y a un an tout le monde nous cassait du sucre sur le dos… À les écouter ce bled faisait la pige à Chicago, question criminalité. Dès que Lebroux a été élu, à la place de l'ancien maire communiste, il a mis en place l'équipe de Bob. Comme par hasard les rumeurs ont baissé de volume. Ils ont placardé des affiches « Courvilliers Sécurité » avec un numéro de téléphone relié en direct à leurs voitures de ronde, des placards de pub dans le bulletin municipal… Résultat, la population leur fait risette, les commerçants jubilent et moi, c'est peut-être dur à avaler, mais je me sens plus à l'aise… Disons que je préfère passer pour un con plutôt que pour un incapable… Enfin, pas la peine de raconter de salades, tu verras par toi-même…

Il quitta le bureau lentement, en silence. Cadin demeura un moment immobile, les yeux fixés sur l'encadrement de porte vide avant de se remettre à griffonner sa paperasse. L'appel arriva à 3 h 51 précises. Mernadez prit soin de le noter sur le livre avant de monter avertir l'inspecteur.

— On vient de me signaler des coups de feu dans un des bâtiments de la cité République… le B2…

Jusque-là, la nuit avait été calme à part les deux ou trois bagarres quotidiennes et les inévitables accidents de circulation.

— Vous restez ici avec Mimosa. Je file là-bas en compagnie de Léonard. S'il y a du nouveau, vous me le balancez sur la fréquence. Vous avez les coordonnées de celui qui a téléphoné ?

— Non, il a tout de suite raccroché... Il n'avait sûrement pas envie de faire la causette à une heure pareille !

Cadin se mit au volant. La cité République longeait la voie rapide F2. La dizaine de bâtiments qui la composaient semblaient servir d'écran antibruit à un village pavillonnaire de construction récente. Le B2 désignait l'immeuble central, une masse de quinze étages qui abritait cent cinquante familles au bas mot. Les fresques orange et rouge qui s'étalaient sur les murs de béton ne parvenaient pas à conférer au mastodonte l'allure légère et engageante souhaitée par le décorateur. Les alvéoles du rez-de-chaussée, destinés primitivement à l'accueil des commerces, s'étaient transformés en autant de débarras, de surfaces vagues, comme on le dit des terrains.

L'inspecteur gara la R 12 sur l'esplanade et les deux flics franchirent les derniers mètres qui les séparaient du bâtiment. Le hall d'entrée carrelé avec son alignement de portes d'ascenseurs recréait assez fidèlement l'ambiance d'une station de métro. L'illusion devait être parfaite, vers dix-huit heures, en semaine, avec la foule des locataires arrivant de Paris, via le RER. Léonard contourna le mur qui supportait l'armada des boîtes aux lettres et enfonça son pouce sur la sonnette que surmontait une plaque : « Gardien ».

Les hurlements d'une meute de chiens lui firent écho, sans qu'il cesse d'appuyer sur le bouton, puis des ordres brefs que les bêtes dérangées dans leur sommeil ignorèrent.

— Vos gueules ! Couchés !

Les serrures de sûreté se déclenchèrent, claquement métallique et chuintement pneumatique mêlés. Un homme d'une cinquantaine d'années apparut dans l'entrebâillement. Une large moustache noire barrait son visage osseux. Il était vêtu d'un pyjama gris dont le pantalon retenu par une cordelette distendue ne laissait rien ignorer de l'anatomie de son propriétaire. Il reconnut Léonard.

— C'est toi ? Qu'est-ce que tu viens faire à une heure pareille ?

— Range ton attirail… Il paraît qu'on tire dans les étages. Tu n'as rien entendu ?

Il se passa la main dans les cheveux, se gratta la nuque.

— Rien, je suis complètement vanné… Les jeunes m'ont encore emmerdé jusqu'à une heure du matin avec leurs bécanes ! Je dormais comme une souche… Je passe un pantalon et j'arrive…

Sa phrase était encore en suspens quand un jeune gars, probablement caché derrière le mur soutenant les boîtes aux lettres, traversa le hall en courant. Léonard se lança à sa poursuite ; Cadin l'imita avec une fraction de seconde de retard. Le fuyard contourna la cabine téléphonique située au débouché de l'allée et coupa la rue de Paris sans même s'assurer si la voie était libre. Une CX sombre démarrait au même instant et faillit le renverser. Il prit appui sur le capot tandis que le conducteur freinait en catastrophe, et reprit sa course.

Léonard laissa passer le véhicule. Le gars en profita pour prendre quelques mètres d'avance et disparaître dans les ruelles obscures du lotissement qui jouxtait la cité République.

— On a peut-être laissé filer notre tireur…

Léonard reprit son souffle.

— À moins que ce soit un coup de téléphone bidon. Vaut mieux aller vérifier s'il y a eu du grabuge… En tout cas j'ai pu noter qu'il portait une boucle d'or à l'oreille gauche.

— Comme deux ou trois cents mecs de son âge… J'aurais préféré qu'il ait un bec de lièvre, au moins ça, c'est inamovible !

— J'appelle ça une boucle parce qu'il la portait à l'oreille, mais elle avait une forme spéciale… Une forme d'étoile.

CHAPITRE PREMIER

Souk-Lémal. *Un militaire sortit du baraquement. Il s'arrêta quelques instants et cligna des yeux pour s'habituer à la luminosité avant de se diriger vers le mât planté au milieu de l'esplanade. Le poste situé en hauteur, à flanc de colline, dominait le village de Souk-Lémal. Au loin on apercevait la masse assombrie du Djurdjura et, au nord, par temps clair, la limite incertaine de la mer et des terres. Le vent qui apportait en longues rafales les bruits du rivage et des maquis faisait claquer le drapeau tricolore.*

Le militaire portait les marques distinctives du grade de caporal-chef, mais sa tenue manquait de la plus élémentaire rigueur. Sa veste kaki s'ouvrait sur une chemise sale, trempée de sueur. Un pan de tissu déchiré retombait sur le pantalon de treillis. Les lacets des Pataugas traînaient sur le sol caillouteux, fouettant les semelles de caoutchouc à chaque pas.

Le caporal s'appuya au mât. Il tourna la tête et observa l'emblème peint en noir au-dessus de la porte du préfabriqué. Une étoile à cinq branches surmontait un flambeau placé à l'intérieur d'un croissant.

Il se laissa glisser le long du mât et, assis, il enfouit son visage entre ses genoux relevés.

Un Algérien revêtu de l'uniforme français s'était approché. Un vieil homme aux rides profondes, cuivrées par le grand air. Il s'accroupit auprès du Français, prenant appui sur son fusil.

— Caporal, Caporal...

L'autre releva le buste et passa une main sur son front pour essuyer la sueur. Ses doigts y laissèrent des traînées brunâtres.

— Tu as besoin de quelque chose, Caporal ?

Le militaire souffla lentement, profondément, comme s'il lui était nécessaire de réfréner une tension incroyable avant de prononcer le moindre mot.

— Une bonne douche...

Il hocha la tête en soufflant à nouveau.

— ... oui, il me faut une bonne douche ! Va me remplir deux ou trois seaux de flotte et préviens-moi quand ça sera prêt.

Le vieil harki s'éloigna vers la citerne. Il rassembla une série de bidons d'essence de vingt-cinq litres et les remplit un à un, grimpant chaque fois l'échelle posée contre la réserve d'eau. Puis il se mit en devoir de transporter les bidons pleins jusqu'à une cabane adossée au préfabriqué et qui abritait une douche de fortune.

Le caporal avait reposé sa tête entre ses genoux. Il se balançait d'avant en arrière en se tenant les jambes.

— À quoi ça lui sert... À quoi ! À rien... À rien...

Le chien du cuistot, une bestiole bancale au pelage mité vint rôder autour de lui, intrigué par son manège. Il renifla quelques secondes et fit demi-tour.

— J'te dégoûte, hein, tu te tires... T'as deviné que notre boulot, c'était pas spécialement les caresses... Saloperie !

Il prononça le dernier mot avec beaucoup de tendresse.

CHAPITRE DEUX

Cadin et Léonard réintégrèrent le bâtiment dont le hall commençait à s'emplir de locataires aux toilettes hâtives. Le gardien leur fit signe et se dégagea d'un groupe d'hommes et de femmes qui ajustaient leurs robes de chambre, serraient leurs peignoirs, se débarrassaient de leurs chassies durcies.

— Il a réussi à filer ?

— Oui, il a été plus rapide que nous ! Vous avez pu déterminer d'où venaient les coups de feu ?

— À peu près… D'après eux, ce serait au huitième ou au neuvième. On y va ?

— Sans perdre de temps… D'ici deux minutes on ne pourra plus accéder aux ascenseurs.

Le palier du huitième était désert. Le mur qui faisait face à l'ascenseur renvoyait l'image d'un port breton, une peinture murale maladroite, comme le décalque grand format d'une carte postale de mauvais goût. Léonard émit un sifflement prolongé.

— C'est nouveau, ça ?

— Assez… Il y en a presque à tous les étages… Des dessins différents à chaque fois. Ce sont les locataires qui ont choisi les motifs, les gars des HLM ont passé la barbouille… Ils ont l'air d'aimer ça… la preuve, il n'y a plus de graffitis !

Cadin se souvint d'un bombage récent qui courait sur la façade d'un immeuble en construction, pas loin de chez lui :

« Le béton est armé, pourquoi pas vous ? » et se fit la réflexion que de pareilles trouvailles n'abîmaient pas les murs.

Ils s'apprêtaient à cogner à la porte d'un appartement quand un gamin apparut dans le couloir, venant de l'escalier.

— C'est au 97, au-dessus… Il y a eu deux coups de pétard, tout à l'heure. On habite à côté, on a tout entendu…

Léonard lui passa la main dans les cheveux.

— Merci petit. Maintenant retourne chez toi, il est l'heure de dormir…

Le gosse haussa les épaules et leur emboîta le pas. Le neuvième avait eu droit à un paysage de neige : chalet savoyard accroché à la montagne, silhouettes de chamois en équilibre sur les cimes. Les familles au grand complet formaient une haie jusqu'à la porte de l'appartement numéro 97. L'inspecteur s'en approcha et l'ouvrit sans effort ; le verrou n'avait pas été poussé. L'odeur âcre de la poudre le fit tousser. Sans même qu'il y pense, il s'était retrouvé avec son arme à la main, avançant prudemment, attentif au moindre bruit. Derrière, Léonard l'imitait, tendu. Cadin pénétra dans la salle à manger. Le corps d'un homme reposait au travers d'un tapis grec à longues mèches blanches, la tête fracassée. Une large tache sombre colorait la laine, alimentée dans son expansion par un mince filet de sang qui s'écoulait encore de la blessure. La main droite du cadavre serrait désespérément un 7. 65. Cadin se pencha près du mort.

— C'est un Beretta. Il a dû se buter tout seul… Il y a des traces de brûlures dans les cheveux…

Les curieux avaient profité de l'extrême attention des

policiers pour s'infiltrer dans le logement. Cadin perçut le brouhaha. Il se retourna, nerveux.

— Vous le gardien… Virez-moi tout ça ! On n'est pas au Grand Guignol ! Et qu'ils ne touchent à rien… Même pas aux murs.

Léonard fit le tour d'un canapé en cuir qui séparait la pièce en deux, coin salon-télévision, coin repas.

— Il y a du sang ici aussi… Il n'a pas dû mourir tout de suite.

— Tu racontes n'importe quoi ! Regarde-le, il a la moitié de la tête arrachée. Les mecs, ça ne se balade pas pendant un quart d'heure comme les canards décapités… Où est-ce que tu as vu du sang ?

Léonard désigna du doigt quelques éclaboussures, près du poste de télévision et sur le papier peint côté salon.

— Ici, et c'est encore frais.

Cadin remit son arme dans son étui et se décida à visiter le reste de l'appartement.

— Ça ne tient pas debout : il est mort instantanément, sur le tapis. À moins qu'il ne se soit raté une première fois… Dans ce… Oh merde !

Il s'arrêta net au seuil de la chambre. Une femme était allongée à même le couvre-lit de velours bleu. Elle semblait dormir, les yeux clos, ses longs cheveux blonds disposés en ordre autour de son visage, quelques mèches remontant sur l'arrondi des épaules. Une large marque humide assombrissait sa robe d'été, juste sous le sein gauche. De l'endroit où il se tenait, Cadin pouvait voir ses pieds nus, ses jambes parallèles, le tissu léger tiré sur les genoux… Une scène d'une netteté trop grande, qui appelait en lui des images de films et de contes. Son regard suivit les lignes du corps, évitant la tache où s'était enfuie la vie, et se posa sur les lèvres, les paupières, le nez de la victime. Léonard l'arracha à sa contemplation morbide.

— Ce coup-ci, on est servi ! Ça explique les deux coups de feu... En tout cas il ne manque plus que les cierges !

— Oui... Il a dû la tuer dans la salle d'à côté puis la transporter ici avant de se mettre une balle dans la tête. Ça explique les traînées de sang sur le parcours... Va dire à ton pote le gardien de faire rentrer tout le monde. D'ici peu toute la baraque sera envahie par nos services... On aura assez de boulot comme ça, sans devoir, en plus, jouer aux gendarmes.

Léonard l'approuva et s'éloigna vers le palier. Cadin repéra le téléphone sur un rayonnage de la bibliothèque. Il appuya sur les touches à l'aide de son stylo pour ne pas détruire d'éventuelles empreintes. Il reconnut la voix de Mernadez.

— Cadin à l'appareil. Il y a pas mal de dégâts ici... Deux macchabées. Appelez la préfecture, qu'ils nous envoient directement trois ou quatre hommes à la cité République. Appartement 97... Vous avez noté ?

Mernadez acquiesça.

— Quatre hommes appartement 97. D'accord.

— Ensuite, mettez-vous en rapport avec le labo. Dites-leur de faire rappliquer leur équipe à la même adresse. Les deux cadavres, c'est un homme et une femme, s'ils vous le demandent... Bien entendu, n'oubliez pas de passer la consigne à l'identité judiciaire.

L'inspecteur reposa le combiné avec précaution. Son attention fut attirée par des dessins crayonnés dans la marge d'une page de journal. Des flèches, des points d'interrogation, une tête de mort malhabile. La frise semblait mettre en valeur un court article.

Un ouvrier de 32 ans, Gérard Noret, est mort hier déchiqueté. Alors qu'il versait les produits nécessaires à la fabrication, il a été entraîné, pour une raison indéterminée, dans les rouages de la machine. Gérard Noret a glissé par la trappe ouverte et a été immédiatement emporté par les pales du mélangeur.

La société Doux-Canin qui employait Gérard Noret occupe une place de leader sur le marché des pâtées pour chiens.

Il jeta un coup d'œil aux livres classés par collections sur des étagères de bois vernis. Toute une rangée de livres-club avec leurs pastilles de prix-promotion, sur la tranche, des poches, l'intégrale des auteurs de base, Balzac, Zola, Hugo puis des bouquins de cinéma, des revues et un grand nombre de titres de droit social.

L'aménagement de l'appartement ne présentait aucune originalité ; le papier peint uni, de couleur claire, mettait en valeur le canapé cuir et l'équipement hi-fi. Pour le reste, les cinquante objets usuels présents dans tous les intérieurs français du milieu des années quatre-vingt parsemaient les différentes pièces. Tout était ordonné, aucune trace de bagarre, de dispute. Dans la cuisine, la vaisselle du repas du soir finissait d'égoutter sur le côté de l'évier.

Léonard revenait quand Cadin sortait de la salle de bains.

— Le gardien t'a donné leurs noms ?

— C'était pas la peine, il est sur la porte, au-dessus de la sonnette. C. et M. Werbel. Il doit bien y avoir des papiers dans un coin… Tu veux que je m'en occupe ?

— Ce serait pas mal… Je vais commencer à préparer mon rapport en attendant que le labo débarque. Après, tu me choisiras deux ou trois voisins pas trop sensibles pour l'identification.

Léonard s'était accroupi près du cadavre, sur le tapis blanc. Il passa le bout des doigts sur les poches de la chemise, du pantalon. Il se remit debout et détailla le dessus des meubles. Son regard s'arrêta sur le portemanteau mural dissimulé derrière la porte qui séparait la cuisine du salon. Il décrocha le blouson de toile qui s'y trouvait suspendu et le fouilla. Il tira un portefeuille de cuir noir aux coutures relâchées. Il en vida le contenu sur la table, au-dessus du mort. Une pochette de plastique transparent protégeait un permis de conduire et les différentes pièces officielles attachées à la possession d'un véhicule : carte grise, talon de vignette, assurance… La photo rivetée sur le permis montrait le visage d'un homme jeune, moustachu, aux cheveux bruns coiffés très court. Il se forçait à sourire, ce qui lui donnait un air un peu bête, comme souvent au Photomaton. Léonard tendit le rectangle rose près de la figure du cadavre et fit la moue : le coup de feu, tiré bout touchant, avait arraché la moitié de la boîte crânienne. Difficile de comparer, d'autant que ce qui subsistait du visage était strié de sang et parsemé de caillots en cours de coagulation.

Le portefeuille contenait également un mince carnet d'adresses dont les pages étaient couvertes d'une écriture fine et nerveuse. Certains noms étaient suivis d'une ligne raturée, surchargée, les correspondants semblant avoir changé d'adresse ou de téléphone à de multiples reprises.

Léonard fit claquer la couverture du carnet sur le dessus de table. Il feuilleta un livret de Caisse d'Épargne arrêté à la somme de 18 732 francs et 12 centimes, dont la pochette de protection contenait de l'argent liquide, près de deux mille francs.

L'ensemble des pièces d'identité et des papiers étaient établis au nom de Claude Werbel, né le 18 mars 1940, au Lude, de nationalité française, domicilié à Courvilliers cité République. En face du mot profession : ajusteur.

— Tu as besoin de son identité précise ?

Cadin s'était installé sur la table de la cuisine. Il répondit en continuant à remplir son carnet de notes.

— On verra ça plus tard, je laisse en blanc pour le moment…

Léonard remit le blouson sur la patère et attrapa une besace en cuir souple posée sur la moquette. Il tira sur la fermeture Éclair qui s'ouvrit en sifflant, et couchant le sac il en versa le contenu sur la table. Un passeport maculé de poudre émergeait d'un fouillis de flacons, de mouchoirs, de plaquettes de pilules. Il n'eut aucune difficulté à reconnaître la femme blonde dont le portrait figurait en page trois : le passeport datait du mois de juin. La photo couleur tirait sur le violet et dénaturait le teint des pommettes, des lèvres. Les yeux, d'un gris émouvant, fixaient intensément l'objectif. Et par-delà, la mort.

Il tourna la page, revenant à la première.

Monique Werbel, nom de jeune fille Roguet. Née le 3 janvier 1948, à Toulouse. Secrétaire. Domiciliée cité République à Courvilliers.

Une série de clichés de vacances, cadrages approximatifs, flou de rigueur, la montrait en compagnie de son mari, rayonnante, amoureuse.

La sirène d'une voiture de police occupa peu à peu davantage le silence, jusqu'à emplir la pièce. Au passage la lueur bleutée du gyrophare balaya le salon. Bientôt trois flics en uniforme arrivèrent dans l'appartement, pilotés par le gardien. L'inspecteur leur fit un résumé de la situation et les chargea de consigner les déclarations de tous les locataires, en essayant de débusquer celui qui avait appelé le commissariat à 3 h 51 précises.

Une demi-heure plus tard les deux photographes de l'identité judiciaire débarquaient à leur tour. Ils s'installèrent et prirent une centaine de clichés, pellicule et

Polaroïd, avant de rejoindre Cadin et Léonard dans la cuisine.

— On peut faire du café ici ?

L'inspecteur approuva la suggestion.

— Il doit y avoir tout ce qu'il faut dans les placards. Débrouillez-vous. Sinon, il y a un reste de coca au frigo… Les gars du labo n'ont pas l'air pressés d'arriver. C'est dans leur habitude ?

— C'est comme nous, ils ne viennent pas pour le plaisir… D'autant qu'ils sont sûrs que leurs clients ne risquent pas de mettre les bouts… Ils ont tout leur temps.

Ils burent le café des Werbel, coincés autour de la table de Formica, se racontant des histoires d'autopsie, de constats horribles, comme s'ils voulaient exorciser la mort trop proche. Puis la conversation tomba, sans que personne ne trouve le courage de la relancer.

L'équipe du laboratoire fit son apparition peu avant cinq heures du matin alors que le jour s'installait, un vieux toubib au visage anguleux, la peau tendue sur les pommettes, et son adjoint qui portait les valises. Ils se casèrent sur le canapé.

— Il est où, le deuxième ?

Léonard indiqua la direction de la chambre.

— La femme est là, sur le lit.

— C'est terminé pour les photos ?

— Non, on a juste mis les lieux en boîte… Sans rien toucher. Dès que vous aurez fini, on passera aux gros plans…

Une mouche grimpait la paroi extérieure d'une tasse. Cadin l'observait. Elle fit une halte sur l'arête puis descendit le long de la porcelaine tremper ses pattes dans le sucre fondu. Dès qu'elle y fut, l'inspecteur plaqua sa main ouverte sur le bord de la tasse. Il souleva un coin de sa paume, un côté du triangle creux que forment le pouce et l'index, baissa la tête et approcha un œil de la mince ouverture.

— Cherche pas... Elle est déjà accrochée au plafond !

— Tu parles de quoi ?

Léonard haussa les épaules.

— De quoi veux-tu que je parle ? De la mouche... Elle a été plus rapide que toi... Elles ont des yeux au-dessus de la tête, comme les sous-marins...

L'inspecteur prit le parti de ne pas répondre. Il rejoignit les gens du laboratoire dans la salle à manger. Le toubib prenait des notes sur un calepin, un bic coincé entre ses doigts aux phalanges nettement marquées.

— Vous avez une idée de ce qui s'est passé ?

Le stylo s'arrêta au milieu d'un mot et deux yeux noirs, enfoncés profond sous des arcades sourcilières boursouflées, le fixèrent.

— Vous êtes nouveau, vous ?

Et, sans lui laisser le temps de placer un mot :

— ... nouveau mais pas original ! Tous les mêmes... Les corps sont encore chauds que vous réclamez une analyse circonstanciée, dactylographiée en trois exemplaires ! Il y a une heure j'étais au lit... Et tout juste arrivé, avec un pied dans les songes, je devrais reconstituer les événements qui ont conduit ces deux inconnus vers la mort !

— Je ne vous en demande pas tant...

— J'exagère à peine. Il n'y a qu'un examen approfondi qui pourra vous donner des éléments de réponse. L'autopsie. En ce moment, avec les vacances, il faut compter trois jours... Deux en faisant jouer la procédure d'urgence. On en a plusieurs qui attendent au frais...

— Vous pouvez tout de même me donner un avis officieux. L'enquête ne peut pas attendre les résultats de l'autopsie pour démarrer. Si vous me dites que ce sont probablement deux suicides ou deux assassinats, ça influera sur ma façon de lancer mes recherches… Ce que vous me direz ne sortira pas d'ici… Juste vos premières impressions…

— Si ça vous fait plaisir… Mais je ne vous apprendrais rien en vous précisant que la femme n'a pas été tuée sur le lit : on l'a transportée dans la chambre alors qu'elle était déjà morte. On trouvera la place exacte où elle se tenait quand elle a pris une balle dans le cœur en analysant les traces de sang, dans le salon… Ce que je peux vous dire, c'est qu'elle a été tuée à bout portant ; l'étoffe du corsage est légèrement brûlée autour de l'orifice de pénétration du projectile… On passera le tissu au convertisseur à infrarouges, pour vérifier, mais cela ne fait aucun doute…

Cadin tourna la tête vers le tapis grec.

— Et pour lui ?

— À première vue, cela ressemble bougrement à un suicide. La balle est entrée par l'œil droit et elle est ressortie en emportant une partie de la boîte crânienne…

— C'est assez rare, non ?

Il esquissa une moue qui tendit encore un peu plus la peau sur le squelette de son visage.

— Oh, pas trop… C'est moins fréquent que de choisir la tempe ou l'oreille mais c'est tout aussi efficace. L'autopsie sera décisive pour déterminer l'angle de tir. Quand on se suicide, la morphologie humaine n'autorise qu'une quantité limitée de positions… Ce qui n'empêchera jamais un désespéré original de vouloir mettre fin à ses jours en plaçant un canon de pistolet sur le sommet de son crâne tout en essayant de faire ressortir la balle par le trou de son cul ! J'aimerais tomber sur un cas de ce genre avant de partir en retraite…

— Désolé, mais ce n'est pas encore pour aujourd'hui. Admettons que l'angle de tir corresponde aux normes admises pour un suicide, on peut imaginer que quelqu'un pouvait se tenir près de la victime…

Le médecin l'interrompit.

— Ça, c'est votre travail, pas le mien. Au moment du tir, la main qui tient l'arme reçoit une projection de grains de poudre qui s'incrustent dans la peau… On a un test pour cela, un moulage à la paraffine… Même s'il est positif pour votre client, ce ne sera qu'une indication, rien de plus. Les assassins sont vicieux. Il suffit de suicider un gars inerte en lui tenant la main après s'être, soi-même, protégé avec un gant ! Des cas de ce type, il y en a des dizaines dans les annales. Enfin rassurez-vous, tous les cadavres que nous rencontrons ne sont pas des énigmes spécialement préparées à notre intention par le génie du mal… Il y a encore des morts qui ont du savoir-vivre !

Le véhicule aménagé de l'institut médico-légal se gara sur l'esplanade un peu après six heures, alors que les premiers groupes d'ouvriers rejoignaient les lieux de ramassage du circuit d'autocars mis en place par Hotch.

Le travail terminé, tout le monde s'était retrouvé dans la cuisine, autour d'un café frais. La conversation s'était à nouveau embourbée dans le morbide, une affaire d'excision, une semaine plus tôt, qui avait tourné au tragique, la fillette morte, dans une cité proche… Cadin évoqua ces femmes japonaises à qui l'on interdisait de sourire, la politesse leur imposant de ne jamais montrer leurs dents… Les toubibs et les photographes le regardèrent, interloqués, et mirent leur incompréhension sur le compte de la fatigue. Seul Léonard débrouilla l'analogie et le manifesta d'un coup d'œil complice.

Le médecin saisit la balle au bond.

— À propos de sourire, celui de Mata Hari est resté célèbre… C'était même un outil de travail, elle se gardait bien de le cacher derrière sa main ! Quand mon père étudiait à l'École alsacienne, juste après la guerre de 14, il avait un professeur d'anatomie qui faisait une collection unique : une collection de paupières ! Un jour, mon père m'en a certifié l'authenticité, ce professeur leur a montré les paupières de Mata Hari…

Les leurs s'ouvrirent grandes, malgré le manque de sommeil.

Cadin toussa pour s'éclaircir la voix.

— Avec un prof de cet acabit, on ne doit pas savoir quelle branche choisir : toubib ou assassin ! Il faudrait vérifier si le docteur Petiot n'a pas fréquenté son cours…

— Et pourquoi cela ?

— Il était collectionneur lui aussi : il possédait toute une série de bocaux renfermant des sexes masculins et féminins… Ils étaient alignés au-dessus de la cheminée, en face de la table où la famille, sa femme, ses enfants, prenaient leurs repas quotidiennement. Ce qui n'a pas empêché cette femme, lors du procès, de jouer les étonnées…

Léonard le poussa du coude.

— Je peux te confier une chose : si ma copine faisait collection de conserves de couilles, je ne dormirais pas tranquille !

Ils se mirent à rire nerveusement, des rires qui duraient trop longtemps pour être justifiés par la seule plaisanterie. Cadin s'essuya les yeux.

— Tu es vraiment con, Léonard !

Le flic se rapprocha de l'inspecteur, lui posa une main sur l'épaule.

— On a commencé à se tutoyer à minuit et on s'insulte avant même le petit déjeuner ! Je crois que c'est bien parti entre nous, inspecteur.

CHAPITRE DEUX

Le caporal demeura un bon moment à observer le manège du harki. C'était un Kabyle originaire d'un village au nom impossible, près de Tizi-Ouzou, sur la route de Tigzirt. Le caporal ne savait pas ce qui avait amené ce paysan à s'engager dans l'armée française. La région d'où il venait comptait parmi celles où le FLN était le mieux implanté.

Personne ne connaissait exactement son âge, soixante ans peut-être, mais sa résistance lors des marches, pendant les opérations, faisait qu'on lui en attribuait généralement moins. Il montait les bidons d'eau et les versait dans le réservoir, au-dessus de la douche, sans le moindre geste inutile, le visage impassible. Il pouvait rester des journées entières sans prononcer une parole, à part ce bourdonnement, aux heures des prières…

Un jour, à table, il avait fait tomber un objet métallique de sa poche, en sortant son couteau. Une médaille qu'il avait ramassée précipitamment et cachée au creux de sa main comme s'il s'agissait d'un objet compromettant. Le caporal avait eu le temps de reconnaître le dessin d'un casque renversé posé sur deux baïonnettes croisées avant que la médaille rejoigne la poche de vareuse.

Il s'était renseigné.

Peu de soldats pouvaient se vanter de posséder cette

distinction… Les quelques dizaines de rescapés des unités suicides qui avaient reçu l'ordre d'arrêter la progression des colonnes blindées allemandes, en juin 40, sur la route de Dunkerque. Une jeep conduite par un jeune appelé qui passait sa vie à prospecter des partenaires pour des parties de tarots interminables freina et vint se ranger devant le préfabriqué.

— Tu te fais une bronzette ?

Le caporal leva la main droite, mollement, en guise de salut. Dans les premiers temps de son affectation au DOP de Souk-Lémal il lui arrivait souvent de prendre une jeep et de filer torse nu sur les pistes, le pare-brise baissé, avec le vent tiède qui lui fouettait le corps… Il oubliait même quelquefois de se munir de son pistolet-mitrailleur, fonçant ainsi sans protection dans la zone hostile qui entourait le poste.

Le renforcement des unités de guérilla interdisait aujourd'hui de telles balades mais le goût lui en était déjà passé bien avant que le capitaine ne prenne de nouvelles dispositions. L'appelé sauta de la jeep.

— Tu as du courrier… Il est sur le meuble, dans le casier…

Le caporal fronça les sourcils puis se souvint que la camionnette du vaguemestre avait laissé un essieu sur la route d'Alger, la semaine précédente.

— C'est toi qui assures la tournée ?

— Oui. Pierrot a décroché le gros lot : une fracture du fémur et un truc aux vertèbres… Il va finir son service à l'hosto, le veinard ! C'est pas à moi que ça arriverait, une chance pareille… Et toi, tu te plais dans le coin ?

Le caporal ferma les yeux.

— Je ne suis pas venu ici en touriste, ni comme volontaire… Alors, que ça me plaise ou non… À ce qu'on raconte, ici ou ailleurs c'est la même merde… On est là pour recoller les morceaux mais tout est pourri, tout

tombe en lambeaux et on ne sait plus dans quel ordre ça tient debout…

— Tu en as encore combien à tirer avant la quille ?

— Six mois… Et toi ?

L'appelé remonta dans sa jeep et tira le démarreur.

— Il m'en reste pour un an et demi… T'as du pot, tu vois le bout…

Le caporal ne répondit pas. Il regarda la piste disparaître sous le nuage de poussière, essayant de déchirer le voile opaque qui lui interdisait, depuis des semaines, de songer à son retour en France.

CHAPITRE TROIS

Cadin compléta son rapport en attendant l'arrivée du commissaire Périni. Ils passèrent un long moment ensemble à évoquer les événements de la nuit. Périni fit part à l'inspecteur de son souhait de se saisir de l'affaire, prétextant l'incompatibilité des horaires de Cadin avec les exigences de l'enquête. L'inspecteur n'eut pas la présence d'esprit de proposer d'en finir avec ses permanences nocturnes. Ils se quittèrent vers midi.

Cadin s'arrêta en chemin, au « Chien qui fume », pour boire un café et acheter les journaux. Dans les toilettes du troquet le rouleau de papier habituel avait été remplacé par des feuilles format machine coupées en quatre et accrochées à un clou. Il détacha un morceau de papier sur lequel il reconnut le tampon du commissariat. Intrigué il arracha la liasse et tenta de reconstituer une page sur laquelle courait une écriture tracée à l'encre bleue.

« La lettre »
Comme elles sont douces
Ces jolies violettes
Venues dans la mousse
Tendres et discrètes
Elles vous diront tout bas

Que je n'oublie pas
Mais elles sont si frêles
Que je crains pour elles
Le cachet brutal
Du facteur rural.

Il glissa le poème écartelé dans sa poche intérieure. Chatka l'accueillit sur le seuil de la maison par un concert de miaulements, entraînant Cadin directement devant le frigidaire. L'inspecteur émietta le contenu d'une boîte de thon au naturel, remplit l'écuelle de lait puis il prit une douche en écoutant les informations. Les morts de Courvilliers n'avaient pas les honneurs des ondes. Il s'essuya, passa un slip tiré d'un carton à demi éventré et s'allongea sur le lit, sur le côté, un coude soutenant sa tête pour lire la presse.

Mardi 24 août… Les Werbel étaient morts le jour de la Saint-Barthélemy… Entre un dossier consacré à David, l'enfant du placard, et une série de reportages décrivant l'évacuation de Beyrouth par les Palestiniens, il dénicha une brève qui donnait les résultats d'une enquête réalisée par un mouvement de défense des consommateurs au sujet de l'allaitement au sein. Il apprit que le lait des femmes de France était fortement contaminé puisqu'il contenait huit fois plus de DDT que ne l'admettaient les normes de l'Organisation mondiale de la Santé. L'article attribuait cette pollution à l'utilisation massive de pesticides par les agriculteurs. Les nourrissons étaient tout juste mieux lotis en Espagne et en Pologne…

La page locale de Courvilliers réservait ses titres aux résultats des équipes de football et au classement du semi-marathon disputé au cours du week-end précédent. Un placard publicitaire attira l'attention de Cadin :

MARDI 24 AOÛT
à partir de 18 heures
à l'espace Desnos
ÉLECTION DE MISS COURVILLIERS
Entrée 40 F. Tenue correcte exigée.

Le sommeil le surprit peu après. Le chat vint se blottir entre la tête de l'inspecteur et l'oreiller. Les premiers ronflements de Cadin le firent sursauter mais dès qu'il en eut identifié la provenance Chatka se mit à ronronner, comme s'il voulait accompagner son nouveau maître dans sa nuit décalée. Les rêves n'eurent pas le temps de s'organiser : Cadin fut réveillé par une tonitruante musique de reggae poussée au maximum. La fenêtre de sa chambre donnait sur la rue et surplombait un feu tricolore qui passait immanquablement au rouge dès que s'annonçait une décapotable pilotée par un Antillais…

Il reprit une douche tiède et s'habilla rapidement afin de ne pas rater le début du spectacle.

L'espace Desnos était situé au cœur de la ville nouvelle, un complexe en béton brut regroupant une ancienne annexe de la Maison de la Culture transformée en salle des fêtes, une bibliothèque et quelques ateliers d'artistes. Quatre policiers municipaux canalisaient la foule qui se pressait devant le bâtiment. La sono du hall noyait les conversations dans le « Chœur des Exilés » du *Nabucco* de Verdi, dans la version show-biz de Nana Mouskouri. L'un des flics à casquette plate chantonnait en surimpression :

« Quand tu chantes, je chante avec toi Liberté… »

L'inspecteur dut jouer des coudes pour arriver au guichet. Muni de son ticket d'entrée, il longea un mur recouvert de toutes les affiches des spectacles joués depuis la création du lieu et accéda à la salle déjà remplie aux trois quarts. Les premiers rangs avaient été démontés pour permettre l'aménagement d'une piste réservée aux évolutions des concurrentes. Quelques couples profitaient des minutes qui les séparaient encore de l'heure prévue pour le début des exhibitions, tanguant en pleine lumière sur l'opéra sirupeux. Cadin s'était imaginé un public essentiellement masculin et plutôt âgé mais il constata avec surprise que de nombreuses jeunes femmes s'étaient déplacées. Il commanda une bière au bar situé près de la scène avant d'aller s'asseoir au dernier rang, contre le mur, une place qu'il affectionnait au théâtre car elle lui permettait de s'éclipser sans attirer l'attention.

Le rideau de scène s'agita soudain. Le visage fardé d'une femme, les cheveux masqués par un chapeau à larges bords, apparut une fraction de seconde entre les lourds pans de velours rouge. La salle se mit aussitôt à applaudir pour réclamer le début du spectacle. Les lumières s'éteignirent et Verdi déclina avant de laisser l'espace à un air disco qui marquait l'entrée en scène du meneur de jeu.

— Chers amis bonsoir. Si nous nous retrouvons si nombreux ce soir, dans la salle Desnos, nous le devons avant tout à l'Association des Commerçants de Courvilliers qui a pris l'initiative de ce premier concours local, ainsi qu'à la société Hotch qui nous a apporté une aide précieuse. Le spectacle que nous allons vous présenter sera entièrement consacré à la grâce, à l'élégance féminine et j'espère que vos encouragements ne feront pas défaut à nos charmantes concurrentes… La lauréate de ce concours verra son avenir totalement modifié : elle sera inscrite d'office à la finale départementale pour le titre de Miss Seine-Saint-Denis… une distinction qui lui ouvrira les portes du titre suprême : la couronne de Miss France…

Le présentateur possédait un petit talent, une voix chaude dont il jouait à merveille ; son médiocre baratin passait la rampe sans accroc et malgré l'impatience, personne dans la salle ne semblait se lasser. L'attente du défilé faisait partie intégrante du plaisir, le public acceptait l'effort pour mieux savourer la récompense.

L'inspecteur avala sa dernière gorgée de bière. Il poussa la bouteille vide sous le siège.

— … Cet après-midi, nous avons le privilège de compter parmi nous le célèbre peintre Paul Truaux qui exécutera le portrait de notre lauréate. Ce tableau sera remis au gagnant de la tombola dont vous pouvez vous procurer les billets auprès de nos hôtesses. Et maintenant, place au spectacle avec Josie qui porte le numéro Un. Josie n'a que dix-sept ans et sur mes notes je lis 93, 58, 91… Non, ce ne sont pas les résultats du loto, mais les mensurations de Josie… Un tiercé gagnant !

Josie s'avança jusqu'au centre de la scène, tremblante de trac. Elle s'arrêta la jambe droite croisée sur la gauche, le pied pointé vers le sol, comme elle avait dû le voir faire par les apprenties miss de concours précédents. Elle se figea dans cette pose et découvrit ses dents à la faveur d'un sourire crispé. La salle semblait apprécier la citation et le manifestait en mêlant sifflets et applaudissements. Une douzaine de filles défilèrent ainsi, accompagnant leurs prestations de musiques de variétés qui évoluaient entre Jairo et Vartan.

L'attention de Cadin avait chuté, son regard se promenait distraitement sur le rebord de scène, perdu dans le vague. Il loupa l'entrée du numéro 13 mais le silence qui se fit soudain l'alerta. Il souleva ses paupières et les talons aiguilles pénétrèrent dans son champ de vision. Il fixa les ongles rouges qui dépassaient de ses chaussures maintenues par de minuscules lanières de cuir et suivit la ligne ondoyante des jambes. Son cœur se mit à battre tandis que son esprit enregistrait la pureté des formes.

— 91, 59, 90… Un corps parfait pour ce modèle que

l'on croirait tout droit sorti de l'atelier d'un sculpteur… Maryse, qui porte le numéro de la chance, est employée chez Hotch, la société qui parraine cette soirée… Au service planning…

Le voisin de l'inspecteur se trémoussait sur son siège. Il se tourna vers Cadin sans cesser de battre des mains.

— Je me disais bien que je l'avais déjà vue quelque part ! Elle n'est pas mal, non ?

Cadin acquiesça en silence. Le personnel de l'usine constituait une grosse majorité de l'assistance car l'annonce de la profession de Maryse venait de provoquer des réactions passionnées. Les membres du jury n'auraient pas trop à se creuser la tête pour le palmarès. L'absence du 13 sur la plus haute marche du podium risquait de provoquer une émeute.

Dès que le calme revint les deux dernières candidates firent une longueur de plateau chacune, sans trop d'illusions, puis l'animateur consulta le président du jury, un adjoint au maire, et proclama les résultats.

Maryse raflait le titre, à la satisfaction générale. Cadin fut irrité par le vent de chauvinisme qui s'emparait de la salle. Il quitta sa place, décidé à rentrer chez lui en attendant l'heure de son service. Un jeune homme entièrement revêtu de cuir noir, blouson, pantalon et bottines, se mit en travers de son passage.

— Inspecteur Cadin ! Je suis heureux de vous rencontrer… Mais vous êtes bien le dernier que je m'attendais à trouver ici… En service ?

Il avait un visage rond, la lèvre supérieure soulignée par une ombre noire et mince.

— Je suis censé vous connaître ?

Un sourire souleva le soupçon de moustache.

— On devait y arriver un jour ou l'autre… Je m'appelle Alain Mény, je suis journaliste. Sur la radio du département, TOP 93…

— Vous m'avez l'air bien organisé… Vous tenez un fichier de tous les nouveaux flics nommés dans le secteur ?

— De ce côté-là, vous pouvez être tranquille, nous ne vous faisons pas une grosse concurrence ! Je vous avais déjà aperçu… Le commissaire Périni nous avait avertis de votre nomination à Courvilliers et vous êtes passé dans les couloirs un jour que je venais relever la main courante… J'anime une émission sur les faits divers, le samedi matin…

La simple mention du nom de Périni avait irrité l'inspecteur. Il imaginait assez bien les commentaires du commissaire sur ses états de service mouvementés en Alsace ou à Hazebrouck. Cadin manifesta le désir de mettre fin à l'entretien en saluant le journaliste mais ce dernier le retint.

— … J'ai l'habitude de présenter les nouvelles personnalités locales, en fin d'émission… Police, gendarmerie, justice… Vous pourriez m'accorder cinq minutes d'interview ? On peut faire ça en direct ou enregistrer un bout de cassette…

— Écoutez, que les choses soient claires : je suis un flic ordinaire, et les flics ordinaires, ça bosse dans la discrétion. C'est du moins ce que j'essaye de faire.

Alain Mény planta ses deux pouces dans les poches de son cuir.

— Vous y réussissez parfaitement. D'habitude on est sur le tas en même temps que les flics mais cité République, j'avais un bon métro de retard. Vos collègues venaient de tout remballer. On dit que c'est vous qui êtes tombé sur l'affaire… L'enquête avance ?

— N'essayez pas de jouer au plus malin avec moi. Si vous marchez avec Périni, vous devez savoir que c'est lui qui est sur le coup.

Le visage du journaliste se renfrogna.

— Vous n'avez pas l'air d'avoir compris. Je ne marche pas plus avec Périni qu'avec vous. Je me contente de faire un bout de chemin en compagnie des pékins qui acceptent de me fournir des infos… De temps en temps, il m'arrive de renvoyer l'ascenseur…

Des applaudissements éclatèrent dans la salle. Cadin toisa Mény.

— Je demande à voir…

Les portes s'ouvrirent et les spectateurs envahirent le hall. Le journaliste entraîna Cadin dans un coin, près des caisses.

— Vous pouvez voir tout ce que vous voulez… Je suis prêt à vous raconter la vie de Périni, ses magouilles avec les flics du maire… Ça vous dit ?

Cadin l'avait laissé parler et s'était contenté de sortir les morceaux de papier déchirés récupérés dans les toilettes du « Chien qui fume ». Il les tendit à Mény qui les raccorda, amusé.

— Est-ce que vous connaissez le nom de celui qui écrit ça ?

— Oui je le connais… Je vous le donne en échange de mon interview…

L'inspecteur manifesta son approbation en inclinant la tête, les paupières baissées.

— Alors, qui est-ce ?

— Vous passez la nuit avec… Un gars de l'équipe de nuit, le brigadier Mernadez… Il nous a bassinés des semaines durant, à la radio, pour qu'on programme une émission poétique…

Il lut le texte à mi-voix, ironique.

— … « le cachet brutal du facteur rural… » ! Il est en plein progrès… Ça vous plaît ?

Cadin avait enregistré le nom de Mernadez sans étonnement, même s'il devait produire un effort pour imaginer le poète, sous l'uniforme. Le brigadier lui apparaissait comme un homme taciturne qui, s'il effectuait son service sans rechigner, n'y mettait également aucun zèle. Une discrétion que Cadin avait mise sur le compte de la routine mais qui était, en fait, la marque d'une riche vie intérieure.

— Ça ne me déplaît pas… Il est évident qu'on peut trouver mieux. À sa décharge il faut admettre que des spectacles comme celui de cette nuit ne vous incitent pas à faire dans la dentelle !

— Pas très joli à regarder, d'après le gardien… Claude Werbel surtout… Une balle en pleine tête, ça fait de drôles de dégâts. Il y en a qui préfèrent se rincer l'œil avec les photos de sa femme…

— Quelles photos ? Vous parlez de quoi ?

— Vous n'êtes pas au courant, inspecteur ? Ça me surprend, mais vous avez l'air sincère dans l'étonnement… Une dizaine de clichés qui ont circulé dans Courvilliers, il y a quelques semaines… Une partie de jambes en l'air avec Monique Werbel en gros plans…

Cadin se dirigea vers les portes de sortie.

— On crève là-dedans… Je peux jeter un œil sur ces photos ?

— Je croyais que vous n'étiez pas sur le coup ?

— Disons que c'est par simple curiosité !

Les municipaux occupaient toujours les abords du parking. L'un d'eux était adossé à la porte arrière de la CX tandis que les autres discutaient à l'intérieur de la voiture en vidant des boîtes de bière. Alain Mény les salua de la main et ils levèrent leurs boîtes en retour.

— Les photos ne sont pas chez moi… Avant la loi sur les radios libres, je bossais au journal local, « Courvilliers-Informations ». Je faisais équipe avec un photographe, Patrice… C'est lui qui a reçu le dossier. Vous avez un peu de temps ?

— Pas trop, je commence à huit heures. Il habite loin d'ici, votre photographe ?

Alain Mény s'arrêta devant une Golf GTI équipée d'une antenne de CB. Il s'installa au volant.

— Non. Montez ; au retour je vous déposerai devant le commissariat. Vous serez à l'heure à la pointeuse !

Avant de démarrer il brancha la fréquence. La voiture contourna le square de la mairie et son poilu de bronze, pour rejoindre la voie rapide. Ils dépassèrent la zone industrielle. Quelques ouvriers distribuaient des tracts aux employés de Hotch qui entraient prendre le premier service de nuit. Ils roulèrent cinq minutes pour atteindre le hameau de Rivecourt, une dizaine de bâtisses grises paumées dans les terres à betteraves. La Golf pila devant un pavillon étriqué précédé d'un jardin en jachère. Mény poussa la grille qui racla en vibrant l'allée cimentée. Une tête furtive s'immisça sous le rideau d'une des fenêtres du premier et disparut. Ils entendirent des pas qui tambourinaient sur les marches creuses de l'escalier ; la porte s'ouvrit.

— Entre, Alain… Et vous aussi, inspecteur…

Patrice avait une bouille ronde au dessin accentué par une coupe de cheveux maximaliste qui ne lui laissait qu'un duvet blond sur le crâne. Les branches de ses lunettes aux verres également ronds venaient se poser sur des oreilles nettement décollées. Cadin s'avança dans le vestibule.

— Décidément, ma fiche est passée entre toutes les mains ! Pour vous aussi, c'est Périni qui a fait les présentations ?

— Non… Je vous ai remarqué tout à l'heure, au début du spectacle… Alain m'a fait signe… Je suis passé griller trois rouleaux pour le canard. Je crois même que vous figurez sur un ou deux clichés… Les films sont développés, on pourra vérifier !

— Vous ne perdez pas votre temps…

— Le métier, ça fait la différence… J'ai mis le reportage en boîte en cinq minutes, montre en main ! Juste après la cérémonie à la mairie de Courvilliers… L'anniversaire de la Libération.

Alain Mény s'interposa.

— L'inspecteur ne s'est pas déplacé pour entendre la vie édifiante d'un photographe de banlieue… Je lui ai parlé des photos de la femme de Werbel. Tu les as toujours ?

— Oui, elles sont là-haut, dans le labo. Sers à boire pendant que je vais les chercher.

Le journaliste avait devancé l'invite. Il venait de sortir trois verres d'une armoire vitrée et les disposa sous un Manneken-Pis en plastique marron juché sur un socle métallique. Il appuya sur la tête du petit Belge. Un trait d'alcool ambré jaillit de l'entrejambe de la reproduction.

— C'est du cognac, ça vous va ? Sinon il y a le même avec de l'armagnac ou du whisky…

— Cognac, c'est bon… Ça vient d'où, ce truc ? J'ai rarement vu quelque chose d'aussi laid !

Alain Mény ouvrit la porte supérieure de l'armoire vitrée, découvrant un amoncellement de gadgets. Il prit entre ses doigts la réplique miniature d'un W-C avec lunette et chasse d'eau.

— Ça, c'est un cendrier… Il y a aussi une guillotine coupe-cigare, toute une collection de gondoles vénitiennes, des stylos strip-tease, les trois singes de la sagesse version hard… C'est en train de lui passer, mais à une époque il perdait la moitié de son temps à compléter son bazar…

Patrice était revenu, un classeur sous le bras. Il l'ouvrit pour en extraire une enveloppe kraft qu'il tendit à Cadin. L'inspecteur entrebâilla l'enveloppe et tira une à une les six photos qu'elle contenait. Mény n'avait pas menti. Monique Werbel était bien vivante sur les bromures. Trop vivante, à son goût. Sur chacun des clichés un homme nu, le visage hors du cadrage, mais que l'on devinait chaque fois différent, l'enlaçait. Cadin sentit la chaleur lui monter au visage, une chaleur qui ne devait rien à l'alcool. Un sein écrasé sous un bras, cette tête renversée, des respirations heurtées... Bientôt un mois qu'il n'avait pas fait l'amour. Il déglutit en essayant de maîtriser les battements de son cœur, de masquer le trouble que provoquait la vision des clichés, puis il repoussa les photos au fond de la pochette.

— Ce sont de vrais tirages ou des photomontages ?

Patrice esquissa une grimace hésitante.

— Difficile à dire... En tout cas, si ce sont des montages, chapeau ! C'est du boulot de tout premier ordre...

— Les traces de montage doivent pourtant se repérer.

— C'est ce qu'on croit... En quelques années les techniques ont évolué à la vitesse grand V. J'ai fait des agrandissements pour déceler d'éventuels filets de raccord. Rien. En plus, il n'y a pas de différence d'échelle ni d'angle de prise de vue entre les personnages et le décor. À mon avis il faudrait avoir les négatifs sous les yeux pour juger... D'ailleurs tout le monde s'en fout : rappelez-vous l'affaire Markovic... La rumeur suffit...

Cadin reposa l'enveloppe près du Manneken-Pis.

— De quelle manière vous en avez hérité, de ces clichés ?

— Le plus simplement du monde : par la poste. Le paquet est arrivé au journal, un jour que j'étais de cuisine...

L'inspecteur l'interrompit.

— Que vous étiez de quoi ?

— De cuisine... De permanence si vous préférez. On bricole l'édition, les sous-titres, les légendes, chacun son tour. J'ai ouvert l'enveloppe et voilà. C'est tout. Ça venait de Paris, d'après le cachet.

— Elle vous était adressée personnellement ?

Le photographe serra les lèvres, émit un « psst » puis :

— Non, c'était pour le rédacteur en chef…

— Ça lui est passé sous le nez, non ? Vous ne lui avez jamais remis ce courrier, c'est bien ça…

Alain Mény répondit à la place de Patrice.

— Non. Patrice les a mises de côté mais ça n'a pas empêché la rédaction d'être dans le coup : on a recensé cinq jeux complets à travers la ville. Et tous dans un endroit stratégique. La mairie, l'Amicale des commerçants, la Bourse du travail, Hotch… Le rédacteur en chef a cru que le corbeau snobait « Courvilliers-Informations » ! D'ailleurs des photos de ce genre, c'est impubliable… Le but était clair : déglinguer Claude Werbel en salissant sa femme. Vingt personnes soigneusement sélectionnées qui ont ça sous les yeux, et en une semaine toute la ville est au parfum.

L'inspecteur renversa la tête afin de faire glisser une dernière goutte de cognac sur sa langue. Le liquide affadi avait perdu son alcool.

— Vous ne croyez pas plutôt qu'on cherchait à provoquer du tirage dans le couple Werbel ?

Patrice prit le verre de Cadin et le replaça sous le jet hésitant du Belge. La pompe électrique donnait des signes de fatigue.

— Accessoirement. Pour moi, l'objectif principal consistait en la déstabilisation de Claude Werbel. Trop de gens, ici, avaient intérêt à le mater, à le casser… Et parmi ceux-là, certains ne sont pas très regardants sur les moyens à employer…

— On lui en voulait tant que ça ? Il jouait quel rôle dans cette ville ?

Alain Mény s'assit du bout des fesses sur un rebord de la bibliothèque.

— Il y a quelques années, il avait lancé une association d'entraide. Avec un petit groupe d'amis au début, puis avec sa femme, Monique. Ils s'occupaient d'un tas de problèmes. Logement, cours d'alphabétisation, un peu de prud'hommes, ciné-club, défense du consommateur… Ils s'agitaient dans tous les sens après leur journée de travail chez Hotch… Ils dépensaient une énergie dingue… En cinq ou six années d'activisme tous azimuts, ils étaient connus de toutes les communautés de Courvilliers : Arabes, Turcs, Pakistanais, Yougoslaves…

— En gros, ils fonctionnaient comme un service social bénévole ! Je ne vois pas qui ça peut gêner…

Mény se redressa.

— Vous êtes naïf, inspecteur. Il n'y a rien de plus redoutable que des idéalistes qui s'organisent ! Quand on révèle à un paumé, à un laissé-pour-compte qu'il a des droits, c'est comme si on allumait une bombe à retardement. À partir de cet instant, il ne pense plus qu'à une chose : qu'on lui reconnaisse ces droits. Multipliez ce paumé par dix, par cent, par mille… Voilà à quoi s'employait Claude Werbel. La direction de Hotch a vite montré des signes de nervosité. La nouvelle municipalité aussi : elle vient de remporter les élections en promettant la restauration de la sécurité… Tout ce qu'elle désire maintenant, c'est qu'on oublie qu'avec elle, il y aura exactement le même nombre d'immigrés ! C'est le planning de production qui en décide, personne d'autre. Le travail de Werbel était de plus en plus perçu comme de la provocation. D'autant que le maire est sur un gros coup : il négocie la commercialisation d'une bonne partie de la zone industrielle qui jouxte l'usine… Deux cents hectares en friche depuis dix ans. On parle de

2 000 emplois. Presque un miracle par temps de crise. Deux ou trois séances d'affrontements entre ouvriers immigrés et CRS et tout pouvait tomber à l'eau…

— Il s'appuyait sur qui alors ? Les syndicats ?

— Non, sur personne, au fond… Les institutions, quelles qu'elles soient, n'ont pas très confiance dans les francs-tireurs. Les responsables syndicaux de chez Hotch le regardaient de travers. Il commençait à marquer des points là où ils étaient tenus en échec : faire cohabiter les différentes nationalités… Pour la CGT, il sentait le soufre ; au mieux on le traitait de gauchiste. La CFDT est pratiquement inexistante et les deux, trois types qui la dirigent devaient avoir peur de se faire déborder par Werbel. Quant à FO, ils tiennent trop à leur clientèle de petits cadres pour risquer de les effaroucher. Comme de juste, les plus virulents contre Werbel, c'étaient les gars du syndicat maison… Ils criaient bien fort ce qu'on chuchotait à la direction… La voix de son maître…

Cadin fit quelques pas dans la pièce.

— Si je comprends bien, la mort de Werbel ne fait que des heureux, dans le coin !

Il s'arrêta brusquement et agita l'enveloppe.

— Vous pensez que Périni est au courant de ça ?

Mény ébaucha un sourire et vida son verre.

— Vous pouvez toujours lui rafraîchir la mémoire…

Patrice s'était absenté depuis plusieurs minutes. Il redescendit de son labo alors que le journaliste se préparait à partir. Il tendit à Cadin un tirage encore humide.

— Un souvenir d'aujourd'hui…

L'inspecteur se reconnut, un cliché de trois quarts dos pris à l'espace Desnos. Au second plan, sur la scène, il distingua l'ombre de l'animateur et, près des coulisses, le visage angélique de Maryse, la future Miss Courvilliers, s'apprêtant à s'offrir aux regards des spectateurs.

CHAPITRE TROIS

La jeep contourna le poste et prit la route de Souk-Lémal. Le caporal la suivit du regard jusqu'à ce qu'elle disparaisse derrière la colline. Il se leva et se dirigea d'un pas pesant, ses Pataugas raclant la caillasse, vers le préfabriqué.

Il les entendit bouger, dans le fond.

Sa lettre était posée au-dessus de la pile d'imprimés et de plis, sous les étagères nominatives. Il n'eut pas besoin de retourner l'enveloppe pour connaître l'identité de son correspondant. Tout en elle lui était familier. Elle lui appartenait déjà, là, au milieu des autres. Le timbre collé plus bas qu'on ne le fait en général, ce papier légèrement bleuté, et l'écriture penchée à la graphie nerveuse de sa mère…

Il déchira la languette et trouva le mandat habituel qu'il glissa dans sa poche de chemise après l'avoir plié. La lettre débutait de la même tendre manière que toutes celles qui l'avaient précédée et qu'il rangeait soigneusement dans une boîte, sous son lit :

« Mon tout petit »

« Cela fait bientôt six mois que nous n'avons pas reçu de lettre de toi. Nous avons de temps à autre quelques nouvelles par l'intermédiaire du fils Raffier qui est cantonné près de Souk-Lémal, au camp de Terzit. Il dit que

tu es en bonne santé et que ton poste n'est pas exposé, qu'on se bat rarement dans ton secteur. Cela nous rassure, ta sœur et moi, mais cela ne remplace pas le bonheur que nous avions, le matin, en découvrant tes lettres, tes cartes dans la boîte aux lettres. Ton silence nous prive de ces rares moments de joie, les seuls que nous avions depuis que cette guerre nous prive de ta présence. Je me souviens toujours du bonheur que tu avais à nous faire partager tes découvertes au retour de tes promenades. Les soirs d'été sont devenus tristes et la maison est vide, comme si j'avais perdu ton père, une seconde fois.

Mais trêve de mélancolie. Je ne t'écris pas pour te donner le cafard bien que ce ne serait, et je le pense, qu'un prêté pour un rendu. Ton silence a sûrement des raisons. Les journaux recommencent à beaucoup parler de paix. Peut-être ne voyez-vous pas la différence, là-bas, sur le terrain. Si cela pouvait être enfin vrai, des milliers de mères, comme moi, cesseraient de penser à leurs fils en tremblant.

Viviane a réussi à se faire embaucher à la biscuiterie, au poste qu'elle espérait. J'ai remercié le maire pour tout ce qu'il a fait dans ce sens. Ce serait bien de ta part de lui envoyer un petit mot aussi. Le salaire de départ n'est pas bien élevé, mais il nous permettra de payer le père Georges pour le travail qu'il fait dans nos champs. Une bonne nouvelle pour toi : le mois prochain tu recevras deux mandats. Viviane tient à soutenir le moral de son grand frère ! Elle voulait t'en faire la surprise mais je ne résiste pas au plaisir de te le dire dès maintenant. Qu'ajouter sinon ? Je vais aussi bien qu'on peut aller à mon âge, séparée de mon tout petit. Je prie souvent pour toi, pour que tu nous reviennes très vite, avec tout cet amour dans les yeux. Je sais que je serai exaucée et cela me donne assez de force pour surmonter ton silence.

Écris-nous. Ne serait-ce qu'une carte.

Reçois de ta sœur et de ta mère leurs plus grandes marques d'affection. »

Le caporal acheva sa lecture bouleversé et il enfouit sa tête dans la feuille bleutée.

Le Kabyle s'était approché pour l'avertir que la douche était remplie. Il fit demi-tour en découvrant le trouble qui agitait le jeune soldat.

CHAPITRE QUATRE

Il était à peine sept heures et demie lorsque la Golf d'Alain Mény s'arrêta devant le commissariat pour déposer Cadin. Le commissaire Périni était engoncé dans son fauteuil, les yeux mi-clos. Il releva le menton au passage de l'inspecteur.

— Déjà en piste, Cadin ! Vous pouviez prendre un peu de temps après la nuit que vous avez passée...

Pour toute réponse l'inspecteur fit claquer l'enveloppe contenant les photos sur le bureau.

— Regardez un peu ce qu'il y a là-dedans.

Périni se mit en appui sur les accoudoirs pour soulever son buste. Il secoua l'enveloppe afin d'en extraire les tirages qu'il examina un à un.

— Plutôt mignonne cette petite... Une de vos connaissances ?

Cadin serra les dents pour ne pas l'insulter.

— Le nom de cette fille, c'est Monique Werbel. C'est elle que j'ai retrouvée morte la nuit dernière, cité République. On la faisait chanter, elle ou son mari, avec ces saloperies-là...

Périni se lissa le crâne du plat de la main en bâillant.

— Oh là... Ne vous emballez pas si vite ! J'ai eu le labo en milieu d'après-midi. Ils ont cuisiné vos deux clients, en procédure d'urgence... Selon toute vraisemblance Claude Werbel a supprimé sa femme dans le salon puis il l'a transportée sur le lit, dans la chambre. Un dernier signe d'amour… ils ont retrouvé des traces de sang appartenant à sa femme sur ses vêtements. Ensuite, il s'est fait justice. L'arme qu'il tenait serrée dans sa main est celle qui a tiré les balles qui les ont tués, lui et sa femme. Nous aurons les conclusions officielles des autopsies après-demain au plus tard… J'espère boucler mon rapport avant la fin de la semaine et classer l'affaire.

— Mais ces photos… On a un mobile…

Le commissaire se mit debout. Il effectua quelques exercices d'assouplissement pour se dégourdir les jambes et s'étira.

— Écoutez, Cadin, vous pouvez toujours me demander de les joindre au dossier… Ça détendra les gars des archives…

— Vous êtes sérieux ou quoi ? On doit au moins essayer de savoir qui faisait circuler ces clichés. Et dans quel but…

— Vous êtes bien gentil, Cadin, et en plus, vous êtes fidèle à votre réputation de fouille-merde… J'ai lu les rapports des PJ de Lille et Strasbourg à votre sujet… Vous ne m'accrocherez pas de gamelle : ici, nous sommes affligés d'un amour irraisonné pour les histoires simples. Pour tout vous dire, plus c'est simple, plus c'est limpide, et plus ça me plaît ! Vos photos pornos, c'est du réchauffé… Ça traîne partout… Faites une expérience : allez fouiller les vestiaires, au sous-sol… Vous serez surpris de ce que vous remonterez à la surface ! Et ensuite, relativisez les choses en vous souvenant que vous êtes du côté des défenseurs de l'ordre…

Cadin ramassa un cliché sur le bureau et le brandit devant les yeux de Périni.

— Vous les aviez déjà vues ? Oui ou non ?

— Calmez-vous, Cadin… Vous n'avez pas mis longtemps à mettre la main dessus. Je tiens à vous féliciter, vous êtes un as… Vous vous y êtes pris comment, si ce n'est pas indiscret ?

— Non, je n'ai pas à avoir de secrets pour vous… J'ai rencontré un reporter de Radio-Top 93, Alain Mény… Il m'a mis en rapport avec un de ses amis, un photographe de « Courvilliers-Informations » dont je ne connais que le prénom : Patrice. C'est lui qui possédait ce jeu de photos.

Périni s'approcha de l'inspecteur et lui passa un bras sur les épaules dans un geste qui se voulait amical.

— Patrice et Mény… Vous êtes bien tombé ! Ici on les a surnommés Matrice et Pény ! Il faut avouer qu'ils font bien la paire… Le premier avec son ensemble cuir moulant et l'autre avec sa gueule d'intellectuel et ses lunettes de trotskiste…

— Ils n'ont pas l'air plus pédés que la moyenne…

La main de Périni exerça une pression accentuée sur l'épaule de Cadin.

— Je n'en sais rien, et pour être franc, je m'en fous ! Ils se sont accrochés cette réputation en publiant un article, l'année dernière, alors qu'ils faisaient encore équipe, sur un groupe homosexuel de la région. Un curé avait été jusqu'à mettre une salle paroissiale à la disposition des pédés. Au début tout le monde croyait à un bobard, mais l'évêché a effectué une enquête et le curé a été déplacé… À mon avis vous devriez vous tenir à l'écart de ces deux gus-là si vous ne voulez pas qu'on vous classe dans la même catégorie… D'autant que vous êtes encore célibataire… Passé trente ans, ça fait jaser…

Cadin se dégagea de l'étreinte et il rassembla les photos.

— Pour les clichés, je crois que vous avez raison, commissaire : je vous demande de les joindre au dossier.

Périni serra les poings, seul effet visible de l'effort qu'il faisait pour contenir son aversion pour Cadin.

— Ça sera fait, si vous y tenez. Mais à compter de cet instant je vous donne l'ordre de lâcher l'affaire Werbel. Je croyais avoir eu l'occasion de vous signaler que je m'en chargeais personnellement… Les nuits sont longues et éprouvantes, vous feriez mieux de profiter de vos journées pour dormir…

Cadin quitta le bureau. Dans le couloir il tomba nez à nez avec Mernadez qui finissait d'ajuster son uniforme.

— Bonsoir, brigadier… En forme pour attaquer la nuit ?

— Oui, une fois qu'on a pris le rythme, c'est presque plus agréable que d'assurer la journée.

— En plus, ça vous laisse du temps pour taquiner la muse…

Mernadez rosit instantanément et prit la pose d'un adolescent fautif.

— Qui vous a dit que j'écrivais, inspecteur ?

Cadin évita de citer sa source en repensant à la réputation dont on affublait Alain Mény.

— Peu importe… Mais ça me plairait de lire vos textes… À l'occasion, pensez à m'en apporter deux ou trois…

Il s'en voulut aussitôt de cette proposition sans trop savoir quel intérêt l'avait poussé à la faire : paraître moins distant, s'assurer une sympathie, un appui à bon compte… Mernadez s'enhardit.

— J'ai publié plusieurs poèmes dans *L'essor de la police*, je vous en ferai des photocopies. Vous écrivez aussi, inspecteur ?

Cadin songea aux sentiments aimables qui devaient agiter le flic de base procédant à la cueillette de débris humains dans le périmètre d'un attentat ou tapant la déposition d'une gamine violée dans un train…

— Non, je n'ai jamais eu beaucoup d'imagination…

L'arrivée de Léonard lui fournit l'occasion de sortir du pétrin dans lequel il s'était fourré. Léonard fila dans le vestiaire se débarrasser de son jogging et de ses baskets. Cadin lui emboîta le pas.

— Je viens de m'envoyer douze bornes ! Tu devrais venir avec moi, Cadin, ça met d'aplomb…

— On verra, je ne dis pas non… Je peux te poser une question ?

Léonard prit une serviette dans son casier métallique et se dirigea vers la douche.

— Ouais, vas-y.

— La nuit dernière, tu étais au courant des activités du couple Werbel ? Pourquoi ne m'as-tu rien dit ?

— Quelles activités ? Tu parles de quoi ?

Sa voix sonnait faux et il gardait la tête tournée contre le mur de céramique, les yeux fixés sur la pastille de cuivre par où s'écoulait l'eau sale.

— Leur association d'entraide… Tu as pas mal de contacts avec les communautés arabes. On devait causer d'eux, non ?

— Ce n'est pas ça qui me branche le plus, inspecteur… Moi, je m'intéresse aux petits trafics, au deal… On a peut-être prononcé leur nom devant moi, un jour ou l'autre, mais je n'ai pas dû y faire trop gaffe…

Il se forçait à prendre un ton détaché afin d'atténuer le début d'aveu. Cadin, de son côté, fit semblant d'être dupe. Il attendit que Léonard se mette en tenue et ils remontèrent ensemble au premier étage pour la prise de service. L'inspecteur se bloqua derrière sa table et se plongea dans la lecture des rapports annuels d'activité rédigés par le commissaire Périni, que ce dernier était tenu d'envoyer à la Direction de la police judiciaire. Le premier rapport qu'il prit sur la pile datait de 1973, année de la prise de fonction de Périni à Courvilliers.

Pour marquer son emprise sur la ville, Périni s'efforçait de donner à son devoir un tour personnel :

« Avant d'analyser les diverses formes de délinquance, il est bon de décrire sommairement la physionomie de Courvilliers et définir notre action. La ville est divisée en trois zones :

1) À l'est, le vieux pays et l'ancien centre-ville avec ses villas cossues, les maisons des anciens cultivateurs,

2) au nord, la zone industrielle principalement constituée par l'usine Hotch, quartier dépourvu de commerces et d'habitations,

3) à l'ouest, les cités ouvrières et la rue de la Gare où sont concentrés les commerçants de Courvilliers… »

Les années suivantes Périni se contentait de lister les types d'activités délictuelles, d'en préciser le nombre et de dégager le pourcentage de variation d'une année sur l'autre.

La soirée débuta tout aussi calmement que la précédente. Le thermomètre accusait une baisse sensible et les 15 degrés de cette nuit d'août n'incitaient pas à la flânerie dans les rues. Cadin faillit s'endormir, dans le calme de son réduit. Mernadez l'empêcha de piquer du nez lorsqu'il fit irruption dans le bureau, un peu avant minuit.

— Inspecteur… Ça a l'air de bouger aux portes de l'usine…

Cadin émergea de sa torpeur.

— On va aller voir ça de près… Qu'est-ce qui bouge ?

— La dernière équipe… Ils se sont rassemblés avant de rentrer. Tout le service de sécurité de chez Hotch a rappliqué en face.

L'inspecteur prit sa veste accrochée au revers de la porte et glissa son arme dans l'étui qu'il portait légèrement décalé dans le dos. Il cogna la cloison du bureau de Léonard au passage.

— Debout là-dedans. On va prendre l'air.

Léonard émergea de la pièce en traînant les pieds.

— Je suis vraiment indispensable ? J'ai un coup de pompe, je préférerais que tu emmènes Mimosa ou Mernadez…

— La prochaine fois tu te réserveras le marathon pour la nuit ! Un tour dehors, ça te remettra. Habille-toi, je t'embarque…

Le flic ramassa son képi d'un geste nerveux et il se propulsa dans les escaliers. Il s'installa au volant de la R 12 et mit le cap sur la zone industrielle, passant les vitesses sans prendre le temps de débrayer à fond.

— Hé ! Doucement ! Il faut qu'elle nous ramène…

La voiture contourna l'hôpital, longea la ligne du RER en tranchée ouverte et s'engagea sur la large avenue rectiligne qui finissait en cul-de-sac sur les bâtiments de Hotch. Le corps de l'usine était séparé de l'avenue par un terrain nu d'une centaine de mètres de large, équipé çà et là de parkings pour les cars et les voitures. Une mince bande d'asphalte courait autour de ce no man's land, à l'immédiat intérieur d'une clôture grillagée surmontée de barbelés. Le faisceau jaune des phares accrocha la silhouette d'un vigile qui filait en moto sur le chemin de ronde.

Le rond-point situé devant l'entrée principale était noir de monde. De nombreux ouvriers revêtus de leur tenue de travail se mêlaient à d'autres, l'équipe de relève, encore en tenue de ville. Cadin et Léonard remarquèrent l'absence de pancartes, de drapeaux, tout ce qui accompagne d'habitude les meetings. Et surtout le silence.

Une camionnette munie de haut-parleurs muets stationnait près de la guérite abritant les machines à pointer et les casiers de fiches de présence. Ils demeurèrent plusieurs minutes, assis dans la voiture, à observer la foule immobile et calme. Cadin descendit le premier. Il fit une dizaine de mètres et eut très vite conscience de sa solitude. Il se retourna vers la R 12.

— Qu'est-ce que tu fous ? Tu arrives !

Léonard s'extirpa du véhicule marquant sa réticence d'un alourdissement de ses gestes.

— Je viens… T'énerve pas !

Ils comblèrent la distance qui les séparait du rassemblement. Ils jouèrent des coudes pour accéder à la guérite. Leur passage provoquait une réaction d'hostilité qui allait grandissant. Les dos, les épaules se bloquaient, les emprisonnant dans une nasse humaine à cinq mètres de la camionnette. Le képi de Léonard tangua sur son crâne avant de voler et de tomber à terre. Il n'amorça aucun geste pour tenter de le rattraper et se contenta de jeter un regard inquiet à Cadin. La sono donna de la voix.

— S'il vous plaît, camarades, laissez-leur le passage.

Ils ne distinguaient que la calvitie intégrale du type qui venait de parler, assis dans la cabine du véhicule, un micro à la main. La pression des corps se relâcha et ils parvinrent au premier rang. Le gars était descendu récupérer le képi qu'il tendit à Léonard.

— Il faudra le décabosser, mais je ne pense pas que ce soit irréparable.

La voix était plus chaude que celle qu'un moment plus tôt la sono amplifiait. Elle émanait d'un petit homme rond au crâne lisse et cuivré. Il était habillé d'un costume strict, sombre, et portait une cravate. Ses chaussures, semelles épaisses et talonnettes devaient lui donner l'impression de marcher sans toucher le sol. Léonard prit son képi, il entreprit de le brosser et de le remettre en forme. Cadin exhiba sa carte tricolore.

— Inspecteur Cadin. Vous pouvez me dire ce qui se passe ici ?

— Rien d'inquiétant, rassurez-vous… Ils tiennent à

rendre hommage à Claude Werbel… Ils ne vont pas tarder à rentrer. C'est vous qui avez découvert les corps ?

L'inspecteur ignora la question.

— Qui êtes-vous ?

— Moi ?

Il avait posé sa main sur sa poitrine.

— Il me semble que c'est à vous que je m'adresse !

— Govil, Gérard Govil… Je dirige la Bourse du Travail de Courvilliers… Je pense que ce sera suffisant pour justifier ma présence ici à cette heure… Par contre, vous auriez pu vous dispenser d'amener ce flic avec vous…

Le mouvement de tête désigna Léonard qui s'efforçait de maintenir son attention sur les bosses de son képi.

— Vous faites peut-être la loi dans votre Bourse du Travail mais pas encore au commissariat de Courvilliers ! C'est vous qui avez organisé ce rassemblement ?

— Non. Ils se sont passé le mot dans la journée… Personne n'est derrière… C'est spontané.

Ils furent interrompus par des cris auxquels succédèrent des bruits de cavalcade. Le syndicaliste se haussa sur la pointe des pieds puis il escalada le marchepied de la camionnette. Les deux policiers choisirent de suivre le mouvement qui aspirait la foule vers l'avenue. Deux types au volant d'une CX rutilante avaient tenté de forcer le passage pour pénétrer dans la zone de sécurité de l'usine. Les vigiles regroupés près de leurs motos, derrière le grillage, menaçaient de venir leur prêter main-forte. Une multitude de mains fermement appuyées sur le capot interdisaient toute velléité de fuite. Des poings commençaient à marteler la carrosserie. Cadin eut le temps de voir un ouvrier qui se baissait près du pneu avant, un couteau ou un poinçon à la main. Un chuintement bref précéda l'affaissement du côté droit de la Citroën. Les deux passagers s'étaient tassés dans leur coque comme des animaux affolés et avaient verrouillé l'ensemble des portières.

— Hé, les gars, venez admirer les cadeaux que ces deux enfoirés apportaient à leurs copains !

Cadin se faufila au premier rang. Deux crosses de fusil et de nombreux manches de pioches dépassaient de sous une couverture kaki. L'inspecteur s'interposa.

— Police ! Reculez ! Et ne touchez à rien…

Les ouvriers reculèrent, dégageant la CX.

— … Vous deux, sortez de là-dedans. Toi, Léonard, tu les récupères. Emmène-les dans la fourgonnette. J'arrive.

Cadin referma le coffre de la voiture après avoir compté les manches de pioches. Il saisit les deux 22 LR et monta à son tour dans la camionnette. Léonard et Govil avaient fait asseoir les deux gars sur les banquettes arrière. L'un portait une tenue semblable à celle des vigiles, jean et blouson bleus, l'autre un ensemble d'été en toile légère.

— Montrez-moi vos papiers. Ceux de la bagnole aussi…

Les portefeuilles quittèrent les poches intérieures. Tout semblait en règle. Cadin nota la présence de deux cartes professionnelles délivrées par Hotch, agrémentées chacune d'une photo.

— Vous travaillez à l'usine ?

Celui qui portait la tenue d'été, et que l'inspecteur se souvenait avoir vu au volant, se décida à parler.

— Je suis responsable du service sécurité de l'entreprise.

Cadin examina la carte professionnelle.

— Vous vous appelez Pierre Molier. C'est bien ça ?

Il répondit en maintenant la tête baissée :

— Oui… Pierre Molier…

— Et vous, c'est Julio Pereira… Vous travaillez à la sécurité, vous aussi ?

Le gars fit jouer la fermeture de son blouson, pour se donner une contenance. Il parlait un français approximatif chahuté par un épais accent portugais.

— Oui, je travaille avec M. Molier, à la sécurité.

— Parce que vous estimez que forcer un barrage avec une cargaison de 22 LR et de matraques, c'est du boulot de maintien de l'ordre !

Molier se leva. Son crâne frôlait le toit métallique.

— Écoutez inspecteur : une bonne moitié des employés de mon équipe de sécurité ont un port d'arme qui sort tout droit des bureaux de la préfecture… Ils pourraient se balader avec un magnum au côté sans que vous ayez rien à y redire… C'est pas une malheureuse paire de 22 LR qui va faire problème…

— Ça dépend des circonstances…

— J'ai à peine trente hommes sous mes ordres… Regardez en face ! J'ai quand même le droit de prendre mes dispositions pour maintenir le calme…

Cadin s'étira pour repousser la fatigue.

— Qu'est-ce qui vous fait croire qu'il pourrait être troublé ?

— La mort de leur copain, Werbel. Il suffit qu'un groupe d'exaltés se saisisse du prétexte…

— En fonçant dans le tas avec votre cargaison vous aviez toutes les chances de le créer, votre groupe d'exaltés. Une chance que nous passions par là ! Maintenant je vous conseille de rentrer dans l'usine en laissant votre voiture ici. Vous la dépannerez demain matin. J'embarque les armes ; vous viendrez les rechercher au commissariat contre une petite signature au bas d'un reçu…

Gérard Govil avait été témoin de toute la scène qui avait mis ses nerfs à rude épreuve. Il explosa.

— Vous vous rendez compte de ce que vous faites, inspecteur ! Ce sont de véritables dangers publics…

Son crâne chauve avait pris une teinte violacée et de fines gouttelettes de sueur perlaient sur son front.

— Mais tout le monde veut m'apprendre mon boulot dans ce pays ! Rien ne me permet de les retenir. À la limite ce sont même vos amis qui se sont mis en défaut en bloquant leur voiture et en crevant les pneus. Vous avez vraiment envie que ça dérape ? À mon avis, il vaut mieux mettre la pédale douce, non ?

Pierre Molier et le vigile quittèrent la camionnette et gagnèrent discrètement la guérite qui donnait accès au territoire de Hotch. Gérard Govil les suivit du regard alors qu'ils atteignaient le chemin de ronde où ils furent accueillis par le groupe de motards.

— J'aimerais bien pouvoir vous rencontrer pour discuter de Claude Werbel… Demain si c'est possible…

Le syndicaliste se retourna.

— À quel titre ? Je croyais que c'était le commissaire Périni qui suivait cette affaire.

— À titre personnel. Quand on découvre un cadavre, on se sent des responsabilités particulières à son égard… Je vais vous surprendre, mais je pense qu'on travaille tous les deux sur le même matériau : des hommes, des femmes… Quelquefois il devient difficile de chasser certaines images de son esprit…

— Si ça peut servir à quelque chose je ne suis pas contre. Dans l'après-midi, ça vous va ?

Cadin laissa échapper un sourire.

— En fin d'après-midi alors… Je ne suis pas près de me coucher. Au « Chien qui fume »… vers six heures…

Soudain le ciel s'illumina. Un éclair aveuglant suivi d'un long roulement répercuté par la façade de l'usine. La pluie se mit à tomber instantanément, de grosses gouttes qui s'écrasaient au sol sans parvenir à détremper la lourde couche poussiéreuse. Le vent se leva puis le bitume, mis à nu, prit cette noirceur scintillante des nuits d'orages urbains. Les policiers n'attendirent pas une hypothétique accalmie. Ils se hâtèrent vers la R 12, leurs semelles claquant la surface des flaques naissantes, tandis que sur la place l'hommage à Werbel s'effilochait.

Cadin s'installa au volant. Il engagea la clef de contact et suspendit son geste, la tête brusquement tournée vers Léonard.

— J'ai besoin de comprendre. Qu'est-ce qui se passe avec ce mec, Govil… Vous vous connaissez ?

Léonard baissa les paupières, excédé.

— Je fais des rondes dans ce patelin depuis huit ans ! Je ne vois pas comment j'aurais pu éviter de le rencontrer !

— Ce n'est pas ce que je te demande. Je m'aperçois bien que tu traînes les pieds depuis le début de la soirée. Je ne t'ai jamais vu comme ça ! Ce n'est pas tout : dès que ce Gérard Govil t'a repéré, il a changé de couleur. Il y a bien une raison…

Le policier ouvrit la portière, se propulsa dehors,

— Tu m'emmerdes !

et traversa la place désertée à grandes enjambées nerveuses. Cadin attendit un moment, les mains agrippées au volant, les dents serrées, puis il s'élança à sa poursuite, aveuglé par la pluie. La fatigue lui coupait déjà le souffle quand il posa la main sur l'épaule de Léonard.

— Fais pas le con, on rentre…

Léonard hésita. Il fit demi-tour. Il ne cessa de parler dans la voiture aux vitres embuées que Cadin conduisait en silence, en traversant les quartiers endormis de Courvilliers.

— Vous n'avez jamais fait attention à mon nom de famille, inspecteur ?

— Non. Tu as dû me le dire quand je suis arrivé mais je t'avoue que ça m'est sorti de la tête.

Léonard était passé au vouvoiement comme si ce qu'il avait à dire nécessitait la distance. Cadin se retint de lui en faire la remarque.

— Léonard Majid… Majid, ça ne vous rappelle rien ? Pourtant ils l'ont écrit en assez gros dans les canards… Il n'y avait que le prénom qui changeait : Roger. Roger Majid, le fou à la mitraillette… Ça vous revient maintenant ? Je suis le frangin d'un taulard… Tout le monde est au courant ici…

— Sauf moi. Je n'avais pas fait le rapprochement et autant te dire que ça ne change rien pour moi… Tu n'es pas responsable des conneries de ta famille ! Qu'est-ce qu'il a fait, ton frère ?

— Il a mitraillé un café algérien, à Saint-Denis, en 65… Il y a eu un mort…

La voiture longeait les parkings du supermarché. Un couple de clochards avait rassemblé des cartons d'emballage et l'homme les déchirait pour colmater le toit d'un abri de mauvaise fortune appuyé au local des caddies. L'inspecteur passa le revers de la main sur le pare-brise.

— Je croyais que tu étais d'origine algérienne ?

— Du côté de mon père, oui… Ma mère était française. Lui, il est mort quand j'étais gamin, au moment de la guerre d'Indochine. J'avais six ou sept ans et je me souviens que c'est à partir de ce moment-là que tout a commencé à aller de travers… On était cinq mômes… il fallait vivre… On récupérait de la ferraille qu'on entassait dans le jardin, derrière la maison… On remontait des vélos à partir de vieux cadres et de pièces qu'on piquait sur des vélos pourris… Moi, on me chargeait de la peinture, des finitions… À l'école, on nous traitait de tous les noms, « chiftirs », « crouillats », « bicots »… On s'est vite habitués à vivre entre nous, en bande, et à nous défendre. À jamais rien laisser passer. À un moment Roger est parti faire son service, en Algérie. Quand il est revenu, deux ans et demi après, il n'était plus le même. Ils l'avaient complètement détraqué… Il avait des idées fixes, il voulait être cent fois plus français qu'un Français ! Quand ça le prenait, il descendait dans un café arabe pour insulter les clients… En général tout le monde écrasait en attendant que ça passe… Ça m'est arrivé souvent d'aller le chercher… J'arrivais à le calmer… Puis ils l'ont enfermé une première fois en 1963 : il avait failli étrangler un môme de 18 ans qui l'avait regardé de travers… Il est resté six mois en psy, bourré de neuroleptiques. Le traitement a duré jusqu'en 65… Une épave… Après il devait se rendre à l'hôpital tous les quinze jours. Je l'accompagnais chez les dingues… J'avais une quinzaine d'années mais j'ai encore devant les yeux le moindre couloir, les visages des malades, ceux des toubibs… Les odeurs de médicaments, de lingerie souillée… J'appelais ça l'odeur du malheur…

— Il a arrêté ?

Léonard s'enfonça un peu plus dans le siège de la R 12.

— Une histoire avec une fille… Je la voyais de temps en temps à la maison. Elle travaillait dans un café kabyle de Saint-Denis, un couscous du côté de la gare… Ils sortaient ensemble, sans que ce soit le grand amour… Une rencontre de paumés… Un jour elle a cessé de venir. Après une engueulade. Roger s'est foutu dans la tête qu'elle l'avait plaqué pour un Arabe… Dès qu'il a eu ça dans le crâne, plus rien d'autre n'a compté pour lui. Il a laissé tomber son traitement, ses visites aux toubibs… Un soir j'ai entendu un flash spécial sur Europe 1… Roger venait de se faire arrêter après avoir mitraillé le café où travaillait sa copine… Un mort, cinq blessés… Ils l'ont pris sur le trottoir, il n'avait même pas tenté de s'enfuir…

Ils venaient d'arriver devant le commissariat. L'inspecteur gara la voiture devant la guérite déserte. Il laissa tourner le moteur.

— Ils l'ont enfermé pour de bon ensuite ? Je veux dire en psy…

— Les avocats ont plaidé la démence. Ça cadrait assez mal car Roger n'arrêtait pas de bosser en prison. Alors qu'il était rentré sans même le certificat, il s'est pointé dans le box des accusés avec son bac ! Moralité, il en a pris pour quinze ans.

— Quinze ans en 65 ou 66… Il est donc sorti ?

— Avec les réductions de peine pour bonne conduite, il est sorti en 78, après les législatives… Depuis, il a monté une petite boîte d'électronique, à Paris.

Mimosa pointa sa bedaine sur le seuil du commissariat. Il s'approcha de la portière avant gauche et se baissa à hauteur de la vitre.

— Vous repartez, inspecteur ? Inspecteur…

— Non, on reste là. Vous avez besoin de la voiture ?

Une goutte d'eau dévala le front du gros flic et vint se suspendre en tremblant à la pointe émoussée de son nez.

— Juste une minute. Une minute… Je vais faire une ronde au Vieux Pays… Vieux Pays…

Ils lui abandonnèrent la R 12 et grimpèrent les marches du perron.

— J'ai du mal à m'habituer à sa façon de parler. Il a toujours radoté comme ça ou c'est l'alcool ?

— Quand j'ai débuté à Courvilliers, il y a dix ans, ça faisait un sacré bail qu'il biberonnait ! Ce qui est sûr, c'est qu'il s'est conservé en l'état. La même gueule, le même bide… Une vraie montagne, et en plus on a droit à l'écho !

Les tâches de la nuit ne leur permirent pas de continuer leur conversation. Cadin s'interrogea sur l'itinéraire de Léonard, sur l'intensité des combats qu'il avait dû livrer pour s'imposer comme flic à part entière dans une ville qui avait assisté aux exploits de son frère. Et qui n'oubliait rien comme le montraient les réactions de Gérard Govil et des ouvriers rassemblés devant le portail de chez Hotch.

Il traîna une partie de la matinée, espérant rencontrer le commissaire, mais Périni ne semblait pas pressé de prendre son service. La lassitude l'envahit. Il prit la rue Gambetta. Il faisait déjà chaud, l'eau de la nuit s'effaçait des rues et des trottoirs. Il s'arrêta au « Chien qui fume », avala un café au bar et fit sa provision de journaux. Le clou des chiottes était veuf de poésie. Il s'apprêtait à quitter le café quand un petit groupe de jeunes femmes stationna devant la devanture du troquet. L'une d'entre elles grimpa les deux marches et fila droit vers le comptoir des cigarettes. Cadin reconnut la fille qui la veille avait obtenu ce prix de beauté. Elle paraissait plus grande que sur scène, plus âgée aussi. Il s'approcha, décidé à lui parler, mais elle ramassait déjà sa monnaie. Il se contenta d'un départ parfumé et de la caresse cinglante de ses cheveux noirs sur sa joue quand elle tourna la tête pour ramener sa chevelure dans son dos.

L'appartement était vide. Le chat avait choisi de faire un tour. Son empreinte encore tiède se lisait en creux sur l'oreiller. Cadin l'appela.

— Chatka… Chatka…. puis s'engueula : Je deviens con ou quoi ?

Il commençait à s'attacher à cette saloperie de poils ambulants… Il s'allongea sans même se déshabiller et prit un des journaux empilés sur la table de nuit. Trois Américains venaient de découvrir le point G mais l'article ne précisait pas s'ils l'avaient découvert ensemble.

Il s'endormit en rêvant de chevaux.

CHAPITRE QUATRE

La douche était principalement constituée d'un vieux bidon d'essence, d'une contenance d'environ cent litres, qu'ils avaient hissé sur quatre montants en bois. Le mécano avait soudé une pomme de douche à la place de la bonde, ainsi qu'un robinet d'arrêt sur le court tuyau qui allait du bidon à la pomme. Une échelle bricolée avec les tubes d'une galerie de 203 permettait de grimper au-dessus du réservoir pour le remplir. On pouvait disposer d'eau tiède, ou d'eau chaude quand on avait la patience d'attendre que le soleil la réchauffe. Le caporal préférait l'eau chaude.

Elle lui rappelait ces après-midi d'été qu'il laissait filer, allongé sur le sable, uniquement préoccupé du passage des filles, de leur ombre caressante sur son corps… Il lui suffisait de fermer les yeux pour revivre cette balade à Rogliano, un village accroché au flanc du mont Poggio… pour que se dessine cette fille rencontrée près de la fontaine et qu'il avait embrassée et aimée, presque sans un mot. Ils s'étaient baignés dans l'eau de toutes les plages, de toutes les criques, d'Erbalunga à Marcinaggio… L'amour, pour la première fois, dans la montagne, et les yeux grands ouverts sur les cheveux de Soria qui ondulaient mêlés aux herbes couchées.

Un souvenir des temps simples, des temps de paix…

Il se déshabilla entièrement et fit un tas de ses vêtements maculés de sang, de sueur. Il les jeta devant le baraquement ; le paquet de linge souillé souleva un nuage de poussière en fouettant le sol. Le harki ramassa le linge tandis que le caporal, nu, se dirigeait vers la douche sous le regard amusé de la sentinelle.

Le harki pénétra dans le préfabriqué réservé au cantonnement. Il réapparut peu après, un bras replié devant lui sur lequel reposait une djellaba blanche qu'il disposa sur le sol, à proximité de la douche. Il prit soin de la protéger des courtes rafales de vent en lestant chaque coin du vêtement de pierres.

L'eau coulait en silence sur sa peau et matérialisait l'évidence de la fuite du temps… Un temps qui pourtant, ici, ne passait plus. Un temps de plomb… Huit mois depuis cette rencontre en Corse… Huit mois… C'est ce que lui disait le calendrier. Huit mois distordus, amollis, étirés… Des mois pareils à des éternités.

Il se laissa glisser contre la paroi de tôle et, recroquevillé sur le caillebotis grossier il se mit à murmurer son nom… « Soria… Soria… » tandis que l'eau noyait ses larmes.

CHAPITRE CINQ

Les chevaux galopaient sur la crête, longeant la mer. Leurs sabots s'enfonçaient dans la terre humide et faisaient voler, s'arrachant au sol, des mottes recouvertes d'herbe grasse. Quelque chose comme un regard pouvait tourner autour de cette image en mouvement, en détailler les volumes aussi nets que ceux d'un hologramme. L'air vibrait autour des animaux, un cerne liquide pareil à celui qui convulse l'horizon, l'été. Il ne comprenait pas qui devait être le spectateur bien qu'il sache que c'était pour lui, et pour lui seulement que se jouait cette scène… Le doute lui était venu de cette ressemblance entrevue sur les traits d'un cavalier, et il tentait, dans le brouillard de la volonté, de saisir son regard.

Une sonnerie parasita sa quête, défaisant le galop. Les chevaux s'effacèrent, et la mer, et la crête… Cadin se releva, inquiet, puis se laissa retomber sur son oreiller. On insistait sur la sonnette de l'entrée. Il écarta les journaux, se mit debout.

— J'arrive !

Il ouvrit la porte. Un couple de jeunes gens se tenait sur le seuil. Il les avait déjà croisés dans des boutiques du centre commercial. La fille était jolie, un petit format surmonté d'une énorme boule de cheveux frisés. Des voisins probablement. Chatka profita de l'aubaine pour se faufiler à l'intérieur de l'appartement.

— Il y a un chat qui est entré chez vous…

— Oui, j'ai vu… Ne vous inquiétez pas, il habite ici…

La fille lui fit un sourire. Son compagnon s'avança.

— On ne vous dérange pas trop ?

Cadin bloqua un bâillement et s'essuya les yeux.

— Non… Plus maintenant… C'est pourquoi ?

La fille lui présenta un éventail formé de rectangles de papier colorés.

— On venait vous proposer la vignette de la Fête de l'Humanité…

Il eut besoin de plusieurs secondes pour assimiler le message.

— Heu… Non, ça ne m'intéresse pas… En plus, je suis flic…

— Ce n'est pas une raison… Notre fête s'adresse à n'importe qui…

Cadin repoussa doucement la porte.

— Vous en trouverez d'autres… N'insistez pas.

Il traîna les pieds jusqu'à la cuisine et prit une boîte de pâtée pour chats dans le frigo. Le robot électrique venait de rendre l'âme. Il ouvrit la conserve à la main. L'odeur fadasse de la viande gélatineuse lui était insupportable ; il s'obligea à manier l'ouvre-boîtes les bras tendus pour éviter les effluves. Il posa ensuite, sans la démouler, la conserve sur le balcon. Chatka le suivit, la queue dressée. Il plongea son museau en ronronnant, barbouillant ses moustaches de viande molle. Quand il passa l'extrémité de sa langue pour saisir les particules coincées dans les interstices de la soudure, la boîte racla sur le béton. Cadin l'observait en se confectionnant un sandwich au jambon. Il l'ingurgita, le nez enfoui dans ses journaux.

CIGARES PRÉ-CASTRISTES

Un millier de personnes ont participé hier à New York à la vente aux enchères de 20 000 cigares datant de 1957 et 1958, et acquis par la firme J.R. Tobacco *avant l'arrivée au pouvoir de Fidel Castro*. La boîte s'est vendue à 500 dollars en moyenne (environ 3 800 francs). Ces cigares, des Flor de Farachs.d, possèdent, selon le directeur de J.R. Tobacco, « des qualités que n'ont plus les cigares cubains modernes ».

Cadin plongea deux doigts dans son sandwich pour en extraire un morceau de couenne auréolé d'encre alimentaire violette. Il se fit la réflexion qu'un jour le petit-fils d'un Russe blanc aurait assez de culot pour fourguer au plus offrant un stock de caviar pré-soviétique ! Il lui restait à anéantir l'heure qui le séparait de son rendez-vous avec Gérard Govil. Il y parvint pour moitié en rangeant deux cartons de vaisselle et pour le reste en se préparant dans la salle de bains. Il rassembla le linge sale éparpillé dans l'appartement, l'entassa dans un sac poubelle qu'il déposa au pressing, en passant. Gérard Govil l'attendait devant un demi. Il avait pris soin de se bloquer au fond du troquet, une table invisible depuis la rue. Cadin le rejoignit après avoir commandé un café au bar.

— Je suis content de vous voir… Je me demandais si vous alliez venir…

Govil avait posé sa main à plat sur la table et tapotait du bout des doigts sur le carton coincé sous son verre.

— Je vous avais dit que je serais là… En règle générale je tiens parole… Vous aviez peur que je me défile ?

— Pourquoi aurais-je peur ? Non, mais vous n'ignorez pas que l'enquête est entre les mains de Périni… Rien ne vous oblige à me parler…

— Je n'ai rien à cacher à personne.

Cadin s'assit face au syndicaliste.

— Ce n'est pas si sûr : vous ne vous êtes pas mis en vitrine de peur d'être repéré en compagnie d'un flic. Le réflexe a joué…

Govil voulut l'interrompre.

— Non, ne vous excusez pas, j'ai l'habitude… J'ai besoin que vous me parliez de Claude Werbel… Vous le connaissiez bien ; vous étiez sur la même longueur d'ondes ?

— Pas tout à fait… Il travaillait en franc-tireur, il a toujours refusé de se joindre à nous. J'ai gardé un exemplaire des tracts qu'il faisait distribuer : les syndicats en prenaient pour leur compte ! Werbel n'a jamais eu confiance dans nos formes d'action ; pour lui elles étaient totalement inadaptées à la situation de Hotch.

— Qu'est-ce qu'il préconisait ?

— C'était un utopiste : il pensait qu'il fallait tout d'abord regrouper les ouvriers immigrés sur des thèmes culturels avant d'envisager la moindre action. Attendre… Attendre… Avec ça, il nous titillait depuis dix ans… Il n'est pas resté inactif, il s'est lancé dans des cours d'alphabétisation, de l'initiation musicale, du ciné-club… Il organisait des banquets pour les fêtes musulmanes ou le nouvel an vietnamien ! Il avait des idées sur tout…

— Ça marchait bien ?

— Il avait plus ou moins de succès selon les nationalités mais on peut dire qu'il a connu son maximum entre 1976 et 1980, quand les ateliers étaient presque entièrement composés de gars d'Afrique du Nord et de Turcs. Le courant passait entre eux et lui… Dès que Hotch a commencé à les virer pour faire de la place aux réfugiés du Sud-Est asiatique, le paysage a changé… Ceux-là, impossible de les approcher… J'ai l'impression qu'après ce qu'ils ont subi, il faudra laisser passer une génération avant d'en voir un au syndicat !

— Et du côté de la direction, il était perçu de quelle manière ?

Un néon fatigué clignotait au-dessus d'eux. Les brusques écarts lumineux se reflétaient sur le crâne lisse de Govil. Cadin laissa courir son regard dans le vague. Il perdait un peu ses cheveux, sur les tempes et, depuis quelques mois au sommet de la tête, la tonsure. Il ne s'en inquiétait pas et ne vérifiait les progrès du désert qu'à l'occasion d'un cadrage malheureux ou vachard, à la télé, quand l'œil de la caméra découvrait l'envers d'un présentateur vedette misant sur la jeunesse éternelle. Une histoire d'hormones, lui avait confié son coiffeur : la preuve, pas un eunuque n'est chauve !

— Il y a eu plusieurs phases… Werbel a débuté sur les chaînes de montage, il ne faut pas l'oublier. Il ne venait pas de nulle part… Il a fait l'expérience du système d'encadrement du personnel mis en place par Hotch. Ils ont un génie de l'organisation : Laubrard, le chef des relations humaines. Un roi de la manipulation. Dès que l'on met les pieds dans cette usine il vaut mieux s'inscrire à l'Association : c'est par son canal qu'on touche les primes de vacances, les primes de mariage, de naissance… sans compter tout un tas d'avantages comme les billets d'avion à prix réduit ; un truc important dans une tôle qui compte 80 % d'immigrés. L'usine est divisée en secteurs et les contrecoups servent de relais à l'Association. En fait ils quadrillent les ateliers… Ils se donnent un mal de chien pour avoir la paix… J'ai l'impression que même dans la police c'est plus respirable…

Cadin avala son café et récupéra le sucre déposé au fond de sa tasse avec sa cuillère.

— Si ça peut vous consoler, on n'a pas le droit de grève… Et franchement je ne vois pas ce que vous reprochez à une association qui passe son temps à vous verser des primes !

— Je n'ai pas l'ambition de vous convaincre… Mais vous devez savoir qu'ici chaque embauche est subordonnée aux conclusions d'une enquête de moralité menée par une boîte privée qui est, en fait, une succursale de Hotch ! En face de ce dispositif il n'y a rien eu pendant des années : dès que quelqu'un levait la tête, il se retrouvait sur le carreau. J'ai dû faire trois ans de travail clandestin, sans ouvrir ma gueule, avant de monter une section syndicale. Je croyais que le plus dur était fait ! Ils ne m'ont jamais plus lâché d'une semelle…

— Et Claude Werbel ? Comment a-t-il fait pour tenir le coup ?

— Dans un premier temps ses activités s'apparentaient plutôt à de l'animation culturelle. Personne n'y prêtait vraiment attention. Je pense même que la direction y trouvait son compte.

— Vous voulez dire qu'ils avaient partie liée ?

Gérard Govil se redressa vivement. Il abandonna le ton de la confidence.

— Ne me faites pas dire ce que vous souhaitez entendre ! Je pense seulement qu'à une époque donnée, à peu près jusqu'en 80, le travail de Claude Werbel servait objectivement la politique de paix sociale de la direction. Ensuite il a évolué. Par exemple lorsqu'il a voulu dénoncer le système de mouchardage mis en place par Laubrard.

— Quel système ?

— Le même que partout : la grande majorité des gars de l'usine habitent dans les cités de Courvilliers et celles des villes voisines… Des escaliers entiers sont occupés par des Hotch. Laubrard a ses informateurs là comme ailleurs… Chez les commerçants… Ils lui envoient des rapports contre une prime de trois ou quatre cents balles… Jusqu'aux femmes et aux enfants qui se méfient.

Qu'un môme en jouant lâche que son père est au syndicat, Laubrard en est informé dans les deux jours !

— Vous en rajoutez pas mal, non ? Je vous ai vu à l'œuvre cette nuit et pourtant vous êtes toujours en place…

Pour être franc, je ne sais pas ce qui me permet de tenir ; j'ai souvent été à deux doigts de tout lâcher… On m'a déclassé, je suis redevenu OP 2 au lieu d'ouvrier hautement qualifié. Ils m'ont systématiquement isolé de tous mes copains ; il faut dire qu'il suffisait de m'adresser la parole pour se faire virer ! J'ai dû supporter un chronométreur qui vérifiait ma cadence huit heures par jour pendant un mois… Il faut être sacrément costaud pour supporter ça ! Un type payé à rien foutre, qui passe sa vie à vous regarder suer, à minuter vos gestes, à compter le nombre de fois où vous allez pisser… Des trucs comme ça, ça vous donne envie de vous flinguer… et des fois je me demande si ce n'est pas ça qu'ils cherchent…

— Werbel a subi le même traitement ?

— Dès qu'il a passé le trait, il y a eu droit… Il a compris le système Hotch quand deux de ses potes, des Marocains, ont disparu de la circulation, du jour au lendemain. On a eu de leurs nouvelles six mois plus tard : leurs noms figuraient dans la liste des accusés d'un procès politique, à Casablanca…

Cadin croisa ses bras sur le Formica.

— La direction de Hotch dans cette histoire ?

— Vous jouez les naïfs, inspecteur ? Vous n'allez pas me dire que vous ignorez l'activité des polices politiques étrangères en France… Il y a des flics marocains, algériens, tunisiens, portugais qui bossent chez Hotch. À une époque l'Association de Laubrard avait même une antenne portugaise officielle dirigée par un agent de la PIDE. Pareil pour les Espagnols avant la mort de

Franco. À mon avis les deux Marocains ont été livrés par l'équipe de sécurité aux services d'Hassan II…

— Vous vous rendez compte de ce que vous avancez ? C'est grave comme accusations…

Govil ne put s'empêcher de sourire.

— Ne vous énervez pas, inspecteur ! Il y a plus de deux ans, c'était en 1980, que ces deux Marocains ont été kidnappés… J'attends toujours l'ouverture d'une enquête, d'une information judiciaire… Rien… Tout le monde s'en fout… Les dictateurs nous envoient du bétail à bosser… Pour les remercier on leur retourne les éléments non conformes ! Voilà ce qui a ouvert les yeux de Claude Werbel. À partir de ce moment il a mis la pédale douce sur les petites fêtes culturelles. Il s'est lancé dans la bagarre. Laubrard l'a fait fliquer à mort, comme moi, mais Werbel n'était pas du genre à supporter les coups sans tenter de les rendre… Il a voulu cogner…

— Il n'est pas venu vous voir ?

— Non, il avait ses méthodes… Sa première intervention a provoqué pas mal de remous : il a consacré ses vacances, en août 80, à un reportage sur les conditions d'embauche des Maliens. Il est parti là-bas. Il a réussi à assister au véritable marché aux esclaves organisé par Hotch pour se procurer de la main-d'œuvre à bon compte… les équipes d'enrôleurs qui se pointent dans les villages… les paysans rassemblés par la police locale… l'examen des mains, des muscles, des dents… puis le car, le bateau, et à la clef un contrat de six mois renouvelable ! L'enquête a été diffusée dans « Courvilliers Informations » grâce à une équipe de journalistes…

— Alain Mény et son photographe ?

Govil porta son demi à ses lèvres et se renversa en arrière pour recueillir les dernières gouttes de bière. Il reposa le verre vide.

— Vous les connaissez ?

— Oui, j'ai eu l'occasion de les rencontrer… Ils m'ont permis de jeter un œil sur leur collection de photos… Werbel avait une bien jolie femme…

Il observa la réaction de Govil mais celui-ci ne se troubla pas. Cadin crut discerner un léger affaissement des pointes de la bouche comme si Govil marquait son dégoût.

— Si vous êtes au courant de tout, ça n'est pas la peine de continuer.

Cadin commanda deux bières.

— Je sais pas mal de choses mais ça ne signifie pas nécessairement que je parvienne à les lier entre elles ! Par exemple, vous n'arrêtez pas de me parler de Claude Werbel mais vous ne m'avez pas dit un mot sur sa femme, Monique. Pourtant, dans cette affaire, si nous avons une certitude, c'est bien que Monique Werbel a été tuée. Pour elle la thèse du suicide ne se pose même pas ! Curieux qu'on l'oublie ?

— Je n'ai jamais aimé remuer la boue… J'aimerais bien passer un quart d'heure avec l'enfant de salaud qui a mis ces photos en circulation ! On n'a pas réussi à le coincer, ça vaut mieux pour lui… Moi, je les ai reçues à la Bourse du Travail, fin juin ou au tout début de juillet… On a immédiatement pensé qu'il s'agissait de montages, mais pour le prouver c'est une autre paire de manches. On n'a rien dit à Werbel, mais il a vite été au courant… Ça lui est tombé dessus d'un coup… Je vous laisse imaginer l'ambiance dans les ateliers, les sourires entendus des chefs, les campagnes de graffitis dans les chiottes… Dur dur… Surtout qu'ils avaient bien choisi leur cible : avant de se marier avec Claude Werbel, Monique travaillait comme secrétaire de direction, dans le service de Laubrard… Pas mal de bruits couraient sur son compte, depuis des années…

— Quel genre de bruits ?

Govil se dandina sur sa banquette.

— Les bruits habituels… Qu'elle couchait avec les patrons… Pas besoin de faire de dessins…

— Pas la peine. Vous avez su comment elle a réagi à l'apparition des photos ?

— Pas trop, non. Ils ont profité de l'occasion pour la virer de sa place de secrétaire ; depuis 1980 elle bossait au service d'approvisionnement. Directement au planning marchandises, un pool dactylo sur écran… Mais le pire, ça a été l'attitude de Claude : il s'est effondré comme s'il reconnaissait la véracité des photos… Leur couple s'est disloqué en un rien de temps. Dès la mi-juillet ils ne vivaient plus ensemble. Monique était hébergée par une de ses amies…

L'inspecteur se leva ; son organisme réagissait promptement à la bière. Dans un recoin des toilettes envahi par les annuaires, un jeune gars qui mimait des baisers devant le combiné du téléphone essaya, surpris par Cadin, de renouer la conversation avec sa correspondante sur un mode badin. Cadin se soulagea. Il tourna la tête vers le papier accroché au clou et reconnut immédiatement, par transparence, l'en-tête du commissariat. Il arracha les morceaux grossièrement déchirés puis reconstitua la feuille. Du poème ne subsistait que l'ultime quatrain. Les précédents avaient dû subir, peu avant, le supplice de la Trombe.

Enfin voici l'hélicoptère
Qui, survolant de haut la terre,
Pourra servir d'observatoire
Pour surveiller le territoire.

Il glissa le texte écartelé dans son portefeuille. La liste de noms trouvée sur le cadavre de Claude Werbel attira son regard. Cadin revint s'asseoir face au syndicaliste. Il lui tendit le carré de papier.

— Ces noms vous disent quelque chose ?

Gérard Govil plaqua la feuille sur le Formica, la lissa du plat de la main.

— Où avez-vous déniché ça ?

— Chez Claude Werbel. Qu'est-ce que ça a d'étonnant ?

— C'est la liste des candidats aux prochaines élections professionnelles, celles de septembre. Il y a les gars de Werbel, normal, mais ce qui l'est moins ce sont ces noms-là…

Son index droit frappa la partie inférieure du feuillet.

— … Ce sont nos nouveaux candidats… Personne n'est censé les connaître. Si la direction tombait sur ce document, elle s'arrangerait pour les muter ou les virer avant le dépôt officiel des candidatures… Jusque-là, ils ne bénéficient d'aucune protection légale.

— Le T et le S, au-dessus, en majuscules, vous savez ce que ça veut dire ?

— Il n'y a pas de syndicats dans la police ? T, c'est Titulaires, S, c'est Suppléants. Dans la colonne de droite il a inscrit les noms des candidats titulaires, dans la colonne de gauche ceux des candidats suppléants.

Cadin régla les consommations. Son sandwich de célibataire risquait de ne pas faire la nuit. Il poussa jusqu'au centre commercial, un fast-food dans la galerie marchande, encombré de caddies. Des familles se restauraient, leurs amoncellements de viande sous cellophane, de biscuits, de lessive, de couches à portée de regard, le tout baignant dans une lumière bleue et triste. Il commanda un Hit-Burger, des frites, un coca, passa le tourniquet de caisse et s'installa sous une télé qui diffusait des images ensablées du Paris-Dakar. Un couple de vieux poussa la porte vitrée alors qu'il attaquait son Hit.

L'homme se dirigea vers le comptoir, la tête trop droite, frappant le sol de l'extrémité de sa canne blanche. Sa compagne, une vieille femme au visage fermé, le guidait, en retrait, une main posée sur l'épaule de l'homme. L'incroyable quantité de vêtements qu'ils portaient sous leurs manteaux d'hiver leur faisaient des silhouettes massives, contredites par la petite taille de leurs têtes. Cadin commençait à connaître les clodos sédentaires de Courvilliers, à force de les boucler pour la nuit, mais ceux-ci ne faisaient pas partie de son inventaire. La femme commanda deux menus types et tendit deux prospectus qu'on distribuait à la sortie du RER et qui valaient quelques francs de réduction. Elle empila les repas sur un plateau puis précédant l'aveugle se dirigea vers la caisse. Elle buta sur les barrières en nickel qui donnaient accès à la salle. La frontière stoppa sa marche. Visiblement elle ne savait qui abandonner un instant, de l'aveugle ou du plateau. Elle résolut le problème en collant l'infirme contre son dos afin qu'ils franchissent ensemble le tourniquet. Cadin réalisa l'absurdité de la tentative au moment où elle échouait. La poussée exercée par le ventre proéminent de la vieille sur la barre supérieure du tourniquet avait naturellement provoqué la brusque remontée de la barre inférieure dans le dos de l'aveugle. Il bascula vers l'avant, déséquilibrant sa compagne. Le plateau s'écrasa en premier sur le sol carrelé, suivi de près par le visage de la vieille femme. L'aveugle se maintint debout quelques fractions de seconde. Il lança ses bras vers le ciel, fouettant l'air de sa canne, gueulant sa détresse. Le violent mouvement imprimé au tourniquet par la chute de sa compagne le projeta en avant. Il effectua une culbute impressionnante et atterrit lourdement au milieu des hamburgers, des beignets huileux qui jonchaient le carrelage.

Cadin reposa son plat à peine entamé. Il s'éloigna vaguement écœuré.

Mimosa profitait des derniers rayons de soleil de la journée qui chauffaient la façade du commissariat.

— Bonsoir inspecteur. Inspecteur… Le commissaire Périni m'a chargé de vous signaler que le rapport d'autopsie était arrivé. Qu'il était arrivé. Il est sur son bureau. Sur son bureau…

L'inspecteur se précipita vers le bureau du commissaire. L'institut médico-légal n'avait pas perdu de temps. Il ouvrit la première chemise cartonnée. Une série de clichés Polaroïd bleutés racontait la mort de Monique Werbel à la manière d'un roman-photo. Des vues de la chambre, du corps, des traces de sang, des vêtements maculés. Il connaissait déjà l'essentiel de ce qui était dit en regard des clichés… l'état civil, les mensurations, les caractéristiques… Il tourna la page. Le corps dénudé de la jeune femme et la mort signalée par un minuscule rond noir, là, sous le sein gauche. Il ferma les yeux sur les taches sombres, le pubis fléché, les mamelons auréolés… Et la mort sur les pages suivantes, dans les replis des chairs. Les côtes soulevées, ouvertes à la scie, les organes révulsés. Tout ce travail sinistre d'archéologue du crime traquant l'assassin dans les viscères de sa victime. Il parcourut les conclusions tapées en regard du corps supplicié. Le médecin légiste confirmait la thèse du meurtre. Un tir à bout touchant à l'aide du 7.65 retrouvé dans le poing fermé de Claude Werbel. La démonstration s'appuyait essentiellement sur l'angle de tir : la balle avait pénétré en angle, sur le côté gauche du sein gauche selon un axe que seul un gaucher candidat au suicide pouvait adopter. Monique Werbel était droitière. De plus, des points de poudre brûlée avaient été décelés sur le dessus de sa main droite, près du poignet. Il était donc à peu près certain que la victime avait tenté de repousser la main armée de celui qui l'avait tuée. Le dernier album photo qui serait jamais consacré à Claude Werbel était plus effroyable encore. Il avait fallu fouiller le crâne pour déterminer la trajectoire de la balle et établir ainsi la réalité du suicide. Tout concordait, la distance du tir, les importantes traces de poudre sur la main qui tenait le pistolet. Cadin lut le texte de l'expert. Il nota le taux élevé d'alcool dans le sang de Werbel, 1,2 mg, un détail qui ne cadrait pas avec le portrait vertueux que lui avait dressé Gérard Govil. Il sursauta en découvrant dans la liste des particularités relevées par le médecin : « cicatrices anciennes (dix ans minimum) sur la face interne des poignets, provenant vraisemblablement d'une tentative de suicide antérieure ».

Périni avait toutes les raisons de pavoiser. Cadin imaginait sa jubilation à la lecture des rapports d'autopsie. Que lui restait-il aujourd'hui à part s'accrocher à ces quelques grains de poudre incrustés sous la peau de Monique Werbel ?... Il entendait déjà la réponse du commissaire :

— C'est pourtant évident, Cadin. Elle a tenté de dévier le tir au dernier moment, quand son mari allait la tuer... Elle s'est accrochée à son poignet et sa main a été arrosée !

L'inspecteur remit les dossiers en place. Les tiroirs du bureau n'étaient pas fermés à clef. Il ouvrit le casier supérieur. Le flingue de Werbel était posé sur une pile de formulaires, dans sa poche de plastique numérotée. Une fiche était agrafée au bord du sachet.

Affaire Claude Werbel. Mardi 24 août 1982. 4 heures 08 mn. Arme découverte par l'inspecteur Cadin. Beretta. 952 Spécial. Calibre 7.65. Deux balles tirées. Six balles au chargeur. N° Z S 10351 1955. Arme provenant de l'Armurerie de la Place à Saint-Denis. Achetée le 12 juillet 1982 par Claude Werbel. Autorisation N° 27832 délivrée par préf. Bobigny le 3 juillet 1982 à Claude Werbel, membre du « Club Courneuvien de Tir Sportif ».

La première intervention de la soirée occupa Cadin jusqu'aux alentours de minuit. Un homme blessé au visage par une décharge de chevrotine tirée alors qu'il passait devant un pavillon isolé de la route des Grands-Ponts. En recoupant la dizaine de témoignages fournis par les voisins et les passants, il reconstitua le film des événements. Le futur blessé, occupé à promener sa chienne, était passé devant le pavillon alors que le propriétaire sortait son chien. Le mâle avait voulu profiter de l'aubaine. Bien que la chienne parût consentante, son maître avait chassé l'intrus à coups de pied. Mais le chien redoublant d'audace et de désir il n'avait pu l'empêcher de couvrir sa chienne. Fou de honte d'être ainsi trompé en plein air il avait couru chez lui pour revenir en brandissant un fusil de chasse. À force de gesticulations le coup était parti, le blessant au visage. Léonard le fit transférer à l'hôpital de Villepinte. Cadin regagna son bureau. La fatigue lui pesait sur les épaules. Il se laissa tomber sur sa chaise, la tête renversée, le nez pointé sur le plafond, les bras ballants, et demeura ainsi immobile de longues minutes sans penser à rien. Mernadez fit irruption dans la pièce.

— On vient de nous signaler un accrochage rue Linné. Il semble qu'un gars soit salement amoché… J'envoie Mimosa ?

L'inspecteur s'étira.

— J'ai besoin de prendre l'air. J'y vais. En passant demandez à Léonard de préparer la voiture.

Les flics municipaux les avaient précédés. Leur voiture, tous phares allumés, bloquait la rue Linné et les faisceaux jaunâtres éclairaient le fond de scène du Rio, deux grands rideaux rouges aux plis ombrés peints sur dix mètres de hauteur. C'était là tout ce qui restait du cinéma de Courvilliers, un trompe-l'œil usé entrouvert sur un tas de gravats. Leur chef, Bob, s'approcha de la R 12. Il se baissa vers la fenêtre que Cadin manœuvrait. Son foulard se souleva légèrement et l'inspecteur aperçut un trait de chair boursouflée, lumineux.

— Il y a un blessé sérieux. J'ai demandé le SAMU...

Cadin sortit de la Renault.

— Qu'est-ce que vous foutez là ! Qui vous a prévenus ?

Il remarqua les mouvements désordonnés des pupilles de l'ancien para-commando.

— Personne. On est tombé dessus au cours d'une ronde. La fille qui conduisait a accroché un cycliste en le doublant... Le gars a dû faire un écart... Perdez pas votre temps avec ça...

— Dégagez la route immédiatement. Où est la fille ?

Bob leva le menton vers le trottoir de gauche.

Elle était de dos mais Cadin la reconnut instantanément grâce à ses longs cheveux dont il gardait la caresse en souvenir. Il traversa la rue.

— C'est vous qui conduisiez la voiture ?

Elle lui fit face et détailla le visage de l'inspecteur avant de répondre. Il pouvait pratiquement sentir le déplacement de son regard sur ses propres traits. Il n'avait jamais encore posé de question à une miss. La jeune femme ouvrit légèrement la bouche, ce qui eut pour effet d'accentuer les creux de ses fossettes.

— Oui.

— Vous étiez seule ?

Elle hésita.

— Non, j'étais avec deux copains...

— Où sont-ils ?

Elle haussa les épaules, les yeux écarquillés.

— Je ne sais pas... Ils sont partis... C'est l'autre policier, celui avec la casquette plate, qui leur a dit qu'ils pouvaient s'en aller...

Léonard tapa sur l'épaule de Cadin pour attirer son attention. Il colla les lèvres à son oreille.

— Je viens de parler au blessé. Selon lui la voiture a ralenti à sa hauteur. Le conducteur l'a volontairement coincé contre le trottoir.

— Il a bien dit « le conducteur » ?

— Oui, pourquoi ?

— Comme ça… Il est quoi ton blessé ?

Léonard fronça les sourcils.

— Il est quoi ? Il est blessé aux jambes…

— Non, je te demande s'il est français !

Le visage de Léonard s'illumina.

— Quelle bande de cons ! Il est pied-noir… La gueule bronzée, les cheveux frisés… Ils l'ont pris pour un Arabe !

Le SAMU embarqua le blessé. Léonard se chargea de ramener la voiture de Maryse au commissariat tandis que Cadin prenait la miss à son bord. Une surprise de taille les attendait au moment de rédiger le procès-verbal : le véhicule qui avait provoqué l'accident, la Visa de Maryse, appartenait aux usines Hotch. Cadin replia la carte grise qu'il tenait entre ses mains.

— Vous faites quel genre de travail chez Hotch ?

— Je suis employée au service planning des matières premières. Je m'occupe de vérifier les stocks sur ordinateur… Pourquoi, ça vous intéresse ?

Elle s'était assise, les jambes croisées très haut, le dos cassé sur le dossier de la chaise, la poitrine en avant. Cadin laissa errer son regard.

— Assez, oui… C'est normal qu'une employée de planning se balade au petit matin avec une voiture de service ? Vous faites des heures supplémentaires ?

Elle se tortilla sur son siège.

— C'est la voiture d'un copain… Il me l'avait juste

prêtée pour faire un tour en boîte, à la Diligence… Je devais la ramener vers minuit, devant chez lui…

— Il risque de s'impatienter.

Elle se mit à bâiller sans prendre soin de masquer sa bouche. Cadin remarqua deux dents noircies, dans le fond.

— Vous n'auriez pas un peu de café, je tombe de sommeil.

Il aurait rabroué n'importe quel suspect qui se serait permis ce genre d'attitude mais elle lui faisait de l'effet. Il se tourna vers Mimosa qui somnolait derrière le comptoir.

— Tu peux faire du jus pour tout le monde… (puis fixant la fille :) Alors, vous me racontez la suite ?

— Oh, c'est simple comme bonjour. À la Diligence je suis tombée sur une bande d'amis. On a bu pas mal, on a traîné jusqu'à près de deux heures du matin… Je ne me sentais pas assez nette pour prendre le volant et un des gars a proposé de me déposer chez moi et de garer la voiture devant chez Molier.

Cadin sursauta.

— Devant chez qui ?

Maryse tenta de se reprendre.

— Je ne sais pas, moi… Il voulait la garer devant l'usine…

— N'essaie pas de jouer au chat et à la souris. De toute façon, une bagnole, ça a une histoire et je serais vite arrivé à mettre un nom sur celui qui s'en occupe… Comme ça Molier te passe sa voiture de service… Tu choisis bien tes protecteurs, petite, tu iras loin ! Il te la prête souvent ?

— Posez-lui la question. Je suis crevée… Je travaille demain, laissez-moi partir.

— Il va falloir te faire une raison, il reste encore un peu de place en cellule… Si tu ne veux pas dormir ici, tu me dis le nom de celui qui conduisait la voiture quand le cycliste a été poussé dans les décors. À toi de choisir si je te fais inculper pour complicité.

Elle but en silence le café que Mimosa venait de poser devant elle, près de l'Olympia sur laquelle frappait l'inspecteur. Elle jeta le gobelet en carton dans la poubelle et se leva.

— J'en ai marre de vous entendre, ça me casse la tête. Où est-ce que je peux dormir ?

Mimosa la guida vers la cellule. Elle se coucha en chien de fusil sur la banquette de bois. Ses talons cliquetèrent sur les barreaux métalliques quand elle allongea ses jambes. Le gros flic s'approcha de Cadin.

— C'est dommage, une belle fille comme ça. Une belle fille comme ça…

L'inspecteur leva les yeux vers lui, découvrant que cette masse informe surmontée d'un gyrophare aviné pouvait être touchée par la grâce. Il termina la frappe du rapport dans la salle d'accueil puis remonta dans son bureau. Léonard partit vérifier les déclarations de Maryse. Il revint alors que le jour se levait.

— Elle n'a pas raconté de salades : on l'a vue se pointer à la Diligence vers dix heures et demie. Elle a passé la soirée avec des types du service sécurité de chez Hotch, des habitués. Ils étaient trois ou quatre à faire la fête… Le patron les a vus partir un peu avant deux heures.

— Tu as leurs noms ?

— Il connaît les gars mais pas leurs noms. Le coup classique. À mon avis on ne devrait pas rencontrer trop de difficultés pour les coincer. Sinon, c'était bien la caisse de Molier ?

Cadin plaqua ses paumes sur ses joues, les pouces sous les maxillaires, et se frotta les yeux du bout des doigts. Il renifla.

— On verra demain… Elle s'est piégée toute seule… À part ça je voulais te dire que Périni a reçu les rapports d'autopsie. J'ai bien l'impression de filer sur une mauvaise piste.

— Déjà les rapports ! Il se démerde toujours aussi bien…

— Comment ça « il se démerde toujours aussi bien » ? On peut compter sur les analyses ou non ?

Léonard se leva pour fermer la porte.

— Je pense que oui… Mais vous ne trouvez pas bizarre que Périni obtienne ses rapports d'autopsie en moins d'une semaine alors qu'en règle générale il faut attendre entre quinze jours et un mois ?

— Il est peut-être bien branché avec les toubibs de l'institut…

— Comment avez-vous deviné ?

— Le hasard, Léonard. Il les arrose ?

— Pas directement… Le patron du laboratoire est corse, lui aussi. Des environs de Bastelica. Il a deux casquettes : employé de la préfecture d'une part, expert privé de l'autre. Si on confie l'autopsie à l'employé de préfecture, le travail fait partie de sa mission quotidienne pour laquelle on le paie. Moralité il y en a pour un mois ! Si par contre on s'arrange pour que le juge d'instruction désigne l'expert privé, il y a une prime à la clef : une brique par cadavre ! Et le même boulot est exécuté en deux jours.

CHAPITRE CINQ

Comment leur expliquer, à tous, ce qui s'était brisé en lui. Il leva la tête vers le soleil de mai qui irisait les gouttes d'eau. Un soleil de printemps plus vif que celui de ce dernier été corse. Tout s'était joué dès leur première semaine algérienne, près d'Oran, après deux mois d'instruction en métropole. Il s'était retrouvé dans une compagnie « sensible » comme disait le colonel, composée pour l'essentiel d'appelés originaires de la banlieue parisienne, des gars de chez Babcock, de chez Simca... Des chaudronniers (la bande des chaudracs !), des ajusteurs, des manœuvres qui avaient quitté le bleu de l'usine pour celui de l'armée. Qui marchaient au pas en traînant les pieds... Il avait surpris des conversations, la nuit dans le dortoir. Plus d'un qui s'interrogeait sur ce qu'il ferait, déguisé en soldat, lorsqu'il se retrouverait face à un maquisard algérien.

Il sortit de la douche et s'allongea sur le sol, nu. Un paysan poussait ses moutons vers le village, en contrebas. Le vent glissait sur son corps, faisant ressurgir des souvenirs de caresse. Il refusa de s'y abandonner.

Celui qui semblait alors avoir le plus d'influence sur la troupe était un Breton, un instituteur de Saint-Denis, qui profitait du moindre temps de repos pour prendre des notes ou écrire des lettres de dix, quinze pages, un cas unique, pour prendre date, disait-il. Le caporal avait essayé de sympathiser, d'entrer en contact avec lui. Les paras ne lui en avaient pas laissé le temps. Ils étaient arrivés le vendredi après une semaine passée à ratisser les environs de Souk-Lémal. Les bidasses étaient comme au zoo. Un des camions était bourré de prisonniers, une vingtaine de fellahs apeurés dont le plus jeune n'avait pas quinze ans. Des blessés aussi, livides, les chairs à vif. L'instituteur se tenait debout, au premier rang, les poings serrés. Les « longues casquettes » charriaient leurs prises vers un bâtiment situé dans le fond du camp. Il s'était avancé alors qu'un para tirait un blessé hors du camion et lui ordonnait de rejoindre le gros de la troupe.

— Il faut le conduire à l'infirmerie. Vous ne voyez pas qu'il a le ventre ouvert ? Il va mourir si on ne le soigne pas rapidement…

Le para se contenta de dévisager l'instituteur en souriant et, d'un coup de ranger, il propulsa le blessé vers l'avant.

La journée s'étira en conciliabules. Certains parlaient de libérer les blessés, de téléphoner en France, d'alerter la presse, les organisations humanitaires, mais aucun n'alla plus loin comme s'ils avaient pris conscience que le pas qu'ils franchiraient ainsi les projetterait dans l'inconnu.

Le lendemain midi trois paras firent irruption dans la cantine. Le caporal mangeait son assiette de hachis parmentier, à trois places de l'instituteur. Il reconnut le para qui la veille molestait les prisonniers et qui longeait le banc en dévisageant les soldats. Il s'arrêta devant le Breton.

— Tiens, on se retrouve ! C'est bien toi qui prenais la défense des crouilles ? On dirait que tu as de l'appétit…

L'instituteur se força à garder la tête penchée au-dessus de son assiette. Ses mains s'étaient mises à trembler et son visage avait soudain blanchi. Le para reprit du même ton monocorde :

— Tu n'es pas obligé de me répondre… Je suis juste venu t'apporter un petit supplément…

Il sortit un mouchoir maculé de sang de sa vareuse et en déplia lentement les bords. Des bourses humaines, ridées, les poils durcis par le sang séché, apparurent au milieu de sa paume. Il retourna la peau pour en extraire les testicules puis les détacha de leur enveloppe de chair à l'aide de son couteau.

Le silence s'était fait, absolu, et l'ensemble des appelés fixaient les deux noix sanguinolentes que le para venait de fendre par le milieu et de jeter dans l'assiette de l'instituteur.

— Tiens, tu les apprécies tellement, les ratons, que tu dois aimer leur bouffer les couilles !

Le Breton prit appui sur la table et tenta de se lever.

— Espèces d'ordures… Assassins…

Mais les deux autres paras bloquèrent sa sortie et le forcèrent à se rasseoir. L'un d'eux lui braqua son flingue sur la tempe.

— Tu as compris ce qu'on te dit ? Mange !

— Jamais… Tu peux me tuer sur place…

Il se mit à remuer la tête en tous sens. Le para qui avait les mains libres l'attrapa par la nuque et lui écrasa le visage dans la purée. Il le souleva à nouveau pour lui enfoncer un testicule dans la bouche, profitant de ce que l'instituteur reprenait son souffle. Il lui bloqua les mâchoires.

— Tu vas y arriver à tout bouffer, tu verras… T'es pas le premier, va, on en a vu de plus coriaces…

Le matin suivant, lors de l'appel, le Breton s'avança vers le drapeau. Personne n'osait lever le regard sur lui. D'un geste lent il balança une grenade dégoupillée au pied du mât et, tout le monde s'éparpillant, il se mit à genoux puis couvrit la grenade de son corps.

Comment leur expliquer, à tous, ce qui s'était brisé en lui.

CHAPITRE SIX

Chatka ne se montra pas de la matinée. Sa présence silencieuse manqua à l'inspecteur qui se tournait, se retournait dans les draps sans parvenir à trouver le sommeil. Il finit par se lever, la bouche pâteuse, les tempes agacées par un mal de tête naissant. Il promena son regard sur l'ameublement chaotique de la pièce, les caisses de linge, de vaisselle, les tas de bouquins posés là, au hasard de l'emménagement. Le filet d'air qui passait par la fenêtre fermée à l'espagnolette faisait vibrer la couverture cornée d'un vieux truc de Brautigan. Cadin tira le mince volume à lui, l'ouvrit au milieu :

VERRERIE/MANIPULER AVEC
PRÉCAUTION/ATTENTION/VERRE/
NE PAS RETOURNER/HAUT/BAS/POCHARD
À MANIPULER COMME SI C'ÉTAIT UN ANGE.

Ce n'était pas le souvenir qu'il en gardait. Le premier carton OUTSPAN, un des emballages que lui avait mis de côté son épicier d'Hazebrouck, un Félix-Potin, contenait du linge de corps, des slips, des maillots, des chaussettes qu'il enfourna en vrac dans le tiroir supérieur de la commode. Il creva le fond du carton d'un coup de poing puis l'aplatit. Un objet tomba sur le parquet, à ses pieds.

Il se baissa pour le ramasser. Une boîte de préservatifs... Des semaines qu'il ne pensait plus à Blandine... Il n'en manquait qu'un seul... ce week-end où elle s'était plantée dans son calendrier... Il serra les dents et enfouit les préservatifs sous le linge, d'un geste nerveux. Il sourit en songeant que Chatka l'avait échappé belle : s'il avait eu cette boîte sous les yeux au moment du baptême au lieu de la conserve de crabe, le chat se faisait appeler « Sécurex » ! Un drôle de handicap pour courser les chattes.

Le second carton était rempli de dossiers, des papiers qu'il trimballait depuis la fac de Strasbourg, sans jamais jeter un œil dessus. Il le déplaça près de la porte, se promettant, sortant, de le descendre à la cave. La radio crachotait en sourdine. Le jeu des mille francs. Cadin poussa le cran de sélection des ondes sur la modulation de fréquence. L'aiguille accrocha une dizaine de stations musicales, du rock, du reggae, du disco, une plainte d'Oum Khalsoum, deux mesures de Bach, avant de débusquer le speaker de Top 93 qui donnait les titres du journal. La page départementale était consacrée aux spectacles de rentrée proposés par la maison de la culture, avec une interview de son directeur Gabriel Sternalez. Pas même un écho concernant l'agression de la nuit précédente. Il scruta le sol, à la recherche du téléphone qu'il finit par entrevoir sous l'amas de revues balancées du lit. Il le tira par le fil et composa le numéro du reporter rencontré à l'espace Desnos. La ligne était occupée. Il attendit plusieurs minutes sans rien entreprendre d'autre, assis sur le bord du matelas. Ses doigts s'agitèrent à nouveau sur le cadran. Signaux longs, bruit sourd du plastique entrechoqué. Il évitait de trop parler au téléphone, s'en tenant aux prises de contact, aux généralités. Il en savait assez sur les pratiques de ses collègues pour ne jamais déroger à cette règle. Ils convinrent de se retrouver dans une pizzeria du centre commercial, du côté de l'entrée de la gare RER. Il laissa la fenêtre entrebâillée, pour le chat, la bloquant avec le rideau passé pardessus le montant et déplaça les cartons proches vers le centre de la pièce, si d'aventure il se mettait à pleuvoir. Dans la rue le vent se levait, remuant l'air moite. Le centre commercial dressait sa carcasse d'alu habillée de plastique orange au milieu d'une zone en cours d'aménagement. Les cellules électroniques lui évitèrent de tendre le bras. Il passa le sas surchauffé et se mêla à la foule. La pizzeria se trouvait en bout d'allée, il lui fallut remonter les 32 caisses, le crépitement des imprimantes se mêlant à la purée de bruits, de pas, de voix, de roulement de caddies, de musak… Alain Mény n'avait pas craint de se placer en évidence : une table en terrasse près d'un réverbère en plastique dur sur lequel il fallait cadrer serré pour s'imaginer à Montmartre. Cette fois encore il était habillé de cuir sombre et seuls son visage et ses mains émergeaient de cet envahissement noir, même si son abondante chevelure et sa large moustache mangeaient à demi sa figure. Cadin s'assit lourdement sur la chaise de jardin blanche dont les pieds s'arrondirent.

— Vous avez l'air crevé, inspecteur… Vous devriez dormir à cette heure-ci, non ?

— Je ne m'y fais pas. Au poste, la moitié de la nuit, je ne pense qu'à dormir mais dès que je me mets au lit, pas moyen. Ce doit être la même chose pour ceux qui font les trois-huit…

Le garçon, un jeune gars boutonneux, le ventre comprimé par un gilet rouge aux pointes aiguës, leur tendit les cartes.

— Ils se débrouillent… Ils boivent un coup ou bien ils avalent des cachets… J'ai écrit plusieurs reportages, une série sur les conditions de travail. Le pire c'était bizarrement ce qui arrivait aux mômes embauchées aux renseignements téléphoniques. Le 12… Elles étaient tellement habituées à répondre « Oui, j'écoute » dès que le signal sonore se faisait entendre qu'il suffisait qu'un son approchant soit émis, dans le métro par exemple, à la fermeture des portes, pour qu'elles se mettent à dire tout haut « Oui, j'écoute »… Comme les chiens qui attendent la sonnette pour manger…

— Je n'en suis pas encore là, Dieu merci !

Ils s'accordèrent sur l'osso-bucco accompagné d'une bouteille de rosé pétillant. Ils commencèrent à manger en silence. Alain Mény profita d'un moment où il servait le vin pour lancer d'un air faussement détaché :

— Et votre enquête parallèle, elle avance ?

Cadin s'abstint d'évoquer le résultat des autopsies.

— Pas trop. J'espère débusquer l'auteur des photos pornos… Il me mènera peut-être sur une piste. Sinon, le brouillard, je ne vois rien d'autre…

— Rien d'autre, vraiment ? Et ce gars que vous avez vu s'enfuir alors que vous arriviez à la cité République… Il doit avoir des choses à vous dire.

L'inspecteur retourna son os de la pointe de son couteau pour en extraire la moelle.

— C'est l'affaire de Périni ; mon rapport est dans son tiroir. Il est au moins à l'abri de la poussière ! Ils sont persuadés, lui et le juge d'instruction, qu'il n'y a plus rien à prouver, que tout est clair… Pour eux le troisième homme n'existe pas. Alors, à quoi bon remuer des histoires anciennes comme celles que racontent ces photos ? Ils sont disposés à se satisfaire d'une justice à leur image. Approximative.

— Ce type existe pourtant…

— Oui, si j'en crois mes yeux ! Comment voulez-vous que je lui mette la main dessus, seul et sur mon temps libre ? À part ça, vous connaissez Pierre Molier ?

Le journaliste essuya ses lèvres rougies par la sauce et posa la serviette tachée près de son assiette.

— Eh bien, vous avez mis du temps à vous décider ! C'est à propos du gars qui s'est fait bousculer par une voiture de service, cette nuit ?

Le garçon leur proposa la carte des desserts. Mény commanda sans prendre la peine de la consulter.

— Une « zuppa inglese » et un café.

Cadin suivit le mouvement.

— Vous êtes au courant ? J'ai écouté le journal d'une heure sur votre radio, ils n'ont rien dit…

— Vous devez être un des rares flics branchés sur la FM. À part les RG… Je viens de terminer l'enregistrement de mon bobineau. Le sujet passe ce soir au magazine. Je suis passé au commissariat alors qu'ils transféraient la fille, Maryse, à la souricière de Bobigny. La Reine de Beauté de Courvilliers jetée sur la paille humide des cachots ! Il n'y a pas à dire, vous gâtez la presse !

— Renvoyez-moi l'ascenseur : dites-moi ce que vous savez de Pierre Molier.

Mény aspira le bord de ses lèvres, sous ses dents, puis les fit claquer en les relâchant.

— Je ne connais pas grand-chose sur le sujet. Il est depuis peu à Courvilliers. Il est arrivé en mai ou juin dernier pour mettre sur pied le service sécurité de Hotch. Avant il travaillait pour l'une de leurs filiales, dans le Sud, près de Marseille. Il a ramené une demi-douzaine de gros bras avec lui. Des anciens militaires, des repris de justice amnistiés en 81… J'ai même entendu parler d'un flic révoqué pour une vague histoire de dope. Périni doit avoir leurs fiches, elles sont sûrement classées avec celles des flics municipaux… Ils se ressemblent comme des frères. En tout cas Molier a l'air d'avoir les coudées franches. Ses gars sont superéquipés : motos, talkies. Il leur a même fait construire un chemin de ronde tout autour de l'usine… C'est assez nouveau ici. Jusque-là la direction jouait l'intégration en misant sur son Association. L'arrivée de la gauche au pouvoir a eu pour effet de radicaliser le discours des immigrés et la politique de paix sociale de Laubrard a pris un sacré coup de vieux…

— Qui est ce Laubrard ?

— Le directeur des Ressources humaines. Un type intéressant. Vous devriez faire sa connaissance. Pour en terminer avec Molier, on dit que c'est un bandeur de première… On entend pas mal de bruits à son sujet…

Cadin se pencha vers le journaliste.

— Lesquels ?

— Par exemple le dernier en date dit que Maryse lui doit son titre… Il se serait arrangé avec le jury à condition qu'elle passe à la casserole… Vous voyez le genre.

— C'est plausible, à votre avis ?

Alain Mény haussa les épaules et plongea sa cuillère dans la meringue molle parsemée de fruits confits.

— C'est un bruit, et le propre des bruits c'est d'être sujet à caution… Ce qui est sûr, c'est qu'ils marchent ensemble depuis quelques jours. Elle se baladait avec la bagnole de service de Molier cette nuit, non ?

Cadin hésita.

— Oui, concéda-t-il, mais elle n'était pas seule. Il y avait trois gars de Molier avec elle. Ils venaient de la Diligence… L'équipe de Bob, les municipaux, étaient sur place avant nous et les ont laissés filer…

— Le patron de la Diligence ne vous lâchera pas un nom. Il est cul et chemise avec les gars de Molier : ils sont toujours fourrés dans sa boîte.

Avant de quitter Mény l'inspecteur descendit téléphoner. Le standard de Hotch le fit patienter plusieurs minutes au milieu des bottins éventrés. La secrétaire de

Laubrard l'accueillit d'une voix douce qui plongea dans les graves dès qu'il eut annoncé sa profession.

— M. Laubrard est parti déjeuner. C'est à quel propos ?

— Dites-lui que cela concerne M. Molier ainsi que la jeune femme qui a concouru pour le titre de Miss Courvilliers. Je souhaiterais le voir très rapidement. Je rappellerai dans une heure.

Avant de sortir il ne résista pas à la curiosité et vérifia si le dévideur de papier toilette n'était pas garni de poèmes. Rien. Il se retourna pour tomber nez à nez avec le garçon boutonneux qui venait se soulager.

— Qu'est-ce que vous cherchez ?

Cadin esquissa un sourire pincé.

— Des poèmes… Quelquefois les gens déposent des poèmes dans les chiottes… Vous n'avez rien vu de ce genre, ici ?

Le serveur écarquilla les yeux, ouvrit la bouche sans parvenir à émettre le moindre son. Il eut besoin de plusieurs secondes pour dissiper son trouble.

— Des poèmes ? Jamais ! Ils écrivent des tas de saletés sur les murs, sur la porte, au plafond, sur le réservoir de la chasse, dans la cabine du téléphone… Il y en a partout… Mais je n'appelle pas ça de la poésie… Des saloperies, oui, que je passe mon après-midi du samedi à gratter…

Il se plaqua contre la coquille émaillée blanche, les jambes légèrement écartées et se déboutonna en s'accompagnant d'un mouvement des reins. Cadin en profita pour grimper les escaliers. Mény avait réglé l'addition. Il refusa le billet de cent francs que l'inspecteur lui tendit.

— Je la passe en note de frais. On a au moins cet avantage.

Ils se quittèrent. Cadin laissa filer le temps en se promenant à travers les allées de l'Euromarché, essayant d'identifier les surveillants. Il en repéra trois en l'espace d'un quart d'heure, des jeunes, costard-cravate qui jouaient aux privés entre les piles de Pampers anti-fuite et les têtes de gondoles remplies de saucisses en solde. La promotion du jour. Il rappela Hotch du café-tabac de la galerie marchande. Laubrard acceptait de le recevoir à quatre heures.

La manchette de *Courvilliers-Information* attira son attention. La photo de Maryse, entourée de ses dauphines, occupait trois colonnes. La légende renvoyait le lecteur en page cinq. Il s'y reporta pour lire le compte rendu du défilé, une trentaine de lignes dont la fonction essentielle consistait en la citation des noms et titres de toutes les personnalités présentes. Le sien n'y figurait pas : il en sut gré à Patrice. Ses yeux se baladèrent sur les titres des rubriques de la page, état civil, menu des centres de loisir, échos des colos, travaux dans la ville, et s'arrêtèrent sur un court article imprimé en gras et bloqué par des filets noirs :

LA SECTION SPÉLÉOLOGIE EN DEUIL

Un accident navrant vient de priver la section spéléologie de Courvilliers d'un de ses membres parmi les plus dynamiques, Éric Renout, qui venait tout juste de fêter ses 32 ans. Éric avait décidé de consacrer ses vacances à l'exploration des grottes du Doubs. Il s'est trouvé en difficulté dans un siphon de la grotte de Sauveterre. Il semble qu'Éric, gêné par les nombreuses cordes abandonnées le long de la paroi par les expéditions précédentes, ait coupé sa propre corde par erreur. Son corps s'est écrasé trente mètres en contrebas. La municipalité de Courvilliers lui rendra un dernier hommage le samedi 28 août à 11 heures dans la salle des associations.

Il quitta le centre commercial, traversa le parking encombré de caddies délaissés et s'engagea dans la rue des Deux-Gares, une avenue rectiligne tracée en bordure de la tranchée du RER. Des engins de terrassement chahutaient le paysage, de l'autre côté des voies, creusant un gigantesque bassin destiné à réguler le ruissellement des eaux de pluie. Les travaux cornaient un coin du dernier champ de maïs de Courvilliers délimité par l'autoroute, le RER, les usines Hotch et, au loin sur la gauche, les bouts de pistes de l'aéroport. D'énormes camions aux couleurs de Hotch, lettres noires sur fond jaune, passaient dans un bruit de tonnerre, accompagnés de leur claque de vent qui couchait les herbes du bas-côté.

Le vigile de faction à la porte principale vérifia la réalité du rendez-vous de Cadin puis le fit accompagner jusqu'au bâtiment qui abritait les services administratifs.

— C'est au cinquième étage ; l'ascenseur est tout de suite à droite.

Son guide s'éclipsa. Le revêtement de sol du couloir de l'étage réservé à la direction annonçait la couleur : moquette épaisse d'un rose soutenu, une consistance de mousse à laquelle Cadin adapta son pas. Une jeune femme le réceptionna. Elle portait un tailleur bleu en velours très fin, moiré, et des souliers à hauts talons frustrés de leur claquement qui mettaient en valeur la ligne parfaite de ses jambes. Elle ne devait pas avoir beaucoup plus de vingt-cinq ans même si la forme de sa coiffure, cheveux mi-longs, ondulations figées et le choix d'un maquillage très prononcé, tendaient à la faire paraître plus âgée.

— Vous êtes l'inspecteur Cadin ?

Il reconnut la voix du téléphone agrémentée cette fois d'un sourire.

— Oui, c'est moi. Je peux voir M. Laubrard ?

Elle déplaça légèrement sa main droite, désignant un coin salon.

— M. Laubrard me demande de vous présenter ses

excuses. Il est encore en réunion… L'affaire de quelques minutes. Vous pouvez patienter en consultant ces revues…

Cadin déclina l'offre et s'approcha de la baie vitrée. L'étage où il se trouvait constituait le point culminant du complexe. Il disposait d'une vue d'ensemble sur les différents ateliers de l'usine, les bureaux d'études, la chaîne de montage des boîtes de vitesse, le bâtiment où s'assemblaient les systèmes électroniques, les aires de stockage. En contrebas, juste derrière les parkings aux places numérotées, une zone d'atterrissage pour hélicoptères avec sa croix cerclée blanche. La voix de l'hôtesse interrompit son examen.

— Vous enquêtez sur la mort de Claude et Monique Werbel ?

Il se retourna, s'avança jusqu'au bureau sur lequel il s'appuya.

— Non, pas précisément… Vous les connaissiez ?

Il la regarda fixement. Les incisives supérieures, brillantes de salive, agacèrent la lèvre inférieure, teintant l'émail de rouge. Elle hésita un bref instant.

— Elle oui, mais pas lui. On a débuté à la même époque chez Hotch, au service comptabilité…

— Vous avez fait pas mal de chemin depuis. Pour Monique je me suis laissé dire que ça avait plutôt été l'inverse.

Elle fronça légèrement les sourcils. Cadin se rendit compte à contretemps de son sous-entendu mais il évita de rectifier pour ne pas la mettre en éveil.

— Au début ce n'est pas vrai. Elle a eu autant de promotion que n'importe qui, grâce au développement de l'entreprise. Ça s'est gâté lorsqu'elle s'est mise à fréquenter Claude Werbel… La direction pouvait difficilement rester les bras croisés… Ils l'ont maintenue à son poste mais en l'allégeant de toutes ses responsabilités.

Je trouve même qu'ils ont été patients… Ils ne se sont décidés à la déplacer qu'après cette histoire de photos.

— Vous les avez vues ?

Ses joues se colorèrent.

— Non, mais tout le monde en a parlé ici. À sa place je n'aurais jamais eu le courage de revenir au travail. On peut en penser ce qu'on veut, mais elle ne manquait pas de cran !

— Vous avez eu l'occasion de parler avec elle dans les jours qui ont précédé sa mort ?

Elle leva les yeux au ciel.

— Évidemment !

— Comment ça « évidemment » ?

— Je n'ai aucun mérite : elle habitait chez moi depuis qu'elle s'était séparée de son mari… Nous avons discuté ensemble une bonne partie de la nuit, juste avant qu'elle ne se décide à retourner le voir… J'ai essayé de l'en dissuader… Je ne crois pas qu'on arrive à recoller les morceaux comme ça sur un coup de cafard en milieu de nuit… Je m'en voudrai toujours de l'avoir laissée partir mais j'étais vraiment lessivée…

Cadin demeura silencieux, le temps d'intégrer ce qu'il venait d'apprendre.

— Vers quelle heure vous a-t-elle quittée ?

— Deux heures et demie, trois heures moins le quart au maximum. J'habite près de la mairie, c'est à dix minutes à pied de la cité République.

— Oui, je connais… Pourquoi ce soir-là, précisément ? Elle vous a donné une explication ?

Elle ouvrit le tiroir du bureau pour prendre un paquet de Camel, en prit une, le tendit à Cadin.

— Vous fumez ?

— Merci, j'ai arrêté depuis un bout de temps.

Elle alluma sa cigarette, aspira longuement et rejeta la fumée vers le plafond.

— Il n'y a pas besoin d'explication. Elle aimait Claude et c'est bien suffisant. Elle m'a dit au moins cent fois qu'elle ne comprenait pas son attitude. Quand les photos sont apparues, il était décidé à faire front, à prouver qu'il s'agissait de faux. Et tout d'un coup, quelques jours après, il n'en était plus question. Sans raison. Il a renoncé à se battre, comme s'il admettait que les clichés étaient réels… C'est pour cela que Monique l'a quitté : elle ne pouvait plus vivre avec un homme qui doutait d'elle. La nuit de sa mort elle voulait le rejoindre pour essayer de comprendre ce qui avait amené Claude à changer d'opinion à son sujet.

— Le commissaire a pris votre déposition ? Lui ou un autre policier…

Le téléphone se mit à émettre une série de sons aigus. La secrétaire prit le combiné, se contentant d'écouter en hochant la tête. Elle contourna le bureau.

— M. Laubrard vous attend. Suivez-moi.

Cadin se plaça dans son sillage parfumé, baladant son regard sur les formes en mouvement.

— Et pour le commissaire ? Vous ne m'avez pas répondu…

Elle inclina la tête vers l'arrière sans ralentir le pas.

— Non, il ne m'a pas contactée… Pourquoi, il aurait dû ?

Ce fut au tour de Cadin d'ignorer la question.

Elle le planta à l'entrée d'une vaste pièce aux murs tendus de toile sombre. Deux hommes se tenaient debout devant la fenêtre, leurs silhouettes rendues imprécises par le contre-jour. Le plus grand des deux s'approcha et Cadin put distinguer ses traits. Une tête d'homme du monde vieillissant, l'illustration parfaite du « visage aux nobles rides » mais posée sur un corps trop gras.

— Bonjour, inspecteur. Donnez-vous la peine d'entrer…

Il parlait sans ouvrir la bouche, les lèvres agitées d'un très léger mouvement. Cadin serra la main humide et molle qui lui était offerte.

— … Michel Laubrard, directeur des Ressources humaines. Je vous présente mon adjoint, Charles Géron. Cela ne vous gêne pas qu'il assiste à notre entretien ?

Laubrard prit place dans un fauteuil de la taille d'un canapé tandis que Géron s'installait derrière lui en adoptant l'attitude traditionnelle du sous-fifre obséquieux.

Le mur de droite était entièrement occupé par une bibliothèque aux rayonnages remplis de livres de droit social, de brochures, tandis que celui de gauche s'ornait de l'agrandissement géant d'une photo aérienne : l'usine en construction.

Laubrard déboutonna sa veste pour se mettre à l'aise. L'inspecteur se fit la réflexion qu'il avait dû être mince, plus jeune, mais que l'onctuosité des moquettes avait eu raison de sa ligne. Ses deux mètres, son enveloppe de viande lui firent songer à ces grands animaux préhistoriques rendus inoffensifs par la seule certitude de leur disparition prochaine. À elles seules les mains donnaient la mesure des modifications intervenues au cours des années. Les doigts boudinés, violacés, se croisaient et se décroisaient au-dessus de la surface brillante du bureau. L'anneau d'or qui congestionnait la première phalange de l'annulaire gauche disparaissait, à demi recouvert par la peau boursouflée. Les mains de Géron, un petit homme nerveux au visage osseux, étaient très différentes. Il venait de les placer devant son sexe, dans une attitude inconsciente de préservation. Les ongles et les extrémités des doigts étaient rongés et la blancheur des phalanges éclatait sur le tissu sombre. Tout son être vibrait d'une manière imperceptible. Un tremblement qui ne devait sûrement rien à l'alcool. Géron semblait atteint d'une passion autrement redoutable : l'ambition.

Rien encore n'avait été dit mais une chose était claire pour Cadin : ces deux-là s'observaient, s'épiaient et, sous leurs sourires convenus, se dissimulait une concurrence impitoyable. Laubrard enflait pour occuper toute la place disponible sur son fauteuil tandis que Géron rêvait de bouffer autre chose que ses ongles.

— Que puis-je pour vous, inspecteur ? J'espère qu'il ne se passe rien de grave…

— Je l'espère aussi. La nuit dernière l'une de vos employées a été arrêtée et incarcérée après avoir heurté volontairement un cycliste avec sa voiture…

— C'est regrettable mais je ne vois pas en quoi cela peut concerner notre société… Nos collaborateurs ont une vie privée qu'ils assument en tout point… Nous employons plus de vingt mille personnes en France… Il s'agit de qui ?

— Maryse Daillet. Vous devez la connaître, elle a été élue Miss Courvilliers, mardi dernier. Voici sa photo…

Cadin déplia la Une de *Courvilliers Informations* sur le plateau du bureau.

— … et cela intéresse la société Hotch dans la mesure où elle circulait dans une voiture de service… J'ai de bonnes raisons de penser qu'en plus elle était accompagnée par plusieurs membres de votre groupe de sécurité.

Laubrard fronça les sourcils et se tourna vers Géron, visiblement ennuyé.

— Vous pouvez me dire quel poste occupe cette jeune femme ?

— Employée de planning… Il était question de la promouvoir…

Il lui coupa la parole.

— Et depuis quand les employées de planning se promènent-elles en voiture de service ?

Cadin n'était pas dupe ; Laubrard savait exactement à quoi s'en tenir sur l'agression à laquelle Maryse était mêlée mais sa fonction exigeait du Directeur des Ressources humaines qu'il vive à l'écart de ces contingences. L'inspecteur lui tendit une perche.

— Selon mes informations cette voiture lui a été remise par M. Pierre Molier qui, je crois, travaille directement sous vos ordres…

Laubrard tira son bloc-notes vers lui et écrivit quelques mots avant de détacher le feuillet et de le glisser dans sa poche.

— Je vous remercie de cette précision, inspecteur. Je vous promets de prendre toutes les mesures qui s'imposent afin que de tels incidents ne se renouvellent pas. Vous comptez retenir cette jeune femme longtemps ?

— Non, le temps de la garde à vue. Elle sera libre dès demain. Par contre nous conserverons la voiture chez nous jusqu'au passage de M. Molier. Demandez-lui de passer au commissariat au plus tôt.

Laubrard fit mine de se lever pour signifier la fin de l'entrevue. Cadin demeura ostensiblement assis.

— Je voulais également vous dire que j'ai déjà eu l'occasion de rencontrer le responsable de votre service de sécurité. Il transportait une cargaison de manches de pioche et deux 22 long rifle qu'il destinait à vos employés du gardiennage… J'ai bien l'impression que vous jouez avec le feu, surtout après la mort des époux Werbel. Il me semble qu'on devrait, d'un côté comme de l'autre, éviter tout geste qui pousse à l'affrontement…

Laubrard recula son siège et le fit pivoter vers la fenêtre.

— Nous ne recherchons pas l'incident. Tout simplement parce que nous n'y avons pas intérêt. Le secteur automobile est en crise, les constructeurs et les fabricants de pièces détachées comme nous. Actuellement le défi qui nous est lancé est de mettre en accord nos effectifs salariés et le volume de la demande. Allez faire comprendre cela à un paysan illettré d'Anatolie ou à un berger kabyle ! Les gens des syndicats se bornent à manipuler leurs troupes en leur promettant monts et merveilles. Pas un mot du contexte économique. Ils redescendront sur terre, tôt ou tard. En attendant pas question d'accepter leur chantage. Nous ne les laisserons pas bloquer l'usine, vous pouvez en être certain. Nous ne sommes pas chez Renault !

— Je crois que vous n'avez rien à craindre de ce genre. La mort de Werbel les a pris de court… Vous le connaissiez personnellement ?

— Moi non. En revanche Géron a eu l'occasion de négocier avec lui… Une histoire de menus à la cantine… C'est bien ça, non ?

Cadin fixa Géron.

— Quel genre d'homme était-ce ? Énervé, vindicatif ?

— Non, je l'aurais plutôt classé parmi les illuminés. Je n'ai jamais réussi à bien le comprendre, cette hargne insensée contre l'entreprise… Il se prenait pour saint Georges et, bon gré mal gré, Hotch devait jouer le rôle du Dragon.

— Et cette histoire de menus ?

Géron décroisa ses mains pour les enfouir dans ses poches de veste.

— Rien de bien intéressant… L'économe avait fait passer des merguez contenant de la viande de porc… Ce sont des problèmes qui se règlent facilement.

— Si vous voulez dire qu'on ne tue pas sa femme et qu'on ne se suicide pas pour un lot de merguez douteuses, d'accord… Je présume que vous avez reçu votre collection personnelle de photos, celles où figure Monique Werbel…

Cadin crut sentir une légère tension entre les deux hommes. Géron reprit sa pose mais ce fut Laubrard qui monta au créneau.

— Nous n'en étions pas les seuls destinataires. Je les ai fait détruire dès réception. De la même manière que nous ne sommes pas comptables des fautes de conduite de notre personnel en dehors des heures de service, nous évitons de nous immiscer dans leur vie privée…

Il marqua une pause.

— Vous êtes également en charge de cette enquête ?

La forme interrogative subsistait pour marquer le respect dû à la fonction. Il aurait tout aussi bien dit : « Va pas trop loin, Cadin, on sait que tu n'es pas sur le coup ! »

— Non, je ne m'occupe que de l'accident de Maryse Daillet.

Laubrard se leva et contourna son bureau, suivi de Géron. Il tendit sa main moite à Cadin qui la malaxa une fraction de seconde avant que la sécheresse vibrante de Géron ne se bloque dans sa paume.

— N'oubliez pas de demander à M. Molier de passer nous voir.

— Il est absent pour la journée. Je ferai en sorte qu'il vous rappelle au commissariat dans la soirée…

Une manière élégante de signaler à l'inspecteur que l'entretien venait de se dérouler en dehors de ses heures de service et qu'il ne pourrait jamais y faire allusion.

Il était tout juste dix-sept heures. Cadin rentra directement chez lui. Devant l'immeuble, près des garages, il aperçut Chatka, le poil hérissé, s'apprêtant à bondir sur un autre chat, une bête efflanquée au poil terne. L'inspecteur s'approcha, s'accroupit au bord du carré de pelouse.

— Viens, Chatka, viens… Allez, rentre… Viens, je vais te donner à manger…

Le chat des rues, dérangé, miaula en direction de l'inspecteur. Chatka en profita pour sauter sur son adversaire qui s'enfuit sans livrer bataille.

— Tu viens maintenant ? Tu es content ?

Chatka se contenta de s'asseoir et lissa ses poils à grands coups de langue appuyés. Cadin considéra brièvement l'animal, se releva, grimpa l'escalier, referma la porte derrière lui et défit l'espagnolette. Il s'endormit les jambes relevées, les talons de ses chaussures posés sur le montant de cuivre.

CHAPITRE SIX

On les avait dispersés, après la mort de l'instituteur. La majorité en premières lignes, dans des commandos de chasse. Tenue léopard, tenue de salopard, longue visière pour se masquer les yeux.

Le caporal s'était retrouvé dans un DOP, Dispositif Opérationnel de Protection, le réseau de production de renseignement mis en place par l'armée et qui épousait, région par région, l'organisation du FLN.

Il se souviendrait toujours de son premier prisonnier, un paysan d'une cinquantaine d'années qui ne cessait de gesticuler en insultant les soldats. Ils avaient commencé à le frapper à coups de poing, de chaussures, sans autre résultat que le forcer à se taire pour protéger ses dents.

Sa vie avait basculé quand le chef de poste l'avait toisé.

— Eh ben, qu'est-ce que tu fous à nous regarder ! File-nous un coup de main, va remplir la baignoire.

Il était passé dans l'autre pièce, une remise encombrée de matériel militaire, lits de camp, gamelles, couvertures, treillis. La baignoire avait été calée sur des briques grises, contre le mur, sous un robinet maintenu à son piton par un morceau de fil de fer. Le caporal s'était penché, une main appuyée sur l'émail crasseux, l'autre posée sur la clef du robinet. Il était demeuré immobile, quelques secondes et, les yeux fermés, sa main s'était crispée avant de pivoter. Une fraction de seconde l'eau avait coulé rouge, comme un présage.

Il était maintenant presque sec. Il se leva et enfila la djellaba blanche. Un éclat métallique attira son regard vers la colline voisine. Il porta une main à son front, en forme de visière, plissa les yeux et reconnut la silhouette familière d'un harki de son unité qui encadrait une dizaine de prisonniers occupés à défricher le maquis et à poser un réseau de fil de fer barbelé. Avant qu'il n'arrive à Souk-Lémal, un commando rebelle s'était approché du camp, camouflé dans les boqueteaux.

Il franchit la porte du mess. Le barman lui tournait le dos, et tentait de régler son transistor. Il parvint à capter Europe 1. L'indicatif de Salut Les Copains *shunta pour laisser la fréquence à la voix d'Eddy Mitchell, le chanteur des Chaussettes Noires.*

Tu parles trop,
J't'entends du soir au matin in…
Les mêmes mots,
Toujours les mêmes refrains ains…
Bla, bla, bla a a a…
C'est ton on défaut…

Les deux bidasses accrochés au bar reprirent en chœur en choquant leurs canettes de bière.

CHAPITRE SEPT

Il n'avait jamais encore remarqué les motifs du papier peint. Un souvenir teinté de bleu, sans plus. Un motif en fait, répété à l'infini, des sortes d'œillets rassemblés en bouquets, leurs tiges maintenues par quelque chose qui ressemblait à un blason muet, un écusson. L'impression, malhabile, comme tremblée, rendait d'assez loin le duveté du velours. En clignant des yeux il faisait apparaître, les traits se mêlant, des figures aux dents proéminentes, des masques de carnaval d'Indonésie. Deux œillets pour les yeux, les faisceaux de tiges pour la denture. Il reçut un coup de téléphone alors qu'il se préparait un café, une invitation pour une soirée antillaise. Il répondit que le locataire précédent avait été muté en Guadeloupe mais que lui, Cadin, serait heureux de connaître le nom du chat. Son correspondant l'ignorait. Puis Alain Mény le relança au sujet de son émission de présentation des personnalités locales. Il voulait lui en parler, à la pizzeria, mais avait oublié… Cadin promit mollement et but son café tiède.

Dehors la chaleur faisait remonter les odeurs de goudron, de gaz d'échappement, d'urine. L'épicier tunisien regarnissait son étalage de fruits ; des cageots qu'il allait chercher dans une estafette aux pneus crevés qui lui servait de réserve. Léonard n'était pas encore là quand

Cadin arriva au commissariat. Mernadez et Mimosa étaient en pleine conversation.

— Tous les clubs en ont, des caisses noires… des caisses noires. C'est avec ça qu'ils payent leurs transferts… les transferts. Il n'y a pas que Saint-Étienne et le Paris-Saint-Germain, regarde Marseille en 72… Marseille en 72.

Mimosa se tourna vers l'inspecteur qui entrait et le prit à témoin.

— Vous ne croyez pas que c'est partout pareil, inspecteur ?… Pareil, inspecteur…

— Peut-être… À vrai dire je n'en sais rien… Léonard n'est pas là ?

Mernadez s'approcha de lui.

— Il a téléphoné pour prévenir qu'il arriverait en retard. Vous avez besoin de quelque chose ?

Cadin agita la tête en signe de dénégation et grimpa dans son bureau. Il s'y sentait presque aussi bien que chez lui. Seul, absent du regard des autres. Il pouvait fixer le mur, la fenêtre et attendre que ses pensées se perdent, s'annulent… Il inaugura la nuit en compagnie de Mernadez. Un peu après une heure du matin la sirène d'alarme d'un magasin de matériel vidéo se mit à ameuter tout un quartier de Courvilliers. Les voisins voulaient dormir tranquilles. Mernadez conduisait en douceur, le haut du corps raidi, la poitrine contre le volant.

— Mimosa a toujours parlé de cette façon, en redoublant les derniers mots de chaque phrase ? Je ne dois pas être le seul à qui ça tape sur les nerfs…

Il répondit en ralentissant le débit de ses paroles, la tête droite, les yeux fixés sur la bande de macadam :

— Toujours, non… mais depuis que nous nous connaissons, il parle de cette manière. Ça porte un nom, c'est une maladie, l'écholalie. Il dit que cela s'est déclenché en Indochine.

— Il a fait l'Indochine ?

Mernadez risqua un œil vers l'inspecteur.

— L'Indo, le Maroc et l'Algérie… Pour son bafouillement, il était coincé à Dien-Bien-Phu. On l'a envoyé en patrouille, une nuit, pour essayer de délimiter la première ligne viêt-minh. Au départ il se trouvait à l'abri, au milieu de la colonne, mais au retour il était bon dernier ! Tous les autres s'étaient fait égorger, en silence… Les uns après les autres sans qu'ils entendent le moindre bruit… Dix mètres de reconnaissance supplémentaires et Mimosa se faisait couper le kiki… En tout cas, c'est ce qu'il raconte lorsqu'il est assez clair pour parler de lui…

— Vous y croyez ?

— Quelle importance ? S'il a envie de se prendre pour un miraculé, cela ne fait de mal à personne. Je connais des tas de gars qui en sont revenus plus abîmés que Mimosa et qui n'en parlent pas davantage… Ce n'étaient pas des guerres faciles…

Le magasin était situé au cœur du Vieux Pays. Il occupait le rez-de-chaussée d'un immeuble d'habitation, coincé entre une boulangerie et un dépôt de meubles. La vitrine avait été brisée à l'aide de pavés prélevés sur le chantier de la SCREG, une entreprise qui défonçait tour à tour toutes les rues de Courvilliers pour enfouir ses tuyaux.

Cadin ouvrit le coffre de la R 12 pour prendre la manivelle du cric avec laquelle il fit tomber les morceaux de verre effilés qui tenaient encore à l'encadrement. Mernadez pénétra dans le magasin et arracha le fil de l'alarme. Les hurlements électriques cessèrent aussitôt mais les deux policiers en conservèrent l'écho dans la tête durant plusieurs minutes. Les casseurs avaient vidé les étagères de présentation, ne subsistaient que les étiquettes publicitaires. Les voleurs avaient délaissé les téléviseurs. Deux télés gisaient par terre au milieu des éclats de verre. La chaîne passée dans les poignées des vitrines contenant les cassettes pendait le long des vitres, cisaillée. Une dizaine de films vidéo seulement avaient échappé à la razzia. Cadin nota la présence d'un Godard et celle d'un Pialat. La porte de la réserve avait également été forcée, de même que celles d'un placard. Tout ce qu'il contenait recouvrait le sol : factures, catalogues, affiches et photos de films…

— Ils devaient être sacrément pressés : ils n'ont pas fait de détail !

Mernadez approuva l'inspecteur.

— Ils savaient exactement ce qu'ils voulaient : les magnétoscopes et les cassettes vidéo. À mon avis ils avaient une commande précise.

— C'est probable. En revanche je me demande ce qu'ils cherchaient dans le placard du fond.

— Peut-être des factures vierges et des tampons. Ils n'hésitent plus à s'en servir pour refourguer plus facilement la marchandise.

Cadin laissa Mernadez sur place pour éviter que les voisins ne pillent le magasin et en le chargeant de recueillir le maximum d'informations sur le casse. Quand il arriva au commissariat, Léonard finissait de boucler son uniforme. Il prétexta des problèmes familiaux, sans préciser davantage. L'inspecteur le mit au courant du cambriolage du magasin.

— Tu vois d'où ça peut venir ?

Le flic ajusta son képi sur sa tête et referma la porte de son vestiaire.

— Il y a trois mois qu'on a coffré la bande qui s'était spécialisée dans ce genre de matériel. D'autres en ont profité pour récupérer le marché. On connaît le type de véhicule utilisé pour embarquer les magnétoscopes ?

— Passe un coup de fil à Mernadez…

Un locataire avait en effet assisté à la fuite des

cambrioleurs qui, au nombre de deux, avaient pris la direction de la voie rapide à bord d'une Simca break tôlée de couleur claire immatriculée dans le 93. Léonard reposa le combiné et résuma ce qu'il avait appris à Cadin.

— S'ils venaient d'une autre ville on ne les rattrapera plus. Si ce sont des gars d'ici, on a des chances de les piquer sur un parking ou dans une cité… C'est une des techniques du moment : ils piquent une voiture, entassent la camelote dedans et font la distribution dans un coin tranquille au petit matin.

— On commence par où ?

— Le plus simple c'est de démarrer cité République. Après on redescendra par la route des Grands-Ponts.

Les rues étaient désertes. Ils croisèrent la première voiture en passant devant la tour qu'habitaient les Werbel. Volets clos, fenêtres muettes. La R 12 piqua du nez sur la rampe du parking souterrain. Le système d'ouverture automatique du rideau métallique avait fonctionné une semaine tout au plus après l'inauguration de la cité. Depuis les locataires évitaient de laisser leurs voitures en sous-sol, cachées au regard. Le parallélépipède de béton était pratiquement vide à l'exception de deux épaves qui servaient de terrains d'aventure aux gosses du quartier. Ils reprirent la rampe en sens inverse. La première patinait. Léonard dut jouer avec la pédale d'embrayage pour avaler la pente. Il mit le cap sur les Terrasses, un nouvel ensemble immobilier en cours de livraison qui séparait Courvilliers de Sevran. Le projet en revenait à l'ancienne équipe municipale qui avait fait raser les lotissements pourris du secteur passés entre les mains des marchands de sommeil, pour édifier sur les terrains libérés une cité pilote où les zonards cohabiteraient avec des familles d'horizons sociaux différents. Les architectes s'étaient démenés sur leurs planches et proposaient non de simples logements mais des « cellules d'habitation » en duplex voire en triplex, dont les « salles de vie » s'ouvraient, dans les étages supérieurs, sur une terrasse-jardin individuelle.

Les élections municipales venaient de remettre l'utopie au placard. Les étages supérieurs dotés des espaces extérieurs les plus valorisants étaient occupés par les mêmes qui s'épanouissaient déjà dans les bureaux prééminents et ensoleillés de l'hôtel de ville.

Les niveaux inférieurs dépourvus d'extensions engazonnées furent laissés au tout-venant. La cité comptait cinq cents logements répartis dans cinq bâtiments aux formes courbes, disposés en ellipse. Au centre de l'escargot un bassin sans eau annonçait un square. De part et d'autre des halls d'entrée on avait réservé des surfaces pour l'implantation de commerces. Une supérette « Amie » à la devanture badigeonnée de vert, une boulangerie et une pharmacie préfiguraient le centre commercial. Ils longèrent la cité au ralenti. Un parc de stationnement avait été délimité près du cimetière sur un terrain vague sommairement aplani qui devait, un jour, servir à édifier une école. Ils s'engagèrent dans une allée. La Simca break était garée près du mur du cimetière, à demi dissimulée par un camion de déménagement jaune et noir. Léonard coupa le moteur et laissa la R 12 rouler en silence sur le chemin de terre. Cadin souleva sa veste et bloqua la crosse de son pistolet dans sa paume.

— Ne t'approche pas trop. Je vais descendre et faire le tour par la droite. Toi, tu les prends par la portière de gauche.

Léonard freina en douceur. Cadin était déjà dehors. Il retint la porte pour l'empêcher de claquer puis, courbé vers le sol, son pistolet à bout de bras, il contourna la Simca. Il se plaqua contre la tôle, attendant que son collègue se soit mis en position. Il risqua un regard dans l'habitacle. Un jeune gars vêtu d'un jean et d'un blouson dormait, recroquevillé sur la banquette avant, un pied passé sur le volant. Cadin posa le canon de son arme contre la vitre et tambourina sur la porte après avoir essayé de l'ouvrir.

— Sors de là-dedans ! N'essaye pas de faire le malin…

Le gars se réveilla en sursaut. Il se cogna violemment la tête sur le tableau de bord en se relevant. Il plaça ses mains au-dessus de son crâne, affolé, regardant successivement l'inspecteur et Léonard.

— Tu ouvres, oui ou merde !

Il baissa très lentement l'une de ses mains pour soulever la tirette de blocage de la porte droite que Cadin tira violemment à lui. Il agrippa le type par sa chemise.

— Tu es tout seul ? Léonard, regarde ce qu'il y a là-dedans, mais fais gaffe qu'un de ses potes ne se soit pas planqué dans les caisses.

L'inspecteur avait à demi couché le cambrioleur sur le capot de la voiture et vérifiait le contenu de ses poches. Il le délesta des clefs de la Simca.

— Où sont tes copains ? Quand reviennent-ils ?

Il tenta de se redresser pour répondre mais Cadin le repoussa contre la tôle.

— Reste comme tu es. On n'a pas besoin de se regarder pour se comprendre. Alors, ils doivent revenir ?

Le gars tourna la tête, la joue gauche à plat sur le capot.

— Oui, demain matin… enfin tout à l'heure, vers six heures. J'étais chargé de garder la camelote…

— Tu ne nous racontes pas de bobards, c'est sûr ?

— Non, je vous jure… Je devais juste garder la bagnole… Je n'étais même pas dans le coup, pour casser le magasin… Je gardais la bagnole, c'est tout.

Léonard venait d'ouvrir les portes arrière du break. Il siffla, admiratif.

— Putain ! Ça valait le coup de se mouiller.

Il détacha la paire de menottes de son ceinturon et retourna le type afin de lui entraver les poignets. Cadin lui fit signe de l'asseoir dans la R 12.

— On ne va pas planquer jusqu'à six heures du matin ! Amène la Simca au commissariat, moi je te suis avec lui.

Léonard installa le prisonnier à l'avant. Il prit soin de crocheter les menottes à la poignée intérieure de la porte, bloquant pratiquement tous ses mouvements.

Mernadez avait appelé durant leur absence : il venait de recevoir la visite du propriétaire du magasin et celui-ci devait arriver au commissariat d'une minute à l'autre. Mimosa se mit à décharger la Simca, entreposant les magnétoscopes et les cassettes vidéo sur les bancs de la salle de permanence. Il s'arrêtait par moments pour contempler l'illustration ou lire le générique d'un film. Certaines cassettes étaient uniformément blanches, différenciées par un chiffre et une lettre noirs inscrits sur la tranche. Mimosa les empila à part, près de sa machine à écrire. Il finissait quand Cadin réceptionna le propriétaire, une sorte de play-boy empâté aux yeux lourdement cernés, la chemise ouverte sur un torse velu où brillait un collier d'argent.

— Nous venons de récupérer votre marchandise. Il ne devrait rien manquer, nous les avons coincés avant la distribution. Vous avez fait l'inventaire de ce qui vous a été volé ?

— Oui, pour l'essentiel… Je n'ai vraiment pas de chance, je venais de me décider à faire poser un rideau métallique. Les ouvriers devaient venir la semaine prochaine.

Ils entrèrent dans la salle alors que Mimosa arrangeait

les piles de matériel. Le boutiquier s'approcha et marqua une nette hésitation en découvrant les cassettes anonymes posées près de la machine à écrire. Cadin remarqua son trouble.

— Elles vous appartiennent celles-là ? Vous savez ce que c'est ?

Il hésita.

— Non… Ça ne vient pas de chez moi…

Léonard se retourna vers le gars surpris dans la Simca et qui commençait à se rendormir.

— Tu as entendu ? Vous avez braqué un deuxième magasin… Tu vas nous dire où vous avez piqué ces cassettes.

Il s'essuya les yeux et réprima un bâillement.

— Vous allez pas nous coller tous les casses de la nuit sur le dos ! Je sais simplement qu'ils ont tiré la bagnole juste avant de faire leurs courses… La Simca était vide et tout ce que vous avez trouvé dedans, ils l'ont sorti du magasin… À part moi… Ces cassettes ne sont pas arrivées là toutes seules…

L'inspecteur fit quelques pas dans la pièce pour se dégourdir les jambes. Il s'arrêta devant le boutiquier.

— Vous êtes certain que ça ne vous appartient pas ?

L'autre tendit les mains en avant dans un geste nerveux.

— Puisque je vous dis que non ! Je sais quand même ce qu'il y a dans mon magasin. Ils ont dû voler ça je ne sais où !

Cadin attira Léonard à l'écart.

— Fais un saut au magasin de ce pierrot et ramène-nous un téléviseur. Qu'on sache au moins ce qu'il y a sur ces fichues cassettes.

Léonard revint une demi-heure plus tard, les bras encombrés d'un portable couleur qu'il installa sur le comptoir, près du tableau de recharge des bâtons lumineux.

— Vous pouvez venir faire les branchements, c'est votre matériel.

Le vendeur coupla le téléviseur à l'un des magnétoscopes volés. Dès qu'il eut terminé, Cadin lui tendit une cassette sans titre.

— Passez-nous celle-là, au hasard.

La télé se mit à scintiller, paysage de neige puis, sans même un carton générique, deux gosses d'une quinzaine d'années apparurent sur l'écran. Leurs yeux mornes, leurs visages inexpressifs impressionnèrent l'inspecteur. Arrivés au centre de la pièce impersonnelle qui servait de décor ils se déshabillèrent sans hâte tandis que les silhouettes de deux adultes entraient dans le champ de la caméra. Ils se déshabillèrent à leur tour et vinrent rejoindre les adolescents sur un matelas posé à même le sol. Cadin se leva d'un bond et stoppa le défilement de la bande d'un coup sec.

— Je commence à comprendre pourquoi tu ne veux pas reconnaître ces cassettes comme faisant partie du lot ! Tu as beaucoup de clients pour ces saloperies ? Qui est-ce qui te les fournit ?

Le boutiquier demeura silencieux. Léonard s'était levé à son tour pour éjecter la première cassette. Il en prit une autre sur la pile et l'enclencha dans le logement du magnétoscope. L'inspecteur tenta de l'en empêcher.

— On ne va pas visionner toutes ces ordures une à une… Rien qu'avec celle-là on a pu se faire une idée, non ?

Le second film avait été tourné dans la même pièce que le précédent et les acteurs évoluaient devant les mêmes murs blancs et sur le même matelas recouvert de coussins multicolores. La séquence initiale montrait une jeune fille d'une vingtaine d'années, le visage surchargé de maquillage, nue sur les draps, les jambes ouvertes face à la caméra. On n'avait pas pris soin de masquer quelques boutons qui disgraciaient l'intérieur de sa cuisse gauche. Un homme vint s'allonger près d'elle, le sexe flasque et elle se mit en devoir, machinalement, du bout des doigts, d'aviver ses ardeurs. Quelques soupirs ajoutés au montage rythmaient les ondulations du poignet. Mimosa vint s'installer devant le téléviseur, le visage plus congestionné qu'à l'habitude. Il respirait fort, la bouche ouverte, les yeux fixes, et lissait le dessus de ses cuisses rebondies, les mains à plat, les doigts largement écartés. Cadin l'observa un instant, se demandant si, bandant, il pouvait apercevoir son sexe sous son ventre gonflé. Il s'imagina le point de vue de Mimosa sur lui-même, les yeux baissés, le regard bloqué par cette outre rebondie, l'occultation des jambes, des pieds, cette angoissante sensation d'être un cul-de-jatte en apesanteur. Le cri de Léonard le tira de sa rêverie.

— Bon Dieu, mais c'est lui !

Le flic se précipita vers le magnétoscope et appuya sur toutes les touches à la fois.

— Tu l'as vu, Cadin ! Tu l'as vu ?

— Tu t'y mets toi aussi… Tu mets de l'écho à tes questions ! J'ai vu comme tout le monde mais j'arrive encore à me retenir.

La bande vidéo se rembobinait. Léonard la fit défiler sur l'écran à vitesse rapide. Le couple s'agitait de manière grotesque et la fille semblait vouloir arracher le membre qu'elle tenait dans la main. Un troisième personnage fit soudain irruption dans la pièce. Il arracha ses vêtements en une fraction de seconde avant de se jeter sur la femme. Léonard remit la vitesse normale de défilement, attendit que le dernier venu tourne la tête, et bloqua l'image.

— Ce gars-là, ça ne te dit rien ?

Cadin haussa les épaules.

— Les gars, ça ne m'a jamais rien dit…

— Je suis sérieux, inspecteur. Regarde bien. Tu es certain de ne pas l'avoir rencontré ? Tu ne remarques rien à son oreille gauche ?

Cadin colla son nez à l'écran en fronçant les sourcils.

— Oh merde ! J'ai bien l'impression que tu es dans le vrai.

Seul le commerçant feignait de ne pas regarder la télé. Il se tenait courbé sur sa chaise, la tête penchée en avant. Cadin lui tapa sur l'épaule.

— Je te préviens que je suis très pressé. Tu vas me dire rapidement d'où viennent ces cassettes, qui te les fournit, qui les tourne et où ! Je tiens également à te préciser que je n'agis plus dans le cadre d'une enquête concernant un cambriolage mais dans celui d'une affaire de meurtres. Au pluriel. Si tu refuses de parler maintenant tu risques de graves ennuis et tu peux compter sur moi pour veiller à ce qu'on ne te fasse pas de cadeaux !

Le boutiquier se frotta les yeux. Il reboutonna le col de sa chemise et leva la tête vers l'inspecteur.

— Je n'ai tué personne, ça ne va pas ! Je ne fais de mal à personne… Elles viennent de chez moi… Elles étaient planquées dans le placard de la pièce du fond… Et alors, c'est interdit ?

— Tu as mis le temps ! Si je comprends bien, tu diffuses ces saloperies sous le manteau à un petit réseau d'amateurs ?

— Je ne suis pas le seul ! Ce n'est pas pire que les films pornos qui sont inscrits sur les catalogues des grandes marques… Je ne vois pas la différence…

— Elle est pourtant simple : en dehors des problèmes de fisc, de droits, d'autorisations, tes cassettes montrent des mineurs. On ne plaisante pas avec ce genre de choses et les tribunaux collent systématiquement le maximum à ceux qui leur tombent sous la main. Tu les prends où ?

Il fit craquer les os de ses phalanges. Ses épaules s'affaissèrent.

— On bousille mon magasin et ce n'est pas encore suffisant… Bouclez-moi pendant que vous y êtes !

— Calme-toi. Il n'est pas dans mes intentions de t'arrêter mais pour être tout à fait tranquille il faudrait que je sache qui t'apporte le matériel. Après tu pourras partir d'ici et aller te recoucher. Promis.

— Personne ne me les apporte.

Cadin l'interrompit.

— Tu veux dire que c'est toi qui…

— Oui, exactement. C'est moi qui les tourne… J'ai installé un petit studio dans le sous-sol de mon pavillon… Je n'ai jamais forcé personne à jouer dans mes films… Ils étaient tous consentants…

Cadin fut pris d'une envie subite de lui écraser le portrait, il gonfla ses poumons d'air, à s'en faire mal et, dans un souffle :

— Même les gosses ?

Léonard suivait la scène. Il se planta devant le commerçant et le souleva par le col de sa chemise.

— Je ne sais pas comment tu arrives à te retenir ! Les salauds de son espèce, ça ne mérite pas qu'on discute avec eux…

Son bras droit se détendit d'un coup et la paume ouverte de sa main s'écrasa avec une violence inouïe sur la joue gauche du vendeur qui vacilla sur sa chaise. Il porta ses mains à son visage en implorant l'inspecteur.

— Il est fou… Dites-lui d'arrêter… Il n'a pas le droit…

La seconde gifle l'atteignit sur la joue droite. Cadin repoussa Léonard.

— Je t'ai posé une question : « même les gosses ? »

Son visage grossissait en bleuissant.

— Parce que vous appelez ça des gosses… L'âge ne veut plus rien dire, ils en connaissent encore plus que nous… Sans compter que pour la moitié de ceux que j'ai fait travailler, j'ai eu l'autorisation des parents.

— On entrera dans le détail plus tard, fais-nous confiance. Pour le moment ce qui m'intéresse, c'est de connaître le nom et l'adresse du gars que l'on voit de profil sur l'écran.

— Comment voulez-vous que je m'en souvienne ! J'ai tourné ce film au début du printemps, en mars ou avril. C'était la première fois que je le faisais travailler. Je ne l'ai jamais revu…

Léonard s'accroupit devant lui en se frottant les poings.

— Tu as entendu l'inspecteur ? Il ne te demande pas tout le générique mais seulement les coordonnées de ce type. Fais un petit effort ou sinon je vais être obligé de te secouer… Pour être tout à fait franc, j'en meurs d'envie…

— Laissez-moi le temps de réfléchir, au moins. J'en ai engagé la moitié en passant des annonces dans le canard gratuit du département. L'autre moitié, ils sont venus par relations… Ce gars-là est arrivé dans la seconde fournée… Une comédienne complètement camée me l'a présenté… Je n'avais que ça d'abord, des camés et des chômeurs au bout du rouleau…

— Il est camé lui aussi ?

Il voulut se lever mais Léonard le repoussa sur sa chaise.

— Oui, il se piquait. C'est même pour cette raison que je ne l'ai pas repris ; il lui fallait des heures pour se mettre au garde-à-vous… les filles en avaient marre… Et pour le temps que ça durait… Je me souviens de son prénom, c'était Jacques. À l'époque il habitait rue Lautréamont.

— Eh bien, tu vois que la mémoire revient dès que l'on fait un effort. Prénom : Jacques, OK. Rue Lautréamont. Il ne manque plus que le numéro de l'immeuble et le nom de famille du Jacques en question…

— Jacques Diaz… Ça me revient… mais je ne me souviens vraiment plus du numéro. Je ne suis jamais allé chez lui… Je note leur adresse, à tout hasard, s'il y a du travail pour eux…

L'inspecteur appuya sur l'interrupteur de la télé.

— Arrive, Léonard, on file rue Lautréamont.

Mimosa s'interposa.

— Qu'est-ce que je fais de ces deux-là ? De ces deux-là…

— Ce n'est pas compliqué, ils vont passer la fin de nuit dans la cage. Avant de les enfermer, arrangez-vous avec Mernadez pour taper leurs dépositions. Essayez de cuisiner celui qui pionçait dans la Simca : il connaît les noms de ceux qui ont cassé la boutique. Nous serons de retour d'ici une heure.

Le commerçant tenta de protester en entendant les ordres de Cadin.

— Mais vous m'aviez promis de me laisser rentrer…

Léonard en passant lui décocha une ultime claque qui le fit taire.

— Faut pas croire tout ce qui se raconte !

Cadin prit le volant. Il rejoignit l'embranchement de la voie rapide F2. Il conduisait nerveusement, changeant sans cesse de vitesse. Il contourna la zone industrielle et freina brutalement à l'entrée d'une impasse. Une plaque émaillée, éclairée par la lueur jaune d'un candélabre brillait sur le pignon d'un pavillon.

Impasse Lautréamont
(Isidore Ducasse, dit comte de)
Écrivain français 1846-1870.

— C'est assez rare qu'on donne ce nom à une rue…

Léonard fit la moue.

— On est des exceptions à Courvilliers. Toutes les rues de ce quartier portent un nom d'écrivain ou de poète : Rimbaud, Verlaine, Jarry, Baudelaire… Il paraît que les terrains appartenaient au père de Paul Éluard. Il les a lotis dans les années vingt ou trente et il a demandé à son fils de trouver les noms de baptême…

Ils sortirent du véhicule. L'inspecteur hésita, la portière ouverte, un pied sur le rebord du caniveau.

— Hé Léonard, approche…

Le policier qui déjà s'éloignait marqua un temps d'arrêt et revint près de la voiture. Il se planta devant Cadin.

— Qu'y a-t-il ? Ça ne va pas ?

— On a une minute, non ? Avant de débusquer Diaz, je voudrais te demander si tu as l'habitude de frapper les gens, comme ça, sans raison…

— Sans raison ! Tu plaisantes ? Cette crapule se fait du fric en prostituant des mômes, ce n'est pas une raison suffisante ? Si ça ne tenait qu'à moi…

— Justement ça ne tient pas qu'à toi. S'il se plaint de sévices au juge d'instruction tu risques de le payer cher…

Le policier fit le tour de la R 12 pour s'asseoir à sa place.

— Il peut toujours porter plainte si ça lui chante. Tu ne vas pas lui servir de témoin ! Mimosa non plus… Si je ne l'avais pas secoué il ne lâchait pas le morceau et nous ignorerions encore l'adresse du gars à la boucle d'oreille.

— Écoute, dès que tu commences à frapper c'est que

tu as déjà jugé, et le jugement ça ne fait pas partie de notre boulot… La logique de tes baffes, c'est ni plus ni moins que l'installation d'une gègène dans chaque commissariat… Je ne tolérerai pas qu'un seul de mes hommes lève la main sur un prévenu. Même la plus répugnante des ordures. Allez, on y va.

L'impasse Lautréamont était une voie sombre bordée de pavillons assez anciens et de deux ou trois bâtisses un peu plus importantes, de quelques étages. D'une centaine de mètres de long, elle butait sur un mur fait d'éléments préfabriqués qui la séparait du stade municipal. Ils prirent chacun un trottoir pour inspecter les noms portés sur les boîtes aux lettres. Ils remontèrent ainsi la moitié de l'impasse. Cadin gratta une allumette pour déchiffrer les inscriptions des boîtes du numéro 19, un petit immeuble de quatre étages précédé d'une courette cimentée dont l'accès était interdit par une grille passée au minimum.

— Viens ici, je l'ai repéré.

Léonard traversa la chaussée tandis que Cadin essayait en vain de trouver la sonnette. Il se mit à secouer la grille. Une lumière s'alluma au rez-de-chaussée puis les volets de la pièce éclairée s'entrouvrirent pour laisser apparaître le buste d'un vieil homme en maillot de corps blanc.

— Vous allez arrêter ce raffut ! Tout le monde dort ici…

Il prit le temps de passer une chemise avant de sortir dans la cour, traînant les savates sur le ciment. Il se colla à la grille et observa Cadin qui se tenait devant lui.

— Mais vous n'habitez pas la maison…

Il s'aperçut alors de la présence de Léonard, en uniforme.

— … Vous devez vous tromper d'adresse ; personne

ici n'a appelé la police. Je suis le concierge, je serais au courant.

— Vous avez raison, grand-père. Personne ne nous a appelés mais quelquefois on arrive à l'improviste. Nous sommes à la recherche d'un jeune type qui habite chez vous. Jacques Diaz, ça ne vous dit rien ? Un gars qui se balade avec un anneau en forme d'étoile accroché à l'oreille.

Le concierge manœuvra la grille et leur livra passage.

— Il crèche au troisième étage, mais vous tombez mal : votre oiseau n'est pas au nid. Je n'ai jamais rien compris à son emploi du temps. Des fois il reste des jours et des jours sans remuer le petit doigt. La semaine d'après il joue la fille de l'air, on ne le voit plus… Je l'entends rentrer sur le coup de trois ou quatre heures du matin… On a le sommeil léger à mon âge.

— Il vit seul ?

Ils s'engagèrent dans le couloir d'entrée, un goulot aux murs craquelés qui sentait le salpêtre.

— Pour ça, oui. On ne loge que des célibataires. Et pas de visites de nuit ! Sinon elles s'installent… Dans la journée, je ferme les yeux. Pas la nuit. Qu'est-ce qu'il a fait, il a monté un sale coup ?

Cadin mit un pied sur la première marche de l'escalier.

— Ça m'en a tout l'air. On peut grimper l'attendre dans sa piaule ?

Le concierge entra dans sa loge et décrocha une clef au tableau.

— J'ai toujours un double. Je vous accompagne ?

— Non, ce n'est pas la peine de vous déranger, grand-père. On va s'installer et l'attendre. Merci, en tout cas : ça devient rare de tomber sur des gens qui n'hésitent pas à nous donner un coup de main.

Le vieux bomba le torse.

— Écoutez jeune homme, ce boulot je l'ai exercé

pendant près de trente-cinq ans. J'ai débuté à la préfecture de la Seine en septembre 1942. J'ai pris ma retraite en juillet 1977 ! Si les anciens n'épaulent pas les jeunots, je ne vois pas qui le fera !

Une odeur de chien imprégnait l'escalier, qui s'accentua quand ils passèrent sur le palier du premier étage, puis elle reflua alors qu'ils poursuivaient leur ascension, remplacée par celle du bois ciré. La chambre de Jacques Diaz ne déparait pas l'ensemble, une piaule de célibataire dans toute sa splendeur. Des casseroles et des assiettes auréolées de sauce tomate emplissaient un minuscule évier en émail blanc. Une étagère branlante réussissait encore provisoirement à supporter les produits d'hygiène courante : dentifrice, brosses, rasoir, mousse à raser… Sous le lavabo, à demi masquée par un rideau vichy parsemé de taches sombres, une nuée de moucherons stationnait au-dessus d'une poubelle débordant de déchets. Un journal ouvert aux pages centrales faisait office de nappe et les reliefs d'un petit déjeuner traînaient encore sur la table. La chambre était dans le même état. Un matelas nu, sans sommier, constituait le seul ameublement de la pièce avec une couette verte roulée en boule. Le linge s'entassait dans un coin : une valise pour le linge sale, une valise pour le linge propre. Le sol était uniformément jonché de journaux et de revues. Un véritable kiosque horizontal. Un article entouré d'un trait de crayon rouge attira l'attention de Cadin qui se baissa pour ramasser la feuille.

DÉCOUVERTE DU CORPS
D'UN AVOCAT TORTURÉ

Le cadavre d'un avocat torturé a été extirpé mardi 12 avril, à Girisi (Turquie) de ce qui reste des salles d'arrêt de la police judiciaire de la région. L'homme était attaché, bâillonné et portait des traces de sévices sur diverses parties du corps. La dépouille de Yachir Mutmar, défenseur d'un dirigeant paysan d'Anatolie, a été transportée à l'institut médico-légal d'Ankara où un médecin a confirmé qu'il avait subi d'effroyables tortures peu avant le tremblement de terre qui a détruit cette région le 10 avril et qui a fait, rappelons-le, 1 257 victimes.

Léonard auscultait le coin cuisine, centimètre par centimètre, s'assurant du contenu des paquets de nouilles, de riz, de corn-flakes. Il s'en fallait de peu qu'il n'ouvre les boîtes de conserve ou les tubes de dentifrice. Cadin s'était réservé la chambre. Il retourna le matelas, vérifiant les coutures avant de s'attaquer à une pile de bouquins et un tas de disques. Il remua les amoncellements de linge, parfum de lavande éventé et remugle de sueur froide… Pas le moindre indice.

— Comment ça se passe de ton côté ?

— Pas mal, j'en suis au dessert !

L'inspecteur jeta un œil dans la cuisine. Léonard venait d'étaler le contenu de la poubelle sur la table et touillait des détritus à l'aide d'une spatule en bois.

— Concombre, melon, choucroute brasserie en boîte, gitanes, canettes de 1664, pub pour autoradio, poulet, chaussette trouée… Laisse-moi une heure et je reconstitue ses menus des derniers jours avec plus de précisions qu'un médecin légiste. Je donne les marques en plus ! C'est une idée ça… S'ils étaient un peu plus gonflés ils arriveraient à se faire sponsoriser !

— Éteins la lumière et tais-toi… J'entends quelqu'un dans l'escalier…

Ils s'approchèrent de la porte, dans le noir, et collés au mur ils écoutèrent la progression des pas. Une clef s'enfonça dans la serrure, son jeu sur le métal amplifié par le silence. La porte s'ouvrit en couinant projetant la lumière du palier sur la table recouverte d'immondices. Jacques Diaz lâcha sa clef et se précipita vers l'escalier qu'il descendit en un temps record. Les deux policiers se lancèrent à sa poursuite en gueulant.

— Arrête-toi…

Quand ils traversèrent la courette, le fuyard avait déjà couvert la moitié de l'impasse. Léonard dégaina son arme.

— Je lui tire dans les pattes ?

— Pas question. C'est le moment où jamais de me montrer à quoi sert ton entraînement de champion.

Cadin remarqua alors la CX qui manœuvrait tous feux éteints et barrait la rue. Bob en sortit, une courte matraque à la main. Il coinça Jacques Diaz contre une fourgonnette en stationnement et commença par lui assener un coup sur le dessus du crâne. L'autre s'affaissa sans un cri, se couchant sur le trottoir les jambes repliées, la tête rentrée protégée par ses bras afin d'offrir le moins de surface possible aux coups. Léonard s'était précipité vers lui. Il stoppa le bras de Bob et se pencha sur Diaz. Il le saisit par les cheveux, le forçant à tourner la tête.

— Hé inspecteur… C'est bien notre homme : il a la boucle en forme d'étoile…

— Passe-lui les menottes et fourre-le dans la bagnole. J'espère qu'on ne nous l'a pas trop abîmé et qu'il va pouvoir parler en arrivant au commissariat.

L'inspecteur contourna Bob, l'ignorant, mais le municipal le retint par le bras.

— Oh, pas si vite… Vous pourriez au moins dire merci ! J'ai vu votre R 12 en faisant ma ronde. Je me suis dit que vous deviez être en planque… Je crois que j'ai bien fait. Sans moi il y a des chances pour que votre gars se soit paumé dans les cités…

Cadin se dégagea et l'observa par-dessus son épaule. Cette fois il portait un col roulé mais ses yeux étaient toujours en alerte, les pupilles ne cessant de naviguer de droite à gauche à la recherche d'un ennemi imaginaire.

— Je ne vous ai rien demandé et je ne vous dois rien. J'étais à deux doigts de le prendre… Vous avez tout juste réussi à le mettre K.-O. Je peux le signaler dans mon rapport si vous êtes payés à la pièce…

— Pauvre con ! Tu ne sais pas où tu as mis les pieds. Un de ces jours c'est moi qui te donnerai des ordres.

— En attendant je vous conseille de surveiller votre langage. Je n'hésiterai pas une minute à vous faire plonger pour injures. Et je vais vous donner un ordre à exécuter immédiatement : débarrassez-moi la rue, j'ai besoin de sortir…

Il serra les dents et tourna les talons. La CX fit demi-tour et quitta l'impasse dans le hurlement du moteur martyrisé.

Parvenu au commissariat, Jacques Diaz accepta seulement de décliner son identité. Léonard lui fit vider ses poches et fit l'inventaire de ce qu'elles contenaient : des clefs de voiture, un calepin, près de huit cents francs en billets. Il feuilleta le carnet et découvrit un sachet rempli de poudre blanche collé sur l'intérieur de la couverture cartonnée.

— Tiens, tu savais qu'il y avait ça dans ton calepin ?

Diaz haussa les épaules, refusant de prononcer le moindre mot. Cadin le traîna devant le téléviseur, enclencha la cassette porno dont il interrompit le défilement dès que Diaz apparut à l'image. Mais ce dernier opposa un silence tenace aux questions de l'inspecteur. Mimosa le confronta au commerçant qui confirma l'avoir engagé quelques mois plus tôt.

Cadin se sentait vidé, incapable d'organiser l'interrogatoire, de préparer son réseau de questions, d'imaginer les recoupements. Il trouvait à peine la force de maintenir ses yeux ouverts. Il s'appuya sur la télé.

— J'ai un coup de barre. Je monte dormir une petite heure. Pendant ce temps-là serrez-le de près au sujet des cassettes et de la came. Pas un mot concernant la mort des Werbel, on lui fera la surprise quand il sera bien à point…

Il monta dans son bureau, posa sa tête entre ses bras repliés. Le tic-tac de sa montre résonnait dans son crâne, rythmant le seul mot qu'il parvenait encore à comprendre : « dormir… dormir… dormir… »

CHAPITRE SEPT

Le caporal passa sous l'emblème du « Centre de Coordination Inter-Armées » puis disparut dans la pénombre du baraquement. Il lui fallut plusieurs secondes pour s'habituer à l'obscurité. L'odeur de vomissures, de déjections, celle âcre du sang lui frappa instantanément l'estomac. Comme s'il y était confronté pour la première fois. Il distinguait jusqu'aux relents de Crésyl qui se mêlaient aux puanteurs des corps à la question. Il se tint au chambranle de la porte, soudain pris d'un vertige. Un second militaire l'observait du fond de la pièce, les mains posées sur le capot d'une machine à écrire.

— Ça n'a pas l'air d'aller très fort ?

— Ce n'est rien, sergent, ça va passer. Probablement ce soleil. Je suis resté à me sécher, après la douche… Il tape dur. Et puis ça pue vraiment ici, ça en devient insupportable. Dès qu'on en a fini avec lui, on aère… Il y a au moins deux mois que les fenêtres n'ont pas été ouvertes !

Le sergent se leva pour fouiller les poches de sa veste accrochée au portemanteau. Il en sortit un paquet de troupes froissé qu'il tendit au caporal.

— Tu en veux une ?

Le caporal accepta et se mit à fumer la gauloise sans changer de place. Le sergent rompit le silence.

— Tu peux te mettre au ménage dès maintenant si ça te chante. Celui-là n'y trouvera rien à redire…

Il fit un signe de tête en direction de la cloison et agrippa le tissu de la djellaba blanche quand le caporal passa à sa portée.

— Dommage que tu ne sois pas arrivé une minute plus tôt… Avec ton déguisement il aurait cru qu'on lui envoyait le marabout !

Le caporal pénétra dans la pièce attenante. Il enregistra machinalement la saleté poisseuse du cagibi où il passait la majeure partie de sa vie depuis des mois… Quelques heures chaque jour. Des heures qui le poursuivaient inlassablement toutes les minutes de ses veilles, toutes les secondes de son sommeil jusqu'à occuper sa vie entière, se confondre avec elle… Des mois d'une fatigue extrême, intense, des mois employés à briser des hommes, quoi qu'il en coûte.

Questions. Recoupements. Chantage. Menaces.

Questions. Chantage. Menaces.

Questions. Menaces.

Menaces… et les coups qui pleuvaient.

L'excitation qui gagne, nourrie par l'alcool. Les souvenirs qu'on oublie, qu'on supporte grâce à l'alcool… Et les coups de plus en plus précis.

Allez, parle. Parle donc, pour que tout s'arrête.

Parle, parle donc. Pour toi, mais aussi pour moi. Pour que tout s'arrête pour moi. Imbécile que tu es, parle. Tu ne comprends pas que nous savons déjà tout. Oui, tout. Parle sans crainte, tu ne trahis personne… L'important, c'est que tu parles…

Il n'avait jamais rien vu de pire que les larmes inutiles de celui qui craque après avoir subi l'insupportable.

Là-bas l'homme ne bougeait plus, le corps cassé en avant contre l'émail de la baignoire, la tête immergée dans l'eau noire. Deux fils flottaient à la surface. Le caporal les suivit des yeux jusqu'à la boîte flanquée de ses deux manivelles. Il s'approcha du corps et souleva la tête, par les cheveux. Deux pinces électriques étaient accrochées aux lobes des oreilles du mort. Il arracha les électrodes, les lança contre le mur et allongea le cadavre sur le parquet inondé.

Le mort avait encore les yeux ouverts sur quelque chose comme un sourire.

CHAPITRE HUIT

Cadin se réveilla peu avant sept heures du matin. L'empreinte du tissu de sa veste imprimait encore sa joue et sa tempe quand il descendit dans la salle de permanence. Mernadez écrivait à la table des mains courantes. L'inspecteur se glissa derrière lui, sans bruit, et lut par-dessus son épaule :

Cette fois tristement, il me faut les changer
Ils ont fait leur usage et je dois les ranger.
C'est de mes vieux souliers dont je parle attendri.
Oui, de mes godillots, un peu comme d'amis.

Dieu qu'elles en ont vu ces vieilles chaussures,
Les Ardennes, Saigon, puis Mai soixante-huit.
Qu'ici je ne les cite, la pudeur exigeant,
Ce serait cent histoires et maintes aventures.

— Le troisième vers du second quatrain est bancal, vous ne pensez pas ? C'est un peu tiré par les cheveux que de faire rimer « soixante-huit » avec « exigeant », non ?

Mernadez sursauta. Son premier réflexe fut de cacher son texte. Son visage s'empourpra.

— J'ai l'intention de l'améliorer, inspecteur… Ce n'est qu'un premier jet.

Cadin leva le menton au ciel pour signifier la réflexion.

— Essayez donc avec « de jour comme de nuit » au lieu de « la pudeur l'exigeant ». Vous aurez les six pieds réglementaires et ça tiendra debout. Au fait, une question : les Ardennes, Saigon, vous avez fait tout ça ?

— Non, ni l'un ni l'autre… J'ai seulement fait Mai soixante-huit, mais c'est pour le poème… l'histoire d'un vieux flic qui range sa paire de godillots en partant à la retraite… Qu'est-ce que vous en pensez… Sincèrement ?

— Il y a beaucoup d'émotion dans ce que vous écrivez, Mernadez. Beaucoup… Continuez.

Mimosa somnolait près de la cage où les trois détenus s'étaient partagé l'espace. Le commerçant dormait sur la banquette de bois, sa veste roulée sous sa tête en guise d'oreiller, Jacques Diaz se tenait debout, adossé à la porte grillagée, tandis que le jeune gars pris avec le butin dans la Simca s'était fourré sous la banquette, la figure tournée contre le mur. Léonard prenait l'air, assis sur les marches du commissariat. Le soleil bas découpait au loin la silhouette de l'usine.

— Allez, tu viens, on va s'y mettre…

Ils ouvrirent la cellule pour en extraire l'acteur et le conduisirent à l'étage, dans le bureau de Cadin. Le manque de sommeil lui creusait les traits.

— Vous n'auriez pas un clope…

Il parlait d'une voix lasse, traînante, qui fut à moitié couverte par le raclement de ses talons sur le parquet quand il allongea ses jambes.

— … Vous n'allez pas me garder ici toute la journée pour une malheureuse dose…

— Non, dans un sens tu as raison : on n'en a rien à foutre de ton sachet de dope. N'est-ce pas, inspecteur ?

Cadin approuva d'un mouvement de tête, provoquant

l'étonnement de Diaz qui regarda tour à tour les deux flics.

— Vous n'avez quand même pas fait la connerie de m'enchrister pour ces putains de films ! J'ai bien le droit de gagner mon fric comme je veux… Je suis majeur…

Il fit mine de se lever mais Léonard le repoussa sans ménagement.

— Ça non plus, ça ne nous intéresse pas. Tu peux essayer de te bâtir une fortune avec ta queue s'il y a assez de malades prêts à payer pour voir ça…

— Qu'est-ce que vous me voulez alors ? Vous n'avez pas mobilisé toute la flicaille de Courvilliers pour m'interviewer… Jusqu'à un guet-apens dans ma rue… Je ne comprends rien à vos salades…

L'inspecteur n'avait pas prononcé la moindre parole jusque-là. Il se tenait debout, une épaule appuyée au mur décoré des posters de footballeurs.

— On ne parle pas des mêmes histoires, c'est tout. Tu as raison pour les films, tu fais ce que tu veux de ta viande. Quant à la came c'est sûr que je ne vais pas obliger chaque flic de ce commissariat à courir après chaque gramme qui se balade dans Courvilliers. Il me faudrait un homme par junkie. En revanche ce qui me passionne ce sont tes relations avec la famille Werbel…

Il fronça les sourcils.

— Vous devez faire erreur, je n'ai jamais entendu ce nom-là.

— Tu ne lis pas les journaux non plus ? Ta piaule en est remplie.

Cadin venait d'élever la voix, malgré lui. Diaz l'imita.

— Puisque je vous dis que je ne les connais pas !

— Ne joue pas au plus malin avec moi, Diaz. Tu risques en ce moment une inculpation pour meurtres. Ceux de Claude et de Monique Werbel… Du travail soigné : une balle de 7.65 chacun. Des exécutions préméditées, sans bavure… Avec ton profil d'acteur porno et de camé, tu en prends pour vingt ans…

Il se mit à crier, le visage déformé par la colère.

— Vous êtes complètement dingues… Je n'y suis pour rien. Je vous répète que je ne les connais pas… Vérifiez mon emploi du temps… Je ne sais même pas quand ils ont été tués, ces deux-là…

— Calme-toi car j'aime mieux te dire qu'on n'en a pas fini avec toi. On a déjà vérifié ton emploi du temps pour la nuit du lundi 23 au mardi 24. À quatre heures du matin, quelques minutes après la mort des Werbel, deux témoins t'ont vu sortir en trombe de leur immeuble. Tu courais sacrément vite, comme si tu avais le diable aux trousses. On t'a formellement identifié, il vaut mieux maintenant que tu te mettes à table. On en tiendra compte.

C'est de la folie furieuse, votre histoire ! Je ne sais même pas où ils crèchent, vos Werbel. Amenez-les-moi, ces témoins… Ils doivent drôlement forcer sur la bouteille…

— Ce ne sera pas bien difficile, tu les as devant les yeux. Un flic et un inspecteur. Tu joues vraiment de malchance.

Jacques Diaz ouvrit la bouche, incapable de la moindre réaction, comme un boxeur groggy debout. L'inspecteur lui laissa le temps de se remettre les idées en place.

— Cette nuit-là, un peu avant quatre heures on nous a appelés de la cité République. Des voisins avaient entendu des sortes de coups de feu. Quand on est arrivés dans le hall un type a surgi du local à boîtes aux lettres où il se planquait. Il a traversé le hall et filé dans les ruelles du quartier. On a été à deux doigts de le coincer mais une bagnole qui passait sur l'avenue a failli nous foutre en l'air et a coupé notre élan. Ce gars te ressemblait comme un frère… Il portait également un anneau à l'oreille gauche…

Cadin fit un pas vers Diaz et avança la main pour saisir la boucle.

— … Un anneau en forme d'étoile… Ce n'est pas très courant, un modèle pareil…

Jacques Diaz tourna brusquement la tête pour éviter le contact avec l'inspecteur. Il se mit à parler très vite d'une voix nerveuse.

— Il faudra trouver autre chose pour me faire plonger. J'étais bien à la cité République cette nuit-là, à peu près à l'heure que vous dites… Je n'ai pas eu le temps de vous voir en détail, j'ai paniqué quand la bagnole de police s'est pointée sur le parking… J'ai tenté le tout pour le tout…

— Tu étais donc bien dans le hall. Tu le reconnais ?

— Vous êtes sourd ou quoi ? Bien sûr que j'y étais… mais je n'ai pas envie de me ramasser une inculpation pour meurtre… Je ne connais vraiment pas votre type, ce Werbel. Autant vous mettre au parfum : la cité République sert de magasin central. C'est là que tous les accros de Courvilliers viennent s'approvisionner. C'est ce que je faisais… Il suffit de passer un coup de fil dans un troquet et de demander « Claude »… On te donne une heure précise ainsi que le numéro d'une boîte à lettres de la cité République. Des boîtes qui correspondent à des appartements inoccupés. Il suffit ensuite de se pointer à l'heure dite, de laisser le fric dans une enveloppe puis d'aller faire un tour. Dix minutes après tu reviens et la marchandise est disponible à la place de ton fric. Ni vu ni connu… Rien n'interdit de déposer du fric dans une boîte à lettres et c'est pas de ta faute si tu trouves une dose, par hasard… C'est comme ça que ça marche en ce moment…

— La came que tu planquais dans ton calepin venait de là ?

— Je terminais tout juste mes courses quand vous m'avez piqué dans ma rue… Je pensais vraiment que vous couriez après la dope… Vous pouvez vérifier ce que je dis, le numéro de téléphone est inscrit dans mon carnet, au verso de la couverture.

Léonard descendit chercher l'enveloppe kraft contenant les objets prélevés sur Diaz durant la fouille. Il rentra dans le bureau, le calepin à la main. Il le tendit ouvert devant le visage de l'acteur.

— C'est bien ce numéro ?

— Oui. Passez un coup de fil : le café ouvre à six heures du matin, pour la première équipe…

— Tu es sûr que ton « monsieur Claude » sera là ? Il doit dormir le matin s'il se promène dans les couloirs de la cité République jusqu'à des quatre heures…

— Il prend les commandes, c'est tout… C'est le nom du garçon. J'ai vraiment envie que cette histoire se règle au plus vite. Vos conneries de meurtres, ça pue un maximum… Laissez-moi téléphoner, il connaît ma voix, il ne se méfiera pas.

Cadin approcha le téléphone, gardant la main sur le cadran.

— J'accepte de jouer le jeu mais je te préviens qu'au moindre faux pas je m'arrange pour te faire inculper. Compris ?

— Je ne suis pas fou. Je vais lui demander de me fournir en urgence… Il va marcher, je vous le jure…

Cadin colla son oreille à l'écouteur.

— Claude, c'est pour toi…

Il perçut nettement les bruits de percolateur, de flipper, les commandes des clients après qu'un premier correspondant eut décroché et laissé le combiné de côté le temps que le garçon réponde à l'appel.

— Ici Claude. C'est pour quoi ?

— Jacques Diaz à l'appareil…

Il étouffait sa voix, hachait ses mots, simulant l'angoisse.

— … Je me suis pointé cette nuit, à l'heure convenue…

Le garçon lui coupa la parole, sèchement.

— J'ai déjà averti que je ne traitais pas d'affaire le matin. Rappelle à partir de trois heures cet après-midi. Tu as eu ce qu'il te fallait, non ?

— Oui, bien sûr… Mais je me suis fait arranger par des mecs, dans la rue… Ils m'ont tout piqué. Je crache comme un malade… Il faut que tu m'en donnes le plus vite possible. Tu me connais, je suis régulier…

L'autre, au bout du fil, eut un moment d'hésitation. Le visage de Diaz s'illumina quand le garçon tomba dans le panneau.

— Putain, vous êtes tous les mêmes ! Je ne peux pas bouger mais j'envoie un coursier… Boîte 66 231. Essaye d'y être dans un quart d'heure. Tu as de la monnaie au moins ?

— T'inquiète pas, j'ai ce qu'il faut. Je te revaudrai ça.

Il raccrocha et Cadin reposa l'écouteur. Il ne se sentait pas d'attaque pour courir cité République et confia la tache à Léonard, le faisant accompagner de Mernadez. Les deux policiers endossèrent leurs vêtements civils. Ils partirent à pied, encadrant Jacques Diaz, la R 12 déglinguée se repérant un kilomètre à la ronde. L'inspecteur descendit boire un café en compagnie de Mimosa qui en offrit également aux deux derniers prisonniers. Ils finissaient de le boire quand Diaz et les deux flics franchirent la porte du commissariat. Léonard posa un minuscule sachet de cellophane empli de poudre blanche sur la table, devant Cadin.

— On ne l'a pas perdu de vue une seule seconde. Ça s'est déroulé exactement de la manière dont il nous l'avait annoncé.

— Comment a-t-il payé ? J'espère que vous n'y êtes pas de votre poche… Des flics qui achètent de la blanche… Ça ne passera pas sur la note de frais !

Léonard le rassura.

— Non, c'est avec son fric… Je l'avais pris avant de partir…

Puis plus bas pour ne pas être entendu de Diaz.

— … Qu'est-ce qu'on en fait ? Il n'a pas l'air de nous avoir menti. Son histoire tient debout… On le boucle pour trafic de drogue ?

— Je ne pense pas que ça en vaille la peine. Tu prends le temps nécessaire pour lui faire signer une déposition précise concernant la nuit de lundi à mardi. Tu n'hésites pas à couper les minutes en quatre. Qu'il sente bien qu'on lui passe la bride sur le cou. Ensuite tu lui fais dire tout ce qu'il sait sur le petit réseau du Claude en question. Quand ce sera fini, fous-le dehors en lui signalant que nous risquons d'aller lui rendre visite de temps en temps et qu'il est dans son intérêt de ne pas nous faire courir.

Ils s'installèrent sur la grande table de la salle de permanence, entre les amoncellements de matériel audiovisuel et la vaisselle sale. Quelques minutes avant le changement d'équipe et l'arrivée du commissaire Périni, Pierre Molier pénétra dans la pièce, s'arrêta, cherchant du regard vers qui se diriger. Il vit Cadin et s'avança vers lui, essayant d'accrocher un sourire à ses lèvres. Cadin le laissa venir sans esquisser un geste, faisant semblant d'examiner une télé, passant les doigts sur le carénage de l'écran. Molier portait cette fois un ensemble en toile claire, genre saharienne dont le tissu se tendait à chacun de ses mouvements. L'embonpoint du responsable du service sécurité de Hotch ne devait pas faire illusion : Molier entretenait sa forme.

— Bonjour, inspecteur. Le commissaire Périni est-il là ?

Cadin leva la tête, la main posée sur le téléviseur.

— Non, pas encore… Vous arrivez un peu trop tôt. En revanche vous arrivez un peu tard pour moi… Je pensais recevoir de vos nouvelles dès hier, après mon entrevue avec vos chefs…

— Je suis à votre disposition. Je ne suis rentré que dans la nuit… J'aimerais régler rapidement ce malentendu au sujet de la voiture de service… On m'attend à l'usine.

Cadin débarrassa la table du lot de tasses sales, dégageant assez de place pour poser une machine à écrire. Seules les piles d'appareils vidéo les séparaient de Diaz et Léonard.

— Asseyez-vous, monsieur Molier. Il ne s'agit pas d'une affaire trop compliquée. C'est surtout embêtant pour cette fille, Maryse. J'attendais justement de connaître votre point de vue pour téléphoner à Bobigny et mettre un terme à la garde à vue dont elle fait l'objet.

L'inspecteur introduisit une feuille entre les rouleaux de l'Olympia, y porta la date, son nom, son numéro matricule puis fixa Molier.

— Nom, prénom, date et lieu de naissance, profession et adresse actuelle ?

— Pierre Molier, né le 2 septembre 1939 à Bourges, directeur du service de sécurité chez Hotch. J'habite au 15 de la rue H. Moreau, à Courvilliers…

— Le H avant Moreau, c'est quoi ? Henri ?

Molier fit une moue et haussa les épaules.

— Peut-être… Sur la plaque il y a juste « H. Moreau »… mettez H. Moreau… C'est important ?

— Non, ça ne sert à rien… Venons-en aux faits.

Maryse nous a déclaré que c'était vous qui lui aviez prêté cette voiture de service avec laquelle on a intentionnellement renversé un cycliste. Vous le confirmez ?

— Vous me posez deux questions en une et les réponses ne sont pas identiques. D'une part je vous réponds que c'est bien moi qui ai fourni cette voiture à Maryse mais d'autre part rien ne m'autorise à vous dire que ce cycliste ait été renversé « intentionnellement ».

— Ne jouons pas sur les mots… Il vous arrive souvent de procurer des voitures de service à des employées afin de leur permettre de sortir en boîte ?

Le visage de Jacques Diaz dépassa soudain de la pile des magnétoscopes. Il observa Molier qui tourna légèrement la tête vers lui.

— Qui c'est ce gars-là ? Il n'arrête pas de me regarder.

Cadin dut se soulever sur son siège pour apercevoir Diaz.

— Oh rien. Une histoire de came. Alors, cette voiture ?

— Je suis d'accord pour qu'on cesse de jouer avec les mots et qu'on cesse de jouer au chat et à la souris par la même occasion. Si vous voulez l'entendre de ma bouche, voilà : je sors avec Maryse… Je ne vois pas ce qu'il y a de répréhensible à ça. Vous êtes satisfait, inspecteur ?

— Oui, je suis satisfait dès qu'on me dit la vérité. Vous connaissez les gens qu'elle a rencontrés à la Diligence ? Ils font apparemment partie de votre service d'ordre.

— Je suis responsable de mes hommes durant leur temps de service. Dès qu'ils ont franchi la grille de l'usine, ils font ce que bon leur semble, et je n'ai strictement rien à en dire… Je peux essayer de me renseigner, sans rien vous promettre.

Cadin dactylographia les déclarations de Pierre Molier puis les lui fit contresigner avant de téléphoner à

Bobigny pour confirmer son ordre de voir libérer Maryse. Il classa les diverses dépositions recueillies pendant la nuit et déposa la liasse de doubles dans la corbeille « Préfecture », pour le coursier. Molier le regardait faire sans bouger de son siège, jusqu'à ce que Cadin le remarque.

— C'est terminé pour vous. Vous pouvez récupérer la voiture dès que vous le souhaitez.

Molier se leva et se dirigea vers la porte.

— Pas maintenant : je suis venu avec la mienne. J'enverrai quelqu'un dans la journée.

Il se retourna pour sortir mais se cogna au commissaire qui venait de franchir le seuil de la salle de permanence. Ils se saluèrent en se serrant la main. Périni attendit que Molier s'éclipse pour coincer Cadin.

— Vous savez qui c'est, Cadin ?

Il parlait entre ses dents, excédé.

— Bien sûr, je viens de prendre sa déposition…

— Sa déposition ! Qu'est-ce que vous fabriquez ? J'espère que vous savez ce que vous faites et que vous n'essayez pas de foutre votre nez dans l'affaire Werbel, par la bande !

— Aucun rapport : Molier couche avec la môme qui s'est fait élire Miss Courvilliers. Il lui a passé la voiture qui a servi à renverser un type avant-hier… Une agression raciste… Je n'y peux rien si les trois quarts des affaires que l'on traite ici sont en relation directe ou indirecte avec cette boîte ! Il fallait bien le convoquer, oui ou non ?

— Vous vous emballez, inspecteur. Une agression raciste… On n'en sait encore rien… J'ai lu le rapport : il est possible que la voiture l'ait simplement serré de trop près lors du dépassement. Les occupants venaient de passer la soirée dans un bar. Les analyses de sang nous diront ce qu'il en est... Allez vous reposer, vous en avez bien besoin.

Il se tenait devant Cadin, avec sa figure carrée, ses épaules de catcheur, mais l'inspecteur ne le voyait pas. Il grimpa récupérer sa veste au premier et demanda à Léonard, avant de partir, de remettre Jacques Diaz et le commerçant en liberté.

Chatka l'attendait devant la porte, assis sur le paillasson, une oreille en berne. Il se baissa pour constater les dégâts. Le chat se laissa faire, étouffant ses miaulements. Il le prit dans le creux de son bras gauche et fila directement dans la salle de bains. Il dégota un fond de mercurochrome dont il imbiba un morceau de coton pour barbouiller l'oreille du chat Le liquide traversa la boule de coton, colorant l'extrémité de ses doigts en rouge. La fatigue qui le tenaillait depuis le milieu de la nuit avait disparu dès qu'il était rentré chez lui. Il éventra deux cartons de linge dont il enfourna le contenu sur les étagères d'un placard, dans les odeurs de naphtaline. Ces dix minutes d'activité suffirent à l'essouffler. Il se laissa tomber sur le lit, dérangeant le chat qu'il se mit à caresser.

— Tu ne sers vraiment à rien, toi... Je te dorlote, je te fais ta bouffe, je te soigne et tu n'es même pas capable d'aller me chercher mon courrier sur la table !

Il s'assit sur le bord du matelas et tendit le bras vers les enveloppes. Relevé bancaire, quittance de loyer, avis de passage de l'EDF... Un seul pli n'émanait pas d'une institution. Il se demanda qui avait ressenti le besoin de lui écrire. Il déchira le bord du pli, tira deux feuilles de papier et porta directement son attention sur la signature : Alain Mény ; il lut la courte lettre manuscrite.

« Je tombe par hasard sur un article que Claude Werbel avait fait parvenir au journal, en mai dernier. Il nous en envoyait régulièrement et il est arrivé que la rédaction accepte d'en publier des extraits. Peut-être existe-t-il un rapport entre ce qu'il révèle des projets de Hotch et sa mort ? Bien à vous. »

Cadin déplia le second texte tapé à la machine.

CHROMOSOMES FLIQUÉS

Hotch se targue, dans ses publicités, de devancer le progrès et nous sommes en mesure aujourd'hui de révéler que le domaine technique n'est pas le seul où Hotch soit à l'avant-garde.
Inspiré par un récent stage aux États-Unis, dans l'entreprise-mère, notre Directeur des Ressources humaines met actuellement au point une méthode de sélection des embauches basée non plus sur les capacités professionnelles des candidats mais sur leur « fragilité chromosomique » ! C'est déjà une pratique courante aux USA et la société Dow Car réalise ces tests depuis plusieurs années. L'entreprise Dupont de Nemours dépiste les employés de race noire porteurs du gène d'une affection sanguine qui seraient, selon les statistiques, plus enclins à se mettre en maladie. Ainsi une simple visite médicale permettrait de déterminer si tel ou tel demandeur d'emploi est SUSCEPTIBLE, un jour, d'être atteint de l'une ou l'autre des maladies statistiquement les plus courantes dans l'entreprise.
La direction justifie l'étude de ce programme par les charges qui pèsent sur les comptes, du fait de l'absentéisme. Il s'agit, en fait, d'un véritable fichage biologique qui viendrait compléter le fichage d'opinion déjà institué chez Hotch, au mépris de toute légalité. Nous sommes là en présence d'une nouvelle forme de racisme d'autant plus insidieuse qu'elle prend la science pour alibi.

Il essaya de joindre le journaliste à différentes reprises, mais le standard du canard ne savait sonner qu'occupé. Il finit par s'endormir, une main posée sur le combiné qu'il avait tiré sur le lit, près de lui.

Les deux voitures de pompiers qui passèrent sous ses fenêtres, vers deux heures de l'après-midi, toutes sirènes hurlantes, ne parvinrent pas à le réveiller. Il s'agita, essaya de se mettre sur le côté mais le téléphone lui meurtrit l'épaule. Il se remit dans sa position initiale. Le vacarme avait interrompu son rêve. Une histoire bizarre où pour la première fois il se voyait en vieillard.

CHAPITRE HUIT

Le caporal ne parvenait pas à détacher son regard du cadavre et des brûlures provoquées par les décharges électriques. Il chassa les mouches qui commençaient à s'agglutiner près des lèvres du mort, attirées par un filet de sang.

Le sergent s'inquiéta de ne pas le voir réapparaître dans la pièce principale, l'appela mais il ne répondit pas, incapable de la moindre réaction. Le sergent finit par se lever ; son passage devant la porte assombrit le cagibi.

— Ça n'a pas l'air de tourner rond, caporal… Ce connard a claqué en plein milieu, sans lâcher le morceau…

Le caporal, accroupi près du corps supplicié, demeura immobile, agitant sa tête de droite à gauche, désemparé.

— Prends la jeep et va faire un tour au claque de Bougie, ça te changera les idées. Il n'y a pas de meilleur remède au cafard. D'ailleurs on va pouvoir souffler un peu : les paras ont fini leur opération de ratissage dans ce secteur. Je ne pense pas qu'ils nous demandent trop de boulot dans les jours qui viennent. Il me reste seulement deux fells à faire jacter… Va prendre un peu de bon temps, je demanderai à un deuxième pompe de me donner un coup de main…

Le caporal tenta de se relever, il se mit à genoux et, les mains plaquées sur son visage il essaya de faire refluer les sanglots qui agitaient son corps tout entier. Le sergent s'approcha.

— Mais qu'est-ce qui t'arrive, ressaisis-toi, bon Dieu ! Moi aussi je suis crevé... On a tous besoin d'une bonne perme au pays... Arrête de chialer, on est des soldats, pas des gonzesses...

Le caporal parvint peu à peu à contenir ses sanglots. Il se redressa et traversa le baraquement en titubant. L'un des pans de sa djellaba était maculé de sang et de vomissures. Il se figea sur le seuil et chercha des yeux l'origine du bourdonnement qui envahissait la vallée. Le bruit devint assourdissant. Il se boucha les oreilles à l'aide de ses paumes humides en hurlant et en fixant les minuscules taches noires qui grossissaient dans le ciel, fonçant droit sur lui.

Les trois Sikorsky qui appuyaient le 3e régiment de chasseurs parachutistes passèrent en rase-mottes au-dessus du camp pour un dernier salut. Tous les hommes du poste étaient sortis et agitaient les bras en direction des hélicoptères. Le vacarme des moteurs et le sifflement des pales s'estompèrent. Le caporal regagna sa chambre. Il se dirigea directement vers le lavabo. Il préleva une lame de rasoir dans le paquet de Gillette, déplia le papier de protection et, calmement, le visage impassible, il se taillada les veines des poignets. Le sang inonda la porcelaine blanche et s'égoutta sur le sol, formant bientôt une large flaque dans laquelle le caporal s'écroula.

CHAPITRE NEUF

Après son interrogatoire, Jacques Diaz était rentré chez lui, rue Lautréamont. Le sol de la cuisine, l'évier, la table étaient couverts des ordures éparpillées par les flics lors de leur fouille, au petit matin. Il rassembla les déchets dans le coin de la pièce, près de la porte et se bourra de Burgodin. L'angoisse du début de manque s'atténua progressivement à mesure que le sommeil le gagnait, remplacée par une sorte de torpeur ouateuse. Il s'endormit et ne se réveilla qu'en fin d'après-midi, taraudé par une irrépressible envie de pisser. Il versa deux cuillerées de café soluble dans une tasse à peu près nette trouvée au fond de l'évier, plaça le thermostat du chauffe-eau au maximum et fit couler l'eau bouillante sur la poudre noire. Il but son café debout devant la fenêtre en regardant le mur de l'impasse, tenant la tasse à deux mains pour contrôler ses tremblements. Quand il eut fini de boire il s'adossa à la cloison, les yeux fermés sur les souvenirs qui se précipitaient en désordre dans sa mémoire. La boîte aux lettres, la sirène, le bleuté du gyrophare, l'arrivée des flics, la came rapidement scotchée dans son calepin, la peur… Il fit un effort pour ordonner les séquences et son front se plissa comme sous l'influence d'une violente douleur. Maintenant les images défilaient, précises. Il se revoyait cette nuit-là, marchant vers la cité

République, la main crispée sur l'enveloppe remplie de billets. Il était seul dans les rues et le martèlement de ses pas résonnait sur le sol, se répercutant contre les façades grises. De loin en loin une voiture passait sur l'avenue, à vive allure. Les instructions du dealer étaient nettes : déposer l'argent dans la boîte 66 231, attendre un quart d'heure pour récupérer la dope dans la même boîte. Il se voyait, sous ses paupières, glissant la main dans le casier, tâtonnant pour trouver le sachet qu'il rangeait précipitamment dans son calepin. Il s'apprêtait à quitter le réduit quand il entendit les portes de l'ascenseur qui s'ouvraient. Il se rejetait dans un coin d'ombre. Un homme d'une bonne quarantaine d'années, massif, traversait le hall, hâtant le pas et lançant des regards inquiets dans toutes les directions. L'inconnu quittait le bâtiment et s'éloignait vers l'avenue. Pratiquement au même instant la voiture de police venait se ranger devant la cité. Les éclats colorés du gyrophare balayaient à intervalles réguliers les murs de l'entrée et le réduit dans lequel il se dissimulait. Deux flics, l'un en uniforme, l'autre en civil, un inspecteur probablement, sortaient de la R 12 et fonçaient droit sur la loge du gardien qui jouxtait le local du courrier.

Il se vit se concentrer, s'apprêter à risquer le tout pour le tout, mettant à profit le court moment où les policiers lui tournaient le dos pour s'élancer vers la porte. Il entendait les bribes de phrases, les cris des flics qui se lançaient à sa poursuite. Le sang lui cognait les tempes, son souffle, déjà, lui brûlait les poumons. Il savait qu'il ne tiendrait pas longtemps à ce rythme. Des mois, des années qu'il n'avait pas couru si vite… Il atteignit l'avenue et commença de la franchir sans même penser à s'assurer qu'aucune voiture ne risquait de le renverser. Le faisceau jaune de la CX fit briller la ligne médiane, un mètre devant lui. Il tourna la tête. Le capot gris se rapprochait à une vitesse folle. En un éclair de seconde il reconnut, au volant, l'inconnu qu'il avait vu sortir de l'ascenseur juste avant l'arrivée des flics. Le conducteur dévia légèrement de sa route et l'évita. La voiture passa dans son dos en le frôlant. Il se remit à courir sans se retourner pour se perdre dans le réseau des ruelles de la Goutte-d'Or. Jacques Diaz rouvrit les yeux. Il s'éloigna de la fenêtre et passa son blouson avant de dévaler l'escalier. Il traversa la ville, à pied, en direction du quartier de la Haie Meilland. Il était près de sept heures, les courts de tennis fonctionnaient à plein rendement. Il s'arrêta un moment pour regarder deux mômes qui s'entraînaient, accompagnées par le ronflement des tondeuses à gazon. Il dépassa le secteur des pavillons Chalandon et leurs jardins potagers. Une cinquantaine de familles qui se saignaient aux quatre veines pour conserver le droit de cultiver leurs deux rangées de poireaux. On avait simplement omis de leur signaler, au moment de signer le contrat de vingt ans, que leurs bicoques servaient surtout de mur antibruit au reste du lotissement. À quelques dizaines de mètres de leurs fenêtres, des engins de travaux publics ratissaient les champs, balisaient les voies du futur parc des expositions.

Les pavillons Codman-Bret, du nom de leur promoteur, étaient groupés au centre du village, à proximité de l'école maternelle et du centre commercial. Chacune de ces maisons disposait d'un vaste jardin d'agrément planté d'arbres et de fleurs. Diaz marqua un temps d'arrêt devant le numéro 15 de la rue H. Moreau. Il vérifia le nom gravé sur la plaque de cuivre :

M. ET Mme MOLIER

et distingua au travers des rideaux de la cuisine la silhouette d'une femme penchée au-dessus d'un évier. Il continua son chemin, fit plusieurs fois le tour du pâté de maisons, repassant devant le pavillon sans discerner la présence de celui qu'il avait aperçu le matin même dans la grande salle du commissariat alors qu'on les interrogeait. Il acheta un paquet de biscuits au boulanger du centre commercial sans cesser de surveiller la maison. La CX grise stoppa devant le 15 aux alentours de vingt heures trente. Pierre Molier en descendit, laissant tourner le moteur le temps de basculer la porte du garage, puis il revint à sa voiture. Diaz traversa la rue du lotissement et entra à son tour dans le garage. Molier venait de claquer sa portière, il s'immobilisa, l'air étonné, et détailla le jeune homme au visage fatigué qui lui faisait face.

— Qu'est-ce que vous foutez chez moi ?

— J'aimerais vous parler, monsieur Molier. Nous avons pas mal de choses à nous dire…

Molier écarquilla les yeux. Il ne parvenait pas à savoir où il avait déjà vu ce blouson, cet air de chien malade…

— Je ne crois pas que nous nous connaissions. Sortez d'ici.

Il fit mine de tourner les talons. Diaz aboya :

— Je me fous de ce que vous pensez ! Vous avez vraiment intérêt à m'écouter… Je vous suis de très près pendant vos sorties nocturnes…

Pierre Molier sentit sa peau se hérisser. Ce type commençait à l'inquiéter.

— Dépêchez-vous, je vous écoute… J'ai encore du travail ce soir.

Il se souvenait maintenant où il avait déjà rencontré ce demi-clochard. L'inspecteur lui avait simplement dit : « une histoire de came », quand il lui avait demandé pourquoi ce gars le regardait, entre les piles de cassettes et de magnétoscopes. Mais il ne comprenait pas ce qui l'amenait là, ce soir. Diaz se rapprocha.

— Le travail attendra, j'en suis sûr… Je sais pas mal

de choses sur votre visite à la cité République, la nuit où le couple s'est fait descendre…

Pierre Molier accusa le coup, il se voûta et aspira longuement pour se ressaisir.

— Vous êtes malade ou quoi ! Je n'ai jamais mis les pieds là-bas. Vous devez confondre…

Jacques Diaz se contenta de ricaner. Il posa la main sur le toit de la CX.

— J'ai probablement inventé cette bagnole… Elle a failli me foutre en l'air quand les flics me coursaient… Vous me trouvez un peu plus intéressant maintenant ? Sinon je peux toujours retourner voir l'inspecteur Cadin…

Molier capitula.

— Vous lui en avez déjà parlé ?

— Non, je voulais vous en réserver l'exclusivité… Les flics ont essayé de me coller les deux cadavres sur le dos alors que j'ignorais tout du grabuge. Si je ne m'en étais pas sorti, je crois bien que je vous aurais balancé quand je vous ai reconnu…

— Qu'est-ce que vous attendez de moi ?

Diaz se fendit d'un large sourire.

— Devinez ? Vous devez bien vous faire une idée de la valeur d'un renseignement pareil… Je ne suis pas trop gourmand mais j'ai quand même quelques petits besoins à satisfaire…

Il terminait à peine sa phrase que Molier se jeta sur lui, le projetant violemment contre le flanc de la voiture. La tête de Diaz cogna contre le montant de la portière. Il faillit s'évanouir. Molier en profita pour baisser la porte du garage et revint à l'attaque. Ses mains puissantes et nerveuses se portèrent à la gorge de Diaz. Deux pouces crispés s'enfoncèrent dans le cartilage, sous la pomme d'Adam. Diaz s'agrippa tout d'abord aux avant-bras de Molier puis il abandonna sa tentative de lui faire lâcher prise. Il suffoquait, les yeux noyés de larmes. Ses doigts glissèrent sur la carrosserie, à la recherche d'un objet qui lui permette de se défendre, de mettre un terme à l'étreinte mortelle. Sa main gauche effleura le creux formé par la poignée de la portière. Il appuya son pouce sur le bouton de métal qui s'enfonça. Dans un sursaut désespéré il tira la portière et se laissa tomber de tout son poids dans le véhicule. Pierre Molier fut surpris par le brutal recul de Diaz. Il manqua de tomber et le déséquilibre le força à relâcher sa prise. Diaz utilisa ce répit pour se caler dans l'habitacle. Il ferma la portière, verrouilla les serrures électriques et mit le contact avec les clefs demeurées sur le tableau de bord. Pierre Molier réalisa aussitôt le danger. Il s'empara d'un marteau accroché au mur, au milieu d'une panoplie complète de bricoleur et se mit à défoncer le pare-brise. La glace feuilletée résista aux premiers coups puis s'incurva. Jacques Diaz, horrifié, reprenait ses esprits, son souffle. Il tira rageusement sur le levier de vitesses, sans prendre le temps de débrayer. La mécanique grinça, hurla et la CX bondit en arrière, de toute la puissance de son moteur, arrachant au passage la porte du garage et une partie de la clôture du jardin. Elle poursuivit sa course inversée au travers de la rue et vint s'écraser contre une armoire relais de l'EDF, faisant jaillir une gerbe d'étincelles. Des flammes commencèrent à lécher la carrosserie de la CX. En quelques secondes la rue fut pleine de curieux, de voisins alertés par le vacarme, de clients du centre commercial occupés à charger leurs coffres sur le parking et qui se précipitaient vers l'accident. Plusieurs d'entre eux aidèrent Diaz à s'extraire du véhicule en feu tandis que d'autres vidaient des extincteurs miniatures sur les flammes.

L'inspecteur Cadin découpait un article dans le journal quand Mimosa entra dans son bureau, haletant. Il prit une feuille blanche et encolla le verso de la coupure de journal puis la positionna en haut à gauche.

— Une minute, je suis à vous…

Il inscrivit en lettres capitales : « Courvilliers Informations 29-8-82 » juste au-dessus du titre :

GRAVITATION MORTELLE

Beyrouth. AFP. Lors de l'évacuation des troupes palestiniennes, chaque camion chargé de combattants qui se rendait au port était salué par des salves d'armes automatiques pointées vers le ciel. Une coutume qui est directement responsable de la mort de 9 personnes à ce jour. Toutes les victimes ont été atteintes sur le sommet du crâne par des balles qui redescendaient sur terre après avoir atteint leur apogée.

Quand il eut terminé il releva la tête vers Mimosa.

— Alors ?

— On vient d'appeler à l'instant de la Haie Meilland. La Haie Meilland… Un gars est rentré en marche arrière dans une borne électrique… Électrique… Sa voiture a pris feu. Tout en feu… Des voisins l'en ont sorti mais il n'arrête pas de demander après vous. Après vous… Inspecteur.

— Quelle adresse ?

— Rue Moreau, face au numéro quinze. Numéro quinze…

Il ouvrit son tiroir, prit son arme qu'il glissa sous sa veste.

— Léonard est en bas ?

— Il vous attend dans la voiture. La voiture…

Cadin dévala les escaliers et s'engouffra dans la R 12. Le flic la conduisit à fond, poussant les vitesses sans se soucier du nuage de fumée que crachait le pot d'échappement.

— Si on la casse, ils nous en fileront peut-être une neuve… Depuis le temps qu'ils nous la promettent…

Léonard aborda le long virage d'accès à la Haie Meilland à près de cent vingt à l'heure, provoquant un début de panique dans la foule rassemblée près de l'épave noircie de la CX. Il freina et s'arrêta devant l'armoire électrique renversée. Cadin se précipita aussitôt vers le blessé allongé sur l'herbe d'un jardin et se pencha vers lui.

— Bon Dieu ! Mais qu'est-ce que tu fous là ? Je croyais trouver Molier… C'est sa bagnole, non ?

Jacques Diaz eut un pauvre sourire. Il se souleva en grimaçant et montra ses avant-bras couverts de larges brûlures.

— Vous ne voyez pas ce que je fais là… Je me fais bronzer… Fin août, c'est le moment ou jamais…

Cadin l'aida à s'allonger de nouveau en lui maintenant la tête.

— Ta crème solaire ne m'a pas l'air au point… On va te conduire à l'hôpital… Comment t'es-tu débrouillé pour venir te roussir les poils dans la voiture de Molier ? Vous vous connaissiez ?

Diaz ferma les yeux quelques instants et serra les dents pour contenir la douleur.

— Oh, c'est pas très glorieux… Je me suis souvenu en voyant Molier ce matin au commissariat que je n'étais pas le seul à me balader dans les couloirs de la cité République la nuit du meurtre… Un autre type venait de sortir de l'ascenseur, juste avant votre arrivée…

— Molier ?

— Oui, Molier. Je voulais revoir sa gueule pour être sûr de ne pas me tromper.

— La comédie est finie, Diaz. Regarde dans quel état tu es… Dis plutôt que tu pensais avoir dégoté le bon filon. À mon avis il est trop coriace pour toi. Tu n'as pas la bonne pointure…

Il leva le menton pour montrer son cou violacé qui portait encore les traces des doigts de Molier.

— Il a failli me tuer, ce con. Un miracle que je m'en sois tiré.

— Où est-il passé ?

— Je ne sais pas. J'ai foutu sa bagnole en l'air… Elle a pris feu… Ensuite, le noir complet, le grand schwarz… Je ne me souviens de rien.

Léonard n'était pas resté inactif. Il discutait avec les témoins, relevait des noms, des adresses, prenait des notes. Il rejoignit Cadin.

— Molier a piqué la voiture d'un gars qui s'était arrêté pour éteindre l'incendie… Une Renault 9 de couleur bordeaux. Le propriétaire fait la gueule : elle était encore en rodage ! D'après lui Molier n'ira pas loin, il allait faire le plein. Il a de quoi rouler pendant vingt kilomètres maxi… On y va ?

— Quelle direction ?

— Il a pris la bretelle d'autoroute en direction de Lille. S'il s'arrête pour prendre de l'essence, on a une petite chance de le rattraper.

Cadin s'installa à la place du passager. Il décrocha le micro et se mit en rapport avec le central auquel il transmit le signalement et le numéro d'immatriculation de la R 9 en donnant l'ordre d'alerter l'ensemble des postes de police et de gendarmerie disposés le long de l'autoroute, depuis Courvilliers jusqu'à la frontière belge, ainsi que les équipes mobiles. La brigade de gendarmerie de Survilliers fut la première à entrer dans la danse.

— Le véhicule signalé vient de passer à hauteur du péage de Survilliers. Nous le prenons en chasse ?

L'inspecteur augmenta le volume d'émission afin de couvrir les bruits de tôles et les vibrations du moteur.

— Il est sorti de l'autoroute ?

— Non, il continue de rouler en direction du nord…

— Dans ce cas, laissez-le-nous.

Léonard maintenait une allure rapide et régulière. Une pluie fine se mit à tomber alors qu'ils dépassaient la Chapelle-en-Serval. Cadin l'aperçut au loin au milieu de la longue ligne droite qui plongeait dans la vallée. La R 9 quittait au ralenti le couloir situé entre les rangées de pompes de la station Total. Léonard la repéra dans la même seconde. Il écrasa l'accélérateur. Le volant de la R 12 commença à trembler entre ses mains. La voiture de Molier prenait maintenant de la vitesse, en remontant la courte bretelle d'accès à l'autoroute. Léonard parvint à se placer au même niveau.

— Accélère ! Mets toute la gomme, s'il réussit à nous passer devant, on est largués…

L'aiguille se rapprocha sensiblement du chiffre 150. Ils arrivèrent à la jonction de l'autoroute et de la sortie de la station avec deux cents mètres d'avance sur Molier. Léonard freina brusquement en contrôlant le dérapage de la R 12 pour la placer en travers de la route de Molier. Le chef du service de sécurité avait parfaitement compris la manœuvre. Il pila sans hésiter une seconde et opéra un demi-tour pour foncer sur les pompes. Une fourgonnette vint au même moment se ranger dans le couloir de ravitaillement lui interdisant toute retraite. La R 9 fit une embardée et plongea vers la gauche, derrière les bâtiments de la station-service. Elle s'emmancha à plus de soixante à l'heure dans la piste d'accès au lavage automatique. Le capot se ficha dans le rouleau frontal gorgé d'eau qui fut projeté à travers le toit en plastique ondulé de l'installation. Les tuyaux, les piliers de soutien s'effondrèrent à leur tour tandis que les arrivées d'eau, sectionnées, donnaient naissance à autant de geysers. La R 9 avança encore de quelques mètres en hoquetant, entraînant avec elle tout un fatras de tuyaux, de morceaux de ferraille, de rouleaux aux longs poils bleus.

Les deux policiers se précipitèrent pour tirer Molier de l'habitacle défoncé. Son visage était criblé de blessures occasionnées par les projections d'éclats de pare-brise mais il ne semblait pas qu'il soit sérieusement blessé. Il était trempé de la tête aux pieds, complètement sonné et tituba quand ils le mirent debout. Léonard le soutint jusqu'à la voiture de police, l'aida à s'asseoir sur la banquette arrière. Ils attendirent qu'il ait totalement recouvré ses esprits pour commencer l'interrogatoire.

Le sergent Pierre Molier donna des ordres pour qu'on se débarrasse du corps de l'Algérien supplicié. Il demanda ensuite au vieil harki d'aller chercher le caporal. Il avait bien vu, dès le départ, qu'il ne tiendrait pas le coup, mais c'était tout ce que l'état-major semblait capable de leur fournir : des rescapés de régiments disciplinaires, des intellos qu'il fallait casser à tout prix... Il était décidé à le faire évacuer sur Bougie avant qu'il ne fasse une connerie.

Le harki revint en courant, les mains tachées de sang.

— Il va mourir ! Il va mourir ! Ses bras saignent...

Le caporal survécut, contre toute attente, et fut transféré le soir même vers un hôpital militaire d'Alger.

Le sergent Pierre Molier continua de produire du renseignement, de servir la France jusqu'au dernier quart d'heure. De retour en métropole, en 1962, il se reconvertit sans peine dans un secteur en plein essor : l'assistance sécurité des entreprises. Il monta une petite boîte avec des collègues rencontrés en Kabylie avant d'entrer, après une série de déboires financiers, au service d'une filiale marseillaise du groupe Hotch. Son efficacité, ses méthodes éprouvées lui permirent d'accéder à des postes de haute responsabilité. Ses succès le firent remarquer des managers de la direction nationale du groupe qui lui confièrent le soin de réorganiser les services sécurité de l'usine de Courvilliers, trop remuante à leur goût.

Il prit ses fonctions le 18 mai 1982, quelques semaines seulement avant la mort de Claude et Monique Werbel.

Le patron de la station-service faisait le siège de la R 12 pour obtenir de l'inspecteur qu'il rédige sur-le-champ un procès-verbal décrivant avec précisions les circonstances de la destruction de son aire de lavage automatique. Cadin l'expédia.

— On a l'habitude de faire les choses en règle. Allez plutôt me chercher du coton et du Mercryl, enfin un truc dans le genre, pour lui nettoyer la figure.

Le commerçant obéit de mauvaise grâce et revint avec une boîte de Kleenex, du sparadrap et un flacon d'alcool à 90°. La brûlure de l'alcool acheva de réveiller Molier.

— Tu nous as assez fait courir, Molier. Il serait temps que tu nous expliques ce que tu fabriquais chez les Werbel la nuit de leur mort ?

Le chef du service de sécurité de Hotch n'essaya même pas de discuter l'affirmation de Cadin. Sa fuite, sa tentative de tuer Diaz étaient autant d'aveux. Il se cala au fond du siège tandis que l'inspecteur collait quelques morceaux de sparadrap sur ses blessures les plus profondes. Il se mit à parler doucement, d'une voix monocorde, le regard fixé sur le rétroviseur.

— Aussi bizarre que cela puisse paraître, toute cette histoire a commencé en Algérie, pendant la guerre. J'avais le grade de sergent et je m'occupais d'un DOP… Le Dispositif Opérationnel de Protection de Souk-Lémal, pas loin de Bougie… Ça s'appelle Béjaïa… On avait pour mission de démanteler les réseaux FLN, coûte que coûte… Le principal, c'était de faire vite et traiter les prisonniers d'un jour sur l'autre… C'étaient les paras du 3e régiment qui nous les fournissaient. On se relayait jour et nuit pour faire parler les fellaghas… La moindre information pouvait sauver la vie des gars d'une patrouille ou empêcher un fell de poser une bombe… Au début ils nous donnaient des professionnels de l'action psychologique, des types qui étaient passés par l'Indo et qui ne se posaient pas trop de questions sur les méthodes de la guerre antiguérilla… Et puis, plus ça a été et plus on tombait sur des appelés, des deuxièmes pompes du contingent… Ils renâclaient en arrivant mais quand on leur mettait le nez dans la merde, quand ils voyaient l'un des leurs baignant dans son sang, le bide ouvert, ils s'y mettaient, comme les copains… Claude Werbel a commencé par jouer les mariolles… Il a fini par tourner la manivelle pour m'aider à discuter avec mes clients…

Après sa tentative de suicide, le caporal Claude Werbel fut soigné durant trois mois à l'hôpital militaire d'Alger puis transféré au Val-de-Grâce. Les médecins militaires le réformèrent le 12 décembre 1961 et lui attribuèrent un coefficient d'invalidité de 40 %. Sa vie se résuma, jusqu'en 1965, en aller et retour dans les couloirs de l'hôpital psychiatrique de Bordeaux où sa mère et sa sœur venaient le visiter. Il n'aborda jamais avec quiconque la nature des événements qui lui avaient ôté le goût de vivre. Il sortit en juillet 1965, quand les psychiatres estimèrent que son état autorisait une tentative de réinsertion dans le monde ordinaire. Il reprit ses études, les abandonna définitivement. Les services de la formation professionnelle lui proposèrent un stage d'ajusteur. Il exerça cette profession dans diverses entreprises qu'il quittait toutes assez rapidement. En 1970 il se fit embaucher chez Hotch, au moment de l'extension des activités du groupe. Il découvrit alors les effroyables conditions de vie et de travail des ouvriers que Hotch faisait venir des quatre coins du monde. Il trouva là une raison de vivre et inconsciemment un moyen de se racheter, d'effacer de sa mémoire les heures sombres de sa jeunesse.

Mais ses rêves d'une vie meilleure, ses espoirs de fraternisation étaient hantés chaque nuit par les cris des suppliciés de Souk-Lémal.

Cadin avait accusé le coup. Il ne trouva rien à dire sur le moment. Pour lui Claude Werbel n'avait cessé d'apparaître comme un homme ordinaire, un être simple, désemparé par la rupture d'avec sa femme. Il le découvrait aujourd'hui meurtri, écrasé de remords et de douleur. Seul au monde.

Pierre Molier continuait à parler d'un ton égal, ignorant le trouble de l'inspecteur.

— Il n'a pas tenu le choc très longtemps. Il a craqué le jour où les paras quittaient la région, après l'opération de ratissage « Corne de gazelle ». Il a failli y passer... C'est un harki qui l'a trouvé dans sa piaule, les veines tailladées. Hôpital militaire, Val-de-Grâce... Pour lui la guerre était finie. Je n'ai plus jamais eu de nouvelles de lui. En 62 je me suis installé près de Marseille, j'ai essayé de lancer une petite entreprise de gardiennage mais ça n'a pas marché comme je voulais. On faisait des petits boulots pour une filiale de Hotch, une boîte de composants électriques, et ils m'ont proposé de monter leur service de sécurité. Ensuite j'ai tourné dans toute la région Provence-Côte d'Azur pour mettre au point les systèmes de surveillance du groupe. Il y a quatre mois, on m'a demandé de prendre en main la sécurité de Courvilliers. En urgence...

Cadin prenait des notes, essayant de ne pas perdre le fil du discours de Molier.

— Pourquoi étaient-ils si pressés ?

— On peut raconter ce qu'on veut, mais notre travail consiste à préserver la paix sociale dans l'entreprise. Et là, à Courvilliers, on était à deux doigts de la catastrophe… Laubrard a mis sur pied, il y a plus de quinze ans maintenant, un système d'encadrement basé sur une sorte de syndicat-maison, l'Association… Il s'y cramponne toujours sans comprendre que cette méthode n'est plus adaptée à la situation… De l'autre côté Géron, son adjoint, magouille à la petite semaine avec un photographe de quartier pour tenter de déconsidérer les gens d'en face…

L'inspecteur cessa brusquement d'écrire.

— C'est donc Géron qui a fait fabriquer le dossier de photos pornos où figurait Monique Werbel ?

— Oui, c'est lui… Dès que je les ai eues entre les mains je lui ai dit que sa tentative était vouée à l'échec, mais ça ne l'empêchait pas de préparer le même genre de documents sur Gérard Govil et les autres responsables syndicaux… Laubrard et Géron passaient la moitié de leur temps à se bouffer le nez, à monter des provocations de bas étage alors que la solution consiste à mouiller les adversaires…

— Quand as-tu revu Claude Werbel à Courvilliers ?

— Laubrard a prononcé son nom à plusieurs reprises devant moi dans les semaines qui ont suivi mon arrivée, mais je n'ai pas fait le rapprochement… Vingt ans, on oublie… Et un jour on est tombé nez à nez au milieu d'un atelier… La même gueule… J'ai dû lui tendre la main… Je me suis repris et j'ai fait semblant de ne pas le reconnaître, attendant qu'il me salue… Il a baissé les yeux. À ce moment précis j'ai su que je le tenais… Tout le monde ignorait son passé. Il me suffisait de menacer de révéler ses états de service en Algérie pour l'anéantir…

— Ce n'est pas la méthode que tu as choisie…

Molier esquissa un sourire.

— Non, je l'ai laissé mijoter pendant une dizaine de

jours pour voir comment il allait se comporter. Géron a eu la mauvaise idée de lancer ses dossiers pornos dans l'intervalle… Werbel ne savait plus quoi penser… Il se faisait tirer comme un lapin. Il a craqué en l'espace d'une semaine. L'effondrement… Il a laissé tomber son boulot, ses activités, et s'est séparé de sa femme en laissant entendre de cette manière qu'il croyait à la véracité des photomontages. Géron pavoisait et s'attribuait la descente en flèche de Werbel. À l'écouter, tout le mérite était à mettre à l'actif de son idée débile. Après ce désastre, j'ai mis du temps à trouver ce que je pouvais négocier avec Werbel contre mon silence…

— Il a accepté de te rencontrer ?

— Il n'avait pas le choix. Tout le monde pensait qu'il s'écartait en raison de la mise en cause de sa femme. Je détenais un atout maître… J'ai exigé qu'il me livre la liste intégrale des candidats pour les élections des délégués du personnel de septembre prochain…

L'inspecteur approuva de la tête et se tourna vers Léonard qui suivait le récit de Molier appuyé sur le volant.

— C'est la fameuse liste que tu as sortie de la poche de Werbel.

Pierre Molier ignora l'interruption de Cadin.

— Je savais qu'il pouvait les obtenir… Pour les candidats qu'il soutenait, ça ne posait pas de problèmes, et les autres syndicats lui faisaient assez confiance pour entrouvrir leurs dossiers. Si je réussissais un coup pareil, j'enfonçais Géron et je décapitais tout le mouvement de contestation contre Hotch. Nous nous sommes rencontrés à deux reprises. Il avait ma promesse de soldat qu'une fois les noms en ma possession, je l'oubliais. Définitivement. Il m'a contacté dimanche dernier… il me demandait de le retrouver chez lui, le plus discrètement possible. Nous nous sommes mis d'accord pour la nuit de lundi à mardi. Je recevais des amis à la maison, des anciens de Marseille. Nous avons joué aux cartes jusqu'à plus de trois heures du matin. J'ai pris ma voiture pour leur ouvrir le chemin jusqu'à l'autoroute puis j'ai filé cité République. Werbel m'attendait pour me servir un discours moralisateur sur notre action en Algérie… qu'on s'était servi de nous, que nous avions été manipulés, qu'on avait profité de notre jeunesse, de notre inexpérience… Ils sont des milliers comme lui qui ont le sentiment d'avoir bousillé leur conscience, qui courent après la rédemption… Moi, je me suis contenté d'obéir aux ordres et si cette guerre avait tourné autrement, aujourd'hui on nous traiterait en héros…

Cadin lui coupa la parole.

— Il ne t'a pas donné la liste puisque nous l'avons trouvée sur lui…

— Il s'en est fallu de peu que cela ne se termine comme prévu, mais sa femme a soudain fait irruption dans la salle où nous discutions, la salle de séjour. Elle devait être là depuis plusieurs minutes mais nous ne l'avions pas entendue rentrer…

— Elle venait à l'improviste ou bien il t'a semblé que son mari attendait sa visite ?

— Non, elle est arrivée à l'improviste… Elle tenait ses clefs à la main… Je crois qu'elle revenait essayer de convaincre Claude Werbel de reprendre la vie commune… Elle demeurait persuadée, avant d'entrer dans cette pièce, que leur séparation résultait de cette minable histoire de photos. En un instant, nous écoutant, elle a découvert la véritable cause de l'attitude de son mari… Elle l'a entendu négocier une trahison contre un silence… Je la reverrai toujours… Elle a traversé la pièce sans dire un mot et s'est dirigée vers la chambre. Elle en est ressortie un pistolet à la main… Elle s'est mise à crier qu'elle voulait nous abattre tous les deux avant de se tuer… Elle nous tenait en joue, le doigt sur la détente… Il suffisait de voir ses yeux pour comprendre qu'elle ne bluffait pas. À un moment elle a éclaté en sanglots. J'en ai profité pour tenter le tout pour le tout. Je me suis jeté sur elle en lui saisissant le poignet… Elle s'est reprise, a résisté. Nous nous sommes battus jusqu'à ce qu'un coup de feu claque. Elle s'est effondrée à mes pieds, tuée à bout portant d'une balle dans le cœur…

— Qu'as-tu fait ensuite ?

— Rien. Je me suis agenouillé près d'elle. Werbel s'est approché de nous en marchant comme un automate. Il s'est baissé à son tour et a pris l'arme de la main de sa femme. Il l'a braquée sur moi et m'a ordonné de porter Monique dans la chambre, de la poser sur le lit… J'ai cru qu'il allait m'exécuter, mais il s'est mis à hurler comme un dingue… Je suis parti… J'ai pris ma voiture, sans trop savoir où j'en étais… Je marchais au radar… C'est à ce moment que l'autre gars s'est fichu en travers de ma route… Le lendemain matin je ne suis pas allé à l'usine. Je m'attendais à être arrêté d'une minute à l'autre… Puis on a appris la mort de Claude Werbel, son suicide… Et l'hypothèse retenue par la police selon laquelle c'était lui qui avait tué sa femme avant de se faire justice… Cela suffisait à me placer hors du coup…

ÉPILOGUE

Pierre Molier confirma sa déposition devant le juge d'instruction et fut inculpé d'homicide involontaire sur la personne de Monique Werbel et de coups et blessures à l'encontre de Jacques Diaz. Les premières déclarations de son avocat, gracieusement mis à sa disposition par la société Hotch, insistaient sur la notion de légitime défense.

À la mi-septembre Cadin reçut une note de la Direction de la Police Judiciaire l'informant qu'il était placé en congé spécial dans l'attente d'une nouvelle affectation.

Il occupa ses dernières journées à refaire les cartons dont il avait dispersé le contenu dans les placards de son appartement. Un matin d'octobre les déménageurs sonnèrent à sa porte. Ils vidèrent les pièces en moins d'une heure, à l'exception d'un sac de voyage dans lequel l'inspecteur avait entassé quelques effets personnels.

Cadin se tenait au milieu de la chambre vide. Le chat, que tout ce remue-ménage affolait, vint se frotter à ses jambes. Il se baissa et prit l'animal dans ses mains.

— Qu'est-ce qu'on va faire de toi ?

Le chat se contenta de pencher la tête, de fermer les yeux et de les rouvrir en ronronnant.

Cadin mit sa veste, prit son sac et, avant de partir, passa dans la salle de bains. La glace au-dessus du lavabo se couvrit d'un ultime message feutré destiné aux futurs locataires :

« Le chat s'appelle Chatka. »

Aubervilliers,
oct. 85-janv. 86

Les poèmes de Mernadez sont librement inspirés des poésies de gendarmes publiées en 1978 par *L'Essor de la Gendarmerie*.

LE FACTEUR FATAL

Exactement comme au jeu du chat perché. Sur un pied, sur n'importe quoi, mais pas à terre : il faut être perché, même en équilibre instable, quand le chasseur passe. Faute de quoi il vous touche : c'est alors la mort ou la folie.

FRANCIS PONGE,
Le Parti pris des choses.

STRASBOURG

1977

Croix de bois, croix de fer…

L'inspecteur Cadin gara sa Renault 4 près de l'église Saint-Pierre-le-Jeune, glissa la photocopie de son autorisation provisoire de stationnement derrière le pare-brise pour éviter d'aller reprendre sa voiture à la fourrière, comme la semaine précédente, puis il remonta à pied vers la rue de la Nuée-Bleue. Il pleuvait et il se demanda ce qui, depuis toujours, le retenait d'acheter un parapluie. On ne lui avait encore pas attribué de place de parking. Il ne disait rien et se contentait de grincer des dents lorsqu'il traversait la vaste cour du commissariat central, devant l'alignement des bagnoles appartenant aux épouses des divisionnaires. Le gardien en faction ne fit même pas l'effort de le saluer. Une imperceptible inclinaison de la tête. L'inspecteur grimpa les marches une à une et poussa la porte en s'aidant du pied. Son regard se porta directement sur une môme immobile, assise sur le fameux banc que ses collègues appelaient le banc des divorces depuis qu'ils avaient pris l'habitude d'y faire patienter les couples déchirés, les familles au bord de la guerre civile…

La gamine ne devait pas avoir plus de quatorze ans. Elle était abandonnée dans ce coin de la salle d'accueil, les genoux serrés, la tête inclinée vers ses tennis bariolés, et son teddy vert orné du blason d'une quelconque université américaine jurait sur la peinture délavée du commissariat. De temps en temps elle portait une main à son visage et s'essuyait le nez en reniflant bruyamment. Au-dessus d'elle la poussière noircissait les noms, gravés dans le faux marbre, des flics morts pour la France ou tués en service. Plus loin, près du comptoir des mains courantes, les policiers de la patrouille de milieu d'après-midi traitaient la petite dizaine de types ramassés dans les rues et les cités, les clodos sortis des wagons en attente de nettoyage à la gare centrale. On s'interrogeait en alsacien, mais les doigts des flics couraient en français sur les touches de leurs Japy hors d'âge. Cadin se dirigea vers la gamine et s'accroupit devant elle.

— Ça n'a pas l'air d'aller… Qu'est-ce que tu fais là ? Tu es toute seule…

Elle souleva rapidement les paupières puis repiqua du nez. L'inspecteur se remit debout. Ses doigts s'attardèrent dans la chevelure ondulante de la jeune fille avant de plonger dans sa poche de veste. Il tendit sa main ouverte, la paume légèrement creusée, en forme de coupelle.

— Tu as faim ?

Elle hésita quelques fractions de seconde et se décida à prendre les noisettes cueillies la veille, alors qu'il vérifiait les déclarations d'un témoin, pour une affaire de came, dans les environs de la centrale nucléaire de Marcheim. Elle balbutia un merci et se mit à casser la coque des fruits entre ses dents. Cadin s'approcha de Haueser, un flic minuscule capable de reconnaître au seul pétillement de la mousse une Gruber d'une Adelshoffen, une Schutzenberger d'une Mutzig, et qui avait également la particularité d'être le seul flic barbu de toute l'agglomération strasbourgeoise.

— Qu'est-ce qu'elle fout là, cette môme ? Personne ne s'occupe d'elle ?

Haueser donna un coup de menton en direction du fond de la salle, et le gars dont il débrouillait l'affaire (une vague histoire de déclenchement intempestif de sirène d'alarme au moment précis où le suspect passait devant une boutique de fringues) traîna sa carcasse jusqu'à la porte des vestiaires.

— Si… On cherche ses parents depuis deux heures… Les flics de la brigade des mineurs sont en route, eux aussi, mais le dimanche ils ne sont que deux pour tout le département. On ne peut rien faire d'autre qu'attendre…

Cadin posa sur le comptoir les quelques noisettes retrouvées en glissant l'extrémité de ses doigts par les déchirures en pleine croissance qui faisaient communiquer entre elles toutes les poches de sa veste.

— Qu'est-ce qu'elle a fait comme connerie ?

— Aucune… Elle jouait avec des copains dans le petit parc, derrière le palais du Rhin. Il y a toujours des vieux qui passent leur temps à les regarder mais ils n'y font pas attention. D'après ce qu'elle dit un type a profité de ce qu'elle était un peu à l'écart pour lui proposer de venir s'allonger dans les taillis…

Cadin esquissa une grimace, creusant des rides sur son front. Il jeta un regard vers l'angle de la salle. La gamine s'était levée et, hissée sur la pointe de ses tennis, elle tuait le temps en déchiffrant les noms écrits dans la pierre. La pose lui creusait les reins, troublant l'image enfantine qu'elle renvoyait, une minute plus tôt, recroquevillée sur le banc.

— Il lui a fait quelque chose ?

Haueser alluma une cigarette. La flamme vacillante de l'allumette racornit quelques-uns de ses poils et une écœurante odeur de roussi se mêla à celle, plus agressive, du tabac grillé.

— Oui et non… Il parlait tout bas et elle n'a pas compris tout de suite ce qu'il voulait. Elle s'est approchée, sans se méfier, en lui demandant de répéter, et il lui a pris les bras pour l'entraîner de force. Elle s'est mise à crier et ses copains ont rappliqué immédiatement. Deux d'entre eux l'ont accompagnée ici et quand je me suis pointé au square du palais du Rhin avec Brüner, le reste de la bande m'attendait avec le satyre…

— Comment ça ? Vous l'avez arrêté ?

Haueser se mit à rire, une sorte de hoquet silencieux qui lui agitait trois ou quatre fois les épaules, dix dans les grandes occasions, et qui avait le don d'exaspérer l'inspecteur.

— Ils ont fait tout le boulot à notre place : on s'est juste donné la peine de lui passer les bracelets… C'est vraiment formidable, non ? Ça doit être la première fois que ça m'arrive en dix ans de métier ! Il y avait au moins cinquante personnes autour de lui. Il ne leur manquait que la corde, et il a vraiment eu l'air soulagé en nous voyant rappliquer… On l'a mis dans la cage, au sous-sol.

Cadin entra dans le bureau des inspecteurs, prit au passage *Les Dernières Nouvelles d'Alsace* posées dans la corbeille métallique du courrier Préfecture, et s'installa près de la fenêtre. Il survola le dossier « Spécial municipales », dans lequel chaque candidat à la mairie de Strasbourg détaillait son programme en essayant désespérément de trouver la plus petite différence avec ceux de ses adversaires. Il feuilleta rapidement les pages régionales et dénicha les quelques lignes qui justifiaient à ses yeux, semaine après semaine, l'existence des journalistes, des rédactions, des agences de presse. Le titre traduisait à lui seul la gourmandise qui s'était emparée du rewriter de dépêches guettant la sortie de télex :

L'OMELETTE QUI TUE

Un semi-remorque en provenance d'Arradon (Morbihan) et transportant 25 tonnes d'œufs frais s'est renversé dans un fossé, sur l'autoroute de l'Est, à proximité de Clermont-en-Argonne. La remorque s'est entièrement disloquée, brisant plusieurs centaines de milliers d'œufs. Les gendarmes ont retrouvé le cadavre d'un homme au milieu de cette gigantesque omelette. Le conducteur, M. Jacques Scaërec, qui est sorti indemne de l'accident, a déclaré ne pas comprendre ce que cet homme faisait là. L'enquête devra déterminer s'il s'agissait d'un passager clandestin ayant profité d'une minute d'inattention du personnel lors du chargement du camion, ou alors d'une personne voyageant discrètement, en accord avec le chauffeur. Une autopsie est actuellement en cours pour déterminer les causes exactes du décès.

Cadin découpa l'article anonyme, le glissa dans son portefeuille et se mit à la fenêtre. Le patron de la pharmacie Müllener, les pieds plantés au milieu du trottoir, les poings fichés sur ses hanches, jugeait la nouvelle décoration de sa vitrine alors qu'une préparatrice, plus blonde encore que ne savent l'être les Alsaciennes, déplaçait le tronc marron bardé de bandes Velpeau, le canard animé vantant la vaccination antigrippe, ou les panneaux de pilules amaigrissantes. Vu de haut, sa bedaine cachait ses jambes, ses pieds, et l'inspecteur le regardait comme une molle toupie de chair posée à même le macadam. Les premiers temps, après avoir été affecté au commissariat de la Nuée-Bleue, il entrait acheter de l'aspirine, du sorbitol, et se contentait de lever les yeux au ciel quand le patron haussait le ton pour vérifier la commande d'une cliente : « Vous êtes sûr que vous ne voulez pas de suppositoires ? C'est pourtant plus efficace… », ou lorsqu'il posait une boîte caractéristique devant un étudiant coincé, en vrillant son regard sur celui du môme rougissant : « Les préservatifs, je n'en ai plus que des non-lubrifiés… Je vous donne de la vaseline avec ? Il n'y a rien de mieux… » Cadin n'était jamais intervenu et s'il achetait maintenant ses médicaments dans une pharmacie de l'ancien quartier juif, rue du Parchemin, ce n'était pas cette amplification intimidante de la voix qu'affectionnait le patron qui en était la cause, mais une photo rapidement vue au milieu de centaines d'autres, dans un énorme portfolio poussiéreux. Ce matin-là, l'inspecteur errait depuis une heure dans les couloirs de la préfecture, pistant, avec toujours un bureau de retard, le chef de cabinet du préfet afin de lui remettre le dossier confidentiel qu'il tenait sous son bras. Il avait fini par le rejoindre dans la salle de conférences dont les hautes fenêtres donnaient sur le rond-point de l'ancienne place du Kaiser, en pleine conversation avec l'un de ses meilleurs copains de fac, Dalbois. Cadin s'était acquitté de sa tâche puis, sur un discret clin d'œil de Dalbois, il l'avait attendu sur le palier. Ils s'étaient longuement serré la main, s'observant des pieds à la tête, Dalbois vérifiant la maigreur de Cadin, le regard de l'inspecteur s'attardant sur le muscle stomacal de Dalbois.

— Tu n'as pas changé, Cadin, on dirait que tu bouffes toujours au resto-U…

Il avait haussé les épaules, faussement désolé.

— Tu ne crachais pas dessus, à l'époque… Et toi, qu'est-ce que tu fous à Strasbourg ? Je croyais que tu travaillais à Paris…

Dalbois posa un doigt sur ses lèvres.

— Pas un mot, à personne : je suis en mission secrète !

Il prit Cadin par l'épaule et l'entraîna vers la salle de conférences.

— Non, tu as raison, je bosse à Paris, depuis près d'un an, à la direction générale des Renseignements généraux.

L'inspecteur marqua un temps d'arrêt.

— Les R.G. ! Tu es aux R.G. ! Je me souviens de tes théories, à la fac… Tu étais le premier à gueuler contre les tentatives de fichage, je me rappelle même que tu avais refusé de donner ton numéro de Sécurité sociale, pendant presque un an, parce que tu considérais que c'était une atteinte à la vie privée...

Dalbois se cala dans un fauteuil, amusé par la naïveté véhémente de Cadin.

— J'espère que je me trompais à l'époque, et pas maintenant : ce serait autrement plus emmerdant ! Et puis tu sais, on exagère beaucoup la puissance des services de renseignements... Tout le monde en a le trac, mais si tu voyais dans quel état sont les dossiers ! Dès qu'un ministre est nommé, sa première préoccupation est de faire nettoyer sa fiche et celles de ses amis, des types qui ont financé sa campagne... Pareil pour les députés, et tous ceux qui ont la moindre parcelle de pouvoir... Résultat, on est imbattables sur le pedigree des signataires de pétitions, on possède l'arbre généalogique du moindre écolo ramassé lors d'une manif antinucléaire, mais on est obligé de lire le journal pour compléter la bio du dernier énarque nommé en Conseil des ministres...

Cadin s'assit à son tour et tira à lui la bouteille de bière que Dalbois venait de sortir du bar. Il inclina le verre et fit glisser le liquide le long de la paroi.

— Arrête, tu vas me faire pleurer ! Tu es revenu pour quoi ?

Dalbois tendit le bras et fit retomber sa main à plat sur un grand carton à dessin posé sur la table.

— Pour ça... Approche-toi, tu vas être surpris...

Il dénoua les quatre rosettes grises et ouvrit le portfolio sur une première planche de papier dessin format raisin, jaunie, sur laquelle on avait collé une douzaine de photos sépia. Les légendes calligraphiées en français puis en allemand donnaient leur sens aux scènes de foule : *Le feld-maréchal Schutzlitch acclamé par les Strasbourgeois massés sur la rue des Grandes-Arcades. Hommage aux Combattants Alsaciens de la Wehrmacht, lors de leur départ pour le front.* Cadin tourna la première série de photos et découvrit un reportage consacré à la remise d'une médaille à la « mère méritante », dont deux fils venaient d'être tués, à l'Est. Il fixa Dalbois.

— Où est-ce que tu as trouvé ça ?

— À Colmar… Ils faisaient des travaux dans les sous-sols de la bibliothèque. Le bâtiment abritait des services de propagande nazis pendant la dernière guerre… Ils avaient une équipe de photographes-flics qui emmagasinaient le moindre événement en essayant de coller une croix gammée dans le cadrage. Le bibliothécaire a prévenu le maire qui a répercuté la nouvelle jusqu'à nous. Il y a environ deux mille photos sur Strasbourg, huit cents sur Mulhouse, et un bon millier sur Colmar. Tiens, regarde celle-là…

Cadin reconnut la perspective de la Grand-Rue, avec la façade de l'hôtel *Pax*, après le pont National. Toutes les vitrines des commerces, de la boulangerie au magasin de pompes funèbres, exposaient le même buste de Hitler, bronze noir sur fond de draperies sombres.

— C'était pour lui souhaiter un bon anniversaire… Je suis sûr que certains ont encore leur statuette à la cave, en souvenir. Tu as de tout : des mariages hitlériens pendant lesquels les notables en chemise trinquent avec les S.S. Têtes de Mort, des types avec un sourire grand comme la lune qui posent devant une baraque surmontée d'un écriteau : « Bureau de dénonciation de la police »…

L'inspecteur ferma les yeux et vint se placer debout devant la fenêtre. Il les rouvrit sur une pénichette remplie de touristes qui filait le long du quai Sturm, dans le fossé des Faux-Remparts.

— Et ça vous sert à quoi, toutes ces vieilleries ? Il y a près de trente-cinq ans que l'opérateur a appuyé sur le bouton… Les types qui sont là-dessus sont soit morts soit grabataires…

— C'est ce que l'on croit… Les photos les plus récentes datent de 1944. Ceux que tu vois ici, dans ce défilé des Jeunesses hitlériennes de Strasbourg, avaient seize, dix-sept ans… Ils ont maintenant la cinquantaine… Leurs chefs en ont cinq, dix de plus… Tu connais l'âge moyen d'un maire en France ? Celui d'un adjoint, d'un conseiller général ? Exactement cinquante-cinq ans… On va faire des agrandissements et vérifier si on n'a pas un de ces zigotos en magasin…

Cadin revint près de la table, par curiosité, et il se pencha pour observer le visage des jeunes gens en habits kaki défilant en rangs impeccables au milieu de la rue Brûlée. Son regard s'arrêta sur la figure d'un chef de section qui brandissait un fanion surmonté d'un svastika. Dalbois l'observait.

— Tu as reconnu quelqu'un ?

— Non… Non… J'essayais de lire ce qu'il y avait sur le fanion.

À dater de ce jour il ne remit plus jamais les pieds dans la pharmacie Müllener, rue de la Nuée-Bleue.

Cadin se réinstalla devant son bureau et déchiffra les notes griffonnées à la hâte au travers des pages de son calepin. Il fit apparaître sur le papier les grandes lignes du rapport de synthèse sur le meurtre d'Alain Dienta, un militant écologiste dont on avait retrouvé le corps, le soir du premier tour des municipales, dans la pelle d'un bulldozer du chantier de la centrale nucléaire de Marcheim. Il classa les dossiers de toutes les personnes impliquées de près ou de loin dans l'affaire et se préparait à téléphoner au juge d'instruction quand les cris d'une femme et l'écho d'une bousculade venus de la salle de permanence l'alertèrent. Il se précipita. Un homme de forte corpulence était aux prises avec trois gardiens qui l'empêchaient d'ouvrir la porte menant au sous-sol. Le premier lui tenait un bras, l'autre tentait de le ceinturer tandis que le troisième, plaqué contre la porte, résistait aux assauts du colosse qui ne cessait de hurler tout en maintenant sa main crispée sur la poignée.

— Laissez-moi passer… Je sais que vous les mettez là…. Je vais m'en occuper de ce salaud…

La femme, une jolie blonde au maquillage ravagé par les pleurs, n'était pas de reste. Elle se tenait debout sous la plaque commémorative, serrant la gamine au teddy vert qui pleurait contre son corps. Sa voix haut perchée résonnait dans la salle carrelée et vrillait les tympans.

— Arrête, Germain… Je t'en supplie… Pense à la petite…

Haueser essayait de la faire asseoir, de la calmer, mais la femme, toutes griffes dehors, le repoussait violemment à chaque tentative. Tout d'un coup, n'y tenant plus, il lui mit une gifle qui claqua comme un coup de feu. Les cris cessèrent instantanément. Germain, qui était en passe de prendre le dessus, se figea et ses adversaires en profitèrent pour le tirer à l'écart de la porte d'accès au sous-sol. Cadin ordonna aux agents de le lâcher et se planta devant lui. L'homme ne bougea pas.

— Vous êtes le père de la petite ?

Il acquiesça et l'inspecteur marqua un temps d'arrêt.

— Je comprends ce que vous pouvez ressentir, mais ça ne sert à rien de vous énerver comme ça… On va devoir les confronter, c'est obligatoire, et si vous ne vous calmez pas, on sera obligé de remettre ça à demain… Je ne sais pas ce que vous en pensez, mais à mon avis il vaudrait mieux, pour votre fille, que tout se termine aujourd'hui. Non ?

L'homme respirait fort, par le nez, et ses épaules se soulevaient au rythme de son souffle. Il s'essuya le front du revers de la manche et agita ses mains devant le visage de l'inspecteur.

— Laissez-le-moi deux minutes, pas plus… Avec moi, la confrontation sera vite faite… Je n'ai besoin de rien d'autre que mes mains pour lui régler son compte à cette ordure ! Pas la peine d'emmerder la justice avec la pourriture qui s'attaque aux mômes… À quoi ça sert de les protéger ? De les mettre en taule ? Dès qu'ils ressortent, c'est pour recommencer… Ils ont ça dans le sang…

En six mois d'activité il avait déjà entendu ce refrain une bonne centaine de fois et il se trouvait toujours aussi dépourvu de réponse qu'au premier jour. Lui et ses collègues remplissaient les boxes des tribunaux que les juges transvasaient dans les cellules des prisons et les types qu'on en extirpait, deux ans ou dix ans plus tard, étaient deux fois ou dix fois plus féroces et désespérés qu'au moment de leur condamnation. Comme si la punition et l'isolement accéléraient le phénomène de pourrissement. Il était à deux doigts de s'en tirer par la pirouette habituelle, une phrase moralisatrice passe-partout : « Ce n'est pas une solution… Vous le regretteriez toute votre vie… », mais heureusement l'arrivée des deux inspecteurs de la brigade des mineurs lui évita de s'enfoncer un peu plus. Cadin les avait aperçus lors d'une réception en préfecture, pour le premier de l'an, et ils se saluèrent comme s'ils se connaissaient depuis toujours. L'inspecteur Zarka, un de ces rares pieds-noirs qui avaient choisi de s'installer en Alsace au moment de l'indépendance algérienne, quitta son manteau et prit la direction des opérations.

— On n'est que deux aujourd'hui, à cause des élections… On n'arrête pas de courir d'un bout du département à l'autre… En plus on vient tout juste de se payer un suicide consécutif à une histoire d'inceste entre frère et sœur à Schiltigheim…

Il ouvrit sa serviette et jeta un regard circulaire dans la salle.

— C'est la petite, là-bas avec sa mère ?

Cadin hocha la tête. Zarka prit une liasse de formulaires et quelques feuilles de carbone. Il fronça les sourcils en découvrant le colosse entouré des trois agents. Il baissa la voix.

— C'est lui qui a essayé de…

Il laissa la phrase en suspens.

— Non, lui c'est le père de la gamine… L'autre est en bas, dans la cellule.

— On peut se mettre dans un endroit tranquille ?

Cadin lui montra la salle des inspecteurs et Zarka, suivi de son collègue, s'installa sur la table centrale après y avoir posé une machine à écrire prélevée sur un bureau. Il testa les touches, le mouvement du chariot, avant de glisser sa préparation de papier et de carbone entre les cylindres. Il inscrivit la date du jour sur l'en-tête du procès-verbal et se tourna vers son adjoint.

— Schoepflin, tu peux faire entrer la môme et ses parents… Elle, tu la fais asseoir juste devant moi, sur la chaise, et eux deux de l'autre côté de la table…

Cadin emboîta le pas de Schoepflin et s'apprêtait à sortir quand la voix de Zarka s'éleva dans son dos.

— Je préférerais que vous restiez avec nous, inspecteur… Les parents ont l'air complètement excités et nous ne serons pas trop de trois pour les retenir au moment où je ferai monter le pointeur… Ça ne vous embête pas ?

Cadin traîna sa chaise à roulettes jusqu'au milieu de la pièce et s'installa confortablement, les jambes dépliées. Zarka tordit le pied de lampe pour amener la lumière sur ses formulaires, les doigts en embuscade au-dessus des touches de la Japy.

— Tu t'appelles comment ?

La gamine avait quitté son blouson et elle semblait avoir repris de l'assurance depuis l'arrivée de ses parents. Elle regarda l'inspecteur de la brigade des mineurs, droit dans les yeux, avec un air de défi, faisant claquer les voyelles de son nom.

— Michèle Schneebele.

Elle répondit avec assurance à tout le questionnaire d'état civil. Elle avait quatorze ans depuis le mois de février, habitait rue du Bain-aux-Plantes, au-dessus de la brasserie que tenaient ses parents, et n'avait jamais été embêtée par personne avant aujourd'hui. À un moment, Zarka rejeta le poids de son corps sur le dossier de son fauteuil en l'observant, un sourire paternel aux lèvres. Elle comprit que la phase administrative du travail touchait à sa fin, et son visage s'inclina vers le sol.

— Écoute, Michèle… Je vois que tu es une grande fille et que tu as la tête sur les épaules… Il va falloir maintenant que tu me racontes exactement ce qu'il s'est passé tout à l'heure dans le square du palais du Rhin… Je sais que je te demande beaucoup et que s'il y a une chose que tu as envie d'oublier, c'est bien celle-là… Mais il faut que tu le fasses, tu comprends, pour ne plus que cela se reproduise… Tu préfères raconter toute seule, ou tu veux que je te pose des questions ?

Le père de la jeune fille ne cessait de remuer sur son siège, brûlant du désir d'intervenir. Il alluma une cigarette qu'il se mit à fumer de manière démonstrative, comme s'il mettait sa nervosité en scène. Il regardait sa fille, les yeux écarquillés, au bord des larmes, comprenant, d'un coup, qu'elle était définitivement sortie de l'enfance.

— Je peux essayer de raconter, monsieur… Et vous me poserez des questions si je ne me rappelle plus, si je ne sais plus…

Zarka approuva d'un signe de tête ponctué d'un nouveau sourire d'encouragement.

— Vas-y, Michèle, je t'écoute.

— Il m'a donné… Non, il a essayé de me donner de l'argent pour que j'aille avec lui… C'est comme ça que ça s'est passé…

L'inspecteur Zarka se leva et s'accroupit devant Michèle. Il lui prit les mains.

— Commence depuis le début… Tu es venue toute seule dans le square ?

— Non, on était toute une bande… On écoutait de la musique et Frédérique nous prêtait sa mobylette à tour de rôle, pour faire un tour dans les allées… À un moment, j'ai eu envie de… faire pipi, et je suis allée me cacher dans les fourrés, du côté de la rue Foch. J'avais bien regardé s'il n'y avait personne mais quand je me rhabillais, il s'est approché de moi avec un billet de cinquante francs à la main… Il me disait des trucs que je ne comprenais pas… Il parlait tout bas… Je suis allée vers lui et il a essayé de me mettre le billet de force dans la main…

Le père de Michèle se leva brusquement, contourna la table avant que Cadin pense à réagir ; et se planta devant sa fille.

— Je t'ai toujours interdit de traîner avec cette bande… Il faut toujours que tu n'en fasses qu'à ta tête… Pourquoi tu n'es pas partie en courant au lieu de discuter !

Zarka s'interposa alors que la gamine levait les yeux au ciel.

— Monsieur Schneebele, s'il vous plaît… C'est déjà assez compliqué pour votre fille, n'en rajoutez pas… Si vous avez des réflexions à lui adresser, vous verrez ça entre vous, à la maison… Pour l'instant j'ai besoin d'entendre son histoire. Vous n'avez pas à intervenir, sinon je me verrais dans l'obligation de vous demander de sortir dans le couloir… Continue, Michèle… Dis-moi exactement comment tu as réagi quand il t'a tendu le billet.

— Je n'ai pas voulu le prendre, je me suis reculée… Alors il m'a prise par les bras et il a essayé de me mettre contre lui… Il sentait l'alcool… Il voulait m'embrasser… Il me disait des trucs…

Le policier cessa de taper sur la machine et se pencha vers la jeune fille.

— Qu'est-ce que ça veut dire, « des trucs » ? Tu comprenais ?

— Oui, là, je comprenais… Des trucs sales… Que je lui plaisais et qu'il voulait savoir si j'avais déjà fait l'amour… Des trucs de ce genre-là…

— Tu te souviens exactement de ses paroles ? C'est très important.

— C'est dur parce qu'il parle mal : il a un accent… Je crois qu'il disait : « Tu as déjà fait l'amour avec un homme ? » Il me tenait toujours et je l'ai menacé de me mettre à crier s'il ne me lâchait pas. Il m'a collée contre lui et m'a dit : « Viens dans les fourrés, je vais te montrer comment on fait… »

Les doigts de Zarka couraient à toute vitesse au-dessus des touches et il ferma les guillemets une poignée de secondes après que la voix de Michèle se fut éteinte. Il souffla bruyamment et se tourna vers Cadin.

— Inspecteur, ça vous gênerait de demander à l'un de vos hommes d'aller le chercher ? Je crois qu'on va faire ça dans la foulée…

Cadin tira le téléphone vers lui et transmit la consigne à Haueser, par la ligne intérieure. Cinq minutes plus tard le policier ouvrait la porte et s'effaçait devant un homme d'une soixantaine d'années au regard noyé, aux joues mangées par une épaisse barbe de trois jours. Il s'avança dans la pièce en traînant ses souliers dont on avait enlevé les lacets et en tenant, de ses mains menottées derrière le dos, son pantalon délesté de la ceinture ou des bretelles qui devaient le retenir. Cadin se leva et le guida jusqu'à la chaise que Zarka avait disposée le plus loin possible du cafetier. L'homme s'assit lourdement et souleva la tête pour voir ceux qui s'étaient réunis pour l'accuser. Zarka désigna Michèle Schneebele.

— Tu la reconnais ?

Il détourna le regard sans répondre. L'inspecteur de la brigade des mineurs sourit d'un air entendu et se tourna vers la jeune fille qui s'était mise à pleurer.

— C'est bien lui ?

— Oui, c'est lui...

Il lui fit répéter mot à mot ce qu'elle avait déclaré lors de la première partie de l'interrogatoire, ordonnant à plusieurs reprises au suspect d'avoir à se taire, puis, quand tout fut dit, il vint se planter devant lui et déplia les papiers d'identité graisseux à force d'avoir été sortis, rangés, manipulés, vérifiés, tamponnés, tandis que son adjoint Schoepflin était passé derrière la machine à écrire sur laquelle il pianotait avec infiniment moins de dextérité que son chef.

— Tu t'appelles bien Joaquim Dias et tu es né le 28 février 1923 à Setúbal, au Portugal... Tu travailles toujours aux charbonnages Starlette, route du Petit-Rhin ?

L'homme se contentait de hocher la tête pour confirmer la dizaine de renseignements qui résumaient sa vie. Zarka vint se placer devant Michèle.

— Alors, Dias, tu es d'accord avec la manière dont la petite raconte ce que tu as fait tout à l'heure derrière le palais du Rhin ? Tu as bien essayé de l'entraîner dans les taillis, c'est ça ?

Il se dressa d'un coup, bousculant la chaise qui rebondit sur le parquet avec un bruit sec. Les postillons jaillirent de sa bouche édentée, accompagnant une bouillie de mots, jetée dans le silence, dans laquelle on parvenait difficilement à distinguer les syllabes de « menteuse », de « pas vrai », de « jamais ». L'inspecteur Zarka débrouilla patiemment les fils emmêlés du discours de Joaquim Dias duquel il ressortait qu'il avait effectivement abordé Michèle mais dans le seul but de parler à quelqu'un. Il vivait seul, dans un baraquement du Petit-Heyritz, une sorte de bidonville situé au bord du canal, face aux jardins de l'hôpital civil. Il niait lui avoir proposé de l'argent ainsi que d'avoir tenté de la traîner vers les taillis du square. Il ne comprenait pas pourquoi elle s'était mise à crier et pourquoi ses copains avaient fondu sur lui comme des bêtes enragées. Au bout d'une heure de recoupements, de précisions, de reconstitutions de gestes, il finit par s'avouer vaincu.

— Je ne sais plus… Tout se mélange dans ma tête… Je ne me rappelle plus ce que j'ai dit à la petite… J'avais beaucoup bu avant de sortir. Beaucoup… Je ne me souviens plus de rien.

Schoepflin écrasa victorieusement les touches matérialisant l'aveu et éjecta le procès-verbal d'un coup sec. Michèle Schneebele et Joaquim Dias le signèrent l'un après l'autre. Zarka fit reconduire le suspect en cellule et se dirigea vers les parents de la gamine.

— Vous pouvez être fiers de votre fille… Elle a eu énormément de courage et de sang-froid. Je vois pas mal de choses dans mon métier et c'est rare de rencontrer des enfants qui font preuve d'autant de présence d'esprit…

Il baissa la voix et s'adressa plus particulièrement au père.

— J'ai pu vous paraître un peu brutal, au début de l'interrogatoire, mais je ne pouvais pas faire autrement. Nous ne pouvons accepter qu'aucune pression, d'où qu'elle vienne, s'exerce sur les témoins même mineurs… Ne soyez pas trop sévère avec elle en rentrant… Elle vient de subir une épreuve douloureuse. Normalement tout devrait s'effacer assez rapidement si vous n'y faites pas trop allusion. Surveillez-la au cours des prochains mois sans qu'elle le remarque… Si vous avez quelque problème que ce soit, n'hésitez pas à faire appel à moi : ça fait partie de notre travail.

Cadin les observait depuis l'autre bout de la pièce. La confrontation de cette gamine trop sûre d'elle-même et de ce type harassé par la vie l'avait mis mal à l'aise. Il avait été à deux doigts de demander à Zarka la justification de ce tutoiement d'office quand le Portugais s'était assis sur la chaise, les poignets pris par l'acier. Un tutoiement différent de celui qui s'adressait à son accusatrice et qui, lui, le ravalait au rang d'immature.

Il refusa le verre que les deux inspecteurs de la brigade des mineurs se proposaient de lui offrir, à *La Comète*, derrière le *Vox*, un troquet qui semblait s'accommoder d'une peu flatteuse réputation de principal repaire strasbourgeois des activistes d'extrême droite. Il ressentait le besoin de prendre l'air, de marcher à travers la ville pour se débarrasser de ce malaise et de réfléchir à l'affaire qu'on lui avait confiée. Il coupa directement par la rue des Grandes-Arcades, envahie de touristes allemands, et traversa l'Ill pour rejoindre le canal de dérivation, à hauteur du bassin d'Austerlitz. À la surface de l'eau grise et froide, les façades austères des entrepôts mêlaient leur reflet ondulant à celui des grues. Il était toujours resté extérieur à la ville, ou plus exactement aux gens… Il se sentait comme dans un sas : son existence entre deux portes, la première qui s'ouvre sur la rue, la deuxième qui donne sur les secrets… Au chaud, mais à côté. Quelques mois avant qu'il soit nommé au commissariat de Strasbourg, une fille avec laquelle il essayait de vivre l'avait invité à un mariage, dans la banlieue de Mulhouse, en plein cœur du pays minier. Ils avaient traversé les carreaux de mines désertés, levé la tête vers les chevalements inutiles, senti sur leurs lèvres le goût du sel arraché à la terre en même temps que la potasse. Tout se passait bien : il avait bu une gorgée de tous les vins, pour faire connaissance, riesling, gewürtz, pinot, goûté à tous les plats, pour ne vexer personne, saümawe, fleischnecke, salade de choucroute au cervelas, truite fumée, bäckoffe. Il avait posé ses bras sur les épaules de ses voisins et s'était mis à tanguer avec eux au rythme du *Hans im Schnokeloch*... renforçant les chœurs alsaciens de ses modestes « la la la ». Jusqu'au moment où l'homme qui lui faisait face avait fait taire l'assistance et s'était levé en prenant une gamine de dix ans dans ses bras. Il avait d'abord parlé en patois puis s'était tourné vers Cadin, en essayant de contenir son accent.

— En votre honneur ma fille veut chanter quelque chose pour vous, en s'accompagnant au piano...

Elle avait approché sa bouche de l'oreille de son père qui avait précisé, sous les applaudissements :

— Une chanson française... Vas-y, Christa...

La petite s'était installée devant l'instrument, dans un silence que ne troublait pas le moindre bruit de fourchettes et ses doigts s'étaient écrasés sur les touches blanches tandis que sa voix perchée dans les aigus emplissait la salle à manger.

— *Go want the Saints, go marching in, go want the Saints, go marching in...*

Tout le monde avait tenu à s'excuser, jusqu'à la mariée... Cadin leur avait opposé un sourire sans oser leur dire qu'il avait tout simplement eu tort de franchir la deuxième porte, que sa place était dans le sas... Puis il s'était éclipsé, seul, à la première danse, pour ne pas ternir l'ensemble de la fête par le rappel de sa présence. Il n'avait jamais revu la fille avec laquelle il était venu.

Il marcha jusqu'au pont d'Anvers et se promena dans le port au bois. Les montagnes d'écorce fermentée ruisselaient sur les pavés. Au bout de la rue d'Alger des ouvriers habillés de plastique orange, les jambes prises dans des cuissardes boueuses, jouaient à la pétanque devant des péniches vides. Il se demanda ce que ses parents avaient dit à la petite Schneebele en sortant du commissariat, mais ses pensées se mirent à flotter et il ne parvint pas à trouver de réponse.

Joaquim Dias fut libéré le soir même. Sa fille, une femme d'une trentaine d'années, vint le chercher et promit à Cadin qu'une telle chose ne se reproduirait plus : la famille s'était réunie, sitôt connu le déshonneur qui la frappait, et chacun avait promis de surveiller le parent fautif, à tour de rôle. L'homme s'était couvert la tête du foulard de sa fille pour franchir les quelques mètres qui séparaient les marches du commissariat de la voiture qui l'emmenait vers une autre épreuve. La plainte des époux Schneebele suivit son cours et la date de l'audience n'était pas encore fixée quand, deux mois plus tard, l'inspecteur Cadin reçut le formulaire officiel qui l'avertissait de sa mutation à Hazebrouck, en récompense du travail exceptionnel qu'il avait fourni dans l'affaire Alain Dienta.

Il ne remit les pieds à Strasbourg que cinq ans plus tard, en 1982, pour obtenir copie d'un dossier traitant de la présence d'enfants juifs au Struthof, le seul camp d'extermination implanté en territoire français, près de la frontière. Il profita de quelques heures libres et d'un soleil inhabituel pour refaire l'une de ses promenades préférées qui le menait du passage de l'écluse Vauban à la place Kléber, par la Petite-France. Il se perdit, tournant trop tôt à gauche, et se retrouva dans la rue du Bain-aux-Plantes. Son regard accrocha une enseigne en fer forgé qui se balançait en grinçant : *Winstube Schneebele.* L'image de la gamine au teddy vert reléguée sur le banc des divorcés lui revint en mémoire et ses doigts cherchèrent, dans ses doublures intactes, le souvenir des fruits cueillis près de la centrale de Marcheim. Il entra dans la salle, vide, à l'exception d'une vieille femme qui buvait une bière, le nez collé à la vitre gravée. Le patron faisait reluire sans conviction le cuivre du bar. Ses cheveux avaient blanchi et ses épaules s'étaient affaissées. Son bras cessa son mouvement de va-et-vient et il leva un regard éteint sur Cadin.

— Ce sera quoi pour monsieur ?

— Une Schutz... Si ça se fait toujours...

L'inspecteur attendit d'être servi pour engager la conversation. Il essuya le fond de son bock sur le carton de bière et but une gorgée de liquide et de mousse.

— Vous ne vous souvenez pas de moi ?

Le patron le dévisagea et haussa les épaules en faisant une grimace d'ignorance.

— Non... Vous savez, on voit défiler tellement de monde qu'on finit par oublier... Même des gens de la famille... On se connaît ?

— C'est beaucoup dire : nous ne nous sommes vus qu'une fois, il y a cinq ans... Je suis l'inspecteur Cadin. Je travaillais à l'époque au commissariat central, rue de la Nuée-Bleue... Votre fille avait eu des ennuis... Michèle, je crois qu'elle s'appelait comme ça, non ?

L'homme approuva d'un mouvement de tête et recommença à astiquer son comptoir. Cadin vida son verre de bière et posa une pièce de dix francs sur le métal brillant.

— Elle va bien ? Ça doit être une femme maintenant...

Le patron approcha son visage du sien.

— Qu'est-ce que vous venez chercher ici, inspecteur ? Ces malades-là, il faudrait les piquer tout de suite, sans discuter, pour les empêcher de nuire ! Il a tout cassé dans notre vie... Tout ! On avait à peine le dos tourné qu'il sortait par une autre porte, sous la protection de la police...

Il saisit la pièce et la tendit à l'inspecteur.

— Reprenez votre argent, je n'en veux pas. Partez. Ne remettez plus jamais les pieds ici. Vous nous avez fait trop de mal, vous et vos collègues...

Cadin se dirigea vers la porte. La vieille femme décolla ses lèvres de son verre quand il tira la porte à lui, et ce n'est qu'à cet instant qu'il reconnut la mère de Michèle Schneebele.

Il rejoignit la place Kléber par la rue du Fossé-des-Tanneurs. La Maison Rouge avait laissé la place à une Fnac clinquante. En revanche le commissariat était resté exactement le même, jusqu'aux traces d'éponge, sur la peinture des murs, à hauteur de femme de ménage. Haueser était assis à la place qu'il occupait déjà, cinq ans plus tôt, et frappait sur les touches meurtries d'une Japy d'un modèle oublié. Il sauta de joie en voyant Cadin, laissa son travail en plan et entraîna l'inspecteur dans une brasserie, près du tribunal. Quand ils passèrent devant la pharmacie Müllener, il vit le vieux qui trônait toujours devant ses rangées de suppositoires. Ils s'installèrent dans un recoin. Près d'eux un avocat, le bras serré sur un porte-documents d'où s'échappait le pan d'une robe noire, dispensait ses derniers conseils à un prévenu libre et le retenait de commander une seconde bière. Cadin répondit évasivement à la curiosité d'Haueser qui se lassa et plongea le nez dans son demi. L'inspecteur relança la conversation, d'un ton anodin.

— Tout à l'heure je suis passé devant la *Winstube Schneebele*, rue du Bain-aux-Plantes... J'ai pas osé entrer... Tu te souviens de la petite qui s'était fait agresser par un satyre dans les jardins du palais du Rhin ? Tu sais ce qu'elle est devenue ?

Il se tourna vers Haueser qui refusa de soutenir son regard.

— Pourquoi tu parles de ça, justement... C'est une sale histoire... La môme est dans un établissement spécialisé... Un hôpital pour les cinglés... Elle n'a pas tenu le choc... Les parents ne sont pas plus brillants d'ailleurs, mais ils avaient le cuir plus résistant...

Cadin se pencha vers son ancien collègue.

— Ça s'est passé quand ? Avant le procès ?

— Non, il n'y a jamais eu de procès... Le Portugais s'est pendu chez lui, deux jours avant de passer au tribunal. On a classé l'affaire et prévenu les parents que d'une certaine manière justice était faite... Quand la gamine a appris la nouvelle, elle s'est mise à tout casser chez elle, à hurler... C'est ce jour-là qu'ils l'ont emmenée, et depuis elle n'a pas remis les pieds chez elle... D'une certaine manière, ça vaut mieux pour elle... Pour tout le monde...

Cadin mit plusieurs secondes à comprendre ce qu'Haueser venait de dire. Il posa sa main sur l'épaule du policier.

— Tu as bien dit qu'il valait mieux pour tout le monde que Michèle Schneebele reste chez les dingues... C'est bien ça ?

Haueser vida sa bière d'un trait.

— Oui, c'est ce que je pense.

— Pourquoi ? Je ne comprends pas...

— Tout simplement parce qu'il ne s'était jamais rien

passé avec le Portugais… Deux des jeunes qui étaient dans les jardins avec la gamine sont venus nous le dire, spontanément… Ils avaient monté l'histoire, ensemble, pour s'amuser et tout le monde est tombé dans le panneau.

Cadin prit le ticket glissé sous le carton de bière et aligna ses pièces. Il se leva, laissant Haueser à ses remords, et partit droit sur la gare. Il prit place dans le wagon de tête face à deux jeunes préretraités, comme il l'apprit plus tard, qui évitèrent consciencieusement de le saluer. L'homme remonta dans son estime quand il extirpa de son sac de voyage *Londres Express* de Peter Loughran, en édition de poche. Le train traversait Sarrebourg quand il acheva la lecture du premier chapitre. Il pinça la dizaine de feuilles entre ses doigts et l'arracha à la reliure. Il tendit le fascicule à sa femme qui se plongea dans ce cauchemar ferroviaire tandis que son mari attaquait le chapitre suivant. Cadin changea de compartiment pour ne pas subir jusqu'à son terme ce dépeçage littéraire et trouva une place dans un compartiment occupé par des appelés en route pour leur première perm. Avant de descendre, gare de l'Est, il ne put s'empêcher de jeter un regard à la place qu'il avait quittée. Le sol plastique disparaissait sous les chapitres éparpillés. Il se consola en pensant qu'il était rare qu'un auteur soit lu simultanément par deux personnes, releva son col de veste et descendit sur le quai.

HAZEBROUCK

1980

Le facteur fatal

Le pilote plaça le nez de l'appareil dans l'axe central de la piste, là-bas à un kilomètre, et amorça la descente. Les deux passagers, un couple de touristes allemands, avaient sorti une demi-bouteille de champagne et ils buvaient au goulot pour fêter leur baptême de l'air. Ils riaient en effaçant la mousse qui leur éclaboussait le visage. La balade durait depuis une heure, au-dessus de la côte, de Malo à Wissant. Ils avaient survolé les plages de Dunkerque, le cap Gris-Nez, et avancé sur le détroit jusqu'à apercevoir l'Angleterre. L'aiguille de l'altimètre filait régulièrement vers la gauche et le Cesna dépassa la ferme d'Élincourt. Son ombre joua à saute-mouton au-dessus des clôtures et vint mordre sur la haie qui annonçait le début de la piste. Il les vit au dernier moment quand ils s'égaillèrent dans le ciel, effrayés par le bruit du moteur. Un corbeau fut happé par l'hélice. La vibration produite par le choc se répercuta dans la carlingue et une boue informe vint s'écraser sur le pare-brise, un mélange de chair, de plumes et de sang. Les touristes se cramponnèrent à leur siège tandis qu'il reprenait de la hauteur en relançant les gaz. L'essuie-glace pataugea quelques instants dans la pâte rougeâtre avant d'en venir à bout. La voix du type de la tour de contrôle saturait l'émetteur.

— Donovan II, que se passe-t-il, bon Dieu ! Donovan II, si vous me recevez, répondez.

Le pilote prit le temps de replacer l'avion en ligne puis il décrocha son micro.

— Ici Donovan II… Bien reçu… Ne vous en faites pas… Tout va bien et mes clients reprennent des couleurs. Je suis tombé sur une embuscade tendue par une bonne dizaine de corneilles, en bout de piste, près de la haie… J'ai dû en tuer deux ou trois et la bouillie s'est collée au pare-brise… Apparemment je n'ai subi aucun dégât. Je n'y comprends rien, c'est la première fois que ça leur arrive : d'habitude ils s'éjectent dès qu'ils entendent le moulin… Je n'ai pas envie que ça recommence : est-ce que vous m'autorisez à me poser à contresens ?

Un quart d'heure plus tard les deux Allemands se remettaient de leurs émotions à la buvette des Ailes hazebrouckoises tandis que le pilote accompagné du responsable à la sécurité de l'aéroclub fonçaient en jeep sur la piste, en direction de la ferme d'Élincourt. Ils s'arrêtèrent près de la haie de noisetiers. De l'autre côté du grillage, une dizaine de corbeaux montaient la garde à proximité du fossé. D'autres attendaient, perchés sur les branches basses. Ils ne bougèrent pas à l'approche des deux hommes, certains donnèrent même des signes de nervosité. Le pilote ramassa une branche tombée à terre et tenta de les faire fuir en l'agitant en tous sens. Il réussit ainsi à s'approcher d'un piquet et à enjamber les barbelés. Des dizaines d'autres bestioles s'étaient regroupées au creux du fossé, une masse gris-bleu, mouvante, dont la seule vue lui fit passer un frisson le long du dos. Le responsable de la sécurité s'était porté à sa hauteur. Il posa la main sur l'épaule du pilote et détourna les yeux.

— Oh ! quelle saloperie… Qu'est-ce qu'ils foutent ?

Le pilote haussa les épaules. Il tendit son bâton et

faucha quatre ou cinq oiseaux qui se mirent à battre des ailes. Ils restèrent quelques secondes en suspension et retombèrent lourdement sur leurs congénères pour leur disputer la place. Le type de la sécurité retourna à la jeep et revint avec des sacs plastique et un jerrican d'essence. Ils en versèrent environ cinq litres dans un pochon et le balancèrent au milieu des corbeaux. Quelques-uns s'éloignèrent, écœurés par l'odeur, mais le gros de la troupe demeura en place. Ils jetèrent trois autres sacs remplis d'essence puis ils imbibèrent un torchon avant d'y mettre le feu. Le chiffon suivit le même chemin que les poches et tomba sur le dos d'un corbeau qui s'enflamma instantanément. Il s'agita dans tous les sens en poussant des cris déchirants et propagea le feu à la moitié de la colonie. Quinze corbeaux s'élancèrent dans les airs, les plumes embrasées, en battant furieusement des ailes. Les autres se roulaient par terre, rampaient pour échapper à cette attaque qu'ils ne comprenaient pas, beaucoup agonisaient sur l'herbe, couchés sur le côté. Les deux hommes ne bougeaient pas, fascinés en même temps que révulsés par le spectacle. Ils ne virent pas tout de suite ce que la fuite éperdue des corneilles venait de révéler. Ce fut le pilote qui réalisa le premier. Ses doigts s'agrippèrent au piquet et il poussa un hurlement.

— Là… là… regarde…

Le gars de la sécurité se baissa et faillit s'évanouir. À trois mètres deux, entourée de corbeaux morts, une femme brûlait. Tout le bas du corps, jusqu'aux hanches, imbibé d'essence, était entouré de flammes bleues.

L'inspecteur Cadin gara sa 4L devant la tour de contrôle dont le premier étage abritait le bar et le bureau de l'association des Ailes hazebrouckoises. Le J7 du commissariat fit demi-tour sur le parking et s'immobilisa. Cadin fit signe au conducteur d'attendre. Il gravit les cinq marches, se retourna pour regarder le champ balisé qui servait de piste à l'aéroclub et entra dans la petite salle. Des photos d'avions, les portraits de précurseurs et de héros de l'aviation décoraient les murs en lambris et les étagères vernies se creusaient sous le poids des coupes poussiéreuses qu'elles supportaient. Le pilote se détacha du bar et vint à sa rencontre. Cadin lui tendit la main, ce qui le décontenança.

— Inspecteur Cadin, du commissariat d'Hazebrouck… C'est vous que j'ai eu au bout du fil ?

Il serra la main qui s'offrait.

— Oui. Je m'appelle Éric Fardie. Je travaille ici, le week-end, pour les baptêmes de l'air.

Il pointa le nez vers le type de la sécurité qui était passé de l'autre côté du bar.

— On l'a découvert ensemble, avec Patrick… À cause des corneilles…

Cadin fronça les sourcils.

— Des corneilles ? Il y a des corneilles dans le coin ?

— Enfin les corbeaux si vous préférez… C'est des corneilles mais tout le monde dit des corbeaux même si c'en est pas…

— Corbeaux ou corneilles, n'importe comment le problème n'est pas là.

L'inspecteur salua les deux Allemands qui se languissaient sur leur banquette et consulta les notes griffonnées sur son calepin.

— Monsieur et madame Breinerburger ? L'un de mes hommes va venir relever votre témoignage et vous pourrez partir. Je risque de vous convoquer d'ici deux ou trois jours. Vous ne quittez pas la France ?

Ils l'assurèrent que non. Cadin sortit, suivi de Patrick

et d'Éric, le pilote. Ils montèrent dans la 4L et traversèrent le terrain. Le cadavre fumait encore légèrement en répandant une affreuse odeur de viande cuite. Cadin releva le col de sa veste, pinça les deux pointes sur son nez et respira au travers de l'épaisseur du tissu. Il écarta du bout du pied les carcasses d'oiseaux noircies. Des bêtes blessées criaient dans les fourrés et de temps en temps l'une d'elles démarrait lourdement, tanguait et allait s'écraser quelques mètres plus loin. Il fut tout de suite frappé par la taille de la femme. Une géante. Elle devait mesurer entre un mètre quatre-vingt-cinq et un mètre quatre-vingt-dix et peser bien plus que cent kilos. Elle portait une robe d'été, un tissu à dominante bleue parsemé d'une multitude de petites fleurs multicolores. Le col de la boutonnière avait été arraché et le soutien-gorge relevé jusqu'au cou libérait deux énormes seins dont la blancheur, obscène, éclatait sur le motif coloré. Le vêtement avait vraisemblablement été retroussé sur les hanches de la victime car on ne distinguait aucune trace de tissu brûlé sur ses cuisses. Cadin se pencha au-dessus de la tête de la géante qui reposait sur le côté droit. L'œil gauche était ouvert et brillait au soleil, par intermittence. Malgré sa répulsion l'inspecteur approcha son visage de celui de la morte, et il comprit. Le verre de contact n'était plus retenu que par les cils et vibrait au gré du vent.

Éric Fardie le rejoignit.

— Vous pensez qu'elle a été assassinée ?

Cadin se releva en grimaçant. Son regard allait du cadavre au pilote.

— Je n'en sais rien encore… Ça se présente comme un viol mais quelquefois c'est seulement une mise en scène. Les oiseaux l'ont attaquée de partout, sans parler de l'essence… Il désigna l'espace ravagé par les flammes. Si c'est un meurtre et s'il y avait des indices ici, le meurtrier vous devra une fière chandelle... Mais qu'est-ce qui vous a pris de faire une chose pareille ! Chasser le corbeau, pardon, la corneille au cocktail Molotov... À part ça, vous n'avez touché à rien ?

Éric Fardie baissa la tête. Patrick fit mine de réfléchir.

— Non, on a juste jeté les sacs d'essence et puis on est partis...

Le J7 était passé par la ferme d'Élincourt, il avançait lentement le long du fossé et stationna sous de jeunes pommiers. L'inspecteur marcha à la rencontre de ses hommes, les agents Lenert et Brouakère et le brigadier Conninck.

— Le légiste se pointe dans combien de temps ?

— J'ai laissé un message à sa secrétaire, à son bureau... Il était parti sur une noyade à la piscine de Lille... Il ne devrait plus tarder...

— Bon, en l'attendant vous faites des polaroïds du cadavre et de toute la zone, sur un périmètre de dix mètres. Quant à vous deux, vous prenez les petits plastiques et vous ratissez la même surface. Vous ramassez tout ce que vous trouvez en prenant soin de noter le lieu exact sur l'étiquette autocollante. Compris ?

Cadin porta son pouce droit à sa bouche et le mordilla nerveusement. Il recracha un minuscule morceau de peau. Tout avait le goût de la mort. Il longea le fossé jusqu'à un chemin creux qui évitait la ferme et partait en direction de la nationale. La pluie de la veille et des jours précédents avait rempli les ornières. On ne distinguait que d'anciennes marques laissées par les tracteurs et celles, toutes récentes, du fourgon. De lourds nuages noirs couvrirent le soleil et un vent froid courba les rangs de peupliers. Du regard, il reconstitua l'itinéraire probable. Une voiture était arrivée, de Béthune ou de Saint-Omer, et s'était engagée sur le chemin. Elle s'était garée à l'abri des bosquets. Deux personnes en étaient descendues. La géante et un homme, probablement. Peut-être était-elle encore vivante et marchait-elle à ses côtés. Peut-être la sortait-il avec difficulté de l'habitacle et la traînait-il jusqu'à ce fossé où il la faisait glisser… Les éclairs du polaroïd le tirèrent de sa rêverie. Il traversa le champ dans toute sa longueur, à grandes enjambées, et escalada la barrière qui protégeait la cour de la ferme. Un chien retenu par une chaîne coulissante se jetait contre le grillage de son enclos et ses aboiements résonnaient contre les façades des bâtiments. Un type sans âge, habillé d'un bleu couvert de terre et de fumier, se montra à l'entrée d'une grange. Il planta sa fourche dans un tas de sable déposé contre le mur. Il examina l'inspecteur, de la tête aux pieds, puis, sans rien laisser paraître de ses conclusions, le fixa dans les yeux.

— Qu'est-ce que vous voulez ?

Quelques gouttes d'eau s'écrasèrent sur le sol. Cadin s'avança. Il pointa son pouce au-dessus de son épaule tout en marchant vers le paysan.

— Inspecteur Cadin, d'Hazebrouck… Vous n'avez pas remarqué les corbeaux là-bas, près des noisetiers ?

L'homme s'appuya des deux mains sur le manche de sa fourche et croisa les jambes. Il plissa les yeux comme s'il découvrait l'existence du bosquet.

— On n'a déjà pas assez de temps pour nous occuper des bêtes qui rapportent, alors, les corbeaux… Qu'est-ce qu'ils vous ont fait ces corbeaux ? Ils empêchent les avions d'atterrir ? Moi, les moteurs, ça m'empêche de dormir et ce n'est pas pour ça que je vais aller me plaindre…

Le nuage creva d'un coup et l'eau grisa la terre, l'air, le crépi. Cadin rentra la tête dans son cou et vint se mettre à l'abri. Les vapeurs du fumier l'enveloppèrent.

— Ce que je veux dire, c'est qu'il y en avait des dizaines aux abords du fossé… Et en dessous on vient de trouver le corps d'une femme. Vous n'auriez rien remarqué d'inhabituel au cours des derniers jours ? Des passages de voitures, sur le chemin…

Le paysan lâcha son outil et plongea les poings dans ses poches à la recherche d'une cigarette. Il l'alluma en aspirant lentement pour se donner le temps de la réflexion.

— Depuis une semaine on vide les fosses à purin et on charrie le fumier… On a rien le temps de voir, même pas la télé… Ça se serait passé quand votre histoire ? Hier, aujourd'hui ?

— Ni hier ni aujourd'hui. Nous le saurons avec exactitude quand le médecin arrivera… Je pense qu'elle est là depuis trois ou quatre jours.

Cadin observa le ciel.

— Nous sommes mercredi… Je dirais samedi ou dimanche. En plus, il faisait beau ce week-end…

L'homme approuva l'inspecteur.

— Oui, on n'avait pas eu d'aussi belles journées depuis longtemps ! On en a profité pour ramasser le foin sur Audenard, de l'autre bord… Mais même si on avait été là, ça n'aurait rien changé : les voitures, on ne les voit pour ainsi dire pas… À peine le toit, le chemin est trop profond et aussi à cause des haies… On les entend, c'est tout, et on n'y fait pas attention. Quand vous remontez plus loin, à un kilomètre, à l'autre bout du terrain d'aviation, il y a une décharge sauvage et pas mal de gens connaissent le coin. Des fois, c'est le défilé… C'est pas à nous de contrôler…

Le nuage dérivait en direction de la mer et l'averse se calma. Il pleuvait encore un peu mais le soleil brillait déjà. Cadin revint par le chemin, en passant devant le chien qui n'avait cessé de hurler pendant toute la durée de la conversation. Le légiste était accroupi près du corps et le bas de son imperméable reposait sur le sol détrempé. Son assistant notait ses observations sur un cahier en se protégeant des dernières gouttes, comme il pouvait. Cadin rejoignit le toubib de Lille qu'il avait connu quelques mois plus tôt lors de l'affaire Laurence Cappel, l'assassinat d'une jeune infirmière d'Hazebrouck, au moment du carnaval.

— Salut. Je t'ai fait courir…

Le médecin releva la tête et sourit.

— Non, je ne cours plus : il y a longtemps que j'ai compris que quand on faisait appel à moi, il était toujours trop tard. Quand on part, ils sont déjà à point…

Il désigna les dépouilles des corbeaux.

— C'est quoi ce carnage, un accident de chasse ? Une bombe au napalm ?

— Je t'expliquerai… Et elle, tu peux me dire comment elle est morte ?

Le légiste pinça le menton de la morte entre son pouce et son index et le souleva en le faisant pivoter sur le côté.

— On l'a étranglée avec une écharpe, une ceinture ou une cravate. Les marques de strangulation sont assez épaisses… Je pourrai être plus précis demain matin, en l'examinant tranquillement dans mon labo, mais comme ça, à première vue, je suis à peu près certain que c'est la cause de la mort : le larynx est complètement écrabouillé et on repère tous les signes habituels…

Il prit l'une des mains de la géante et montra le bout des doigts à Cadin.

— … Tu vois, elle a essayé de desserrer l'étreinte en s'agrippant à l'étoffe… Regarde les marques… Le type qui a fait ça devait être sacrément costaud… À moins qu'il ne l'ait assommée juste avant…

Cadin avait la bouche emplie de salive et ne parvenait pas à déglutir. Il se tourna et cracha en bavant à moitié sur sa veste.

— La mort remonte à quand ?

— Difficile à évaluer : les oiseaux ont fait de gros dégâts... Trois, quatre jours, peut-être cinq... Désolé, mais je ne peux pas être plus précis, il faut que j'ouvre pour resserrer la fourchette...

L'inspecteur contourna le périmètre que continuaient de ratisser le brigadier et les deux agents. Un corbeau blessé se mit à courir en claudiquant, à la manière d'un Charlot immonde, et vint buter contre sa jambe. Il le repoussa d'un coup de pied. L'oiseau atterrit sur le dos, agité de tremblements, ouvrant et fermant le bec à la recherche d'un peu d'air. Cadin grimpa dans le fourgon. Les policiers avaient aligné une quinzaine de petits sacs plastiques sur la banquette centrale, une étiquette autocollante en guise de fermeture. Son regard fut attiré par une poivrière en verre, avec un P majuscule gravé sur le bouchon, identique à celles que l'on trouve sur les tables des restaurants bon marché. Il remua le sac devant ses yeux et lut l'indication portée sous la date et le lieu : « Un mètre à droite, au-dessus du corps. En surface... » Il le reposa. L'analyse dirait si cela avait un quelconque rapport avec la mort de la géante. Il n'était jamais tombé sur ce genre de maniaque, mais les bouquins de criminologie qu'il potassait à Strasbourg, pendant ses études, mentionnaient plusieurs cas où les assassins salaient, poivraient leurs victimes, enduisaient les corps de moutarde, de sauce tomate ou de matières les plus diverses. Il y avait également deux paquets de cigarettes vides, un de Gitanes blanches sans filtre, l'autre de Royales ultralégères, un gros bouton de manteau, marron, percé de trois trous seulement, un préservatif usagé, un talon de chaussure d'homme, une boîte récente de cachous Lajaunie vide dont le scotch de protection, entre le couvercle et le fond, était coupé au couteau ou du bout de l'ongle, un peu moins d'un mètre de ficelle et une bouteille de bière Gold. Un petit zinc de l'aéroclub décolla en crabe, à cause du vent, et mit pas mal de temps à prendre de la hauteur. De l'intérieur du car, Cadin eut l'impression qu'il allait frotter la cime des peupliers, mais le pilote vira sur la droite et le bourdonnement régulier s'éloigna. Conninck vint déposer un sachet, une dizaine de trombones rouillés accrochés les uns aux autres en forme de collier. Cadin y jeta un vague coup d'œil.

— Vous avez pu voir si elle avait des papiers ?

— Non, rien du tout... L'assistant du toubib l'a fouillée et il n'a rien trouvé...

L'inspecteur lui donna quelques instructions et s'installa au volant de sa 4L. Il fit une halte à Ebblinghem, pour boire une bière, dans un troquet où la serveuse lui plaisait. La conversation se limitait à la prise de commande et aux problèmes posés par la monnaie, mais il se sentait bien quand il buvait sous son regard. De retour au commissariat il consulta toutes les feuilles d'avis de recherche et téléphona à la gendarmerie pour savoir s'ils n'étaient pas saisis de la disparition d'une géante d'environ cinquante-cinq ans... Puis il se mit en rapport avec le juge d'instruction. Vers dix-huit heures le légiste lui confirma que la femme avait bien été violée avant d'être étranglée. En début de soirée, le journaliste de *L'Informateur* vint relever la main courante. Il rédigeait ses brèves sur le bureau de Brouakère, recopiant les courtes relations des disputes familiales, des bagarres de fermeture, des accidents, des vols, toute cette morne agitation qui tendait à prouver qu'Hazebrouck vivait encore. Il accrocha Cadin qui sortait pour aller manger un morceau au *Gambrinus*.

— Inspecteur... D'après ce que le brigadier Conninck m'a laissé entendre, vous seriez sur une affaire d'homicide...

Ils longèrent la façade laiteuse de la mairie et les

panneaux d'expression libre qui depuis des mois affichaient leur haine de l'étranger. Des gosses traversaient la place en lançant leur 49,9 à fond la caisse, pot percé, sans parvenir à troubler l'indifférence des riverains qui se contentaient de prendre leur télécommande et de hausser le volume de « La roue de la fortune ».

— Qu'est-ce qu'il vous a dit au juste ?

Le journaliste pressa le pas pour se maintenir à sa hauteur.

— Pas grand-chose… Que vous aviez trouvé le corps d'une femme et que le légiste pensait qu'elle était morte étranglée… Je peux passer l'information ?

Cadin lui résuma la majeure partie de ce qu'il savait et le lendemain, à la une de *L'Informateur*, le pavé hebdomadaire relatant l'activité du député-maire devait cohabiter avec un titre inhabituel :

LE MYSTÈRE DE L'AÉROCLUB

L'inspecteur parcourut rapidement l'article et n'en retint que la conclusion :

> La police ne dispose pour le moment d'aucune piste. Étrange ironie s'agissant d'un cadavre découvert tout près de celles de l'aérodrome d'Élincourt !

Deux heures après la mise en vente du journal une partie du mystère était éclaircie. Le patron d'un hôtel de Noordpeenne téléphona au commissariat d'Hazebrouck pour dire qu'il croyait connaître l'identité de la victime. Il tombait une sorte de grésil que le vent rabattait contre les vitres. Cadin décrocha son imperméable. Les minuscules flocons glissaient sur ses vêtements sans même les mouiller. L'hôtel était planté à l'écart du village, à la limite d'une houblonnière dont les pointes des mâts obliques accrochaient les lambeaux de nuages bas. C'était vraisemblablement un ancien relais de poste qui avait dû faire le plein, pour la dernière fois, avant l'inauguration de la ligne de chemin de fer Paris-Dunkerque par Napoléon III… Une inscription rouge barrait la façade écaillée, juste sous les fenêtres du premier étage : *Hôtel des Voyageurs*. L'inspecteur poussa la porte pleine et entra dans une vieille salle d'auberge, au plafond bas, aux murs sombres. La clarté du jour s'épuisait entre les carreaux et l'épaisseur des murs. Une femme pliée en deux, les jambes droites, tisonnait les cendres de la cheminée où brûlait une bûche. Elle sentit le courant d'air sur ses mollets et tourna la tête, sans se relever. Cadin consulta son calepin, par réflexe.

— Je dois voir M. Mechelen. Il est là ?

Elle piqua la bûche et la repoussa derrière les chenets. Sans un mot elle désigna le lourd rideau qui séparait la salle des cuisines. L'inspecteur souleva le coin de la tenture. Un grand type barbu déguisé en cuisinier de magazine, tablier, toque, agitait une casserole de cuivre au-dessus d'un feu vif.

— Inspecteur Cadin, d'Hazebrouck… C'est vous qui nous avez téléphoné, après l'article ?

Le chef versa sa préparation dans une saucière, posa la casserole dans l'évier et lui fit face.

— Oui, d'après la description qu'ils en font, je suis à peu près sûr que c'est elle…

— Qui, « elle » ?

Il desserra le lacet du tablier et s'adossa à la chambre froide.

— Oh ! une cliente qui vient ici un ou deux week-ends par mois, depuis presque un an… Elle arrive seule le samedi matin, en général, un homme la rejoint dans la journée et ils restent ensemble jusqu'au lendemain soir…

— Un homme ? Quel genre d'homme ?

Le cuisinier leva les mains, les paumes vers le ciel.

— Tous les genres ! Elle en changeait à chaque fois. Des petits, des gros, des jeunes qui auraient pu être ses fils, des vieux décatis... De tout, des Français, des Arabes, des Portugais... Elle était pas regardante... Eux non plus, si on veut voir les choses en face... Moi j'aime les vraies femmes, celles qui ont ce qu'il faut là où il faut... Mais là, bonjour le morceau ! C'était une vraie...

Cadin lui coupa la parole.

— Et elle est venue samedi dernier ?

— Oui. Elle est arrivée un peu après onze heures. J'étais en train de découper la viande... Elle prenait toujours la même chambre, la 7, au premier. C'est Jacqueline qui s'en est occupée... Elle a posé ses affaires et est repartie en voiture, sans prendre le temps de manger... On ne l'a pas revue du week-end... On ne s'est pas trop inquiétés... On s'est dit que cette fois le type l'avait emmenée chez lui ou qu'ils avaient décidé d'aller se promener sur la côte pour profiter des premiers beaux jours... Et tout à l'heure je tombe sur *L'Informateur*... Ça m'en a fichu un sacré coup...

L'inspecteur notait quelques mots : « Un homme par W.-E. », « Chambre 7 », « Onze heures samedi ».

— Vous m'avez dit qu'elle avait déposé des affaires samedi matin... Elles sont donc toujours là. Vous pouvez me les montrer ?

— Bien sûr... Elles sont restées dans la piaule : à cette époque de l'année ça ne se bouscule pas trop...

Il passa la tête sous le rideau en retenant sa toque.

— Jacqueline... Tu peux montrer la 7 à l'inspecteur ?

La chambre était placée au coin du bâtiment. Une fenêtre donnait sur la nationale, l'autre sur la cour et les cuves de mazout. Un lit, armature en fonte, surmonté d'un crucifix, deux tables de nuit, une armoire aveugle, une cabine de douche et le lino qui se soulevait tout autour, à cause de l'humidité. La femme se hissa maladroitement sur la pointe de ses pieds pour tirer à elle un sac plastique posé au-dessus de l'armoire.

— Voilà, c'est tout ce qu'elle avait ici…

Cadin renversa le contenu du pochon orange, bleu, blanc de chez Leclerc sur le couvre-lit. Une culotte et un soutien-gorge de taille démesurée, un gilet, quelques affaires de toilette, brosse à dents, peigne, cotons-tiges… Il plongea la main dans la poche du vêtement pour y prendre un portefeuille. La carte d'identité était perdue au milieu d'une véritable liasse de cartes de restaurants. Il la déplia. La géante fixait la machine en guettant le flash. Le photomaton s'était déclenché quelques fractions de seconde avant que le sourire s'épanouisse, ou quelques fractions de seconde après qu'il se fut éteint… Jacqueline observait la scène en silence, depuis le couloir. Cadin tendit brusquement la carte d'identité devant son visage. Elle eut un mouvement de recul.

— C'est bien elle ?

Elle examina la photo et hocha la tête en grimaçant.

— Aucun doute là-dessus… Des comme elle, il n'y en a pas deux…

Elle s'appelait Marianne Lesdin, née le 12 avril 1931 à Courtrai, en Belgique, et domiciliée au 8 de la rue Jules-Verne à Malo-les-Bains, près de Dunkerque. Cadin s'y rendit dans l'après-midi. Le vent ramenait sur la ville et la plage les nuages des aciéries et du port pétrolier. Il se gara au départ de la voie, sous la plaque de rue rouge. Le nom de la ville et celui de la rue apparaissaient en relief, jaunes, séparés par une étoile de même couleur. Une vague allure de station balnéaire chinoise… Il cogna au 8, un pavillon d'un étage, gris, coincé entre deux petites résidences d'été, sans obtenir de réponse, et s'adressa à la fleuriste qui observait le moindre de ses gestes depuis son arrivée.

— Vous ne savez pas s'il y a quelqu'un, en face ?

La femme regarda longuement le pavillon comme si elle en découvrait l'existence.

— Là, celui de Mme Lesdin ?

— Oui, il n'y en a qu'un… Celui de Mme Marianne Lesdin…

L'énoncé du prénom la mit en confiance alors qu'il figurait en minuscules sur la boîte aux lettres vissée à la porte.

— Non, elle est partie avec sa voiture, en fin de semaine dernière, et elle n'est pas revenue… Vous voulez lui laisser un message, je la vois tous les jours quand elle est là…

Cadin exhiba sa carte tricolore.

— Ça ne servirait plus à grand-chose… Il n'y a personne d'autre dans la maison ?

— Non… Elle vit seule… Pourquoi… Il est arrivé un malheur ?

Cadin ne répondit pas et décrocha le téléphone posé sur le comptoir. Le serrurier se fit attendre plus de deux heures rue Jules-Verne. Bloqué entre un bouquet de glaïeuls et dix têtes de géraniums, l'inspecteur eut droit à un digest de la vie de la géante, agrémenté d'une compilation des motifs de découragement du petit commerce.

Elle avait hérité du pavillon, huit ans plus tôt, à la mort de sa mère. Avant, on la voyait seulement aux vacances. Elle ne recevait jamais personne, ni amis ni famille, et limitait au minimum les échanges avec le voisinage. Elle faisait ses courses au Leclerc de Dunkerque, un coffre plein, une fois par semaine, et n'achetait rien aux commerçants du quartier, même pas son pain !

— Qu'est-ce qu'elle avait comme voiture ?

La fleuriste sortit sur le seuil de son magasin et lui montra une 205 garée à cheval sur le trottoir, cent mètres plus haut.

— Je n'y connais rien en marques de voitures… Elles se ressemblent toutes. C'est la même que celle-là, mais en blanc… Ils les ont eues pour ainsi dire ensemble…

Histoire de tuer le temps et d'échapper au flot d'insignifiance débité par la commerçante, il passa plusieurs coups de fil au commissariat, à la préfecture, afin que l'on se mette à la recherche de la Peugeot. Un représentant en fleurs séchées, envahissant, tout son matériel hors de prix étalé sur le carrelage, eut le malheur de le prendre à témoin. Cadin avait identifié la provenance inavouée des compositions florales dès que le V.R.P. s'était installé. Il se baissa, prit un bouquet bruissant dans sa main.

— On leur donne combien aux détenus de Loos-lès-Lille pour un travail de ce genre ? Un franc, un franc cinquante…

Le type eut un long sourire naufragé qui hésita entre la fleuriste, le bouquet et l'inspecteur. Il bafouillait sa défense quand le serrurier tira la porte vitrée. La chignole vint à bout des trois verrous en cinq minutes. Le serrurier installa un système provisoire afin que l'inspecteur puisse refermer en partant. Cadin signa l'ordre de mission et poussa la porte derrière lui. Il n'ouvrit pas les volets, préférant allumer le néon. Ça sentait le rance, les légumes abandonnés… Il prit une chaise, posa son imper sur le dossier et s'assit à califourchon, au milieu de la vaste cuisine qui occupait pratiquement tout le rez-de-chaussée, essayant d'imaginer la place que remplissait la géante dans cet espace. Tout était usé avant l'âge, rafistolé à la hâte, du sparadrap autour de la poignée du réfrigérateur, de la ficelle pour renforcer la chaîne du lustre, du scotch rouge au milieu des motifs de la toile cirée... La vaisselle s'empilait près de l'évier, sale à droite, lavée à gauche alors que les plats, les cocottes, les poêles étaient posés à même le sol, près de la poubelle. Cadin chassa une mouche qui s'agaçait autour de sa bouche et s'essuya les lèvres, légèrement dégoûté. Il se remit debout et déplaça les livres bloqués sur une étagère : *La Cuisine d'été, Cuisine minceur, Larousse gastronomique, Les Recettes de grand'maman...* Des pubs de cures d'amaigrissement découpées dans les journaux marquaient les pages. Elle avait rempli les pointillés, nom, adresse, poids qui oscillait entre 94 et 107 kilos, mais n'avait pas eu le courage de les envoyer. Au-dessus de la cheminée étaient alignés une trentaine de flacons d'épices poussiéreux dont le plus frais datait de trois ans. Il jeta un regard dans la salle de bains attenante, baignoire rose, lavabo, bidet, sous-vêtements trempant dans une bassine plastique, et grimpa au premier sans trop savoir ce qu'il venait chercher là. Le salon ne renfermait qu'une télé, une banquette et quelques étagères remplies de collections de *Télé 7-jours,* de *Télérama.* Un dossier « Mourousi » était caché sous les hebdos, tout ce qui s'était publié sur le présentateur enroué depuis une bonne dizaine d'années ! Des photos, des coupures venant de toute la presse nationale, de *Point de vue, images du monde* à *Lutte ouvrière...* Les murs de la chambre étaient décorés de portraits de famille, père, mère, oncles et tantes, et aucune surprise n'attendait Cadin, ni dans les tiroirs ni dans les armoires. C'est en redescendant qu'il remarqua la petite porte ménagée sous l'escalier. Un appentis où la géante rangeait, et oubliait, les balais, les serpillières, les produits d'entretien. Avant de s'éloigner il se baissa pour vérifier le contenu d'un carton de Javel et s'aperçut qu'une minuscule pièce prolongeait le débarras. Un bureau aux pieds raccourcis, un pouf en guise de siège. Il prit place, alluma la lampe d'architecte pincée au bord du plateau et contempla les centaines de lettres soigneusement rangées devant lui. Il en prit une sur le tas le plus fourni et observa longuement l'enveloppe sans oser l'ouvrir. Une vieille frappe machine aux caractères irréguliers, émoussés, une cédille au mot France, un footballeur tunisien sur le timbre, illustrant le 6e championnat d'Afrique de sports collectifs, un cachet bilingue arabe-français... Il se décida.

Oued Gaba le 23 février 1979

Si chère Marianne,

Je recopie chaque lettre venant de toi et j'en parsème ma maison pour que tu sois toujours près de moi... Je ne regrette qu'une chose, c'est tout le temps perdu avant de te connaître, même si ce n'est que par l'intermédiaire de tes lettres. J'embrasse ta photo chaque jour en ouvrant les yeux. Ne te plains pas de ton corps, il est ce que Dieu a voulu, peu importe si nous lui donnons un nom différent. Tu es le trésor que recherchait en vain mon cœur. Je lis beaucoup et je n'ai jamais trouvé dans les vers des plus grands poètes ce que je ressens au fond de moi. Je crois que je serais capable d'inventer mille caresses inconnues. Ton absence me fait souffrir mais c'est une souffrance bien douce en comparaison du vide de ma vie avant toi. Parle-moi de tes rêves, de tout ce qui te passe par la tête. Je te serre très fort contre moi, par-dessus les océans.

Ahmed qui ne t'oublie pas.

Cadin reposa le feuillet dactylographié et n'osa pas immédiatement en lire un second. Il se sentait mal à l'aise et retrouvait en lui ces sentiments de culpabilité adolescents quand il fouillait les papiers de cette mère trop silencieuse. Il se calma en ralentissant sa respiration puis se mit à genoux sur le pouf. Il repéra la bonne vingtaine de lettres d'Ahmed, au tampon porté sur le timbre et plongea dans le texte d'un autre correspondant.

Bedjaïa le 8 novembre 1978

Très bonne amie,

Ta carte est vraiment très jolie, je l'ai punaisée dans la chambre des enfants, au-dessus du lit de la dernière. Ma femme a très envie de te rencontrer. Elle lit difficilement le français alors je lui fais la lecture en mettant les intonations, elle rit beaucoup d'entendre une voix d'homme dire les pensées d'une autre femme. J'espère que cela ne te fâche pas ? Je suis triste parce que tu n'as toujours pas trouvé de travail en France. Ici, c'est aussi très difficile, la crise est partout. Peut-être qu'avec ton ambassade tu pourrais avoir quelque chose en Algérie ? Ici tous les Français viennent avec du travail… Comme ça on se verrait tous. C'est déjà incroyable de s'écrire comme des gens de la famille, et tout ça à cause d'une annonce parmi des centaines d'autres dans un journal ! Il n'y a que les montagnes qui ne se rencontrent pas, Marianne. Ne me remercie pas pour le colis que je t'ai envoyé. J'ai la chance de bien gagner ma vie et d'avoir une femme et des enfants en bonne santé. Je le fais parce que tu es comme ma sœur et si un jour la roue tourne dans l'autre sens, je serai heureux de recevoir l'aide d'un proche. Notre amitié est sincère, et je crois qu'elle va durer longtemps. Je t'embrasse affectueusement.

Abdel.

Le timbre algérien oblitéré à Bedjaïa agrémentait près de trente lettres et Cadin se rendit compte que les deux piles de droite, deux cents plis pour une quinzaine de correspondants, concernaient tous les envois en provenance d'Afrique du Nord. Il feuilleta d'autres enveloppes et en ouvrit une au hasard.

Montreuil-sur-Mer le 24 janvier 1979

Bonjour Marianne,

Je vous envoie cette lettre en réponse à votre annonce parue dans Rustica *du mois de décembre. Mes passions sont le vélo et la planche à voile. J'aime beaucoup les paysages des Landes. Je joue aussi de la musique, de la guitare. Je fais partie de la direction de l'association de natation de Montreuil, comme trésorier. Peut-être que cette année je ferai un peu de judo, c'est un sport sans violence qui aide à se maintenir en forme et à ne pas avoir de complexes.*

L'inspecteur mit la lettre de côté et tira d'une pile une enveloppe plus épaisse qui contenait une cassette. Il fit le tour de l'appartement sans mettre la main sur le moindre magnétophone et glissa l'enregistrement dans sa poche de veste. Un courrier décoré de fleurs en décalcomanie attira son attention.

Mont-Saint-Martin le 17 mars 1979

Marianne adorée,

Quel bonheur. Je viens de revenir et je trouve ta lettre. Je l'ai prise entre mes doigts, en tremblant, et je l'ai ouverte, délicatement. Sens-tu mes doigts sur le bord de tes lèvres ? Je l'ai ouverte lentement et plongé mon visage pour en capter l'odeur délicate. Sens-tu mon souffle en toi ? Je suis resté là en remuant faiblement, étourdi. Veux-tu que je reste encore en toi ?

Je ne me sépare jamais de tes lettres, je les glisse dans mon slip et je me promène toute la journée avec tes mots contre mon sexe. Au travail, dans les rues, chez les commerçants, à l'église, chez mes parents. C'est une perpétuelle excitation qui transforme totalement ma vie. Décris-moi encore la manière dont tu te caresses, le matin et le rituel de ta toilette. Je voudrais que tu sois là près de moi pour que nous assouvissions ensemble tous mes fantasmes et tous les tiens qui leur ressemblent beaucoup.

Je t'embrasse, tes jambes autour de mon cou.

François.

Cadin se leva et dénicha une bouteille de bière près de la cheminée, dans la cuisine. Il rinça un verre et but deux verres d'affilée. Il aurait donné cher pour avoir sous les yeux les réponses de la géante aux appels si différents lancés par tous ces hommes. Il se réinstalla dans le cagibi, étala les lettres venant de France et commença à les classer par expéditeur. Il tomba sur une feuille de papier libre, barrée d'une multitude de colonnes remplies d'une écriture nerveuse. Des titres de journaux occupaient le haut de chacune des divisions : *Le Chasseur français, Rustica, Nous-Deux, La Voix du Nord, Bonheur du couple, Solitude,* et des noms étaient disposés en dessous, suivis de dates. L'inspecteur imagina qu'il s'agissait des premières prises de contact des correspondants, après la lecture d'une annonce passée par Marianne Lesdin. Il en compta soixante-douze et parvint à relever les adresses personnelles de soixante-cinq d'entre eux. Les sept autres se faisaient écrire en poste restante. Il nota les coordonnées des bureaux distributeurs et tourna la feuille. Les noms, prénoms, âges et professions étaient répertoriés et chacun se voyait noté en fonction de l'intérêt que ces éléments et, peut-être les réponses, suscitaient chez la géante. Quatre seulement se voyaient attribuer plus que la moyenne. Cadin tria les lettres des vainqueurs de ce curieux hit-parade. Il souligna le nom de François Ternier, fonctionnaire des impôts à Mont-Saint-Martin, dont il avait encore la prose en mémoire : *Je t'embrasse, tes jambes autour de mon cou…*, celui d'Alexandre Mairot, un éducateur spécialisé de Dreux, ainsi que ceux de Robert Paturier et Pierre Bongrant. La sonnerie du téléphone le fit sursauter alors qu'il s'apprêtait à sortir. Il décrocha le combiné, sans dire un mot, et l'approcha de son oreille. Une voix d'homme, furtive, comme chuchotée.

— Allô, Marianne ? Tu es là ?

Il toussa tout doucement pour marquer une présence, mais la communication s'interrompit presque aussitôt.

L'hiver reprenait du service. Il neigeait sur Hazebrouck lorsque Cadin s'était réveillé, à six heures, pour relire les lettres et ses notes de synthèse. Il posa la main sur le radiateur tiède et enfila sa veste par-dessus son pyjama. Il n'en avait jamais porté jusque-là, mais les mesures d'économie d'énergie suivies au degré près par les gestionnaires de la cité avaient rapidement tué son plaisir de se glisser nu entre les draps. Le car des verreries s'arrêta sous ses fenêtres et un petit groupe d'hommes et de femmes se dispersa au hasard des banquettes, derrière les vitres embuées. La veille le brigadier Conninck s'était mis en contact avec les rédactions des journaux dans lesquels Marianne Lesdin avait fait passer ses annonces et qui servaient d'intermédiaires pour le transit du courrier. La moitié de sa journée y était restée mais Cadin n'en attendait rien. Il se fit un café et regarda tomber les flocons tout le temps que la cafetière éructa sa vapeur. Il enclencha la cassette prélevée dans le réduit de Malo-les-Bains et la voix d'Alexandre Mairot, l'éducateur de Dreux, s'éleva dans l'appartement silencieux.

Bonjour Marianne. Je suis très touché que tu me dises combien tu as sincèrement apprécié ma dernière cassette. Tu es la seule à écouter mes chansons et cela me fait un bien énorme de savoir que quelqu'un les aime. J'en ai écrit quatre autres à ton intention. Cette fois-ci je me suis accompagné à l'orgue électrique, c'est plus artificiel que la guitare mais il y a la boîte à rythmes qui permet de leur donner plus de profondeur. La première s'appelle Les Dessous d'Hélène *et tu comprendras vite d'où ça vient…*

Il y eut un déclic et l'orgue aligna laborieusement les notes initiales de la chanson de Brassens. Le type était aussi imprécis avec sa voix qu'avec ses doigts. Cadin baissa le son et les aigus.

Et j'ai vu ma pine bien récompensée,
Sous le p'tit slip de la pauvre Hélène,
Sous son p'tit slip troué…

Il y avait encore *Le Partouzeur*, approximatif hommage porno à Boris Vian, *L'Effeuilleuse morte*, de loin la plus drôle, et un rock anthologique, *Be bop a le sida*. Il fit sa toilette, s'habilla, sans parvenir à se débarrasser du Brassens détourné qu'il sifflotait encore en descendant l'escalier. La batterie eut tout juste assez de jus pour faire partir le moteur. Il s'arrêta pour manger un morceau dans un restoroute, avant Paris. Les mornes étendues beauceronnes lui donnèrent le cafard et c'est avec soulagement qu'il dépassa le panneau de Dreux en début d'après-midi. L'interminable rue principale aux façades vieillottes et détrempées lui fit immédiatement regretter Hazebrouck. Deux mômes jouaient sous un porche. Il stoppa à leur hauteur, pour demander son chemin, mais ils disparurent dans des escaliers humides. Les habitants semblaient consignés dans leurs maisons. Les commerces, les cafés donnaient l'impression d'être fermés depuis des années. Un plan de ville à peu près lisible occupait le verso ingrat d'un panneau Decaux, et Cadin parvint à situer la rue du Professeur-Gauchon où vivait l'égrillard musicien amoureux. Il s'engagea sur la voie rapide de Nonancourt et prit vers les silos, après trois carrefours. Alexandre Mairot habitait un pavillon de construction récente entouré d'un jardin parfaitement entretenu. L'inspecteur appuya sur le bouton de l'interphone installé sur le pilier de la clôture et s'annonça. Une voix métallique l'invita à entrer. Ses pas crissèrent sur le gravier de l'allée rectiligne. Il poussa la porte, fit trois pas dans la pièce et s'immobilisa. L'homme qu'il venait voir l'observait du fond de son fauteuil roulant, le corps de travers, les jambes tordues, les mains agrippées au caoutchouc des roues. Cadin crut voir passer un sourire furtif sur le visage amaigri de l'infirme, comme si le mouvement de recul du visiteur le vengeait de son état.

— Bonjour, monsieur… Je n'ai pas bien compris avec l'appareil… Vous êtes inspecteur, mais inspecteur de quoi ? De la Sécurité sociale…

Cadin s'assit le dos à l'orgue électronique. Il se racla la gorge en fouillant dans ses poches et agita la cassette devant lui.

— Non, inspecteur de police… Vous reconnaissez ça ?

L'éducateur spécialisé identifia instantanément sa production et son visage tourna au rouge vif. Il poussa sur les roues de son fauteuil et roula vers Cadin.

— Oui… Et alors, ce n'est pas interdit que je sache… Où est-ce que vous l'avez trouvée ? C'est personnel…

— Pour être personnel, c'est personnel, aucun doute là-dessus ! Vous en faites circuler beaucoup ?

Alexandre Mairot recula et se gara près de son bureau.

— Qu'est-ce qu'on me reproche au juste ? Gainsbourg fait dix fois pire avec sa môme et tout le monde applaudit…

— Je ne m'intéresse pas à la chanson, je ne suis pas là pour ça, monsieur Mairot… Je vous demande simplement si vous en avez envoyé beaucoup ou si c'est la seule ?

Il ouvrit un cahier et commença à compter en suivant les lignes avec le bout de son doigt.

— Entre cent vingt et cent trente… Et elles m'en redemandent pour ainsi dire toutes… C'est bien la preuve que ça leur plaît… Non ?

Cadin se vit traînant le handicapé menotté dans la grand-rue de Dreux et eut soudain honte de ce qu'il faisait. Le souvenir des corbeaux morts lui donna la force de ne pas tourner les talons.

— Où étiez-vous samedi et dimanche dernier ?

— À l'hôpital… C'est là que je travaille : je m'occupe des grands blessés de la route… Je leur fais la lecture… Je leur tiens compagnie… Téléphonez si vous ne me croyez pas…

La direction du personnel confirma la présence d'Alexandre Mairot à son poste, le week-end précédent. Cadin lui apprit la mort de Marianne Lesdin et récupéra les deux lettres qu'elle avait envoyées à l'infirme. Il les lut, les coudes sur le volant, avec la Beauce qui défilait derrière les vitres, en se disant que la vie est parfois plus triste encore que le paysage.

À l'entrée de Rouen il faillit renverser une vieille qui s'aventurait sur un passage clouté, à cause d'une plantation d'*Angélus* de Millet décorant le mur d'un square. Plus loin ce fut *La Joconde* qui lui décocha un sourire depuis le pignon d'un laboratoire médical… Mona Nalyse… Il doubla l'usine d'incinération d'ordures ménagères en s'attendant à en voir la façade agrémentée d'un portrait de Jeanne d'Arc.

Vers quatre heures il se gara devant une maison normande à pans de bois de la rue Eau-de-Robec. Il sonna à la grille de Robert Paturier, un homme à qui la géante, dans son hit-parade, accordait généreusement dix-huit. Il se rappelait des passages entiers de la lettre partie six mois plus tôt de ce vieux quartier récemment reconquis par les notables.

Très chère amie,

Nous avons lu avec beaucoup d'intérêt votre longue lettre publiée dans le courrier « Boîte à la mer » de Femmes actuelles. *Peu de personnes parviennent à dire aussi justement que vous les malheurs moraux et physiques qu'engendre la solitude. C'est un gage essentiel d'authenticité. J'ai 52 ans, je suis brun et je pèse 77 kilos pour 1,69 m. Annette, ma femme, est brune elle aussi et n'a pas encore fêté ses 50 ans. Elle pèse 48 kilos pour 1,54 m. Nous travaillons encore tous les deux et habitons une vaste maison dans un quartier résidentiel de Rouen. Nous avons aménagé une très belle chambre d'amis où nous recevons pour une semaine, ou plus, des hommes, des femmes que la vie n'a pas épargnés. Ils partagent les moindres événements de notre vie, même les plus intimes. Je ne sais si vous avez déjà eu cette expérience et peut-être ma proposition va-t-elle vous choquer ? En fait ce sont des goûts aussi légitimes que d'autres. Nous sommes impatients de vous lire, de vous rencontrer, de vous accueillir dans notre famille. Écrivez-nous en poste restante…*

La porte s'ouvrit et un homme d'allure sportive, détendu, apparut sur le seuil de la maison, un petit chien d'agrément sur les talons. Il descendit rapidement les quelques marches, le sourire aux lèvres, et s'approcha de la grille.

— Oui, vous désirez ?

Cadin sortit sa carte, directement. L'alignement des bandes tricolores figea le sourire. Robert Paturier le conduisit dans son bureau, au premier étage, et lui désigna une chaise. Cadin pointa le doigt en direction d'une porte d'où provenaient les échos d'un feuilleton télé.

— Votre femme est là ?

Le propriétaire de la maison hocha la tête.

— Dans ce cas, dites-lui de se joindre à nous, elle ne sera pas de trop.

Elle entra et son parfum s'installa dans toute la pièce. Elle avait encore un très joli visage malgré le maquillage excessif qui semblait limiter la variété de ses expressions. Elle vint se placer derrière son mari et s'appuya sur le dossier de son fauteuil en observant Cadin avec ironie. Il laissa le silence s'installer. En règle générale les gens qui n'avaient rien à se reprocher s'étonnaient de la présence de la police, s'irritaient. Là, rien de tel : ils savaient à quoi s'en tenir et attendaient l'attaque.

— Où étiez-vous samedi et dimanche dernier ?

Il leva la tête sur le côté pour voir sa femme.

— Nous n'avons pas bougé d'ici… Nous sommes restés enfermés, à écouter de la musique, à regarder la télévision… Je suis seulement sorti le samedi après-midi pour faire quelques courses…

— Vous étiez seuls ?

Ils hésitèrent et Annette Paturier prononça faiblement « oui ».

Cadin croisa les jambes et réprima un bâillement qui lui mouilla les yeux. Il prit dans sa poche les lettres reçues par Marianne et se mit à les trier.

— Dans ce cas, si je dois me fier à votre parole, autant vous préciser que j'enquête sur un meurtre…

Il ouvrit l'une des enveloppes postées à Rouen et la jeta sur le bureau.

— Vous reconnaissez votre écriture ?

Robert Paturier voulut saisir la lettre mais Cadin la reprit avant qu'il ait eu le temps de lire à qui elle était adressée. Paturier se leva, les mains à plat sur le plateau, et commença à hurler.

— Qu'est-ce que vous venez m'emmerder avec ça ! Je fais ce que je veux quand je suis chez moi… J'invite qui je veux !

Sa femme passa ses bras autour de son cou et se mit à l'embrasser sur le visage en le rassurant.

— Mon tout petit, mon minou, mon tout petit, ce n'est rien mon minou…

Il laissa tomber sa tête sur l'épaule de sa femme et des larmes tachèrent le corsage. Cadin se leva.

— Écoutez, madame. Je me fiche complètement de la manière dont vous vivez. Chacun règle ses problèmes comme il l'entend… Je sais simplement que vous recrutez des extra en répondant aux annonces et qu'une de vos correspondantes vient de payer l'une de ces rencontres de sa vie…

Annette et Robert Paturier dévisagèrent l'inspecteur et la question fusa au même instant entre leurs lèvres.

— Qui ?

— Répondez d'abord à la première question : étiez-vous seuls ce week-end et si c'est non, donnez-moi l'identité de votre invité…

L'homme eut soudain l'air exténué. Il soupira et ouvrit son agenda.

— Elle s'appelle Annick Dupriès… Elle est des Andelys… Vous avez son adresse et son téléphone ici…

Cadin composa le numéro et eut confirmation de la

présence de la jeune femme au domicile des époux Paturier au cours du week-end précédent. Il reposa le combiné.

— La femme qui a été assassinée s'appelait Marianne Lesdin et elle habitait Malo-les-Bains… Vous avez eu l'occasion de la recevoir ?

Annette Paturier décrivit une silhouette avec ses deux mains.

— Une géante, non ?

Son mari avait surmonté sa crise.

— Oui, elle est venue un samedi… Nous lui avions donné rendez-vous à la gare, comme nous le faisons lors de chaque première rencontre… Elle était très impressionnante, rien que par son physique et en plus, elle ne parlait pour ainsi dire pas… Ça ne s'est pas bien passé… Elle devenait hystérique dès que ma femme l'approchait… Elle n'est même pas restée dormir et elle a repris un train dans la soirée… Je crois me souvenir qu'elle nous a envoyé une carte, pour s'excuser… Elle avait voulu essayer…

Cadin prit une chambre dans un hôtel-restaurant, après Neufchâtel. La fenêtre donnait sur le parking et toute sa nuit fut rythmée par les arrivées et les départs des routiers. Deux filles grimpaient dans les couchettes des cabines. Il voyait leurs jambes lorsqu'elles coupaient le faisceau des phares ou quand elles se hissaient sur les marchepieds. Au matin elles n'étaient plus là. Avant de reprendre la route, il téléphona au commissariat d'Hazebrouck. Le légiste venait de confirmer que la mort datait du samedi entre onze heures du matin et cinq heures du soir. Le brigadier Conninck lui apprit également que le vendredi précédant le crime, les flics de

Longwy avaient arrêté François Fernier, le type qui postait ses lettres porno depuis Mont-Saint-Martin, et qu'ils l'avaient gardé jusqu'au lundi matin, pour une affaire d'attentat à la pudeur sur mineure de moins de quinze ans. Cadin se fit la réflexion qu'il était difficile d'obtenir un meilleur alibi. De leur côté, les agents Brouakère et Lenert avaient fini de classer toutes les lettres reçues de l'étranger par Marianne Lesdin, et Interpol se tenait prête à faire vérifier l'emploi du temps de tous ces correspondants.

Le chauffage ne marchait plus : dès qu'il appuyait sur le bouton du ventilateur, il recevait un souffle d'air brûlant sur les pieds. S'il essayait de jouer sur la température, l'air devenait instantanément glacial. Il débrancha la climatisation défaillante et roula jusqu'à Amiens en essuyant du plat de la main la buée qui se formait sur la vitre. La cathédrale Notre-Dame montait la garde à l'entrée des quartiers défaits, mal remis des bombardements. Cadin sillonna les rues reconstruites et trouva à stationner place Gambetta, entre un camion d'Interflora et une camionnette Decaux dont le conducteur lavait un abribus au jet haute pression. Pierre Bongrant habitait au-dessus de la pharmacie, au premier, et un balcon circulaire courait sur tout un côté de son appartement. C'était un petit bonhomme d'un mètre cinquante-cinq maximum, vêtu d'un costume gris vraisemblablement coupé sur mesure et qui semblait porter la cravate de manière aussi permanente que la moustache. Il avait les cheveux noirs et ne cessait de relever une petite mèche qui s'affaissait sur son front, à gauche.

Un journal était étalé sur la table, à la page des petites annonces. Il le replia et invita l'inspecteur à s'asseoir. Cadin s'installa en se frottant les mains pour faire circuler le sang. Une voix étouffée leur parvint depuis la pièce située à l'autre bout de l'appartement.

— Pierre… Qui est là ?

Il se mit debout et adressa un sourire crispé à l'inspecteur.

— Ce n'est rien, maman… C'est l'électricité… Ne t'en fais pas, je vais venir te voir…

Cadin baissa la voix.

— C'est votre mère ?

Pierre Bongrant sortit dans le couloir et laissa la porte entrouverte.

— Non, c'est ma femme… Elle est gravement malade… Excusez-moi une minute, je n'aime pas la sentir inquiète…

Cadin s'approcha du radiateur. Il prit l'une des lettres du petit homme et la relut, profitant de son absence momentanée.

Amiens le 13 avril 1979

Chère Marianne adorée,

Tes lettres sont de plus en plus belles et les fleurs séchées aussi. Je n'ai pas pu te répondre plus tôt car j'ai beaucoup de travail en ce moment à la banque, et ma mère est toujours aussi malade : il faut que je m'en occupe jour et nuit. J'ai offert tes fleurs séchées à l'autel que j'ai dressé sur un coin de mon balcon. Je suis, comme tu le sais déjà, un adorateur de la nature, du soleil. Nous dépendons d'elle comme elle dépend de nous. Je veux écrire un livre sur la manière dont les astres influent sur notre vie et comment la perte de ce contact peut nous faire rencontrer la solitude, la folie. Tu as beaucoup de chance de vivre près de l'eau, c'est un élément essentiel, c'est de là que les hommes viennent. Excuse-moi de ne pas t'envoyer de photos cette fois encore. Je n'en fais jamais. Au verso j'ai dessiné un portrait de moi, je crois qu'il est ressemblant. Je porte la moustache et les cheveux mi-longs. J'aimerais bien me laisser pousser la barbe, puisque la nature le veut, mais c'est mal vu à la banque. Je me venge pendant les vacances. J'espère que nous pourrons bientôt nous voir. En attendant ce jour, je veux te dire que je t'aime telle que tu es, et que ces mots sont véritablement authentiques, non recyclés dans les calculs de l'esprit et de l'intérêt.

Pierre.

Cadin rangeait tout juste la lettre quand il revint dans la salle à manger. Il s'assit en prenant soin de tirer son pantalon afin d'éviter les faux plis.

— Je lui ai donné son médicament, je crois qu'elle va s'endormir… Vous êtes du commissariat d'Amiens ?

Cadin rejeta le col de son imper sur ses épaules.

— Non, d'Hazebrouck, dans le Nord… J'enquête sur une disparition. Vous connaissez quelqu'un là-bas ?

Il l'observait avec attention tout en parlant. Pierre Bongrant n'avait pas cillé quand Cadin avait parlé de disparition. Il grimaça.

— Vous avez dit Hazebrouck… C'est bien ça… Non, je ne connais personne dans cette ville. On vous a dit…

Cadin posa l'enveloppe sur la table, près de la corbeille de fruits.

— Non, on ne m'a rien dit : je me suis contenté de lire… C'est bien votre écriture ?

L'homme prit la lettre et survola sa prose. Il jeta un regard en direction de la porte comme si la malade pouvait faire irruption d'une seconde à l'autre et surprendre son secret.

— C'est juste signé Pierre, sans nom de famille, sans adresse… il y a des milliers de Pierre à Amiens…

Cadin plongea la main dans sa poche d'imperméable.

— J'en ai une dizaine d'autres qui proviennent du même bureau distributeur… Et deux d'entre elles comportent un nom de famille et une poste restante… C'est l'un de vos premiers courriers et vous insistez déjà pour la rencontrer… Ça s'est fait ?

Pierre Bongrant se releva, fouilla dans ses poches comme s'il était à la recherche de cigarettes et ouvrit le tiroir du buffet.

— J'ai arrêté de fumer depuis un mois mais on ne s'habitue pas…

Il baissa le nez.

— Vous avez tout lu ?

Cadin prit conscience de l'odeur de médicament qui flottait dans la pièce. La tête lui tournait. Il eut soudain envie d'être dehors, de remettre à plus tard cette confrontation avec ce témoin étriqué qui devait se raboter le menton chaque matin en maudissant le chef de bureau dont le regard soupçonneux l'obligeait à manier le rasoir.

Il s'apprêtait à reposer sa question quand Pierre Bongrant referma le tiroir du buffet, une boîte de cachous Lajaunie dans la main. Il la prit entre le pouce et l'index de la main gauche et la fit pivoter lentement en découpant le scotch de protection avec l'ongle du pouce droit. Il se revit dans le fourgon, près de l'aérodrome, avec les corbeaux qui gueulaient en agonisant… Les petits sacs plastique remplis des objets prélevés par les agents Brouakère et Lenert étaient alignés sur la banquette…

Cadin sortit son calepin et rechercha la page… un préservatif usagé, un talon de chaussure d'homme, une boîte récente de cachous Lajaunie vide dont le scotch de protection, entre le couvercle et le fond, est coupé au couteau ou du bout de l'ongle…

Cadin respira profondément.

— Où étiez-vous le week-end dernier ?

L'employé de banque devint agressif. Il se versa une

dizaine de cachous dans le creux de la main et les projeta dans sa bouche.

— Où vouliez-vous que je sois ? Ici ! Il faut bien que quelqu'un s'occupe d'elle !

Cadin n'avait plus la force de discuter. La fatigue de l'enquête et les centaines de kilomètres qu'il venait de couvrir dans sa 4L poussive se faisaient soudain sentir. Il ramassa la collection de lettres écrites par Pierre Bongrant et se dirigea vers la porte. L'homme se précipita sur lui.

— Où allez-vous ?

Cadin brandit les enveloppes devant ses yeux et désigna la chambre, au fond du couloir.

— Je vais lui donner tout ça, pour voir ce qu'elle en pense…

Il bloqua la porte, interdisant le passage à Cadin. L'inspecteur le laissa faire et attendit. Pierre Bongrant s'effondra d'un seul coup. Il se cassa en deux et les larmes jaillirent de ses yeux. Cadin le retint et l'aida à s'asseoir.

— C'est vous, hein, qui l'avez tuée…

Il remua la tête sans parvenir à retenir ses sanglots. Cadin ouvrit la fenêtre et aspira l'air frais à pleins poumons.

— Que s'est-il passé ?

Pierre Bongrant se mit à raconter, les mots hachés par les pleurs.

— On a correspondu pendant trois mois… Elle voulait me voir mais je n'avais jamais l'occasion de me libérer… Elle a menacé de cesser de m'écrire, alors j'ai embauché une garde-malade, pour samedi et dimanche derniers… J'ai fait croire à ma femme que la banque organisait un séminaire pour tous les employés… Marianne m'attendait samedi en fin de matinée à la gare, avec sa voiture… Elle avait retenu une chambre dans un hôtel…

Sur la route, j'ai commencé à la caresser et elle a engagé la voiture dans un petit chemin, près d'un aérodrome…

Il s'arrêta et les larmes redoublèrent. L'inspecteur passa dans la cuisine et remplit un verre d'eau qu'il posa devant lui.

— Merci… Vous ne pouvez pas savoir… Elle est malade depuis des années… Je n'ai connu qu'elle… Je ne sais pas ce qui m'a pris… J'ai voulu la prendre dans mes bras, là, dans la voiture… Elle a été un peu surprise et s'est débattue… Elle m'a envoyé son bras dans la figure… et il a complètement arraché ma perruque…

Le regard de Cadin se bloqua sur la frontière trop nette entre la peau du front et les cheveux trop bien alignés.

— … J'ai essayé de la remettre mais elle riait, elle riait… Je ne supportais pas ce rire… Je ne sais pas ce qui m'a pris…

Cadin décrocha le téléphone et composa le numéro du commissariat d'Amiens en se regardant dans la glace. Les flics passèrent les menottes à Pierre Bongrant. Avant de partir l'inspecteur poussa la porte de la chambre du fond. La pièce était plongée dans la pénombre, les rideaux tirés. La femme semblait dormir. Cadin s'approcha en étouffant ses pas, se pencha vers le visage de la malade. Il comprit que le petit employé de banque savait à quoi s'en tenir depuis qu'il s'était annoncé : elle ne respirait plus, une mousse blanchâtre s'était figée à la commissure de ses lèvres. Il souleva le tube de Valium posé sur la table de nuit, près d'un verre, et l'agita.

Son geste rencontra le vide.

COURVILLIERS

1982

Voie de garage

Les rectangles de peinture blanche tracés sur les troncs des platanes accrochaient la lumière des phares et donnaient l'illusion de se rejoindre là-bas, à hauteur de Courvilliers. La voiture dépassa les bâtiments grisâtres de l'élevage intensif de poulets et instantanément l'odeur de fiente envahit l'habitacle. Le conducteur écrasa la pédale de frein et la BMW chassa de l'arrière, roues bloquées. Il se gara sur le bas-côté, se tourna, le visage entre les appuis-tête. Il fixa la jeune femme assise au milieu de la banquette.

— Alors, tu te décides ?

Les deux gars qui l'encadraient la regardèrent en ricanant. Ses quinze ans étaient encore perceptibles sous la grimace amère qui perturba la couche de maquillage.

— Allez vous faire foutre tous autant que vous êtes ! Je baise avec qui je veux…

Le conducteur souleva la tirette, bascula le siège du passager et ouvrit la porte avant droite.

— Dans ce cas, tu te tires… J'ai pas l'habitude de faire taxi…

Elle essaya de protester mais les deux types l'avaient déjà agrippée et la poussèrent vers l'avant. Une main s'insinua entre ses jambes. Elle se redressa, surprise et se cogna contre le montant métallique. Son portefeuille tomba sur la moquette de la BMW sans que personne n'y fasse attention. Ils se mirent à rire. Elle sauta, prise de panique, et s'affala dans l'herbe humide. La portière claqua et la voiture s'éloigna, effaçant les arbres, par paires. Elle s'adossa à un platane et attendit, avant de se mettre à marcher, que les feux arrière de la BMW soient avalés par la nuit. Courvilliers se trouvait à environ trois kilomètres, juste après le cimetière des chiens, puis il lui en restait encore moitié autant pour rejoindre le pavillon de ses parents dans le quartier de la Haie-Meilland. Elle aurait pu gagner quelques centaines de mètres en coupant au travers des champs mais les fosses remplies à ras bord de déjections de volailles n'étaient pas signalées. Deux mois plus tôt un voleur de voitures qui désossait tranquillement une R5 à l'abri des rangs de maïs s'était fait courser par une patrouille de Courvilliers. Il s'était aventuré par mégarde sur une fosse, trompé par l'épaisse couche durcie aux allures de terre séchée qui avait cédé sous son poids. Les flics l'avaient repêché, à la limite de l'asphyxie, et pendant presque un mois le fourgon, lavé au jet matin, midi et soir, avait reniflé la merde de poulet à plein nez.

Elle s'immobilisa, alertée par le moteur d'une voiture, et pivota en agitant le bras. La lumière des phares éclaboussa ses jambes. Le break fit un écart, ralentit, les stop s'allumèrent une fraction de seconde, puis la bagnole reprit de la vitesse. Elle se mit à insulter l'inconnu, couvrit encore une centaine de mètres en traînant les pieds et s'assit sur une borne pour enlever un gravillon coincé dans sa chaussure. Une autre voiture négocia le virage du vieux pays de Tremblay. Elle remit rapidement son soulier, en tirant du bout de l'index sur le contrefort du talon, et se précipita sur la chaussée, les bras en sémaphore. Le conducteur ne dévia pas de sa route et son pied ne quitta pas l'accélérateur. Le pare-chocs la prit juste sous les genoux et la propulsa sur le capot. Elle n'eut pas le temps de crier. Sa tête s'écrasa sur le pare-brise, entre les essuie-glaces, et brisa la vitre. Elle continua sa course sur le toit de la 205 blanche et retomba lourdement sur le bas-côté au pied d'un platane. La Peugeot zigzagua sur une centaine de mètres, s'arrêta, puis les feux de recul s'allumèrent et leur lueur trop blanche éclaira la scène en se rapprochant. Un homme descendit en titubant, se baissa près de l'accidentée, lui prit le pouls. Il revint garer sa voiture entre deux arbres, éteignit les lumières et bascula le corps dans le fossé.

L'inspecteur Cadin piqua les chipolatas sur toute leur longueur, avec les pointes de la fourchette, et les jeta dans la poêle. Il posa un couvercle, baissa le gaz et se réinstalla devant son petit déjeuner. Il trempa la tartine beurrée dans le Nescafé et la porta à sa bouche, mais l'odeur de friture avait déjà envahi les deux pièces de l'appartement. Il ouvrit la fenêtre en grand et patienta, le buste à l'air, jusqu'à ce que les saucisses soient cuites. Il les découpa en petits morceaux, les fit refroidir cinq ou six minutes dans le congélateur et les présenta à Chatka. Le chat s'approcha du plat, le renifla, la queue dressée, lança un bref regard désolé à l'inspecteur et fit lentement demi-tour.

— Mange, c'est bon…

Il fit semblant de manger, avec des bruits de langue, de salive, sans convaincre l'animal. Il agita la boîte de Ronron de la veille et passa sa main sur l'étagère vide comme pour lui prouver sa bonne foi. Le téléphone se mit à sonner dans la salle de séjour. Cadin planta le chat dans la cuisine et décrocha le combiné. Il identifia tout de suite le reniflement sinusital de Mimosa. Des mois que le bibendum alcoolique vivait avec ce rhume chronique dont les manches de son uniforme faisaient les frais.

— Excusez-moi de vous déranger chez vous, inspecteur… chez vous, inspecteur… Mais on vient de trouver un cadavre sur la route de Tremblay… Un cadavre sur la route de Tremblay…

Cadin l'assura de son arrivée imminente et raccrocha l'appareil. Il s'était habitué au curieux redoublement de phrases dont Mimosa était affligé. Il passa sa veste. Chatka vint se frotter à la jambe de son pantalon. Il se baissa pour le caresser, imitant son subordonné.

— Je reviens avant midi avec une boîte… avec une boîte. Je te le promets… le promets.

Le rocker du dessous avait une fois de plus garé sa voiture devant les parkings, l'empêchant de sortir. La porte de sa 404 n'était pas fermée à clef et l'inspecteur parvint à pousser suffisamment la Peugeot pour quitter sa place de garage. Il ne pleuvait pas, il faisait même doux, et le vent venait d'ouest, dispersant les nuages compacts de chez Hotch sur la plaine de France. Il eut envie de s'arrêter au *Chien qui fume* pour avaler un café, par habitude, mais l'écœurement de la cuisson lui titillait encore l'œsophage. Les commerces de la rue Gambetta levaient leurs rideaux métalliques. Le gardien de faction poussa la grille du commissariat et Cadin vint se ranger près du fourgon, dans la cour de derrière. Mimosa était en discussion avec Mernadez, un flic entre deux âges qui tuait ses heures de permanence en composant des poèmes au verso des formulaires du ministère. Cadin en récupérait un de temps à autre et le classait sous le rabat de couverture du cahier sur lequel il collait les coupures de presse qui attiraient son attention.

Impératif le téléphone a dicté l'ordre :
Il faut partir. Partir dans la nuit froide et sombre,

Vers un vague quelque part où règne le désordre,
Quitter la maison chaude et claire. Servir dans l'ombre…

Mimosa s'essuya le nez d'un rapide revers de manche et vint à la rencontre de l'inspecteur. Cadin le salua et se plaça de telle sorte qu'il évitait son haleine.

— Alors, où il est ce cadavre ?

— Comme je vous l'ai dit, inspecteur, inspecteur… Route de Tremblay, dans le fossé, le fossé…

Mernadez vint à son secours.

— Ils l'ont laissé là-bas, personne n'y a touché. Ce sont les communaux qui sont tombés dessus, il y a tout juste une heure. Ils sont en train de curer le Sausset et ils en profitent pour vérifier tout le réseau, les bassins, les fossés, les ruisseaux… Normalement ils ne mettent jamais les pieds dans ce coin-là mais des mômes avaient jeté des caddies de l'Euromarché dans les regards en béton, près de l'élevage Dabergne. D'après ce qu'ils nous ont dit tout à l'heure, c'est une môme d'une vingtaine d'années, peut-être moins… sérieusement amochée…

Cadin laissa la direction du commissariat à Mimosa et descendit les marches du perron. Le poète en uniforme, penché sous le capot de la R12, remettait l'huile à niveau. Quand il démarra, la fumée produite par la combustion du premier quart de litre noya la façade dans un nuage bleuté. Les égoutiers cassaient la croûte dans la cabine de leur camion-pompe, les portières largement ouvertes. *Europe* diffusait un sketch de Coluche. Aucun d'eux ne riait mais personne n'avait pensé à couper la radio.

— Est-ce que le schmil… bili… bili… bilic ça sert aussi aux femmes ?

— Oui, monsieur. À quoi pensez-vous ?

— À rien… C'était juste pour faire avancer le schmil… bil… bili… schmilbi…

Le chef d'équipe se laissa glisser de son siège et planta les talons de ses cuissardes dans l'herbe. Cadin lui tendit la main.

— C'est vous qui l'avez découverte ?

— Oui, moi et mes gars. On n'a rien voulu déplacer… On fera notre boulot quand vous aurez fini le vôtre.

L'inspecteur s'approcha du fossé et prit appui sur le tronc d'un platane pour s'accroupir. La gamine était allongée sur le côté, les yeux fermés, ses vêtements en ordre. Sa jambe droite était tordue vers l'avant, à hauteur du genou, et du sang avait séché, en filets multiples sur toute la surface visible de sa peau. Il observa le sol, tout autour, sans rien remarquer, au premier examen, puis il ramassa un morceau de plastique rouge légèrement incurvé qu'il tendit à Mernadez.

— Faites analyser ça, je veux savoir d'où ça vient.

Le soir même le labo rendait ses premières conclusions, par téléphone. La jeune femme n'avait pas été violée et sa mort était due à une violente rupture des vertèbres cervicales. De plus on dénombrait une quantité importante de blessures sur le corps de la victime : fracture des deux fémurs, fêlure de la hanche gauche, enfoncement de la boîte crânienne, hématomes sur les faces antérieures des cuisses… Cadin nota tous les détails sur son calepin et quitta le commissariat après avoir vérifié que les procédures de recherche de l'identité de l'inconnue étaient toutes engagées. Dans les vestiaires il croisa Léonard, le jeune flic kabyle, qui assurait sa semaine de service de nuit, puis il essaya de rentrer chez lui. À mi-chemin l'enseigne du centre commercial l'attira et il fila vers la lumière, comme un papillon. À l'intérieur l'ambiance évoquait un naufrage sans eau. Les rescapés accrochés à leur caddy récupéraient les vivres flottant près des têtes de gondoles… Il se mit à draguer, les mains dans les poches, porté par le courant, dévorant des yeux les regards féminins solitaires qui passaient à sa portée. Jeunes, moins jeunes, franchement vieilles, pour éviter le tête-à-tête avec le chat… Il amorça une conversation sur les douilles à vis ou à baïonnette avec une blonde abordable égarée dans les watts et l'abandonna à regret quand elle posa les mains sur la barre d'une poussette garnie d'un môme en pleurs. Il échoua à la terrasse de la pizzeria *Togliatta* et commanda une *pescatore*. Trois moules échappées de leur conserve et une douzaine de crevettes épluchées surnageant dans un océan de sauce tomate justifiaient le nom en version originale. Il découpa le trottoir et se mit en devoir d'ingurgiter la place. Il se décida à mettre le cap sur la cité alors qu'on baissait les grilles donnant sur le parking. Des clochards ramassaient les cartons éparpillés en prévision de leur nuit. Les accords de *Satisfaction* vibraient dans l'escalier comme si la porte de l'appartement du rocker lui servait d'enceinte géante. Cadin tapa du poing en passant et la banane gominée du voisin du dessous s'aventura sur le palier alors qu'il attaquait la dernière volée de marches.

— Bonsoir, inspecteur… C'est un peu fort, j'allais baisser…

L'inspecteur le remercia d'un signe de tête et s'apprêtait à entrer chez lui quand le miaulement d'accueil de Chatka lui rappela ce qu'il avait oublié. Il se tourna vers le fan de Jagger.

— Vous n'auriez pas un reste de boîte… pour le chat… Ça m'est complètement sorti de l'esprit…

Le voisin éleva la voix pour couvrir le refrain tout en balançant les épaules et en tapant la semelle de ses boots sur le carrelage.

— J'ai l'espèce de pâtée que je donne au berger… Votre chat devrait l'avaler sans problèmes, ça sort des mêmes cuves, à l'usine…

Cadin réintégra son deux pièces avec une boîte vierge d'un kilo et demi de boulettes à la moelle sous le bras. Chatka se jeta dessus et nettoya son assiette comme s'il avait compris qu'il tapait dans la ration du berger allemand qui le coursait, crocs en manque, dès qu'ils tombaient nez à nez sur le parking d'en bas. L'inspecteur fouilla dans l'une des caisses de déménagement qui encombraient la salle de séjour et exhuma un vieux walkman de la première génération. Il coinça les écouteurs sur ses lobes d'oreilles et enclencha une cassette pirate de Mingus. Les notes de *Cherokee* repoussèrent les soucis. Pour quelques heures.

Il se leva vers six heures avec des aigreurs d'estomac et un léger mal de tête originaire d'Italie, via Bercy. Il demeura penché au-dessus de l'évier, abruti et fasciné, tout le temps que l'aspirine mit à fondre. Il émergea de sa torpeur quand le squelette du cachet remonta à la surface et se disloqua en cognant sur les bords. Cadin attendit que le sel se dépose au fond du verre et avala le médicament d'un trait en se pinçant le nez. Dehors il faisait déjà lourd. Des nuages d'orage s'appesantissaient sur la cuvette séquannaise, alourdissant le sang dans les veines, ralentissant les gestes. Cadin se laissa tomber sur le siège de sa 4L et conduisit au radar jusqu'au commissariat. Léonard l'attendait dans la salle de permanence tout en exécutant des exercices d'assouplissement. Il pouvait s'agiter comme ça pendant des heures sans que la moindre goutte de sueur vienne auréoler sa chemise ou perler à son front. Il s'approcha de l'inspecteur en sautillant, lançant de brefs coups de poing dans le vide.

— Bien dormi, Cadin ?

L'inspecteur se maintint à distance et tenta, en vain, de réprimer un bâillement.

— Pas trop… Il y a du nouveau pour la gamine d'hier ?

— Non, pas encore… mais ça ne devrait pas tarder : le journaliste du *Parisien* m'a confirmé tout à l'heure que le photographe de la morgue avait fait du bon boulot et qu'ils passaient un portrait arrangé de la môme dans la seconde édition. Elle sera dans les kiosques d'ici une heure… Sinon il ne s'est rien passé d'important cette nuit : que des bricoles de main courante…

Cadin ôta sa veste et la pendit à l'un des crochets du perroquet.

— Et chez Hotch, ça donne quoi ? Je n'ai pas écouté la radio ce matin…

— Ça se calme. Les C.R.S. ont évacué l'entrée principale vers minuit et ils se sont regroupés vers les bassins de décantation, en face de Garonor. Les piquets de grève se contentent de filtrer les gars qui vont au boulot et de les insulter. On a un type des R.G. à la direction de l'intersyndicale, d'après lui c'est le baroud d'honneur… Ils reprendront tous le collier avant la fin de la semaine.

Mernadez et Mimosa arrivèrent ensemble, en civil, et passèrent leur uniforme dans le vestiaire, se planquant mutuellement du regard de l'autre derrière les portes ouvertes des armoires métalliques. Le poète supervisa le départ des auxiliaires féminines pour les entrées d'écoles tandis que le flic à tête de feu rouge branchait les bâtons lumineux sur le tableau des accumulateurs. Un coursier en mobylette remit à Cadin une enveloppe à en-tête de la préfecture qui contenait les résultats de l'analyse du morceau de plastique prélevé près du lieu de découverte du corps. Le commissaire Périni se montra exceptionnellement à l'heure du café. Il vivait claquemuré dans son bureau depuis trois jours, plongé dans les chiffres de la délinquance de Courvilliers, établissant les courbes des accrochages, dessinant les graphiques des cambriolages, calculant les statistiques de progression de la consommation de haschich, cité par cité. Il but sa tasse à petites gorgées sans prononcer une phrase et retourna à ses dossiers. Le premier appel arriva à huit heures cinq. C'était le serveur du bar de la station R.E.R. des Beaudottes qui affirmait connaître la fille dont la photo s'étalait en page faits divers du *Parisien*. Mimosa bascula la communication sur le poste de l'inspecteur. Cadin nota son nom et son numéro de téléphone avant de l'interroger.

— Vous savez comment elle s'appelle ?

Le type attendit que le bruit de locomotive du percolateur s'atténue pour répondre.

— Seulement son prénom, Lisa… Elle venait souvent avec une bande de la Haie-Meilland… Je crois bien qu'elle est de là-bas, elle aussi… Ils ont une BMW noire…

— Et vous vous souvenez d'avoir vu l'un ou l'autre de ses amis ce matin ou dans la journée d'hier ?

— Non, pas ce matin. Hier non plus, j'étais de repos…

Cadin venait tout juste de reposer son téléphone que Mernadez cogna à sa porte et entra suivi d'un couple. La femme, en pleurs, se laissa choir sur une chaise branlante dont l'inspecteur se servait uniquement pour bloquer la porte les jours de grande chaleur. Elle farfouilla dans son sac et déplia un carré de tissu brodé dans lequel elle se moucha bruyamment. Cadin fixa Mernadez qui se tenait dans l'encadrement.

— Je vous remercie, vous pouvez disposer.

L'homme, la cinquantaine largement empâtée, prit appui des deux mains sur le plateau du bureau.

— Où est ma fille ? Qu'est-ce qu'il lui est arrivé ?

Cadin se mit debout. Son mètre quatre-vingts lui permettait à peine de placer ses yeux à hauteur du menton de son interlocuteur. Il leva la tête.

— De qui parlez-vous ?

Le type se tourna, prit un journal dans le sac de sa

femme et l'ouvrit fébrilement à la page centrale. Son doigt s'écrasa sur le visage de la morte.

— D'elle !

L'inspecteur encaissa la brièveté de la réponse et ne put s'empêcher de laisser les mots habituels courir sur ses lèvres.

— Vous la connaissiez ?

— C'est ma fille, je vous dis. Je veux la voir immédiatement et savoir quel est l'enculé qui est responsable de ça… Vous m'entendez ?

— Jusqu'à cet instant nous ignorions tout d'elle… À part son prénom… Lisa… Je vais vous demander d'avoir énormément de courage et de répondre à toutes mes questions.

Il prit son téléphone pour dire à Mernadez d'apporter un autre siège. Le père, visage fermé, réitéra son exigence.

— Je veux la voir… Je ne dirai rien avant…

— Elle n'est pas ici… Le juge a ordonné une autopsie… Elle est en cours… L'un de mes hommes vous conduira tout à l'heure à l'institut médico-légal, pour reconnaître le corps… Chaque minute compte, chaque renseignement peut revêtir une importance capitale. Vous devez nous aider…

Il s'effondra dans le fauteuil que Mernadez avait avancé devant le bureau, se masquant le visage de ses mains et les larmes coulèrent le long de ses bras. Il parlait tout bas, le regard braqué sur ses pointes de chaussures.

— Notre fille s'appelle Élise… Élise Coutureau. Elle doit… Elle devait avoir dix-sept ans au début du mois prochain. Elle était sortie seule, mercredi soir… Elle devait rejoindre des amis devant le complexe cinéma de Parinor, c'est ce qu'elle a dit à sa mère avant de partir…

Cadin se massa le front. Une seule question lui brûlait les lèvres mais il n'osait pas encore la poser de peur de les braquer, de les choquer. Il tourna autour du pot en accumulant les renseignements ordinaires.

— Elle avait des papiers sur elle, de l'argent ?

— Oui, bien sûr, elle avait son portefeuille et de quoi aller au cinéma et se payer le restaurant. Pourquoi ?

— Nous n'avons rien retrouvé dans le fossé de la route du Vieux-Tremblay… J'enverrai quand même l'un de mes hommes vérifier chez vous si par extraordinaire elle n'aurait pas oublié son portefeuille… Ce sont des choses qui arrivent. Qu'est-ce que vous faites comme profession ?

Il désigna le questionnaire étalé devant lui, comme pour s'excuser.

— C'est pour le dossier…

— Je travaille chez Hotch, à la sécurité… Enfin pas directement pour eux, une boîte d'intérim… Ils ne disent rien dans le journal… On voudrait savoir si…

Sa voix se brisa et il chercha de l'aide dans les yeux cernés de sa femme. Cadin posa son stylo et termina sa phrase.

— Savoir si elle a souffert… Non, elle est morte sur le coup. Nous sommes maintenant persuadés qu'elle a été victime d'un chauffard.

Il ouvrit le tiroir supérieur de son bureau et tira l'enveloppe kraft apportée par le coursier. Il la renversa sur la table et agita le sachet transparent qui renfermait le fragment de plastique trouvé près du cadavre d'Élise Coutureau.

— Tout concorde, la nature des blessures, des plaies, leur disposition sur le corps… Votre fille a été renversée par une voiture qui roulait à vive allure et qui a dû subir quelques dégâts dans la collision. Nous possédons ce morceau de clignotant avant de 205… Il nous reste à trouver la carrosserie qui va avec…

Les parents d'Élise Coutureau avaient repris un peu de tonus. Il en profita pour lancer sa question.

— Il y a une chose que je ne comprends pas… Votre fille a disparu mercredi soir, nous sommes vendredi matin et vous n'avez pas pensé à prévenir la police ?

La femme fut prise d'une crise nerveuse. Elle essayait de hurler mais sa voix était brisée par des hoquets qui hachaient ses cris, les transformant en râles. Le père d'Élise essaya de la calmer avant de répondre à Cadin.

— J'ignorais qu'elle n'était pas rentrée… Je ne suis pratiquement plus à la maison depuis le début des événements… Je dors dans les ateliers de l'usine… On a trois mille Turcs et autant d'Arabes sur les bras… Je suis tombé dessus en ouvrant le journal, tout à l'heure… Je n'y croyais pas… J'étais comme fou… Quand je suis arrivé dans la cuisine ma femme avait le journal entre les mains…

L'inspecteur abrégea l'interrogatoire des parents d'Élise, leur signala rituellement qu'ils ne devaient pas s'éloigner, se tenir à la disposition de la police, et demanda à Mernadez de les conduire auprès du légiste. Ils quittèrent son bureau, laissant l'exemplaire du *Parisien* sur la chaise. Cadin le prit, jeta un coup d'œil à la page météo, beau temps localement brumeux avec tendance orageuse, capitula devant la complexité de la carte des difficultés de circulation régionales, puis éparpilla son attention sur les courts faits divers disposés en colonne extérieure près des articles consacrés aux exploits des ennemis publics numéros un, deux, trois, quatre… Il dénicha son bonheur, dix lignes en bas de page, près d'une publicité pour Casse-Center. Le feutre rouge encercla le texte :

MORT D'UN POMPIER

Raymond Wahlen, un sapeur-pompier de Buffalo (État de New York), s'est tué en plongeant dans une piscine vide pour porter secours à un collègue, James Jerge, qui, trompé lui aussi par l'obscurité, s'était déjà précipité la tête la première au fond du bassin.

Raymond Wahlen a été déclaré mort à son arrivée à l'hôpital. James Jerge est quant à lui en assez bonne condition avec un bras cassé et quelques contusions.

En bas, dans la cour, les auxiliaires de retour des surveillances écolières attendaient en caquetant d'être lâchées dans les rues où, à coups de papillons, elles feraient respecter l'alternance le long des trottoirs. Cadin débarrassa la fenêtre de son espagnolette et, dans le silence retrouvé, il téléphona au service des cartes grises. Au cours des dernières quarante-huit heures les commissariats du département avaient reçu trois ordres de destruction de véhicules 205. Il fit bloquer les procédures et exigea que les Peugeot soient mises de côté, à la fourrière. On lui signala également deux déclarations de vol de voitures du même genre et de même couleur, blanche, dans la journée du jeudi. Il demanda copie de l'ensemble de ces cinq dossiers et attendit l'arrivée du coursier en observant la molle dislocation d'un nuage en forme de cheval, jambes de guimauve, crinière en barbe à papa… Il déplia un formulaire de demande de passeport et reconnut l'écriture enfantine de Mernadez.

Elle affaire surtout au Palais de Justice,
Est dans les tribunaux, cabinets d'instruction,
Transporte les dossiers dans les divers services,
Conduit les détenus en dehors des prisons.

La fourrière occupait une partie d'un fort désaffecté, sur la ligne stratégique de 1845, et il fallait risquer la santé de ses amortisseurs sur une route pilonnée par le passage intensif des remorqueuses, pour accéder au vaste champ où les voitures alignées impeccablement évoquaient autant de croix. Les trois 205 en sursis de broyeuse étaient garées à l'écart près de l'entrée d'un tunnel où, disait-on, avant de louer les terrains à l'Intérieur, l'armée enfouissait les déchets atomiques de ses laboratoires de Vaujours. Les extrémités des calandres de deux des voitures possédaient encore leurs protections de clignotants orangées. Le dernier véhicule, une GTI, était réduit à l'état de carcasse, une série de tonneaux sur l'autoroute de l'Est à hauteur de Nogent-sur-Marne, consécutifs à l'éclatement d'un pneu. Le conducteur et son passager y avaient laissé leur vie. L'accident datait du jeudi, en début de matinée, ce qui n'excluait pas qu'il puisse s'agir de la Peugeot que Cadin recherchait. Il se rendit à la gendarmerie de Vincennes qui avait établi le procès-verbal. Un maréchal des logis-chef évasif le laissa mariner pendant vingt minutes sur une banquette inhospitalière, face à une affiche martiale rameutant pour l'armée, et finit par lui dire que les collègues envoyés sur l'accident du jeudi matin n'étaient pas de service. Cadin n'insista pas et se rendit directement à l'entrée du casernement qui jouxtait les salles de travail. Le gardien ne semblait pas développer d'animosité particulière envers la Police nationale, il lui indiqua les numéros d'appartement des deux gendarmes dont les noms figuraient au bas du rapport. L'inspecteur se planta devant le 25, au deuxième étage, et s'apprêtait à cogner à la porte quand les éclats d'une dispute firent vibrer la cloison. Ça se traitait de tous les noms et la virilité du sous-officier Niolais en prenait pour son grade ! Cadin se fit la réflexion que ce qui se disait là, dans l'intimité d'un foyer, vengeait des millions d'automobilistes des persécutions subies au bord des routes. Il grimpa d'un niveau et frappa à la porte du brigadier Thomas. Il exposa les raisons de sa visite et apprit que la 205 accidentée sur l'autoroute de l'Est arrivait de Strasbourg d'où elle était partie un peu après vingt-trois heures le mercredi dans la nuit. Le conducteur et son passager avaient momentanément quitté l'autoroute, à Sainte-Menehould, ce dont témoignaient des justificatifs de sortie et d'entrée sur le réseau autoroutier. Ils avaient fait une halte dans un routier ouvert en permanence et repris la route dans un état avancé : la note retrouvée dans le portefeuille du conducteur de la GTI mentionnait la consommation de deux apéritifs, de deux bouteilles de bordeaux et de deux pousse-café. Cadin biffa la troisième et dernière ligne de la colonne « Cartes grises ». Il lui fallait maintenant s'attaquer à la colonne restreinte des « Vols ».

Mimosa se précipita vers lui quand il gara sa 4L derrière le fourgon. Il courut sur trois mètres, imprimant des mouvements inquiétants à son énorme bedaine. Il plaqua ses paumes sur ses seins pour bloquer leur dérive métronomique, et se planta devant l'inspecteur le front couvert de grosses gouttes de sueur, le souffle court. L'écho dans sa voix était haché par l'essoufflement.

— Ins… pec… teur… On a… les pa… piers… les pa… piers…

Cadin s'arma de patience et déchiffra le message, éliminant les répétitions, effaçant les pointillés, recollant les syllabes : une femme de ménage de *L'Olivier*, un restaurant du quartier mairie, venait tout juste d'appeler, ayant eu la surprise de trouver le portefeuille d'Élise Coutureau dans la chasse d'eau des toilettes de l'établissement.

Cadin remonta la rue Gambetta, laissa le monument aux morts de Courvilliers sur sa droite, un poilu vert-degrisé, hilare et désarmé, brandissant un rameau d'olivier, et pénétra dans le restaurant qui avait pris pour nom ce symbole de paix. La femme était seule et préparait le service du soir. Elle installa l'inspecteur sur un coin de table, posa le portefeuille et lui fit un café. Une carte d'identité, quelques photos de vacances, des tickets de bus, deux billets de cent francs. Il écarta le sucre posé dans la soucoupe et secoua sa boîte de sucrettes au-dessus de la tasse.

— Tout le monde prend ça, maintenant, mais j'ai lu quelque part que c'était cancérigène…

Cadin touilla son café, le but d'un trait et fixa la serveuse.

— Alors c'est sûrement pour cette raison que ça fait maigrir… Vous regardez souvent dans la chasse d'eau ?

Elle haussa les épaules.

— Ça se lave, ça s'entretient, c'est comme tout ! Le mécanisme était bloqué et on n'arrivait plus à faire couler l'eau… J'ai soulevé le couvercle, il faudrait que je vous montre, c'est pas une chasse placée en haut, il y a tout d'un bloc, la cuvette et la chasse… C'était à cause de ce portefeuille… Je suis certaine qu'il n'y était pas ce matin, que quelqu'un l'a mis à l'heure du déjeuner…

— Comment pouvez-vous en être sûre ?

— C'est simple, vers dix heures j'avais remplacé la plaquette de désodorisant qui trempe dans le réservoir, le truc qui colore l'eau en bleu… À ce moment-là, il n'y avait rien sinon je l'aurais remarqué.

Cadin n'était jamais venu dans ce restaurant où l'on pouvait difficilement s'installer seul à table sans se sentir déplacé. À l'abri de ces rideaux brodés les amours se rodaient autour d'un feuilleté de saumon, les couples se consolidaient dans les vapeurs du chablis et les bouchons de champagne ponctuaient les anniversaires. Il vint s'accouder au bar.

— Vous avez eu beaucoup de clients à midi ?

Elle souleva un plateau, ramassa son carnet de commandes et feuilleta les doubles.

— Non, ici ça marche surtout le soir… Trois tables, celle du marchand de chaussures, quatre menus et deux suppléments-desserts, celle des deux retraités, ils viennent pour ainsi dire tous les jours, et puis celle des trois jeunes qui travaillent plus haut, chez D.M.R., le marchand de cuisines…

— Vous avez remarqué s'ils avaient une voiture ?

La femme fit une grimace pour dire son ignorance.

— Ils ont cinq cents mètres à faire… Ils arrivent à pied…

Cadin glissa le portefeuille encore humide dans sa poche intérieure et longea l'exposition de voitures d'occasion. Le néon de D.M.R. clignotait au travers des feuilles d'un platane et un calicot drainait le gogo en promettant 25 % de réduction sur l'électroménager, sans préciser que le rabais ne concernait que les marques élues par le revendeur, c'est-à-dire les plus chères. Il repéra la BMW noire garée sur le trottoir, entre deux exemplaires de ces miteux bacs à fleurs que la municipalité dispersait dans la ville, avec l'espoir de rallier les écolos. Il entra, emprunta l'allée des lavabos et des éviers, déboucha sur la place des baignoires encastrées en observant, amusé, la convergence stratégique des vendeurs : le premier fondait sur lui en manches de chemise depuis la salle des gazinières, un autre abandonnait la lecture d'un magazine pour homme moderne posé sur le couvercle d'une machine à laver, tandis que le troisième descendait l'escalier menant aux bureaux en lui souriant de toutes ses dents. Il ne manquait que la musique et les plumes ! Ils le rejoignirent à peu près au même instant. Cadin exhiba sa carte et pointa le doigt vers la voiture.

— Elle est à qui la bagnole ?

L'amateur de femmes imprimées se racla la gorge tandis que ses deux collègues opéraient une manœuvre de repli simultané.

— À moi… Je la gare toujours là, d'habitude on ne me dit jamais rien… Je croyais que c'était toléré… Faut que je l'enlève ?

Cadin conseilla aux deux autres vendeurs de ne pas s'éloigner et lança le portefeuille d'Élise Coutureau sur un petit meuble de salle d'eau, au milieu d'une collection de mitigeurs thermostatiques.

— Lequel d'entre vous s'est débarrassé de ça dans les chiottes de *L'Olivier* ?

Les trois hommes se figèrent, le regard braqué sur le cuir auréolé ; leur silence avait le poids du remords. Le propriétaire de la BMW se laissa tomber sur le coin d'un bidet et se prit la tête entre les mains.

— C'est moi…

L'inspecteur s'agenouilla près de lui.

— Pourquoi avez-vous fait ça ? Vous auriez pu nous l'apporter directement au commissariat, c'était quand même plus simple.

Le vendeur se redressa, évitant le regard de Cadin. Il raconta d'un trait l'équipée du mercredi soir, la tournée des bars en compagnie d'Élise, la réputation de fille facile de la gamine, l'excitation, le refus, et le largage sur la route déserte, près des fosses.

— On a retrouvé le portefeuille le lendemain, sous le siège… Je voulais le lui rendre mais bien sûr personne ne l'a vue… On ne pouvait pas savoir… J'ai paniqué en ouvrant le journal, à midi, au restaurant… Je ne voulais pas le garder une minute de plus sur moi… Je m'en suis débarrassé à la première occasion…

Cadin grimpa dans le bureau, au premier étage du magasin, décrocha le téléphone, et tomba sur la voix de Mernadez.

— Passez rapidement chez D.M.R., à la mairie, l'installateur de cuisines et de salles de bains… Amenez votre matériel, il y a trois dépositions à prendre. Je vous attends.

L'inspecteur était encore dans son bureau quand Léonard prit son service, à dix-neuf heures. Ils eurent le temps d'échanger quelques mots puis la fréquence radio signala des incidents à l'entrée des usines Hotch, un autocar bourré d'intérimaires venait de forcer un piquet de grève et une centaine d'ouvriers se dirigeaient vers les ateliers. Léonard rassembla ses effectifs et fila vers la zone industrielle pour y assister, impuissant, au match qui opposait les grévistes à la coalition formée par la milice de chez Hotch et les C.R.S.

Cadin rangeait ses dossiers et s'apprêtait à rejoindre Chatka quand le flic de permanence du commissariat de La Courneuve lui apprit que le fourgon patrouilleur avait mis la main sur l'une des deux 205 Peugeot blanches signalées volées dans la journée du jeudi. Il se rendit sur place, près du chantier de l'autoroute A86. La voiture était cachée dans un chemin longeant le fort de l'Est, intacte. Pas la moindre parcelle de plastique ne lui faisait défaut. Il téléphona, depuis le fourgon, au commissaire de La Courneuve qu'il dérangea en plein dîner, et obtint que la déclaration de découverte de la 205 soit différée, ainsi que la garde de la voiture jusqu'au lendemain. Il laissa sa 4L près de la caserne de gardes mobiles, confiant dans la répulsion que suscitaient ces murs dans l'esprit des pilleurs d'épaves, et mit le cap sur Courvilliers. Il se gara à l'abri des regards indiscrets, derrière le camion isotherme de la charcuterie, et brisa le clignotant avant gauche à coups de talons. Il dut s'y reprendre à trois fois, surpris par l'élasticité du matériau. Le chat eut droit à une seconde ration de boulettes pour berger allemand. Cadin laissa ouverte à son intention la fenêtre de la salle de séjour et s'allongea. Il s'endormit avec son cahier de brèves entre les mains.

ENTERREMENT POUR 20 000 FŒTUS

> Un juge de Los Angeles vient d'autoriser l'enterrement de 20 000 fœtus découverts en janvier dernier dans un conteneur provenant d'un laboratoire médical, mais il a refusé de se prononcer sur la question des funérailles religieuses : « Nous ne savons pas à quelle religion appartenaient les fœtus. D'autre part il n'est pas exclu que certains auraient choisi de devenir athées. »

L'inspecteur fut réveillé le lendemain matin par les hurlements live des Who. Il prit sa chaussure pour frapper au plancher mais ses coups de cuir étaient noyés dans le fracas déchaîné par le frottement de la pointe de diamant sur le vinyle. Il s'habilla et descendit l'escalier en évitant de regarder la porte du rocker. La 205 démarra du premier coup. Cadin s'arrêta à la station du centre commercial et fit poser de nouvelles plaques sur la voiture, adoptant l'immatriculation de la seconde 205 volée : 3426 GP 93. Il relut attentivement la déclaration du propriétaire lésé, transmise par la préfecture, et étudia le chemin le plus direct pour se rendre à l'adresse portée sur le document : 19, allée des Frelons au Raincy.

Il s'agissait en fait d'une petite résidence pavillonnaire en cours d'achèvement qui occupait les terrains d'une ancienne usine de sièges, face aux voies du chemin de fer. Cadin gara la Peugeot derrière une haie de troènes et secoua l'extrémité d'une chaîne qui courait tout au long du jardin, passant sous des cavaliers fichés au sommet de piquets, et reliée à une clochette scellée au-dessus de la porte. Un homme de petite taille apparut sur le seuil et s'avança sur l'allée en terre battue. Il ne tira pas la grille, observant le visiteur.

— Bonjour… Qu'est-ce que vous voulez ?

L'inspecteur fit prendre l'air à son portefeuille et évita de répondre.

— Vous êtes bien M. Alain Gelen ?

— Oui, pourquoi ?

— C'est bien vous qui avez déclaré le vol d'une 205 blanche immatriculée 3426 GP 93 ? Jeudi matin…

L'homme était maintenant sur le trottoir près de Cadin. Il fronça les sourcils et se contenta de hocher la tête. L'inspecteur se dirigea vers la haie de troènes qui dissimulait encore la voiture à leur regard. Alain Gelen lui emboîta le pas. Cadin contourna les arbustes et pointa le doigt vers la carrosserie.

— Je crois que nous l'avons retrouvée… C'est bien elle ?

L'homme s'immobilisa, les yeux écarquillés. Sa main droite agrippa une branche, la tordit.

— Non… C'est impossible… C'est une erreur…

Cadin sortit le double de la déclaration de vol qu'il détailla à haute voix.

— Tout correspond pourtant, la marque, le modèle, la couleur… Jusqu'aux numéros de plaques…

Il vint se placer devant le capot, prenant Alain Gelen par l'épaule, le forçant à l'accompagner.

— Tout marche parfaitement, les seuls dégâts, c'est devant, le clignotant…

L'homme se dégagea violemment et s'élança vers le garage en fin de construction qui jouxtait le pavillon. Il fit jouer la porte à bascule et contempla le sol, qu'il se mit à marteler du talon. Cadin entra à son tour et remarqua aussitôt les pelles appuyées contre le mur du fond, les traces de terre fraîchement remuée. Il saisit

Alain Gelen aux poignets et l'obligea à présenter ses paumes au ciel. D'énormes cloques gonflaient la peau à la naissance des doigts. Cadin le traîna dans l'appartement où se terraient sa femme et sa fille, une écolière de quinze ans, l'âge d'Élise Coutureau… Leurs mains présentaient des blessures identiques.

En début d'après-midi les ouvriers d'une entreprise de terrassement employée sur le chantier de la résidence des Frelons creusèrent le sol du garage et exhumèrent la 205. Elle était intacte, protégée par de larges feuilles de plastique, intacte, à pari un clignotant brisé auquel il manquait un morceau semblable à celui que renfermait le premier tiroir du bureau de Cadin.

TOULOUSE

1983

Exécution sommaire

L'inspecteur Cadin enleva sa veste, glissa son index dans la petite boucle que le fabricant avait cousue près de sa marque et rejeta le vêtement sur son épaule. Il traversa le pont Saint-Pierre, les vagues de l'armature métallique renvoyant par ondes la chaleur accumulée, et chercha du regard la voiture blanc et noir. Le vent tourbillonnait sur la place et il suivit des yeux une jeune femme aux longues jambes qui marchait courbée vers une terrasse, les mains plaquées sur sa robe d'été. Il fut pris à son tour dans le remous et la bourrasque l'enveloppa, refroidissant agréablement sa chemise, aux aisselles. La Renault était garée sur le quai, vers la gauche, à la naissance du canal de Brienne, et les portes étaient toutes verrouillées. Le crachotement incompréhensible de la fréquence-radio suintait de la carrosserie disjointe aux caoutchoucs durcis par le soleil. Cadin fouilla ses poches, mécaniquement, alors que l'unique trousseau de clefs alourdissait celles de Lardenne.

— Où est-ce qu'il est encore passé celui-là !

Il traversa la chaussée surchauffée, ses semelles aspirées par l'asphalte ramolli, pour gagner l'ombre des façades puis se mit à faire les cent pas, dans cette rue qu'il ne connaissait pas, en attendant son adjoint. Perdu dans ses pensées il dut faire un écart pour éviter un amoncellement de journaux et de livres de poche qui semblaient couler de l'intérieur d'une boutique minuscule. Il chercha l'origine du déversement et se figea devant le spectacle qui s'étalait sous ses yeux. Une montagne de produits en vrac occupait les quinze mètres carrés de l'échoppe, des paquets de bonbons par centaines, Carambars, roudoudous, sucettes, Malabars, toute la presse de l'année mélangée, le *Libé* du jour corné sur les invendus de *La Dépêche* du mois précédent, des briquets, des formulaires de P.M.U., les taches roses des Harlequin, l'encadré jaune des Série Noire, des boîtes de Tampax, des trompettes en plastique, des lampes de poche, des filtres à café, des revues porno, des cartes de vœux, d'anniversaire, des guides touristiques, comme un glissement de terrain… L'inspecteur essaya de se frayer un chemin sans écraser quoi que ce soit et passa la tête à l'intérieur. C'est alors qu'il se rendit compte qu'un homme l'observait, immobile derrière son comptoir. Sa tête pourtant énorme disparaissait dans le puzzle délirant formé par les emballages. Cadin le salua sans parvenir à soulever les commissures de ses lèvres pour former un sourire poli. Il se demanda à quoi il allait bien pouvoir se raccrocher et se baissait pour prendre ce qui lui tombait sous la main quand la bouche de la statue se mit à remuer.

— Qu'est-ce que vous cherchez ?

Cadin haussa les épaules et se racla la gorge.

— Un paquet de Gitanes blanches et une pochette d'allumettes…

Le gardien du capharnaüm s'agita derrière son comptoir et une pile de boîtes de Zan s'écroula aux pieds de Cadin.

— C'est pourtant facile de voir que ce n'est pas un bureau de tabac : il n'y a pas de carotte sur l'enseigne !

L'inspecteur s'excusa et battit en retraite en se félicitant de l'aubaine : il avait cessé de fumer six mois auparavant. Il revint sur ses pas et contempla les maigres eaux de la Garonne. La sécheresse obligerait bientôt les poissons à apprendre à ramper. Il vit Lardenne, en contrebas, sur la berge du fleuve, penché sur un bac en émail. Il essaya de l'appeler mais le vent contraire dispersait ses paroles vers le pont des Catalans. Cadin rejoignit son adjoint qui était occupé à verser dans un lavabo abandonné l'eau puisée dans la Garonne à l'aide d'une boîte de conserve.

— Qu'est-ce que tu fabriques avec ce lavabo ? Tu as envie de le récupérer… Tu vérifies s'il est encore en état de marche ?

Lardenne se redressa, surpris par la voix de l'inspecteur, et laissa tomber la boîte de cassoulet dont le contenu lui aspergea les chaussures et le bas du pantalon. Il secoua ses mains, pour les assécher, sans un mot. Cadin shoota dans la boîte qui roula en silence sur l'herbe.

— Ça fait une heure que je te cherche là-haut… La bagnole est bouclée avec la liaison qui marche à toute berzingue ! Explique-toi, bon Dieu… Tu as donné ta démission ? Tu travailles pour Jacob-Delafon ?

Un pêcheur, sur une barque, les salua au passage. Lardenne reprit un minimum d'assurance.

— Non, inspecteur… Je vous attendais, comme convenu, et puis j'ai vu ce lavabo… Pas plus tard que ce matin mon fils m'en avait parlé alors je suis descendu pour vérifier…

Cadin s'impatienta.

— Comment ça ? Ton fils t'avait parlé du lavabo qui était jeté ici sur le quai ? Qu'est-ce que c'est que cette histoire !

— Non, bien sûr, pas de celui-ci précisément… On lui a dit à l'école que de ce côté du globe, dans les lavabos, l'eau s'écoule de droite à gauche, dans le sens des aiguilles d'une montre, et que de l'autre côté, sous l'équateur, c'était le contraire, le tourbillon va de gauche à droite… Moi, je n'avais jamais pensé à des trucs pareils… Ça me trottait dans la tête, alors quand j'ai vu le lavabo…

Cadin se pinça la cuisse, au travers de sa doublure de pantalon, pour garder son sérieux et s'accroupit près de l'évier qu'il contempla avec circonspection.

— Ça tourne vraiment de droite à gauche ?

— Oui, regardez…

Lardenne courut jusqu'à la boîte de conserve, la remplit d'eau qu'il versa rapidement dans le lavabo.

— Vous voyez, il n'y a aucun doute…

— Non, aucun. Maintenant, pour être vraiment certain que le phénomène s'inverse dans l'autre hémisphère, il ne te reste plus qu'à t'attacher cet évier autour du cou, à te munir d'une grande réserve d'eau et à marcher jusqu'à l'équateur en versant un verre tous les dix kilomètres…. Peut-être même qu'en arrivant sur la ligne, ça ne tourne ni dans un sens ni dans l'autre, que l'eau refuse de s'évacuer… Que les lavabos sont toujours bouchés… Imagine un peu comme ça doit être difficile de vivre dans des endroits pareils et rends-toi compte de la chance qu'on a d'être nés dans un pays où ça s'écoule !

Lardenne piqua du nez et hâta le pas derrière Cadin qui se dirigeait déjà vers les marches. Ils s'installèrent sur les sièges brûlants de la voiture garée en plein soleil et, toutes vitres ouvertes, roulèrent en direction du palais de justice où Cadin devait rencontrer le juge qui instruisait l'affaire de l'assassinat de Bernard Thiraud, et obtenir la commission rogatoire lui permettant de se rendre à Paris pour interroger les proches de la victime. La voix nasillarde de Bourrassol se fit entendre alors qu'ils traversaient la place de la Daurade. L'inspecteur ramassa le micro dont le fil, emmêlé dans la boucle de l'une des ceintures de sécurité, résista, et se pencha pour répondre.

— Ici Cadin, voiture trois. Je vous écoute, Bourrassol... Parlez...

Son doigt libéra le poussoir et l'émetteur se remit à crachoter. Il fronça les sourcils, concentrant son attention.

— Il y a eu du grabuge au Capitole... On vient de m'appeler du cabinet du maire... Je ne trouve personne, ni le préfet ni le commissaire...

Cadin ordonna à Lardenne de remonter la rue Gambetta et appuya de nouveau sur le bouton du micro.

— Quel genre de grabuge ? Du sérieux ?

— J'en ai bien l'impression, inspecteur : ils m'ont demandé de rappliquer discrètement à toute vitesse et ils refusent de nous donner les moindres détails sur la fréquence, ils ont le trac que la conversation ne soit interceptée par les autres zigotos du groupe situationniste... Ils auraient un scanner, d'après ce qu'on dit...

— Très bien, j'y vais... Essayez quand même de joindre le commissaire Matabiau. S'il y a eu des dégâts dans les étages du Capitole, je préférerais que ce soit lui qui colmate les fuites.

Pradis, le maire adjoint à l'information, attendait l'inspecteur sous les colonnes de marbre de l'hôtel de ville. Sa peau avait la teinte de la brique et il épongeait à l'aide d'un mouchoir froissé dans son poing les grosses gouttes de sueur qui roulaient sur son visage. L'horloge marquait presque la demie et les employés municipaux se pressaient vers l'entrée. Pradis s'avança à la hauteur de Cadin et se pencha à la fenêtre.

— Venez vite, inspecteur... Seul. Et demandez à

votre chauffeur de ne pas garer sa voiture à proximité… On se poserait des questions…

Ils traversèrent la première cour intérieure, grimpèrent par le petit escalier de service, à gauche, jusqu'au deuxième étage et dépassèrent les bureaux du service information. Pradis stoppa net devant une porte vitrée et reprit son souffle. Il agita une clef dans la serrure sans se départir d'une grimace douloureuse.

— C'est là.

Cadin lut le nom et la qualité gravés sur la plaque normalisée, juste derrière le numéro de l'alvéole :

LOUBRY
conseiller en communication

et poussa la porte dont la base coucha l'épaisse moquette claire. Le type était allongé en travers de la pièce, une jambe repliée sur le pied d'un tabouret renversé et des dizaines de dossiers étaient éparpillés autour de son corps. Un mouchoir lui recouvrait le visage. Son assassin lui avait enfoncé dans la gorge, sous la pomme d'Adam, un coupe-papier dont on ne voyait que l'extrémité, une boucle d'argent grosse comme une pièce de cinq francs, frappée aux armoiries de la ville. Le sang n'avait pas jailli, il avait coulé sur le torse, absorbé par les vêtements. Cadin contourna le bureau et s'assit dans le fauteuil du chef de service après avoir jeté un coup d'œil à l'imposante croix occitane qui marquait le centre de la place du Capitole et qu'il n'avait vue, jusqu'alors, que du haut de son mètre quatre-vingts. Pradis avait fermé la porte à clef et se tenait plaqué contre le tissu mural, les yeux au plafond, incapable de regarder le mort. C'est à peine s'il osait respirer.

— Qui est-ce qui l'a découvert ?

— C'est moi… Je peux vous dire que je m'en serais

passé… On avait rendez-vous ensemble à une heure moins le quart sous la voûte. J'avais réservé une table au *Grand Café*…

— Chez Bibi ?

Pradis ébaucha un sourire en constatant que l'inspecteur connaissait le diminutif du patron du restaurant qui servait pratiquement de cantine à la majorité du conseil municipal.

— Oui c'est ça, chez Bibi… Nous devions discuter en détail du sommaire du bulletin municipal de septembre et Loubry m'avait promis de m'amener l'essentiel des articles du numéro de juillet-août. Je les relis toujours avant qu'ils partent à l'imprimerie. À une heure il ne s'était toujours pas montré et je me suis décidé à monter le chercher… La porte était entrouverte. Je suis entré, sans me douter de rien… Il était là, au même endroit… Je n'ai pas eu le courage de lui fermer les yeux… J'ai juste posé un mouchoir pour ne pas le voir quand je téléphonais… J'ai fermé à clef et je vous ai attendu en bas…

— Vous n'avez croisé personne dans les couloirs, quand vous êtes venu le chercher ? Essayez de vous souvenir…

— Non. Tout était vide. Ici, dès que c'est l'heure, tout le monde s'en va. À midi une, c'est le désert.

Cadin boucla le bureau et alerta l'identité judiciaire. Pradis posa sa main sur son bras alors qu'il composait le numéro du palais de justice.

— Vous allez les faire tous venir ici ? Ça va produire un effet déplorable… Je n'ai même pas eu le temps de prévenir le maire… Il est en rendez-vous extérieur…

Cadin ne répondit pas et demanda au maire adjoint de lui apporter les articles du *Toulouse-Infos* en cours ainsi que le sommaire du numéro de rentrée. Pradis marqua un temps d'arrêt.

— Vous croyez que ça peut avoir un lien avec son assassinat ?

— Je n'en sais rien… C'est pour ça que je veux y jeter un coup d'œil !

Il lut en diagonale un papier très informé sur la soule, l'ancêtre du rugby, un historique du Stade toulousain agrémenté d'interviews de joueurs et de supporters, un article en anglais signé par un journaliste du *Daily Telegraph* et destiné aux dix mille citoyens anglais vivant autour de Airbus Industrie, et s'arrêta plus longuement sur un court sujet consacré aux chambres de l'*Hôtel du Grand Balcon* dans lesquelles Saint-Exupéry, Mermoz, Breguet et quelques autres as de l'Aéropostale dormaient, au début des années 20, avant de s'envoler pour Dakar.

Chaque mois un appariteur de la mairie amenait une pile de *Toulouse-Infos* au commissariat et la déposait sur le comptoir des mains courantes, mais personne n'y touchait : le maire étalait toutes les deux pages sa tronche de jeune premier finissant, et on avait l'impression, lisant son canard, de prendre un bulletin de vote. Là, sans les illustrations, Cadin trouvait un certain agrément à entendre, dans sa tête, parler de la ville dans laquelle il venait de débarquer. Son attention fut attirée par un feuillet titré :

À PROPOS D'UN FAUX

Le 1er juin dernier, *Toulouse-Infos* publiait un écho rapportant que M. Bresou, secrétaire de la Fédération de la Haute-Garonne du Parti socialiste aurait pris contact par lettre avec l'ambassade du Chili à Paris afin de préparer le terrain à une rencontre secrète entre le premier secrétaire de son parti, M. Lionel Jospin, et un proche du général Pinochet. M. Bresou a fait parvenir la mise au point suivante à M. le Maire :

« La lettre dont vous faites état est un faux manifeste et l'affaire est actuellement du ressort des tribunaux. En dehors des personnes qui cherchent à me nuire, je m'estime victime du manque de vigilance de vos collaborateurs qui ont tenu pour possible ce qui était inconcevable, à savoir une rencontre entre Lionel Jospin et Pinochet et que j'aie pu me prêter au rôle d'intermédiaire. Une telle supposition qui va à l'encontre de toute une vie consacrée à la Démocratie, au Socialisme, est injurieuse et je vous demande de publier cette mise au point dans votre prochain numéro. »

Cadin tendit le droit de réponse à Pradis.

— C'est Loubry qui avait laissé passer le faux ?

Pradis saisit la perche et se défaussa de la bourde sur le fonctionnaire assassiné, oubliant que dix minutes plus tôt il se gonflait d'importance, se vantant de lire le moindre articulet avant impression.

— Bien, oui… On ne peut pas tout voir, tout contrôler… Surtout depuis que ces dingues nous envahissent de dépêches truquées, d'invitations bidon, de coups de téléphone piégés… On en est réduits à ne prendre de décisions qu'en réunissant tous les gens impliqués, ça alourdit le travail municipal d'une manière incroyable ! J'y passe deux fois plus de temps qu'avant… Ils s'attaquent même aux vieux, ils ne respectent rien… J'ai une lettre à en-tête du bureau d'aide sociale dans laquelle ils promettent des dentiers neufs aux anciens combattants qui justifient de trois ans en première ligne, toutes guerres confondues ! Il y en a déjà une cinquantaine qui se sont présentés avec leur bout de papier… Et les vieux soldats, pour leur faire comprendre quoi que ce soit, bonjour ! On dirait qu'ils ont des obus fichés dans les oreilles… En plus les trois quarts d'entre eux n'ont même pas besoin de dentier ! Du moment que c'est gratuit, et que c'est la mairie qui paye…

Pradis s'arrêta soudain. La colère qui lui empourprait le visage s'évanouit, vite remplacée par son air habituel de faux jeton.

— Vous me demandez ça, mais vous ne croyez tout de même pas que Bresou pourrait être.... Qu'il aurait quelque chose à voir avec l'assassinat... Il est député... Il ne faut pas l'oublier...

Cadin le rassurait quand l'équipe de l'identité judiciaire au grand complet envahit le couloir. Cadin leur laissa le champ libre et s'apprêtait à quitter le Capitole, ses documents sous le bras, quand l'un des points du sommaire de septembre attira son attention. Il tira Pradis par la manche.

— Vous savez en quoi consistait cette enquête sur la place de Belfort ?

— Non, pas dans le détail... On fait une série sur des quartiers de la ville, un digest de l'historique, de l'architecture, de la vie des personnalités qui y habitent, de ce qui s'y passe... Ça plaît aux gens...

— Peut-être pas à tous ! La place de Belfort, la rue Bayard et les alentours de la gare, je ne dirais pas que c'est le supermarché de la came sur Toulouse, mais en tout cas c'est de l'épicerie prospère... Quand on met son nez dans la poudre, faut pas s'étonner si ça fait éternuer... C'est Loubry qui se chargeait du travail sur le terrain ?

Pradis sourit pour la première fois depuis leur rencontre.

— Non. Il était directeur du secteur multimédia. Il traçait les grandes lignes du sujet et c'est un rédacteur du service information qui allait au charbon... Il y a les initiales du journaliste pressenti, sur le sommaire, après le titre du papier... Tenez, regardez... Là, pour la place de Belfort, C.-L. M., c'est Claude-Louis Mesprem.

— Vous pouvez aller me le chercher, il doit être arrivé...

— Il ne travaille pas ici, c'est un pigiste. Vous le trouverez certainement *à Radio Pays-Sud*, il y fait pas mal d'émissions…

— *Radio Pays-Sud !* Ils ne sont pas de votre bord pourtant…

— Non, mais ils ont de bons professionnels en face… Dès l'instant où ils prennent un pseudo, ça ne nous gêne pas d'utiliser leurs compétences.

Lardenne s'était garé le long du square, rue Lafayette, et disparaissait presque à la vue, avachi sur le siège, le regard braqué sur les jambes des filles qui passaient, essayant de prendre plus qu'elles ne voulaient donner. Cadin le fit sursauter en cognant sur le toit de la Renault.

— Tu sais où se trouve *Radio Pays-Sud* ?

Le policier se redressa et faufila la voiture en sifflotant, dans la circulation du début d'après-midi. Il s'arrêta à la limite du quartier de la Faourette. Une équipe d'employés communaux s'affairait au jet, au balai, au grattoir sur un mur couvert de graffiti et le sang des lettres rondes de

mon amour et mon mois de préavis

ruisselait sur l'asphalte. Cadin poussa une porte cochère, traversa une cour et pénétra dans ce qui avait dû être un atelier de confection. Des dizaines d'autocollants frappés du logo de la radio, une croix occitane équipée d'un walkman, constellaient les vitres peintes en noir. La pièce ne voyait jamais le soleil, située en renfoncement, dans un angle de l'immeuble. Cadin remit sa veste en frissonnant. Un homme d'une trentaine d'années, mat de peau, le visage à moitié mangé par une barbe très fournie, parlait avec conviction derrière la vitre d'un studio bricolé, les lèvres collées au micro. L'endroit où

Cadin se tenait n'était pas équipé de retour et l'inspecteur attendit une dizaine de minutes, sans saisir le moindre mot, en jetant des regards désespérés vers le bocal, avant que l'animateur interrompe son monologue et enclenche une cassette. La porte en s'ouvrant laissa échapper une diatribe de Ferré.

— Qu'est-ce que vous désirez ?

L'homme dépassait Cadin d'une tête et se planta devant une affiche illustrée d'un pigeon, dont le message, incompréhensible pour le commun des mortels, proclamait :

À PARTIR DE LÀ, C'EST TOUT DROIT

— Je cherche à rencontrer Claude-Louis Mesprem…

— C'est moi… Et vous, qui vous envoie ?

— Inspecteur Cadin, Police judiciaire… Vous êtes là depuis longtemps ?

Mesprem pointa le doigt en direction d'un magnétophone posé sur une étagère et qui déroulait minutieusement sa bande.

— Depuis midi… Le mercredi je tiens trois heures d'affilée en direct et la loi nous oblige à tout enregistrer… Je suis arrivé à onze heures, j'ai dû dialoguer avec une quinzaine d'auditeurs et je viens de lancer un live de Ferré qui va faire la soudure avec la prochaine émission… Alors, si vous n'y voyez pas d'inconvénient, je vais boucler la baraque et aller m'en jeter un… Repassez-vous les bandes…

Il fit un pas vers la sortie. Cadin l'agrippa par le col de sa chemise. Il se sentit légèrement ridicule, le bras et les yeux levés vers le journaliste qui s'était figé.

— Lâche-moi tout de suite, tu entends ! Vire tes sales pattes de poulet.

Cadin se hissa discrètement sur la pointe des pieds pour maintenir sa pression.

— Jacques Loubry vient d'être assassiné et je sais que vous travaillez actuellement pour lui sur un sujet chaud.

Mesprem accusa le coup, se voûta et vint s'appuyer contre le mur du studio.

— Je pige pour *Toulouse-Infos*, comme tout le monde… Il n'y a rien de honteux… J'aligne mes six feuillets tous les mois… L'histoire de la manufacture des Tabacs, la diaspora espagnole… Rien de chaud là-dedans… Je ne vois pas ce que vous insinuez…

— J'ai lu le sommaire de septembre. Vos initiales figurent après un projet d'enquête sur la place Belfort. C'est le quartier des dealers et on peut difficilement éviter d'en parler quand on se penche sur le sujet, non ?

Il avait repris son assurance et défia l'inspecteur.

— Pourquoi pas ? Ça change du cassoulet, des violettes confites, des briques en nougat et des cachous Lajaunie… Écoutez, inspecteur, je me fous de la came de la rue Bayard comme des putes de la gare Matabiau. Relisez mes papiers dans *Toulouse-Infos*, je signe Baytembay, c'est facile à retenir ! Je me contente de parler architecture, urbanisme, de signaler les boutiques intéressantes, les restos, les types un peu hors normes… Rien de plus. Pour ça, on me paye le prix et ensuite, sous mon nom, à visage découvert, je dis ce que je veux dans ce micro, sans rédacteur en chef, sans directeur de conscience.

Cadin observa quelques instants un portrait sérigraphié à l'encre rouge surmonté d'un mot d'ordre noir : VIE SAUVE POUR PUIG ANTICH.

— Chacun s'arrange comme il peut… C'est vous qui avez eu l'idée de cette enquête ou bien est-ce Loubry qui vous l'a proposée ?

Le journaliste sortit dans la cour, suivi par Cadin, et verrouilla la porte du studio.

— Je crois que je me suis montré correct, inspecteur, que j'ai fait preuve de bonne volonté… Maintenant si vous voulez que je continue à répondre à vos questions, il va falloir me montrer une commission rogatoire… À force de se faire embarquer, on finit par apprendre ses droits… Si vous n'en avez pas, envoyez-moi une convocation par porteur spécial… Ma fiche est à jour, ils connaissent l'adresse et le code de l'immeuble !

Cadin le laissa rejoindre la voûte puis traversa la cour à son tour. Un peu plus haut, les pieds sur le trottoir, le tronc penché à l'intérieur de la Renault, Lardenne recevait un message radio. Cadin reconnut la voix de Bourrassol et prit le micro des mains de son adjoint.

— Je vous reçois, Bourrassol. Ici Cadin. Il y a du nouveau ?

— Peut-être… Le dossier Loubry vient d'arriver au bureau. C'est épais comme un Bottin : il faisait de la politique depuis le berceau ! Les R.G. n'ont pas lésiné sur les comptes rendus… Ils ont des oreilles partout…

Le pouce de l'inspecteur écrasa le poussoir, coupant la parole au policier.

— Abrégez, Bourrassol… Tout ça, je le lirai demain dans le journal… Vous avez trouvé quelque chose, oui ou merde !

— Excusez-moi… C'est pas tous les jours qu'on trouve un cadavre au Capitole… Voilà, pas plus tard qu'il y a six mois, en janvier, Loubry a reçu des menaces…

— Des menaces de mort ?

— Non, pas précisément… J'ai la lettre sous les yeux, je vous la lis : « *Espèce de salaud, je savais bien qu'un jour je te retrouverais. Je n'ai rien oublié de ce que tu m'as fait, à moi et aux miens. Tu le paieras, d'une manière ou d'une autre, dans ta chair ou dans ton esprit.* » Et c'est signé Medhi Haroui. À l'époque les Renseignements généraux avaient procédé à une enquête de routine et laissé ce type en liberté. Ils nous ont passé leur rapport, pour une fois.

— On a son adresse ?

— Plus besoin, le juge d'instruction a ordonné son arrestation. Ils viennent de nous le livrer. Il est dans la cage.

Cadin s'installa au volant et laissa tout juste le temps à Lardenne de prendre place à ses côtés. Il démarra le pied au plancher, imprimant l'empreinte des pneus sur le goudron liquéfié, et pila devant le commissariat sans prendre le temps de garer la voiture qu'il abandonna au milieu de la chaussée. Lardenne glissa d'un siège vers l'autre en pestant, pressé par le klaxon réprobateur d'un camion frigorifique. L'inspecteur ramassa le dossier Loubry sur le bureau de Bourrassol, préleva les pièces concernant les menaces adressées à Loubry, les étudia minutieusement puis demanda au brigadier de lui amener Medhi Haroui. Bourrassol revint en poussant devant lui un homme maigre, d'une quarantaine d'années, vêtu d'un short et d'une chemisette.

— Il faisait la sieste quand ils l'ont chopé…

L'inspecteur fit signe au brigadier de se tenir à l'écart et désigna un siège au suspect.

— Asseyez-vous… C'est bien vous qui avez envoyé cette lettre à Jacques Loubry ?

Le type fronça les sourcils en remarquant le vouvoiement inhabituel. Cela le mit aussitôt sur ses gardes. Il répondit par la provocation.

— Tu le vois bien puisque j'ai écrit mon nom en dessous…

Bourrassol s'était déjà approché pour remettre les choses en place mais Cadin l'arrêta d'un geste.

— En effet, j'ai remarqué et pour être franc ça plaiderait plutôt en votre faveur... Vous pouvez me dire ce que vous faisiez entre midi et une heure ?

— Je dormais et je dormirais encore si ton équipe de sauvages n'était pas venue défoncer la porte de ma chambre à coups de bottes ! Je n'ai pas tué Loubry même si l'envie m'en venait chaque nuit depuis plus de vingt ans... Ce n'est pas pour ça que je vais me mettre à applaudir : je ne me suis jamais réjoui de la mort de personne, même de celle de mon pire ennemi.

— Quelqu'un peut témoigner de votre présence chez vous ce midi ?

Medhi Haroui joignit les mains pour conjurer le destin.

— Non, je n'ai pas l'habitude qu'on me tienne la main avant de m'endormir. J'ai vite passé l'âge... Je travaille de nuit, à Colomiers, chez Dassault. Ma piaule se trouve au fond d'une cour, rue Gentil-Magre. Je pars, je rentre, je repars, et personne ne fait jamais attention à moi... N'importe comment, ça vaut mieux...

L'inspecteur remplit deux gobelets du café préparé par le brigadier et en tendit un à l'homme qu'il interrogeait.

— Servez-vous, Bourrassol... C'est bien dommage pour vous, mais vous ne pouviez pas vous endormir à un plus mauvais moment... Et pourquoi cette lettre de menaces écrite à Loubry ?

L'homme se redressa brusquement et quelques gouttes de café tachèrent sa chemise d'été.

— Ce n'est pas dans votre dossier ?

Cadin encaissa le retour du vouvoiement avec discrétion et feuilleta rapidement les documents.

— Non, il n'y a rien à ce sujet. Ça a l'air de vous étonner...

— Oui, le lendemain du jour où j'ai eu le malheur d'envoyer cette lettre, trois de vos collègues m'ont embarqué à la descente du car, en revenant de l'usine… Je leur ai tout raconté et il y en avait un qui tapait à la machine, aussi vite que je parlais… Demandez son papier et lisez-le.

Il renversa la tête pour boire le café sucré qui noircissait le fond du gobelet.

— Vous ne croyez pas que ce serait plus simple de me le répéter ? On gagnerait du temps…

— Non. Le temps, c'est le temps : ça ne se gagne pas, ça ne se perd pas.

Medhi Haroui refusa de répondre à toutes les questions qui suivirent et Cadin le fit raccompagner en cellule par Bourrassol. Il se rendit directement à la préfecture, rue Fermat, et grimpa à l'étage réservé à la direction régionale des Renseignements généraux. Dans le couloir, près du local de la photocopieuse, il croisa l'inspecteur André Deluc dont le nom revenait très fréquemment dans les conversations avec les commerçants du centre-ville dès qu'on parvenait à aborder le sujet tabou entre tous de la corruption. On le surnommait La Cluque à cause de ses lunettes de myope et il s'était spécialisé dans la revente des licences de bar de quatrième catégorie, prélevant de 20 000 à 50 000 francs au passage suivant la situation du troquet. Cadin le coinça près d'un pilier.

— Salut, La Cluque…

L'autre s'immobilisa en entendant son nom des rues et dévisagea l'inspecteur au travers de verres aussi épais qu'un mille-feuille.

— Cadin ? Ça ne va pas de m'appeler comme ça… Qu'est-ce que tu fous là ?

— Tu es au courant pour Loubry ?

— Évidemment. On ne parle de rien d'autre… Il paraît que tu es sur le coup ?

— Je n'y peux rien, ça s'est passé à l'heure du

déjeuner et j'étais le seul sur le pont. Il faut absolument que tu me sortes un document que tes copains ont oublié de joindre au dossier Loubry avant de me le transmettre…

La Cluque baissa la voix.

— À quel titre ?

— Au titre du service public, tout simplement… Les gens sont négligents : un papier sans importance s'est égaré entre la préfecture et le commissariat. Il a sûrement glissé du dossier et est tombé sans bruit sur la moquette… Je ne voudrais pas que, pour si peu, un fonctionnaire de ta classe se fasse « licencier », si tu vois ce que je veux dire…

Il examina l'inspecteur des pieds à la tête, méprisant.

— C'est quoi ton truc ?

— Le procès-verbal d'interrogatoire d'un certain Medhi Haroui en date du 13 ou du 14 janvier de cette année. La piste est sérieuse : il avait envoyé une lettre de menaces à Loubry. J'aimerais savoir pourquoi, avant de l'inculper d'assassinat.

— Je vais voir ce que je peux faire… Je serai dans deux heures au tabac de la rue des Remparts, près du poste de police… J'espère l'avoir, mais je ne te promets rien : avec le bordel que foutent les situs, tout le monde se méfie. Même de son ombre… Dès qu'une porte grince dans un couloir, tu as dix têtes qui sortent des burlingues.

Cadin s'arrêta dans le quartier Saint-Georges et se promena sur l'emplacement de la future place Catalane. Il leva la tête pour observer le mouvement des dizaines de flèches de grues qui balayaient le ciel. Des ouvriers casqués, torse nu, réglaient le déplacement des charges depuis le sol en donnant leurs ordres aux grutiers, par talkie-walkie. Les camions-toupies bariolés faisaient la queue devant l'entrée du chantier entre les deux immenses panneaux qui déclinaient la liste des entreprises présentes sur le site, et les sigles obscurs des organismes financiers, des bureaux d'études intéressés au projet de rénovation : I.N.T.P., S.G.R.F., Socobat, Etouke S.A, B.C.M. de Financement… Il s'approcha d'une mauvaise photo de la maquette du projet, encadrée et clouée sur la palissade blanc et rouge. Des dizaines de petits personnages Lettraset aux allures d'Américains moyens des années 50 se pressaient vers une Fnac en carton.

André Deluc s'assit à ses côtés, dans l'arrière-salle du tabac, alors qu'il raclait à l'aide de sa petite cuillère le dépôt de sucre de son second café. La Cluque lui posa discrètement une enveloppe sur les genoux.

— Je te préviens, c'est une photocopie. J'ai masqué les signatures et les noms des collègues qui se sont chargés du travail. Tu lis et tu jettes. Ça ne sert à rien de garder des bouts de papier de ce genre. N'importe comment, je ne t'ai jamais rien donné.

Le garçon ramassa les tasses vides, effaça les auréoles de café d'un rapide coup de serpillière aux relents de moisi. L'inspecteur des Renseignements généraux attendit qu'il s'éloigne en essuyant ses verres de lunettes à l'aide d'une serviette en papier puis il se leva et se pencha vers Cadin.

— Cette fois-ci tu m'as pris de court, Cadin, mais sois tranquille : je vais me renseigner sérieusement sur ton compte et si je tombe sur quoi que ce soit de puant je te promets que tu te bourreras les narines de boules Quiès jusqu'à la fin de tes jours !

Il sortit en se retournant sur une fille en minijupe, accroupie sur le trottoir, qui choisissait des cartes postales au bas d'un tourniquet. Cadin ouvrit l'enveloppe et déplia le formulaire sur lequel tous les signes d'identification de date, de service, d'agents, se dissimulaient sous un large trait de feutre noir. La fille venait de pivoter et offrait l'intérieur obscur de ses cuisses à son regard. Il reposa le papier sur la table sèche et ferma les yeux en essayant de maîtriser son souffle. Il compta jusqu'à dix avant de les rouvrir sur le tourniquet célibataire et leva le formulaire devant son visage, comme un rideau de papier, de signes, entre le monde et lui. Il lut rapidement les vingt premières lignes qui concernaient l'identité de Medhi Haroui et concentra son attention sur le début de l'interrogatoire.

— *Est-ce que tu reconnais cette lettre ?*.... (trait noir) *montre la lettre de menaces adressée à Jacques Loubry.*

— Oui, c'est moi qui l'ai envoyée. Ça se voit, non ? J'ai mis mon nom et mon adresse...

— *On a remarqué : ce n'est pas très malin ! Tu sais que les menaces de mort sont punies par la loi, qu'on peut te foutre en taule à cause de ce bout de papier... Tu le savais ?*

— Quelles menaces de mort ? Je n'ai jamais menacé personne !

— *Et ça, Haroui : « Tu le paieras d'une manière ou d'une autre, dans ta chair ou dans ton esprit. » Tu appelles ça comment ? Des vœux de bonne année ?*

Cadin n'avait pas besoin de faire beaucoup d'efforts pour imaginer les trois inspecteurs des Renseignements généraux disposés en arc de cercle devant le suspect et s'esclaffant à la plaisanterie usée de celui qui menait l'interrogatoire. Le double interligne qui séparait la question de la réponse formulée par Medhi Haroui donnait peut-être aux rires le temps de s'éteindre.

— Je vous répète que ce ne sont pas des menaces : je suis sûr que tous ceux qui font le mal sont punis un jour ou l'autre, dans leur corps ou dans leurs pensées. Je voulais seulement lui rappeler que s'il avait oublié ses mauvaises actions, Dieu, Lui, n'effaçait rien de son souvenir…

— *Parce que maintenant tu te prends pour l'émissaire de Dieu !*

— Non, mais je sais que rien ne Lui échappe. Jamais. Je l'ai simplement écrit.

— *D'accord… On va prendre les choses autrement, sinon on ne s'en sortira pas. Ça fait combien de temps que tu connais Loubry, ici, à Toulouse ?*

— Une semaine… Je l'ai vu à la télévision. Le maire faisait un discours pour sa réélection… Loubry était en bas de la tribune et un des journalistes l'a présenté comme l'organisateur de la campagne électorale du maire…

— *Tu l'as rencontré, tu as discuté avec lui ?*

— Non.

— *Qu'est-ce que tu as fait alors… Parle.*

— J'ai envoyé ma lettre.

— *Il est fou ou quoi ! Tu envoies une lettre de menaces à un type que tu vois pour la première fois de ta vie à la télé… Comme ça, sans raisons…*

— C'était la première fois que je le voyais à Toulouse, mais je le connaissais déjà.

— *Eh bien, fallait le dire plus tôt !*

— Vous m'avez demandé : « à Toulouse »…

— *D'accord, Haroui, d'accord… On a dit « à Toulouse »… Alors avant, raconte, c'était où ?*

— À Menchem, dans la Mitidja… C'est là que je suis né. À l'époque le village s'appelait Maison-Dieu et tout appartenait à la famille Loubry, les bêtes, les maisons, les vignes, les champs. On habitait à côté de l'église. Tout le monde à la maison travaillait pour les Loubry, mon père, ma mère, mon frère et mes sœurs…

Le garçon déposa en silence le café que l'inspecteur avait commandé d'un geste, et coinça le ticket sous la soucoupe. Cadin interrompit sa lecture pour éplucher son sucre en songeant à la joie poisseuse des types des R.G. accumulant des données inédites sur le passé d'un des plus proches collaborateurs du maire. Le sucre en plongeant éclaboussa la table.

— *Tu l'as rencontré quand exactement ?*

— Ça, c'est impossible à dire. Je suis né en 1938 et lui quelques années auparavant. Il était là dès le début.

— *Très bien, on a compris… C'est de là-bas que datent les problèmes que tu avais avec lui… Je parie que tu étais du côté des fellagha…*

— Ça n'a rien à voir… Ça s'est passé bien avant…

— *Quand ?*

— En juillet 1954. Il y avait une fête dans la maison des patrons. Les invités étaient venus de tous les villages des environs, certains d'Alger et même quelques-uns de Bou-Saada. Rien que des Français. Il faisait très chaud. Ils buvaient beaucoup. Leurs enfants se promenaient dans les vignes, sur les poneys, pendant que leurs parents installaient le phonographe pour danser sous la véranda. Vers sept heures du soir la fille des gens de Bou-Saada, ils avaient une propriété près de Moulin-Ferrero, est arrivée en pleurs au milieu des danseurs, sa robe déchirée, le visage griffé. J'étais caché derrière les canisses, près des écuries, elle était presque en face de moi… Ils ont fait cercle autour d'elle. Je n'entendais rien mais j'ai su juste après, par la bouche d'un des serviteurs, qu'un garçon du village l'avait fait tomber de son poney et qu'il avait essayé de l'embrasser, de lui arracher sa robe… Le vieux Loubry a immédiatement distribué des fusils à ses invités et les hommes, à moitié ivres, se sont dirigés vers le village. Je me suis mis à courir à travers les jardins pour les prévenir mais je me suis foulé la cheville en butant contre une vieille souche. Quand je suis arrivé en boitillant, tous les habitants du village, au moins cent cinquante personnes, étaient rassemblés sur la place, devant le café *Moussi*. Les Français ont fait mettre de côté tous les garçons de 14 à 25 ans et la jeune fille est passée devant l'alignement, droite, le visage tourné sur l'épaule, comme un officier le jour de l'inspection. Elle s'est immobilisée devant mon frère, Mohand, et a pointé le doigt : « Monsieur Loubry, c'est lui. » Mohand a crié en arabe que ce n'était pas vrai, qu'elle se trompait… Les hommes se sont approchés, pour le saisir. Il a pris peur… Il a bousculé deux, trois garçons, les a jetés à terre en reculant, puis il s'est mis à courir vers les premiers rangs de vigne, pour s'enfuir. Le fils Loubry, Jacques, a levé son fusil. Je me suis jeté sur lui, mais trop tard… La décharge a atteint mon frère dans le dos, à hauteur des reins. Il est mort une heure plus tard, comme un chien, sur la place du village, sans soins…

— *Il y a obligatoirement eu une enquête… Loubry a dû s'expliquer…*

— Une enquête pour la mort d'un Arabe en Algérie, en 1954 ! Il en aurait fallu, des juges… Non. Mes parents ont perdu leur travail, leur maison. Nous sommes venus en métropole et je me suis fait embaucher chez Hispano-Suiza, puis à Sud-Aviation. Après les licenciements de 1978 je suis entré chez Dassault, ici, à Colomiers… Il a fallu que je regarde la télévision, la semaine dernière, que je tombe sur lui, pratiquement trente ans plus tard, pour comprendre que je n'avais rien oublié de cette journée de juillet 54, rien, ni les boucles d'or de la fillette, ses larmes brillant sur ses joues, ni le soleil, ni l'odeur du sang de mon frère…

Cadin porta la tasse à ses lèvres, fit la grimace en avalant une gorgée de café froid et reposa la tasse pleine. Il se leva. Quand il pénétra dans la salle des inspecteurs, au commissariat central, il trouva Lardenne installé à sa propre place, un écouteur plaqué sur l'oreille gauche, le téléphone écrasant l'autre. Un second combiné, celui de Bourrassol, était posé sur le bureau. Cadin s'approcha sans bruit. Son adjoint rassemblait d'un coup toutes ses notions d'anglais pour tenter de se faire comprendre d'un lointain interlocuteur.

— Moscou Cèn'trol ? Pliz… maille nem iz Lardenne frome Toulouse… Nomebeurre sixe-ouane-sixe-tou-faève-tou-naène-fri… Yès, Frènche police… Ail ouante ze téléfonie cèn'trol of Tokyo… Iz possibol ? Cinq you… Yès, ail ouaite…

Cadin s'appuya à un pilier. Il attendit la jonction avec Tokyo et subit une seconde fois l'anglais phonétique de Lardenne qui espérait être mieux compris de l'opératrice japonaise en s'efforçant à parler du nez.

— Bliz, meille nèm…

Il demanda le standard de San Francisco qu'il obtint presque immédiatement et, de là, New York. Cette fois, s'il déclina comme avant le numéro personnel du bureau de Cadin, le 61 62 52 93, il n'exigea pas d'être mis en relation avec un nouveau standard international.

— Aille ouante ze nomebeurre six-ouane-six-tou-faève-tou-naène-naène, in Toulouse… Frenche caountri… Pliz…

Cadin fronça les sourcils et finissait tout juste de décrypter le numéro de Bourrassol, le 61 62 52 99, quand le téléphone du brigadier se mit à sonner. L'inspecteur donna un coup de rein pour se détacher du pilier et sa main se referma sur le combiné strident. Il porta le récepteur à son oreille et hurla dans l'émetteur.

— Allô, qui est à l'appareil ?

Lardenne, hébété, ferma les yeux en éloignant vivement le téléphone de son crâne. Il prononça faiblement un :

— C'est moi, inspecteur…

que Cadin entendit, comme en écho, trois secondes plus tard dans le téléphone de Bourrassol.

— Comment ça c'est toi ? Je t'ai entendu appeler Moscou, Tokyo, San Francisco, New York… À quoi tu t'amuses exactement ?

Cadin se rendit soudainement compte qu'il parlait à son adjoint qui lui faisait face par l'intermédiaire d'un téléphone. Il raccrocha.

— Alors, je t'écoute !

Lardenne reposa à son tour le combiné sur son support.

— Je voulais seulement vérifier si c'était vrai…

— Si c'était vrai quoi ?

Le policier prit appui sur les accoudoirs du fauteuil et se releva douloureusement.

— Mon fils m'avait dit qu'avec deux téléphones, si on passait de capitale en capitale par le réseau manuel, votre voix faisait le tour de la terre et vous vous entendiez avec un décalage de deux secondes et quatre dixièmes…

Cadin se retint nerveusement au bord du bureau et les premières phalanges de ses doigts se vidèrent de leur sang.

— Tu veux dire qu'à l'instant je…

Lardenne baissa la tête.

— Oui, inspecteur… Exactement… On se parlait en faisant le tour du monde…

Sans trop savoir pourquoi, Cadin prit le téléphone dans sa main, contempla en silence la multitude de points perçant la bakélite puis raccrocha l'appareil, découragé.

— Je ne sais pas à combien revient ce genre de plaisanterie, Lardenne, mais je peux t'assurer que ton petit tour du monde de deux secondes et quatre dixièmes te sera retenu sur ta paye à la fin du mois. Je m'en occuperai personnellement. Pour le moment, tu me trouves Bourrassol et vous me ramenez le type qui est en cellule.

L'inspecteur s'installa derrière son bureau et, du bout de l'index, fit sauter la bande adresse de *La Dépêche du Midi*. Le journal arrivait à son nom, au commissariat, sans qu'il ait jamais envoyé de formulaire d'abonnement. Il y voyait un remerciement anonyme de la part des localiers qu'il laissait piocher à leur convenance dans les brèves de la main courante. Il déplia le journal et son regard se posa directement, par habitude, sur la colonne de droite des infos régionales.

UN HOMME AU COURANT

> Mercredi dernier, rue Pargaminières, un réparateur en vidéo bricolait les caméras de surveillance du bar-tabac *Chez Naudy*, juché sur un escabeau. Se sentant perdre l'équilibre, il a tenté de se rétablir en s'agrippant de la main droite aux deux fils d'alimentation en 220 volts qu'il venait de dénuder. Le courant lui est passé à travers le corps et s'est frayé une sortie dans le mollet, par un trou de la grosseur d'une pièce de 5 francs. Le médecin qui l'a soigné a déclaré que l'homme avait la chance d'être droitier car si le courant était passé par la main gauche et donc le cœur, le malheureux serait mort foudroyé.

Il abaissa son journal en entendant le raclement de gorge de Bourrassol. Les deux policiers encadraient Medhi Haroui, toujours habillé de son short et de sa chemisette, qui tendait ses poignets entravés en direction de l'inspecteur.

— Ils n'ont pas besoin de me mettre les menottes à chaque fois… Je n'ai pas l'intention de m'échapper. Je n'ai rien à voir dans cette histoire…

— Enlevez-lui les bracelets. Asseyez-vous, Medhi Haroui. J'ai eu connaissance du procès-verbal des Renseignements généraux de janvier dernier. Je n'ai pas l'impression que cela vous soit très favorable, au contraire. Si ce que vous disiez à l'époque est vrai, vous aviez une très bonne raison de tuer Loubry : venger la mort de votre frère...

L'Algérien se mit debout, par réflexe, mais Lardenne le repoussa sur sa chaise.

— Écoutez, si je l'avais fait, je vous le dirais. Je vous jure que j'ai souhaité sa mort des milliers et des milliers de fois. Pas un jour ne s'est écoulé sans que j'y pense... S'il s'était trouvé en face de moi pendant la guerre d'indépendance, je ne lui aurais pas laissé la moindre chance, mais la paix est revenue et ce qui était toléré en ce temps-là, dans la folie des combats, maintenant cela s'appelle des meurtres...

— J'ai bien peur que ce type d'arguments n'ait pas beaucoup d'influence sur le juge d'instruction... Si vous n'êtes pas capable de lui présenter une défense plus convaincante, il faut vous préparer à dormir en prison cette nuit et toutes celles qui vont suivre...

Cadin sortit la photocopie que lui avait remise La Cluque et en relut le dernier paragraphe.

— ... C'est vrai ce que vous racontez là, que Loubry n'a pas été inquiété après la mort de votre frère ? Il n'y a vraiment pas eu d'enquête ?

Medhi Haroui haussa les épaules pour marquer l'évidence.

— Pourquoi croyez-vous que nous nous sommes révoltés ? Par plaisir ? Mohand n'a pas été le premier, ni le dernier à se faire abattre dans le dos... Les colons avaient pratiquement le droit de vie et de mort sur les fellahs, la police c'était *leur* police, la justice, c'était *leur* justice : ils parlaient la même langue...

Depuis quelques instants Bourrassol manifestait des signes d'impatience. Il profita d'une pause de l'Algérien pour intervenir.

— Tu as beau jeu maintenant, mais à l'époque vous ne nous faisiez pas de cadeaux non plus, toi et tes petits copains… Je sais de quoi je parle : j'ai tiré vingt-huit mois dans les djebels…

— On n'avait pas à faire de cadeaux, à personne. Nous étions chez nous, sur notre terre, et vous ne veniez pas spécialement pour y faire du tourisme… Mohand est mort à Menchem le 14 juillet 1954, en milieu d'après-midi, et au même moment, place de la Nation à Paris, la police tirait sur une manifestation algérienne, tuant sept de mes compatriotes… Là non plus il n'y a pas eu d'enquête, ils sont passés à la trappe et personne n'a retenu leurs noms… Faites ce que vous voulez de moi : je n'ai que du mépris pour votre justice, elle s'est déshonorée trop souvent et a trop souvent oublié son déshonneur pour que je lui témoigne la moindre confiance.

Lardenne se jeta sur Medhi Haroui et le prit par le col de sa chemise d'été.

— Tu vas la boucler !

Cadin frappa du plat de la main sur le plateau du bureau et se mit à hurler.

— Lardenne ! Tu le lâches immédiatement et tu sors !

Puis il reprit son calme en se frottant la paume tandis que le policier passait dans le couloir. Il fixa l'Algérien droit dans les yeux.

— Qu'est-ce que vous cherchez à prouver ? J'ignorais complètement ce qu'il s'était passé à Paris en 1954… Ce n'est pas à moi qu'il faut dire tout ça : je ne suis qu'un simple inspecteur de police et je ne vais tout de même pas être comptable de toutes les saloperies commises depuis que les flics existent !

— Et pourquoi pas ? Moi, je me sens responsable de

l'histoire de mon peuple, et c'est uniquement pour cette raison que je suis entre vos mains en ce moment… C'est facile de répondre qu'on ne savait pas… On efface les dates et les chiffres du tableau de chasse… Les 40 000 morts de Sétif le 8 mai 1945, les 100 000 de Madagascar en 47, ceux de mai 53 et de juillet 54 à Paris, les 300 cadavres d'Algériens du 17 octobre 1961, les dizaines de patriotes guillotinés à Barberousse et dans toutes les prisons d'Algérie ne vous empêchent pas de dormir. Moi, si. Vous vous souvenez, comme si c'était hier, de la Terreur et des têtes d'aristocrates qui tombaient dans la sciure, il y a deux siècles, mais bien sûr vous ne saviez pas que la guillotine rasait à plein temps, *chez vous*, il y a moins de trente ans ! Liberté, égalité, fraternité… Si seulement on dressait la liste de ceux que l'on a suppliciés dans les colonies, au nom du peuple français… Il y aurait un livre à écrire sur les répressions oubliées, mais c'étaient des crânes frisés, des têtes de bougnoules, des ratons… Ça ne compte pas… Deux poids, deux mesures, jusque dans les fosses communes…

Cadin se leva et s'approcha de la fenêtre. Un type en haillons traversait la rue, probablement pour éviter le planton du commissariat, en poussant une montagne vacillante de sacs plastique sous laquelle brillaient les grilles métalliques d'un caddy de supermarché. Deux chiens pelés étaient attachés aux montants et semblaient tirer l'attelage. L'inspecteur se retourna vers Bourrassol.

— Vous le ramenez en cellule, je crois que j'en ai assez entendu pour aujourd'hui… Essayez de lui trouver une couverture : s'il attrape un rhume, il est foutu de nous accuser de torture…

Lardenne fumait une cigarette en faisant les cent pas dans le couloir. Cadin lui demanda d'aller prendre la voiture au parking.

— On va voir la veuve…

L'inspecteur se plaça sous la caméra de surveillance et déclina son identité dans le micro. Le portier électronique libéra la porte. Cadin dut se frayer un chemin au travers de la petite foule qui envahissait l'entrée et la salle de séjour du vaste appartement en terrasse qu'habitaient les Loubry, non loin de la place Catalane. Une grande femme blonde, habillée de noir, vint à sa rencontre. La robe moulante qu'elle portait semblait être une robe de soirée qu'elle avait passée en apprenant la mort de son mari.

— Vous êtes l'inspecteur Cadin ? Patricia Loubry… Entrez…

Il s'inclina et bafouilla quelques phrases condoléantes qu'elle accueillit d'un battement de paupières. Le chuchotement familial et respectueux s'était atténué et tous les regards étaient tournés vers eux. Elle prit conscience de la curiosité de ses proches et de ce qu'elle avait de gênant pour Cadin. Elle désigna une porte et l'ouvrit pour le faire entrer le premier.

— C'est le bureau de mon mari. Nous serons plus tranquilles ici pour discuter. Vous voulez boire quelque chose ?

— Non, je vous remercie…

Elle s'assit sur l'accoudoir d'un fauteuil et croisa les jambes en tirant très naturellement le tissu sur ses genoux. Cadin reconnut le geste d'une femme habituée à porter la jupe. Elle avait ramené sa chevelure sur le côté et une énorme pince en forme de papillon maintenait ses cheveux en place. Le léger maquillage matinal effaçait quelques rides et seule une auréole inhabituelle de mascara et de fard à paupières témoignait des événements de la journée.

— On ne sait jamais trop de quelle manière commencer, dans ces cas-là…

— Allez directement au but, inspecteur : la mort de Jacques est un coup terrible pour moi et pour tous ceux de sa famille. Mais autant être franche dès le départ, nous ne vivions plus ensemble depuis plusieurs mois. L'annonce de son assassinat m'a assommée mais je ne vais pas pour autant vous jouer le numéro de la veuve éplorée…

Elle se pencha vers le bureau pour prendre une cigarette. Cadin saisit à deux mains le briquet monté sur un socle en forme d'encrier et lui offrit du feu.

— Ça a le mérite de la clarté… Il est rare de rencontrer des gens qui abattent leurs cartes aussi nettement dans de telles circonstances. Vous pouvez me dire pourquoi vous vous êtes séparés et en quels termes ?

Elle leva son visage, les lèvres en avant, en forme de baiser, pour éjecter un mince filet de fumée vers le plafond.

— Oui, ce n'est pas un secret d'État. En fait ce n'est pas de lui que je me suis séparée, mais de sa famille… Nous nous sommes mariés il y a cinq ans seulement. J'ai toujours vécu à Toulouse, mes parents tiennent un commerce dans la rue Saint-Rome, la librairie *Les Yeux ouverts*. Les frères de Jacques possèdent une bonne partie des boutiques de mode de la rue, ils les mettent en gérance. C'est là que nous nous sommes rencontrés… Au début, pendant les fiançailles, c'était le paradis mais dès que nous nous sommes installés ici, j'ai eu l'impression de devenir membre d'une tribu. La tribu de Maison-Dieu…

Cadin se tenait debout, l'épaule appuyée sur les reliures d'une encyclopédie.

— Ça s'appelle Menchem maintenant…

— Peut-être là-bas… Ici c'est un nom tabou… Je me suis très vite sentie de trop, comme une étrangère… Ils ne parlaient que du passé et de l'argent qu'ils avaient perdu en 62, à cause des *bicots*... On aurait dit que les millions qu'ils amassaient grâce aux commerces de la rue Saint-Rome ne les intéressaient pas... Ça n'a jamais compensé le rapatriement qu'ils ont vécu comme la pire des humiliations. Nous n'arrêtions pas de nous disputer et je m'enfermais dans ma chambre dès que mes beaux-parents ou l'un de mes beaux-frères s'annonçaient. La seule manière de sauver notre mariage, c'était de changer de ville, de mettre au moins cinq cents kilomètres entre eux et nous. Malheureusement, entre-temps, Jacques était devenu l'un des principaux collaborateurs du maire et, dans sa vie, cela comptait presque autant que moi. Travail, famille d'un côté... Moi toute seule de l'autre... J'en ai tiré les conclusions et je suis partie sans bruit...

— Seule ?

Elle ne put s'empêcher de sourire mais ses traits retrouvèrent vite leur gravité.

— Oui, seule. Cela vous étonne ? Elle écrasa sa cigarette dans un cendrier posé sur le parquet. Aujourd'hui je vis avec l'un des architectes les plus en vue dans la région, Philippe Graco.

Cadin notait chacun des renseignements fournis par la femme de Loubry sur son calepin, dessinant des flèches noires ou des étoiles dans la marge pour souligner l'importance d'un élément et attirer son attention lorsqu'il rédigerait son rapport. Il fit un signe de tête en direction de la salle de séjour.

— Il est là ?

— Oh non ! Tout le monde faisait comme si Jacques et moi vivions toujours ensemble. J'y mettais aussi du mien en assistant au repas du dimanche dans le rôle de l'épouse soumise... Philippe travaille actuellement sur le projet d'un palais des congrès...

— Très bien, ça doit vous changer de la nostalgie

pied-noir et du cours du tissu ! Il y a un numéro où je peux le joindre ?

Patricia Loubry griffonna un nom et une série de chiffres au dos d'une carte de visite de son mari et la tendit à Cadin qui la glissa dans son calepin.

— Merci. Vous viviez encore avec votre mari lorsqu'il a reçu cette lettre de menaces, en janvier ?

— Oui, j'étais là, dans ce bureau, lorsqu'il l'a décachetée… Il a paru très troublé et a refusé de m'en parler. J'ai insisté et il a fini par me montrer ce qui était écrit dessus. Cela avait évidemment trait à Maison-Dieu… Il m'a parlé d'un ouvrier agricole que son père avait mis à la porte parce qu'il serrait les jeunes filles blanches de trop près… Vous l'avez arrêté je crois ?

— Oui. Il nie toute responsabilité dans la mort de votre mari. Vous savez s'il avait reçu d'autres menaces, par lettre, par téléphone, dont il n'aurait pas averti la police ?

Elle eut tout juste le temps de répondre par la négative. La porte s'ouvrit et une vieille femme aux cheveux noirs bouclés, le visage outrageusement maquillé se planta devant eux.

— Patricia, ma pauvre chérie… Tu en as encore pour longtemps avec l'inspecteur… Tes parents viennent d'arriver…

Cadin la salua d'un signe de tête.

— Rassurez-vous, madame, nous en avons terminé pour le moment. Je vous la rends…

Il s'approcha de Patricia Loubry.

— … Pouvez-vous demander à l'inspecteur Lardenne de me rejoindre, il est dans le hall… Je pense que vous ne voyez aucun inconvénient à ce que nous regardions rapidement dans le bureau de votre mari ?

— Non, bien sûr. Vous trouverez les clefs des meubles derrière le gros volume *Toulouse monumental et pittoresque*… Jacques les cachait toujours au même endroit.

Lardenne le rejoignit quelques minutes plus tard et ils commencèrent à fouiller méthodiquement les étagères et les tiroirs. Cadin ouvrit son carnet aux pages centrales et traça un tableau dans les colonnes duquel il nota les divers dossiers trouvés dans le bureau ainsi que leur contenu approximatif. Une grande boîte renfermait la collection complète des discussions du bureau municipal et tout un système d'annotations colorées renvoyait aux délibérations correspondantes du conseil municipal. Loubry commentait certains écarts dans les marges, relevait les noms des conseillers ayant changé de position d'une réunion à l'autre. L'inspecteur souligna l'intitulé du dossier, sur son tableau, et le gratifia d'une étoile noircie. Lardenne feuilletait un classeur rempli de fiches de salaires, de notes de frais, de relevés de comptes, de feuilles d'impôts.

— Ils ne s'emmerdent pas à la mairie ! Vous avez vu les salaires ? Deux briques et demie par mois… Si le maire met sur pied sa police municipale à ce tarif-là, je suis candidat. Pas vous, inspecteur ?

Cadin ne l'écoutait pas. Il venait de mettre la main sur un document qu'il posa grand ouvert sur le bureau. Il s'assit sans détacher une fraction de seconde son regard du texte.

— Nom de Dieu, qu'est-ce que ça peut bien vouloir dire ? Viens voir, Lardenne.

Le policier rangea le classeur et vint s'appuyer au dossier du fauteuil sur lequel s'était assis Cadin. Il se pencha.

— Regarde un peu ce que je viens de trouver… Ce manuscrit bourré de ratures est sans contestation possible de la main de Loubry, on a des tonnes de spécimens de son écriture ici… Ça, c'est le même texte photocomposé par un imprimeur, pour correction avant passage en machine, et ça, c'est un exemplaire du travail effectué…

— Oui et alors ? C'était son travail…

— Lis le texte, je ne te fais pas un cours sur le secrétariat de rédaction !

Lardenne s'éclaircit la voix et se mit à lire à haute voix.

— Parti socialiste, section de Toulouse du CERES. POUR UNE PLUS GRANDE INTELLIGENCE DU DÉBAT ÉLECTORAL. *Les réflexions qui suivent sont publiées sous la seule responsabilité de notre section locale même si elles ont fait l'objet d'un large débat, notamment sous la forme de tables rondes sans exclusives auxquelles ont participé, entre autres : Mmes et MM. Savary, Rocard, Giroud, Jobert, Kanapa, Ellenstein, Delors, Bleustein-Blanchet, LLabrès, Chinaud, Piaget, Peyrefitte, Neuschwander, Attali et Krivine… Il nous faut d'abord dire combien nous semble naïve, archaïque, néfaste et dangereuse la compréhension que peut avoir la droite en général, et l'équipe dirigeant Toulouse en particulier, de l'époque où nous vivons. Le maire s'inquiétait dans un récent tract (dont il a dit qu'il était un faux, mais qui, quand bien même cela serait vrai, n'en reflétait pas moins ses exactes pensées) de la montée d'un mouvement révolutionnaire s'employant, par-delà tous les partis, à saboter l'ordre existant…*

Lardenne se tut et se redressa.

— Il y en a beaucoup comme ça ? Je n'y comprends rien, mais alors rien du tout…

— Quatre pages du même tonneau. Après ils parlent d'un *projet conseilliste d'autogestion généralisée* et critiquent ceux qui veulent sauver la politique en sacrifiant la révolution… Mais ce n'est pas cette bouillie de mots qui m'intéresse… Pour tout te dire, j'aimerais bien savoir pourquoi le conseiller en communication du maire s'amusait, en pleine campagne électorale, à confectionner des faux documents du CERES. Il y a d'autres manières de semer la zizanie dans les rangs du Parti socialiste… Tiens, tu me rassembles tous les documents qui se trouvaient dans le même tiroir et tu les descends dans la voiture. J'ai envie de les étudier de plus près.

L'inspecteur accompagna Lardenne jusqu'à la porte de l'appartement puis il retourna sur ses pas pour prévenir Patricia Loubry de son départ. Elle lui présenta les deux frères de son mari qui lui broyèrent la main chacun son tour en regardant vers l'entrée. Le plus âgé des deux l'apostropha.

— Qu'est-ce qu'il emporte ? Ça vient du bureau de Jacques !

— Toute une série de papiers qui peuvent m'aider à y voir plus clair dans les circonstances de la mort de votre frère…

— C'est légal ?

Cadin fouilla dans ses poches et exhiba la commission rogatoire signée par le juge d'instruction.

— Oui, tout à fait. Ce papier m'y autorise… Nous vous les rendrons dès que nous n'en aurons plus besoin… Excusez-moi.

Il s'installa à l'arrière près du carton que Lardenne avait déposé sur la banquette de la 4L et profita du voyage pour en faire l'inventaire. Il lut en diagonale une collection de tracts situationnistes signés de *L'Internationale pessimiste* dont Loubry s'était visiblement inspiré pour confectionner son texte. Il y retrouva, soulignés au Stabilo-boss, pratiquement tous les concepts émaillant le faux de Loubry : *pour une société sans spectacle, redynamisation des rapports sociaux, autogestion généralisée, fin de la politique*… Tout le reste semblait concerner le travail officiel du conseiller à la communication : des bons à tirer de matériel électoral, de bulletins municipaux, des photos de réunions, de réceptions, de meetings. Il prit l'une des brochures vantant les mérites de la liste présentée par le maire et chercha en vain dans la marge de la quatrième de couverture la mention obligatoire du nom de l'imprimeur. Elle était remplacée par le libellé classique *Imprimerie spéciale* qui figurait également au dos du faux tract du CERES. Il posa les deux imprimés sur la plage arrière de la Renault, se mit à genoux sur la banquette et les examina en détail. La comparaison ne laissait aucun doute : même papier, mêmes caractères, même mise en page, même format... Il repéra un défaut, une griffe, à la pointe des A majuscules gras, dans le titrage du faux texte et ouvrit la brochure électorale pour y découvrir une détérioration identique. Il faillit tomber à la renverse quand Lardenne pila, comme à son habitude, devant le commissariat central. Cadin remballa toute sa paperasse, la coinça sous son bras, et se pencha vers son adjoint avant de le quitter.

— Lardenne, je grimpe travailler dans mon bureau. Pendant ce temps-là avec Bourrassol tu fais le tour de toutes les imprimeries de Toulouse, tu m'entends, *toutes*, et vous me ramenez un spécimen de leur production. Un truc bourré de texte si c'est possible. Ne dites pas que vous êtes flics, ce n'est pas la peine, inventez un bobard, n'importe quoi...

— Tout est fermé, inspecteur, il va être sept heures. On s'y mettra demain matin. Vous avez une idée ?

— Une petite... Je ne sais pas si elle va aller bien loin, mais ça vaut la peine de la suivre jusqu'au bout. À demain, Lardenne.

Il s'informa, par téléphone, de l'attitude de Medhi Haroui puis il grimpa directement au deuxième étage et poussa la porte du local des archives. Le père Lalbarède était encore à sa place, sous la lampe, occupé à reporter au crayon noir ses notes de la journée sur les cartons cornés de son fichier. Il leva la tête en entendant la porte claquer et ajusta ses lunettes en plissant les yeux.

— Ah ! c'est vous Cadin ! Vous avez de la chance, j'allais partir... Je peux vous être utile ?

— Peut-être... Je suis à la recherche d'informations sur ce qu'on appelle les situationnistes, l'Internationale pessimiste... Vous vous souvenez d'avoir vu passer des informations de ce genre entre vos mains ?

Lalbarède se mit debout et avança en traînant les pieds, comme s'il avait des patins, jusqu'aux seconds rayonnages. Il tira un classeur et vint le poser sur sa table de travail, près du fichier.

— C'est tout ce que je possède sur ces zozos... Personne n'a jamais vraiment compris ce qu'ils cherchaient, quels objectifs ils visaient. Un coup ils attaquent le maire en éditant un faux numéro du journal municipal qu'ils arrivent à faire distribuer comme le véritable, une autre fois ils font croire que Mitterrand va recevoir Ceaucescu à l'Élysée, par la suite ils publient un tract délirant signé du Front national avec un bulletin d'adhésion dont l'adresse est celle du MRAP qui doit maintenant posséder les coordonnées d'un bon paquet de lepénistes... Approchez-vous, regardez... Là, ils prenaient le P.C. toulousain d'assaut...

Cadin ouvrit les anneaux du classeur et prit un exemplaire de *Toulouse-Hebdo* qui se présentait comme un supplément du journal de la fédération de Haute-Garonne du Parti communiste, édité à l'occasion du dixième anniversaire de mai 68. Une citation de Louis Aragon surmontait le titre :

Toulouse qui n'est Toulouse qu'arrachant ses pavés

DIX ANS APRÈS, LA VÉRITÉ

Que n'a-t-on pas dit, depuis dix ans, sur notre action et sur celle de nos camarades de la C.G.T. ? En nous imputant l'échec du mouvement, dont nous aurions

> négocié la liquidation avec les autorités en place, on a été jusqu'à parler de trahison. L'énormité de la calomnie suffit à la ridiculiser.
>
> Qui croira que nous avons trahi quoi que ce soit, alors qu'en cette occasion comme en toute autre, nous avons été scrupuleusement fidèles à notre mission historique de défendre la classe ouvrière : de la défendre envers et contre tout, Y COMPRIS CONTRE ELLE-MÊME.

— À part foutre le bordel dans les rangs des organisations politiques, ça sert à quoi, à qui ?

Lalbarède haussa les épaules en émettant un petit rire chevrotant.

— Un coup au P.S., un coup au R.P.R., un coup au P.C., un coup aux écolos… En fait à personne… C'est devenu plus inquiétant avec le CLODO, leur Comité de libération des ordinateurs… Là ils ne se sont pas contentés de balancer des tracts, la poudre aussi a parlé : une bombe a détruit le centre de traitement informatique de la préfecture de Toulouse, il y a deux ans. Vous n'étiez pas encore arrivé… On a perdu une bonne partie des données concernant le terrorisme basque et pratiquement tout notre fichier sur les groupes gauchistes de la région… On n'a jamais mis la main sur les poseurs de bombes, mais à mon avis c'est parce que l'on n'a pas cherché dans la bonne direction…

— Pourquoi, ce n'était pas eux ?

— On peut se poser la question… La bombe avait également fait sauter le local annexe qui abritait provisoirement les ordinateurs des impôts. Et comme par hasard à ce moment précis les armoires renfermaient tout leur travail sur les commerçants de Toulouse… Rue par rue, boutique par boutique… J'ai toujours pensé que le Cid-Unati n'était pas étranger à ce coup de pétard…

Cadin referma le classeur qu'il avait feuilleté pendant

que Lalbarède parlait, et sortit de sa poche la brochure attribuée au CERES.

— On n'avait peut-être pas envie de chercher de ce côté… Je n'ai pas vu ce document. Vous ne l'avez pas eu ?

L'archiviste saisit le tract composé par Loubry en fixant l'inspecteur.

— Non, et je suis heureux de le tenir entre mes mains. Il a été diffusé par la poste, en utilisant le fichier du Parti socialiste. Ici, c'est pas comme aux Renseignements généraux, on n'a personne sur la liste… Je peux en faire une photocopie ?

Cadin rentra chez lui en passant par la rue Bayard. Il la remonta au ralenti pour observer les filles en short qui ponctuaient le trottoir et trouva une place le long du canal du Midi, juste avant la gare. Il revint sur ses pas, le souffle court, les bras tremblants, et s'arrêta devant une blonde élancée qui l'accueillit en souriant. Dans la chambre on entendait les manœuvres des trains, le crissement presque humain des aiguillages. Il éteignit la lumière, pour ne pas lire l'indifférence dans ses yeux, et se pressa contre son corps en poussant des plaintes dont il ne savait pas lui-même si elles exprimaient le plaisir ou le désespoir.

Il avala un sandwich, sur le chemin du retour, et dépeça avant de se coucher la pile de journaux qui encombrait l'entrée de son logement de service. Il ne trouva pratiquement rien, à part une brève sobrement titrée :

CADAVRE GARE RAYNAL

> Le cadavre entièrement dévêtu d'une femme a été retrouvé sur le ballast, par un mécanicien de la S.N.C.F., non loin des ateliers de la gare Raynal, le 28 juin à deux heures du matin. Le corps ne portait aucune trace apparente de choc ni de violence ayant pu entraîner la mort.

Par contre les enquêteurs s'interrogent sur la raison pour laquelle la victime était entièrement maculée de graisse rouge.

Cadin se coucha sans penser à écouter les messages qui s'accumulaient sur la cassette du répondeur automatique après le rituel « Vous êtes bien au numéro que vous avez demandé… Parlez après le signal sonore… » et les appels répétés de Lardenne, le lendemain matin, s'imprimèrent en vain sur la bande magnétique. Il se leva vers onze heures, vaguement coupable de l'érection qui tendait son pantalon de pyjama, le crâne brisé par la migraine et se dirigea comme un automate sexué vers la salle de bains. La douche vint à bout de ses ardeurs mais lui laissa la tête en morceaux. Son petit déjeuner se résuma à trois sachets d'Aspégic dont il fit disparaître le goût doucereux en avalant un peu de Nescafé délayé dans l'eau bouillante puisée directement au chauffe-bain.

Au commissariat son bureau croulait sous la première livraison de travaux d'imprimerie ramenés par Lardenne et Bourrassol. Des catalogues d'agences de voyages, des pochettes de disques, des affiches de catch, des papiers d'emballage de boucherie personnalisés, des liasses autocopiantes pour garagistes, une revue porno, une publicité pour un pub anglais de Pibrac, une reproduction des adieux de Jean Calas accompagnée du célèbre « Criez et qu'on crie ! » de Voltaire, une luxueuse brochure en couleurs présentant le programme immobilier de la place Catalane, la thèse d'un certain Henri Rondini sur *L'enluminure toulousaine au XV*e *siècle ou l'impossible représentation du peuple*, ainsi que des dizaines d'imprimés vantant les mérites incomparables de tel restaurant ou de telle boutique de fringues. Cadin prit les documents un à un et les examina, les yeux plissés par la douleur, avec le bruit régulier de son sang dans les tempes. Son esprit s'éclaircit d'un coup, comme par miracle, quand il ouvrit le descriptif du programme immobilier et qu'il vit la griffure à la pointe des six A majuscules du titre de la page deux :

DEMAIN, LA PLACE CATALANE...

Il disposa près de la publicité le faux dossier du CERES écrit par Loubry ainsi que le matériel électoral du maire. Aucun doute n'était permis, les trois imprimés sortaient du même atelier et des mêmes machines. Cadin tourna fébrilement les pages bourrées d'éloges sur le nouveau quartier en cours d'édification et finit par trouver le nom de l'imprimerie. On avait délaissé la clandestine « Imprimerie spéciale » pour travailler à visage découvert : « Currou Frères ». L'entreprise s'était payé un placard d'une demi-page dans la partie jaune de l'annuaire et Cadin nota adresse et téléphone sur son calepin. Il se levait pour partir quand Lardenne et Bourrassol entrèrent, les bras chargés de feuilles colorées, de journaux, d'emballages de confiseries. Il n'eut pas le courage de leur dire qu'il avait déjà trouvé son bonheur, les remercia du travail qu'ils venaient de fournir et posa la seconde livraison sur son bureau.

— Je crois que ça ira avec tout ça... Vous pouvez aller manger, je reste là...

Les deux policiers lui avouèrent qu'ils s'étaient arrêtés chez Fiorakis pour manger un souvlaki et qu'ils descendraient à la cantine en fin de service. Ils s'installèrent près de la porte et se mirent à discuter. Cadin les écoutait en faisant semblant d'étudier leur matériel. Bourrassol se forçait à étouffer sa voix et jetait de temps en temps des regards furtifs en direction de l'inspecteur.

— Je n'ai rien compris à ton histoire de fuseaux

horaires… C'est impossible : des gens qui roulent à la même vitesse, sur la même distance mettent exactement le même temps… Sinon c'est que je suis le dernier des bestious et que je n'ai jamais rien compris à rien !

Lardenne se leva pour prendre un saladier chinois en bois verni, vestige probable d'un pot d'anniversaire, qui se remplissait de poussière au-dessus d'un classeur métallique. Il le secoua dans la poubelle puis le renversa sur une chaise. Son doigt traça des lignes imaginaires sur le bord du saladier.

— Là, tout en haut, c'est le pôle et ça, les quartiers d'orange, ce sont les méridiens, les fuseaux horaires… D'accord ?

Bourrassol approuva en silence.

— Bon, tu prends Paris, à cette hauteur, et tu vas chercher une autre ville, à la même hauteur sur un autre méridien. Par exemple Washington. Disons qu'il y a huit heures de décalage entre les deux. Il est minuit à Paris et donc huit heures du matin à Washington. Deux types, un dans chaque ville, décident de grimper jusqu'au pôle. Ils ont exactement le même chemin à parcourir, ils roulent à la même vitesse, ils partent à des heures différentes, et pourtant ils arrivent exactement ensemble, à la même heure au même endroit ! C'est scientifique, c'est vérifié et pourtant, il y a quelque chose qui ne va pas, non ?

Bourrassol promena son index sur la surface vernie et tapota le pôle du bout du doigt.

— Oui, j'ai l'impression… Mais s'ils partent à des heures différentes et qu'ils arrivent ensemble, il est quelle heure au pôle ?

Lardenne ouvrit des yeux grands comme des soucoupes.

— C'est peut-être ça le truc : tous les fuseaux se rejoignent… Il est toutes les heures en même temps !

Cadin profita du silence réflexif qui s'était instauré pour quitter la pièce. Il s'arrêta, la main sur la poignée.

— Debout, Lardenne, j'ai besoin de toi… Tu connais l'imprimerie Currou Frères, rue Raymond-Naves ?

— L'imprimerie non, mais la rue oui… C'est vers la route de Castres.

Les bâtiments étaient de construction récente, à part un atelier gris à la façade duquel s'écaillaient les lettres noires d'IMPRIMERIE CURROU. Un bulldozer aplanissait les terrains alentour pour les transformer en parking. Lardenne gara la 4L sur une plaque de bitume qui semblait flotter comme une épave sur la terre bousculée. Cadin entra dans la porte à tambour vitrée qui le propulsa devant un guichet décoré par une jeune femme rousse. Son parfum parvenait à prendre le dessus sur l'odeur de peinture fraîche et de térébenthine. Il posa sa carte sur le comptoir.

— J'aimerais rencontrer le directeur s'il est là…

L'hôtesse prit un téléphone, ses ongles rouges sur le plastique noir, et pianota sur les touches situées dans le corps même du récepteur. Ses lèvres effleurèrent l'appareil.

— Laure ? J'ai devant moi un inspecteur de police qui demande après M. Pierre Currou… Elle se pencha pour lire le nom. L'inspecteur Cadin… Très bien, je lui dis de monter…

Elle accompagna Cadin jusqu'au pied de l'escalier et il fut pris en charge, vingt marches après, par une petite femme énergique, Laure probablement, habillée d'un corsage trop serré qui soulignait les pincements de chair des bretelles de soutien-gorge, et d'une jupe trop longue qui tassait sa silhouette. Elle le fit entrer dans une salle de conférences aux murs recouverts d'affiches produites par la maison. Un homme d'une quarantaine d'années, d'allure sportive, contourna la large table encombrée de dossiers, d'échantillons de papiers et d'encres, pour lui tendre et lui serrer la main de manière énergique.

— Enchanté de faire votre connaissance, inspecteur. Je peux vous être utile ?

Pierre Currou l'invita à s'asseoir et le sourire crispé qu'il affichait démentait l'« enchantement » dont il se targuait. À vrai dire Cadin ne se souvenait pas d'avoir fait un seul heureux en se pointant de manière subite chez un particulier. Il lui tendit par-dessus la table la brochure du programme immobilier de la place Catalane.

— C'est bien chez vous que l'on a réalisé ce travail ?

L'homme la prit et l'ouvrit, machinalement, avant de la rendre à Cadin.

— Oui, il n'y a aucun doute…

— Et ça ? Vous les reconnaissez aussi ?

L'inspecteur sortit de sa poche le matériel électoral du maire ainsi que le faux tract socialiste trouvé chez Jacques Loubry. L'imprimeur les examina pendant quelques secondes en faisant la moue.

— Non… Nous ne nous sommes pas occupés de ce genre de choses. Je regrette mais je crains de ne vous être d'aucune utilité.

Cadin se leva et vint se placer à côté de lui. Il rapprocha les trois documents de façon que les titres comportant des A majuscules se chevauchent.

— Alors regardez là-dedans et expliquez-moi ce mystère !

Il prit le compte-fils et le plaça alternativement sur chacun des A en obligeant Pierre Currou à coller son œil à la loupe.

— Vous voyez, l'usure du caractère est identique. Au dixième de millimètre près. Il suffira d'analyser le papier et l'encre pour établir définitivement que ces deux imprimés sortent de vos machines. Alors, monsieur Currou, vous avez changé d'avis ?

— Qu'est-ce que vous cherchez à prouver ?

— Rien, simplement que ces documents signés Imprimerie spéciale ont été confectionnés par vos soins.

Pierre Currou toisa Cadin d'un air méprisant et saisit son téléphone.

— Laure ? Pouvez-vous appeler immédiatement M. Monjet au cabinet du préfet et me le passer dans la salle de conférences.

— Je ne travaille pas pour *Que choisir*, et je ne suis pas là pour vérifier la qualité de vos prestations... Je me fous que vos lettres soient bouffées aux mites ! J'enquête sur un meurtre, celui de Jacques Loubry. Ça ne sert à rien d'appeler à la préfecture ou au palais : je ne m'avance pas beaucoup en prédisant que vos amis y regarderont à deux fois avant d'intervenir en votre faveur... Autant vous prévenir que le crime remonte à moins de quarante-huit heures et que j'agis toujours dans le cadre du flagrant délit : je peux vous obliger à me suivre au commissariat... C'est clair ?

Currou annula sa demande et se prit la tête entre les mains pour se masser le front et les yeux. Il cligna des paupières comme s'il venait de pleurer.

— Qu'est-ce que vous attendez de moi ?

— Que vous me présentiez le double des factures de tout ce travail et que vous me disiez quelle était la nature exacte des relations que vous entreteniez avec Jacques Loubry.

Il souffla longuement et emplit ses poumons d'air frais, à la manière d'un plongeur prêt à sauter. Pierre Currou tira un classeur d'une étagère.

— Je ne dispose pas de factures détaillées, je n'ai qu'une facture globale, pour les différentes brochures de présentation de la place Catalane, l'ensemble du matériel électoral du maire et ce tract que nous a fait faire Loubry... La voilà...

Cadin siffla en découvrant la somme hors taxes qui figurait au bas de la facture adressée à la Socobat.

— Huit cent cinquante mille francs ! 85 briques... Vous n'y allez pas avec le dos de la cuillère... Et la Socobat payait sans broncher ? C'est quoi au juste, une boîte de travaux publics ?

— Non, un bureau d'études... Ce sont eux qui coordonnent toute l'opération immobilière. D'après ce que je sais, ils fournissent des études bidon que la mairie leur paye très cher : l'influence du nouveau quartier sur les flux d'achat, sur la circulation, sur l'image de la ville dans sa zone d'attraction... Ce trésor de guerre sert à couvrir tous les besoins du maire en propagande : imprimerie, organisation de meetings, rétribution des permanents. La Socobat intervient dans tous les domaines, elle passe commande pour ses activités propres et rajoute un boulot au noir pour le maire : les entreprises s'arrangent pour le passer sous un autre intitulé... Comme nous... Je ne gagne pas beaucoup plus d'argent que sur mes autres clients... L'intérêt c'est que les machines tournent à plein et que j'entretiens de meilleures relations avec le Capitole que mes concurrents...

— Si j'en crois ce que j'ai vu, l'agrandissement des ateliers, vous n'y êtes pas de votre poche... Vous avez eu des arrangements de ce type avec d'autres groupes politiques ?

Pierre Currou voulut ranger le classeur mais Cadin plaqua sa main sur le dossier cartonné.

— Non. Quand on court plusieurs lièvres à la fois, il est clair qu'on n'en attrape aucun. Certains ont essayé...

— Qui par exemple ?

L'imprimeur leva les yeux au plafond.

— Je ne me souviens plus de son nom... C'était un pied-noir comme Loubry et il avait l'air de bien le connaître… Vous n'aurez pas de mal à le retrouver, il se présentait pour le Parti de l'Exigence nationale…

Cadin gardait en mémoire les affiches tricolores géantes proclamant *Lui, il défend les Français d'abord*, placardées au bord de toutes les voies d'accès à Toulouse, les inscriptions à la peinture blanche associant chômage, délinquance et immigration. Il se souvenait également des multiples plaintes d'Africains noirs ou blancs, d'Italiens, de Portugais qui avaient le malheur de prendre le frais quand les supporters du candidat xénophobe envahissaient les rues à la sortie des meetings.

— Vous savez quel imprimeur s'est chargé de réaliser sa campagne ?

— Oui. La boîte s'appelle Reval 2000, rue Louis-Plana… Ils vivent à longueur d'année à deux doigts du dépôt de bilan et ne se montrent pas très regardants sur leurs clients…

L'inspecteur eut du mal à ne pas lui rétorquer que le compliment semblait s'adresser à toute la profession. Il se fit faire une photocopie de la facture Socobat que Laure lui remit sous enveloppe et rejoignit Lardenne sur sa minuscule plate-forme d'asphalte.

Pierre Currou était bien informé, son concurrent ne respirait pas la santé. Une seule machine tournait quand ils pénétrèrent dans l'atelier dont le sol encombré de palettes défoncées et de feuilles froissées n'avait pas été balayé depuis des semaines. Le massicotier, un vieil homme en blouse grise aussi aimable que la lame de sa machine, leur indiqua le chemin des bureaux. L'inspecteur cogna à la porte, sous le panneau *Francis Reval*. Le patron buvait une bière à même le goulot et une Gitane maïs en équilibre instable finissait de se consumer au sommet d'un tas de factures. Il les toisa en passant la main sur ses joues mal rasées.

— Je n'ai pas l'impression de vous connaître… Vous

êtes envoyés par qui ? Un papetier, un vendeur d'encre, de plaques offset ?

Cadin fit prendre l'air à sa carte.

— C'est bien vous qui avez réalisé le matériel électoral du Parti de l'Exigence nationale pour les dernières municipales ?

Reval maîtrisa un rot et se laissa choir sur sa chaise. Il se mit à fouiller dans les piles de paperasse qui submergeaient son bureau.

— Je ne peux pas dire que ce soit mon principal titre de gloire… Quand Graco m'a confié toute sa campagne électorale, j'ai bien cru que j'étais sorti d'affaire… Il y en avait pour près de trente briques. Je n'ai pas été trop regardant sur ce qu'il écrivait… En fin de compte j'ai bossé comme un dingue pendant deux mois à rouler ses tracts, ses affiches, ses photos, ses professions de foi, ses bulletins de vote sur mes machines. Il a fait moins de deux pour cent des voix et n'a pas décroché le remboursement légal des frais de campagne. Résultat, je n'ai jamais vu l'ombre de la queue du premier fifrelin ! Un chèque en bois et plus rien… C'est lui qui me bouffe ma baraque ! Il devait tout me payer hier, en liquide… Il l'avait promis, juré… Vous l'avez vu ? Moi non plus ! Je l'attends encore. Tenez, voilà un exemple de sa prose…

Cadin se pencha pour prendre un tract barré de tricolore agrémenté de la photo légendée de *Philippe Graco, 43 ans, marié, 2 enfants, architecte, candidat du Parti de l'Exigence nationale pour défendre les Français à Toulouse.*

Il parcourut le recto-verso :

> La France et les Français ne sont plus convenablement défendus, le chômage augmente alors que les socialistes et leurs complices refusent de rétablir la peine de mort et libèrent des milliers de délinquants à fort pourcentage d'étrangers non expulsés…

L'inspecteur tendit la profession de foi à Lardenne qui la classa dans une chemise et inclina la tête pour voir celle de Reval entre deux montagnes de feuilles et c'est à ce moment seulement qu'il comprit pourquoi le nom du candidat lui était familier. Il feuilleta son calepin et retrouva la carte de Jacques Loubry au dos de laquelle sa veuve, Patricia, avait noté le nom et le téléphone de celui qui partageait ses nuits : Philippe Graco.

— Vous avez bien dit qu'il devait vous régler hier ?

— Oui, en début de semaine je l'avais menacé des tribunaux s'il ne me payait pas dans les quarante-huit heures. On avait rendez-vous hier en fin de journée… Au téléphone il était sûr de lui, le grand jeu… J'ai plus ou moins compris qu'il était sur un gros coup…

Cadin nota l'adresse de Graco. Il quitta l'imprimerie, suivi de Lardenne, après avoir conseillé à Reval de mettre de côté tous les papiers concernant ses relations avec la tête de liste du PEN. Ils firent le plein à la station Total de l'avenue de la Gloire et Cadin s'aperçut au moment de régler qu'il n'avait plus de bons d'essence. Il paya de sa poche sans demander de fiche, sachant d'avance que le pointilleux comptable du commissariat refuserait le remboursement. Philippe Graco habitait un solide immeuble qui se dressait à égale distance du Grand Rond et de la halle aux Grains. La concierge campait devant son interphone. Elle insista pour les annoncer à l'architecte et Cadin lui bloqua la main alors que son doigt allait s'écraser sur la touche correspondant à l'appartement de Graco.

— Lardenne, tu restes là, je n'ai pas envie qu'elle fasse du zèle…

Un ascenseur grillagé le hissa jusqu'au dernier étage. Il sortit son pistolet de son étui, le glissa dans sa poche de veste et sonna à la seule porte qui s'ouvrait sur le vaste palier envahi de plantes vertes. Le plancher grinça. Un homme de grande stature lui ouvrit et Cadin, la main crispée sur la crosse, reconnut le visage qui ornait les tracts tricolores de chez Reval.

— Vous êtes de la police, c'est bien cela ? Je ne vous attendais pas si tôt… Donnez-vous la peine d'entrer.

Cadin déclina son identité et passa dans le salon sans quitter l'architecte des yeux, en pestant intérieurement contre Lardenne qui surveillait l'index d'une concierge !

— C'est vous qui avez tué Loubry, n'est-ce pas… Vous avez essayé de lui extorquer assez d'argent pour calmer l'imprimeur Reval qui menaçait de vous traîner devant les tribunaux…

Philippe Graco haussa les épaules. Un sourire furtif éclaira ses traits.

— Oui. J'étais au courant de toutes leurs magouilles avec le Socobat, leur bureau d'études véreux… Ce sont des centaines de millions qui sont passés par ce canal depuis une dizaine d'années ! Quand je me suis présenté je pensais atteindre la barre des cinq pour cent et négocier une place d'adjoint au second tour, mais le maire, conseillé par Loubry, a ratissé large en me piquant l'essentiel de mon programme… J'ai essayé cent fois de m'entendre avec Loubry mais il y avait d'autres choses qui interféraient…

— Sa femme, Patricia…

Il eut l'air surpris.

— Félicitations, vous n'avez pas perdu votre temps… Hier je suis allé le voir dans son bureau, à l'improviste. Reval ne me laissait plus aucun répit. La conversation a dégénéré, il exigeait que je lui rende Patricia… Il a sorti son carnet de chèques en me disant « Combien ? Combien ? »… Ça m'a rendu comme fou… J'ai pris la première chose qui me tombait sous la main, un coupe-papier, et je le lui ai enfoncé dans la gorge, pour le faire taire…

Cadin sortit son pistolet de sa poche et le braqua sur Graco. De son autre main il décrocha les menottes passées à sa ceinture. L'architecte s'immobilisa, le regard rivé au canon brillant.

— Qu'est-ce que vous faites ?

— Je vous arrête pour le meurtre de Jacques Loubry. Tendez-moi vos poignets, sans faire de geste brusque.

Philippe Graco s'avança vers lui en parlant, sans quitter l'arme des yeux.

— Vous n'avez pas tout compris, inspecteur… Je possède assez de preuves et d'informations pour faire sauter le dernier étage du Capitole et la moitié des états-majors des partis politiques de la région. Ils sont tous venus manger à la soupe… Il y a un téléphone à votre droite, demandez conseil à vos supérieurs… Je les connais bien, ils seront de mon avis… Vous avez un type sous les verrous, ce Medhi Haroui… Pourquoi chercher midi à quatorze heures ?

Cadin recula vers l'entrée pour maintenir la distance entre l'architecte et lui-même.

— Je vous ordonne de vous arrêter et de tendre vos mains, sinon je me verrai dans l'obligation de tirer.

Philippe Graco éclata de rire et lança une jambe en avant. L'index de Cadin blanchit sur la détente. La toile du pantalon de Graco explosa à hauteur du genou gauche et la déchirure se colora de rouge. Il s'effondra en poussant un cri de bête fauve.

Il était un peu plus de quatre heures de l'après-midi quand Cadin ouvrit la porte de la cellule où Medhi Haroui croupissait depuis plus de vingt-quatre heures.

— Je suis désolé… Excusez-nous, on ne pouvait pas savoir…

L'Algérien rajusta son short et tira sur sa chemisette pour la défroisser. Il regarda Cadin droit dans les yeux.

— C'est tout ce que vous avez appris en trente ans… À dire pardon…

TOULON

1986

Un privé à la dérive

Mercredi 2 août 1986

Cadin ne parvenait pas à fixer son attention sur son travail. L'orage tournait au-dessus de la ville sans se décider à éclater. Seule la pièce du fond, celle qui donnait sur la cour, gardait un peu de la fraîcheur du matin et c'est là qu'il s'était installé, incapable de se concentrer sur les notes étalées devant lui. Des odeurs de poisson frit, de steak grillé envahissaient la chambre, accompagnées de cris, de pleurs d'enfants. Il tendit la main vers la bouteille de wiskhy et but une longue gorgée, au goulot. Ses dossiers étaient dispersés sur le lit d'enfant et une vieille machine à écrire mécanique posée sur le bureau d'écolier attendait de pincer une feuille entre ses rouleaux noircis. Le téléphone se mit à sonner alors que Cadin, torse nu, venait de rassembler assez de courage pour reprendre la paperasse proliférante et raturée en quoi consistait sa dernière enquête. Il attendit une dizaine de sonneries, pensant qu'on allait se décourager, mais il lui fallut retourner dans la salle commune pour mettre fin à l'appel lancinant. La voix du patron de l'agence, comme clandestine, se fraya un chemin dans les goudrons, la nicotine… Il s'excusa. C'était sa façon de donner un ordre.

— Je sais que tu es sur autre chose, mais je n'ai personne sous la main. Tu laisses ton rapport de côté, ça peut attendre une semaine, et tu files résidence des Tamaris, au 12. Il y a de la monnaie à la clef.

Cadin nota sur un Post-it l'adresse, le téléphone et le nom qu'il lui épelait. Il le détacha du bloc et se le plaqua sur le front en faisant claquer sa paume sur son crâne. Il s'habilla, remplit en maîtrisant le tremblement de ses mains le flasque d'alcool qui, toute la journée, chauffait contre son cœur, et descendit l'escalier. Dans la cour des gosses jouaient au dealer en se repassant des papiers de bonbons remplis de farine. Il marcha lentement en s'obligeant à garder la tête haute jusqu'à sa voiture, à trois blocs de là. Personne ne s'étonna de le voir traverser les rues le crâne décoré d'un carré de papier jaune autocollant. Ici le soleil vous apprend à vivre les yeux baissés.

Il n'avait qu'une centaine de kilomètres à couvrir, par l'autoroute, pour rejoindre Sainte-Maxime, trois quarts d'heure en temps normal, mais des caravanes poussives, des breaks surchargés engorgeaient les deux voies. Sur *Var-Info* le speaker se contentait de comptabiliser les kilomètres d'embouteillage. Cadin ne put s'empêcher d'engueuler l'autoradio.

— Espèce de taré ! Donne-nous plutôt un itinéraire de dégagement !

Il avait beau jouer du klaxon à deux tons et de l'appel de phares, l'aiguille du compte-tours déprimait dans le vert. En désespoir de cause il piqua sur une nationale, au premier échangeur, et rejoignit la petite ville par les routes secondaires. C'était le moment qui lui plaisait le moins : la première rencontre... Quand il était flic, les choses étaient simples, il ne se pointait que lorsque les événements le commandaient. Là il fallait répondre à la demande, tirer les vers du nez de celui, ou celle, qui lançait l'enquête, lui faire confiance et tracer la route pour justifier le chèque encaissé par le patron.

Le client devait l'attendre devant son écran de contrôle, car il s'était à peine garé face à l'entrée de la propriété, au 12 de la résidence des Tamaris, que la grille coulissa en silence dans ses rails huilés. La caméra de surveillance, protégée par son boîtier de plexiglas antichoc, zoomait pendant ce temps sur la plaque minéralogique de la Peugeot puis sur le visage de Cadin. Il enclencha la première et démarra brusquement, laissant derrière lui la plaque de cuivre qui annonçait *Bernard Eylderet*. Les pneus crissèrent sur les graviers ordonnés de l'allée du parc. Il suivit le chemin bordé d'une double rangée d'eucalyptus et contourna une piscine. Un grand type au visage grave l'attendait au bas des marches, devant une imposante demeure familiale. Cadin claqua la portière de sa voiture et tendit la main. Dans le vide. Le maître des lieux se contenta d'un signe de tête et l'entraîna sans prononcer le moindre mot dans une pièce refuge, tout au fond du couloir central, une bibliothèque. Il s'installa derrière un bureau sombre comme un prêtre dans son confessionnal. Cadin avança avec précaution, patinant dans une moquette tellement épaisse que si, venant avec des chaussures trop neuves, il vous prenait l'envie de les quitter, vous risquiez de ne plus les retrouver et de repartir pieds nus ! Il observa son client. Tout chez lui disait la réussite et il tentait encore, à cet instant, de donner le change. Par la seule présence de Cadin, pourtant, il avouait son désastre. L'ancien inspecteur eut la bonté de jouer le jeu, quémandant le droit de s'asseoir sur le coin d'un canapé au cuir naturellement craquelé.

Certains s'effondraient en cinq minutes et leurs larmes tièdes s'écrasaient sur la marqueterie accompagnées d'un minuscule bruit obscène. Ils effaçaient les traces humides d'un mouvement las, de la manche. Lui non.

En quelques phrases, le regard fixe, il résuma sa vie professionnelle, son mariage, ses enfants et ce qui, à ses yeux, justifiait le recours aux services d'un détective privé : ses problèmes. Le plus difficile fut évacué comme en incidente.

— Voilà, vous n'ignorez plus rien de ma vie. En clair, ma femme est partie depuis deux jours. Je vous demande de la retrouver et de la ramener ici.

Il remit à Cadin une série de photos, répondit à une vingtaine de questions concernant les habitudes de sa femme, ses goûts, les lieux qu'elle affectionnait particulièrement, le réseau de ses amis, puis il le raccompagna jusqu'au perron. Il s'arrêta, dominant son domaine, et enveloppa d'un geste large et ralenti le parc, la piscine, les tennis.

— Je ne comprends pas, elle avait tout pour être heureuse…

Sur la route, en longeant la mer il croisa un groupe de cinq ou six mômes nus, à part leurs biceps entourés de mini-bouées en plastique rouge, qui revenaient de la plage en chantant une berceuse hollandaise.

Jeudi 3 août 1986

Cadin partit de bonne heure par la route côtière. Il n'y avait pas le moindre souffle de vent et les odeurs d'hydrocarbures, d'essence stagnaient à hauteur d'homme. Un pétrolier quittait le golfe de Fos en faisant mugir ses sirènes. Pas une mouette ne criait dans son sillage. Toutes les informations dont Cadin disposait étaient rassemblées dans une pochette posée sur le siège passager, avec une carte I.G.N. de la région. Une escadrille de Mirage de la base d'Istres fit trembler le ciel de la Crau alors qu'il dépassait Salin-de-Giraud. Le premier point de chute était entouré de rouge, un cordon dunaire, près de la Digue à la Mer. Il roula le long des pieux de bois fichés dans le sable, contourna les plaques de salants qui brillaient au soleil. Le village se trouvait à l'abri d'une forêt chétive, une succession de bungalows, de caravanes échouées, de cabanons, d'abris, sur lesquels s'abattaient les ombres manichéennes des éoliennes. Pas de rues, de la terre battue, du sable, des ornières. Des trottoirs provisoires, quelques briques en limite, quelques planches. Il laissa sa voiture devant une épicerie-buvette et arpenta les voies définitivement provisoires du réseau, croisant une multitude d'hommes et de femmes âgés, short et casquette, armés de boules de pétanque. Près de la plage un dalmatien endormi au pied du drapeau français se dressa à son approche, les crocs menaçants. Tout autour, l'indifférence. Il se dirigea vers deux gamines à la poitrine naissante qui retenaient leur souffle, immobiles, devant un polaroïd à déclenchement retardé calé entre deux pierres, sur une serviette de bain. En s'éjectant la photo accrocha le sol, se courba, renversant l'appareil. Cadin se baissa pour le ramasser. Il prit également le cliché et y jeta un coup d'œil avant de le tendre à l'une des deux jeunes filles. Les bleus du ciel, des slips de bain, du parasol montaient déjà en se différenciant. Cadin sortit de la poche de son veston le portrait de la femme qu'il recherchait. Elles ne la connaissaient pas. Il s'épuisa à marcher dans le sable, toute la journée, en accumulant les réponses évasives, les souvenirs vagues, les confusions, les ignorances et finit par retrouver sa trace, tard le soir, près d'un village de toile qui abritait une concentration de jeux vidéo, de flippers, de juke-boxes. Une fille qui vendait de la barbe à papa, de nuit, se souvenait l'avoir rencontrée, deux jours plus tôt, près du cabanon n° 35. Il était facile à dénicher : une silhouette publicitaire guillotinée, exhibant un énorme cornet à glace, était plantée à l'angle de la rue. Cadin s'y précipita alertant les chiens enclos. La dame s'était envolée et il récupéra, en posant quelques billets sur sa table de camping, une moitié d'adresse, en Ardèche, auprès d'un voisin sans scrupule.

Il s'allongea sur la plage et observa le ciel, se forçant à ne pas cligner des yeux pour ne pas louper d'étoiles filantes. Il suivit la trajectoire saccadée d'un satellite puis se mit à dicter son rapport journalier, les lèvres collées au magnéto miniature. Les torchères du terminal pétrolier illuminaient la mer, projetant des ombres inquiétantes sur le sable. Tout en continuant de parler près du micro, Cadin se releva et se dirigea vers le rivage. Il buta sur un couple enlacé, invisible, qui se défit. L'homme se retourna pour éviter de voir l'intrus tandis que la jeune femme, à demi nue, rejetait ses cheveux en arrière et lui adressait un regard d'une douceur telle qu'il comprit qu'il ne lui était pas destiné.

Vendredi 4 août 1986

Cadin reprit la route en milieu de matinée après quelques heures de sommeil morcelé dans un motel aussi bien insonorisé qu'une piste de danse. Le couple qui occupait la chambre contiguë lui apprit, entre deux râles de plaisir, quelques expressions amoureuses dont il n'aurait jamais soupçonné l'existence. À hauteur de Salon-de-Provence il ramassa deux légionnaires qui levaient le pouce devant un mur percé comme par le passage d'un obus. Des santons en uniforme près d'une crèche explosive… Ils s'installèrent alors qu'*Europe* diffusait les Rita Mitsouko. Le premier, le torse bardé de barrettes, traînait derrière lui tout un empire défait. Chacune de ses rides, chacune de ses cicatrices symbolisait une ligne abandonnée, un front enfoncé. Il s'intéressait aux performances de la voiture, aux caractéristiques du moteur. Cadin lui montra le manuel d'entretien. L'autre, tout jeune, ne disait rien, il se contentait d'accompagner Catherine Ringer en tapotant du bout de ses doigts le rythme d'*Andy* sur le képi blanc qu'il tenait coincé entre ses cuisses. Cadin les débarqua un peu avant les pots de yaourt renversés de Pierrelatte et tourna un bout de temps dans les collines avant de tomber sur l'ancienne communauté dont une moitié d'adresse lui faisait défaut.

Les parents qui avaient sûrement connu les débuts de Dylan lui offrirent, en cliquetant de tous leurs bijoux artisanaux, le pain, le fromage et le vin du terroir, tandis que, dans les vignes chargées, leurs deux filles offraient leur torse nu au soleil. Le nuage de vapeur dispensé par la centrale adoucissait la lumière.

L'homme s'adossa à la cheminée massive tandis que sa compagne s'asseyait sur le banc de monastère, les coudes plantés sur la table. La fugueuse de Sainte-Maxime était passée seule, deux jours plus tôt, et remontait vers le nord en replaçant ses pas dans les marques de sa vie. C'est tout ce qu'ils savaient. Cadin insista mais n'obtint rien de plus. Il les quitta et replaça le capot de la voiture en direction du fleuve. Au sortir d'un virage un mannequin de celluloïd s'ennuyait ferme près d'une exposition de matériel de plage. Il pointa, sur la carte, la maison natale des Eylderet. La mère du client, une très vieille femme au visage ironique qui mesurait gestes et paroles, le reçut dans sa propriété lyonnaise, théâtre d'un 14-Juillet inversé. Des enfants perruqués, jabots et dentelle, escarpins et bas de soie, s'amusaient sur la pelouse. Des ducs et des baronnes de comédie devisaient, une coupe à la main. Un carnaval pour retenir le temps. Soudain un groupe de cavaliers aux uniformes écarlates surgit de la forêt, et tout ce monde poudré se précipita vers eux dans les cris et les rires.

Elle se pencha vers Cadin, en confidente.

— Cela devait arriver…

Cadin, tout au spectacle, n'osa lui demander si elle évoquait le martyre de son roi ou si elle parlait de sa bru. Elle leva l'ambiguïté en laissant tomber, définitive.

— Ils n'étaient pas du même monde.

Samedi 5 août 1986

Cadin enregistra sa cassette quotidienne en roulant vers Paris. Il profita d'une vidange impérative dans une station morvandelle pour rassembler ses fiches d'essence, ses notes d'hôtel, de restaurant et refaire le plein de son flasque. Il évita la capitale en prenant une rocade, une A quelque chose, qui la contournait par l'est. Des familles s'essayaient aux vacances sur les berges artificielles du lac de Créteil. Ça se mitraillait à l'instamatic, pose planche à voile, plongeon, château de sable… une indigestion de clichés, comme un réveillon photographique : accumuler les preuves du bonheur en quelques jours, avant de retourner, onze mois d'affilée, dans le monde sans négatifs des bureaux, des ateliers.

Bernard Eylderet se souvenait vaguement d'une cité où sa femme avait une amie, à Rosny-sous-Bois, et avait dessiné un plan sommaire sur son papier à en-tête gaufré. Le nom de famille approximatif qui flottait dans sa mémoire, Nitram, avait disparu des minuscules fenêtres des boîtes aux lettres. Cadin essaya de forcer la chance en sonnant chez le gardien. Un homme en T-shirt échancré, les biceps tatoués à l'effigie du King, souleva le rideau froncé rouge qui masquait l'hygiaphone. En abîme Elvis déhanchait sa silhouette alourdie sur l'écran bleui du téléviseur. Cadin éleva la voix pour couvrir celle du crooner, poussée au maximum. La conversation se fraya un chemin entre les couplets de *Jailhouse Rock* et de *Return to Sender*.

Il comprit qu'il s'était tout simplement trompé de cité mais que cela ne l'avançait guère de le savoir : les bâtiments qu'il cherchait n'existaient plus depuis six mois. Un vide, de l'autre côté de la nationale. La boule et les pioches des démolisseurs avaient eu raison des murs en préfabriqué d'urgence. Sur le terrain maintenant vague, le tracé des pièces imitait une marelle géante. Ciel, enfer… Les fils d'or d'un tissu berbère mêlé à la terre persistaient à refléter l'éclat des phares. Il se renversa sur son siège et but un peu du mauvais alcool acheté sur l'autoroute en se demandant à quelle case en était la femme qu'il recherchait.

Soudain dix voitures s'arrêtèrent à l'entrée de la cité en faisant hurler leurs klaxons. Une mariée rayonnante descendit de la voiture de tête et, nuage blanc dans la nuit, se mit à courir en riant vers les bâtiments, bientôt poursuivie par le reste de la noce. Une demi-douzaine de jeunes femmes aux lèvres lumineuses la saluaient de leurs youyous. Cadin observa un moment leurs ombres démultipliées qui dansaient sur la façade puis tourna la clef dans le Neiman.

Il disposait encore de quelques pistes, un cousin à Nanterre avec lequel elle entretenait une correspondance bisannuelle, un peintre aussi dont elle suivait le travail au gré des expositions. Il prit une chambre anonyme dans un hôtel miroir de la porte de Bagnolet. Ses fenêtres dominaient l'échangeur. De temps en temps, sur le périphérique, les éclats froids d'un gyrophare d'ambulance perturbaient le défilé monotone des feux de croisement. Il trouva juste assez de courage, les yeux braqués sur une série mal doublée, d'enregistrer son compte rendu magnétique. Ses paupières prirent la télécommande de vitesse.

Dimanche 6 août 1986

Le lendemain matin, il fila vers Nanterre par une succession d'autoroutes dégagées, traversant des banlieues en recomposition, alternance de friches et d'entrepôts, de programmes immobiliers et de centres commerciaux. Le cousin de la fugueuse habitait une tour circulaire, fenêtres-hublots, tenue de camouflage, derrière La Défense. La sonnette semblait être débranchée. Cadin cogna plusieurs fois à la porte blindée, à se flinguer les articulations, sans susciter la moindre réaction. Il tournait les talons et s'apprêtait à reprendre l'ascenseur quand une vieille femme, un arrosoir à la main, une boîte de pâtée pour animaux coincée sous le bras, introduisit une clef dans la serrure. Elle eut un mouvement de peur à son approche et se réfugia rapidement dans l'appartement. Cadin parvint à se composer un sourire et tira quelques bribes d'informations de la voisine retranchée dans l'entrée et protégée par la chaîne de sûreté. Le locataire était en vacances, un camp de camping entre Nice et Antibes… Il eut le temps d'apercevoir, avant que la porte ne se referme, un chat blanc à la queue noire qui se frottait au pied d'une chaise, et une collection de coupes sportives alignées sur un napperon au-dessus d'un téléviseur.

Le peintre dont le travail avait séduit la femme d'Eylderet profitait des beaux jours pour s'échapper du cadre restreint de son atelier. Juché sur un tabouret, devant une toile immense, il peignait des statues de pierre, des angelots, au creux d'une boucle de la Seine désertée par les péniches, à moins d'un kilomètre du restaurant *Four-*

naise, refuge des impressionnistes. À cinq cents mètres, derrière le rideau de feuillages, des bulldozers nettoyaient l'île de ses vestiges de guinguettes, de jardins ouvriers, et préparaient l'aménagement d'un port de plaisance. Cadin le regarda qui rosissait les fesses d'un ange avant de s'approcher. Le peintre descendit de son perchoir, posa ses brosses, s'essuya les mains. Il répondit aux questions de Cadin sans quitter une seconde son travail des yeux.

— Vous l'avez manquée de peu : elle est passée hier, en coup de vent, pour me commander un portrait…

Il ne savait rien de ses projets, rien de sa vie. Elle s'intéressait depuis une bonne dizaine d'années à ses toiles et ne manquait pour rien au monde un accrochage ou la première d'un spectacle dont il avait dessiné le décor. Leur conversation se limitait à cela, la peinture et la scénographie. La veille ils avaient longuement parlé du *Faust* auquel il songeait sans cesse et qu'aucun opéra ne lui demandait.

Cadin le quitta et retourna à sa voiture, sur le parking du centre E.D.F., la tête pleine des souvenirs des coulisses du palais Garnier qu'il avait arpentées, bien des années plus tôt, quand il était encore étudiant, pour le compte d'une boîte de surveillance-sécurité… les cavalcades dans les sous-sols, les figurantes aux traits creusés se donnant du courage avant de repartir au front, les pompiers stoïques au milieu des corps dénudés, les machinos accrochés à leurs tas de bois peints, à leurs mâts, pourchassant les objectifs des photographes, les soirs de première, non de peur qu'on ne leur vole leur image, mais que l'on ne montre la fatigue, l'usure, l'envers du décor…

Un rôdeur avait mis son absence à profit pour éclater le déflecteur droit et prélever l'autoradio qu'il s'acharnait à laisser en place dans son boîtier antivol, pour conjurer le sort. Il balaya les éclats de verre avant de mettre le cap sur Lille, la ville natale de la femme d'Eylderet. Le vent s'engouffrait par la vitre brisée et sifflait de manière insupportable dès que l'aiguille du compteur approchait du chiffre 100. À Senlis un pompiste prévenant scotcha un triangle de plastique orange à la place du carreau, et Cadin put continuer sa route sans se passer de la quatrième. Il avala un hot dog infâme, dans un relais routier au fronton duquel ne se lisaient que les lettres tricolores de NATIONAL, celles de LOTO dissimulées par un arbre, et dormit sur un parking, entre deux poids lourds néerlandais, face à un panneau vantant les ressources touristiques de l'ancien pays minier.

Lundi 7 août 1986

Au réveil, dans un réflexe professionnel qui le surprit lui-même, Cadin tendit la main vers le vide-poches, à la recherche du magnétophone dont, hélas, son voleur ne lui avait pas fait cadeau. Il se rinça la bouche au wiskhy et, penché sur le siège passager, rédigea le plan de son compte rendu sur une feuille de carnet. Il se décida ensuite à téléphoner au patron de l'agence depuis la cabine du relais autoroutier qui enjambait les voies.

— Qu'est-ce que tu fous depuis deux jours ! Impossible d'avoir de tes nouvelles… Tu sais pourtant que je veux qu'on me téléphone tous les soirs !

Cadin laissa passer l'orage en éloignant le combiné de son oreille.

— Je serai à Lille d'ici une heure… Je crois que je vais la trouver au chaud chez ses parents…

— Je peux te dire que non, Cadin ! Elle vient de faire sa réapparition dans la propriété de Sainte-Maxime. Le client veut te voir personnellement, le plus tôt sera le mieux… J'aurais bien envoyé quelqu'un d'autre mais il n'a pas envie de montrer sa tête à tout le monde… Alors tu remontes direct, le pied au plancher… Il paye en liquide, il est atteint du syndrome *Canard enchaîné* et a le trac que son chèque pour l'agence n'atterrisse entre les mains d'un informateur infiltré dans sa banque…

Mardi 8 août 1986

La tête de la caméra s'inclina et la grille coulissa sans bruit. Un domestique ratissait le gravier et il leva les yeux au ciel, pressentant l'orage, lorsque la voiture de Cadin emprunta l'allée. Il roula au pas jusqu'au perron. Il eut droit, cette fois, à la salle commune. Bernard Eylderet compta les billets de cinq cents francs, en rajouta quelques-uns pour l'autoradio et le magnétophone. Des éclairs de chaleur électrisaient les couleurs des arbres, des murs. Elle arriva alors que Cadin réitérait ses promesses de discrétion et lui sourit. Deux plis parallèles aux commissures des lèvres… un sourire comme une défaite.

Cadin empocha l'argent en se disant qu'entre eux deux et l'agence, ça ne faisait que commencer.

À peine était-il sorti que la pluie inonda le paysage. Il roula, à l'aveugle, les essuie-glaces surfant sur les trombes d'eau, les roues projetant une haie liquide de chaque côté de la voiture. Sous un pont un type embrassait une fille, leur parapluie comme un soleil chaviré. Cadin lâcha l'accélérateur. La Peugeot continua sur sa lancée et s'immobilisa, ruisselante, à deux doigts du fossé.

Cadin posa ses bras sur le volant et se mit à pleurer, refusant de s'en avouer les raisons.

ROISSY

1987

Souvenir à la fenêtre

Le commissaire Londrin gara sa Daf banalisée face à l'entrée 8 de l'aérogare n° 1, sous le regard excédé d'un C.R.S. qui vint pesamment à sa rencontre, sa courte matraque lui battant la cuisse. Un Boeing d'El-Al s'arrachait au sol, un peu plus loin, après la fosse aux taxis, et Londrin n'entendit qu'imparfaitement : l'amabilité du compagnon républicain de sécurité.

— ...... gagez...... pas encore...... panneaux !

Il tira son portefeuille de sa poche intérieure, par un coin du cuir, et il s'ouvrit dans le mouvement, comme un papillon qui prend son envol. L'excuse du C.R.S. se perdit dans le hurlement des réacteurs. Londrin regarda un éclat de ciel par une déchirure du béton en forme d'immense virgule. Des nuages sombres, effilochés, flottaient dans la clarté de la pleine lune. Les portes de verre glissèrent en silence et il suivit une femme de ménage en blouse bleue qui poussait d'une main son caddy hérissé de brosses tout en maintenant en ligne, de l'autre main, le large balai qui effaçait les traces des voyageurs fatigués. Partout des affiches criardes alertaient les candidats à l'évasion sur les dangers auxquels ils s'exposaient en acceptant de porter le bagage d'une vieille dame, d'un malade ou sur les conséquences implacables de l'oubli d'un sac au bas d'un guichet : *Destruction immé-*

diate. Londrin avait longtemps travaillé sur l'aéroport et ne se souvenait d'aucun meurtre, d'aucune tentative d'attentat. À une époque, tout ce que la plate-forme comptait de grosses têtes planchait sur le principal danger qui menaçait les zincs au moment critique du décollage : les milliers de mouettes qui, non contentes de bombarder Roissy de leur fiente blanchâtre, s'engouffraient par nuées dans les réacteurs des jets. On avait essayé les faucons, mais les becs crochus avaient vite été mis en préretraite pour cause de rentabilité insuffisante. Depuis, des 4L munies de haut-parleurs sillonnaient les pistes, les champs, en diffusant le cri préenregistré du prédateur de la mouette.

Il y avait également eu l'alerte maximum déclenchée par la présence d'une innombrable colonie de lapins. Le réseau serré de galeries creusées sous les pistes les menaçait d'effondrement. Les énarques d'Aéroport de Paris avaient résolu le problème en organisant deux battues annuelles, les jours d'activité réduite, et les cageots débordant de dépouilles puant le kérosène étaient charitablement offerts aux hospices de la région.

Londrin descendit à l'étage « boutiquaire », dans les odeurs de pizza, de hot dog, de croque-monsieur, de fromage chaud. Un néon à bout de gaz clignait au-dessus d'une table verte. Un charter de vacanciers revenant d'Amérique du Sud s'était déversé à la terrasse des *Embarcadères*. Ponchos et sombreros… Il s'accouda loin des cris, au bar violet qui jouxtait le bureau de poste, et commanda une saucisse chaude et un demi. Il badigeonnait consciencieusement le sandwich de moutarde quand un type qui buvait seul à l'une des tables recouvertes de tissu rouge se leva et se dirigea vers lui en maintenant difficilement le cap. Il s'arrima au zinc.

— Salut, Londrin… Vous partez en voyage ?

Le commissaire se retourna et dévisagea l'homme

miné par l'alcool qui s'était installé près de lui. Il effaça mentalement la moustache mal taillée, la barbe, les poches sous les yeux, le rictus qui déformait la bouche… Il ne parvint pas à faire correspondre ce qui résultait de ce lifting intellectuel, à l'un des signalements précis d'indic ou de malfrat professionnel opérant sur la plateforme, qu'il conservait dans un coin de sa mémoire.

— Vous êtes sûr qu'on se connaît ?

Le pochard se renversa en arrière pour assécher son verre avant que les glaçons ne dénaturent trop l'alcool. Sa langue claqua comme un rappel.

— Bien sûr qu'on se connaît, commissaire… On a même travaillé ensemble.

Londrin repassa rapidement en revue la galerie de flics qui avaient bossé sous ses ordres depuis une quinzaine d'années, les ambitieux, les brutes, les cabochards, les pédés honteux, les ulcérés, les angoissés de la détente, les refoulés de l'antigang, mais pas un ne faisait l'affaire. Le type serrait son verre entre ses deux mains sans parvenir totalement à dominer le tremblement. Il fixa Londrin de ses yeux injectés de sang et le commissaire fit signe au barman de refaire le plein.

— Désolé… J'ai complètement oublié… Ça se passait ici ?

Le bord du verre grelotta contre ses dents mal soignées.

— Pas loin, à Courvilliers… On s'est croisé plusieurs fois… Merci pour la dose…

Londrin venait de croquer dans son sandwich. La peau de la saucisse céda avec un crissement de plastique. Il ingurgita sa bouchée et la noya de bière.

— C'est pas vrai ! Vous n'allez pas me dire que vous êtes Cadin !

— Si, en plein dans le mille… On a travaillé ensemble, c'est vite dit… Vous étiez à la pref et moi sur le bitume…

On se voyait surtout dans les couloirs au moment de la distribution des fournitures…

Le commissaire faillit lui demander s'il planquait et si son accoutrement de clodo faisait partie de la panoplie. Il se souvint à temps des bruits qui couraient sur le compte de Cadin, à l'époque, son incompétence, sa manière d'entrer en relation avec les victimes, les coupables, son incapacité à camper de l'autre côté de la frontière.

— On vous a muté, à l'époque, non ? Où est-ce que vous avez atterri ?

— Oh ! un peu partout… Ils m'ont fait visiter la France. Un an à Strasbourg, huit mois à Hazebrouck, un été à Courvilliers, six mois à Toulouse, trois mois ailleurs… Ils attendaient que je me salisse les mains, que je bêle avec le reste du troupeau… Ils m'ont viré à temps…

Deux gendarmes traversèrent le hall, serrant de près un Africain qui tenait un sac Tati, malgré les menottes.

— Vous n'êtes plus flic ?

Cadin ouvrit sa veste pour montrer qu'il ne portait pas d'arme.

— Non. Terminé, je coupe. Depuis deux ans. Clap de fin. Je me suis usé tout seul dans mon coin, comme une savonnette sous la douche. J'ai bossé pour le compte d'une agence de détectives privés, vers Toulon, mais c'est encore plus infect que le boulot de flic. Au lieu que ce soit le contribuable anonyme qui paye le sale boulot, c'est le mec aux larmes plein les yeux qui te tend les biftons… Tu n'as qu'une envie, les foutre dans ton verre le plus vite possible, pour les oublier… Les yeux, les larmes, les biftons…

Ils burent encore quelques verres ensemble et Londrin oublia la raison qui l'avait fait s'accouder à ce bar. Le patron baissa la grille courbe qui isolait son commerce.

Cadin s'accrocha à l'épaule du commissaire, se laissa traîner jusqu'à la porte n° 8 et se redressa en voyant les C.R.S. qui saluèrent Londrin. Cadin s'affala sur le siège passager de la Daf.

— Où est-ce que je vous dépose ?

Il tendit la carte avachie d'un meublé d'Aubervilliers. Londrin rattrapa l'autoroute du Nord et, pied au plancher, se faufila entre les camions belges et néerlandais tandis que Cadin baladait le curseur de la radio tout au long de la bande FM. Il se bloqua sur une fréquence rock-nostalgie et poussa le volume à fond. Sonny and Cher roucoulèrent jusqu'au Bourget.

Little man,
When you stand by my side…

Ils traversèrent le quartier des soldeurs et filèrent le long du canal Saint-Denis. L'hôtel était bloqué entre une centrale béton et les bâtiments massifs d'une boîte d'électricité dont les toits en terrasse servaient de parking aux bennes vertes de la Ville de Paris. Le commissaire hissa Cadin dans l'escalier et poussa la porte d'une piaule occupée aux trois quarts par un lit à une place, une armoire en plastique mou et une table de camping. Il ouvrit la fenêtre pour chasser l'odeur confinée qui imprégnait jusqu'aux murs. Un type baladait son chien en contrebas, sur l'ancien chemin de halage. L'ex-inspecteur s'assit sur le bord de son lit de location et saisit la bouteille qui trônait sur la table de nuit, au milieu des verres sales et des plaquettes de médicaments.

— Vous en voulez un fond ?

Londrin refusa en lui tapant amicalement sur l'épaule et s'apprêtait à sortir quand Cadin l'appela.

— Ne partez pas…

Il tira brusquement le tiroir de la table de nuit, prit

une liasse de papiers pliée en quatre et la tendit au commissaire.

— Tenez… Lisez…

Londrin déplia la trentaine de feuillets manuscrits, lut le titre qui barrait la première page, souligné de noir : SOUVENIR À LA FENÊTRE, et sourit à Cadin.

— C'est de vous ?

Il approuva et vida son verre d'un mouvement sec de la tête. Londrin rapprocha le tabouret de la table de camping et commença sa lecture.

SOUVENIR À LA FENÊTRE

Il ne sut jamais qu'en la possédant il signait son arrêt de mort mais pourtant il se souvenait précisément du lieu, de l'heure où il l'avait vue pour la première fois et de l'extrême excitation que cette rencontre avait provoquée en lui : c'était en fuyant la fête de la Saint-Exupère de Trévières, dans la nuit du 5 au 6 août de l'année précédente, sur la route de Port-en-Bessin. Thérèse le tannait depuis des mois pour qu'il accepte de venir passer quelques jours de vacances dans ce bled de Normandie où elle était née. Il avait fini par se laisser faire et ils avaient loué un gîte sur la place du marché. Dès le lendemain de leur arrivée, sous leurs fenêtres, une douzaine de gars résignés déchargeaient des profondeurs de trois semi-remorques déglingués les éléments d'un auto-scooter, d'un tir et d'une loterie, grinçant des dents à chaque fois que le patron, un petit costaud hargneux à moustaches, aboyait ses ordres. Le soir à neuf heures la sono avait commencé à débiter les chansons des recalés du Top 50, des presque-tubes restés au fond des bacs par manque de promotion, de copinage, ou retirés des juke-boxes en raison de leur trop faible turn-over, que les forains rachetaient au kilo et balançaient à fond la caisse, tandis que des garçons de ferme engoncés clans leurs vêtements du dimanche fonçaient sur les vacancières boutonneuses, au volant de leur bagnole à élastique, et les projetaient contre les balustrades.

Ils avaient fait un tour à la fête, par curiosité, et Jean-Michel eut droit à un lot de consolation, un minuscule chien en peluche fabriqué à Taiwan, pour avoir logé trois balles sur cinq, sans appui, dans l'œil du pigeon-cible. Ils traînèrent devant le *À tous les coups on gagne* sans se décider à tirer une enveloppe. Ils s'offrirent une pomme d'amour à la baraque des confiseries et la croquèrent à deux, face à face, en se frottant le nez.

En moins de cinq minutes les joies de la Saint-Exupère furent épuisées. Ils rentrèrent. La musique cessa aux alentours de minuit, bientôt remplacée par les cuivres et les tambours dépareillés de la fanfare des pompiers. Le feu d'artifice leur accorda un répit qu'ils essayèrent de mettre à profit pour s'endormir. La sono des autos-chocs les prit de vitesse.

À une heure du matin l'aiguille émoussée de la platine automatique du manège infernal s'abaissa, pour la septième fois depuis la veille au soir, sur le sillon de *Je t'aime à l'italienne* et la voix de Frédéric François, déformée par l'usage, s'insinua sur les bords des boules Quiès dont Jean-Michel s'était garni les oreilles. Il se redressa brusquement en hurlant et arracha les minuscules tampons pour tenter de rattraper les mots qui naissaient sur les lèvres de Thérèse.

— Qu'est-ce que tu dis ?

Elle s'était assise, le dos contre l'oreiller, maintenant le drap devant sa poitrine.

— Je dis que je n'en peux plus de tourner dans le lit en écoutant leurs conneries… Je craque.

Il se serra contre elle, l'embrassa sur le front et la dévisagea en riant tout en tirant le drap vers le bas. Sa tête vint se nicher au creux de ses seins.

— Tu as une proposition ?

Elle haussa les épaules et lui caressa les cheveux, les yeux dans le vague.

— Pas tout de suite… J'ai les nerfs en pelote… On

pourrait faire un tour en voiture jusqu'à la mer, se promener sur la plage…

Il se leva et s'habilla.

Dehors, devant la porte, un type assis sur sa mobylette buvait à même la bouteille le mousseux tiède gagné au jeu de massacre tandis qu'Eddy Mitchell pataugeait dans son cimetière des éléphants. Deux gamines sans illusions attendaient que ça se passe, assises sur le capot de la Traction. Jean-Michel se planta devant elles.

— Qu'est-ce que vous foutez là ? Il y a des bancs sur la place ! Vous allez enfoncer la tôle…

Les filles se laissèrent glisser, sans un mot, un sourire fatigué aux lèvres. Le rivet d'un jean crissa sur la peinture noire. Jean-Michel passa le bout du doigt sur la rainure et les regarda s'éloigner en serrant les dents : le capot avait besoin d'un sérieux lustrage. Il s'installa sur le siège et mit le contact avant d'ouvrir la portière de Thérèse. Les phares éblouirent les conducteurs des autos-scooters quand il fit demi-tour pour placer la calandre aux chevrons dans la direction de Saint-Laurent-sur-Mer. Il collectionnait les voitures depuis trois ans, surtout des Citroën, achetant des véhicules à bout de course, dans les campagnes, et les retapant avec l'aide d'un réseau de passionnés regroupés autour d'un journal, *Les Reines de la route*.

Le virus lui avait été transmis par l'un de ses seuls amis, Laurent, qui se séparait d'une Dyna-Panhard de 1954, ne pouvant l'emporter aux États-Unis où il comptait poursuivre ses études. Au début il avait eu un peu honte de tous ces regards qui se portaient sur lui dès qu'il approchait la clef de la serrure. Il était d'un naturel réservé et cette publicité que lui faisait sa voiture le contrariait. Une semaine après il ne pouvait plus s'en passer La tonne d'aluminium, de ferraille, de caoutchouc garée devant sa porte lui avait permis d'entrer en relation avec des dizaines de personnes, de sympathiser avec plusieurs d'entre elles, d'échanger des centaines de sourires dans une ville aux visages aussi fermés que Paris. Il s'en était servi pendant six mois avant de tomber amoureux fou, au détour d'une rue, d'une Peugeot 203 décapotable dont la lunette arrière était masquée par un panonceau. Le bras d'un V s'y appuyait sur la jambe arrière d'un A majuscule. À Vendre. Un numéro de téléphone suivait. Il risqua un franc dans l'une des dernières cabines à pièces de la capitale. La propriétaire du véhicule se prénommait Thérèse. Elle habitait boulevard des Batignolles, au-dessus d'un magasin Ed, l'épicier discount, et de ses fenêtres on apercevait les dômes crémeux du Sacré-Cœur Il n'acheta pas la voiture mais passa la nuit dans l'appartement. Ils s'aperçurent très vite qu'ils étaient faits pour vivre ensemble. Jean-Michel abandonna son studio de la porte Saint-Ouen et vint s'installer au pied de la colline où trônait le gâteau de Thiers.

Au début de l'été ils décidèrent de mettre en commun le produit de la vente de leurs deux voitures pour acheter l'une des toutes premières « Traction 15 Six H » à suspension hydropneumatique construites à moins de 3 000 exemplaires par Citroën entre 1954 et 1957, et dont on estimait les survivantes à une petite centaine. Puis ce fut au tour d'une « 11 Légère » rouge de construction britannique qu'ils retrouvèrent dans une grange, près de Mons, en Belgique, et que son propriétaire, un médecin à la retraite, leur céda au prix de la ferraille. Pendant plusieurs mois ils se mirent à la recherche d'une des mythiques « Traction 22 » à moteur huit cylindres dont la gamme avait été entièrement détruite avant guerre par Citroën. Ils écumèrent les garages de la Creuse et de la Haute-Vienne aiguillonnés par les confidences d'un correspondant des *Reines de la route*. En vain. Ils se rabattirent sur le superbe cabriolet à pare-brise escamotable et sellerie cuir qui filait vers Saint-Laurent-sur-Mer avec son capot griffé.

Ils longèrent la côte, en direction de Grandcamp, et se promenèrent sur la plage déserte au sable gorgé d'eau. La marée n'avait pas encore libéré l'épave de la péniche de débarquement aux flancs de laquelle, l'été, les gamins raclaient leurs épuisettes à la recherche de crevettes transparentes. Ils se couchèrent sur une dalle, vestige d'un port éphémère, et firent l'amour dans le goût salé du vent. Ils rebroussèrent chemin, vers Colleville. Thérèse s'était endormie et il roulait lentement, sans à-coups, pour ne pas troubler son sommeil.

Jean-Michel cherchait un accotement assez large pour lui permettre de faire demi-tour sans manœuvrer. Il dépassa l'église. C'est à cet instant précis qu'elle fit irruption dans sa vie. Elle remontait du chemin côtier qui contourne la nécropole d'Omaha et ses 9 386 croix blanches et s'était arrêtée à hauteur du stop, attendant qu'il soit passé pour traverser la départementale. Son pied écrasa la pédale de frein. Malgré la faible allure de la Traction, Thérèse fut projetée vers le pare-brise et il eut juste assez de présence d'esprit pour la retenir avant qu'elle ne le heurte. Elle tourna son regard vers lui, affolée.

— Qu'est-ce qu'il se passe ?

Jean-Michel pointa le doigt vers la forme qui s'engageait majestueusement sur la route et braquait en direction de Port-en-Bessin.

— Regarde…

Il tourna un bouton, nerveusement, et ses phares illuminèrent la carrosserie qui s'éloignait. Thérèse plissa les yeux, un instant éblouie.

— Eh bien quoi ? C'est une D.S.

Jean-Michel prit appui sur le volant, se rejeta contre le dossier en cuir, les bras tendus, et poussa un cri de victoire. Elle le fixait, mi-amusée, mi-inquiète.

— Une D.S., ça ? Tu dors encore ou quoi !

— C'est quoi alors ? Je l'ai à peine vue…

Pour toute réponse il enclencha la première et appuya sur l'accélérateur avec tant de brusquerie que les roues avant de la Traction patinèrent sur l'asphalte. Des graviers crépitèrent sur la tôle des portes. Le faisceau de ses feux de route accrocha bientôt les lignes fuyantes de la Citroën Maserati. Jean-Michel vint se coller à l'arrière de la voiture. Ils eurent à peine le temps de lire les deux rectangles fixés sur le retour du hayon : « S.M. » et « Opéra », que le conducteur, agacé par le reflet des phares de la Traction dans ses rétroviseurs, lançait ses 180 chevaux à pleine puissance. Une fumée bleutée brouilla les inscriptions. L'écart se creusa, comme par enchantement, et la voiture disparut dans l'une des successions de virages de cette route respectueuse du tracé des propriétés. Jean-Michel se lança à la poursuite de la dernière folie en date des ingénieurs de Citroën. Sur une route aussi défoncée et sinueuse que celle-là il pouvait rivaliser avec n'importe quelle voiture moderne. L'aiguille du compteur de la Traction flirtait avec le chiffre 120 et il doutait que la S.M. puisse faire mieux, malgré ses six cylindres. Il était certain de combler son retard en une dizaine de kilomètres. On ne lui en laissa pas le temps : la S.M. prit un chemin de campagne, à l'entrée de Sainte-Honorine-des-Pertes, et s'engouffra à l'intérieur d'un garage aménagé dans une ancienne grange. Jean-Michel éteignit ses lumières. Ils attendirent que tout se soit calmé dans la maison et le jour se levait quand Thérèse s'aventura jusqu'au portail pour relever le nom qui figurait sur la boîte aux lettres. Elle revint et lui tendit le morceau de papier sur lequel elle avait écrit furtivement Charles Faivre.

— Tu ne vas quand même pas t'enticher d'une S.M. ! Elles n'ont même pas vingt ans... Moi je me sens bien avec la décapotable...

Il leur arrivait quelquefois de ne pas être du même avis, mais rarement de s'affronter. Jean-Michel mit l'irritation de Thérèse sur le compte de la fatigue et lui prit les mains.

— Écoute, chérie : je suis entièrement d'accord avec toi... Si c'était une S.M. normale j'aurais fermé les yeux pour ne pas la voir. Mais celle-là, c'est une « Opéra », une des dix S.M. quatre portes jamais construites. En plus elle a un toit ouvrant. C'est Chapron qui a remodelé la carrosserie... Je savais qu'elles existaient, ils en ont parlé une fois dans *Les Reines de la route* mais je ne m'attendais pas à en croiser une à trois heures du matin en pleine campagne normande !

Ils discutèrent tout au long de la semaine suivante de direction à rappel asservi, de vitres électriques, de carburateurs double corps, de châssis monocoque. Ils eurent plusieurs longues conversations téléphoniques avec le rédacteur en chef de la revue qui insistait, sentant la bonne affaire, pour connaître le lieu d'où ils appelaient. Le vendredi matin Thérèse se rendit aux arguments de Jean-Michel et ils se présentèrent devant la villa de Sainte-Honorine-des-Pertes sans même savoir si le propriétaire de la S.M. désirait se séparer de son véhicule.

Charles Faivre, un homme d'une soixantaine d'années, légèrement voûté, les reçut dans son jardin et les fit asseoir sous un mûrier qui bourdonnait de guêpes. Il désigna la Traction garée dans le chemin.

— Elle est superbe comme ça, découverte…

Il se tourna vers Jean-Michel.

— Elle est de 38, non ?

Il acquiesça d'un mouvement de tête. Charles Faivre avait les larmes aux yeux. Il toussa pour dissimuler son émotion.

— J'ai eu à peu près la même pendant vingt ans, une verte, couleur d'origine, tout cuir, avec la montre au tableau de bord… Un imbécile me l'a volée devant la halle aux poissons de Port-en-Bessin et il n'a rien trouvé de mieux que d'aller s'écraser sur un poteau à Courseulles en voyant une estafette de gendarmerie sortir d'un chemin… Je me suis rabattu sur une D.S. 23 Pallas, puis sur une S.M. Rien à dire, c'est du moderne, mais je ne me suis jamais remis de ce désastre.

Il fixa Jean-Michel, une nouvelle fois.

— Vous ne seriez pas vendeur, par hasard ?

Thérèse se tourna vers Jean-Michel, et ils éclatèrent de rire.

Quelques mois plus tard, au printemps, alors qu'ils participaient à la concentration annuelle de véhicules rares organisée par le musée de Mulhouse, Thérèse lui annonça qu'elle attendait un enfant. Ils longeaient les toits crénelés des filatures Dolfuss-Mieg, au pas, derrière une vingtaine d'autres modèles prestigieux, quand elle prit sa main qu'il avait maintenant l'habitude de laisser reposer sur le pommeau du levier de vitesses de la S.M., et la serra contre son ventre.

— Nous serons bientôt trois…

Il retira vivement sa main et freina, pris d'une soudaine panique. Les chromes de la Fleetwood Eldorado qui le suivait à moins d'un mètre, vinrent s'aplatir contre le pare-chocs de la Citroën.

— Tu es enceinte ? Comment ça se fait…

Thérèse lui fit un signe de tête : le conducteur de la Cadillac s'était précipité à la portière et ses lèvres s'agitaient sans qu'aucun son ne leur parvienne. Un poisson hors du bocal. Jean-Michel appuya sur l'un des boutons de la commande centrale et sa vitre s'abaissa lentement. La voix, haut perchée, lui fit courir un frisson désagréable dans le dos.

— Vous ne pouvez pas faire attention ! L'entourage de ma plaque d'immatriculation est complètement enfoncé…

— On verra ça tout à l'heure, avant la réception… Vous n'allez pas en faire une maladie !

Son doigt écrasa la commande fléchée et la glace vint l'isoler de la grimace outragée du propriétaire de la Fleetwood. Il se tourna à nouveau vers Thérèse, presque heureux d'avoir évacué une grande partie de son agressivité.

— Alors, je t'écoute.

— Ça fait plus d'un an que j'essaie de t'en parler… Je ne pense qu'à ça, à notre enfant… mais à chaque fois que j'aborde le sujet, tu te lèves, tu trouves quelque chose à faire, un truc qui n'attend pas…

Elle éclata en sanglots. Il s'approcha, ne sachant comment la consoler mais elle le repoussa, tendrement.

— Non, écoute-moi jusqu'au bout… Même si tu ne veux pas de cet enfant, je te préviens, je le garderai. Contre toi… Contre nous deux…

Jean-Michel posa ses coudes sur le volant, incapable de négocier leur première véritable crise. Son cœur s'affolait, comme lorsqu'il avait poussé la Maserati à fond, une nuit sur l'autoroute, et qu'il avait eu peur de ne pouvoir prendre un virage. Il aspira profondément et maintint l'air dans ses poumons.

La dernière voiture du défilé, une impressionnante

Delahaye exceptionnellement sortie des hangars de l'ex-collection Schlumpf pour l'occasion, les dépassa en klaxonnant.

— Thérèse, ne dis pas des choses pareilles. Je t'en supplie. Elles me font autant de mal qu'à toi. Je te crois si tu dis que tu as essayé de m'en parler. Je ne m'en suis pas rendu compte... Sincèrement... Je n'ai que vingt-trois ans et on n'a pas encore eu assez de temps pour nous... Tu comprends ?

Elle était parvenue à dominer ses pleurs.

— Non, je ne comprends pas. Ce n'est pas un enfant qui nous volera du temps... Il en aura pour lui... Tes parents se sont bien occupés de toi...

La colère le reprit au seul mot de parents. C'est précisément cela qu'il ne voulait pas être, un parent.

— Arrête, Thérèse, tu ne sais pas de quoi tu parles !

Il était trop tard. La poche de silences factices accumulés au cours de leurs deux années de vie commune crevait d'un coup. Thérèse le défia. Elle criait presque.

— Si justement, parlons-en. Ça aussi c'est un sujet qu'il est impossible d'aborder avec toi. Tu n'en as jamais dit un mot même quand mes parents ont insisté pour les rencontrer. Ça rime à quoi ? Ce n'est pas parce que tu es parti de chez eux à dix-sept ans qu'il faut les considérer comme morts... Ce n'est pas parce que ton frère aîné a rompu avec eux que tu dois faire obligatoirement la même chose...

Jean-Michel sentit ses mâchoires se crisper. Ses ongles s'enfoncèrent dans le rembourrage du volant. Il hurla, les yeux pleins de larmes.

— Assez ! Ferme-la, à la fin...

Elle le regardait, horrifiée, et porta ses mains vers le visage déformé par la haine.

— Jean-Mi, pardonne-moi... Je n'ai pas voulu te faire mal...

Il évita la caresse tout en essayant de plaquer un sourire sur ses traits, ce qui eut pour effet de le rendre encore plus inquiétant.

— Tu veux faire la connaissance de ces ordures, c'est bien ça ?

Il ne lui laissa pas le temps de répondre.

— D'abord ce n'est pas à dix-sept ans que je suis parti, mais à un peu plus de seize… Tu crois que ça les a empêchés de dormir ? Non ! Ils étaient trop heureux d'être débarrassés de moi, du colis ! Ils n'ont même pas prévenu les flics. Rien. J'aurais pu crever ou me faire ramasser par n'importe qui, ils s'en foutaient.

Il renifla avant de la regarder droit dans les yeux.

— Ce sont ces salauds-là que tu veux que j'embrasse en les appelant « papa », « maman » ? D'accord, on va aller les voir, mais ne viens pas te plaindre ensuite de devoir fréquenter la pire des pourritures qui fermentent dans ce pays ! Il sera trop tard.

Ils rentrèrent directement à l'hôtel. Le type à la Cadillac faisait les cent pas dans le hall et fonça droit sur la S.M. dès qu'il l'aperçut.

— Alors, pour tout à l'heure, qu'est-ce que l'on fait ?

Jean-Michel le bouscula d'un coup d'épaule, comme s'il n'existait pas. Surtout sa voix de fausset qu'il ne lui pardonnait pas.

— Ne m'emmerdez pas avec votre tas de tôle, ce n'est pas le moment !

Thérèse esquissa un geste d'apaisement et ils s'engouffrèrent dans l'ascenseur. Cette nuit-là, ils dormirent séparément, pour la première fois depuis leur rencontre. Thérèse avala un Valium, en cachette, et s'endormit brutalement, les deux mains arrondies sur son ventre. Jean-Michel avait tiré l'un des lits jumeaux vers la fenêtre. Il ne bougeait pas, le regard bloqué sur le rai de lumière qui venait de la rue. La silhouette sèche de sa mère se dessinait dans le pli du rideau. Il ne pouvait se la représenter que vieille, décharnée. Jamais ses lèvres n'avaient effleuré sa joue et s'il se souvenait de sa voix, ce n'était qu'en raison des insultes abominables dont elle l'abreuvait, aussi loin que remonte sa mémoire… Il avait essayé de l'aimer, de lancer ses bras autour de son cou, à Noël, à la fête des mères. Elle tendait ses mains squelettiques vers lui et bloquait ses élans de tendresse. Il en sortait meurtri, et restait des heures dans son lit à griffer l'oreiller en se promettant de la tuer quand il serait assez grand. Son père ne lui inspirait pas de haine. De la peur tout au plus. C'était une brute épaisse portée sur la bouteille et qui ne se remettait pas d'avoir passé une grande partie de sa vie à replier le drapeau et à montrer le fond de son pantalon d'uniforme aux Chinetoques et aux fellouzes qu'il croyait mater en un tournemain.

Lui, sa main lui était familière : il se la prenait sur la gueule plus souvent qu'à son tour. Ce qu'il redoutait par-dessus tout, c'étaient les soirs de carnet, quand les notes n'étaient pas fameuses et que le vieux avait noyé sa nostalgie impériale dans le morgon. Il sursauta dans son lit au souvenir de la gifle puis il se vit traîner dans le couloir par un bras, une jambe… L'eau dans la baignoire et son front contre l'émail, l'eau du matin avec ses auréoles savonneuses… Il se débattait sans jamais prononcer le mot « papa ».

— Lâche-moi… Tu n'es qu'un salaud… Au secours…

Sa mère passait la tête par la porte de la salle de bains. Le visage d'une morte.

— Laisse-le, Alain, je crois qu'il a compris…

Il haussait les épaules.

— Si on vous écoutait, vous les bonnes femmes, il faudrait tout leur passer…

Et sa poigne sur la nuque de Jean-Michel, le forçant à plonger la tête dans l'eau.

Il ne put retenir un sanglot qui lui parut résonner de manière démesurée dans la pièce silencieuse. Il s'immobilisa, tous les sens en éveil, pour vérifier que Thérèse n'avait pas surpris cette plainte.

Il se réveilla très tôt le lendemain matin, avec l'impression d'avoir passé la nuit à boire. Il avait mal aux yeux, à la tête. Il prit, dans le sac de Thérèse, un cachet qui l'écœura, avant de descendre dans le hall où il se bloqua devant le minitel. Il pianota le nom, puis :

PRÉNOM : Alain

RUBRIQUE : ....

ADRESSE : Chemin Carbonesse

LOCALITÉ : Hyères

La machine afficha automatiquement le nom du département, VAR, puis le téléphone : 91 33 45 26. Il remonta dans la chambre. Thérèse s'étirait. Il lui tendit le papier sur lequel il venait de reporter le numéro.

— Appelle-les.

Elle s'assit sur le lit, alourdie par le sommeil.

— Qui ?

— Tu sais bien…

Elle prit la feuille, tira le téléphone près d'elle et composa le numéro en vérifiant chaque chiffre sur le papier. Jean-Michel s'empara du combiné. Cela sonna dans le vide, une douzaine de fois.

— Allô… (La voix de sa mère trahissait l'inquiétude, le téléphone, si tôt…) C'est moi, Jean-Michel… Oui, je sais que ça fait longtemps… De votre côté, c'est la même chose… (il s'impatienta.) Bon, tu me laisses parler ? Voilà : je suis pratiquement marié… On va avoir un enfant, et Thérèse veut vous rencontrer, au moins une fois… Oui c'est ça, tu as raison, moi je m'en serais passé… On arrive en fin d'après-midi et on repartira le soir. Non, on ne restera pas manger. Je viens de te dire que c'est juste pour qu'elle vous voie.

Il raccrocha et désigna l'appareil comme s'il le prenait à témoin.

— Tu es satisfaite ?

— Non… Je croyais te faire plaisir et tu piétines tout… Qu'est-ce que tu cherches ? Tu me fais peur, Jean-Michel, oui, peur.

Elle se leva d'un bond et s'enferma dans la salle de bains.

Ils quittèrent Mulhouse en fin de matinée, sans même saluer les organisateurs de la manifestation qu'ils croisèrent dans le hall. À peine avait-il posé le ticket du péage dans le vide-poches qu'il passait la cinquième vitesse bloquant l'aiguille du compte-tours à la limite de la zone rouge. La S.M. glissait en silence sur la voie de gauche que personne ne lui contesta jusqu'à Lyon. De temps en temps Thérèse hasardait une question, principalement à l'approche d'une station.

— Tu n'as pas besoin de prendre de l'essence ?

Il faisait comme si elle n'existait pas et les panneaux «Total» ou «Shell» disparaissaient dans le cadre du rétroviseur. Un peu avant Aix-en-Provence la vitesse de la voiture tomba brusquement à 150 et Jean-Michel avait beau appuyer sur la pédale d'accélérateur, le moteur refusait de monter en régime. Une Jaguar l'obligea à se rabattre sur la file de droite, à coups de projecteurs. Vingt kilomètres plus loin ils se traînaient derrière une file de camions, à moins de 100 à l'heure. Ils arrivèrent à Hyères à la tombée de la nuit, redoutant de caler en plein carrefour et de devoir pousser la S.M. pour repartir. Ils la laissèrent au garagiste Citroën qui occupait l'angle de l'avenue des Palmiers et du chemin Carbonesse et qui diagnostiqua immédiatement une panne de la pompe électrique d'alimentation d'essence.

— Je n'ai pas la pièce, il faut que j'aille la chercher à Toulon… Revenez demain en fin de matinée, ce sera prêt.

Ils parcoururent les trois cents derniers mètres à pied. La clôture et le portail étaient aussi prétentieux que dans ses souvenirs. De la pierre, du faux marbre, du fer forgé, le tout hérissé de pointes torsadées pour décourager les voleurs de cerises et de pêches… Il écrasa la sonnette et laissa son pouce deux fois plus de temps qu'il n'était nécessaire. Thérèse remettait un peu d'ordre dans sa coiffure. La porte s'ouvrit et une femme très frêle apparut sur le perron.

— C'est ta mère ?

La réponse siffla entre ses dents.

— Qui veux-tu que ce soit d'autre… Ma sœur ?

Elle descendit la dizaine de marches avec prudence, une main sur la rampe fixée dans la façade, l'autre crispée sur son collier de perles blanches, et traversa le jardin. Elle n'avait pas changé d'une ride, tout était parfaitement en place. Elle engagea la clef dans la serrure du portail, le tira vers elle en s'arc-boutant et les invita à entrer.

— Bonjour, mademoiselle…

Thérèse baissa la tête pour répondre à son salut. Jean-Michel se décida à jouer la provocation, dès le début, et se pencha vers sa mère pour l'embrasser. Il s'attendait à la voir se figer pour éviter le contact… Elle tendit sa joue parcheminée et lui rendit son baiser avant qu'il se soit remis de sa stupeur. Puis elle les prit par le bras, Thérèse et lui, et leur fit les honneurs du jardin. Son père était accroupi sous l'auvent et soufflait sur les braises réticentes d'un barbecue. Il se redressa et lui tendit une main généreuse. Jean-Michel y mit la sienne. Il ne parvint pas à saisir son regard qui glissait sur lui comme de l'eau sur de l'huile. Son père avait énormément grossi, sa tête se raccrochait directement aux épaules et le cou semblait évanoui dans la graisse. Il bougonna une phrase de bienvenue, faisant trembloter sa collection de mentons. À l'intérieur rien n'avait changé. Le musée de leur vie sans intérêt. Il profita de ce que sa mère lui tournait le dos pour poser la main sur la poignée de porte de la chambre qu'il occupait avec son frère, face à la leur. La pièce était entièrement vide, le papier arraché.

Ils mangèrent des grillades, protégés des piqûres des moustiques par une sorte de grosse machine électrique aux rayonnements violets et qui émettait une sorte de grésillement désagréable dès qu'un insecte se posait sur l'un de ses éléments. Thérèse évoqua timidement sa grossesse. La mère de Jean-Michel eut une phrase pour dire sa joie d'être grand-mère, avant de passer à autre chose. Ils dormirent dans la chambre d'amis aménagée sous les combles. Thérèse était perplexe : elle ne retrouvait pas les parents effrayants peints par Jean-Michel mais leur froideur, leur désintérêt, étaient perceptibles sous le vernis de convivialité obligée. Elle vint se coller au dos de Jean-Michel.

— On voit qu'ils ont l'habitude de vivre seuls… Ils sont gênés d'être avec d'autres personnes… C'est elle qui m'a paru la plus bizarre : elle ne nous a même pas demandé si on préférait avoir une fille ou un garçon… Quand j'en ai parlé à ma mère, ça a été sa première question…

Il remua pour se retrouver face à elle.

— Ils jouent la comédie… Ils se foutent complètement de nous et de notre gosse. Si tu descends au premier, regarde dans quel état ils ont mis ma chambre… Il n'y a plus une seule trace de mon passage, ni de celui de mon frère. Cherche une photo de lui ou de moi sur un buffet, dans un tiroir…

Il l'attira vers lui.

— C'est pour toi que je suis retourné ici… Maintenant c'est fait, tu as vu… Oublie-les et ne m'en parle plus.

Ils se levèrent un peu après dix heures. Les parents de Jean-Michel déjeunaient en tête à tête dans la cuisine et voulurent leur laisser la place.

— Non, finissez tranquillement… On va aller prendre la voiture au garage, elle doit être prête… Je peux me garer devant le portail, ça ne gêne personne ?

Son père s'essuya la bouche et se leva.

— Je vais t'ouvrir et tu la rentreras. Les poubelles ne vont pas tarder à passer…

Le garagiste pianota la facture sur son ordinateur.

— Voilà. Elle peut repartir pour cent mille kilomètres…

Il les regarda avec insistance, une lueur d'envie dans les yeux.

— C'est la deuxième S.M. quatre portes qui me passe entre les mains… C'est presque une récréation de travailler là-dessus…

Il accepta néanmoins le chèque que Jean-Michel lui tendait en échange des clefs. Ils remontèrent le chemin au pas et pénétrèrent dans l'allée gravillonnée menant à la villa. Le soleil tapait en plein milieu du pare-brise, effaçant la maison de leur champ de vision. Jean-Michel plaça la voiture sous le mûrier et appuya sur les deux boutons commandant l'ouverture automatique des fenêtres, pour aérer l'habitacle, avant de descendre. Le cri le figea sur place. Il leva la tête. Sa mère, debout sur le perron hurlait à la mort, les mains plaquées sur les oreilles, le nez au ciel. Thérèse se précipita alors que le père de Jean-Michel disparaissait dans la cuisine. Il en ressortit quelques secondes plus tard, un fusil de chasse à la main. Thérèse tenta de s'interposer. Il l'abattit d'une décharge en plein cœur. Jean-Michel voulut fuir mais les plombs lui scièrent les jambes. Il s'affala contre la carrosserie de la S.M. et ses ongles filèrent sur la peinture métallisée.

L'odeur de l'herbe… La douleur… Il se mit sur le dos. Les yeux noirs, monstrueux, du fusil. Et loin, loin, très loin, posé sur la rainure, le visage violacé de son père, sa bouche qui prononçait en bavant ce prénom oublié.

— Tu es revenu juste pour ça, pour nous narguer… Mélanie, reviens avec nous, je t'en prie Mélanie…

Jean-Michel fit un effort pour reconstituer cette image qui lui échappait depuis si longtemps… Sa mémoire, brouillée par la peur, lui resservit l'intérieur de la S.M., le volant, les boutons. Les cris de sa mère couvraient tout, des cris qui appartenaient autant à ses souvenirs qu'au moment présent.

Le doigt, là-bas, s'enfonça sur la détente et tout explosa.

Quand les gendarmes arrivèrent, la S.M. finissait de brûler. Alain était assis près du barbecue, son fusil posé sur les genoux. Sa femme sanglotait sur les marches du perron. Le brigadier Carnoulles s'approcha, la main serrée sur la crosse de son pistolet et prit l'arme.

— Pourquoi tu as fait ça, Alain… C'étaient des vieilles histoires…

Le meurtrier, hébété, tenta de se mettre debout en s'appuyant sur l'épaule du brigadier avec lequel il avait passé tant d'années en Indochine, en Algérie.

— Qu'est-ce qu'il avait besoin de venir nous provoquer avec cette voiture…

Carnoulles l'aida à se maintenir droit. Il se tourna vers la carcasse fumante.

Il était là, à Hyères, en 1971 quand Alain, son ami, avait acheté une Citroën Maserati quatre portes carrossée par Chapron. Une merveille. Jean-Michel avait quatre ans et Mélanie tout juste dix-huit mois. Les deux gosses jouaient dans la voiture alors que leurs parents préparaient un panier, pour la plage. Leur grand frère lisait, allongé sur la pelouse en écoutant la radio. Mélanie avait passé la tête par la fenêtre. Jean-Michel se prenait pour un champion à son volant. Sa main potelée s'était posée sur la commande des vitres électriques… La glace était montée vers le ciel, brisant le cou de la petite sœur.

On emportait les corps. Le brigadier Carnoulles emmena Alain jusqu'à l'estafette. Il aurait préféré se taire mais le silence était trop lourd.

— C'était un gosse à l'époque… Il ne s'en rappelait peut-être même pas…

Les doigts broyèrent son épaule.

— Comment ça, il ne le savait pas ? C'est lui l'assassin… Pas moi…

Il l'allongea sur le banc, derrière l'ordinateur, et décrocha le téléphone. Malgré tout, les mots de l'habitude prirent le dessus.

— Ici Carnoulles… Affaire réglée… Envoyez une dépanneuse.

Le commissaire Londrin reposa la trentaine de feuillets entre les verres sales, sur la table de nuit, attendant que l'ancien flic lui demande ce qu'il en pensait. Cadin s'était redressé, les épaules sur son oreiller, et il l'observait en silence, la tête appuyée au mur. Un sommier grinçait en cadence, de l'autre côté de la cloison, et Londrin se força à parler pour ne pas y penser.

— Vous en avez écrit d'autres ?

Cadin se contenta de remuer la tête, négativement.

— Non, c'est la seule…

Les ressorts gémirent à nouveau.

— Pourquoi ? C'est pas mal du tout… Vous devriez vous y remettre… Des salades comme ça, dans notre boulot, on en voit pratiquement tous les jours… Je suis sûr que ça part d'une histoire vraie…

Cadin tendit le bras vers la bouteille de scotch qu'il

renversa sur la moquette pelucheuse. Il se pencha pour la récupérer et avala une longue gorgée d'alcool. Il fixa Londrin, les yeux humides.

— Il n'y a plus rien à écrire… Jean-Michel, c'était mon frère.

AUBERVILLIERS

1989

Épilogue albertivilliarien

Il habitait au-dessus de la charcuterie, au troisième, et tous les matins à partir de sept heures les odeurs de chou, de friture, de palette bouillie montaient l'escalier. Le patron cuisinait des plats pour les vendeuses, les employés municipaux, les ouvriers des chantiers proches, et dès la fin du premier mois Cadin avait été capable de repérer le jour de la semaine aux effluves qui passaient sous sa porte. Lundi-hachis Parmentier, mardi-côte de porc en sauce, mercredi-foie grillé, jeudi-couscous, vendredi-saucisse de Toulouse… De l'autre côté du carrefour, les néons jaunâtres de la poste vide éclairaient le trottoir désert. Il se leva et s'approcha de la fenêtre. La lumière bleue d'aquarium des télés vibrait derrière les rideaux de l'immeuble qui lui faisait face. Les guirlandes d'un arbre de Noël clignotaient dans le coin d'une salle à manger près d'un écran où s'agitaient, pour la dixième fois de la journée, les images écœurantes et malhabiles du procès Ceaucescu.

Cadin se laissa tomber sur le lit et prit le cahier qui traînait par terre, au milieu des journaux défaits. Son regard accrocha une coupure glanée à Courvilliers, bien des années plus tôt :

UN HOMME SE NOIE DANS L'ESPOIR
D'ÊTRE RÉINCARNÉ EN POISSON

Le corps d'un homme âgé d'environ 60 ans a été retrouvé hier dans la Seine, au pont de Bezons (Val-d'Oise). Edmond Lebrun, dont l'adresse nous est inconnue, portait sur lui une longue lettre dans laquelle il proclame sa foi en la réincarnation et son souhait de revivre, dans l'eau, sous la forme d'un poisson.

Les chaussures des invités du voisin de palier martelèrent le carrelage du couloir. Vibration de sonnette, effusions. Cadin tourna la page.

TUÉ PAR UN PUMA

Denis Valuin, vingt ans, récemment libéré de la maison d'arrêt de Valence, après un mois de prison pour vol, a été découvert nu, émasculé, la carotide tranchée dans la cage des pumas du parc zoologique de la Barben, près de Salon-de-Provence. Ses habits ont été retrouvés, pliés, de l'autre côté du grillage, et il semble que le jeune homme se soit lui-même offert en pâture aux félins. Les services de police consultés précisent qu'ils conservent dans leurs archives une dizaine de cas de ce genre.

Deux voitures s'accrochèrent près du Crédit lyonnais et les conducteurs s'installèrent sur le capot meurtri pour placer des croix dans les cases du constat. Cadin tendit le bras vers un livre dont la couverture reproduisait un tableau de Hopper, *Camel's Hump*, détail. Un soir, dans un café de Belleville, un type lui avait raconté les derniers jours de l'auteur du bouquin, Brautigan, une légende que les alcoolos littéraires devaient colporter dans tous les bars de la planète. Le privé était parti de Babylone, complètement bourré, pour Paris où on lançait la traduction française d'un de ses livres. Dix heures dans la carlingue, au-dessus des mers, à se dézinguer consciencieusement. Une traversée suivie de trois jours de coma éthylique entre Saint-Michel et Saint-Germain, dans l'incapacité totale de rejoindre le moindre studio, de répondre aux sollicitations des journalistes. Un autre zinc dans lequel on l'enfourne, direction Tokyo, pour une opération du même genre. Whisky, cognac, saké… Retour sur la côte ouest, une semaine plus tard, la tête cassée par une cuite planétaire. L'hosto. La mort à quarante ans. Et des poussières…

Il l'ouvrit à la dernière page et en lut un passage, sans même s'apercevoir qu'il se baladait dans la postface : … *telles sont les vraies disparitions ; sur leur tombe, en guise de croix, une antenne de télévision.*

Cadin déchiffra sa propre écriture, dans la marge du cahier : *Un homme s'immole par le feu, dans sa baignoire, rue de la Glacière…* Il se revoyait encore lire la brève dans un restaurant d'Hazebrouck et se souvenait de la tête du type assis à la table voisine qui avait pris le journal avant qu'il ait eu le temps de déchirer le bout de page qui l'intéressait. Il s'attarda sur un fragment sans titre du *Nouvel Observateur* :

> À la suite d'une très violente altercation avec son frère, Claude Sinson s'est aspergé d'essence térébenthine et s'est passé autour du cou la laisse de son chien. Il a ensuite enjambé la fenêtre de sa cuisine et s'est pendu contre la façade du pavillon qu'il venait tout juste de finir de construire. Il a eu le réflexe d'allumer le briquet qu'il tenait dans sa main et s'est enflammé immédiatement devant les yeux horrifiés des gens du quartier alertés par les échos de la dispute. La laisse a brûlé à son tour et le corps calciné de Claude Sinson s'est écrasé au sol.

On dansait sur Johnny Clegg dans l'appartement du dessus.

PENDU AVEC SES CHAUSSETTES

Un jeune lycéen de quinze ans interpellé par le vigile d'un grand magasin de la région lyonnaise à la suite d'un vol à l'étalage, a été découvert mort dans le local réservé aux fouilles. Le vigile avait pourtant pris soin de lui retirer sa ceinture, sa cravate avant de sortir pour prévenir le policier chargé de la surveillance du centre commercial. Le jeune garçon a mis à profit les trente minutes d'absence du gardien pour détricoter l'une de ses chaussettes de laine et en tresser le fil pour se fabriquer un lien d'environ un mètre de long avec lequel il s'est pendu en l'accrochant à une patère fixée au mur.

Cadin mit de l'ordre dans la pièce en pensant à cet homme serré dans le quartier de force de l'hôpital psychiatrique de Collin-sur-Seine et qui n'avait trouvé comme moyen d'en sortir, *définitivement*, que l'ingestion de trois ou quatre pleines poignées de la bourre dont on gonflait les matelas… Il grimpa sur la chaise, leva le bras pour atteindre l'étagère et chercha à l'aveugle en tapotant de la main derrière la valise. Il saisit le linge graisseux et vint s'asseoir sur le bord du lit. Les pointes du mouchoir se déplièrent sur ses cuisses. Ses doigts se refermèrent sur la crosse du pistolet. Cadin fixa le cadran à affichage digital du radio-réveil. Les secondes rouges défilaient sur leur trame numérique. 52… 53… 54… À 55 il posa le canon contre sa tempe. À 56 son index droit entra en contact avec la détente. Il respira longuement, une dernière fois, et appuya, les yeux grands ouverts au moment exact où les chiffres de 23 h 59 min 59 s s'effaçaient pour être remplacés par une théorie de zéros.

Dehors on se mettait à klaxonner, les fenêtres s'ouvraient sur les cris de joie, les baisers, les chants. Le monde entrait dans les années 90.

Aubervilliers,
12 janvier 1990.

DU MÊME AUTEUR

Aux Éditions Gallimard

RACONTEUR D'HISTOIRES, *nouvelles* (Folio nº 4112).

CEINTURE ROUGE précédé de CORVÉE DE BOIS. Textes extraits de *Raconteur d'histoires* (Folio 2 € nº 4146).

MAIN COURANTE ET AUTRES LIEUX (Folio nº 4222).

ITINÉRAIRE D'UN SALAUD ORDINAIRE (Folio nº 4603).

TROIS NOUVELLES NOIRES, *avec Jean-Bernard Pouy et Chantal Pelletier*, lecture accompagnée par Françoise Spiess (La Bibliothèque Gallimard nº 194).

CAMARADES DE CLASSE (Folio nº 4982).

PETIT ÉLOGE DES FAITS DIVERS (Folio 2 € nº 4788).

GALADIO (Folio nº 5280).

MÉMOIRE NOIRE (Folio policier nº 594).

Dans la collection « Série Noire »

MEURTRES POUR MÉMOIRE, *nº 1945* (Folio policier nº 15). Grand Prix de littérature policière 1984 — prix Paul Vaillant-Couturier 1984.

LE GÉANT INACHEVÉ, *nº 1956* (Folio policier nº 71). Prix 813 du roman noir 1983.

LE DER DES DERS, *nº 1986* (Folio policier nº 59).

MÉTROPOLICE, *nº 2009* (Folio policier nº 86).

LE BOURREAU ET SON DOUBLE, *nº 2061* (Folio policier nº 42).

LUMIÈRE NOIRE, *nº 2109* (Folio policier nº 65).

12, RUE MECKERT, *nº 2621* (Folio policier nº 299).

JE TUE IL..., *nº 2694* (Folio policier nº 403).

Dans « Page Blanche » et « Frontières »

À LOUER SANS COMMISSION.

LA COULEUR DU NOIR.

Dans « La Bibliothèque Gallimard »

MEURTRES POUR MÉMOIRE. *Dossier pédagogique par Marianne Genzling, n° 35.*

Dans la collection « Écoutez lire »

MEURTRES POUR MÉMOIRE (4 CD).

Dans la collection « Futuropolis »

MEURTRES POUR MÉMOIRE. *Illustrations de Jeanne Puchol.*

Aux Éditions Denoël

LA MORT N'OUBLIE PERSONNE (Folio policier n° 60).

LE FACTEUR FATAL (Folio policier n° 85). Prix Populiste 1992.

ZAPPING (Folio n° 2558). Prix Louis-Guilloux 1993.

EN MARGE (Folio n° 2765).

UN CHÂTEAU EN BOHÊME (Folio policier n° 84).

MORT AU PREMIER TOUR (Folio policier n° 34).

PASSAGES D'ENFER (Folio n° 3350).

Aux Éditions Manya

PLAY-BACK (Folio n° 2635). Prix Mystère de la critique 1986.

Aux Éditions Verdier

AUTRES LIEUX (repris avec *Main courante* dans Folio n° 4222).

MAIN COURANTE (repris avec *Autres lieux* dans Folio n° 4222).

LES FIGURANTS (Folio n° 5024).

LE GOÛT DE LA VÉRITÉ.

CANNIBALE (Folio n° 3290).

LA REPENTIE (Folio policier n° 203).

LE DERNIER GUÉRILLERO (Folio n° 4287).

LA MORT EN DÉDICACE (Folio n° 4828).

LE RETOUR D'ATAÏ (Folio n° 4329).

CITÉS PERDUES (Folio n° 5024).

HISTOIRE ET FAUX-SEMBLANTS (Folio n° 5107).

RUE DES DEGRÉS.

Aux Éditions Julliard

HORS LIMITES (Folio n° 3205).

Aux Éditions Baleine

NAZIS DANS LE MÉTRO (Folio policier n° 446).

ÉTHIQUE EN TOC (Folio policier n° 586).

LA ROUTE DU ROM (Folio policier n° 375).

Aux Éditions Hoëbecke

À NOUS LA VIE ! *Photographies de Willy Ronis.*

BELLEVILLE-MÉNILMONTANT. *Photographies de Willy Ronis.*

Aux Éditions Parole d'Aube

ÉCRIRE EN CONTRE, *entretiens.*

Aux Éditions du Cherche-Midi

LA MÉMOIRE LONGUE.

Aux Éditions Actes Sud

JAURÈS : NON À LA GUERRE !

Aux Éditions Perrin

MISSAK.

Aux Éditions de l'Atelier

L'AFFRANCHIE DU PÉRIPHÉRIQUE.

Aux Éditions du Temps des noyaux

LA RUMEUR D'AUBERVILLIERS.

Aux Éditions Éden

LES CORPS RÂLENT.

Aux Éditions Syros

LA FÊTE DES MÈRES.

LE CHAT DE TIGALI.

Aux Éditions Flammarion

LA PAPILLONNE DE TOUTES LES COULEURS.

Aux Éditions Rue du Monde

IL FAUT DÉSOBÉIR. *Dessins de PEF.*

UN VIOLON DANS LA NUIT. *Dessins de PEF.*

VIVA LA LIBERTÉ. *Dessins de PEF.*

L'ENFANT DU ZOO. *Dessins de Laurent Corvaisier.*

MISSAK, L'ENFANT DE L'AFFICHE ROUGE. *Dessins de Laurent Corvaisier.*

NOS ANCÊTRES LES PYGMÉES. *Dessins de Jacques Ferrandez.*

LE MAÎTRE EST UN CLANDESTIN. *Dessins de Jacques Ferrandez.*

Aux Éditions Casterman

LE DER DES DERS. *Dessins de Tardi.*

DERNIÈRE SORTIE AVANT L'AUTOROUTE. *Dessins de Mako.*

Aux Éditions l'Association

VARLOT SOLDAT. *Dessins de Tardi.*

Aux Éditions Bérénice

LA PAGE CORNÉE. *Dessins de Mako.*

Aux Éditions Hors Collection

HORS LIMITES. *Dessins d'Assaf Hanuka.*

Aux Éditions EP

CARTON JAUNE. *Dessins d'Assaf Hanuka.*

LE TRAIN DES OUBLIÉS. *Dessins de Mako.*

L'ORIGINE DU NOUVEAU MONDE. *Dessins de Mako.*

CANNIBALE. *Dessins de Emmanuel Reuzé.*

TEXAS EXIL. *Dessins de Mako.*

Aux Éditions Liber Niger

CORVÉE DE BOIS. *Dessins de Tignous.*

Aux Éditions Terre de Brume

LE CRIME DE SAINTE-ADRESSE. *Photographies de Cyrille Derouineau.*

LES BARAQUES DU GLOBE. *Dessins de Didier Collobert.*

Aux Éditions Nuit Myriade

AIR CONDITIONNÉ. *Dessins de Mako.*

Aux Éditions Imbroglio

LEVÉE D'ÉCROU. *Dessins de Mako.*

Aux Éditions Privat

GENS DU RAIL. *Photographies de Georges Bartoli.*

Aux Éditions Oskar jeunesse

AVEC LE GROUPE MANOUCHIAN : LES IMMIGRÉS DANS LA RÉSISTANCE.

Aux Éditions ad libris

OCTOBRE NOIR. *Dessins de Mako.*

Aux Éditions La Branche

ON ACHÈVE BIEN LES DISC-JOCKEYS.

Aux Éditions Jérôme Milon

BAGNOLES, CAISSES ET TIRES. *Dessins de Mako.*

COLLECTION FOLIO POLICIER

Dernières parutions

513. Leif Davidsen — *L'ennemi dans le miroir*
514. James Hadley Chase — *Pochette surprise*
515. Ned Crabb — *La bouffe est chouette à Fatchakulla*
516. Larry Brown — *L'usine à lapins*
517. James Hadley Chase — *Une manche et la belle*
518. Graham Hurley — *Les quais de la blanche*
519. Marcus Malte — *La part des chiens*
520. Abasse Ndione — *Ramata*
521. Chantal Pelletier — *More is less*
522. Carlene Thompson — *Le crime des roses*
523. Ken Bruen — *Le martyre des Magdalènes*
524. Raymond Chandler — *The long good-bye*
525. James Hadley Chase — *Vipère au sein*
526. James Hadley Chase — *Alerte aux croque-morts*
527. Jo Nesbø — *L'étoile du diable*
528. Thierry Bourcy — *L'arme secrète de Louis Renault*
529. Béatrice Joyaud — *Plaisir en bouche*
530. William Lashner — *Rage de dents*
531. Patrick Pécherot — *Boulevard des Branques*
532. Larry Brown — *Fay*
533. Thomas H. Cook — *Les rues de feu*
534. Carlene Thompson — *Six de Cœur*
535. Carlene Thompson — *Noir comme le souvenir*
536. Olen Steinhauer — *36, boulevard Yalta*
537. Raymond Chandler — *Un tueur sous la pluie*
538. Charlie Williams — *Les allongés*
539. DOA — *Citoyens clandestins*
540. Thierry Bourcy — *Le château d'Amberville*
541. Jonathan Trigell — *Jeux d'enfants*
542. Bernhard Schlink — *La fin de Selb*
543. Jean-Bernard Pouy — *La clef des mensonges*
544. A. D. G. — *Kangouroad Movie*

545. Chris Petit — *Le Tueur aux Psaumes*
546. Keith Ablow — *L'Architecte*
547. Antoine Chainas — *Versus*
548. Joe R. Lansdale — *Le mambo des deux ours*
549. Bernard Mathieu — *Carmelita*
550. Joe Gores — *Hammett*
551. Marcus Malte — *Le doigt d'Horace*
552. Jo Nesbø — *Le sauveur*
553. Patrick Pécherot — *Soleil noir*
554. Carlene Thompson — *Perdues de vue*
555. Harry Crews — *Le Chanteur de Gospel*
556. Georges Simenon — *La maison du juge*
557. Georges Simenon — *Cécile est morte*
558. Georges Simenon — *Le clan des Ostendais*
559. Georges Simenon — *Monsieur La Souris*
560. Joe R. Lansdale — *Tape-cul*
561. William Lashner — *L'homme marqué*
562. Adrian McKinty — *Le Fils de la Mort*
563. Ken Bruen — *Le Dramaturge*
564. Marcus Malte — *Le lac des singes*
565. Chuck Palahniuk — *Journal intime*
566. Leif Davidsen — *La photo de Lime*
567. James Sallis — *Bois mort*
568. Thomas H. Cook — *Les ombres du passé*
569. Mark Henshaw - John Clanchy — *L'ombre de la chute*
570. Olen Steinhauer — *La variante Istanbul*
571. Thierry Bourcy — *Les traîtres*
572. Joe R. Lansdale — *Du sang dans la sciure*
573. Joachim Sebastiano Valdez — *Puma qui sommeille*
574. Joolz Denby — *Stone Baby*
575. Jo Nesbø — *Le bonhomme de neige*
576. René Reouven — *Histoires secrètes de Sherlock Holmes*
577. Leif Davidsen — *Le dernier espion*
578. Guy-Philippe Goldstein — *Babel Minute Zéro*
579. Nick Stone — *Tonton Clarinette*
580. Thierry Jonquet — *Romans noirs*
581. Patrick Pécherot — *Tranchecaille*
582. Antoine Chainas — *Aime-moi, Casanova*

583. Gabriel Trujillo Muñoz — *Tijuana City Blues*
584. Caryl Férey — *Zulu*
585. James Sallis — *Cripple Creek*
586. Didier Daeninckx — *Éthique en toc*
587. John le Carré — *L'espion qui venait du froid*
588. Jeffrey Ford — *La fille dans le verre*
589. Marcus Malte — *Garden of love*
590. Georges Simenon — *Les caves du Majestic*
591. Georges Simenon — *Signé Picpus*
592. Carlene Thompson — *Mortel secret*
593. Thomas H. Cook — *Les feuilles mortes*
594. Didier Daeninckx — *Mémoire noire*
595. Graham Hurley — *Du sang et du miel*
596. Marek Krajewski — *Les fantômes de Breslau*
597. François Boulay — *Traces*
598. Gunnar Staalesen — *Fleurs amères*
599. James Sallis — *Le faucheux*
600. Nicolas Jaillet — *Sansalina*
601. Jean-Bernard Pouy — *Le rouge et le vert*
602. William Lashner — *Le baiser du tueur*
603. Joseph Bialot — *La nuit du souvenir*
604. Georges Simenon — *L'outlaw*
605. Kent Harrington — *Le serment*
606. Thierry Bourcy — *Le gendarme scalpé*
607. Gunnar Staalesen — *Les chiens enterrés ne mordent pas*
608. Jo Nesbø — *Chasseurs de têtes*
609. Dashiell Hammett — *Sang maudit*
610. Joe R. Lansdale — *Vierge de cuir*
611. Dominique Manotti — *Bien connu des services de police*
612. Åsa Larsson — *Horreur boréale*
613. Saskia Noort — *Petits meurtres entre voisins*
614. Pavel Kohout — *L'heure étoilée du meurtrier*
615. Boileau-Narcejac — *La vie en miettes*
616. Boileau-Narcejac — *Les veufs*
617. Gabriel Trujillo Muñoz — *Loverboy*
618. Åntoine Chainas — *Anaisthêsia*
619. Thomas H. Cook — *Les liens du sang*
620. Tom Piccirilli — *La rédemption du Marchand de sable*
621. Francis Zamponi — *Le Boucher de Guelma*

Composition Interligne
Impression Novoprint
le 7 novembre 2011
Dépôt légal : novembre 2011
1er dépôt légal dans la collection : août 2010

ISBN 978-2-07-042787-1./Imprimé en Espagne.

240353